COLLECTION FOLIO

Pierre Assouline

Une éminence grise
Jean Jardin
(1904-1976)

Balland

© Éditions Balland, 1986.

Journaliste à *Lire*, collaborateur de *L'Histoire*, Pierre Assouline est l'auteur de plusieurs livres, notamment des biographies de *Marcel Dassault*, de *Gaston Gallimard* et de *D. H. Kahnweiler*.

A Meryl et Kate

Dans *Le Monde* du 11 novembre 1976, on pouvait lire :

« Nous apprenons la mort à Paris de M. Jean Jardin, âgé de soixante-treize ans. Ancien secrétaire général de SNCF, Jean Jardin a été pendant la guerre chef de cabinet de Pierre Laval. En novembre 1942, il avait fait conseiller au général Weygand de gagner l'Algérie et jugeait que la France devait s'éloigner du IIIe Reich.

Chargé de mission à Berne en 1943, il accueillit en Suisse des personnalités dont Charles Rochat ancien secrétaire général du Quai d'Orsay.

Ami de hauts fonctionnaires et d'hommes politiques dont M. Antoine Pinay, il joua souvent un rôle officieux après la guerre et partageait son temps entre la Suisse et Paris.

Jean Jardin était le père de l'écrivain et dialoguiste Pascal Jardin qui dans " La guerre à neuf ans ", a raconté comment son père recevait dans sa maison de Charmeil près de Vichy des écrivains israélites et des hommes qui étaient loin d'être tous favorables à Pierre Laval. »

C'est en dire trop ou pas assez.

Dans *Le Nain jaune*, le livre qu'il consacra à son père, Pascal Jardin écrivait : « Je n'ai pas tout dit. Ce serait trop. »

Il présentait Jean côté... jardin. Voici le côté cour.

Avant-propos

Pourquoi Jean Jardin ? Parce qu'il fut unique et exceptionnel. Certes, des éminences grises, il y en eut d'autres, plus fameuses peut-être, à l'influence plus probable sur le cours de l'histoire. Mais de tous ceux qui, dans la vie politique et économique de la France de ce siècle, ont joué le rôle méconnu parce que discret de conseiller du prince, il est certainement le plus séduisant, le plus attachant, le plus vrai.

Surtout, sa vie ne vaut pas que pour lui-même. Son itinéraire, parfois contradictoire mais toujours cohérent, est représentatif des aspirations et des idéaux, des espoirs et des déceptions de toute une génération de Français. Ils avaient vingt ans dans les années vingt... Partagés entre l'action et la réflexion, happés par le maelström et l'effervescence culturels et politiques de l'entre-deux-guerres, assommés par la défaite de 1940, déchirés entre Vichy et Alger, écartés par l'épuration mais vite remis en selle par la lutte anticommuniste, ils seront au faîte de leur pouvoir au plus fort de la IVe République. Après avoir enterré de Gaulle et Pompidou, ils en apercevront les limites quand les solidarités de tous bords nouées pendant la période cruciale de l'Occupation s'atténueront jusqu'à n'être plus que symboliques.

En ce sens, les obsèques de Jean Jardin sonnaient le

glas d'une époque. Il y avait là des ministres, des députés, des sénateurs, des banquiers, des hauts fonctionnaires, des diplomates... Tous étaient, aussi, des amis. Ils avaient tous joué un « rôle important » chacun à son niveau, chacun à sa manière. Beaucoup devaient quelque chose à Jardin bien qu'il n'ait jamais mis quiconque dans la situation d'obligé. Mais le plus frappant était que chacun semblait être l'ambassadeur d'une période de la vie de Jean Jardin, d'un moment de cet itinéraire riche qui le mena très tôt, très jeune, au confluent agité du monde de la politique, des affaires et des idées.

Il n'y a pratiquement rien concernant les activités de Jean Jardin, dans les documentations des grands journaux français. Les chroniqueurs les mieux informés, qui ont fait leurs premières armes au début de la IVe République, se souviennent de lui comme une de ces rares personnalités de l'ombre qui était une source précieuse de renseignements, de jugement, de contact, à condition que son nom ne soit jamais cité. Il partageait cette situation avec André Boutemy, grand dispensateur des fonds du patronat et Georges Albertini, éminence grise de l'anticommunisme et ce n'est pas tout à fait un hasard si, à plusieurs reprises, leurs chemins se sont croisés. Si, de ces trois hommes à l'influence inégale, le portrait de Jean Jardin est au départ le plus flou, ce n'est pas non plus fortuit.

Quand on a lu ce qui lui a été, jusqu'à présent, partiellement ou totalement consacré, qu'il s'agisse des livres d'histoire ou des romans de son fils Pascal, il ne reste guère que deux directions de recherche : les archives (privées ou publiques, en France et en Suisse) et les témoignages des acteurs et des témoins de l'époque.

C'est uniquement de la confrontation, de la mise en perspective et en contradiction de ces matériaux que peut jaillir la lumière, autrement dit l'information neuve, inédite, décisive. Mais c'est surtout en interrogeant ceux qui l'ont bien connu qu'on mesure la complexité de l'affaire et la dimension du sujet. Car Jean Jardin avait la haute main sur ses nombreuses relations en ne les voyant qu'individuellement. Jamais en groupe. Question de principe. Ses activités restant très compartimentées, du moins officiellement, il était le seul à établir les passerelles entre les unes et les autres. Il avait strictement cloisonné ses nombreuses et diverses amitiés. Ainsi, aujourd'hui, à l'heure du souvenir, chacun connaît une partie de la vie de Jean Jardin, une époque, un épisode. Mais aucun n'a de vue d'ensemble. Seul le biographe peut prétendre, ou tout au moins essayer de recoller les morceaux du puzzle, une tâche à laquelle le mémorialiste s'est toujours refusé, de crainte que la publicité faite autour de certaines vérités soit trop cruelle et, en tout cas, prématurée.

Une telle entreprise, passionnante au demeurant parce que très stimulante pour l'instinct de curiosité, présente un écueil évident. Jean Jardin, comme la plupart des hommes de l'ombre, avait le goût du mystère et du secret. Or, comme on le sait, un tel rideau de fumée peut dissimuler soit une très réelle influence occulte, soit le néant. Si cette dernière hypothèse s'était avérée exacte et si Jean Jardin n'avait été qu'un habile mythomane, ce livre s'arrêterait là... Pour démêler le vrai du vraisemblable et traquer la rumeur derrière l'information improbable, il a surtout fallu, hormis les recoupements d'usage, avoir sans cesse à l'esprit tout au long de cette enquête un élément clé : la jalousie et l'amour-propre exacerbés de nombre de ses contemporains, amis et relations qui, eux, contrairement à lui, ont tout fait pour sortir de l'ombre mais n'y sont pas parvenus. S'il est parfois difficile de faire admettre à un ministre que son entourage est souvent plus intéressant, plus significatif et plus influent que lui sur le cours de la vie politique, il est encore plus périlleux d'expliquer à l'entourage officiel qu'il a pu être supplanté, au cœur de la décision par un personnage officieux hors catégorie qui ne laisse pas de trace et ne veut pas en laisser.

Cela ne signifie pas que Jean Jardin ait été un Méphisto prêt à souffler des idées aux Faust du moment, mais plutôt un conseiller subtil et séduisant qui présentait des options. Non pas celui qui tire les ficelles en coulisses mais celui qui, en dehors de la folie politique, est un homme de bon conseil, de sang-froid, à l'expérience avérée et au jugement très sûr. Une manière de père Joseph, la dimension mystique en moins.

Sous des dehors fantaisistes, c'est un sceptique. Par moments il dit, en proie au découragement : « J'ai raté ma vie. J'aurais dû être buraliste à Bernay... »

Ce qui faisait courir Jean Jardin ? Au départ l'ambition et le jeu avec les hommes et les événements. Puis le goût du vrai pouvoir et l'exercice, parfois jubilatoire, parfois frustrant, du pouvoir par procuration. Mais encore ? Peut-être une certaine idée de la France et des Français.

Place de la Concorde, le 6 février 1934. La rue dénonce la République du scandale et du profit. De tous côtés, ils convergent vers le Palais-Bourbon, les Croix-de-Feu et les Camelots du roi, les anciens combattants et les Jeunesses Patriotes. Très vite, la Chambre est cernée. La manifestation s'est muée en émeute. Mais qu'est-ce qui sépare une émeute des prémices d'une guerre civile ? Peut-être les moyens employés... On commence par la canne et les pavés, on poursuit en tailladant au rasoir les jambes des chevaux de policiers avant de tirer des coups de feu. Une quinzaine de morts, plus de deux mille blessés, de nombreuses arrestations : la fièvre est dans Paris.

Il s'en est fallu de si peu. Ce 6 février restera une date historique pour la droite française, malgré la présence, parmi les émeutiers, d'anciens combattants d'obédience communiste. Il marque aussi une grande première dans l'histoire de la République : la rue a fait fuir le gouvernement, le cabinet Daladier en l'occurrence, démissionnaire le 7 avant l'heure du déjeuner. Ce fut terrible mais ça aurait pu être pire, si un authentique parti insurrectionnel, à l'italienne ou à l'allemande, cohérent, armé, organisé, avait été là pour canaliser cette explosion de colère et de haine.

Fasciste, le 6 février ? En tout cas, il a fait le lit du Front populaire.

Jean Jardin vit l'événement comme une épreuve personnelle. Désormais, tout est clair. L'émeute a au moins ce mérite de préciser les positions mais aussi de forcer chacun à choisir son camp, à se séparer, s'opposer, se déchirer. Et ça, il n'aime pas. La belle idée de solidarité entre les revues intellectuelles est moribonde. D'un autre côté, les chefs ont montré leur vrai visage, confirmant certaines des appréhensions de Jardin. C'est le cas de Maurras surtout : le soir du 6 février, les dirigeants de l'Action Française s'étaient mis au lit et son maître-penseur avait travaillé jusqu'à l'aube à un poème provençal ! Les plus déçus des militants quittent l'AF pour des ligues et des organisations de droite plus « révolutionnaires ». Maurras a mis tellement d'agressivité, de haine des personnes et de formules d'exclusion de la communauté nationale, dans ses articles, que bien souvent on n'en a retenu que la forme sans critiquer suffisamment la fragilité du raisonnement de ce logicien violent, sans même chercher à déceler son talon d'Achille. Il règne et cela suffit. Pour Jean Jardin et d'autres de même exigence intellectuelle, cela ne suffit plus.

1934. Le compte à rebours est commencé. Vichy moins six ans. Il faudra pour y arriver passer sous les fourches caudines du Front populaire, préférer Hitler à Blum, se réjouir à Munich et juger divinement surprenante la Révolution Nationale. Toutes tendances mêlées, toutes opinions confondues.

Ce soir-là, place de la Concorde, alors que les blessés sont ramassés et les chevaux achevés sur le bitume, Jean Jardin quitte le champ de bataille encore fumant du Palais-Bourbon, convaincu que sa vie est désormais engagée.

I

L'ÉLAN

1

Le monde d'avant quatorze

(1904-1918)

Une France quasi immobile, rurale et sereine, une société de notables et de paysans, une province qui vit au rythme des saisons et des fêtes religieuses, un milieu où tout le monde se connaît et se retrouve, un petit pays replié sur lui-même où l'on prend le temps de vivre, d'abord, avant de travailler...
Bernay, département de l'Eure. Un visage immuable. Huit mille habitants au début du siècle et, semble-t-il pour toujours. Monter à la ville, c'est se rendre à Évreux. La capitale, ce n'est déjà plus la haute Normandie. Et puis c'est un autre esprit. Bernayens et Ébroïciens le savent bien, qui se suffisent à eux-mêmes.
Rue d'Alençon, dans le centre de Bernay. L'artère principale mène de Rouen à Alençon, en passant par Broglie. Au n° 50, un fier immeuble qui appartient à la famille Jardin. Le maître des lieux est Georges Jardin, un notable de la ville, un personnage. Il règne mollement sur son monde : le grand-père, jadis coutelier à Bernay, la grand-mère, qui raconte encore et encore l'arrivée des uhlans à Bernay en 1870 quand elle tenait la boutique au rez-de-chaussée, la maîtresse de maison et ses deux enfants, Jean l'aîné et sa sœur Hélène, de quatre ans plus jeune que lui, et enfin la bonne et trois employées, les « demoiselles de maga-

sin » qui vivent à demeure, partageant le vivre et le couvert de la famille Jardin.

Pour le jeune Jean, c'est un cocon, animé, chaleureux, confortable. Bien plus tard, l'écrivain de la descendance dira : « Les Jardin sont une montagne de contradictions. » Pourtant, au début du siècle, il n'y paraît pas. Calme et harmonie. Des gens heureux, non pas des bourgeois, des commerçants qui vivent bien, mais sans plus, de leur commerce de « nouveautés » comme l'indique l'enseigne : bonneterie, mercerie... Le hasard généalogique leur a fait contracter des alliances que l'on dirait « végétales » : Jardin, Racine, Duchesne, Dulac... Dans le registre d'état civil de la commune de Saint-Vincent-du-Boulay, on a consigné le baptême chrétien de Rose-Julie Racine en octobre 1793 et les noms et qualités de ses descendants : Jean-Baptiste Racine, marchand mercier, Pierre Frocourt, cultivateur... des paysans devenus propriétaires-exploitants, une blanchisseuse, un rubanier, Adrien Jardin 1773-1807... La stabilité et la permanence des familles dans cette région est un fait.

En ce début de siècle, M. Jardin père est un homme honorablement connu dans sa ville. Adjoint au maire, juge au tribunal de commerce, président du comité des fêtes, violoniste à la Musique municipale, il aime organiser et s'occuper de tout. Il n'y a pas que la boutique dans la vie et même quand les affaires vont très mal, la faillite est un spectre que l'on entend conjurer en n'y pensant point. Tous les jours, M. Jardin lit trois quotidiens, de la première à la dernière page : *L'Écho de Paris*, *L'Action Française* et *L'Excelsior* en alternance avec *La Victoire* de Gustave Hervé à partir de 1914. Il n'oublie pas pour autant les deux feuilles locales hebdomadaires, l'une de droite, *L'Avenir de Bernay*, l'autre de gauche, *Le Journal de Bernay*. Ainsi, il sait tout car il veut tout savoir.

Rue d'Alençon, les commerçants sont ses amis. Tous les jours, le barbier quitte sa boutique en face et traverse la rue pour raser M. Jardin à domicile. C'est un rituel aussi attendu que la déclaration du grand-père au petit déjeuner chaque 14 juillet : « On va aller répandre un peu de fumier ! » Car dans cette famille où, traditionnellement, nul ne vote, on a la fibre capétienne. Non pas maurrassienne ni même résolument monarchiste mais royaliste et catholique de cœur, de tempérament et de conviction. C'est affaire de principe et de fidélité nonobstant la publicité organisée autour du seul enfant de Bernay qui se soit fait un nom : Jean-Baptiste Lindet, député montagnard, rapporteur des crimes imputés au citoyen Capet, membre du Comité de salut public et même ministre des Finances en 1799 !

Tant pis pour Lindet. Chez les Jardin, on n'aime pas trop les élections républicaines. Cela n'empêche pas M. Jardin père d'entretenir d'excellentes relations avec la municipalité radicale. Entre Bernayens tout peut s'arranger.

Pour le jeune Jean, la vie à Bernay est harmonieuse. Les gens prennent le temps de recevoir et de sortir. Souvent, son père l'emmène faire de grandes promenades à pied et pas seulement en fin de semaine. Il arrive que le mardi ou le mercredi, il laisse tout et qu'ils partent à bicyclette à Saint-Vincent-du Boulay au bout du département, à la limite du Calvados, pour visiter les grands-parents maternels, les Racine, des cultivateurs. Leur univers paraît si loin des préoccupations de la ville, des cheminées des briqueteries qui ceinturent Bernay et des ateliers de tissage et de rubanerie de la vallée. Souvent, la famille se rend au grand complet dans le pays d'Auge à Saint-Martin-de-Bienfaite, chez les amis Lanquetot, du camembert du même nom. En train, puis en carriole jusqu'à la fromagerie. Ah, le train... Une passion également partagée par le père et le fils. Le petit Jean oblige tout le monde à écouter le bruit, le rythme, la cadence du chemin de fer sous l'œil indifférent des voyageurs :

« C'est un problème de traverses ! Prêtez l'oreille ! » dit-il à la manière d'un chef indien repérant ses ennemis en écoutant le sol.

Le soir en été, après dîner, son père lui offre sa grande distraction comme une récompense : ils vont tous deux regarder passer le train qui vient de la Manche. « Au moins cent à l'heure ! » Le chemin de fer, ici, c'est la révolution en marche, la science à nos portes. Mais le Progrès ne s'impose pas trop soudainement. Quand M. Bouchon père, puissant industriel sucrier de la région, est en retard, on fait attendre le train... Un privilège non prévu par les gens de la nuit du 4 août. Mais pour des hommes comme Georges Jardin, qui ont assisté à l'ouverture de la ligne Paris-Cherbourg, cela n'a rien de surprenant.

Pas très sportif mais curieux de nature, attiré par le risque inconnu, Jean joue de temps en temps au tennis ou monte à cheval au manège d'Évreux grâce à l'obligeance des sous-officiers du régiment de dragons. Lui, il serait plutôt attiré par les arts et les lettres. Pour les amies de sa sœur, il s'amuse à écrire de courtes pièces destinées à un théâtre de marionnettes. D'un tempérament gai et extrêmement sociable — une qualité qui va engager sa vie — il ne recherche pas pour autant la compagnie des autres, ceux de son âge.

Le soir, les femmes sont toutes à leur tricot tandis que les hommes lisent ou jouent de la musique. Le grand-père est contrebassiste, le père violoniste et le fils, mélomane mais plutôt rétif à la pratique d'un instrument. La maison des Jardin reste toujours très peuplée, très animée, empreinte d'une atmosphère de tendresse et d'affection. Selon le vieux principe de la ferme, ils sont tous très unis et ne laissent pas passer une fête ou un anniversaire sans le célébrer comme il convient. Le dimanche, tout ce monde croyant et pratiquant, se rend en procession à la messe, à l'église Notre-Dame-de-la-Couture, leur paroisse, qu'ils préfèrent à l'église Sainte-Croix pourtant plus proche. Peut-être à cause du chanoine Touffet, un curé de belle prestance, qui s'occupe de catéchisme et non de politique. Le petit Jean, enfant de chœur à La Couture, en gardera longtemps la nostalgie. C'est là qu'il se fera son premier ami, Jean Leroy.

Après la messe, son père l'emmène souvent à son spectacle préféré hormis le chemin de fer : le tableau riche en couleurs et en émotions, noir, rouge et or, de la chasse à courre. Quand ce n'est pas la chasse de la duchesse de Magenta dans la forêt de Beaumont, c'est celle des Roederer, des champagnes, en forêt de Conches. Ce n'est pas seulement pour l'allure des cavaliers ou la folie des chiens, pour le son du cor ou le mouvement de cette petite troupe, mais pour tout cela à la fois, toutes choses qui participent d'une atmosphère très connotée aux couleurs de la forêt normande. Le château et le village de Broglie ne sont pas loin et à Bernay, le magistère de l'illustre famille de princes, de ducs et de maréchaux, est encore très fort. Le petit Jean est, à chaque fois, impressionné par les attelages des gens de Broglie, la légende qui entoure leur présence continue dans l'histoire de France et le récit des fastes du château par le régisseur de M. le Duc. De la proximité des Broglie et de leur aura, Jean conservera toute sa vie une certaine fascination et une irrépressible attirance pour l'aristocratie.

Un autre homme exercera une forte influence sur l'adolescent, quoique plus directement : M. Fruchard, vétérinaire à Pontorson, près du Mont-Saint-Michel, chez qui il passe régulièrement ses vacances. Cet ami de la famille, qui n'a pas d'enfants, est un homme qui aime la musique, la littérature, la photographie. Souvent, avec sa femme, il emmène Jean es sa sœur en automobile, en excursion à Saint-Malo. De ses conversations, Jean retient beaucoup.

Quel avenir pour cet adolescent enjoué, qui a le contact si facile, qui peut réciter *Judex* par cœur tant il est retourné le voir au cinéma ? On le juge très brillant, en raison probablement de sa constante fréquentation des adultes. Des cousins, pharmaciens à Orbec, disent à Georges Jardin :

« Avec l'aisance qu'il a pour parler, ton fils, tu en feras un avocat ! »

Pourquoi pas... En attendant, on lui fait quitter le collège de Bernay pour le lycée d'Évreux. Nous sommes en 1916. Son père porte l'uniforme, mais il est mobilisé sur place dans un service d'infirmiers à l'hôpital de la ville.

Quitter Bernay... L'adolescent n'y a jamais pensé. C'est un déchirement, même s'il sait qu'il pourra revenir à la fin de chaque semaine. Même si, au début, pour ne rien brusquer, on substitue à l'internat sévère et froid une pension plus confortable chez trois vieilles dames, en ville. Mais son père le lui a répété : cette séparation est nécessaire et pas seulement pour les études et l'avenir. Car l'harmonie familiale s'est quelque peu lézardée depuis que le grand-père se montre de plus en plus directif. Il admet de moins en moins l'indépendance d'esprit et la faculté de critique de Jean, ce que ce dernier supporte mal. Les prétextes à l'éloignement, tout relatif, ne manquent donc pas. Adieu cocon [1] !

La rupture est douloureuse. Dans la cour du lycée d'Évreux, on appelle les élèves au roulement de tambour. Fin d'une époque dont la grande guerre a précipité l'issue.

C'était le monde d'avant quatorze, une France que l'on croirait désormais révolue.

2

A nous deux Paris

(1919-1928)

Paris, années vingt. Une chambre d'étudiant au cœur du Quartier latin, 47, rue Saint-André-des-Arts. C'est là que vit Jean Jardin, entre librairies et éditeurs, entre cafés et restaurants. L'ameublement est sommaire. Visiblement, l'effort a été concentré sur la bibliothèque. Un rapide coup d'œil aux rayons révèle d'emblée aux visiteurs ses pôles d'intérêt : histoire et littérature. Ses livres d'étudiant, il les conservera toute sa vie, pour les relire et juger si les annotations, dans la marge, ont bien vieilli. Sainte-Beuve, la correspondance de Mérimée, le Chateaubriand des *Mémoires d'outre-tombe*, mais aussi les *Cahiers* de Barrès, l'*Histoire de France* vue par Jacques Bainville, la vie de *La reine Victoria* par Lytton Strachey bientôt rejointe par la *Vie de Disraeli* d'André Maurois, sans oublier les mémoires de la comtesse de Pange et surtout la *Réforme intellectuelle et morale* d'Ernest Renan.

De ses lectures, il a tiré une phrase dont il a fait une manière de talisman. Elle est extraite du *Jardin sur l'Oronte* de Maurice Barrès. Recopiée sur un bristol blanc, elle ne quittera jamais son portefeuille : « Je voudrais entendre jusqu'à la fin votre voix ; non pas vos pensées, qui sont mélangées, mais votre voix toute pleine du ciel où je désire aller... Ce n'est pas vous que j'aime, et même en vous, je hais bien des choses, mais vous m'avez donné sur terre l'idée du ciel, et j'aime cet ange invisible, pareil à vous mais parfait, qui se tient aux côtés de votre humanité imparfaite... Adieu meilleur que moi qui vous juge si durement et vous aime ; adieu encore je vais m'agréger, dans l'étoile d'où vous venez, à l'éternelle perfection dont vous êtes une émanation. »

A vingt ans, pressé par les uns et les autres de se définir, il se dit plus volontiers barrésien que maurrassien. Certes, il admet l'influence du maître à penser de l'Action Française à une époque où les gens de sa génération sont généralement AF ou communistes. Mais même s'il a fréquenté le mouvement royaliste et lu régulièrement les articles de Jacques Bainville et de Léon Daudet, il tient en toute lucidité, son propre maurrassisme pour uniquement philosophique et moral, mais pas politique. C'est une imprégnation, non une adhésion et encore moins un militantisme. Il comprend très vite que s'il est séant pour un jeune intellectuel humaniste d'avoir côtoyé les idées et les hommes d'Action Française, il n'en convient pas moins de les dépasser aussitôt. De toute façon, dans les années vingt à l'École des Sciences Politiques il n'y a guère le choix, les royalistes étant à peu près les seuls à avoir une permanence. Au Quartier latin, ils tiennent le haut du pavé et leurs troupes de choc, les Camelots du roi, n'hésitent pas à le rappeler dès que nécessaire en martelant de leur canne le macadam du boulevard Saint-Michel. Leur section étudiante a même élu domicile dans la cour pavée du 33, rue Saint-André-des-Arts, à quelques fenêtres de Jean Jardin.

Plus encore que le Droit et les Lettres, la Faculté et la Sorbonne où il est inscrit, Sciences-po est véritablement le lieu géométrique de toutes ses ambitions, la voie royale et le passage obligé pour le concours d'entrée aux Affaires étrangères. Son rêve, son but avoué. La Carrière... Il concentre donc ses efforts sur l'institution de la rue Saint-Guillaume dont il devient un pur produit.

Elle avait été créée au lendemain du désastre de 1870 par Émile Boutmy, un protestant soucieux de proposer une école de l'élite capable de dispenser « l'instruction libérale supérieure » que l'on ne trouvait, selon lui, ni à Polytechnique, ni à l'École normale supérieure et pas plus dans les facultés, jugées trop « professionnelles » dans leur finalité, ou à la Sorbonne et au Collège de France qui formaient des « causeurs ». Dans l'esprit de son fondateur, le diplômé des Sciences Politiques devait être « l'observateur sagace des grands mouvements d'esprit de son siècle... le juge compétent des questions politiques, capable de les discuter solidement et de diriger l'opinion », autrement mieux, en tout cas, que « les journalistes frivoles[1] ».

La bourgeoisie y envoie ses fils, persuadée que outre la fréquentation de jeunes gens qui ont les moyens d'accès à cet établissement, Sciences-po permet d'entrer dans le club très privé des postulants aux grands corps de l'État : l'inspection des Finances, le Conseil d'État... ce qui n'est que partiellement vrai. Cette légende, en ce qui concerne par exemple les inspecteurs des Finances, entretenue à dessein par l'École même, est basée sur l'amalgame entre le diplôme de Sciences-po, proprement dit et les grandes conférences de méthode destinées à préparer l'entrée au concours. Le véritable tronc commun, ce sont les bâtiments de la rue Saint-Guillaume, ces amphithéâtres dans lesquels étudiants et candidats travaillent[2].

Dans ce milieu où les places se paient cher, les fils de commerçants sont rares. La bourgeoisie industrielle et bancaire et les professions libérales restent les mieux représentées dans la géographie sociale des étudiants. En ce sens, l'escale rue Saint-Guillaume est aussi une étape dans l'itinéraire social du jeune homme.

De tous ses professeurs, André Siegfried est celui qui le marque le plus. Dans sa formation intellectuelle, il joue sensiblement le même rôle que son professeur d'histoire au lycée d'Évreux, Pierre Gaxotte, à la différence que ce dernier devait rester son ami, jusqu'à la fin de sa vie malgré la différence d'âge. Historien et géographe, Siegfried est normand comme Jardin. Grand voyageur, analyste perspicace, orateur de talent, il enseigne aux Sciences Politiques depuis 1911. Ses cours sont les plus fréquentés. Les étudiants se disent envoûtés par son intelligence. A partir de 1923, l'amphithéâtre s'avérant trop petit, on installe un haut-parleur dans une salle voisine.

Au moment de son inscription, Jean a choisi sans hésiter l'option « relations internationales » ou plus exactement, comme on dit encore, la section diplomatique. Il obtient généralement des 16/20 et même des 18/20 à des devoirs dont les sujets le passionnent : « Les efforts de la diplomatie de Bismarck de 1878 à 1890 », « L'Europe en 1815 et en 1919 : comparer la situation européenne au lendemain des traités de Vienne et des traités de 1919-1920. Quels sont les principes qui ont dominé ces différents traités ? Quelles sont à votre avis les supériorités des uns sur les autres ? » ou encore « Exposer en se plaçant au lendemain du traité de Berlin (13 juillet 1878) la situation des grandes puissances tant au point de vue oriental qu'au point de vue européen [3] ». Autant de classiques questions de cours. Mais elles ont leur importance dans l'évolution politique et intellectuelle de Jean Jardin en ce qu'elles montrent la permanence d'un pays : l'Allemagne, et la constance d'une préoccupation : les relations franco-allemandes.

1927. Diplômé de Sciences-po, le voilà membre de la société des anciens élèves, un annuaire mais aussi un lieu de rencontres et d'échanges, pas encore un réseau. Rue Saint-Guillaume, à la bibliothèque, dans les amphithéâtres et surtout dans les cafés du Quartier latin, il a laissé éclater son sens inné du contact et des relations humaines. De l'avis de tous, avec sa loyauté, son sens de l'humour et sa culture, c'est sa principale qualité, celle qui le fait apprécier des cercles les plus divers. A vingt-trois ans, il est des rares, parmi ses amis, à fréquenter en même temps mais distinctement plusieurs groupes, et uniquement en fonction d'affinités électives.

Le premier cercle, c'est celui de Sciences-po. En parcourant la liste des noms de sa promotion, on est frappé par la durée exceptionnelle des relations de travail ou d'amitié, nées rue Saint-Guillaume en 1927 : il retrouvera presque tous ses condisciples à Vichy ou Alger, puis dans les cabinets ministériels de la IVe République, au Quai d'Orsay sous la Ve, à la direction de grandes banques sous toutes les Républiques... Ce n'est pas tout à fait un hasard si à Sciences-po, il regroupe autour de lui des marginaux, des sans-parti, vaguement AF mais sans plus. Un cénacle sans véritable cohésion ni tronc commun si ce n'est un goût irrépressible pour la littérature, l'histoire et la farce. Il y a là Delobel, qui finira au Conseil d'État ; Poirson qui deviendra secrétaire de Lyautey ; Andraos, d'une grande et riche famille copte égyptienne, qui sera le dernier ambassadeur du roi Farouk à Paris ; Nicolas de Rochefort, dont la famille avait quitté la France pour la Russie au lendemain de la révolution de 89 puis la Russie pour la France au lendemain de la révolution de 17 ; Alexandre Lipianski, un juif russe, son ami pour toujours, qui consacrera sa vie aux mouvements européen et fédéraliste ; Pierre Francfort, futur ambassadeur... Parfois, Gilbert Tournier, un polytechnicien qui travaille dans une banque et deviendra un jour le secrétaire général de la Compagnie du Rhône, se joint à l'un d'entre eux, le dimanche soir, pour attendre au café Le Critérion, en face de la gare Saint-Lazare, l'ami Jean retour de Bernay[4].

Le deuxième cercle d'amis est tout autre. Jardin y fait figure de benjamin. C'est un groupe informel dont tous les membres ne sont pas nécessairement liés entre eux mais que Jean fréquente assidûment. Ce sont des créateurs, qu'ils soient peintres, écrivains ou comédiens. Le jeune homme sera bientôt régulièrement invité à leur table, non pour son argent (il n'en a pas) ni pour ses relations (ils en ont plus que lui) mais pour son commerce agréable, sa compagnie, son charme, sa conversation, ce qui fait déjà la marque du « petit » Jardin.

Il y a d'abord Paul Morand, de seize ans son aîné. Fils du conservateur du dépôt des marbres, écrivain et diplomate, introduit dans la haute société, familier de Proust et de Cocteau, habitué du « Bœuf sur le toit » et de tous les endroits où il convient d'être vu, Morand a tout pour réussir très tôt. Ce voyageur pressé au masque mongol est né coiffé. De plus, il dispose de cette déconcertante facilité de plume que certains nomment talent. Dans ses pages, on ne sent pas le travail. La prose de Morand semble sortir toute seule du stylo, avec l'encre. Quand Jardin fait sa connaissance, Morand est déjà fêté. Ses premiers recueils de nouvelles *Tendres Stocks*, *Ouvert la nuit* et *Fermé la nuit* ont un grand retentissement. Le deuxième rate même le prix Goncourt de peu en 1922, au profit d'Henri Béraud.

Très tôt sollicité par les rivaux de son éditeur, Gaston Gallimard, harcelé par les nombreux journaux auxquels il promet des articles, tenu à respecter certaines contraintes horaires au Quai d'Orsay qui l'emploie, incapable de renoncer à la vie mondaine, aux voitures de sport et aux lointains voyages même brefs, Morand promet mais ne peut pas toujours tenir ses promesses. Alors il sous-traite. Discrètement, intelligemment. Bien sûr, il n'a pas de « nègre ». C'est un écrivain, un vrai, et sa marque, sa patte sont inimitables. Mais de plus en plus, il a tendance à se décharger du travail ingrat sur un jeune homme fin, cultivé, habile : Jean Jardin...

Plus d'une fois, ce dernier lui prépare les dossiers qui lui permettront une plus rapide synthèse. Souvent, il va plus loin et lui rend un texte tout prêt. Ainsi la conférence que Paul Morand prononce en juillet 1931 sous le titre « Orient-Occident » a-t-elle été initialement rédigée, dans son premier jet, par Jean Jardin qui dut se documenter d'urgence sur l'orientalisme dans la littérature contemporaine occidentale [5]. Souvent il puise dans ses propres souvenirs pour fournir à l'écrivain certains éléments originaux afin de nourrir des livres parfois légers, non en choses vues mais en informations. Jardin avait fait un long séjour à Londres en 1928 : boursier de Sciences-po, il préparait à la Maison de l'Institut de France une thèse d'histoire sur « La paix sauvée 1840-1841 » tout en donnant des leçons de français à la comédienne Sheila Graham pour se faire de l'argent de poche. Cette expérience anglaise lui sera très utile peu après pour « préparer » le *Londres* que Morand publia en 1933 chez Plon, dans sa série sur les villes. C'était à cela qu'il faisait allusion en écrivant dans le post-scriptum d'une lettre à un ami en janvier 1932 : « J'ai travaillé un mois pour Paul Morand et cela aura peut-être des suites [6]... » C'était une époque où l'on raillait volontiers le contraste entre la brièveté de ses voyages et la précision de ses descriptions dans ses livres...

A la faveur de cette collaboration, une amitié naît qui durera jusqu'à la mort de Jean Jardin, malgré des à-coups et des ruptures. Morand joue un rôle certain dans la promotion de Jardin dans des milieux qui ne sont pas, originellement, les siens. Surtout, il lui fait connaître un autre écrivain et diplomate qui le marquera profondément : Jean Giraudoux.

Morand et Giraudoux s'étaient rencontrés quand le

premier, alors âgé de seize ans, dut suivre les cours d'un répétiteur, le second, jeune normalien de vingt-trois ans. Tous deux secrétaires d'ambassade de deuxième classe au début des années vingt, tous deux liés à l'enfant terrible de l'édition (le nerveux Bernard Grasset) et à l'homme fort du Quai d'Orsay (le charmant Philippe Berthelot) tous deux écrivains fêtés et diplomates en attente d'un poste à l'étranger. Au début des années vingt, ils travaillent dans les mêmes bureaux rue François Ier au Service des œuvres françaises à l'étranger, qui dépend du ministère : l'aîné chef de service et le cadet chef de la section littéraire et artistique. Il était inévitable que fréquentant l'un, Jean Jardin rencontrât l'autre. Mais des deux, Giraudoux est certainement celui qui présente la sensibilité la plus proche de celle de Jardin.

Comme lui, il est d'origine modeste et provinciale. Sa Normandie, c'est le Limousin et longtemps il gardera la nostalgie de Bellac comme Jardin de Bernay. Fils d'un conducteur des ponts et chaussées, il monte à Paris au début du siècle pour faire ses études au lycée Lakanal puis à l'École normale supérieure. Fin germaniste, il sait parler de l'Allemagne et des Allemands sans accent haineux, ce qui est déjà difficile à l'époque. Il fait de fréquents séjours outre-Rhin et en Angleterre mais c'est probablement de son voyage en Amérique en 1906 que le champion universitaire du 400 mètres revient le plus métamorphosé, du moins dans son allure, plus soignée, plus élégante.

Distingué, ennemi des attitudes par trop brusques ou radicales, il découvre les romantiques allemands à Munich avant la Première Guerre mondiale. Une révélation ! Malgré les apparences, c'est un homme d'une certaine fantaisie intellectuelle, ennemi du surcroît de rigueur qui impose des limites à la curiosité. Délicat et nuancé, brillant et spirituel mais jamais Trissotin, plus proche de Diderot que de Guitry, il est plus secret, moins mondain qu'il n'y paraît. Secrétaire de Bunau-Varilla, le patron du *Matin*, il côtoie un grand nombre de personnalités du monde littéraire et artistique. Il publie son premier livre, *Provinciales*, l'année où il est ajourné au concours des carrières diplomatique et consulaire ; il se rattrapera un an plus tard en réussissant le concours des chancelleries.

Blessé en 1914, premier écrivain français décoré, blessé à nouveau aux Dardanelles, le sous-lieutenant Giraudoux retourne aux États-Unis comme instructeur militaire. Quand Jean Jardin le rencontre, il a déjà publié *Siegfried et le Limousin*, *Juliette au pays des hommes*, *Bella*... Avec Morand, Giraudoux forme un drôle de couple, l'un très Teilhard de Chardin avec ses fines lunettes cerclées, l'autre très Ming. De son ami, Morand dit : « Il touche le grand public sans perdre l'élite. » Il dit encore : « C'est un homme du XVIIIe siècle à la veille d'une immense révolution »[7]. Un jugement plus juste, plus profond en tout cas que la formule pourtant belle de Roger Nimier : « De tous les écrivains français nés à Bellac, au cours des dernières années du XIXe siècle et qui brillèrent à la fois dans la course à pied, la diplomatie, le bridge et le théâtre, il fut le plus célèbre »[8].

L'homme est tout dans son style. On le dit précieux, trop versé dans l'esthétisme car on pense à l'homme en lisant ses livres. Bref, rhétorique et feux d'artifice. C'est que, comme le fait remarquer Morand, on ne sait pas trop comment qualifier ou cerner des thèmes sans sujets, des sujets sans histoires, des histoires sans intrigues. Il tient ces dernières pour secondaires dans la construction du roman. Autant dire qu'il surprend et désempare dans un pays comme la France, où l'on aime tant juger et où on peut d'autant mieux le faire que l'on enferme les diverses littératures dans des catégories. En apparence, ce qu'il écrit est gratuit. L'art pour l'art, le style pour lui-même. Alors que l'intention, plus profonde, n'est compréhensible que si l'on saisit la dimension onirique de ses textes

Ce sont avant tout ses origines, son allure, son talent particulier — qui séduisent Jardin en Giraudoux. Très vite, en dépit des vingt-deux années qui officiellement les séparent, les deux hommes se lient d'amitié. Souvent, Jean le raccompagne en bavardant jusqu'à son domicile 89, quai d'Orsay. Parfois, ils se retrouvent au restaurant chez Francis, place de l'Alma, chez Lipp à Saint-Germain ou encore chez Cazenave près de l'Odéon. Mais ils ont surtout un rendez-vous informel qui leur permet de se rencontrer très souvent : le petit déjeuner que Giraudoux prend régulièrement aux Deux-Magots : « café crème avec lait », dit-il invariablement.

Un autre homme de lettres, tout différent mais de la même génération exerce une forte influence sur Jardin : Jean-Charles Petiot qui signe Daniel-Rops. Ce fils d'officier poursuit, après avoir passé son agrégation d'histoire, une carrière d'enseignant et parallèlement participe intensément à la vie intellectuelle par des contributions régulières dans des revues et des journaux, et surtout par ses livres : *Notre inquiétude* (1926), *Le monde sans âme* (1930), *Éléments de notre destin* (1934) notamment, expriment une constante préoccupation spirituelle, face à la crise et à la décadence des valeurs occidentales. Ses essais autant que ses romans, *L'âme obscure* (1929) et *Mort où est ta victoire?* (1934), le situent très tôt sur la scène littéraire parmi les écrivains catholiques.

En lui, c'est avant tout le chrétien qui séduit Jardin même si, comme beaucoup d'autres visiteurs et interlocuteurs, il est intrigué au départ par cet homme de fiches et de livres, qui vit dans un appartement tapissé de reliures et de dossiers et qu'une maladie des paupières oblige à regarder les gens de haut, au risque de donner la fâcheuse impression d'être hautain. C'est à la fin de sa vie qu'il connaîtra la consécration tant attendue, par son élection à l'Académie française mais surtout par un succès durable et de très nombreuses traductions de sa monumentale *Histoire de l'Église du Christ* complétée par une *Histoire Sainte*, ouvrages écrits pendant l'Occupation, suivis de *Jésus en son temps*. Daniel-Rops, qui sera le parrain du second fils Jardin, Pascal en 1934, sera un des premiers à user de l'incroyable entregent de Jardin dans la société parisienne : plus d'une fois ce dernier lui enverra des auteurs pour sa collection, « Présence », qu'il dirige chez l'éditeur Plon, plus même qu'une collection, un lieu de réflexion économique, philosophique et politique sur le devenir de la société.

Enfin, un peintre comptera beaucoup dans l'évolution artistique de Jardin, lui aussi de sa génération : Jean Driesbach dit Dries. Ils firent connaissance à Londres en 1928-1929. Tous deux boursiers, tous deux de même origine sociale. Dans les brumes de l'exil anglais, ils se lient d'une très forte et durable amitié. Entre eux un pacte : ne jamais parler politique ni, plus tard, affaires mais plutôt musique, peinture, littérature. Quand Jean est tout à sa thèse sur la paix de 1840, Dries, lui, copie une toile du Greco à la National Gallery. A son retour à Paris, il fait sa première exposition particulière dans l'escalier de la Comédie des Champs-Élysées et d'autres très nombreuses suivront, mais jamais il n'oubliera ses promenades avec Jean au British Museum et leurs commentaires interminables sur la sculpture grecque ou les Rembrandt et les Van Gogh de l'exposition hollandaise. Sans oublier Courbet, que Jardin vénère.

Très vite, il se met en tête de faire connaître son ami peintre. Il le présente à Daniel-Rops dont Dries fait le portrait. Il lui écrit un jour : « ... j'ai parlé de vous à Jean Giraudoux qui aimerait voir ce que vous faites »[9], et aussitôt une rencontre est organisée, suivie d'autres. Daniel-Rops dit de cet homme qui dessine depuis l'âge de douze ans : « il peint comme on respire ». Apprenti chez un maître-verrier, très tôt familier des musées et des académies de Montparnasse, élève aux Beaux-Arts, Dries avait été porté vers l'impressionnisme par pente naturelle et avait eu un choc qui laissa son empreinte : la révélation des paysages de Provence, où il retrouva, intacts, les motifs de Cézanne. Jardin lui fera connaître la Normandie et Alexandre Lipianski l'Espagne.

Mais cet homme de haute taille à la forte carrure est un homme secret, toujours en butte à des problèmes matériels. Il ne peut pas toujours se distraire de son art pour les résoudre. Alors sans jamais apparaître comme un agent et encore moins comme un vulgaire rabatteur, Jardin recourt à son tact et sa diplomatie habituels pour « vendre » Dries dans Paris. Parce que son sens de l'amitié le lui commande et que la situation financière assez précaire de son ami le lui suggère. C'est ainsi que grâce à lui, le salon des Giraudoux, quai d'Orsay, celui des Schlumberger rue Las Cases, celui des Dautry rue Casimir-Périer, ceux de beaucoup d'autres amateurs et de diverses ambassades et ministères s'enrichiront de toiles de Dries, sans parler de l'appartement de Jardin lui-même qui ressemble à une galerie vouée au culte d'un seul peintre.

Remercié pour un si généreux dévouement, Jean a toujours la même réponse : « Pour moi, seuls la France, la famille et les amis sont sacrés ! » Ce sera, de tout temps, son programme. Les amis, on a vu. La France on verra, en des heures plus tragiques. La famille, il l'a au cœur depuis son départ de Bernay. En 1930 il épouse son amie d'enfance Simone Duchesne, vingt-trois ans. Fille d'un chirurgien d'Évreux, cette séduisante jeune fille vient d'un milieu social plus élevé que le sien. Très vite, elle s'adaptera à la vie parisienne déjà très intense de Jean. Elle lui donnera trois fils : Simon (1932), Pascal (1934) et Gabriel (1947) tous trois Jardin en diable, mais chacun à sa manière.

S'il ne s'était pas marié si tôt, à vingt-six ans, Jean aurait poursuivi le but qu'il s'était originellement fixé : la diplomatie. Mais outre le fait que ses responsabilités de futur père de famille le poussent à chercher rapidement un emploi stable, il reconnaît lui-même qu'il n'est pas une bête à concours. Au fond de lui, dans ses accès de lucidité, il sait aussi que pour réussir au Quai, il est préférable d'avoir déjà un nom, ou mieux encore, un titre. Ce n'est pas sans nostalgie qu'il observe ses anciens camarades de Sciences-po s'engager dans la voie qui devait être la sienne. René de Chambrun, qui hésite à suivre la trace de son oncle ambassadeur et décide finalement d'être indépendant en devenant avocat aux États-Unis, est une exception [10]. Sa possibilité de choix est déjà un luxe. Jacques Baeyens, lui aussi promotion 1927, deviendra ambassadeur. Son ami Pierre Francfort également. Jardin est même intervenu pour que Paul Morand le parraine aux concours des Affaires étrangères [11]. Il ne cessera de l'encourager dans cette voie. Bien qu'il se soit lui-même présenté une fois au concours et qu'il ait échoué, il suit pas à pas la destinée de ses anciens condisciples, comme le montre cette lettre :

> « As-tu su que Baraduc était reçu au Quai quoique dans un rang plus éloigné que celui qu'il espérait ? Je ne crois pas que tu connaisses le premier : du Jardier. Le deuxième est le sympathique Philippe de Croy. Te présenteras-tu en 1932 ? L'avis des candidats est qu'il faut 18 mois au moins de préparation ! Me permettrai-je un semblant de conseil ? Enferme-toi, ne te marie pas avant le concours et présente-toi en 1933. Ton succès me réjouira dans mon amitié et sera comme une revanche sur ceux que je n'ai pas su préparer » [12].

C'est presque l'entrée aux Affaires étrangères par procuration ! Pierre Francfort, qui n'a pas encore rejoint son premier poste — attaché d'ambassade à

Pékin, se souviendra d'un Jean Jardin alors très gai, pas très ambitieux, dévoré par la curiosité de connaître les gens, de plus en plus, toujours prêt à rendre service, pour le plaisir, comme si c'était une seconde nature, merveilleux conteur mais également discret, assez mystérieux sur sa vie privée, et guère enclin aux confessions ou à l'épanchement.

Un profil un peu Janus, apparemment contradictoire mais, avec le recul, très cohérent.

3

L'envol

(1929-1940)

1929. Le ministère Briand chute, pour la onzième fois tandis qu'à Wall Street, c'est l'effondrement. La Chambre vote la construction d'une ligne fortifiée. On l'appellera Maginot, comme le ministre de la Guerre. Elle fait partie des grands travaux avec le barrage de Kembs et le grand canal d'Alsace. André Maginot apprendra assez tôt qu'il est périlleux d'accorder sa paternité à une telle entreprise. La postérité ne l'oubliera pas.

Jean Jardin s'est marié à Deauville. Après la fête, il a fallu bien vite passer aux choses sérieuses. Depuis peu, Jean travaille au service des études de la banque Dupont, avenue Victor-Emmanuel III, grâce à son ami Gilbert Tournier : son frère Yves dirige l'établissement. Cela représente un salaire mais c'est tout. Ou sinon, la routine, l'ennui. Pire que tout quand on a vingt-six ans, qu'on déborde d'idées, de projets et d'énergie. La France est en effervescence, le monde bouge et Jardin, qui veut tant participer, reste derrière son guichet, le nez collé à la vitre, à observer au lieu d'agir. Il se morfond, ronge son frein. Cela ne peut durer. Cela ne durera pas.

> « ... Je sors des Deux-Magots, je quitte à l'instant Jean Giraudoux... Comme toujours, d'une conversation avec l'exquis, l'ondoyant, le

tendre et qui évoque si bien toutes les nuances de son charmant génie, je reviens conquis, transporté, délivré des tristes réalités — ô miracle — décidé. Il y a deux heures, je me demandais encore si j'allais quitter Dupont où l'on fait jouer de substantiels appâts pour me retenir, ou m'engager vers la " carrière " et l'inconnu aux changeants mirages... Je ne balance plus. Boulevard Saint-Germain, je marchais sur des nuées et j'étais le maître du monde. J'ai remonté les Champs-Élysées dans une brume impalpable et dorée. Quelle lumière[1] ! »

C'est décidé. Adieu la banque ! Mais encore ? Tout naturellement ses amis et ses relations, qui connaissent ses facilités de plume, lui proposent ce qu'il faut bien appeler des besognes mercenaires. Jean travaille de plus belle pour Morand, publie de petits articles à droite à gauche, et fait des traductions : Keyserling mais aussi *Défense des femmes* de H.L. Mencken chez Gallimard avec une préface de Paul Morand (le livre ne paraîtra que plus tard, en 1934) ou encore les souvenirs d'un ancien combattant du front russe sur les camps de prisonniers, *Garnisons sibériennes* de Rodion Markovits, qu'il préface et traduit du hongrois (!) avec Ladislas Garaï pour les éditions Payot (1930).

Du bricolage. De quoi subvenir aux besoins les plus pressants et assurer le loyer de son petit appartement du boulevard Brune à la porte d'Orléans, dans le 14e arrondissement. L'air du temps, les circonstances, certaines opportunités et surtout ses déjà fortes amitiés vont lui permettre de « décoller » en concrétisant ses aspirations politiques et intellectuelles les plus profondes. Ce sera la rencontre, fondamentale dans sa vie, avec le groupe de *L'Ordre Nouveau*.

Ce fut un tournant pour toute une génération. On a peine à imaginer, avec le recul, à quel point les jeunes intellectuels de l'entre-deux-guerres ont, en majorité, rejeté le canal des partis traditionnels et les hommes politiques professionnels pour exprimer leur révolte et leurs velléités d'insurrection. Ils leur préférèrent des revues et des groupes dont le dynamisme fut véritablement la marque de ce que l'on appellera « l'esprit des années trente[2] », celui de jeunes gens qualifiés, faute de mieux, de « non-conformistes des années trente »[3].

Leur ambition? Rien moins que renouveler la pensée politique française et proposer un nouveau destin à ceux qui ont eu vingt ans au lendemain de la guerre. La diffusion (souvent confidentielle) de ces revues et l'importance numérique (toujours faible) de ces groupes sont inversement proportionnelles à leur audience, leur influence et leur impact, comme la suite des événements va le montrer. On en retrouvera les thèmes, les idées, les hommes et d'une manière générale, l'empreinte diffuse tant dans la Résistance que dans l'idéologie de la Révolution nationale et les improvisations de la Libération, jusque dans les plus profonds développements de la IVe République. Cela va de la cogestion dans l'entreprise à la formation de l'Europe en passant par la décentralisation et tant d'autres réalités de la seconde moitié de ce siècle, qui n'étaient dans les années trente que des thèmes de réflexion pour cercles intellectuels en marge de la politique.

A contre-courant... Au départ, c'est bien le premier point commun de tous ces groupuscules. Quand la France parlementaire, euphorique et optimiste, vit encore sur les acquis du traité de Versailles et de la paix, ces jeunes parlent de crise. Non pas seulement celle que subit l'Amérique mais celle qui attend la France. Funestes Cassandres! Quel culot à l'heure où il n'est question que de prospérité! Un livre scandalise ou provoque les sarcasmes des professionnels de l'analyse et de la prévision, députés ou journalistes, professeurs ou économistes : *Décadence de la nation française* (1931). C'est Jacques-Robert France, le directeur des éditions Rieder, qui après avoir lu un de leurs articles dans une revue, a commandé l'ouvrage à deux jeunes inconnus : Arnaud Dandieu et Robert Aron.

Ils ne reculent devant rien, désignant la France comme « l'homme malade de l'Europe ». On briserait une carrière à moins, n'eût été l'extraordinaire débat suscité par ce livre dans de nombreux cercles. Il est aussitôt suivi et amplifié par un autre, des mêmes : *Le cancer américain* (1931), qui dénonce le revers de la médaille dans l'aide de Washington à l'Europe : en acceptant les dollars du plan Young, l'Occident était accusé de vendre son âme au diable, en clair de brader ses valeurs et ses principes de liberté en échange d'autres, importés d'un Nouveau Monde, à la morale étrangère aux traditions françaises, un univers plus soucieux de rentabilité et d'efficacité que de conscience.

Depuis l'affaire Dreyfus et, singulièrement, depuis le lendemain de la guerre, les jeunes intellectuels français s'engagent pour exprimer une révolte, contre la société bien sûr, mais surtout contre « l'impuissance des institutions et la veulerie de la classe politique »[4]. Dans leurs discours, il n'est question que de crise de civilisation. Cette révolte contre l'ordre établi autorise provisoirement des solidarités qui défient les opinions et les étiquettes politiques. L'exemple le plus frappant de cet état d'esprit, qui n'est pas une vue de l'esprit, est la manière dont, unanimement, les petites revues, de l'extrême gauche à l'extrême droite, ont réagi à l'assassinat d'Edmond Fritsch en 1932 : ce militant communiste haranguait des ouvriers sur un chantier de Vitry quand il fut froidement abattu par la police[5]. Ce fut de toutes parts, l'émotion et le tollé.

Marqué par la lecture de livres au grand retentissement comme ceux de Robert de Jouvenel *La Républi-*

que des camarades (1914), d'Albert Thibaudet *La République des professeurs* (1927) et naturellement d'André Siegfried, le séduisant ponte de Sciences-po, *Tableau des partis en France* (1930), Jean Jardin se définit, dans ces années charnières, d'abord comme un incurable individualiste. Après avoir flirté avec l'Action Française, il sait pourquoi il préfère vraiment les mouvements aux partis : comme leur nom l'indique, ils sont mouvants, sans véritables contours définis. Il a suffisamment assimilé les leçons du professeur Siegfried pour avoir compris que l'individu était le fondement de la civilisation française et que si la Révolution française ne faisait toujours pas l'unanimité, ce n'était pas par refus ou exaltation de la République ou de la monarchie, mais par adhésion ou rejet de « l'esprit de 89 », véritable ligne de démarcation entre la gauche et la droite [6].

Il est élitiste en ce qu'il ne peut réprimer en lui une vieille méfiance intellectuelle de la foule. Il croit en la fameuse mission dévolue aux élites mais s'interroge avec Anatole France sur cette regrettable confusion, de longue date entretenue, entre cadres et élite. A ses yeux l'épiscopat et non l'armée, l'administration ou l'État représente la seule trame solide de l'histoire de France dans sa continuité [7]. Dans cette logique, il ne peut s'empêcher de trouver trop sommaire le conflit entre la droite et la gauche et de lui substituer, dans toute réflexion politique, le débat entre partisans d'une hiérarchie sociale et partisans d'une égalité démocratique. Jardin est représentatif d'une bonne partie de l'opinion française qui, au-delà de la distinction géographique gauche-droite dans l'hémicycle parlementaire, exprime la permanence et la rémanence d'un esprit contre-révolutionnaire distinct du sentiment monarchiste. Fort de cet héritage assumé, le même homme va participer à la création d'un formidable mouvement de pensée, authentiquement subversif, sans rien renier de ses traditions.

Lui qui cherche non le bonheur matériel mais des raisons de vivre et un sens à donner à son existence, le voilà très vite happé par un club, un groupe, une revue, une école de pensée peut-être qui vont engager sa vie.

Réaction, les Nouvelles équipes, La Revue du XXe siècle, Plans, Esprit, Ordre Nouveau, La Revue française, L'homme réel, La Revue du siècle, La Nouvelle Revue Française, Europe, Mouvements et tant d'autres... Elles pullulent, ces revues des années trente. Creusets de nouveaux talents, réservoirs à idées, elles sont la manne des éditeurs et des rédacteurs en chef en manque d'inspiration, et le meilleur baromètre intellectuel de l'époque.

Rue du Moulin-Vert, dans le 14e arrondissement de Paris. C'est là, dans l'arrière-salle d'un petit restaurant, que se réunissent périodiquement des jeunes gens venus de divers horizons pour échanger des idées sur la philosophie, l'art, la politique, l'économie aussi bien que la religion. Le chambellan de ce Club du Moulin Vert n'est autre qu'Alexandre Lipianski devenu Alexandre Marc et bientôt poussé par un formidable élan intérieur à la conversion au catholicisme.

Dénué d'ambition de carrière mais d'une inaliénable exigence spirituelle, il est de ceux qui consacrent leur vie à une idée. Il a à peine vingt-cinq ans mais déjà des certitudes appuyées sur une certaine expérience. Il a fui la Révolution russe pour la République de Weimar, très exactement l'université d'Iéna où il a étudié la philosophie. A Paris, il a fait Sciences-po, promotion 1927, et c'est tout naturellement que son ami Jean Jardin se retrouve à ses côtés, au restaurant du Moulin Vert. Mais la rue Saint-Guillaume n'est pas le seul lieu de recrutement puisque, aussi bien, on trouve face à d'anciens Action Française d'ex-trotskistes comme Jacques Naville[8]. Continuons le tour de table : voici René Dupuis, de formation historienne, un homme d'une intelligence très pointue ; Gabriel Rey, de la librairie Hachette ; Denis de Rougemont, un protestant suisse fils de pasteur et secrétaire des éditions Je sers ; Nicolas Berdïaev, un philosophe russe beaucoup plus âgé que la plupart des autres participants, exilé depuis 1924 à Clamart et dont le passage du marxisme à l'orthodoxie la plus fervente impressionne tant les émigrés russes que les catholiques français ; le philosophe Gabriel Marcel, qui publie son *Journal métaphysique* (1928), très influencé par Hegel et Bergson, avant de se convertir au christianisme...

C'est dire que le spirituel prend souvent le pas sur la politique. De toute façon, les discussions du club, de plus en plus rapprochées et denses, ne sauraient rester en l'état. Les idées exprimées en cette enceinte ne sont sûrement pas stériles. Il faut passer à un autre stade. Cette prise de conscience se traduit au cours d'une réunion, en ces termes : « Notre civilisation fout le camp. Si nous restons là, nous serons entraînés dans la débâcle. Ou bien nous allons au Canada fonder une petite colonie ou bien nous tentons quelque chose pour sauver la civilisation européenne[9] ! »

On fera donc un manifeste... Mais au-delà du texte lui-même, ce qui importe, c'est la scission qu'il provoque dans le club du Moulin Vert, les uns se consacrant à la réflexion spirituelle, les autres à la politique.

Nous sommes à la fin de l'année 1930. La tendance « politique » ou plutôt temporelle du club essaime, convainc, fait circuler son texte intitulé « Manifeste pour un ordre nouveau ». Très vite, un groupe naît qui porte naturellement le nom de *L'Ordre Nouveau**. Le noyau originel s'enrichit de l'apport de nouvelles recrues : le mathématicien Claude Chevalley, l'avocat

---

* Sans aucun rapport, ni de près ni de loin, avec le groupuscule d'activistes d'extrême droite fondé en 1969.

Robert Kiefé, les ingénieurs Robert Loustau et Robert Gibrat, un négociant en matières coloniales, Jacques Dalbon, l'écrivain Daniel-Rops [10]... Mais les deux plus fortes personnalités amenées à participer à la création du groupe sont sans aucun doute Arnaud Dandieu et Robert Aron.

Depuis deux ans, ils travaillent tous deux de concert, isolés de tous, à approfondir un certain nombre de recherches et de réflexions, enfin débarrassés de quelques illusions, l'un venant du surréalisme, l'autre du socialisme. Aron (le futur historien de Vichy et de la Libération) partage son activité de secrétaire entre le temple de l'académisme (la *Revue des Deux Mondes*) et celui du non-conformisme (les éditions de la Nouvelle Revue Française). Fils du fondé de pouvoir d'un agent de change, cet agrégé de lettres remplit auprès de Gaston Gallimard une fonction mal définie, s'occupant tour à tour des traductions étrangères, des adaptations cinématographiques... Arnaud Dandieu, lui, travaille comme bibliothécaire rue de Richelieu, à la Bibliothèque nationale. C'est un homme doué d'une très forte capacité de synthèse, informé et critique, multipliant ses centres d'intérêt. Dandieu a, de plus, cette indéfinissable touche de génie qui le fait rayonner dans tous les cercles où il prend la parole. C'est le type même de l'intellectuel séducteur, celui qui attire et convainc par le geste, la parole, le regard, sans forcer. Quand il est présenté à ce petit groupe, il a déjà publié des articles de philosophie où l'influence de Nietzsche et de Bergson éclate, un recueil de vers, un essai sur Proust. Lui et Robert Aron se connaissent et se fréquentent depuis 1915, date de leur première supérieure au lycée Condorcet. Leur entrée parmi les signataires du Manifeste pour un ordre nouveau est décisive.

Les premières réunions ont lieu soit chez Dandieu, rue Spontini, soit chez Jardin, boulevard Brune, soit en grand comité, dans la salle du Musée social rue Las

Cases. Les discussions sont animées, et se poursuivent immanquablement pendant les repas. Les gens de *L'Ordre Nouveau* ne se quittent guère. Tout leur est prétexte à rendez-vous. Mais que font-ils donc ? Ils préparent la révolution, tout simplement... Ils ne posent pas de bombes et n'ont pas l'intention de faire dérailler des trains. Ils parlent, réfléchissent, écrivent, sérieusement, gravement car la crise qu'ils annoncent ne prête pas à rire. Et les autres révolutionnaires, installés, officiels ? Décevants, sur le déclin... Et les hommes politiques, ceux de la représentation parlementaire ? Ridicules de médiocrité, insupportables... Non, pour ces jeunes gens, il est vraiment temps d'accélérer l'inéluctable processus de changement. Total. Irréversible. Radical. Bref, véritablement révolutionnaire. Alors on travaille la doctrine, tard le soir, chez Jardin, chez Dandieu ou les autres. On récrit des programmes sur des tables de restaurants jusqu'à la fermeture et le coup de balai du garçon. Les premiers fruits de toutes ces discussions dans des arrière-salles enfumées et surtout du travail solitaire du tandem Aron-Dandieu avant la rencontre avec le groupe, c'est la publication de deux livres, *Décadence de la nation française* et *Le cancer américain*, et de nombreux articles éparpillés dans diverses revues. Trop diverses, trop nombreuses justement. Il faut remédier à cet éclatement. De l'école de pensée au mouvement, il n'y avait qu'un pas. Du mouvement de pensée à la revue, aussi. Le titre vient tout seul : *L'Ordre Nouveau*, bien sûr.

Mai 1933. Depuis trois mois, celui que la TSF appelait Monsieur Hitler se fait désormais donner du « chancelier ». Le premier numéro de la revue paraît. Une revue jeune et nouvelle, c'est une brochure d'une trentaine de pages avec une couverture blanche sur laquelle se détachent les lettres rouges et noires du titre. Une périodicité — mensuelle — une adresse —

25, rue de Rémusat — pas de vraie trésorerie mais les économies des huit membres fondateurs dont Jean Jardin. Pas de secrétariat, un service abonnements aussitôt débordé. C'est Daniel-Rops qui initie le groupe aux mystères des chèques postaux ! Il y aura, durant les cinq années que durera la revue, une moyenne de mille abonnés avec une pointe (pour le tirage...) à deux mille. Les lecteurs sont, bien entendu, des fidèles, militants convaincus à qui il est superflu de demander de diffuser la revue autour d'eux tant ce geste leur paraît naturel. Les responsables ne courent pas après les adhérents. Ils les accueillent volontiers mais ne se mettent pas en chasse. Le jour de 1935 où le mouvement du colonel de la Rocque, les Croix-de-Feu, en quête d'intellectuels pour étoffer son état-major, fit des propositions à *L'Ordre Nouveau* en lui faisant notamment miroiter les centaines de milliers d'adhérents, il reçut cette réponse dédaigneuse :

« La compagnie du gaz a bien davantage d'abonnés[11]... »

Robert Aron et Arnaud Dandieu sont les directeurs. Claude Chevalley, Jean Jardin, René Dupuis, Daniel-Rops, Denis de Rougemont et Alexandre Marc participent au comité de rédaction. Leur programme éclate dès ce numéro 1 : « Contre le désordre capitaliste et l'oppression communiste, contre le nationalisme homicide et l'impérialisme impuissant, contre le parlementarisme et le fascisme, L'ORDRE NOUVEAU met les institutions au service de la personnalité, subordonne l'État à l'homme. »

La publicité pour les abonnements, très originale, ne manque pas d'humour : « Jusqu'à présent toutes les idées émises par les collaborateurs de *L'Ordre Nouveau* ont été reprises deux ans après par la grande presse sous forme approximative et vulgarisée. Lire *L'Ordre Nouveau* c'est gagner deux ans. »

Dès le premier numéro, Jean Jardin publie un article sur la « Misère de l'étatisme politique en

Italie », autrement dit la misère du fascisme et l'exercice de sa tyrannie. L'étude est serrée, précise, argumentée. En conclusion, citant le propos d'un fasciste notoire selon lequel la réforme syndicale en Italie avait résolu les problèmes de la lutte des classes et de la distribution des richesses, Jardin écrit : « C'est assez dire que là comme dans l'école libérale, comme dans l'américaine, comme dans la bolcheviste, l'homme de chair est seul pris en considération et non l'homme de chair et d'âme. Mais c'est avouer aussi que l'élan spirituel du Fascisme dont on a fait des panneaux-réclame est ravalé au niveau d'un moyen de gouvernement. »

Dès la seconde livraison de ce qu'on appelle déjà « L'O.N. », Jean Jardin cosigne avec René Dupuis un article dans lequel il tente d'apporter une définition à la notion d'« acte révolutionnaire » : il pose l'opposition absolue à l'idée de parti et la réaffirmation que la révolution ne saurait être le fait ni de la masse embrigadée ni d'une élite agissante. L'ancien sympathisant de l'Action Française a vraiment viré sa cuti. Doux rêveur ? Utopiste ? Qu'on en juge :

> « ... l'explosion révolutionnaire se fera d'elle-même le jour où les cellules " Ordre nouveau " seront assez nombreuses, assez fortes, assez mûres, pour provoquer, par leur seule existence en quelque sorte, l'éclatement des cadres, vidés de toute substance, du régime actuel. Cette explosion ne sera nullement un " chambardement » mais le couronnement institutionnel de la révolution. L'O.N. est né et se développe au sein même de la société actuelle : lorsqu'il sera entièrement formé, il se libérera de ses dernières entraves c'est-à-dire des institutions qui subsisteront encore du système présent, comme on coupe le cordon ombilical qui rattache l'enfant à sa mère, dès que ce dernier a respiré (...) L'O.N. ne saurait être confondu

avec les institutions et le régime par lesquels il se traduira. Ceux-ci ne sont pour nous que des outils dont la valeur ne saurait être éternelle et que les générations futures auront certainement à remplacer. La personne humaine elle-même — qui est l'axe essentiel de toute notre doctrine — échappe à toute définition puisqu'elle se " dépasse " sans cesse par l' " acte " et que c'est dans la mesure même où elle se dépasse qu'elle existe.

C'est pourquoi, pour nous, la révolution c'est l'ordre mais aussi l'ordre c'est la révolution. »

Ce texte est aussi important pour comprendre *L'Ordre Nouveau* que Jean Jardin. Pas seulement sa formation intellectuelle, ou ses idées à l'approche de la trentaine. Car comme l'écrira son ami Robert Aron : « Sans jamais les désavouer ni les passer sous silence, Jean Jardin a promené les idées de *L'Ordre Nouveau* du cabinet de Dautry à celui de Laval[12]. » Malgré les vicissitudes de ces temps agités — et on les sait nombreuses! — il ne s'est jamais dépris de ces quelques notions politiques élémentaires qui lui permettront par la suite, sous Vichy et les deux Républiques qui lui succéderont, de mieux se retrouver, lui-même, dans la pagaille générale, celle des hommes et des idées. Les principes de *L'Orde Nouveau*, pour lesquels l'individu reprend tous ses droits, seront en quelque sorte le rail de sa vie, une métaphore qui n'aurait pas déplu au passionné de chemin de fer. Même les formules de la revue collent tout à fait au tempérament de Jardin, notamment celle qui situe l'O.N. ni à gauche ni à droite mais à mi-chemin derrière le perchoir, tournant le dos à l'Assemblée...

Emporté par son élan « révolutionnaire », il n'hésite pas à brûler les idoles et dès le troisième numéro de la revue, règle son compte à l'Action Française. Certes il estime que depuis la Commune, elle a été le seul mouvement révolutionnaire authentique et il loue le Maurras du début du siècle, qui flétrissait d'un même trait de plume, anarchistes et libéraux. Mais s'il félicite cette AF première époque, c'est pour mieux critiquer ce qu'elle est depuis devenue, coincée entre un Daudet obsédé par les querelles de personnes, un Maurras sourd aux urgences de l'heure et un Bainville de plus en plus sceptique. Bref, à ses yeux, l'Action Française, qui n'est plus qu'un « groupe voué à la stérilité et à la mort », a trahi : en immobilisant la jeunesse, elle fait le jeu du parlementarisme radical... Et ce n'est pas fortuit si dans la même livraison de la revue, Jardin signe un autre article, écrit avec Denis de Rougemont, pour dénoncer le Parlement, machine à recommandations, inefficace puisque tout le monde en use. C'est un club et ce n'est que ça, pour reprendre le mot désabusé de Barrès dans un de ces derniers cahiers.

Un peu plus tard, dans un des numéros suivants, Jean Jardin donnera, peut-être inconsciemment, la meilleure définition de ce qui à ses yeux incarne la France. Dans un article écrit en collaboration avec Jean de Lassus et intitulé « Qualité française » il cite une apologie du travail bien fait trouvée dans *L'Argent* de Péguy : « J'ai vu, toute mon enfance, rempailler des chaises exactement du même esprit et du même cœur et de la même main que ce même peuple avait taillé ses cathédrales. » Jardin se plaint, à la suite de Péguy, de la décadence du métier, le travailleur ayant laissé la place au producteur, un processus qui ne peut qu'étouffer, à court terme, l'idée même de qualité française. La faute à qui ? A la standardisation, l'éphémère, la vitesse, l'argent, le mauvais goût bourgeois du XIXe siècle, la défaillance de l'esprit français... Tout le contraire de la mesure, de l'équilibre, du fini d'un meuble de Boulle par exemple [13]. Sans qu'il y paraisse, ce dernier cristallise parfaitement ce qu'il y a de plus français en Jean Jardin-le-révolutionnaire, une irrépressible nostalgie d'un pays rural et artisanal, serein et préservé, où l'on tient le mot progrès pour synonyme de déshumanisation.

Fin juillet 1933. Les gens de *L'Ordre Nouveau* semblent tenir une conférence permanente à la clinique de Neuilly. C'est que le fascinant Dandieu est au plus mal. Opéré pour un léger point de hernie, il a vu son organisme s'affaiblir soudainement à la suite d'une septicémie. Pas d'antibiotiques ni de pénicilline. L'agonie dure six jours, atroces, interminables.

A son chevet, outre sa famille, se retrouvent et se relaient Robert Aron, Jean Jardin mais aussi Julien Cain, son patron administrateur de la Bibliothèque nationale, François Mauriac, Gabriel Marcel, Alexandre Marc. Lui qui avait tant à dire, à écrire, à réfléchir... Ce qui frappe le plus les visiteurs, c'est la constante élévation d'âme de Dandieu bien au-delà de la souffrance physique. Il est lucide et se révolte contre l'injustice. Dans un ultime sursaut, il lance encore des idées destinées au mouvement et à la revue, comme pour laisser une dernière trace et défier la maladie qui entend stériliser prématurément un esprit aussi fécond. Las ! A bout de force début août devant ses amis atterrés, il rend son dernier soupir, en catholique convaincu. Jean Jardin est révolté, désespéré, anéanti [14].

L'Ordre Nouveau continue, bien sûr, mais le spectre d'Arnaud Dandieu ne quittera jamais ses animateurs.

Bientôt, Jean Jardin ne va plus signer ses articles que Dominique Ardouint. Ce nom apparaît dès le numéro 6 de la revue. C'est Daniel-Rops qui le lui a trouvé. D'aucuns prétendent qu'il a tout de suite été approuvé par les gens du comité, un peu « gênés » que le nom d'un juif — Aron — soit toujours en tête de la composition de l'équipe... Toujours est-il que s'il décide de ne plus signer de son nom, c'est que depuis peu il a un vrai métier et que son nouveau patron lui a demandé de mettre une sourdine à son activité politique, officiellement du moins, quitte à la poursuivre avec plus de discrétion. Alors Jardin obéit. Il faut dire que l'homme en question, qu'il appellera « le patron » toute sa vie, n'est autre que Raoul Dautry, une figure essentielle non seulement dans sa carrière mais aussi dans sa vie.

Dautry, en 1933, c'est le chemin de fer. Une première fois, Jean a essayé d'entrer dans son univers par la petite porte. Il avait lu une annonce dans *Paris-Soir*. Entre deux audiences, il avait réussi à se glisser dans le bureau de Dautry, toujours prêt à écouter des jeunes. Mais à l'issue de l'entretien, il avait posé la question qu'il ne fallait pas poser :

« Mais quel sera mon avenir là-dedans [15] ? »

C'est l'échec mais le contact est pris. Quelques mois plus tard, en bavardant avec son ami Daniel-Rops, Jardin apprend que l'écrivain a rencontré Dautry au cours d'un voyage à Assise, en Italie, dans un petit hôtel ; l'auteur du *Monde sans âme* et le technicien qui a en horreur la technique opprimante, ont sympathisé. Tout naturellement, Daniel-Rops rédige donc une recommandation, louant les qualités de Jardin à l'adresse de Dautry. Cette fois, la démarche n'est pas vaine. Le jeune homme est engagé, à un poste mal défini. Mais « le patron », lui, le présentera longtemps comme son secrétaire [16] avec une ironie mêlée d'affection, ce qui donne bien la dimension de la relation qui s'établit entre les deux hommes.

Singulier personnage que Raoul Dautry. Un cas sous la IIIe République.

Petit, méfiant, autoritaire, parfois sec dans ses rapports professionnels, acceptant mal d'être débordé, c'est un homme de la fidélité et de la loyauté qui, toujours, dépasse les contingences du politique. Né en 1880, Dautry reste un pur produit de l'école laïque. Orphelin de la République à l'âge de huit ans, il s'en sortira toujours par le système des bourses. Polytechnicien (promotion 1900) il est déçu par la qualité de l'enseignement de l'École. Intellectuel autodidacte, il découvre, seul, Renan et Péguy, Georges Sorel et Bergson, Boutroux et Durkheim. Autant dire qu'il échappe tout de suite au moule dont il est issu : la petite bourgeoisie provinciale. Son ambition n'est pas celle d'un carriériste mais celle d'un technicien qui a de « grandes idées pour la France ». Il débute en 1903 comme simple surveillant au service de la voie du district de Saint-Denis, puis gravit rapidement les échelons. Ingénieur en chef de l'entretien en novembre 1928, il reçoit d'André Tardieu, le ministre des Travaux publics, une proposition qui ne se refuse pas : la direction du réseau de l'État. Il devient ainsi à quarante-huit ans le plus jeune directeur des sept grands réseaux français de chemin de fer.

En fait, il est une sorte de super-ministre. Il est connu, en son temps, pour son indépendance d'esprit et sa grande méfiance à l'endroit de la politique. Les partis, il n'aime pas et adopte pour règle de conduite de s'en tenir écarté. Il se veut avant tout un ingénieur, très attaché au rôle de ses confrères dans la vie sociale et à sa mise en valeur. Dans son sillage, il y aura toujours peu de militants. Très vite il apparaît comme l'homme du rassemblement, celui qui parvient, tant bien que mal, à dépasser les antagonismes souvent tranchés de ces années de tumulte, se référant tantôt à Lyautey et Proudhon, tantôt à Bergson et Lavisse... Bref, sa grande idée, c'est le consensus. Ce qui lui importe avant tout, c'est l'homme en tant qu'acte social. Il est pragmatique et plaide pour une technique administrative. Gestionnaire de l'administration, il fait du social en réponse à la production [17].

Raoul Dautry, c'est le type même de l'homme providentiel. A la fois une pensée de droite éclairée, et un sauveur, l'ultime recours quand les gouvernants ne savent plus vers quel grand expert se tourner. En

1928, quand il prend possession de son immense bureau dans la cour du Nord, à la gare Saint-Lazare, un de ses premiers soins est de le tapisser de dossiers de carton vert contenant les programmes de ses prédécesseurs. Il faut dire qu'à son arrivée, neuf ans avant la création de la SNCF, les chemins de fer sont éparpillés en sept réseaux et que le sien, le réseau de l'État dit encore « Ouest-État » car il s'agit du réseau de l'Ouest racheté par l'État en 1912, est en pleine déliquescence. Il est même régulièrement brocardé par les chansonniers, ce qui est une manière de consécration.

Homme d'action et pôle de réflexion, Raoul Dautry lui fait remonter le courant. Chaque semaine, au « petit local » du PLM rue Saint-Lazare où se réunissent les présidents et directeurs des compagnies de chemin de fer, il impose son réseau, en patron responsable et en ingénieur compétent, une double qualité assez rare dans un milieu lui aussi pourri par la politique. Dautry se présente comme l'homme qui trouve des solutions, dût-il y mettre le temps. On sait qu'on peut le trouver à son bureau entre 8 heures du matin et minuit. Il rédige beaucoup de notes et souvent ses collaborateurs trouvent à leur arrivée « les idées de la nuit », prêtes à être étudiées et exécutées. Travailleur infatigable, il exige beaucoup d'eux, et de toute façon une totale disponibilité. Jean Jardin dira :

« C'est là que j'ai appris à travailler. »

Dautry sait tout, surveille tout, ne laisse rien passer et ne perd pas de temps. Il se fait même construire une voiture pendulaire enregistrant, à partir d'oscilloscopes, l'état de la voie ferrée, de manière à contrôler en permanence le travail des ingénieurs de la voie... Jean Jardin restera longtemps fasciné par cet homme.

Au départ et pendant plusieurs années, il assure son secrétariat au sens large du terme. Il est un de ses proches collaborateurs, un de ses bras droits, bien qu'il n'ait, lui, contrairement aux autres, ingénieurs de formation pour la plupart, aucune compétence technique. Il assure, avant l'invention du mot et de la fonction, une tâche essentielle de relations publiques et d'informateur. Jardin est le cordon qui relie Dautry aux milieux intellectuels, politiques et journalistiques. Il est tout le temps pendu au téléphone. C'est l'obligeance même, un jeune homme d'une mobilité et d'une nervosité extrême, tout le temps occupé à rendre des services. Dans le Tout-Paris des lettres et de la presse, il est l'homme des réservations impossibles : 30 décembre, le train bleu pour Cannes... Son bureau rue Saint-Lazare reçoit des visiteurs de marque qui détonnent aux chemins de fer : Coco Chanel, Dries, ou Georges Prade vice-président du Conseil municipal [18]...

Jardin ? Il explique le chemin de fer à l'extérieur. Généralement, c'est ce que répond Raoul Dautry quand on l'interroge sur l'activité débordante de son « secrétaire » et ce n'est pas une boutade à une époque où le train a encore besoin de propagande, peu après la remise à flot de la Compagnie internationale des wagons-lits et la création d'Air France. Ce qui frappe surtout Dautry, homme de terrain et de dossier, dans la personnalité de Jardin, homme de contact et d'échanges, c'est son extraordinaire entregent, son potentiel de relations et la manière subtile dont il s'insinue dans tous les milieux qui comptent. Il sait tout arranger, sans bassesses. C'est un homme très répandu dans Paris. Mais il n'est pas que cela.

Il noue des contacts suivis avec M. Dorpmuller, le directeur général des chemins de fer allemands, et l'accompagne à chacune de ses visites à Paris [19]. En 1934, quand Gaston Doumergue, sorti de sa retraite de Tournefeuille pour devenir président du conseil obtient de gouverner par décrets-lois, et l'année suivante quand Pierre Laval occupe son fauteuil, le gouvernement confie l'exécution du « Plan Marquet » à Raoul Dautry, et Jean Jardin est amené à y collaborer. Certes, cet ambitieux plan de grands travaux et de modernisation de la France ne concerne pas que le chemin de fer : il est question autant de l'électrification de la ligne Paris-Le Mans que de l'installation des ascenseurs à tous les étages du ministère des Affaires étrangères, du développement des archives nationales par la collecte des archives de l'Industrie que de la rationalisation de l'administration... Et naturellement, on a pensé que Dautry était l'homme miracle pour que ce plan ait une chance d'être appliqué.

A deux reprises, Jean Jardin aura l'occasion de renouer, auprès de Raoul Dautry, avec les « besognes mercenaires » de sa jeunesse, cette ébauche de « négritude littéraire » qui ne portait pas encore son nom. Mais au chemin de fer, l'aventure sera encore plus pittoresque.

En 1936, « le patron » demande à l'un de ses plus proches collaborateurs, le polytechnicien Jules Antonini, d'écrire à sa place un livre sur les transports. Ce dernier accepte, naturellement, mais comme il n'en a pas le temps, se tourne vers Jardin, un des rares dans les bureaux de la rue Saint-Lazare à n'avoir pas la plume lourde des techniciens et à donner du nerf à l'importante correspondance de Dautry. Jean s'exécute. Quand le manuscrit est prêt, Dautry, qui ne sait rien de la fabrication de son projet, le convoque et lui dit :

« Je dois écrire une préface à cet ouvrage mais je n'en ai pas le temps. Vous voulez bien me l'écrire[20]... »

C'est ainsi que Jean Jardin préface sous un autre nom un livre qu'il a lui-même écrit sous un autre nom... Il paraîtra en 1936 aux éditions de Gigord sous le titre *Le rail, la route et l'eau* et connaîtra un succès des plus limités. Très fair-play, le signataire du livre Jules Antonini le dédicacera non sans humour à Jardin en ces termes : « A l'alter ego de ce livre, en toute amitié. » Un an plus tard paraîtra chez Plon dans la collection « Présences » dirigée par... Daniel-Rops un livre de Raoul Dautry préfacé par Paul Valéry, *Métier d'homme*. Il est consacré au métier d'ingénieur, à la production individuelle et à la collaboration sociale, au sens de la qualité et du service public, à l'évolution des transports et à la constitution des réseaux, à la morale et la technique... Il doit beaucoup à la plume de Jardin, ce que « le patron » reconnaît en gentleman, dans sa dédicace : « A Jean Jardin, mon précieux collaborateur de tous les jours sans qui ce livre n'aurait pas vu le jour. En témoignage de mon entière amitié. »

Rarement l'administration du chemin de fer aura été aussi littéraire que du temps de Jardin.

1934. Jean Jardin a trente ans. Son portrait, les contours de sa personnalité, ses traits les plus singuliers, les courbes de son tempérament pourraient être décrits, peu ou prou, de la même manière vingt ans plus tard. Il est nostalgique d'une France profonde, celle des artisans et des notables, qui vivrait au rythme de la province, où seul le train serait toléré comme expression de la révolution scientifique et technicienne. A ses yeux, le chemin de fer est ce qui ressemble le plus à l'État avec l'Église catholique. Quand il marche, tout marche. C'est le meilleur baromètre de l'État social.

Il avoue une sorte de fascination — affection pour tout ce qui ressortit à l'aristocratie. Catholique convaincu, il est peut-être plus attaché au décorum et à la liturgie qu'au suivi de la pratique. Son missel restera longtemps plein d'images pieuses et d'in-memoriam d'Élisabeth de France, sœur de Louis XVI, ou plus simplement d'amis très chers. Sa ligne de vie : c'est un joueur, un homme qui a le don de transformer en activité ludique une tâche qui pourrait être harassante ou rébarbative, qui a le goût du risque et sait en prendre mais jamais inconsidérément. S'il s'intéresse aux gens de pouvoir, il n'est pas matériellement intéressé. Il aime rapprocher, rassembler des hommes qui se connaissent mal et que parfois tout oppose. Pour le plaisir, uniquement. Ce n'est pas un intermédiaire, au sens péjoratif du terme, comme le reste de sa vie le prouvera. Un mot anglais le définit bien : c'est un « go-between », celui qui va entre les gens. Contrairement aux entremetteurs, il ne cherche pas à créer des problèmes pour se rendre ensuite indispensable en démêlant un écheveau artificiellement créé. Il a besoin de contacts. Il lui est vital de frotter son intelligence, que l'on dit exceptionnelle, à celle des autres. Très maître de sa parole, il pratique la conversation comme un art, avec beaucoup de brio. L'écouter est un festival permanent tant le trait est chez lui rapide, vif, précis. Volontiers bavard et même familier mais ni profus ni diffus et toujours rebondissant. Dans le même temps, il sait canaliser son incroyable énergie pour écouter les autres et pas seulement les entendre. Éclectique, très curieux, il séduit par sa capacité de dispersion. Très sensible, il n'aime ni blesser ni être blessé. Il veut plaire, cet homme aimé des femmes et qui le leur rend bien.

C'est un personnage romanesque. Il aurait pu être, d'une certaine manière, le héros de *L'homme pressé* de Paul Morand. Il en a la vitesse. Il est surtout loyal et fidèle en amitié. Nul ne peut rapporter une bassesse ou une trahison le concernant. C'est rare. D'autant que s'il se méfie, d'autres se méfient de lui, le jugeant trop intrigant, trop secret. Il attire la confession mais ne se confie pas. Impérieux, il a le goût du pouvoir, aime gouverner son monde tout en réduisant les différences et les contradictions. Concilier les inconciliables reste son idée fixe. A sa manière, c'est un aristocrate, dans sa façon de se faire une certaine idée des choses de ce monde. Peu lui importe que cela ne corresponde pas tout à fait à la réalité. Sa vie intérieure « imaginaire » doit être aussi dense que sa vie réelle. Un imaginaire très probablement connoté aux accents du XIXe siècle dont il est issu. Même s'il lui arrive parfois d'assommer son entourage, il sauve tout in extremis par son sens de l'humour, de la dérision et de la démesure. Diplomate jusqu'au bout des ongles, il évite la gaffe toujours à temps.

C'est un scorpion : jalousie et habileté. Ambiguïté aussi : à la fois aigle et serpent. Sans oublier le goût de la puissance occulte. Très important, déterminant peut-être chez cet homme expansif qui ne dit que ce qu'il veut bien laisser échapper. Un tombeau en vérité.

Très nerveux, survolté, il fume près de trois paquets de cigarettes brunes par jour. Il écourte ses nuits pour souligner et griffonner sur les livres qu'il lit et relit. On dit sa mémoire visuelle exceptionnelle. Pour lui c'est aussi un jeu que de retenir, de ne pas oublier.

La clef de l'homme ? L'ambition peut-être, le goût du vrai pouvoir sûrement. Et cette volonté, chevillée au corps, d'être toujours là où ça se passe, dans l'œil du cyclone, mais bien caché. Ne rien rater du spectacle et y participer discrètement pour cette volupté indéfinissable d'influer sur le cours de l'histoire.

Au physique, l'homme est petit, vraiment petit. Il n'est pas nain et il n'est pas jaune non plus. Il n'a rien d'un Quasimodo. Mais à mi-vie, une rapide décalcification le fera se tasser un peu plus, donnant l'illusion que sa cage thoracique se rapetisse pour déformer et bosseler son dos, accentuant le déséquilibre entre ses épaules. Chez un homme plus grand cela ne se remarquerait pas. De lui, on retient d'abord cette disgrâce et... un charme indéniable qui émane de l'ensemble du personnage, chair et verbe. Il est raffiné, élégant et ne supporte pas de garder le col de sa chemise ouvert. Cela ne se fait pas. Un col doit être cravaté quelles que soient les circonstances. Il a le goût du luxe, peu importe l'état de ses finances. Une séduction naturelle, qui ne se fait pas remarquer. Ses cheveux sont peignés, plaqués, avec une raie sur le côté gauche.

Ainsi le décrivent ses amis, ses proches, ses relations, sa famille. Son fils Pascal, qui l'a beaucoup « étudié » et croqué parfois avec excès, le voit... à sa manière. Au physique ? « Être petit est une chose. Être un faux petit est tout autre affaire, une farce du destin qu'il ne digérait pas. (...) Il se tenait désespérément droit comme un fou du roi qui retire sa bosse pour être un peu le roi [21] ». Et moralement ? « Il était de droite. Il croyait aux élites. Il pensait que l'erreur d'un seul Grand est bien moins redoutable que le vote de tout le monde. Il voyait, en haut, la Royauté et, par-delà tous les espaces, la Papauté [22] ». Pour certains, le passage, les mots les plus authentiques mis dans sa bouche par son fils Pascal sont encore ceux-ci : « Il n'y a qu'un seul cercle qui ressemble parfois à la silhouette de la démocratie. Je l'appellerai l'extrême centre. C'est le lieu impalpable où se croisent les extrêmes de toute nature. C'est un équilibre qui repose sur la tolérance. Mais le charme est rompu. Les fées ont déserté. Nous nous acheminons vers un monde sans ensemble. Tu verras, l'esprit piétine et puis s'y perd [23]. »

1934. Point de rupture et point de non-retour [24].

Le 6 février a commencé, dans les têtes, bien avant. C'est un aboutissement [25]. S'agissant de Jardin et de ses amis, de leur mentalité et de leur évolution à ce moment charnière, une série d'articles est significative à bien des égards. Elle n'est pas parue dans l'*Ordre Nouveau* mais dans *La Revue Française* d'avril 1933. Cette NRF de droite, qui ressemble jusque dans la typographie du sommaire à celle de Gallimard, a eu l'idée de consacrer un numéro spécial à « La jeunesse française [26] ». Le rédacteur en chef Jean-Pierre Maxence a sollicité de nombreux témoignages. Daniel-Rops définit les positions générales, Robert

Aron traite du marxisme et de la Révolution, Maurice Blanchot du marxisme contre la Révolution, Jean de Fabrègues de la faillite contre la sagesse, Thierry Maulnier de la révolution aristocratique, René Dupuis de la crise de l'agriculture et de la révolution personnaliste, Robert Francis de la technique révolutionnaire, Alexandre Marc de la tyrannie de l'école libérale et de l'anarchie de l'école dirigée, Jean-Pierre Maxence des jeunes français et allemands et Jean Jardin de « capitalisme et propriété ».

Il part de deux certitudes : la faillite du capitalisme et la misère de l'homme, et se livre à une constatation : « Ruine d'un système économique sur le plan matériel, déracinement et isolement de l'homme sur le plan spirituel. C'est parce que ces deux maux sont infiniment liés qu'ils posent, et comme l'un des plus urgents, aux constructeurs d'un ordre nouveau, le problème de la possession de la terre. Cette possession qui toujours fut en même temps qu'une force inégalable de stabilité économique, une source inépuisable de vie spirituelle. »

Pour Jean Jardin, la mort du capitalisme est un fait. Quant au reste, il fait encore appel à Maurras pour désigner les anarchistes (« ces aveugles »), les sociaux-démocrates (« ces borgnes ») et les conservateurs-libéraux (« ces gâteux »). Il veut surtout éviter la confusion entre capitalisme et propriété. Il a sa définition, sa réponse qui est tout sauf technique ou administrative, spirituelle plutôt : « Ce qu'il nous faut rechercher c'est, dans un monde irrespirable où tout l'étouffe, à quelles conditions l'homme (c'est-à-dire la personne humaine, cette réalité, non l'individu de l'économie libérale, cette unité abstraite) pourra reprendre vie. »

A ses yeux, la terre présente cette vertu singulière d'être une richesse matérielle et un patrimoine spirituel. Il fait naturellement l'apologie de la propriété comme facteur d'équilibre et d'efficacité sociale, lançant une charge contre la Révolution de 1789, responsable d'avoir renversé la hiérarchie des valeurs, faisant primer le matériel sur le spirituel. Ces dégâts ont été, selon Jardin, relayés par la révolution industrielle qui a déprécié la propriété par une inflation de valeurs mobilières. Autrement dit, le capitalisme est accusé d'avoir déshumanisé la propriété en substituant aux bienfaits procurés à la personne humaine par la propriété concrète, le bénéfice d'affaires anonymes à diviser entre un nombre donné d'individus abstraits. Il sa dire que pour lui, si le capitalisme a failli, la critique socialiste qui le condamne ne peut être pour autant retenue car elle vise le système au lieu de s'en prendre à ses déviations mortelles.

Que faire, alors ? « Enraciner l'homme par la décentralisation, l'attachement à sa petite patrie, la possession de la terre et la liberté de tester. Le lier à ses pairs dans le cadre des corporations. En un mot le soumettre aux nécessaires disciplines tout en le rendant vraiment libre dans son esprit, dans son travail et dans sa vie, voilà la base d'un programme pour l'établissement d'un véritable ordre nouveau. En somme, ce qu'il s'agit de faire, c'est ce que Paul Bourget définissait dès 1891 en des termes qui prennent aujourd'hui toute leur valeur... »

Paul Bourget ? Lui-même. On a un peu oublié aujourd'hui à quel point ce romancier catholique, analyste des maladies morales de son temps et psychologue des femmes du monde (« Il est aux salons ce que Zola est aux corons », disait-on de lui) s'était perdu dans ce monde frivole au lieu de se faire un nom, comme tout l'y autorisait, dans la critique littéraire, l'histoire et la philosophie sociale. Ce qu'il a écrit et qui a retenu précisément l'attention de Jean Jardin vaut d'être cité : « Nous devons chercher tout ce qui reste de la vieille France et nous y rattacher par toutes nos fibres, retrouver la province d'unité naturelle et héréditaire sous le département artificiel et

Une éminence grise. 3.

morcelé, l'autonomie municipale sous la centralisation administrative, les universités locales et fécondes sous notre université officielle et morte, reconstituer la famille terrienne par la liberté de tester, protéger le travail par le rétablissement des corporations ; en un mot, défaire systématiquement l'œuvre meurtrière de la Révolution française. »

On ne saurait mieux dire. Paul Bourget mourra en 1935. Il ne verra pas son raisonnement mis en pratique. Car si on le suit, on trouve logiquement la Révolution nationale du maréchal Pétain, chef de l'État.

Au lendemain du 6 février, Jean Jardin se radicalise dans les colonnes de *L'Ordre Nouveau*. Il écrit : « Il n'y a pas de troisième terme : entre la guerre civile qui s'allume à coups de scandales, d'excitations morbides, d'unions nationales et de massacres et la Révolution de l'Ordre dont sortira l'Union française, il faut choisir dès aujourd'hui [27]. »

Dans un numéro suivant, il cosigne avec Daniel-Rops un article sur les forces intactes de la France, à l'issue duquel il conclut : « En dehors d'une pellicule de crasse qu'un bon coup de torchon enlèverait, il y a chez nous une immense majorité d'hommes qui demandent trois choses : un idéal à servir, des hommes à respecter, un ordre meilleur. Droite ou gauche, également carencés, les partis sont incapables de donner satisfaction à ces vœux légitimes. Que les politiciens continuent leurs jeux dégradants, soit. Mais par-delà la droite et la gauche, il y a la France. C'est à elle que nous pensons. »

Mais qui n'y pense pas, en principe ?

Ils y pensent tous, ceux du PC et de la SFIO qui défilent place de la Nation le jour de la grève générale, ceux qui se félicitent du suicide d'Alexandre Stavisky, ceux qui s'interrogent sur la mort du conseiller Prince ou ceux que préoccupe avant tout la loi sur la distillation des excédents de vin et sur les primes à l'arrachage des vignes. Toutes ces Frances aiment la France mais pas de la même manière. Parfois, elles se rencontrent dans de nouveaux lieux. Pour beaucoup, ce sera le Comité de vigilance des intellectuels antifascistes créé par le philosophe radical Alain, l'ethnologue socialiste Paul Rivet et le physicien communiste Paul Langevin. Pour d'autres, ce sera dans des groupuscules fondés en réaction au 6 février : le « Club de Février », à l'existence éphémère, le « Plan du 9 juillet », club assez hétérogène qui regroupe des fonctionnaires et des intellectuels sous la houlette de Jules Romains et qui semble assez représentatif de l'esprit technicien des années trente, ou encore le « Complot des Acacias » qui se réunit dans la brasserie du même nom, rue de la Grange-Batelière et, avec des gens venus de divers horizons, veut lancer une réforme énergique du régime...

Et Jean Jardin ? *L'Ordre Nouveau* vit un moment clé de son histoire. Radicalisé par les événements, il se forge une vraie doctrine, un dogme impeccable. Plus son rigorisme s'accentue, plus Jardin semble prendre ses distances. Même s'il reste fidèle à ses principes premiers, ceux des pères fondateurs dont il fut, il collabore moins à la revue et se rapproche de nouveaux cercles. On le remarque de plus en plus dans l'entourage de *Sept*, un hebdomadaire catholique fondé le 3 mars 1934 par les dominicains de Juvisy. Au cœur de l'actualité politique mais au-dessus des partis, le journal vise « dix millions de lecteurs catholiques potentiels » et essaie de mordre sur un marché occupé, plus ou moins, par des hebdomadaires de gauche et de droite plus engagés tels que *Candide*, *Gringoire* ou *Marianne*. Aux « Amis de Sept », la permanence de la rue Quentin-Bauchart, Jardin se lie avec des collaborateurs du journal qu'il aura l'occasion de revoir tout au long de sa carrière : outre ses amis Daniel-Rops et Alexandre Marc, il fait connaissance de Georges Bidault, Maurice Schumann, Mauriac, Bernanos, Jacques Maritain, Étienne Gilson, Jacques Madaule, Pierre-Henri Simon... *Sept* ne mourra pas de la campagne de la presse de droite lui reprochant sa complaisance pour le Front populaire mais d'un ordre de Rome suspendant la publication. Qu'importe. Quelques mois après, à la fin de l'année 1937, une équipe quasiment identique lancera l'hebdomadaire démocrate chrétien *Temps présent* avec Stanislas Fumet [28].

Gardons-nous d'en conclure que Jean Jardin s'y est laissé enfermer. Car dans le même temps, il fraie avec d'autres gens, d'une tout autre sensibilité : ceux du groupe *Rive gauche*. Au départ, c'est une société de conférences lancée elle aussi à la suite du 6 février par une Bordelaise, Annie Jamet. Bien que l'équipe de *Je suis partout*, l'hebdomadaire que Pierre Gaxotte dirige chez Fayard, semble omniprésente, le choix des intervenants correspond à l'éclectisme de la fondatrice. Aux réunions qui se déroulent dans un premier temps au théâtre du Vieux-Colombier puis à la salle des Sociétés savantes et au cinéma Bonaparte, place Saint-Sulpice, la foule se presse pour écouter et parfois « voir » Robert Brasillach, Jacques Bainville, Charles Maurras, Henri de Montherlant, Henri Massis, Bertrand de Jouvenel, et même le futur ambassadeur allemand de l'Occupation, Otto Abetz, alors en mission de propagande intellectuelle, mais aussi Julien Benda, l'essayiste de *La Trahison des clercs* honni par la droite, le comédien Louis Jouvet ou le député du PC et rédacteur en chef de *L'Humanité* Paul Vaillant-Couturier, qui expliquera le communisme à un auditoire plutôt habitué à l'analyse du théâtre de Corneille par Brasillach et surtout aux mémorables conférences de Gaxotte sur la France.

A chaque fois, Jardin, son ancien élève du lycée d'Évreux devenu son ami, y marque sa présence. Brasillach est également impressionné par cette idée de la France : « sa fierté et non sa prudence, sa prodigalité et non son avarice. Il citait les lettres de Louis XIV et celles de Lyautey, il nous promenait dans une géographie sentimentale et merveilleuse où la moindre ville était riche de tant d'efforts, de plaisirs, de joie de vivre. Moqueur, il ne respectait pas les grands de ce monde, ni leurs principes. Mais il saluait la jeunesse, il rappelait que le maître mot de la France au grand siècle, ce n'était pas la raison, comme on l'a dit, mais la gloire. Et que la France, ce n'était pas la mesure, mais la grandeur [29]. »

De *Sept* à *Rive Gauche* en passant par *L'Ordre Nouveau*, l'éventail des relations de Jean Jardin est de plus en plus large. Ses amitiés de la fin des années vingt se sont raffermies. Quand il ne parcourt pas le monde comme inspecteur des postes diplomatiques et consulaires ou comme simple voyageur, Jean Giraudoux crée régulièrement l'événement théâtral de la saison à l'Athénée avec Louis Jouvet, rencontré en 1928, un moment décisif dans la vie de l'un et de l'autre. Il y aura *Siegfried, Amphitryon 38, Intermezzo, La Guerre de Troie n'aura pas lieu*. Aragon dira plus tard : « Qu'on me pardonne ! c'est, je crois, la France que je m'étais mis à aimer en Giraudoux. »

Jardin se rapproche d'autant plus de son célèbre ami que toute la production théâtrale de ce fin germaniste est alors marquée par l'obsession de la paix franco-allemande, un souci qu'il partage. Souvent, Giraudoux se déplace au domicile de Jean pour lui porter des places pour la « générale » de sa dernière pièce, car il ne l'oublie jamais.

S'il loue également l'esprit de Guitry et la présence de Dullin, Jardin est aussi un intime des Pitoëff au domicile desquels on le voit souvent. C'est d'ailleurs chez Georges, Svetlana et Ludmilla Pitoëff qu'il fait la connaissance d'un autre comédien, Jean Dasté ; en 1937, il l'aidera à monter avec Maurice Jacquemont et

André Barsacq, grâce à un emprunt, « La compagnie des quatre saisons [30] ».

Il est devenu, à sa manière, un personnage de la vie parisienne. On le voit toujours là où il faut être vu et pas seulement avec son cercle d'amis mais aussi avec des hommes comme Léon-Paul Fargue, écrivain facétieux et piéton déchaîné, qui lui dédicace ainsi son livre *D'après Paris* (1932) : « A Jean Jardin, en poésie chemin-déféerique... son L.P.F. » Quand il n'a pas le moral, c'est avec lui qu'il passe les meilleurs moments, ainsi qu'il l'écrit en 1935 à Dries à la veille du jour de l'an :« ...fini ma soirée de célibataire cette nuit à 2 heures chez Lipp avec Fargue très en forme. Il n'était question que de Saint-Exupéry qui gagne 500 000 francs s'il a fait le parcours en moins de 43 heures [31]... »

C'est un homme répandu dans le monde, un rien snob mais pas mondain. Il vit dorénavant dans un quartier de haute bourgeoisie, le 7e arrondissement, rue Las Cases. Les Schlumberger — Mme Conrad et ses enfants — sont ses voisins et bientôt ses amis. Il passe l'été à Deauville, « mon pays » dit-il. Rue Saint-Lazare au chemin de fer, il dispose d'un bureau comme il les aime : une atmosphère très XIXe siècle, des huissiers polis, d'épaisses moquettes, des portes capitonnées, ici du cuir, là du bois. C'est ouaté et moelleux à souhait.

De même qu'au lendemain du 6 février, on l'a vu se rapprocher des milieux catholiques, on l'aperçoit de plus en plus après le Front populaire dans les cercles techniciens ou technocrates. C'est selon. Le terme est ad libitum. « On appelle technocrates les techniciens que l'on n'aime pas. » Le mot, une boutade, est attribué à l'économiste Alfred Sauvy [32]. Bien plus tard, dans les années soixante-dix, Jardin dira qu'à ses yeux les technocrates sont la synthèse de deux monstres : l'État tel qu'il est et la machine telle qu'on l'emploie, et qu'un homme comme Jacques Rueff, son ami depuis 1935, est l'antitechnocrate par excellence en ce qu'il conçoit un État qui gouverne et administre [33].

Un technocrate (le mot n'est pas si anachronique en 1935) c'est un super-technicien, un technicien en chef qui tient son pouvoir de sa compétence et non de la fortune qu'il n'a pas, d'ailleurs, la plupart du temps. Il fait partie de l'élite des techniciens parvenue au faîte du pouvoir. Ses aspirations se cristallisent dans la formule de Saint-Simon : « substituer au gouvernement des hommes l'administration des choses. » Le gouvernement des élites est son concept favori encore que la critique du parlementarisme n'entraîne pas nécessairement une critique de fond de la démocratie. En 1918, les technocrates sont absents du pouvoir, en 1945 ils en occupent les places fortes. L'invasion se situe vers 1938, un repère qui n'est pas innocent quand on sait que l'anticommunisme est un de leurs points communs, avec une certaine conception de la décision et de l'efficacité. En d'autres termes, l'expert a réponse à tout à condition qu'on lui donne les moyens d'appliquer et de faire respecter sa solution [34].

Parmi les personnalités de ce milieu, l'une émerge et se lie d'une forte amitié avec Jean Jardin. Il s'appelle Gabriel Le Roy Ladurie et exerce un ascendant indéniable sur ses relations. De six années l'aîné de Jardin, il a été directeur de la banque franco-polonaise de Katowice avant d'entrer en juillet 1929 dans la maison Worms. Avec Jacques Barnaud qui l'a recruté, il dirigera le secteur bancaire. Mais c'est avant tout un homme de l'ombre, un personnage de coulisses et d'influences, une véritable éminence grise des milieux d'affaires, peut-être le modèle inavoué de Jardin. La banque semble n'être pour lui qu'un tremplin. Ceux qui l'ont durablement approché en ont conservé un souvenir marquant.

Son neveu Emmanuel (le futur historien), alors jeune homme, était très impressionné par cet homme à la personnalité « à la fois balzacienne et stendhalienne ». Il voyait avant tout en lui un jeune provincial séduisant et volontaire qui avait réussi à gérer les capitaux du groupe Worms. Le jeune Emmanuel était tellement intimidé par l'aura de l'oncle Gabriel que quand celui-ci lui offrait une cigarette, il l'allumait par le bout-filtre. C'est qu'il représentait très exactement la destinée que lui, Emmanuel, aurait voulu sienne : « modèle du businessman éclairé en qui la volonté de puissance laissait s'épanouir, quand même, l'intelligence et la culture [35] ».

Un journaliste le décrira comme un sphinx et un augure, grand gaillard au masque sombre mais d'humeur intrigante, familier des antichambres ministérielles [36].

L'écrivain Pierre Drieu La Rochelle, amené à le rencontrer souvent, notamment dans le sillage du Parti Populaire Français (PPF) de Doriot, a observé en lui le drame d'une société finissante : « Un homme comme Gabriel Le Roy Ladurie résume fort bien tous les hommes que j'ai rencontrés dans la bourgeoisie d'affaires et de politique. Ils sont intellectualisés... [il] était avant tout un grand fonctionnaire... Étant un fonctionnaire français dans les administrations capitalistes françaises, il voyait les affaires du pays comme il voyait les affaires de sa banque [37]. »

On comprend que Jean Jardin soit fasciné.

Des hommes de cette qualité, il va en connaître quelques-uns dans la mouvance d'une nouvelle revue, une de plus au palmarès de ce fécond entre-deux-guerres. *Les Nouveaux Cahiers*, dont le tirage se stabilise en moyenne à mille exemplaires, attire des hommes venus de tous les groupes : *Esprit, L'Ordre Nouveau* mais aussi ceux des milieux patronaux du Redressement Français, des communistes en rupture de ban, des cadres et des syndicalistes ouvriers, des intellectuels du Comité de vigilance antifasciste et des polytechniciens du fameux cercle X-Crise...

C'est une revue en avance sur son temps, qui entend décloisonner les mentalités, à commencer par celles de ses collaborateurs, épargner à la France les horreurs d'une guerre civile, établir une relation de confiance entre patrons, ouvriers et gouvernants... Le groupe qui gravite autour de la revue n'en est pas moins perçu, en milieu syndical et ouvrier, comme l'autre manière que la confédération générale du patronat français a trouvée pour proposer des solutions aux questions sociales[38]. Il est vrai que l'on y relève, en germe, des idées audacieuses qui seront développées après-guerre par le patronat.

Les Nouveaux Cahiers sont en fait un des multiples effets à retardement de l'onde de choc provoquée par les émeutes du 6 février. Chaque lundi, au premier étage d'un bistrot de la place Saint-Sulpice on réunit à partir de septembre 1936 les premières commissions de travail : Boris Souvarine, communiste déjà historique, et Raoul Dautry, l'homme du chemin de fer de l'État, se consacrent au logement ouvrier tandis que Jacques Barnaud, de la banque Worms, et Jean Jardin planchent sur la réforme des sociétés anonymes. Au départ, c'est un club de discussions, d'échanges et de confrontations entre hommes venus de tous les horizons mais animés d'une même conviction : faire avancer les choses en dehors de tout dogmatisme, bannir l'esprit de parti, montrer une voie plus subtile à des Français en proie au manichéisme politicien... C'est pour prolonger cette discussion que le groupe demande à Gaston Gallimard de prendre en charge l'édition de la revue, bimensuelle puis mensuelle. Denis de Rougemont, responsable de la mise en page, est des rares à être rémunéré. Le premier numéro paraît le 15 mars 1937. Les pères fondateurs sont au nombre de cinq : André Isambert, Guillaume de Tarde, Henry Davezac, Jacques Barnaud et Auguste Detœuf.

Barnaud passe pour un ambitieux, mais timide,

mystique sans moyens oratoires, technicien mais pas technocrate, sans a priori, idéaliste et responsable, en un mot : « les yeux au ciel mais les pieds sur terre [39] ». Mais Auguste Detœuf est sans doute la figure marquante du groupe et de la revue. D'ailleurs, quand on ne se retrouve pas au bistrot de la place Saint-Sulpice ou à déjeuner à la cantine de la revue — la brasserie Lipp — c'est chez lui que se tiennent les réunions. C'est là, d'après Jean Jardin, qu'il faudra chercher après coup « les prémices de Vichy [40] »...

Trapu, courtois, réceptif, Detœuf est né en 1883. Cet ingénieur des ponts et chaussées, qui est le principal dirigeant de l'Alsthom et le président du syndicat général de la construction électrique créé par Davezac, a une conversation rare pour un homme de ce milieu. Sa curiosité et son excitation intellectuelles sont intenses. Distrait, optimiste, travailleur de bistrot (un haut lieu de la vie sociale), intellectuel décloisonné se nourrissant autant de philosophie que de mathématiques, de littérature que de technique, cet homme n'est pas un dilettante. A Sciences-po, où on invite souvent des hommes de premier plan du monde des affaires, qui ont aussi un sens pédagogique, c'est un des plus remarquables conférenciers. Quand on veut le présenter, on dit que c'est lui qui a créé le port autonome de Strasbourg... Cela suffit. De toute façon, il est indifférent aux hochets de vanité [41].

Aux *Nouveaux Cahiers*, on ne croise pas que des hommes comme lui. Il y a de tout, comme le relève un observateur : c'est « ...une sorte de tribune où de jeunes financiers, des intellectuels en quête de relations, d'authentiques chevau-légers du monde des affaires, quelques aventuriers aussi se groupaient pour constituer des cadres d'un État nouveau... des frontières de l'AF à la banlieue du bergerysme, en passant par les radicaux émancipés, les francs-tireurs de la NRF, les Dominicains à l'écoute, des hommes de talent se présentent que n'unissent aucune doctrine, aucune foi communes, mais qui s'entendront sur les lignes essentielles d'un pragmatisme français[42]. »

C'est au contact d'hommes tels que Gabriel Le Roy Ladurie et Auguste Detœuf que Jardin mûrit sa réflexion sur l'état de la France. Dorénavant, c'est aussi par rapport à eux qu'il se situe.

« ... Pour un jeune homme pauvre, qui n'était même pas polytechnicien, réussir dans les chemins de fer, c'était beaucoup plus prestigieux que la Nasa de nos jours, c'était mieux que le Concorde[43]. » Pascal Jardin avait vu juste, saisissant bien la mentalité qui devait être celle de son père en 1937. C'est le moment où il est nommé inspecteur principal au secrétariat général de... la SNCF.

Elle existe enfin, cette fusion des réseaux dont on parlait tant depuis que le Front populaire avait mis la nationalisation du chemin de fer au programme. Tout a été très vite.

La situation des différents réseaux est de plus en plus désastreuse pour des raisons que l'on dirait objectives : effets de la crise économique de 1931, concurrence de l'automobile (Citroën a même créé une ligne de transports voyageurs) tendant à faire passer le train pour un usage démodé, mauvais calcul de l'amortissement du matériel et des installations, manque d'unité à la direction du fonds commun des réseaux... Alors, plutôt que de nationaliser, on préfère réorganiser et coordonner dans le cadre d'une société d'économie mixte, transférer les actifs et les passifs des compagnies privées à la nouvelle société dont l'État est propriétaire à 51 %, demander des crédits au Trésor pour faire face à la dette, etc. René Mayer, un homme du baron Édouard de Rothschild, président du réseau du Nord, est désigné pour conduire les négociations au nom des réseaux privés. En face de lui, celui qui mène la fronde contre la fusion des réseaux n'est autre que Raoul Dautry, dont les bons résultats à la tête du réseau de l'État ont suscité bien des jalousies.

Débats, contre-projets, discussions... La négociation piétine. Le 31 août 1937 est la date limite. C'est donc une course contre la montre, à la fin du mois. Il faut en finir. La nuit du 31, les textes ne sont pas encore signés. On négocie pied à pied au ministère des Travaux publics avec, outre les ministres concernés, le gouverneur de la Banque de France et le directeur de la Caisse des dépôts et consignations ; on négocie parallèlement dans l'hôtel particulier, rue Saint-Florentin, du baron de Rothschild, président du comité de direction des grands réseaux, avec les présidents et vice-présidents des réseaux. René Mayer fait l'aller et retour entre les deux. Dans quelques heures, on sera le 1er septembre. Henri Queuille, le ministre des Travaux publics, a pitié des négociateurs. Après les sandwichs, l'eau minérale, la bière et le café, il leur offre un verre de porto dans le jardin du ministère. Enfin l'accord est signé. La SNCF est née [44].

Un secrétaire général est nommé : Jean Filippi, un inspecteur des Finances de trente-deux ans qui avait participé aux côtés de Queuille à l'intégration des réseaux privés. Quand il prend possession de son bureau, on lui adjoint une secrétaire et un chef de cabinet : Jean Jardin. Très vite, il juge ce dernier remarquablement intelligent, futé, loyal mais trop éparpillé. Quand il lui donne un dossier à traiter, Jardin a tendance à vite se lasser et à laisser tomber. Il est brillant mais c'est avant tout un homme de contact qui préfère les missions discrètes aux rapports de synthèse. C'est la raison pour laquelle Jean Filippi l'oriente vers les relations extérieures, ce qui permet à Jardin d'approfondir ses contacts déjà solides avec les milieux journalistiques [45]. Il y excelle. De toute façon, c'est pour lui le seul moyen d'oublier une amère déception : le départ du patron. Raoul Dautry ne pouvait décemment diriger un organisme — la SNCF

— dont il avait combattu la création. Son absence est durement ressentie. C'est un coup dur pour ses fidèles, au nombre desquels Jardin est le plus fervent. Nommé un temps administrateur général de la CGE (compagnie générale d'électricité), Dautry y fait nommer Jardin à la compagnie parisienne de distribution d'électricité, en attendant de pouvoir le prendre à ses côtés. Mais Jardin, trop impatient, s'en va au bout de vingt jours rejoindre la SNCF : il s'ennuie trop dans l'électricité et... il aime trop les trains.

Un autre événement vient le heurter en 1938, peu après le départ de Dautry : la polémique développée autour des accords de Munich. Jean Jardin est munichois à cent pour cent et il n'en fait pas mystère. Comme la grande majorité des Français, il veut la paix. Qu'importe si, peu après la fameuse scène de l'aéroport du Bourget où sont acclamés le président du conseil Daladier retour de Munich, et son ministre des Affaires étrangères Georges Bonnet, certains parlent déjà de sentiment de honte et de lâche soulagement. On veut continuer la période de l'après-guerre et ne pas songer qu'elle pourrait, peut-être, se transformer en entre-deux-guerres. Le pacifisme hérité de la der des der est une réalité bien palpable en ce qu'il touche des milieux et des sensibilités politiques très divers, souvent même antagonistes. A ceux qui, du côté des bellicistes, osent dire que pour sauver la paix, il faut savoir risquer la guerre, la bourgeoisie répond par une formule : « Plutôt Hitler que le Front Populaire ! »

Pacifiste, militant du désarmement, Jardin prône la négociation comme seule arme valable pour éviter la catastrophe générale. C'est tout naturellement que l'on retrouve sa signature, au milieu d'autres (de Joseph Caillaux à Jean Giono) au bas d'un appel pour la paix publié par *Les Nouveaux Cahiers*[46]. Il condamne la politique de la force et préconise une déclaration de paix au peuple allemand.

Que sait Jean Jardin de l'Allemagne, en 1938 ? Il en connaît la politique, les hommes et la mentalité à travers les nombreuses enquêtes menées outre-Rhin et publiées par la presse française et surtout par les contacts qu'il a eus lui-même avec des Allemands : M. Dorpmuller, le patron des chemins de fer, Otto Strasser, animateur du « Front National », dépositaire de l'intégrisme nazi, mais aussi les gens de « Die Tat », organisations avec lesquelles *L'Ordre Nouveau* eut des entretiens à ses débuts dans une perspective de confrontation européenne [47].

Mais dans l'approche que Jardin aura des questions allemandes, deux hommes ont joué, semble-t-il, un rôle de premier plan : Jean Giraudoux-le-germaniste qui l'initie à la patrie de Goethe, et Ernst Achenbach, de cinq ans son cadet, qui fait ses études de droit à Paris avec lui avant de trouver un poste de lecteur d'allemand au lycée du Parc à Lyon (1927-1928) et d'occuper le poste de conseiller à l'ambassade du Reich à Paris, de décembre 1936 à septembre 1939. Achenbach est un littéraire, francophile comme peut l'être un Allemand à Paris dans ces années-là, marié à une Américaine, et qui passe, déjà, pour un personnage intrigant : « avec son crâne chauve, ses lunettes cerclées d'or, son air méphistophélique, il fait peur : il paraît toujours avoir compris avant les autres [48] ». Cet homme exerce un énorme pouvoir de séduction intellectuel dans certains cercles parisiens, ni fascistes ni nationaux-socialistes, mais d'abord culturels, littéraires, techniciens et surtout pacifistes.

L'engagement, à très court terme, de Jean Jardin dans les événements tragiques que va vivre la France procède aussi, inconsciemment, de cette influence.

Deux de ses amis notent un changement dans son comportement fin 1938, début 1939, pendant la montée des périls. Jacques Lucius, qui est chef de cabinet d'Erik Labonne à la résidence de Tunis, lui rend visite à chacun de ses séjours à Paris. Cette fois, il ne peut s'empêcher de remarquer que l'esprit de Munich a terriblement déteint sur Jardin, jugé très sensible à la grande offensive intellectuelle des Allemands de Paris, notamment Abetz et Achenbach. L'impression est fugace : son ami a l'air appréhendé par un autre milieu, lui qui n'est pas un fier-à-bras mais plutôt un diplomate porté vers les solutions de conciliation. Peut-être que livré à lui-même, loin de Raoul Dautry, il est plus vulnérable[49]... Quant à son camarade de Sciences-po, le diplomate Pierre Francfort, secrétaire d'ambassade à Madrid, dès son premier entretien avec lui, il comprend qu'ils ne sont plus dorénavant sur la même longueur d'ondes. Et quand Jardin veut lui présenter Ernst Achenbach, dont chacun sait que la mission est de séduire intellectuellement les Français, Francfort se lève et avant de claquer la porte du bureau lui lance :

« Tu ne t'en rends plus compte, Jean, mais tu es en train de te faire manipuler par les Boches[50] ! »

Non, il ne se rend pas compte ou récuse de telles accusations, fermement, tant elles sont répandues dans les milieux antipacifistes. C'est que la controverse sur les accords de Munich a bouleversé tous les points de repère. Elle polarise tous les déchirements, les scissions et les anathèmes. Comment s'y retrouver et y comprendre quelque chose quand, dans *Le Figaro* du 7 mai 1939, Boris Souvarine écrit, prophétique et informé, un article intitulé « Une partie serrée se joue entre Hitler et Staline » alors que quelques jours avant, Moscou a proposé à la France et l'Angleterre une alliance militaire. Il faudra attendre trois mois et la signature du pacte de non-agression germano-soviétique pour savoir que Souvarine, une fois de plus, ne s'était pas trompé.

Le 1er septembre 1939, c'est la mobilisation générale. Jean Jardin a été réformé pour insuffisance thoracique. Il en conçoit une certaine humiliation. Son ami Giraudoux, lui, a été choisi par André Chamson et nommé par le président du Conseil Daladier, au poste de commissaire général à l'Information. Un poète à la propagande ! « Giraudoux d'un côté, Goebbels de l'autre, c'est une flûte face à un trombone... » dira un chroniqueur malicieux[51]. On a été le chercher à Vittel où il se reposait, retour du Nouveau Monde. La tragédie grecque mène à tout à condition d'en sortir. Il n'ose pas refuser. Dans ses bureaux rue de Castiglione, à l'hôtel Continental, on croise des gens comme André Beucler, René Gillouin, Guillaume de Tarde, Louis Joxe, Christian Pineau et René Julliard, ses collaborateurs. Une atmosphère rien moins que littéraire en ces lieux où bientôt vont s'agiter les ciseaux du censeur. Giraudoux songe un temps à accrocher dans un couloir la pancarte :

« En raison des événements, le mot " impossible " est redevenu français[52]... »

On n'ira pas jusque-là mais le ton est donné. Contrairement à ce qu'il croyait, la guerre de Troie aura bien lieu, même si la montée des périls se cristallise dans une drôle de guerre qui ne dit pas son nom.

Le 13 septembre, Raoul Dautry, l'homme des solutions miracles est nommé ministre de l'Armement, un poste clé en période de bruits de bottes. Mais c'est déjà trop tard, le mal est trop ancien. On ne réarme pas en quelques mois. Dans son sillage, des techniciens indépendants des partis investissent le ministère. Dautry a même demandé à Jardin de l'y suivre. Sceptique, Jean quitte provisoirement les boiseries de son bureau à la SNCF pour une cage en verre à l'Armement. Mais au bout de huit jours, s'apercevant que personne ne lui demande rien, il reprend sa lettre de démission et retrouve ses chers chemins de fer grâce à l'amicale complicité de Jules Antonini, chef de cabinet de

Dautry et ancien secrétaire général adjoint de la SNCF[53].

Pendant les premiers mois après la déclaration de guerre, Paris panique un peu. On assure, chez les gens qui savent, que la capitale va être bombardée un jour ou l'autre. Et les intellectuels qui ont la chance d'obtenir directement au téléphone le commissaire à l'Information soi-même sont encore plus péremptoires que les militaires dont c'est, en principe, le métier. Alors on déménage hommes et bureaux, dans les administrations les plus sensibles. La SNCF en est une, les transports étant stratégiques en temps de guerre. Jardin connaissant parfaitement la Normandie, il est chargé d'organiser sur cette région le repli de quelque cinq mille cheminots et de certaines quantités de matériel comptable. Sa femme et ses enfants sont en villégiature à Bernay. Il passe les prendre au volant de sa Ford Torpédo noire décapotable et s'arrête au petit château des Margerie, à Beaumont-sur-Auge, afin de tenter de les loger dans les communs. Puis cap sur Trouville. L'atmosphère est tendue. Ils sont bien nerveux « ces hommes qui ont perdu une guerre qu'ils n'ont pas faite »[54]. Pour ses cheminots désemparés, Jardin réquisitionne à tour de bras tous les hôtels de la côte normande, les casinos, les salles de jeu... Certains portiers sont mécontents et le font savoir car ils n'ont pas l'habitude de telles méthodes :

« Qui paiera ?

— Vous serez payé comme tout le monde après la guerre[55] ! »

Et Jardin fonce, droit devant, organisateur comme jamais, négociateur déchaîné, grand ordonnateur d'une cérémonie qui n'a rien d'estival. Il n'a cure des récriminations locales et municipales. Lui, il a les ordres de Paris. C'est bien suffisant pour prendre des hôtels à la hussarde. Réquisition ! Après avoir vécu un temps à Blonville, il s'installe avec les siens à Trouville, à l'hôtel Chatham. Ce sera aussi l'adresse de ses bureaux de fortune. C'est dans cette ambiance un peu folle qu'un personnage venu d'un autre siècle se présente un soir de janvier 1940 à son hôtel :

« Monsieur Jardin ? Lieutenant Pierre Laudenbach... J'ai besoin de téléphoner d'urgence à Paris. Le patron de mon hôtel à Trouville m'a dit que vous étiez des chemins de fer et que vous aviez sûrement une ligne à votre disposition... Vous savez comme il est difficile d'appeler Paris... »

Naturellement, Jean Jardin accède immédiatement à la requête de cet officier en permission dont l'allure, le maintien, les traits du visage et surtout la voix ne lui sont vraiment pas inconnus. Il l'imagine tout en monocle et en guêtres, en tenue militaire justement. On croirait le capitaine de Boëldieu dans *La grande illusion* de Jean Renoir s'adressant à Rauffstein :

« Pour un homme du peuple, c'est terrible de mourir à la guerre. Pour vous et moi, c'est une bonne solution... »

Le lieutenant Laudenbach n'est autre que l'acteur Pierre Fresnay, sous les drapeaux lui aussi, qui a délaissé Paris un samedi soir, pour Trouville à l'occasion de sa première permission. Les deux hommes sympathisent et passent huit jours ensemble dans le capharnaüm de la côte normande. C'est dans ce contexte un peu exceptionnel que débutera une longue et très authentique amitié, jamais démentie, jamais interrompue malgré les séparations, jusqu'à la mort de Fresnay en 1975 [56].

A la fin du mois, Jean Jardin commence déjà à revenir régulièrement à Paris. Il n'est pas le seul. En quelques mois, les autorités ont eu le temps de prendre la mesure d'une vaine précipitation. Beaucoup d'exilés reviennent des quatre coins de la France. Déjà, dans les rues de la capitale, on ne s'offre plus le ridicule de circuler avec des masques à gaz.

Dans un restaurant, Jean retrouve ses amis à dîner :

Léon-Paul Fargue, le comédien Louis Jouvet, le journaliste Pierre Brisson, l'écrivain André Beucler et Jean Giraudoux qui parle et naturellement éblouit. Au fait, il est toujours commissaire à l'Information. Mais si en vérité il ne sait pas grand-chose de la situation, il faut reconnaître qu'il le dit bien [57]... Chez Lipp, baromètre et chambre d'écho de la vie littéraire et politique parisiennes, il n'est question que des communistes : après la saisie de *L'Humanité* et de *Ce soir*, la dissolution du PCF et de ses organisations, la désertion de Maurice Thorez et l'arrestation de députés du Parti, la Chambre vote la déchéance des députés communistes. On les condamnera peu après à des peines de prison. Même pour les « anti », cela n'annonce rien de bon.

Le président du Conseil Édouard Daladier, très violemment critiqué par les parlementaires, démissionne. Paul Reynaud lui succède. La menace est aux portes mais la classe politique vit encore les délices de la IIIe République : Reynaud forme son gouvernement (21 ministres et 14 secrétaires d'État, pas un de moins !) selon les bonnes vieilles techniques du dosage parlementaire. Une cible rêvée pour les railleurs de tous bords : ceux du *Canard enchaîné* assurent que pour sa première séance en comité restreint, le chef du gouvernement a dû louer le Vélodrome d'hiver tandis qu'à droite, on moque ce cocktail de Marseillaise et d'Internationale [58] !

L'offensive allemande commence le 10 mai. Six semaines plus tard, il n'y a plus d'armée française. Durant ce dramatique mois de mai, trois millions de Français iront au cinéma [59]. Comme si le spectacle de l'exode et de la débâcle, sur les routes du pays, ne leur suffisait pas !

En juillet, l'Assemblée nationale, pusillanime à souhait, accorde à la majorité des voix les pleins pouvoirs au maréchal Pétain afin qu'il promulgue une nouvelle Constitution garantissant les droits du travail, de la famille et de la patrie. Bref, c'est lui le patron. Pour la seconde fois en deux ans, on parle de « lâche soulagement ». Elle va devenir une habitude, à la longue cette lâcheté. Philippe Pétain s'accorde le titre de chef de l'État français. La République est donc bien suspendue, fermée pour travaux et pour cause de Révolution nationale, mais la IIIe République, elle, est bien morte. De ses contradictions, de ses combines, de ses palinodies. Pétain s'installe. Il veut faire remplacer les instituteurs par des sous-officiers. Pour redresser la France, précise-t-il.

Jean Jardin observe. Et s'inquiète pour ses amis. Angoissé, peiné, attristé pour ceux d'entre eux qui sont sous l'uniforme, il s'active. A Dries, depuis peu professeur de peinture à l'université de Mendoza (Argentine), il écrit : « Nous sommes tous présents à l'appel. Seuls restent sans nouvelles : Ordioni, Malon, Nass, Guillot, Seydoux prisonniers. Derrière tout ce malheur, cette misère, ces sottises, ces violences aveugles, je sens comme une espérance pour la France et pour l'Europe. Espérance en des victoires plus grandes et plus vraies que militaires. Espérance en des luttes efficaces et pacifiques[60]. »

Dans cette société en décomposition, Jardin va très vite avoir l'occasion d'exercer son talent de négociateur. Signe des temps, marque du destin qui l'attend : sa première intervention, il l'effectue pour un ami. C'est un ingénieur de la SNCF, israélite, qui a été arrêté par les Allemands à Moulins. Le directeur général des chemins de fer, M. Le Besnerais a prévenu Jean aussitôt, sachant qu'il avait connu le « prisonnier » dès 1932, dans l'entourage de Dautry, et qu'il entretient les meilleures relations, de longue date avec un homme qui est devenu un personnage important à l'ambassade du Reich à Paris : Ernst Achenbach, qui a maintenant le titre de conseiller de légation chargé des questions de politique générale et de relations avec la presse. Dans un premier temps, Jardin se rend au ministère du Travail, rue de Grenelle, où siège la délégation du gouvernement du Maréchal. Il y est reçu par le colonel de Lavalle qui, à l'issue d'un entretien, le raccompagne à la porte en lui disant :

« Nous ne sommes pas en mesure d'intervenir en faveur d'un ingénieur dont pourtant le seul crime est d'être juif et d'avoir conservé dans son portefeuille une livre anglaise oubliée là depuis les vacances ! C'est insensé [61] ! »

Jardin ne se décourage pas pour autant. Il vise plus haut : Achenbach, bien sûr. Cette fois, son ami ingénieur * sera libéré [62].

Précieux Achenbach, mystérieux conseiller dans l'ombre d'Otto Abetz. Quel jeu joue-t-il ! On l'ignore exactement tant il est habile à brouiller les pistes, à monter les clans les uns contre les autres. Jacques Benoist-Méchin qui deviendra en février 1941, secrétaire général adjoint et éminence grise du gouvernement, ne l'aime pas. Il le considère comme le mauvais génie de l'ambassade car il est insuffisamment national-socialiste à son goût (!). Il le juge trop lié à Laval, « ce personnage singulier [qui] multipliait les interventions, les pressions et les manœuvres avec un goût de l'intrigue poussé jusqu'à la frénésie [63] ». Abel Bonnard voit en lui un « Méphisto de sous-préfecture [64] ».

Le dernier dimanche d'août 1940, un mois après que le Maréchal eut fait de Pierre Laval son dauphin, Achenbach convoque Jean Jardin et Lucienne Mollet, chef du secrétariat de Daladier, l'ancien président du Conseil.

« Le Maréchal a commis une erreur insensée, leur dit-il. Hitler ne pourra pas supporter Pierre Laval. Celui-ci a voulu encercler l'Allemagne. En 1935, il y a réussi avec le pacte franco-soviétique et les accords de Rome. Cette année-là, on peut le dire à présent, Hitler

---

* Je le laisse volontairement dans l'anonymat car, interrogé, il a démenti ces interventions, en dépit des témoignages et documents.

a eu très peur. Il faut que Pierre Laval s'en aille et quitte le pouvoir...

— Mais que veut Hitler?

— Il veut Daladier, qui lui a beaucoup plu à Munich[65]... »

On connaît la suite : Daladier sera emprisonné puis déporté, Laval sera le dauphin régnant puis le dauphin disgracié, enfin le véritable maître.

Fin 1940, Jean Jardin a une intuition : les années qui s'annoncent, pour lui vont compter double.

4

Monsieur le ministre

(1940-1942)

Janvier 1941. Comme tous les soirs, une fois son dernier visiteur parti, le collaborationniste parisien Marcel Déat rentre chez lui, décapote sa machine à écrire et commence à taper, sans interlignes, le récit détaillé, en vrac, de sa journée : rencontres, entretiens, sollicitations, rumeurs, vie quotidienne, observations : « Vichy fait l'effet d'une maison de fous ou d'une capitale sud-américaine, avec intrigues policières », écrit-il ce soir-là[1]. Pendant ce temps à Vichy on peste contre les excités parisiens, les ultras de la collaboration qui font de la surenchère en devançant les souhaits de l'occupant.

Vichy, Paris : deux mondes. Londres, alors, n'est presque rien, quant à la zone libre, c'est déjà une autre France. Vichy, c'est la collaboration d'État. Paris, c'est le collaborationnisme. Distinction fondamentale[2] qui n'est pas une simple querelle de mots. Les collaborateurs d'État sont des hommes prudents, temporisateurs, « gérants précautionneux d'une société qui avait avant tout besoin, estimaient-ils, d'un répit avant l'agitation ». S'ils collaborent avec les Allemands, c'est pour sauvegarder les intérêts français dans les relations d'État à État, de puissance occupante à pays occupé. Cette velléité d'indépendance de Vichy sera démentie par la pratique, la réalité, les faits, les Allemands détenant en « otages » des millions de prisonniers de guerre et menaçant d'envahir la zone libre.

Les collaborationnistes, eux, sont plutôt des activistes, des croisés de l'Europe germanique, souvent contestataires à l'endroit de Vichy, parfois fanatiques dans leur surenchère par rapport à l'occupant. Il y a parmi eux d'authentiques fascistes, militants convaincus et sincères, mais aussi un certain nombre d'opportunistes et d'affairistes, sans parler des véritables gangsters qui dissimulent mal leurs tatouages sous la chemise noire.

Les premiers commettent parfois l'erreur de jugement de glisser imperceptiblement vers le camp allemand au détriment des intérêts français, emportés par l'atmosphère, la densité des événements et une mauvaise appréciation de la situation. Collaborateurs d'État et collaborationnistes font en fait le même diagnostic sur la maladie de la France (la faillite de l'ancien régime) mais ils sont en désaccord sur les remèdes.

Durant l'an 1 de la Révolution nationale, le renouvellement des élites — un thème cher à la droite — prend une signification concrète : 35 000 fonctionnaires sont révoqués[3]. A Vichy, deux catégories d'hommes se bousculent au portillon. Il y a les vieilles barbes réactionnaires et conservatrices, qui ont des souvenirs ou des amis en commun avec Pétain, à défaut de principes de gouvernements bien précis et susceptibles de redresser la France. Certains d'entre eux ont déjà leur carrière derrière eux, un maroquin à Vichy n'étant plus qu'une consécration ou une revanche.

Aux côtés de ces vieux Ottomans, on remarque des jeunes Turcs de la technocratie, dégagés des contingences de la politique à l'ancienne. L'État nouveau, enfin débarrassé des partis traditionnels et du parlementarisme, ne manque pas d'exercer un certain attrait pour ces hommes, souvent jeunes et compétents, qui piaffent d'impatience depuis le Front populaire et rêvent de montrer ce qu'ils savent faire. Fin 1940, il y a un vide à combler. Il n'est pas toujours nécessaire d'être rongé par l'ambition pour répondre à l'appel.

Jean Jardin lui-même a changé. Dans sa famille, à Bernay et à Évreux, on a remarqué son extrême discrétion. Sous le masque rieur, désinvolte, un rien dilettante, un certain pessimisme perce maintenant, de l'angoisse, de l'inquiétude également[4]. Ses traits sont plus graves, plus accusés. Comme si la défaite avait déteint sur lui. Jardin dévore et loue les derniers livres de Bertrand de Jouvenel, *D'une guerre à l'autre* et *Après la défaite*. Il est toujours à la SNCF mais il sait déjà qu'il n'y restera pas longtemps. Il connaît trop de monde, dorénavant haut placé, pour que son ambition et son souhait de servir la France — lui qui n'a pas « fait » la guerre — ne soient pas autrement mieux satisfaits. Jean Filippi, le premier, se souvient de ses talents de chef de cabinet à la SNCF. Or Filippi est depuis peu directeur de cabinet du ministre des Finances Yves Bouthillier. Au nom de ce que les persifleurs appellent « la solidarité ferroviaire », il fait venir Jardin à ses côtés. Entre janvier 1941 et avril 1942, Jardin est ainsi successivement chargé de mission puis chef de cabinet adjoint de « Monsieur le ministre[5] ».

Comme les autres, le ministre des Finances a deux cabinets, deux équipes : l'une à Paris, l'autre à Vichy, division symbolique du pouvoir bicéphale des temps d'occupation. Mais il est un des premiers à réinstaller la plupart de ses services dans la capitale, les bureaux de Vichy étant surtout considérés comme une antenne. C'est donc dans Paris occupé que Jean Jardin travaille à son premier poste de « responsabilité », même si, là comme au chemin de fer, on attend surtout de lui qu'il soit un homme d'entregent et qu'il travaille l'opinion publique par journalistes interposés.

Le chef de cabinet s'occupe avant tout des rapports avec l'extérieur : agenda, calendrier, courrier, presse, voyages à l'étranger, déplacements en France... Il se consacre à la représentation politique du ministre et coordonne toutes les questions non techniques[6]. Dans un premier temps, Jardin s'occupe de présenter les idées, les réalisations et les décisions du ministère à l'extérieur[7]. Parallèlement, il assiste et participe à leur élaboration, au titre, dirait-on, de Candide. Rue de Rivoli, il est de ceux qui ne savent pas grand-chose du flux monétaire et de l'émission des billets, du contrôle des changes ou du mouvement des fonds. Mais il apprend... pour mieux convaincre. Il vit « des jours dramatiques mais si passionnants où les gens de notre génération ont un rôle à jouer[8] ». Quand il ne passe pas le week-end à Honfleur avec ses nouveaux amis Pierre Fresnay et Yvonne Printemps, il ne quitte guère le ministère. Il faut dire que pour tous la tâche est harassante : instauration du rationnement pour les principaux produits alimentaires, accord de compensation franco-allemand, loi réformant les sociétés anonymes, augmentation du tribut journalier à 300 millions de francs, loi réglementant le marché noir... Il n'est pas toujours facile de faire passer de telles mesures dans l'opinion publique, même si en période d'occupation, elle n'a pas à être « convaincue » n'ayant pas voix au chapitre.

Dans le même temps, d'autres ministères prennent d'autres mesures : aryanisation de l'administration, dissolution des sociétés secrètes, statut des juifs, remplacement des Conseils généraux par des commissions administratives, dissolution des organisations professionnelles nationales, réglementation du divorce... Ce que cela annonce ? Bientôt, dans un ou deux ans, à Paris et en province, on rafle des juifs, hommes, femmes et enfants, tous également promis à la déportation, on exécute des communistes, on arrête des otages puis on les fusille aussitôt, on organise des parodies de procès à l'issue desquels les accusés sont condamnés à mort en vertu de lois rétroactives « antiterroristes »...

Comme la plupart des fonctionnaires et hauts fonctionnaires du ministère des Finances et des autres ministères, Jean Jardin ne se pose pas alors ce genre de questions. L'Occupation débute, nul ne sait combien de temps elle durera. Ceux qui sont partis à Londres ou à New York se comptent. Tout le monde est resté à son poste, persuadé que c'est le devoir de tout Français : la France doit continuer, survivre et perdurer. Pour eux, c'est-à-dire pour la majorité, se battre contre les Allemands, c'est d'abord résister à leur pression en occupant le terrain et en le défendant autant que faire se peut. C'est un principe, mais il est rapidement battu en brèche. Car il y a trop de haines recuites dans ce pays, trop de contentieux entre Français depuis l'affaire Dreyfus en général et depuis le Front populaire en particulier, pour que certains, au pouvoir, ne cherchent pas à prendre leur revanche. Pour ce faire, ils sont capables de devancer les souhaits de l'occupant. Quelques décennies plus tard, les Français apprendront, en écarquillant les yeux, que nombre de décisions des plus scélérates (législation antijuive, autocensure dans l'édition, lois rétroactives...) étaient des initiatives purement françaises.

En 1940-1941, ils ne se posent pas ce genre de problème, qu'ils les désapprouvent, les encouragent ou restent indifférents face à elles. Ce qui les motive et même les obsède alors, c'est le problème du rationnement (la ration journalière de pain passe à 275 grammes en mars 1941) et la question des prisonniers de guerre (1 million 850 000 Français « retenus » en Allemagne). Le pain et les hommes. Le reste...

Rue de Rivoli, on insiste sur le fait que le ministre doit être de mieux en mieux renseigné, afin d'agir davantage sur l'opinion publique tout en étant dégagé des affaires administratives secondaires [9]. Jean Jardin s'emploie avec d'autres à rédiger des synthèses d'information et de commentaires de la presse allemande sur la situation économique et financière de la France et sur la politique du ministère des Finances ou des rapports sur la hausse des rentes. Il sonde différents milieux pour savoir comment serait reçue la création d'un Conseil Économique, nouvel organisme débarrassé des inconvénients de l'ancien (lourdeurs des structures, dissémination des études, fluidité des formules...). On prévoit d'y incorporer des économistes comme Lucien Romier, Gaël Fain ou Alfred Sauvy « qui formeraient un comité d'études sur les travaux duquel le Conseil donnerait un avis [10] ». Qu'il s'agisse des crédits à l'agriculture, des bons du Trésor ou encore des possibilités de contrôle de l'État en matière d'assurances et de crédit, la propagande du ministère doit être perfectionnée, même si on en loue déjà l'efficacité. Yves Bouthillier a bien insisté : « Le secteur économique doit être dirigé essentiellement de Paris et non de Vichy [11]. »

Rue de Rivoli, au cabinet, Jardin travaille avec des aînés, des supérieurs de qualité, outre Bouthillier lui-même, un provincial selon son goût, charentais et pas mondain pour deux sous, centralien et inspecteur des finances, de trois ans à peine plus âgé que Jardin, qui exerce un incontestable ascendant. Gaël Fain est chargé de mission, Paul Devinat également, qui fut chargé en 1937 de suivre le dossier « nationalisation du chemin de fer » au ministère des Travaux publics (toujours le clan ferroviaire). Jean Fourastié rejoindra bientôt le cabinet. Maurice Couve de Murville, à un autre étage, est le directeur des Finances extérieures, jusqu'au 24 mars 1943. L'économiste Alfred Sauvy, futur grand démographe de l'après-guerre, est un des membres les plus brillants du cabinet [12]. Il est réaliste quand il évoque un Vichy première manière, économique, vertueux, austère, civique : « Je vois encore Yves Bouthillier et ses collaborateurs s'indigner d'apprendre que Xavier Vallat et un autre ministre ont ripaillé au Maxim's [13]. »

Une photographie de l'époque, extraordinaire de vérité, montre Jean Jardin, sanglé dans un costume croisé, la mine austère, l'œil sévère, la mise impersonnelle, en retrait dans l'ombre, debout derrière son ministre qui lit un dossier à son bureau rue de Rivoli. En retrait... Bien qu'il ne soit pas un technicien des Finances — on le lui a suffisamment fait remarquer — Jardin a souvent son mot à dire. C'est que le théoricien de *L'Ordre Nouveau* n'a jamais dételé vraiment et qu'il ne désespère pas, quelles que soient les circonstances, de faire appliquer d'anciennes idées, élaborées jadis, de concert avec Robert Aron, Arnaud Dandieu et Alexandre Marc, et parfois développées avec Auguste Detoeuf et les gens des *Nouveaux Cahiers*. Comme n'être pas frappé, par exemple, de retrouver six ans après, certaines des idées énoncées par Jardin en 1934 dans un article où il était question de suppression de la propriété anonyme, de limitation de la propriété corporative, personnalisation de la propriété, accession à la propriété terrienne inaliénable [14]...

Dès le 16 novembre 1940, le ministère des Finances publie une loi réformant les sociétés anonymes. Bouthillier et ses collaborateurs estiment qu'il est impossible de parler de révolution nationale dans le domaine financier si l'on ne réforme pas les sociétés anonymes car presque tous les abus du régime capitaliste gravitent autour d'elles. Au banc des accusés, ils mettent en premier l'irresponsabilité des chefs et la multiplication des prébendes. A leurs yeux, du président du Conseil d'administration au directeur général, chacun se retranche derrière l'autre. De plus, la sanction est limitée au montant des actions déposées en cautionnement, une portion souvent infime du patrimoine. Enfin, du temps de la IIIe République, les fauteuils d'administrateurs étaient distribués souvent sans aucun souci de la véritable compétence [15].

C'est ce message que Jardin est chargé de faire « passer ». Quand il ne relit pas une allocution du ministre au micro de Radio-Vichy, il prépare des sketchs de propagande pour les actualités économiques : « La minute de l'huissier de service » ou encore « Le contribuable chez le percepteur »... Dans le même esprit, il organise avec le concours du cinéma d'État le montage de dessins animés représentant visuellement la circulation du pouvoir d'achat, le fonctionnement du jeu triangulaire de compensation, le contrôle des prix... « Il s'agit, au moment où l'opinion subit un courant de défiance spéculative, de créer par tous les moyens visuels ou auditifs, un contre-courant de discipline et de moralité. Il s'agit aussi de faire comprendre au public que les lois de contrôle ne constituent pas une servitude supplémentaire, mais une sauvegarde pour la santé physique et le niveau de vie économique des Français [16]. »

Mais on retrouve son véritable esprit et son goût de la formule, dans l'élaboration des slogans publicitaires économiques du ministère. Son esprit et sa patte que Morand, Giraudoux et Gaxotte auront vite reconnus, en experts... :

« Ne dépensez pas plus qu'hier : le franc ne vaudra pas moins demain.

Stocker pour soi, c'est voler autrui.

Se ruer sur les marchandises, c'est fuir devant la monnaie.

Le ministre des Finances vous dit : ne consommez que pour vos besoins présents. Je me charge de vos besoins futurs [17]. »

Ce qui lui convient mieux que le calcul du montant des dépôts dans les caisses d'Épargne...

Il a rarement été aussi actif. Il se multiplie et fréquente, nécessairement, les milieux de la presse collaborationniste, censurée, passée au tamis, la seule autorisée. On le voit dans le salon de Daniel-Rops bavarder de l'état de l'opinion ou des romans récemment parus, avec l'écrivain Drieu La Rochelle, le journaliste des *Nouveaux Temps* Guy Crouzet ou le chef collaborationniste Marcel Déat[18].

Le ministre Yves Bouthillier le charge de temps en temps de petites missions de bons offices, ponctuelles, qui requièrent ses qualités de diplomate. L'une d'entre elles s'avère très fructueuse : elle permet à Jean Jardin de rencontrer l'homme qui va changer son destin, Pierre Laval.

Bouthillier et Laval ne s'aiment pas. Ce dernier est persuadé que le ministre des Finances est de ceux qui ont participé au « coup du 13 décembre » (1940) qui a vu son éviction du gouvernement et sa mise en résidence surveillée à la suite d'une révolution de palais à Vichy. Ils sont donc au plus mal mais le ministre ne veut pas totalement rompre avec l'ancien dauphin de Pétain, ne fût-ce que parce que sa disgrâce pourrait n'être qu'éphémère. Aussi lui accorde-t-il un insigne privilège : Laval ne voulant pas renoncer à ses deux paquets de Balto quotidiens, à une époque où le commun des Français est plutôt rationné à deux paquets de cigarettes par mois, Bouthillier lui permet de ne pas déroger à ses habitudes. C'est le ministère des Finances qui gère la Manufacture des Tabacs, et au ministère, c'est Jardin qui a la haute main sur le dé-rationnement du tabac, à l'usage des membres du cabinet et d'autres entourages. Aussi, tout naturellement, Bouthillier le charge-t-il d'apporter chaque mois sa précieuse cargaison de cigarettes à Laval. C'est ainsi que le jeune chef de cabinet-adjoint lie connaissance avec lui et qu'il se fait apprécier. Les missions les plus délicates ne sont pas toujours celles qu'on croit. Celle-ci aura de lourdes conséquences sur l'avenir à très court terme de Jean Jardin, car la séduction sera réciproque[19]...

Paris sous la botte. La croix gammée domine la place de la Concorde. Nous sommes en 1941. Au cinéma, on peut voir *Le Juif Süss*. Dans les kiosques, *Je suis partout* reparaît après une absence éphémère, certains de ses rédacteurs ayant été faits prisonniers à l'issue de la drôle de guerre. Le « groupe du Musée de l'Homme », un des tout premiers mouvements de résistance, est décapité. Des collaborationnistes qui veulent créer une « Légion des volontaires français contre le bolchevisme » tiennent un grand meeting. A la station de métro Barbès, le militant communiste Fabien abat l'aspirant allemand Moser. Peu après, au palais Berlitz, on inaugure l'exposition « Le juif et la France ».

Les cabarets affichent complet. Français et Allemands y lancent une nouvelle forme de collaboration passive : la cohabitation mondaine. La vie intellectuelle bat son plein. La générale des grandes pièces de la saison est une fête et un événement, comme avant la guerre.

C'est Paris officiel. Mais autant, sinon plus qu'à Vichy, la capitale est la ville de toutes les rumeurs, de tous les complots. Le milieu ambiant est particulièrement réceptif. Comme s'il n'attendait que cela. Moins l'opinion publique comprend les événements que lui assène chaque jour une presse filtrée par la censure, plus elle a tendance à s'en remettre à des explications simplistes où les « causes cachées » et les « raisons secrètes » de l'histoire en train de se faire prennent le pas sur toute autre logique. Il y a là une idée chère à certaine droite et récurrente dans tous ses thèmes. Avant cet événement charnière que fut la Révolution française, le roi était la représentation absolue du pouvoir absolu et sacré. Après on verra surgir et s'imposer dans cet univers un autre type d'explication : le mythe de la main invisible derrière les événements décisifs, l'accréditation de la mythologie collective d'un gouvernement occulte doublant l'autorité théorique d'une collectivité d'hommes dont certains sont nécessairement dans l'ombre. Donc, ils complotent [20].

Un terreau aussi fécond ne peut que favoriser la rumeur la plus folle d'une époque déjà passablement déboussolée. Son autopsie, quarante ans après, cristallise bien les symptômes et les causes d'une fièvre obsidionale très caractéristique. Pour bien comprendre cette affaire complexe, il convient d'avoir à l'esprit un nom, celui de la Maison Worms et Cie (banque, courtage, négoce, armement des navires)... et un mot peu usité, tiré du grec, celui de « synarchie » (autorité exercée par plusieurs personnes ou plusieurs gouvernements à la fois, au sens strict).

Mercredi 8 janvier 1941. Marcel Déat rédige son journal d'Occupation. Il tape sur sa machine : « Husson me remet un document curieux et époustouflant sur une sorte de société secrète polytechnicienne qui tend à la révolution synarchique par l'élite. Les promoteurs seraient en somme au pouvoir [21]. » Un mois plus tard, l'amiral Darlan, nommé vice-président du Conseil et ministre des Affaires étrangères, remplace Laval comme dauphin du chef de l'État.

L'avènement du gouvernement Darlan marque aussi l'apogée de la colonisation de l'État par de jeunes techniciens. A tel point que Henri Du Moulin de Labarthète, chef du cabinet civil du maréchal Pétain, s'en inquiète devant le responsable de cette « invasion » :

« Mais vous nous amenez toute la banque Worms !
— Cela vaut toujours mieux que tous les puceaux de sacristie qui vous entourent, répond Darlan. Pas de généraux, pas de séminaristes, des types jeunes, dessalés, qui s'entendront avec les Fritz et nous feront bouillir de la bonne marmite [22]. »

On ne peut s'empêcher de penser à la formule qu'aura, un an plus tard, Gabriel Le Roy Ladurie :

« L'Europe sera faite par dix banquiers ayant une volonté de fer [23]. »

Le fameux *Journal* de Déat est encore le meilleur fil d'Ariane pour suivre l'évolution de la folle rumeur synarchique. Le 20 février, il note après une conversation : « Crouzet confirme que la crise ministérielle se caractérise par une offensive Worms [24]. » Il est intimement convaincu que les maroquins du gouvernement Darlan se distribuent au siège social de la banque... Dans l'ordre de ses obsessions du moment, telles qu'il les retranscrit quotidiennement, elle occupe plus de place que les juifs, les francs-maçons ou les communistes. Quelques mois plus tard, quand Pierre Pucheu, qui était avant-guerre président des établissements Japy frères liés à Worms, devient ministre de l'Intérieur, Déat note : « Gabriel Le Roy Ladurie paraît mener le jeu de l'équipe Worms, comme il est naturel. » Le leader du collaborationniste Rassemblement National Populaire (RNP) est persuadé, comme le remarque son bras droit, « qu'un gouvernement occulte se dissimulait derrière le gouvernement légal où il avait délégué quelques-uns des siens et qu'il tirait les ficelles de la politique officielle [25] ». Toujours la théorie de la main cachée... La Maison Worms et la mystérieuse synarchie qu'elle aurait secrétée sont à ses yeux les grandes coupables : « Il l'accusait de tous les péchés... Il s'en accommodait d'autant moins qu'il ne voyait pas la place qu'il aurait dans le régime qu'elle voulait [26]. »

Dans les premiers jours de juillet 1941, Pétain prend connaissance d'un rapport concernant les activités de cette énigmatique société secrète. Au même moment, Marcel Déat en remet une copie au conseiller de l'ambassade d'Allemagne Ernst Achenbach au cours d'un déjeuner auquel assiste également Laval, à la Rôtisserie Périgourdine.

Le texte circule sous le manteau depuis peu, à Paris et à Vichy. On se le transmet avec des mines de conspirateurs sérieux ou avec des ricanements et des haussements d'épaules, selon le degré de paranoïa ou le sens de l'humour de chacun. Il s'intitule « Rapport confidentiel sur la société secrète polytechnicienne dite MSE (mouvement synarchique d'empire) ou CSR (convention synarchique révolutionnaire) ». Son programme (598 propositions, pas une de moins, un authentique pensum) est assez ahurissant. L'auteur de ce rapport visant à donner consistance à un mythe s'appelle Chavin et il est inspecteur général de la Sûreté nationale à Vichy. Et l'un de ceux qui se démènent le plus en coulisses bien sûr, car tout ceci est de l'ordre du « confidentiel », n'est autre que le docteur Henri Martin, fameux membre de l'organisation terroriste d'extrême droite " La Cagoule " avant-guerre, spécialiste des conjurations clés en main.

Selon le rapport remis à Pétain, les membres de cette société secrète sont principalement recrutés chez Worms, bien sûr, mais aussi au Comité des Houillères, à la société des grands travaux, au Conseil d'État et ont tissé leur réseau de relation sur les bancs de Sciences-po, de l'École polytechnique, de l'École normale et de l'École centrale. L'enquêteur va plus loin encore dans l'intoxication et la dénonciation puisqu'il donne des noms. Beaucoup sont connus, car ils sont ministres ou occupent des postes de responsabilités : Jacques Barnaud, René Belin, Jean Bichelonne, Paul Baudoin, Benoist-Méchin, Jean Borotra, Yves Bouthillier, Gabriel Le Roy Ladurie, Pierre Pucheu (dont le premier soin, quand il est nommé à l'Intérieur, est de limoger l'inspecteur Chavin, un indice, assurément...), Jacques Rueff, Alfred Sauvy... D'autres sont moins connus, tel Assemat, directeur de la caisse nationale des marchés de l'État [27].

Étrange constellation, en vérité, dans laquelle on met pêle-mêle des hommes qui ne se sont parfois jamais vus et ignorent souvent jusqu'à la signification du mot « synarque ». Entre certains d'entre eux, il y a très probablement une conjonction d'intérêts et un commun état d'âme. De là à parler de maçonnerie, de rituel et d'ésotérisme, il n'y a qu'un pas allégrement franchi par ceux nombreux qui, à Paris et à Vichy, sont obsédés par les complots visant à abattre la Révolution nationale. Quand on cherche à opposer aux accusés l'indice d'une solidarité concrète, on retombe toujours sur leur fameuse réunion dans un bistrot situé à l'angle de la rue des Mathurins et de la rue Tronchet. Il n'est autre que la « popote » de chez Worms où Gabriel Le Roy Ladurie et la plupart des membres de son entourage d'avant-guerre, tous aujourd'hui au faîte du pouvoir, avaient l'habitude de déjeuner et d'échanger des idées. De là à évoquer le nœud stratégique d'une conjuration...

Pendant quelque temps, les principaux concernés haussent les épaules, d'autant que si le rapport Chavin circule, tout le monde en parle sans avoir vu ce fameux « Pacte synarchique ». Il faut attendre le creux de l'été pour que la campagne sourde et insidieuse éclate au grand jour, en gros titres à la une d'un journal collaborationniste bien sûr. « Complot contre l'État ? » annonce la manchette, en rouge sur huit colonnes de *L'Appel*. La question n'en est pas une car le sous-titre rassure aussitôt les sceptiques : « Une association mystérieuse de polytechniciens, d'inspecteurs des finances et de financiers s'est constituée depuis dix ans en France pour prendre le pouvoir. » Le directeur de l'hebdomadaire, Pierre Costantini, un des fondateurs de la LVF, retrouve soudainement les accents de Zola et sous le titre « J'accuse ! » publie un éditorial dans lequel il accuse le mouvement synarchique « de poursuivre la mainmise sur l'industrie française, de faire échec à la politique du maréchal, de protéger les grands financiers internationaux, de sauvegarder les intérêts financiers juifs par tous les moyens, dans tous les domaines ainsi que des intérêts anglo-saxons, liés aux groupes financiers affiliés au mouvement[28] ». Naturellement, sans plus de preuve, *L'Œuvre*, le journal de Déat, abonde dans le même sens, avec des « arguments » du même tonneau.

Le délire a au moins le mérite, par les amalgames qu'il opère, de mettre en lumière les ressorts de « l'affaire » : la recherche d'un bouc émissaire crédible pour expliquer les « problèmes » rencontrés par la Révolution nationale dans sa marche vers une France radieuse et prospère au sein d'une Europe allemande et nationale-socialiste. Ils sont parfaits pour être désignés du doigt, ces « synarques » qui peuplent le gouvernement Darlan : ce sont des techniciens, ils sont liés aux grands trusts internationaux et entretiennent des relations serrées avec la maison Worms.

Ah ! Worms, que n'en dit-on alors ! La presse est pleine de jeux de mots sur ce nom originaire de Rhénanie-Palatinat, une ville chargée d'histoire. L'esprit ne manque pas aux folliculaires pour incriminer la réunion des séides de la banque, du synode de Worms à la Diète de Worms en passant par le Concordat de Worms... Naturellement la plupart « oublient » de préciser que contrairement à une idée répandue à dessein, le patron, Hippolyte Worms (dont la famille est d'origine juive) n'est pas juif. Il est né de mère chrétienne, a été baptisé à sa naissance et a épousé une anglicane. Qu'importe puisque son associé-gérant Michel Goudchaux, lui, l'est...

Au ministère des Finances, ceux qui ont de la mémoire riraient longtemps encore de cette affaire, n'eût été l'inclusion du dossier synarchique dans le procès d'épuration après la guerre. D'autres, considérant cette histoire comme une escroquerie intellectuelle et une opération politique, la balaient d'un trait :

« Quand on accède au pouvoir, on appelle ses amis. C'est naturel... »

Yves Bouthillier, le ministre des Finances, hausse les épaules :

« Comme si le capitalisme avait besoin de stratagèmes, de mots d'ordre et de congrégations pour être puissant [29]. »

Le mythe synarchique n'en donnera pas moins lieu, pendant des décennies, à une extraordinaire littérature, proliférante et difficile à recenser, tant pour accréditer que pour anéantir le mythe [30]. Mais encore une fois, l'observateur qui en son temps, avec la difficulté que cela suppose, a le mieux décrit les contours humains et psychologiques des personnalités incriminées, c'est l'écrivain Pierre Drieu La Rochelle :

« Les hommes du groupe Worms passaient pour des fous dangereux, les Allemands les tenaient pour les actifs les plus perfides des attentistes sous couleur de collaboration, les gaullistes les tenaient pour des germanophiles très rusés et très audacieux, les attentistes pour des espèces de trotskistes amateurs de révolution permanente et de bouleversement à tout hasard. Ils étaient tout cela et rien de tout cela. C'étaient des hésitants nerveux et reptiles qui se dissimulaient sous des airs cassants. Ce n'étaient pas des sceptiques : ils avaient des préférences bien ancrées, mais cela ne servait à rien car cela était enveloppé dans les mille annulations de la peur de se tromper et de la frénésie de ne renoncer à rien. Ils voulaient faire une révolution en France mais une petite révolution sans rupture ; et ils voulaient sauver la France des périls extérieurs mais sans rompre ni avec l'Allemagne ni avec les Anglo-Saxons ni peut-être avec la Russie [31]. »

Comment ne pas y déceler certains traits de Jean Jardin ? L'épisode synarque est, pour lui aussi une épreuve. Lui qui prise tant le mystère et le goût du secret, il aurait pu tomber dans la trappe. Il a su éviter le piège. Pourtant tout concourt à l'y précipiter. Il connaît intimement la plupart des « synarques ». Il a étroitement collaboré avant-guerre à la revue *Les*

Nouveaux Cahiers dénoncée comme un de leurs lieux de réflexion et d'expression privilégié. On l'a beaucoup vu à la popote Worms de la rue Tronchet, avec Gabriel Le Roy Ladurie et Jacques Barnaud. Un indice commence à le rendre très suspect aux yeux des Allemands. La Gestapo a naturellement enquêté sur l'affaire et constitué un gros dossier. Après la mort accidentelle, en mai 1941, de Jean Coutrot, très brillant ingénieur, polytechnicien et théoricien de l'économie présenté, à tort, comme l'animateur sinon le chef du « mouvement synarque », les Allemands saisissent des documents chez lui [32]. Notamment son « carnet de poche ». Il est décortiqué, passé au peigne fin. On croirait un annuaire du gouvernement et de la haute administration. A la lettre J, il y a :

« Jardin, Invalides 31-22. »

Dès lors, il est dans le collimateur. Pour certains services allemands, c'est un homme jugé inquiétant car on ne sait pas très bien ce qu'il pense, où il va, ce qu'il fait. Il fréquente assidûment Ernst Achenbach, des écrivains indifférents à la Révolution nationale, des technocrates, des intellectuels de la collaboration, des hommes d'affaires qui refusent de coopérer avec l'Allemagne... Il est flou. De surcroît, il favorise autour de lui ce halo de mystère qui peut dissimuler soit des activités « répréhensibles », soit le néant. Suspect par son attitude ambiguë, il l'est plus encore après l'affaire de la synarchie.

Paris début 1942. Paris-surface et Paris-souterrain. Au-dessus, on inaugure l'exposition « Le bolchevisme contre l'Europe », les alliés bombardent Boulogne-Billancourt, et le premier convoi de « déportés raciaux » quitte la France pour l'Allemagne. En dessous, *Le silence de la mer* de Vercors, livre clandestin, est publié par une maison clandestine, les éditions de Minuit. L'organisation « Ceux de la Résistance » est créée, ainsi que les Francs-Tireurs et Partisans Français (FTPF). Mais qu'il s'agisse du Paris visible ou du Paris invisible, il est des petits faits de la vie quotidienne en France allemande qui échappent aux catégories et ne sont jamais relatés. Ce sont pourtant ceux qui cristallisent le mieux les contradictions de l'époque. Des faits qui invitent à la nuance, un art difficile pour appréhender des temps violemment contrastés et manichéens. Des faits tels que celui-ci.

Les Allemands cherchant à entretenir des contacts avec les hommes d'affaires français, un déjeuner est organisé tous les mois dans les salons de l'Hôtel Ritz. A une dizaine de reprises au cours de l'année 1942, le prince de Beauvau-Craon et François Dupré, président de la société des grands hôtels et administrateur de Ford, du côté français, et le Dr Schaeffer du côté allemand réunissent industriels, hommes politiques et fonctionnaires français sous le label « Déjeuners de la Table ronde ». La table du repas l'est, effectivement, chaque convive français étant assis invariablement entre deux Allemands. C'est la règle.

On y voit des ministres et des responsables politiques tels que Jean Bichelonne, Robert Gibrat, Jacques Benoist-Méchin, Jean Cathala, Marcel Déat, Gaston Bergery, mais aussi le vicomte de Cossé-Brissac (société métallurgique de Normandie), André Dubonnet, Robert Lafont (chargé de mission au ministère de l'Information), le couturier Lucien Lelong, le marquis de Polignac (président de l'Association vinicole champenoise), le journaliste Lucien Rebatet, Jehan de Castellane, conseiller municipal de Paris, l'écrivain Paul Morand, Pierre du Pasquier, du Commerce extérieur, Raoul Ploquin (ancien directeur du comité d'organisation de l'industrie du cinéma), Roger Richbé, directeur des films qui portent son nom, ainsi que les présidents de la Société générale, de la Banque de Syrie et du Liban, du CCF, de l'organisation Fer et acier... et du côté allemand des hommes de la dimension de l'industriel Roechling. L'ambassade du Reich accorde une grande importance à ces rencontres, comme le montre la présence régulière du Dr Michel et du Dr Kreuter, un des chefs de la cinquième colonne économique.

C'est l'événement observé à la surface. Un épisode de la collaboration financière et mondaine. Mais quand on gratte un peu, on s'aperçoit que le directeur du Ritz, dès le début, s'oppose à la tenue de ces déjeuners de la Table ronde dans son établissement. Il faudra des pressions répétées, venues de haut, pour l'obliger à plier. On remarque ensuite, parmi les participants, que le directeur général de la BNCI allait gagner Alger peu après pour y occuper un poste de responsabilité, que le comte Raoul de Vitry, dirigeant du Comité d'organisation de l'aluminium, appartenait aussi à l'OCM (organisation civile et militaire) et allait devenir le délégué du CNR (conseil national de la résistance) pour les industries chimiques, ou encore que Jehan de Castellane, agent de liaison, fournissait régulièrement des renseignements à Jean Gemaehling, chef du réseau Kasanga, le SR du mouvement de libération nationale, sur les projets et l'état d'esprit de ces milieux d'affaires... Après-guerre, même des résistants diront avoir trouvé autour de cette fameuse table ronde d'utiles informations pour leurs réseaux [33]...

C'est aussi cela, la France de l'Occupation, une situation embrouillée qui n'entre pas nécessairement, toujours, dans les catégories. Jardin s'y meut comme un poisson dans l'eau.

Le 17 avril 1942, l'amiral Darlan démissionne. Ses technocrates n'ont pas convaincu malgré certains résultats économiques et sociaux, marque de leur efficacité. Sur le plan politique, l'amiral de la flotte n'a pas su naviguer en eau trouble. Le procès de Riom fut une erreur : il prétendait confondre les caciques de la IIIᵉ République, Blum, Daladier et consorts et en faire les responsables de la défaite, mais l'argumentation s'est retournée et c'est le régime de Vichy qui s'est retrouvé accusé. Quant aux prisonniers français, le problème numéro un, ils se morfondent toujours en Allemagne.

Le lendemain, Pierre Laval, qui ronge son frein depuis son éviction seize mois auparavant, est nommé chef du gouvernement par Pétain, grâce à un tout nouvel acte constitutionnel, le numéro 11, qui crée la fonction de chef du gouvernement. A nouveau la révolution de palais, à nouveau le ballet des intermédiaires entre Paris et Vichy, à nouveau les bruits, les pressions et les contre-rumeurs. L'Auvergnat à la cravate blanche, notable de la IIIe République rompu aux dosages politiciens, constitue son gouvernement comme jadis : des noms sur des bouts de papier, des coups de téléphone tous azimuts, des émissaires pour sonder, des hommes à honorer, d'autres à remercier, d'autres encore à utiliser... La politique, nonobstant l'occupation du pays.

Jean Jardin ne tarde pas être approché par un de ses amis du temps de *L'Ordre Nouveau* et des *Nouveaux Cahiers*. Il s'appelle Robert Gibrat et il est depuis deux jours secrétaire d'État aux Communications dans le nouveau gouvernement Laval. Les deux hommes ont exactement le même âge mais même s'ils se sont retrouvés dans l'effervescence intellectuelle des années trente, ils n'ont pas du tout emprunté les mêmes voies. Né à Lorient, cet ingénieur des Mines a été major de sa promotion à Polytechnique. Depuis l'automne 1940, il est directeur de l'électricité au ministère de la Production industrielle. Dès sa nomination par Laval au poste de secrétaire d'État, il constitue son cabinet à Paris et à Vichy, nomme un polytechnicien de ses amis, Robert Loustau, au poste clé de chargé de mission, et propose à Jardin la fonction de directeur de cabinet. C'est tentant. Les Communications, ce sont les postes bien sûr, mais aussi la SNCF (son vieux démon), les bateliers, les dockers, le transport, le ravitaillement...

Un matin d'avril, Jean Jardin est donc reçu par son supérieur au ministère des Finances, Jean Filippi, depuis plusieurs mois promu secrétaire général pour les affaires économiques, qui s'apprête à partir en vacances en Corse :

« Gibrat me propose la direction de son cabinet...
— Si ça vous tente, je n'y vois pas d'inconvénient. Des Finances aux Communications, c'est un transfert purement technique, ça n'a rien d'une nomination politique[34]... »

Aussitôt, Jean Jardin s'installe dans ses meubles, dans l'hôtel du comte Molé, boulevard Saint-Germain, dévolu au secrétaire d'État aux Communications, tandis que sa nomination est confirmée par le *Journal Officiel*[35]. Il a gravi un échelon et son travail, très diversifié, a aussi évolué. Il a des responsabilités accrues : il prépare les décrets et arrêtés relatifs aux modalités d'embauche des ouvriers dockers dans le port de Marseille, étudie le déclassement du réseau de tramways concédé par le département des Deux-Sèvres à la compagnie des tramways des Deux-Sèvres, met au point l'indemnité pour les agents de la SNCF travaillant en Allemagne au titre de la relève, organise la première conférence de presse du secrétaire d'État, prévue pour le 13 mai, ainsi que son voyage d'inspection dans les Pyrénées, le 24 mai[36]...

C'est bien, mais très vite, on lui propose mieux.

En fait, on s'arrache Jean Jardin. Déjà un autre ministre récemment nommé essaie de le ravir à Gibrat pour le prendre à ses côtés, comme directeur de cabinet. C'est Jacques Le Roy Ladurie, le frère de Gabriel, nommé ministre de l'Agriculture. Il a sympathisé avec Jardin après l'avoir rencontré par hasard au chemin de fer en 1934 et les deux hommes sont restés très liés. Gabriel est un lien supplémentaire comme l'est la belle-famille de Jacques Le Roy Ladurie, les Danger originaire de la région de Bernay. Mais c'est trop tard. Gibrat veut le garder pour lui, ce collaborateur indispensable, cet oiseau rare[37]. Par tempérament, par pente naturelle, sous l'occupation comme avant la guerre, il est au carrefour des influences contraires. On commence à savoir que ce petit homme terriblement discret, est efficace et loyal. A Vichy comme à Paris, il semble que cette qualité de négociateur soit de plus en plus rare.

Cela devait arriver : il ne reste pas plus de trois semaines au secrétariat d'État aux Communications. Robert Gibrat n'a pu le retenir. Car cette fois, c'est Laval lui-même qui le réclame à ses côtés.

Irrésistible ascension. Dès qu'il apprend la nouvelle, Jean Filippi, retour de Corse, va voir son ancien bras droit :

« Vous faites une connerie ! C'est une erreur que vous regretterez. Laval, c'est un collabo, vous ne savez pas où vous mettez les pieds...

— Oh c'est fait... De toute façon, c'est sûrement plus intéressant que les Finances ou les Communications[38]... »

Contre l'avis de ses proches, il se laisse entraîner chez Laval. Par défi et goût du risque[39]. Dorénavant, les dés sont jetés.

5

Au plus près du soleil

(1942-1943)

Vichy, mai 1942, Laval a fait son choix en fonction de ce qu'il sait de Jean Jardin : non seulement il a eu un contact direct, répété, avec lui ces derniers mois (les cigarettes !...) qui lui a permis de juger ses qualités humaines, mais de plus il s'est renseigné auprès de Robert Gibrat, le secrétaire d'État aux Communications, de certains membres de l'entourage de Pétain et surtout d'un homme dont Laval et Jardin partagent l'amitié, Léon Bérard, avocat, député et sénateur des Basses-Pyrénées, académicien, plusieurs fois ministre et présentement ambassadeur au Vatican. Laval vient d'ailleurs de lui proposer le fauteuil de garde des Sceaux dans son nouveau gouvernement mais Bérard, très « prudent » de nature, préfère rester à Rome[1].

Pour ménager les susceptibilités, Laval ne veut pas reprendre la même équipe qu'en 1940. Mais de toute façon, la notion de « cabinet » ministériel lui est étrangère. Il n'en veut pas. Il a horreur de l'administratif et se veut ennemi de l'organisation. Cette fois, il s'y résout tout de même, eu égard au cumul des portefeuilles, mais à sa manière. Au lieu d'un cabinet traditionnel, il nomme un secrétariat général du gouvernement le 6 mai. C'est une structure légère sur laquelle il veut pouvoir compter et se décharger : Jacques Guérard est le secrétaire général du gouvernement, Jean Jardin le directeur de cabinet, Mlle Sellier le chef du secrétariat particulier, Paul Morand et MM. Villar et Demai les chargés de mission[2]. Mais très vite, Jardin émerge du groupe pour occuper une place privilégiée à ses côtés.

Laval et Guérard ne s'entendent pas du tout. Pourtant plusieurs personnes de confiance lui avaient suggéré son nom, mais dès le début, le chef du gouvernement se méfie de son secrétaire général. Une attitude qui ira crescendo et que Jardin désignera au début comme « une réserve non exempte de réticence[3] ». Inspecteur des finances à vingt-deux ans, ce fils d'ingénieur a déjà une carrière derrière lui en 1942, à quarante-cinq ans : directeur de la Banque franco-chinoise (1926-1935), conseiller économique du Shah d'Iran (1935-1938), président de la compagnie d'assurances La Préservatrice (1938), président du Comité d'organisation des assurances et de la capitalisation (1941)... Il a connu Jean Jardin à l'époque des accords de Munich, aux *Nouveaux Cahiers* et il a ajouté sa voix au concert qui avançait son nom comme directeur de cabinet.

D'où vient alors cette antipathie foncière que Laval voue d'emblée à Guérard ? Une question de nature, tout d'abord. Le premier n'imagine pas de s'attaquer aux problèmes à heures fixes alors que le second est l'administration faite homme. Cela lui vaut très vite d'être fui, boudé, ignoré, méprisé, traité en domestique en présence d'un tiers. La situation se dégrade si vite entre les deux hommes qu'on parle déjà de son renvoi. Le journaliste Dominique Canavaggio, ancien directeur des services politiques de *Paris-Soir*, questionne Laval à ce sujet et s'attire cette réponse :

« Vous connaissez ma façon de travailler, je n'ai pas besoin de secrétaire général : je suis à moi-même mon secrétaire général[4-5]. »

Surtout, ce qu'il ne dit pas, c'est qu'il ne « sent » pas Guérard, ce qui, pour un politicien d'intuition, est rédhibitoire. Surtout à un moment de sa vie où il se sent de plus en plus seul, haï, attaqué, trahi enfin. A plusieurs reprises il envisage son assassinat, convaincu que tout le monde lui en veut. Le moindre bavardage discret dans un couloir lui paraît prendre des allures de complot. Avec un tel état d'esprit, on conçoit que la qualité qu'il apprécie le plus chez ses proches collaborateurs soit la loyauté.

Une qualité rare à Vichy. Mais elle est la marque principale de Jean Jardin, avec sa fidélité aux principes, son entregent, sa discrétion et son goût des contacts. On comprend mieux, dans ces conditions, que Laval, ignorant les hiérarchies administratives, ait considéré et présenté Jardin comme « son » directeur de cabinet et lui ait toujours porté une certaine affection. La politique n'a rien à faire dans cette relation entre deux hommes que tout sépare, et pas seulement parce que l'un est normand et l'autre auvergnat. Laval, c'est le politicien type de la IIIe République, tel que *L'Ordre Nouveau*, la revue cofondée par Jardin, le vomissait à longueur de colonne. En 1934, alors qu'il avait déjà été ministre et président du conseil, on y lisait à son sujet :

« Il est comme ces administrateurs de sociétés anonymes qui, connaissant à fond la technique des affaires, peuvent aussi bien présider et simultanément à des conseils d'administration d'entreprises différentes, fonctionnant en divers pays. Mettez à son nom des désinences étrangères et Lavali, Lavalkof, Lavalesco, Lavalovitch, Mac Laval pourront appliquer, avec un égal bonheur, aux relations étrangères des divers pays, la même technique et les mêmes improvisations, auxquelles leur prototype Laval doit sa situation en France[6]. »

Ce n'est pas Laval qui a fait du chemin, c'est Jardin, même s'il est resté fidèle à ses idées de jeunesse. Il les a adaptées aux réalités du moment. Laval, lui, n'a pas changé. Il se comporte avec les Allemands comme jadis à la Chambre avec ses collègues. Après avoir rencontré Hitler, il en parle avec les mots et l'esprit d'un maquignon auvergnat : on les a roulés... on les a bien eus... C'est à peine s'il réalise qu'il n'a pas, en face de lui, des députés radicaux-socialistes mais des représentants de la première puissance européenne.

Les deux hommes se complètent très bien. Ce n'est pas gratuitement que Laval le gratifie de deux surnoms : « l'armée du salut » et « la ligue des droits de l'homme[7] ». Car il sait, comme la suite des événements le montrera, que Jardin considère que la vraie force est celle qui protège. Dès qu'un problème surgit, il l'appelle pour le résoudre. Ils sont tous deux très rapides, savent se parler vite, à mots choisis, utiles et efficaces, et se comprendre tout aussi vite[8]. L'anti-sectarisme et la défiance vis-à-vis des clans qui ont toujours animé Jardin en font un de ces rares personnages qui, à Vichy, peuvent librement naviguer de l'entourage de Laval à celui de Pétain. Quand le Maréchal et le Président ont des mots, c'est souvent Jardin et son ami le docteur Bernard Ménétrel, médecin et confident de Pétain, qui arrondissent les angles[9]. Dans l'entourage du chef de l'État, on tient Jardin en grande estime : il est l'homme de Laval en qui on peut avoir confiance, un des rares à se dire anti-allemand, celui dont on peut dire qu' « il est de notre bord », ce qui est loin d'être le cas de tous ceux qui gravitent dans la sphère du Président[10].

Très vite, le rôle de Jardin se précise, au-delà de la définition qu'en donne un des secrétaires de Laval : « prestidigitateur habile pour tous les découpages, souple et discret dans la négociation, sûr et fidèle dans l'amitié[11] ». Plusieurs témoins assurent que le terme d' « éminence grise » est rapidement sur les lèvres à Vichy, quand il s'agit d'évoquer l'activité de Jardin. C'est fort probable et ce sera de plus en plus vrai au fur et à mesure que la guerre progressera. Mais il faut user du terme avec circonspection s'agissant de Laval, comme le fait remarquer un observateur au cœur des événements :

« C'est mal connaître Pierre Laval que de croire qu'il pouvait tolérer auprès de lui une éminence grise ; très secret, avec une pointe de méfiance, jamais il n'aurait consenti à faire de qui que ce fût le dépositaire de ses projets et de ses intentions profondes [12]. »

Voilà les nombreux « confidents » du Président balayés d'un revers de main. Mais il ne faut pas prendre un tel jugement au pied de la lettre et, plutôt, en conserver uniquement l'esprit.

Pour bien comprendre ce qui fait la chair et l'âme de la relation entre Laval et Jardin, il faut la projeter plusieurs siècles en arrière sur la nature morale, psychologique, humaine et politique des rapports entre Richelieu et François Joseph Leclerc du Tremblay dit le père Joseph. Le parallèle est saisissant. Fondateur d'un ordre de religieuses contemplatives, convertisseur de protestants, ce missionnaire devint en 1624 le collaborateur intime du cardinal de Richelieu, Premier ministre de Louis XIII. Mystique et chef des services spéciaux, il se consacre autant à Dieu qu'à la politique étrangère et à la lutte contre les Habsbourg. Son surnom — le père Joseph — passe à la postérité pour désigner tous les conseillers de l'ombre. De l'abondante littérature qu'il suscitera, nous retiendrons surtout un essai biographique sur les rapports de la politique et de la religion, *L'Éminence grise* d'Aldous Huxley [13], un ouvrage pénétrant et lumineux, qui nous servira de fil d'Ariane pour appréhender au mieux les rapports entre Richelieu et le père Joseph, entre Laval et Jardin, entre le cardinal-président et son éminence grise...

> « Parmi tous les êtres corrompus, intéressés, désespérément incapables qui gravitaient, amis ou ennemis, autour du jeune roi et de sa mère vaniteuse et stupide, Richelieu lui parais-

sait la seule personne capable de donner à la France les choses dont ce pays harcelé avait un besoin si pressant : la paix intérieure, un gouvernement fort, la réforme des abus. Plus il songeait au lamentable état du royaume et priait pour lui, plus il lui semblait évident que l'évêque de Luçon était l'homme que Dieu avait choisi comme instrument [14-16]. »

Une société en décomposition, des intrigants partout, un pays qui va à vau-l'eau et soudain un homme providentiel... C'est frappant.

Vichy, théâtre d'ombres. Une ville d'eaux, choisie pour sa grande capacité hôtelière, sa situation dans la géographie de la France, la proximité de Châteldon où vit Laval... Vichy était synonyme de cure, elle sera dorénavant synonyme de trahison. Pendant des années, il ne fera pas bon se dire vichyssois. Munich partage ce sort : munichois est devenu une insulte. Destin d'une ville...

Dans cette ville, au début de l'été 1942, il y a de tout, des gens de partout, qui travaillent on ne sait plus pour qui, et jouent double ou triple jeu. Si Macao est l'enfer du jeu, Vichy est celui de la duplicité. Les couloirs des grands hôtels, où sont installés les ministères, et les arrière-salles des cafés grouillent de vrais espions et de faux ministres, de diplomates accrédités et d'agents d'influence, de Français patriotes et de traîtres avérés, de collabos notoires et de résistants maquillés, des opportunistes de tout poil et d'authentiques cocus de l'histoire. N'était le climat, on dirait une capitale d'opérette en Amérique du Sud. Le climat et la guerre...

Drôle de ville où le ministère des Finances est installé à l'hôtel Carlton, le ministère des Colonies à l'hôtel d'Angleterre (!) et le siège de la Révolution nationale à l'hôtel Printania, à l'entrée duquel on peut encore lire cette plaque :

« Bains, douches, gargarismes, sert tous les régimes... »

Le centre de ce concentré de pouvoir aux allures touristiques, reste l'hôtel du Parc : un microcosme qui semble peu atteint par les dures réalités de l'Occupation. Au premier étage, les Affaires étrangères, au deuxième Laval et les siens, au troisième la chambre et le bureau de Pétain, au quatrième, les appartements des ministres. Jean Jardin, installé au deuxième, occupe une place stratégique : à mi-chemin entre le Quai d'Orsay et l'Élysée...

Si Vichy reste la capitale politique, Paris est vite redevenu la capitale administrative. Le jeudi soir, les ministres vont vite à Vichy et y restent jusqu'au samedi avant de retourner à Paris. Ces quarante-huit heures leur permettent juste de faire le point des différents dossiers, d'écouter radio-couloirs à l'hôtel du Parc et de participer à un déjeuner avec le Maréchal.

Le secrétariat général du gouvernement dont Jardin dépend se divise en deux. D'un côté, la *Direction des services administratifs* suit la liaison avec les départements ministériels et les services rattachés directement au chef du gouvernement (service des sociétés secrètes, commissariat aux questions juives, direction des services de l'armistice...). Un inspecteur des finances en est responsable, assisté de sept chargés de mission. D'un autre côté, le *Cabinet* supervise le secrétariat politique : courrier personnel de Laval, réception des visiteurs, étude des réclamations venant du public, recommandations, demandes d'exemption... Jean Jardin en assume la direction, assisté de deux secrétaires. Et même s'il s'adresse, le plus souvent, directement à Laval, en principe c'est Jacques Guérard, secrétaire général du gouvernement, qui est censé synthétiser et présenter toutes ces activités [17].

Directeur de cabinet... Un poste important assurément, mais qu'est-ce au juste ? Certains assurent que la servitude et la grandeur de cette fonction indéfinissable, c'est que le directeur est à la fois tout et rien[18]. Il conseille, coordonne, supervise. Il veille à ce que les affaires soient suivies, judicieusement réparties, à décharger le ministre des corvées de représentation en lui en évitant l'intendance, à conseiller opportunément le ministre en ayant fait le point de la question en fonction de l'actualité la plus récente. Il est toujours disponible, toujours en éveil. En fait, son champ d'action est large car il est aussi bien huissier en chef que vice-ministre, selon les exigences de l'heure[19].

Une journée dans la vie de Jean Jardin à Vichy... On peut reconstituer son emploi du temps à travers celui de Laval[20] et celui de Jacques Guérard[21].

8 heures. A Châteldon, Pierre Laval se lève. Au même moment, au deuxième étage de l'hôtel du Parc, dans les bureaux attenant au sien, le secrétaire général du gouvernement, le directeur de cabinet et le directeur des services administratifs se réunissent pour la première fois de la journée. Les trois hommes commencent par examiner le courrier parvenu la veille. Il est considérable. Immédiatement, ils en extraient le plus important : les textes législatifs et réglementaires. Pendant l'Occupation, il y en a en moyenne une quarantaine par jour. Les plus urgents sont mis de côté pour être présentés au Président, les autres envoyés pour étude au directeur des services administratifs, qui les répartira ensuite auprès des différents chargés de mission. On prend soin d'isoler ceux qui ont une incidence politique des autres.

9 heures. A Châteldon, l'homme à la cravate blanche allume une Balto. La canne à la main, il bavarde quelques instants avec ses « pays » puis quitte sa propriété en voiture, sous escorte, pour effectuer le trajet de vingt kilomètres qui le sépare de Vichy.

9 h 30. Sitôt arrivé à l'hôtel du Parc, le chef du gouvernement convoque les trois hommes dans son bureau. Ils le mettent au courant : lettres, coups de téléphone, signature des textes législatifs... Laval n'aime pas signer. Souvent, il emporte le dossier chez lui et l'oublie. Jardin est chargé de veiller au rapatriement du « portefeuille » ; c'est lui qui doit penser à arracher les signatures urgentes. Puis Laval monte dans les appartements de Pétain pour son premier entretien avec lui : « Le Maréchal est mon parlement », dit-il.

11 h-13 heures : Séances de travail avec les services rattachés. Réception de diplomates en poste à Vichy.

13 heures : Déjeuner.

14 h 30-18 heures : Audiences. Laval reçoit toutes sortes de gens. Certains sont importants, d'autres pas. Tous ont quelque chose à demander. Jardin fait office de filtre. Il tâche d'éviter au chef du gouvernement le préfet ou le directeur du Bon Marché qui demande une intervention pour obtenir une rosette de la Légion d'honneur, en souvenir de sa vieille amitié avec Laval. Il sert de tampon entre le président et les solliciteurs, en totale autonomie par rapport à Jacques Guérard, un détail qui a son importance pour les relations « indirectes » entre Laval et les milieux non-collaborateurs. Jardin reçoit quotidiennement des industriels, des financiers, des hommes d'affaires, des journalistes, des parlementaires. Tous ne parviennent pas jusqu'au bureau de Laval. Après un compte rendu de ces audiences par Jardin, chaque jour en fin d'après-midi, Laval en reconvoque quelques-uns.

18 heures : Pierre Laval rentre chez lui, à Châteldon, presque invariablement. Dès qu'il quitte l'hôtel du Parc, les coups de téléphone qui lui sont adressés et les visiteurs qui le demandent sont automatiquement répercutés sur Jardin, Guérard ou encore René Bousquet, le secrétaire général de la police, ou Charles Rochat, le secrétaire général du Quai d'Orsay. Ils

filtrent et ne répercutent, à leur tour, sur Châteldon qu'en cas d'urgence.

19 h 30 : A nouveau, les trois responsables du secrétariat général du gouvernement se réunissent, font le bilan de la journée, et examinent le courrier-départ qui sera proposé à la signature du président le lendemain.

21 heures : la journée est finie. Jean Jardin rentre chez lui. Mais il reste en contact permanent avec l'hôtel du Parc, grâce à une ligne directe.

Une journée comme les autres à Vichy, au cœur du vrai pouvoir. Le déroulement ne varie guère, bien que Pierre Laval ait en horreur les horaires, les programmes, les prévisions. Seule exception : il se rend de temps en temps à Paris, le moins souvent possible, en général à la requête des Allemands. Il préfère rester dans le Puy-de-Dôme et sur les rives de l'Allier.

Avec Jardin, l'entente est sans bavures, sans éclats. Le conseiller a vite compris le Président, son rythme de travail, ses manies et ses tics, ses priorités, ses goûts. Il a appris à devancer ses craintes, éliminer ses appréhensions, vaincre ses doutes. Il sait se glisser entre deux audiences pour arracher la signature, emporter la décision. Georges Hilaire, l'ancien préfet de l'Aube devenu secrétaire général à l'Intérieur puis secrétaire d'État aux Beaux-Arts, a très bien rapporté une scène typique, témoin de leur complicité :

« Jacques Dourdin est dans mon bureau, dit Jardin.

— Connais pas ! dit le Président.

— Mais si ! Monsieur le Président : Dourdin ! l'homme qui a joué les « Institut Gallup » en avril 42 et qui vous a appris que cinquante-deux pour cent de la population parisienne était favorable à votre retour au pouvoir.

— Je ne crois pas à ce genre d'arithmétique, dit le Président.

— Mais vous avez apprécié les résultats de sa seconde consultation, dit Jean Jardin.

— Laquelle ?

— Dourdin se proposait de vous faire savoir si vos ministres étaient connus du public. Il a recueilli quatre-vingts pour cent de réponses négatives.

— Cette fois, les résultats étaient exacts ! dit le Président conquis. Que veut-il, votre Dourdin ?

— Son frère est l'un des trois officiers qui ont donné leur parole au général Testu, commandant la place de Brazzaville, de rester fidèle au Maréchal.

— Alors ?

— Larminat est arrivé à la tête de sa colonne. Il les a arrêtés. Ils sont dans un camp, à Lambaréné, gardés par des Sénégalais, ce qui est un comble pour des officiers de la coloniale.

— Ces Français qui arrêtent d'autres Français, gronde Laval, quelle honte ! Comme si nous n'avions pas d'autres sujets de misère ! Mais qu'y puis-je ? Je ne peux tout de même pas envoyer une commission d'enquête à Brazzaville. Ah ! ce Jardin ! Je le dis toujours : c'est la Ligue des Droits de l'Homme.

— Il y a un moyen de tirer ces officiers d'affaire, dit Jardin sans s'émouvoir.

— Lequel ?

— C'est de donner un passeport à Dourdin et à René Lefèvre, l'aviateur, qui accepte de l'accompagner. Ils partiront. Ils iront faire les démarches nécessaires à Brazzaville et, s'il le faut, à Londres.

— Reviendront-ils ?

— Ils me l'ont promis, dit Jardin.

— A moins qu'ils n'aient une sérieuse panne en route, n'est-ce pas ? dit le Président en souriant. Voyons ! Ont-ils de l'essence ? Ont-ils de l'argent ?

— Je ne crois pas, dit Jean Jardin.

— Faites venir Cado, le directeur de la Police nationale. Qu'il établisse deux passeports *discrètement*, vous m'entendez ? Pour le reste, faites le nécessaire sur les fonds de la Présidence et souhaitez-leur bon voyage. Au suivant [22] ! »

Rapidité, efficacité, confiance. Jardin est informé pour deux. C'est même, probablement, un des hommes les mieux renseignés de Vichy et des deux côtés. Les préfets lui font des rapports, régulièrement, sur l'état de leur région et il n'est pas uniquement question d'économie ou de problèmes sociaux mais aussi des progrès et des besoins du maquis... Double jeu ? C'est plus compliqué que cela, comme la suite des événements le montrera à défaut, peut-être, de le démontrer. Jardin a ses antennes vraiment partout, à la demande même de Laval qui ne peut se démultiplier à l'infini et a, de toute façon, autre chose à faire que de collecter de l'information. Il a même fait nommer une secrétaire-dactylographe dans l'équipe de secrétariat de Laval à Matignon, pour qu'elle le tienne régulièrement au courant de l'état d'esprit des services parisiens.

Il est véritablement dans l'œil du cyclone. C'est un homme d'influence au sens plein du terme, même si elle est battue en brèche parfois par Laval lui-même qui n'en fait qu'à sa tête, et bien sûr par les Allemands qui commencent sérieusement à passer en revue ses fréquentations jugées trop éclectiques à leur goût, puisqu'ils y trouvent même des juifs et des résistants. Mais pour l'instant, à chaque coup de semonce, Laval calme le jeu. Il le peut encore. Paradoxalement, il a plus de mal avec certains ministres qui prennent ombrage du pouvoir occulte de Jean Jardin, comme c'est également le cas quand l'empire du docteur Ménétrel sur le Maréchal leur paraît disproportionné avec son sens politique. Il arrive même que cette jalousie mal dissimulée tourne au vinaigre et que l'algarade dégénère.

Dès les premiers mois de sa période vichyssoise, Jardin s'oppose, au cours d'un violent différend, au général Bergeret qui avait été jusqu'alors secrétaire d'État à l'Aviation. Ce dernier lui reproche d'être un intrigant. Le ton monte et, n'y tenant plus, Jardin le traite en public de « mauvais con » ce qui met l'intéressé hors de lui. Naturellement il ne voit qu'une solution pour réparer l'affront : le duel, que Jardin accepte aussitôt, par principe, malgré son évidente infériorité dans le métier des armes. L'offensé choisit l'épée. L'affaire fait vite le tour de Vichy et vaut à Jardin d'être convoqué par Laval :

« Vous cherchez les ennuis, mon petit Jardin, vous ne trouvez pas qu'on a assez de problèmes comme ça. »

D'un même élan, Jardin se rend à l'étage au-dessus à la convocation de Pétain qui est plus direct :

« Je vous interdis de vous battre ! Ou alors, ce sera avec mon épée... »

Le duel est annulé, au soulagement de Mme Jardin[23]. On ne s'ennuie pas à Vichy. Toujours est-il que peu après cette aventure, un arrêté signé de René Bousquet, le secrétaire général de la police, autorise Jardin à porter en permanence une arme de défense[24]... Mais au-delà de son caractère pittoresque, cette anecdote est significative : elle illustre un des rares moments où le grand conciliateur, l'homme de l'ombre, le temporisateur-né s'est départi de son rôle pour tenir le devant de la scène et user lui-même de l'intercession des grands.

Plus son pouvoir occulte — donc supposé — augmente, plus il intrigue et fait des envieux. Car ils sont nombreux ceux qui prétendent avoir l'oreille du président ou même du maréchal. Malgré la situation, Vichy n'en reste pas moins le lieu géométrique de toutes les ambitions. Qui a vraiment la confiance de Laval et qui ne l'a pas ? L'amitié, l'estime, la bienveillance, c'est une chose, mais la confiance pour un homme aussi méfiant, c'est autre chose. Un élément permet de tracer la ligne de démarcation entre ces catégories qui posent problème dans l'entourage : c'est la haute main sur les fonds secret du gouvernement.

Deux hommes en ont la garde : André Guénier, chef du secrétariat particulier du président à Paris, et Jean Jardin à Vichy. Guénier a pour habitude de noter les sommes données et les noms des récipendiaires sur de grandes feuilles volantes et de les mettre à l'abri, en permanence, dans le coffre de l'hôtel Matignon. De temps en temps, Laval lui demande :

« Donnez-moi le compte de l'emploi des fonds spéciaux... »

Ce n'est pas qu'il veuille vérifier, il a toute confiance, mais il demande par principe car il est censé effectuer régulièrement un contrôle. Et sans même les lire, il les jette au feu dans la cheminée du bureau [25].

Avec Jardin, ça se passe différemment. Il conserve tout et conservera tout longtemps encore, après la guerre, ce qui ne manquera pas de susciter inquiétudes et légendes dans différents milieux. Lui aussi, il tient sa propre comptabilité, mais sur des feuilles de petit format portant comme en-tête : « Le chef du gouvernement, secrétariat général. » Les indications sont toujours écrites au crayon à mine, pour pouvoir être éventuellement effacées. En voici un échantillon brut pour une période déterminée [26] :

José Germain, 20 000, 2-10-1943

Pays libre : 35 000 fr. 2-10-1943

Remis 100 000 acompte Groupes Collaboration (attentats terroristes) 4-10-1943

Ministres et ministères

140 000 fr. Sociétés secrètes 1-9-1943

200 000 fr. Propagande paysanne 7-9-1943

Etc... Explication de texte : l'écrivain José Germain ancien président de la société des Gens de Lettres est l'auteur d'une hagiographie de Pétain ; *Le Pays libre* est un journal collaborationniste à faible diffusion, organe du Parti Français National-collectiviste d'un acharné de l'Europe allemande, Pierre Clémenti ; les Groupes *Collaboration* étaient notamment animés par

Alphonse de Chateaubriant dont l'hebdomadaire *La Gerbe* était la principale tribune ; par « sociétés secrètes », il faut entendre, bien sûr, l'organisme qui avait en charge la répression des francs-maçons...

On le voit, s'agissant de sources de financement occultes, la frontière est très perméable entre collaboration d'État et collaborationnisme. Au-delà de toute approche idéologique (révolution nationale, européenne ou autre), Laval craint pendant toute l'occupation l'action des ultras parisiens, les jusqu'au-boutistes du fascisme qui ne cessent de le déborder sur sa droite et l'empêchent de « collaborer en rond ». Leur surenchère pro-allemande contrecarre bien souvent ses propres plans, qu'il estime représentatifs d'une haute stratégie alors qu'ils ne sont, comme toujours, que politique politicienne adaptée aux temps de crise. Pendant quatre ans, Laval finance partis, mouvements et personnalités collaborationnistes, avant tout pour mieux les contrôler, lui qui joue la rivalité entre les deux führers français potentiels, Jacques Doriot et Marcel Déat. Il craint plus que tout que l'un d'eux — ou tout autre de leurs amis — ne fasse aboutir l'idée d'un parti unique dont le chef ne pourrait être évidemment qu'un concurrent sérieux pour le chef du gouvernement. Diviser pour régner : ce n'est pas vraiment nouveau...

Dès le début, Vichy développe et débloque des fonds spéciaux — ou fonds secrets — pour la presse. Au départ, c'est Paul Marion, le ministre de l'Information qui en a la charge et la gestion, avec l'aide rigoureuse et efficace de deux assistants : un ancien percepteur des contributions et un inspecteur des finances. Cinquante-deux millions de francs sont ainsi distribués pour la seule année 1942 [27]. Laval et Jardin en dispenseront à peu près autant l'année suivante.

Chez Pétain, ça se passe un peu différemment dans la mesure où une partie de ces fonds secrets est affectée, à la demande du Maréchal, à des œuvres de charité, des entreprises de camouflage recommandées par l'état-major de l'armée, à la création de bibliothèque pour les enfants ou la restauration de chapelles. Mais bien entendu, leur affectation n'est pas totalement angélique, il s'en faut. Le docteur Ménétrel qui dispose d'une sous-délégation de fonds, et le chef de cabinet civil du Maréchal, Du Moulin de Labarthète, « arrosent », eux aussi, comme Laval et Jardin. Comme, du reste, pourrait-on ajouter, leurs prédécesseurs de la IIIe République et leurs successeurs de la IVe République. Du Moulin de Labarthète, observateur impitoyable des mœurs vichyssoises, note que certains abonnés à l'enveloppe occulte sont d'authentiques cumulards, et qu'ils touchent simultanément dans plusieurs ministères. Quand le scandale est trop patent, il réduit les émoluments du sieur en question. Un jour, l'un d'eux, rédacteur d'un petit journal à l'audience très faible, se plaint de ce que son « enveloppe » soit tombée de 500 000 à 125 000 francs par mois :

« Que faire ? lui demande-t-il.

— Mettez-vous en faillite ! » répond Du Moulin de Labarthète[28].

Signe des temps : le journaliste dépité change d'organe et se met à collaborer à *La France au Travail*, un quotidien directement alimenté par les fonds de l'ambassade d'Allemagne.

Mais cela ne doit pas faire écran : la grande presse, elle aussi, touche des subventions. Jusqu'à leur sabordage, la plupart des journaux repliés (excepté *L'Action Française* qui entend bien soutenir la politique du Maréchal tout en conservant son indépendance) obtiennent de l'argent des fonds secrets de Vichy, qu'il s'agisse du *Temps* ou du *Journal*, des *Débats* ou de *La Croix*, du *Figaro* ou de tout autre de moindre renommée. Ce n'est d'ailleurs un secret pour personne, d'autant que les subventions gouvernementales à la presse font, elles aussi, partie des traditions républicaines. Cela apparaît même dans les procès-verbaux des assemblées générales des sociétés éditrices. Mais ce qui n'apparaît pas, en revanche, ce sont les sommes perçues à titre personnel par des journalistes... A titre indicatif, rappelons qu'un journaliste parisien « replié » gagne alors, au barème syndical : 8 850 francs par mois s'il est rédacteur en chef, 6 650 s'il est chef de service et 5 000 quand il est reporter. Un tarif qu'il faut réduire de dix pour cent quand il s'agit de presse de province [29].

Le directeur du *Figaro*, Pierre Brisson, « à qui nous offrîmes tant de fois le réconfort de nos certitudes », se souvient un membre de l'entourage de Pétain [30], est régulièrement en contact, à Vichy, avec Jean Jardin qu'il connaît bien depuis l'avant-guerre déjà. Malgré les velléités d'indépendance, affichées surtout après la guerre, comme l'ensemble de la presse repliée, il émarge au budget occulte de l'hôtel du Parc. Comme le révèlent les assemblées générales ordinaires des actionnaires du grand quotidien, *Le Figaro* touche 2 169 504,50 francs pour l'exercice 1941 et 2 300 000 francs pour l'exercice 1942. Et quand il décide de se saborder, il rencontre Jardin à nouveau et lui dit carrément :

« Je crois que vous n'avez eu qu'à vous louer de nous depuis l'occupation ? Puisqu'aujourd'hui je saborde mes journaux, ne pourrions-nous pas toucher le dernier mois double [31] ? »

En matière de fonds secrets, si l'exemple du *Figaro* est le plus significatif et le plus représentatif de la grande presse, celui du MSR (Mouvement social révolutionnaire) l'est pour les partis et groupuscules collaborationnistes. Créé par l'ancien comploteur en chef de l'organisation terroriste La Cagoule, Eugène Deloncle, le MSR compte nombre de « cagoulards » dans ses rangs. Il est financé, de surcroît, par Eugène Schueller, industriel puissant et propriétaire de l'Oréal. Mais le jour où Deloncle se fait éjecter de son propre mouvement, l'homme d'affaires cesse de payer. George Soulès, l'idéologue du MSR, qui allait devenir après la guerre l'écrivain Raymond Abellio, doit dès lors se tourner vers Vichy et solliciter la caisse gardée par Jardin. Tous les mois, de l'été 1942 à la fin de l'occupation, c'est lui qui se rend à l'hôtel du Parc pour recevoir au nom du MSR 150 000 francs [32]. Même dans l'attribution régulière de ces « bouées de sauvetage » transparaît la guerre intestine à laquelle se livrent les ultras de la collaboration, comme en témoigne cette courte observation de Marcel Déat ; elle cristallise à elle seule la parnoïa et les haines recuites de ce petit milieu sans troupes qui se donne pour une élite : « Filliol, retour de Vichy, prétend avoir vu Laval et Jardin et pouvoir assurer de leur part 200 000 francs par mois au MSR. Enquête faite, il s'est avéré que l'argent venait d'Arrighi, c'est-à-dire du clan Worms, Pucheu, etc. Refus énergique de Landrieux et de Soulès. Enfin, cela se tasse vaguement, mais Filliol devra sûrement être éliminé [33]. »

Enfin, le troisième usage fait par Jean Jardin des fonds spéciaux du gouvernement est aussi le moins connu : l'aide à certains résistants. Mais c'est aussi le plus difficile à prouver. Surtout après le débarquement allié en Afrique du Nord, ils seront nombreux les « Français libres » qui transiteront par la résidence privée de Jean Jardin et recoureront à sa caisse noire. Quarante ans après, beaucoup s'en souviennent et quelques-uns veulent bien confirmer mais ils sont rarissimes ceux qui acceptent que leur nom soit cité. Pour un Henri Yrissou, à l'époque secrétaire général des affaires économiques de la région de Limoges, qui affirme qu'à sa requête, Jardin a débloqué des fonds spéciaux afin de venir en aide à la famille d'un chef de la résistance locale fusillé par les Allemands [34], combien d'autres dont la mémoire est soudainement plus imprécise : noms, dates, montant des sommes...

Déception ? Ingratitude ? Non pas. Jean Jardin, qui a conservé beaucoup de documents de cette époque troublée, prendra soin avant de quitter Vichy, de brûler ceux qui pouvaient compromettre des individus qui jouaient un nécessaire double jeu.

Vichy juin 1942. Jean Jardin possède déjà bien la situation en main. A l'étage, il règne mais à sa manière. Pas par la force mais par la ruse, le charme, l'habileté, l'efficacité. Comme les experts de la chronique vichyssoise l'avaient prévu, Jacques Guérard ne tarde pas à entrer en disgrâce. Le fossé est trop large entre le Président et lui. Laval a tôt fait de lui dire qu'il veut supprimer le poste de secrétaire général du gouvernement car il l'estime incompatible avec ses méthodes de travail. En échange de son départ négocié, il lui propose d'être gouverneur de la Banque de France ou ambassadeur à Buenos Aires ou Lisbonne. Pourquoi pas ? Lisbonne lui plairait bien. Il accepte cet accord à l'amiable. Mais quelques mois plus tard, en octobre 1942, Laval décide de le garder en lui expliquant qu'il avait eu des doutes sur sa loyauté après avoir appris qu'il avait effectué un voyage à Paris au cours duquel il avait notamment rencontré Jacques Benoist-Méchin avec lequel il aurait comploté[35].

Jean Jardin, lui, renforce ses positions. Sa cote monte. A nouveau, on ne peut s'empêcher d'évoquer le père Joseph :

> « Il fallait faire échouer les intrigues de cour, se concilier les grands en querelle. On faisait sans cesse appel au moine pour qu'il usât de son infinie dextérité avec la noblesse. C'était ce genre de besognes qui l'occupait depuis que Richelieu était arrivé au pouvoir (...)
>
> Des années avant qu'il ne pense à entrer dans la politique, il s'était donné du mal pour organiser son propre service de renseigne-

ments. Une armée de correspondants le tenaient en contact avec les événements de tout le royaume (...) Être bien renseigné, de préférence par des voies secrètes et exclusives, avait toujours été une vraie passion chez le père Joseph. Il dépensait une grande part de son temps et de son énergie à satisfaire minutieusement cette passion ; peut-être même que la perspective de pouvoir la satisfaire encore plus complètement a été l'un des appâts qui l'amenèrent dans la politique [36]. »

Mais ce serait une erreur d'imaginer que Jean Jardin est invulnérable derrière la carapace qu'il s'est forgée. Il exprime moins sa sensibilité qu'avant, refrène ses sentiments, tempère ses ardeurs. Il sait néanmoins se livrer à un examen approfondi de sa propre situation dès qu'un cas de conscience se pose. Cela avait été le cas quand il avait franchi le Rubicon qui sépare le service dans un ministère technique de la direction d'un cabinet aux côtés du chef du gouvernement. Or à la fin du mois de juin 1942, un problème se pose à nouveau, il est pris d'un grand doute : et si je m'étais trompé ? La révision serait déchirante mais il ne peut réprimer sa perplexité. Plusieurs éléments l'ont mis sur cette voie.

Il assiste dans les coulisses à la fabrication d'un « mot historique » qui s'avérera lourd de conséquences. Cela lui ôte un certain nombre d'illusions. Laval, dont la tactique n'est pas de plaire aux Français, en toute démagogie, mais de plaire à Hitler pour protéger la France, Laval est conscient du risque qu'il court. Pour la postérité mais aussi pour lui-même : il est persuadé que dans son cas, avec la « stratégie » qu'il utilise, il n'y aura guère que deux issues : la statue ou le poteau. C'est dans cet esprit que le 21 juin 1942 devant quelques-uns de ses collaborateurs dont Jean Jardin et en présence également d'un visiteur inattendu, Ernst Achenbach, le conseiller de l'ambassade d'Allemagne, il met la dernière main à son discours radiodiffusé du lendemain. Soudain il s'écrie :

« Après tout, je veux que l'on sache bien mon sentiment et j'irai jusqu'au bout de ma pensée... »

Et s'adressant à la secrétaire, il dicte :

« Écrivez : je souhaite la victoire de l'Allemagne parce que sans elle le bolchevisme s'installerait partout en Europe... »

Puis il se tourne vers Achenbach et l'interroge du menton :

« Le gouvernement allemand n'en espérait certainement pas autant, dit le conseiller d'ambassade, rouge de plaisir.

— Eh bien il se trompe sur mon compte voilà tout », répond Laval [37].

L'entourage est soufflé. Quelques-uns feignent de comprendre. D'autres réalisent que la présence de l'Allemand n'est pas si fortuite et que le président espère bien qu'il va se répandre dans Paris aussitôt avec le récit de la scène. Dans les couloirs de l'hôtel du Parc, on tient colloques et messes basses. Mais où le président veut-il en venir exactement ? Certains s'énervent, se disent trompés, tandis que d'autres calment le jeu, se livrant à une véritable explication de texte ou plutôt à un décorticage sémantique : la victoire de l'Allemagne n'est à souhaiter que comme un moindre mal... Les Français aiment les formules qui résument un homme et une situation... Souvenez-vous du « vive l'Allemagne » de Jaurès... ce qu'a dit Laval ce n'est pas un souhait mais une prophétie ou l'expression de la crainte d'une capitulation [38]... Jean Jardin avance, lui aussi, une explication qui rappelle ses cours aux Sciences politiques :

« Ce fut de tout temps la politique de l'Église. Elle a préféré l'Est proche à l'Est lointain, le moins barbare au plus barbare, le Saint-Empire romain germanique à la masse asiatique... »

Et pour mieux convaincre les incrédules, il ajoute : « Moi je crois que vous cherchez tous midi à quatorze heures. Ce discours du président, c'est de la tactique, rien que de la tactique. Le Président vient d'ouvrir un large parapluie. Ce n'est pas le petit parapluie de Louis-Philippe ou de Chamberlain. C'est un parapluie pour nous mettre tous à l'abri, jusqu'à la fin de la guerre. D'ailleurs, comment croire qu'un homme si nuancé dans ses propos, si prudent, si réticent au point qu'il n'explique jamais rien et attend toujours que l'on devine tout, ait pu prononcer d'enthousiasme une phrase qu'il savait propre à blesser les Français et à susciter les plus vives réactions internationles ? Vous le connaissez ? Alors réfléchissez un peu [39] ! »

Et pour emporter leur adhésion, il leur raconte une anecdote, dont il été lui-même le témoin, destinée à exciper du sens de l'humour et de la dérision du Président.

Huit jours auparavant, Laval sort de son bureau à l'heure du déjeuner, ouvre la porte de la salle à manger de l'hôtel du Parc et constate qu'il n'y a là que des préfets et ministres, tous des amis. Il est d'humeur joyeuse, porté à la plaisanterie. Alors en guise de salut, il fait le salut fasciste et lance un retentissant « Heil ! » Puis, constatant aussitôt que dans un coin il y a le maître d'hôtel italien qu'il n'avait pas encore vu et qui a enregistré toute la scène, il se ravise, baisse le bras et grommelle « merde ! » entre ses dents [40]...

Jardin convainc-t-il son auditoire ? L'atmosphère aidant, sûrement. Reste à savoir s'il est lui-même convaincu. Rien de moins évident. Car la face cachée de la petite phrase historique de Laval l'a déçu. En effet, il est des rares à avoir vu le Président écrire, dans la première mouture de son discours : « Je crois à la victoire de l'Allemagne, etc. » Il sait que Laval a montré le texte à Pétain qui l'a censuré avec un geste et un ton méprisants :

« Un civil n'a pas à croire ou pas croire en une victoire militaire. Vous ne croyez pas, vous souhaitez »... lui dit-il en substance [41].

C'est dans cet esprit que Laval modifie son texte, pour ne pas avoir à s'opposer une fois de plus au Maréchal. Les points de discorde sont déjà suffisamment nombreux entre eux pour qu'il soit inutile d'en rajouter. Désinvolture ? Goût des accommodements ? Stratégie malhabile ? En tout cas, on en connaît les conséquences psychologiques. Pour les Français en général et à son niveau, dans sa situation particulière, pour Jean Jardin.

Sa crise de conscience prend un tour accéléré, à partir du 29 mai très exactement, date de l'obligation du port de l'étoile jaune pour les juifs résidant en zone occupée. Déjà, la nomination deux semaines auparavant d'un personnage louche et véreux à la tête du commissariat aux questions juives, Louis Darquier de Pellepoix, n'annonçait rien de bon. Mais ce professionnel de l'« antisémitisme meurtrier » (qui ferait presque regretter l'« antisémitisme d'État » proclamé par son prédécesseur Xavier Vallat, c'est dire...) n'a pas perdu son temps.

Jean Jardin, qui n'a pas comme d'autres « son bon juif » mais des amis israélites, de longue date et de son milieu uniquement, est très inquiet de la tournure des événements. Il a suffisamment d'informations pour alimenter son pessimisme : après l'affaire de l'étoile jaune, mesure d'infamie qui désigne publiquement une catégorie de Français comme des parias dont il convient de s'éloigner, il y aura à Paris à la mi-juillet l'« opération vent printanier » plus connue sous sa désignation moins poétique de « rafle du Vél. d'Hiv. ». En moins de quarante-huit heures, 12 884 hommes, femmes et enfants de confession israélite sont arrêtés à Paris par des policiers français, parqués dans l'enceinte du Vélodrome d'hiver avant d'être déportés en Allemagne. Le mois suivant, c'est au tour d'israélites non français d'être raflés et remis par les Français aux occupants.

Ceux qui connaissent alors Jean Jardin et le fréquentent assidûment devinent qu'il doit être ébranlé. Mais cela se devine seulement car il se refuse à laisser paraître son bouleversement. En tout cas à Vichy. Mais il est trop sensible et trop désorienté pour résoudre seul ses cas de conscience. A qui s'adresser pour dissiper le doute ? Il a moins besoin d'un ami que d'un maître. C'est donc tout naturellement qu'il se tourne vers celui qu'il appelle encore, affectueusement et respectueusement, « le patron » : Raoul Dautry.

Depuis le 18 juin 1940, l'ancien ministre de l'Armement s'est assigné lui-même à résidence, après avoir démantelé son ministère. Il s'est retiré dans sa thébaïde de Lourmarin (Vaucluse), un mas provençal du nom de « La bastidette », une maison au mobilier tout à fait exceptionnel : un antiquaire de la région n'a pas trouvé de meilleur moyen de camoufler ses meubles d'époque que de les y entreposer dans toutes les pièces... Dautry ne sort presque pas, ne disposant pas de moyen de transport. Il se rendra à peine une vingtaine de fois à Lyon pour donner des cours, ou à Marseille pour prodiguer des conseils techniques. Il préfère poursuivre, dans son jardin, une méditation « ponctuée par des dialogues avec les oliviers ». Mais les arbres sont loin d'être ses seuls interlocuteurs, il s'en faut.

Sa retraite est accueillante à tous ceux qui ont travaillé avec lui, au chemin de fer ou ailleurs, quels que soient leurs idées et leur engagement politique. « La bastidette » est donc très vite visitée par de nombreux hauts fonctionnaires, des ministres de tous bords, ce qui en fait la singularité. Il reçoit tout le monde sauf les parlementaires et les journalistes. Il se veut étranger aux rumeurs et aux intrigues tant de Vichy que de Paris et entend conserver son indépendance d'esprit[42].

Jean Jardin a un prétexte pour le rencontrer : Laval lui a demandé de proposer à Dautry de reprendre la direction de la SNCF. Il connaît « le patron » et il sait par avance qu'il refusera une telle offre, mais Jardin accomplit tout de même la mission pour se ressourcer auprès de lui et s'épancher un peu.

5 juillet 1942. Dans la nuit de dimanche, Jean Jardin arrive en voiture à Lourmarin. On ne sait s'il pleuvait à torrents ou si l'orage grondait, mais l'atmosphère de la conjuration y est bien comme le remarquera Dautry, non sans ironie. Vu de Vichy, cette discrétion s'impose : peut-être est-ce une rémanence de la rumeur synarchique, toujours est-il qu'il ne convient pas d'afficher des liens universitaires ou professionnels en milieu technocrate car ce serait considéré comme contraire à la politique de Vichy contre les corps occultes[43]...

Pour la SNCF, c'est non, bien sûr. Même si Dautry ne peut s'empêcher de rédiger une note de trois feuillets, qui ne sera pas envoyée, sur le statut de « conseiller ferroviaire technique[44] ». Quant au reste :

« Ah mon petit Jardin... »

Le ton est éloquent. Dans un premier temps, Jardin n'exprime pas sa crise ouvertement. Il sollicite une approbation. Mais pour Dautry, qui comprend aussitôt, approuver l'attitude du directeur de cabinet de Laval, c'est approuver Laval donc Vichy, ce qui serait contraire à la ligne qu'il s'est fixée depuis le 18 juin.

L'ascendant moral de Dautry sur Jardin, immense en temps normal, l'est plus encore à Lourmarin où le grand technicien, rétif à la tentation du pouvoir, adopte le point de vue de Sirius, ce qui lui confère un surplus d'autorité et renforce son magistère. Ils ne se sont pas vus depuis un an et ils ont beaucoup à se dire. Attentif, sensible à cette marque de fidélité et d'affection, l' « ermite » du Lubéron écoute le plaidoyer de Jean Jardin. Il se garde bien de trop critiquer son attitude, de but en blanc. Mais lors d'une visite ultérieure en 1943, Dautry lui lancera lors d'un repas en présence de plusieurs personnes, un mot qu'il ne lui pardonnera pas et qu'il conservera toujours dans le creux de l'oreille :

« Mon petit Jardin, vous serez pendu![45] »

Il n'y repensera jamais sans frisson ni amertume. Pour l'heure, Dautry profite de la présence de son ancien secrétaire aux côtés de Laval pour prodiguer un conseil avisé :

> « ... Insistez auprès de lui sur la gravité de la situation intérieure du pays, causée par la mauvaise administration. L'art de gouverner — la politique — ne suffit pas à assurer la prospérité d'un pays. Dans cet art, Monsieur Laval est un maître incontesté, et si intellectuellement et sentimentalement, je suis en désaccord avec lui sur les prémices de sa politique extérieure, c'est-à-dire sur l'intérêt et sur la certitude de la victoire allemande, du moins je ne doute pas que de ces prémices sa merveilleuse subtilité tirera tout ce qu'elles peuvent donner. Mais parce qu'il est un maître ès politique, il a tendance à mésestimer l'importance d'une bonne administration, c'est-à-dire d'une administration ne se contentant pas d'être instruite et juste, mais sachant être courageuse et diligente. Je l'avais sans peine, en deux heures de juin 1935, convaincu du fléchissement de l'administration française. Je lui avais montré que les périodes de prospérité qui jalonnent notre vie nationale avaient toujours été des périodes de vigoureuse administration. C'est ce dont Gaxotte, qui vous a

enseigné l'histoire, a dû vous convaincre aussi [46]... »

Dautry, qui a cessé toute activité publique ou privée, ne peut résister, néanmoins, à aider certains de ses amis à résoudre un casse-tête technique et administratif. Ainsi, au plus fort de l'occupation, il a une préoccupation qui tourne à l'obsession : la contamination des eaux de Marseille. Il veut éviter la typhoïde et fournir de l'eau propre à un million de Français, ce qui est rien moins que compliqué. Il en a accepté la tâche à son corps défendant et demande à Jardin d'intervenir auprès de Laval pour hâter le processus en convoquant les parties concernées. Quelques jours après son entretien nocturne avec Jardin à « La bastidette », il le relance une première fois puis à nouveau à la fin du mois ajoutant au problème de la pollution des eaux de Marseille deux autres requêtes : il lui demande d'intervenir auprès de son ami Jacques Le Roy Ladurie, le ministre de l'Agriculture, pour que des mesures énergiques soient prises pour mettre fin aux incendies des forêts provençales et pour que, par ailleurs, on s'occupe de drainer et d'irriguer le désert de la Crau, comme Mussolini le fit avec succès dans les Marais Pontins.

Comment faire aboutir ces projets ? Dans son enthousiasme, Raoul Dautry assure Jardin que cette œuvre essentiellement apolitique ferait la gloire du gouvernement car elle serait la synthèse appréciée de plusieurs activités nationales : production agricole, urbanisme, artisanat, industrie alimentaire, colonisation... Pour le convaincre, il va même plus loin encore, et lui écrit avec un humour, un lyrisme et une démesure qui sont une autre facette de son talent :

> « ... Votre nom et votre prénom patronymique, mon cher ami, vous obligent. Celui-là évoque le jeûne du désert et celui-ci l'abandonne. Rencontre symbolique à quoi s'ajoute

singulièrement l'atout que constitue votre situation auprès du chef du gouvernement. Si vous réussissez à faire fertiliser la Crau, l'avenue qui joindra les places principales de quatre des hameaux qu'on y construira, places qui porteront — si vous vous hâtez — les noms de Philippe Pétain, Pierre Laval, Le Roy Ladurie et Bonnafous, gardera au long des siècles trois noms : Avenue Aubert, avenue Couteaud, Avenue Jean Jardin. Mon amitié pour vous m'incite à revendiquer de rédiger votre notice pour la plaque bleue. Au surplus, car l'émail est fragile et les voyages vers la Crau peuvent être longtemps difficiles, soucieux de votre renommée, je ferai appel à Flament, qui a ses entrées chez Larousse pour que vos petits-enfants puissent lire cette notice, après les pages rouges, dans la partie historique et géographique du dictionnaire où vous et moi avons lu jadis celle de M. de Craponne : « l'ingénieur français, né à Salon. Il a donné son nom au canal destiné à fertiliser la Crau (1519-1559) ». Pensez-y. Bientôt vous aurez plus de quarante ans et peut-être ne serez-vous plus à même de passer à la postérité ?[47]... »

On ne sait si à l'issue de ses entretiens de juillet 1942, à Lourmarin, Jean Jardin a plus facilement résolu ses cas de conscience. Mais il paraît acquis que sur son bureau le dossier « interventions » s'est épaissi un peu plus...

Charmeil, un village à quelques kilomètres de Vichy. Dans une espèce de grosse ferme de belle allure va se tenir un des plus singuliers théâtres d'ombres de l'occupation. Jean Jardin et sa famille y habitent, pas tout à fait par hasard. C'est discrètement à l'écart de la ville, pleine d' « observateurs » à l'affût, et suffisamment vaste pour permettre au directeur de cabinet de recevoir régulièrement du monde. Car Laval, qui préfère dîner en famille avec sa femme et sa fille à Châteldon, compte sur Jardin pour organiser les réceptions officielles et surtout les entrevues officieuses. C'est ainsi que très vite, Charmeil, observatoire incomparable, de surcroît doté d'une ligne directe avec le siège du gouvernement, devient une maison de rendez-vous politique très fréquentée et courue. Pierre Ordioni, alors attaché au cabinet du gouverneur général de l'Algérie, en a très bien décrit l'atmosphère :

> « Qui n'a fréquenté là chez les Jardin ne comprendra jamais tout à fait ce que fut " Vichy 1942 ". De fait, on ne s'étonne plus de rien après trois jours seulement passés dans ce carrefour d'activités contraires où se rencontrent sans surprise des personnalités de tout bord au beau milieu d'un cénacle d'amis sûrs, discrets et même parfois indifférents à l'événement. Hommes politiques d'hier, d'aujourd'hui et de demain, hommes de lettres, hauts fonctionnaires, artistes, gens du monde exécutent là un étonnant ballet avec entrées, pas de deux, pas de trois, pas de quatre et sorties par manteaux d'Arlequin, sous les regards de l'épouse de notre ami, Simone Jardin, belle, muette et hiératique, qui dissimule sous cette immobilité fascinante toutes les passions de l'âme et sa curiosité attentive de l'être des êtres[48]. »

Les habitués sont ici chez eux. Les Jardin semblent tenir table ouverte et donner en permanence des dîners de dix couverts. On imagine les conversations, autour du billard, entre les gens de Vichy, ceux de Londres et bientôt ceux d'Alger. Certains soirs, d'anciens ministres de la IIIe République côtoient des ministres en place et des futurs ministres de la Libération. Destin des serviteurs de l'État. Si les murs de la bibliothèque pouvaient parler! Le seul, finalement, à écouter toutes les conversations, à en faire son miel et à passer d'un cercle à l'autre, c'est, hormis Jean Jardin, son fils Pascal qui s'en donne à cœur joie. Les soirées à Charmeil sont rien moins que protocolaires. Les enfants dînent à table. Un soir, une pécore citant devant Paul Morand une phrase extraite d'un de ses livres mais s'avouant incapable d'en retrouver le titre, l'écrivain tente de conclure la conversation :

« Je ne sais pas, je ne lis jamais mes livres et je vois pas du tout où j'ai écrit ça[49]... »

C'est alors que le petit Pascal, neuf ans, relégué en bout de table, se lève. Lui qui sait à peine lire et écrire mais qui a une grande culture orale (il entend ces importantes personnes parler tous les jours et sa mère lui lit des livres) prouve qu'il a hérité de son père une remarquable mémoire : non seulement il donne le titre du livre mais il récite toute la page !

Régulièrement, on voit à la table des Jardin, outre le haut personnel politique de Vichy (du chargé de mission aux ministres, en passant par les directeurs de cabinets) un grand nombre d'inspecteurs des finances (Jacques de Fouchier, Paul Leroy-Beaulieu, Thierry de Clermont-Tonnerre...), des diplomates (Jacques de Bourbon-Busset...), des hauts fonctionnaires (Hubert Rousselier, Jules Antonini...), des créateurs (Coco Chanel), des intellectuels (Robert Aron, Emmanuel Berl...). Beaucoup, de passage dans la région, logent chez les Jardin quelles que soient leurs activités, Jean Guerrand par exemple. Directeur général de la maison Hermès et gendre de M. Hermès, il le représente au Comité d'organisation du cuir quand Antoine Pinay, directeur des Tanneries Fouletier et maire de Saint-Chamond, y représente la tannerie. Mais parallèlement, au sein d'un petit noyau d'industriels et d'hommes d'affaires, il fait de la « résistance économique ». Il est chargé des transports de fonds entre les deux zones, à Lyon notamment ou sur la Côte d'azur, où il procure, au nom de ses amis, des sommes d'argent à des mouvements de résistance militaires et non-gaullistes. Peu de billets, surtout de la compensation. Le prétexte de ses voyages n'est autre que la succursale Hermès de Cannes. Quant à sa couverture, c'est l'un de ses points de chute : la maison du directeur de cabinet de Laval à Charmeil... Jardin le sait, bien sûr, et approuve [50].

Paul Leroy-Beaulieu, qui passera à Alger en 1943 avec Maurice Couve de Murville, a conservé le souvenir de l'atmosphère des soirées de Charmeil :

« Jardin avait la réputation d'avoir une bonne influence sur Laval. Il avait une grande liberté d'action. Les conversations à table étaient curieuses : il y avait tout un tas de gens hostiles à la politique de Laval et qui le disaient devant des ministres en poste, l'atmosphère était très libérale, la conversation se poursuivant toujours sur un ton très libre [51]. »

Finalement, le seul personnage de ce lieu singulier et semble-t-il exceptionnel sous l'occupation, qui semble véritablement « planer », c'est encore Jean Giraudoux. Un être à part dans un monde tragiquement sérieux. Un poète déplacé. On a peine à imaginer qu'il fut, il n'y a guère, l'homologue français de Goebbels à la Propagande. Laval lui a fait deux propositions qu'il a également déclinées : le ministère de l'Information et l'ambassade de France à Athènes. Passionné d'urbanisme, l'esprit occupé par un projet d'embellissement des villes de France, il accepte pour quelques mois la direction des monuments historiques. Mais ce qui l'occupe le plus, outre les nouvelles d'Angleterre (son fils Jean-Pierre est à Londres, avec la France libre) c'est son travail de directeur littéraire chez Gaumont. Pour le réalisateur Jacques de Baroncelli, il « scénarise » *La Duchesse de Langeais* de Balzac ou *Les Anges du péché*, sur une idée du R.P. Bruckberger à l'occasion du premier film de Robert Bresson. Mais pour Jardin qui le reçoit pratiquement tous les week-ends (il vient en voisin, de Cusset) Giraudoux c'est d'abord une présence qui l'illumine, un ton, un rayonnement qui lui fait oublier, l'espace d'une conversation, les intrigues de couloirs de l'hôtel du Parc.

En août 1942, moins de quatre mois après sa nomination à la direction du cabinet de Laval, Jean Jardin sait exactement ce que le chef du gouvernement attend de lui quand il lui confie le soin de régler un point très délicat : faire comprendre aux Allemands qu'ils ne peuvent pas, qu'ils ne doivent pas tenter de s'infiltrer en Afrique orientale française. Jardin organise un déjeuner, dans le plus grand secret, à Charmeil vidé de ses « habitués » pour l'occasion. Il choisit un dimanche pour ne pas attirer l'attention. Côté allemand, le ministre conseiller d'ambassade, Rudolf Rahn, est convié puisque c'est lui qui, dit-on, est chargé de convaincre Vichy à ce sujet. Côté français, ils sont quatre, outre Jardin : le président Laval, le ministre des Colonies M. Brévié, le gouverneur général de l'AOF, Pierre Boisson, et Jacques Guérard, le secrétaire général du gouvernement. La table de Charmeil est le lieu idéal pour contrecarrer, officieusement, un personnage qui jouit, dit-on, d'un grand crédit auprès du ministre des Affaires étrangères, Joachim von Ribbentrop. La discussion va durer plus de quatre heures. Mais dès le hors-d'œuvre, l'Allemand va droit au but :

« L'état-major allemand est sur le point d'autoriser votre réarmement en Afrique. Facilitez-lui la tâche et permettez-moi d'aller à Dakar d'où je reviendrais avec un rapport montrant la confiance que mérite votre colonie... »

Un silence accueille tout d'abord cette requête. On entend les fourchettes tinter sur les assiettes. Laval se tait. Alors le gouverneur Boisson prend la parole, refuse catégoriquement et fait comprendre à son interlocuteur qu'il n'en démordra pas.

« Il ne saurait en être question.

— Et si c'est le consul d'Allemagne à Rabat qui fait le voyage ? Il serait discret, déjeunerait avec le gouverneur et au retour ferait un rapport favorable...

— Je sais bien, répond le gouverneur, que s'il vient un diplomate allemand, il en viendra bientôt dix, puis vingt puis cinquante. »

Le conseiller Rahn réfléchit un instant :

« Et si c'est un de mes adjoints qui s'y rend avec des papiers français ?

— Je ne peux tromper mes collaborateurs. Ou alors je préfère démissionner ! »

Le grand mot est lâché. Laval intervient alors pour dégeler l'atmosphère. Il raconte des anecdotes, vante à Rahn les vertus de l'eau minérale de Châteldon dont il est propriétaire, tandis que Guérard évoque sa mission auprès du shah de Perse avant-guerre... Il faut bien ça pour amener l'Allemand à composer. Au début de ce marathon, il avançait comme un argument la présence à Dakar d'un consul américain, puis ses prétentions ont baissé progressivement, du consulat général à la mission diplomatique temporaire et enfin, à l'accréditation d'un diplomate de second rang en poste à l'ambassade du Reich à Paris..

Pour sortir de l'impasse, l'Allemand demande à Laval de se prononcer enfin :

« Ce sont des hommes comme lui, dit le président en désignant le gouverneur Boisson, qui ont fait l'Empire et qui le gardent. Ce sont eux qui savent ce qui est possible. Il faut leur faire confiance et les écouter. »

L'entretien est clos. Jardin raccompagne Rahn à sa voiture et au moment de s'y engouffrer, le diplomate allemand lui demande :

« Si je disais à Berlin ce que je viens d'entendre,

croyez-vous que le gouvernement Laval pourrait tenir longtemps ? »

Jardin a un geste évasif tandis que le chauffeur démarre en trombe en direction de Paris. Mais dorénavant, le directeur de cabinet ne nourrit plus beaucoup d'illusions sur les réalités politiques de la collaboration d'État. Même s'il est convaincu que l'entretien de Charmeil est un authentique acte de résistance, stricto sensu, plus important qu'un attentat à la bombe, il comprend vite que l'occupant fait ce qu'il veut, même quand il y met les formes. Il y aura d'autres négociations mais en septembre, Moelhausen, un adjoint de Rahn, sera nommé émissaire en Afrique française, sous le pseudonyme de Martin [52]...

Désillusionné mais pas découragé, il n'est pas loin de penser, pour reprendre une formule célèbre généralement appliquée à la démocratie, que la collaboration d'État est le pire de tous les régimes à l'exception de tous les autres... C'est à ses yeux le seul moyen de sauver en France ce qui peut encore l'être. Fidèle aux hommes et aux institutions jusqu'à l'entêtement aveugle, il va se retrouver de plus en plus seul, éloigné de ses amis. En septembre, c'est Jacques Le Roy Ladurie qui déjà, au bout de cinq mois, démissionne de son poste de ministre de l'Agriculture. Sa forte personnalité, son caractère entier et surtout son franc-parler ont eu vite fait de déplaire aux Allemands. L'éclat était attendu, Le Roy Ladurie disant ce qu'il veut, quelle que soit la situation, une attitude qui ne sied pas d'ordinaire à un ministre, et encore moins en période d'occupation étrangère. Jean Jardin est très affecté par son départ tant leur amicale connivence est grande. Seule la visite impromptue d'Emmanuel Berl à Vichy le requinque un peu. Réfugié à Cannes puis en Dordogne, l'écrivain a formé avec Malraux, Emmanuel Arago et Bertrand de Jouvenel un petit groupe de Parisiens en exil qui tâche de ne pas oublier les amis, vichyssois fussent-ils [53].

A Charmeil, une autre présence le rassure : celle de son ami des temps de *L'Ordre Nouveau*, Robert Aron. « Très juif et français depuis deux siècles et demi », selon ses propres termes [54], Aron se cache chez Jardin. Qui irait le chercher là ? Pour lui, l'étape de Charmeil est un prélude à la dissidence, l'ultime escale avant le grand départ pour l'Afrique du Nord. Grâce à lui, dès août 1942, Jean Jardin est convaincu qu'un débarquement allié aura lieu de l'autre côté de la Méditerranée. Car après quarante-huit heures de négociations serrées pour faire se rencontrer le plus discrètement possible ces deux hommes de l'ombre, Aron le présente à l'un de ses amis, Jean Rigault, un des responsables de la résistance en Afrique du Nord. Il connaît sa qualité mais pas son nom. Le clandestin n'ayant pas de domicile fixe et le directeur de cabinet ayant un domicile trop fréquenté, la rencontre a lieu à deux heures du matin sur la place de la gare, à Vichy, dans l'automobile à cocarde de Jean Jardin. La place est déserte. Quelques voyageurs à peine attendent le prochain train.

Entre les deux hommes que tout oppose en principe, un climat de confiance réciproque s'établit aussitôt. Ils se savent loyaux. Aron est leur garant mutuel. Et Rigault sait que Jardin fait partie des rares Vichyssois auxquels on peut parler. L'intermédiaire se souvient :

« Tous deux étaient français. L'un avec courage et clairvoyance, avec le goût du risque et le refus absolu des compromissions et des hontes. L'autre avec découragement sans doute, ou plutôt avec l'illusion que l'on pouvait à Vichy même mener un combat officieux. Pourtant, parlant à demi-mots, dans l'ombre d'une voiture qui dissimulait leurs traits, tous deux n'eurent aucun mal à s'entendre [55]. »

Ce que Jean Rigault attend de Jean Jardin est clair : il prépare activement le futur débarquement allié en Afrique du Nord, en étroite collaboration avec l'Américain Robert Murphy, délégué personnel de Roosevelt, et il souhaiterait, durant la période qui les sépare du jour J, pouvoir signaler à Jardin les nominations en Afrique du Nord qui gêneraient sa tâche et celles qui, au contraire la favoriseraient. Son interlocuteur étant très mystérieux et évasif sur la nature exacte de ses projets, Jardin ne peut vraiment en mesurer l'ampleur. Mais il accepte et promet de faire tout ce qui est en son pouvoir, en espérant que les services administratifs de Vichy seront compréhensifs. Ils le seront, convaincus par Jardin : au moment du débarquement les services de renseignements français rallieront Alger par avion avec l'assentiment et l'entier accord du cabinet du secrétariat général du gouvernement, organisme auquel il incombait de décider et d'organiser les conditions matérielles de leur départ [56].

Les deux hommes se séparent. Rigault est un peu plus optimiste, l'avenir est prometteur. Jardin est un peu plus découragé, l'avenir est gris. Mais il ne veut reculer ni se renier : alors il s'enfonce. Sa révolte intérieure se nourrit de jour en jour des bassesses de la situation et du cynisme des hommes d'État. En août, alors que la police française s'apprête à livrer aux Allemands des juifs étrangers de la zone Sud, le chargé d'affaires américain, Pinkney Tuck, s'indigne haut et fort dans le bureau de Jean Jardin, se faisant l'écho de Washington. Jardin le conduit dans le bureau de Laval qui lui demande aussitôt :

« Voulez-vous prendre les Allemands de vitesse ? Je vous livre à vous tous les juifs étrangers. Avez-vous les moyens ? Avez-vous les bateaux ? »

Le représentant américain manifeste alors son impuissance en quittant les lieux tout en levant les bras au ciel [57]... Jardin est abasourdi, révolté mais finalement pas suffisamment naïf pour être surpris par de telles attitudes. Il s'accroche malgré tout à l'idée qu'il se fait du rôle de Vichy. Malgré les réalités de la collaboration d'État, il croit plus que jamais au service de l'État. Des doutes profonds qui l'assaillent, il ne laisse rien paraître, maîtrisant jusqu'à ses frémissements :

> « Dorénavant, on le vit échanger des lettres avec des nonces, des légats, des cardinaux et même avec le secrétaire d'État pontifical. Tout autre que lui eût exulté ; mais le père Joseph était perpétuellement en garde contre de telles rechutes dans l'orgueil et la vanité. Il s'était depuis longtemps entraîné à renoncer à manifester extérieurement sa satisfaction ou sa déception et, dans une large mesure sans doute, il en avait même supprimé les manifestations intérieures [58]. »

De la maîtrise, il va en avoir besoin pour les journées tragiques et tumultueuses qui s'annoncent.

Le 3 novembre, le général Bridoux, secrétaire d'État à la guerre, ouvre son journal intime et y consigne ses notes du jour : « Deux bombes à retardement ont explosé cette nuit à Vichy, causant quelques dégâts. Ceci attire l'attention sur la nécessité d'un contrôle de la localité, dont le moins qu'on puisse dire, c'est qu'elle héberge un bon nombre de gens qui n'ont rien à y faire [59]. »

Samedi 7 novembre. Robert Aron attend dans l'antichambre du bureau de Jardin à l'hôtel du Parc. Dans sa poche, il a de faux papiers au nom de Robert Arnaud. Depuis quelques jours, il sait que le débarquement est imminent ainsi que le lui a annoncé par un télégramme « codé » son ami Jean Rigault, membre du « groupe des cinq » (avec Jean Lemaigre-Dubreuil, Henri d'Astier de la Vigerie, Van Hecke et Tarbé de Saint-Hardouin) activistes de droite qui préparent depuis Alger le débarquement avec Robert Murphy. Il ne lui manque qu'un visa. Il faut qu'il l'obtienne avant le début de l' « opération Torch » (le débarquement). Après, ce sera trop tard. C'est une question d'heures. Aron, qui passe deux ou trois heures à patienter à l'hôtel du Parc, est témoin d'une agitation insolite. La rumeur des couloirs assure qu'une flotte anglo-américaine croise en Méditerranée. Mais nul ne s'aventure à en deviner le but.

Pour passer le temps, Aron bavarde avec un fonctionnaire du gouvernement général de l'Algérie qui balaie avec beaucoup d'assurance l'hypothèse d'une dissidence en Afrique du Nord :

« Vous n'y êtes pas, cher monsieur. On en parlait il y a trois mois. Aujourd'hui, il n'en est absolument plus question[60]. »

Dans moins de dix heures, il ne sera question que de cela. Déjà, la plupart des personnalités qui battent la semelle devant la porte du bureau de Jardin ne demandent qu'une chose : une priorité par avion au lieu d'une place de bateau pour l'Afrique. Ça grouille, ça quémande, ça implore. Rien de glorieux. Un après-midi qui ne fait par honneur à l'élite politique et administrative de la France. Ils sont prêts à tout. Cette panique s'avérera prématurée : le navire ne coulera, on le sait, que vingt et un mois plus tard.

Robert Aron regarde sa montre. Il n'arrivera jamais à attraper le sous-marin que les gens d'Alger lui ont envoyé : il doit être demain dimanche parmi eux pour leur exposer le point de vue métropolitain. Enfin, Jean Jardin visiblement sous pression sort de son bureau comme un diable de sa boîte. Il l'entraîne à l'abri des oreilles indiscrètes.

« Vous voulez toujours partir pour Alger ?
— Oui, de plus en plus.
— Eh bien il vient de se produire un miracle. A l'instant même, on me rend un billet non utilisé pour l'avion de demain soir. Ce ne sera ni pour les Fritz, ni pour la Légion, ni pour personne d'officiel, mais pour vous... Prenez-le et sauvez-vous. Vous trouverez à Air France de Marseille confirmation qu'une place est retenue à votre nom[61]. »

Cap sur Marseille.

Pendant ce temps, à Charmeil, la maison des Jardin se transforme en ruche. C'est devenu le point de ralliement informel de ceux nombreux qui veulent en savoir plus. On va à Charmeil comme on va aux nouvelles. Le débat entre les habitués se résume à un dilemme : partir ou rester ? Car l'hypothèse d'un débarquement en Afrique du Nord ne fait déjà plus aucun doute.

C'est dimanche mais étant donné les circonstances, Jardin ne quitte pas son bureau. Il est à l'affût, entouré de gens à l'affût, eux-mêmes harcelés par des gens à l'affût. L'atmosphère est électrique, tendue, explosive. Le débarquement a bien eu lieu, dans la nuit. Les Américains contrôlent le Maroc et l'Algérie. Ils ont perdu très peu d'hommes malgré des combats en Oranie et à Casablanca notamment. Mais si sur le plan militaire, la situation est vite éclaircie, il n'en est pas de même sur le plan politique. C'est l'imbroglio. De palinodies en tractations secrètes, de contre-pressions en retournements de dernière heure, on ne sait plus trop, du général Giraud ou de l'amiral Darlan, lequel est véritablement maître du terrain. Le général, qui est l'homme des Américains, n'a pas encore été lâché par eux. Le second, qui est l'homme de Pétain, n'a pas encore versé dans un neutralisme favorable aux Anglo-Saxons. Sur place, on n'y comprend rien. A Vichy encore moins.

Pierre Laval confie alors une mission délicate à Jean Jardin « parce qu'il a l'oreille du Maréchal et qu'il est apprécié des agents alliés [62] » :

« Téléphonez au général Weygand dans sa propriété de la Côte d'Azur. Dites-lui que je veux m'entretenir avec lui des événements. Mettez le meilleur avion que nous possédions à sa disposition. Faites vite et soyez discret !

— Un avion ?

— Oui ! Un avion. Faites vite ! »

Jardin s'exécute, même s'il craint en son for intérieur que si l'on met un avion à la disposition de

Weygand, il n'aille ailleurs qu'à Vichy... Qu'est-ce que Laval a derrière la tête ? Lui proposer le commandement des troupes françaises en Afrique du Nord afin de les faire résister au débarquement. Tout simplement. Réaliste, il comprend qu'on veut lui faire signer un armistice.

« J'ai assez du premier », dit-il en refusant [63].

On ne l'y reprendra pas, le fidèle du Maréchal, l'ancien délégué général de Pétain en Afrique du Nord révoqué sous la pression des Allemands.

Pendant ce temps à Marseille, Robert Aron est bloqué, les départs étant suspendus. D'un restaurant du port, il téléphone à Jardin :

« ... je n'ai plus d'espoir qu'en vous !

— N'attendez pas un instant, rejoignez-moi tout de suite.

— Vous rejoindre ? A Vichy ?

— Oui, vous habiterez chez moi, mais soyez là demain sans faute [64]. »

Tant pis pour les écoutes téléphoniques. Les deux hommes n'ont pas le loisir de calculer les risques. Retour à Vichy donc. A la gare, une voiture à cocarde vient le chercher pour le mener à Charmeil où il est accueilli comme une espèce de héros, que l'on presse de raconter son aventure sur le mode : comment ça s'est passé ? Bien que Aron n'ait pas traversé la Méditerranée et qu'il soit, comme les autres, privé d'informations, il peut néanmoins raconter maintenant la préparation du débarquement, le caractère français de l'initiative, les propositions américaines...

« Je dois rejoindre le plus tôt possible Alger où un poste m'attend dans le nouveau gouvernement.

— C'est d'accord, répond Jardin, je vais vous expédier. Quelques avions transportant des fonctionnaires sont encore autorisés à gagner l'Afrique du Nord. Je vous caserai sur l'un d'eux. Quelle chance vous avez de partir... [65] »

De la chance... Encore faut-il vouloir la saisir. Et

s'agit-il bien de chance ? Pour l'instant, l'heure n'est pas encore au cas de conscience mais à l'action politique.

« Êtes-vous sûr que, comme vous l'affirmez, il s'agit d'une initiative française et que toutes précautions sont prises pour sauvegarder notre souveraineté ?

— Absolument sûr.

— M'autorisez-vous dans ce cas à en informer le Président ?

— Croyez-vous que ce soit possible ? demande Aron.

— Le Président n'est pas ce que vous croyez. Il a la passion de la grandeur de la France, d'où qu'elle vienne et où qu'elle se manifeste. Rien ne peut plus le toucher que l'assurance que vous venez de me donner. D'ailleurs je ne citerai aucun nom. Vous n'avez aucun risque à craindre ni pour vous, ni pour quiconque [66]. »

Quelle journée que ce dimanche 8 novembre ! Pour Jardin elle avait véritablement commencé avec un coup de fil de Paul Marion, le secrétaire d'État à l'Information, lui annonçant le débarquement. Puis Jardin avait appelé Laval à Châteldon pour le prévenir. A 4 heures du matin, leur conversation reprenait mais de vive voix à l'hôtel du Parc [67]. Et depuis, ça n'arrêtait pas : téléphone, réunions, dépêches s'amoncelant sur le bureau, visites ininterrompues... Très ébranlé par les demandes de personnalités éminentes qui souhaitent le départ du gouvernement et prétendent en démontrer la nécessité, Jardin se souviendra avoir apprécié alors l'importance décisive de Laval. A 19 heures, le ministre d'Allemagne à Vichy lui remet un télégramme du chef de la diplomatie du Reich Von Ribbentrop selon lequel Hitler offre à la France une alliance totale pour le meilleur et pour le pire [68]. Réponse : le soir même. Laval veut essayer de gagner du temps. Il part pour Munich, rencontre Hitler à Berchtesgaden et tâche de signifier son refus sans hypothéquer l'avenir. La réponse est immédiate : la

Wehrmacht lance l' « opération Anton » et envahit la zone Sud.

La folle journée s'achève. Signe des temps. Un petit groupe d'inspecteurs des Finances hauts fonctionnaires de la rue de Rivoli (Jacques de Fouchier, Maurice Couve de Murville, Guillaume Guindey, Yves de Chomereau, Thierry de Clermont-Tonnerre...) décide d'annoncer au ministre Pierre Cathala qu'il va devoir, dans un proche avenir, se passer des services de certains d'entre eux. Pour cause de dissidence nord-africaine. Mais avant de franchir le Rubicon, ils veulent s'en ouvrir à Jean Jardin. Ils ont confiance. Cela suffit, estime Jacques de Fouchier :

> « Dans une conjoncture où ses fidélités essentielles risquaient de se révéler contradictoires, sa gentillesse naturelle et son aisance dialectique atteignaient leur plus haut niveau (...) Il se montra reconnaissant de notre confiance. Elle le justifiait à ses propres yeux et je suis persuadé que si, dans les semaines qui suivirent nous ne fûmes pas davantage inquiétés c'est pour une bonne part à lui que nous l'avons dû. Pourquoi est-il demeuré de longs mois encore auprès d'un homme qui sans doute le fascinait un peu mais dont il avait pleinement compris l'erreur tragique ? Je pense qu'il s'y était assigné pour mission de protéger ses innombrables amis, hostiles dans leur grande majorité à la politique de celui qu'il servait. Toujours est-il qu'en évoquant cette soirée du 8 novembre 1942, qui était pour nous une sorte de veillée d'armes et que nous avons vécue dans la connivence amicale de Jean Jardin, je me prends à penser que Pierre Laval pouvait difficilement ignorer tout à fait le comportement de l'un de ses collaborateurs les plus proches...[69] »

Robert Aron, alors plus impliqué qu'eux dans les affaires algéroises et, de surcroît, juif donc proscrit, pourrait en dire autant. Pendant les douze jours consécutifs au débarquement, il vit à Charmeil chez les Jardin « auprès d'amis dont je savais qu'au fond les sentiments coïncidaient avec les miens mais qu'une erreur d'aiguillage ou un excès d'illusion avait rangés dans un camp opposé [70] ». Suivant la qualité des visiteurs de Charmeil, pro-allemands notoires ou dissidents nord-africains, on dissimule ou l'on exhibe Aron. Quelle situation privilégiée, quel observatoire de choix pour celui qui allait devenir, dix ans après, l'historien de référence pour l'étude de Vichy et de la Libération. Quelle compromission aussi quand on songe à l'indépendance de jugement, la non-implication dans l'époque et l'absence de dettes morales qui sont en principe la règle des historiens.

Partir... Bien sûr, cela fait partie des affres de Jean Jardin puisque, autour de lui, il n'est question que de cela. Ce débarquement, c'est vraiment une date, en son temps déjà. Il y a un avant et un après. Certains tournent la page, d'autres tel Jardin, ne peuvent s'y résoudre. Plus tard, quand la guerre sera finie, on balisera plus précisément encore les « limites de la trahison ». Certains fixeront décembre 1941 comme le point de clivage entre les patriotes sincères et les autres : la Wehrmacht est bloquée devant Moscou, les Japonais attaquent Pearl Harbour et les États-Unis déclarent la guerre à Tokyo.

Parmi eux, Jacques de Fouchier : « pour le coup, ceux qui désiraient espérer avaient vraiment matière à voir l'avenir sous des couleurs nouvelles. Toute conversion plus tardive ne pourrait que pécher par défaut de véritable foi [71] ». D'autres jugeront qu'il convenait d'entrer en résistance le 18 avril 1942 quand Laval est revenu au gouvernement. Enfin la plupart s'accorderont à penser que le débarquement en Afrique du Nord offrait à tous les Français qui le souhaitaient vraiment la possibilité de se battre contre les Allemands et de défendre la France et l'Empire, autrement que dans un bureau londonien ou un improbable maquis. Leur geste est louable mais leur indignation n'en reste pas moins dans les limites du raisonnable. Vichy n'est plus acceptable certes, et ils se doivent de démissionner de leur poste de responsabilité, mais en attendant, que de couleuvres ils auront avalées : statut des juifs, section spéciale, exécution d'otages, rafles, étoile jaune, procès de Riom... Ce qui n'était plus supportable, entre avril et novembre 1942 ne l'était pas déjà avant, dès les premiers mois de l'occupation. Pour n'être pas opportunistes (au vrai sens du terme) combien de démissions auraient-elles dû être remises après la poignée de main Hitler-Pétain à Montoire (octobre 1940), acte fondateur et emblématique de la collaboration politique.

Partir... Il y pense, il est tenté lui aussi. Réformé en 1939, Jardin en a conçu une certaine humiliation. Puisqu'il ne peut se battre physiquement, il se rendra utile en profitant de sa fonction pour aider ceux qui en ont besoin. Pas question de grenouiller dans la ville blanche, au soleil, même si l'Afrique du Nord a des allures de Vichy-bis. Plus que jamais, c'est à Vichy qu'il faut être. Laval a raison même s'il se trompe. Fidèle parmi les fidèles, Jardin. Il ne veut pas lâcher le président et encore moins le maréchal. On ne se renie pas en cours de route. Vu de l'hôtel du Parc, c'est beau comme l'antique, mais vu d'Alger c'est naïf. Il faut un certain cynisme pour préparer fin 1942 à Alger une carrière résistantialiste pour la future Libération de la France quand on a si bien servi Vichy et la Révolution nationale. Or Jean Jardin, qui est un un homme intelligent, ne peut se résoudre au cynisme, qualité première du politique. Jacques de Bourbon Busset, qui le voit souvent à cette époque charnière, se souvient :

« Avant le débarquement, Jardin dit : Laval se sacrifie, c'est lui ou un gauleiter ! Après le débarquement, il dit : Laval limite les dégâts... Pour bien le comprendre il faut savoir qu'à l'époque, Jardin nous apparaissait, malgré sa situation, plus proche d'un résistant de droite comme Henri Frenay, fondateur de l'*Armée Secrète* et de *Combat*, que d'un homme comme son supérieur direct Jacques Guérard, que tout le monde à Vichy surnommait " Casque à pointe ". Le clivage n'est pas là où on le croit [72]. »

Au lendemain du débarquement, Jean Jardin est de ceux qui passent des heures au téléphone avec, à l'esprit, un seul objectif : faire partir le Maréchal en Algérie.

« Il faut qu'il s'en aille là-bas ! » ne cesse-t-il de répéter en faisant les cent pas devant Bourbon Busset.

A ses yeux le prétexte de la démission est tout trouvé : la violation de l'armistice que constitue l'invasion de la zone libre par les troupes d'occupation [73]. Mais le Maréchal ne part pas : il veut « rester avec la France qui souffre ». Un membre de son entourage dit même : son vrai sacrifice, ce n'est pas juin 1940 mais novembre 1942 [74]. De plus, il n'aime pas prendre l'avion... Bien plus tard, le général de Gaulle dira à l'un de ses compagnons :

« Je ne comprendrai jamais pourquoi le Maréchal n'est pas parti pour Alger au mois de novembre 1942. Les Français d'Algérie l'eussent acclamé, les Américains l'eussent embrassé, les Anglais auraient suivi et nous, mon pauvre Rémy, n'aurions pas pesé bien lourd dans la balance ! Le Maréchal serait rentré à Paris sur son cheval blanc [75]. »

On connaît la suite. Pétain reste. Pour Laval, la question ne se pose même pas. Jardin ? Fidèle au poste. Quelques-uns qui s'en offusquent seront peut-être les premiers à en profiter. Car plus que jamais après les événements d'Afrique du Nord, Charmeil va être la bonne adresse à Vichy, et son locataire la fameuse incarnation de « l'armée du salut », « la ligue des droits de l'homme » comme l'a surnommé Laval.

Vous cherchez à gagner Alger ? Un nom : « Jean Jardin. » C'est presque un mot de passe, tant et si bien qu'on le prendrait pour un sésame ou un réseau de passeur clandestin. Il n'en est rien. Car le directeur de cabinet n'entend pas trahir son chef ni ses idéaux. Malgré les contradictions, il est prêt à assumer ses amitiés jusqu'au bout, lui qui n'aura vu l'ambassadeur allemand Otto Abetz qu'une seule fois en dix-huit mois de vichysme actif : le 11 novembre 1942, pendant quelques heures, le diplomate accompagnant Laval retour de Munich. De toute façon, les autorités allemandes en résidence à Paris ne se rendent qu'exceptionnellement à Vichy, à l'occasion de crises généralement, les rapports Vichy-Allemagne étant « le domaine réservé de Laval [76] ».

Ses interventions ne se comptent plus. Discrètes mais efficaces. Il fait partir pour Alger, en mission, son ami Hubert Rousselier, sur ordre du secrétariat général du gouvernement. Prévoyant, il protège sa retraite en faisant payer son traitement de fonctionnaire à l'Éducation nationale à son compte, à la succursale vichyssoise de la Société Générale, sous le faux prétexte que Rousselier est souffrant à Uzès. Dès son arrivée à Alger, Rousselier s'engagera dans la 2ᵉ D.B. et finira la guerre en officier. Au cours de conversations avec son meilleur ami (Michel Debré), il reconnaîtra toujours sa dette morale à l'endroit de Jean Jardin.

Pour Maurice Couve de Murville et Paul Leroy-Beaulieu, le départ pour Alger se fait en deux temps. Une première fois, deux hauts fonctionnaires de la rue de Rivoli, sont envoyés en mission officielle à Madrid et en reviennent. En mars, ils partent à nouveau en mission à Berne, avec un visa fourni par Jardin en pleine connaissance de cause. Car Berne sera le lieu d'un contact avec un représentant de Roosevelt et l'occasion du grand départ pour Alger[77]. Couve y devient secrétaire général du commandant en chef et membre du CFLN (comité français de libération nationale) tandis que Leroy-Beaulieu devient chef de service des approvisionnements au commissariat à l'armement du CFLN. Le diplomate René Massigli pourra également se féliciter de la bienveillance de Jardin : ayant rejoint de Gaulle en janvier 1943, il est nommé quelques mois plus tard commissaire aux affaires étrangères du CFLN. René Mayer, qu'il avait connu aux chemins de fer à l'époque de la réunion des réseaux dans la SNCF, gagne l'Espagne puis l'Algérie grâce à Jardin :

« Je n'oublierai jamais ce que vous avez fait pour moi », lui dit-il en le quittant et, on le verra après-guerre, il tiendra parole[78].

Il deviendra commissaire aux communications et à la marine marchande du CFLN. L'ancien député des Ardennes Edmond Barrachin, directeur du bureau politique du PSF (parti social français) du colonel de La Rocque, vichyssois et résistant antiallemand, est de plus en plus harcelé par la Gestapo. Jardin lui procure in extremis un visa pour l'Espagne à condition qu'il s'emploie à Madrid à faire sortir de prison les Français dépourvus de visa. C'est également grâce à Jardin que le général Revers, chef d'état-major de Darlan, gagne Alger.

Ce n'est qu'un échantillon représentatif des personnalités des milieux politiques et administratifs. Mais dans son autre sphère d'influence — le milieu littéraire et intellectuel — Jardin n'agit pas moins.

Le 11 décembre 1942, Paul Morand, alors chargé de mission au cabinet des Affaires étrangères, lui demande d'intervenir en faveur de Francis Carco, le poète des *Chansons aigres-douces*, le chroniqueur de Montmartre et du Quartier latin, le romancier de *Jésus-la-caille* et de *L'Homme traqué*. Jardin ne le connaît pas personnellement. Pour lui qui se récite encore quelquefois *A l'amitié*, le nom de Carco résonne comme un écho de sa jeunesse. Ne fût-ce qu'à ce titre, il est tout prêt à l'aider. Morand, qui se charge des présentations, organise à cet effet un dîner de huit couverts à l'hôtel Majestic, au cours duquel le poète se montre amical et brillant. Il lui faut deux passeports — un pour lui, un pour sa femme — et trois visas pour se réfugier en Suisse : un français, un suisse et un allemand. Pour le français, ça ira sans heurts. Un éditeur genevois écrit à Jardin afin d'assurer le visa suisse. Seul le visa allemand pose un problème. Carco l'obtiendra finalement mais Jardin ne saura jamais si c'est uniquement grâce à ses démarches ou à celles d'un gangster marseillais mieux introduit que lui auprès de l'administration allemande. Quoi qu'il en soit, Carco parvient à ses fins et Jardin ne lui en demandera pas reconnaissance « car nous étions là pour cela ». Mais il laissera percer son amertume une quinzaine d'années plus tard quand un quotidien de Lausanne rapportera que dès son arrivée dans la Confédération helvétique, Carco parlera des vichyssois sous le vocable méprisant « ces gens-là... [79] ».

Tous ne seront pas ainsi ingrats, il s'en faut. C'est le cas de l'écrivain Joseph Breitbach. Il vivait à Paris depuis le début des années trente et en 1937, il avait dû rendre son passeport allemand puis demander la naturalisation française. Mais la guerre éclate et le processus de naturalisation est stoppé. Breitbach est interné et c'est son ami Jean Schlumberger, l'homme de la *Nouvelle Revue Française* et l'écrivain de *Saint-Saturnin*, qui réussit à le sortir du camp. Breitbach s'engage pour la durée de la guerre et on retrouve sa trace peu après en Suisse où, enfin muni d'un passeport français, il travaille pour un service de renseignement français. A l'automne 1940, il rentre en France et s'installe à Marseille. Il change régulièrement de nom et de domicile tandis que son appartement parisien est pillé par la Gestapo ainsi que son coffre, au Crédit

Lyonnais. Il perd à jamais le manuscrit d'un roman de mille pages, au grand désarroi d'un de ses amis, capitaine des troupes d'occupation et néanmoins écrivain de grand renom, Ernst Jünger. Après novembre 1942, la zone libre ayant été envahie par la Wehrmacht, Breitbach est activement recherché par la police allemande. Il se réfugie alors chez un de ses amis, Paul Ravoux, membre d'un service de renseignement, qui vit dans la région de Vichy. C'est lui qui lui procure de faux papiers au nom de Joseph-François Brion, natif d'Alger, ainsi qu'une fiche de démobilisation. Mais très vite, il lui faut trouver un autre refuge. Mme Conrad Schlumberger, qui vit depuis le début de la guerre à Clairac dans le Lot-et-Garonne, est prête à l'accueillir. Encore faut-il justifier sa présence de manière qu'elle n'apparaisse pas suspecte. Un alibi est indispensable pour échapper à l'arrestation et à la déportation assurées. C'est là qu'intervient Jean Jardin. Contacté par ses amis Schlumberger, il met au point une petite stratégie qui sauve Breitbach du pire[80]. En mai 1943, il lui écrit une lettre sur papier à en-tête : « Le chef du gouvernement, le directeur de cabinet » :

> « Monsieur, c'est bien volontiers que je m'intéresserai à l'étude que vous voulez entreprendre sur les conditions de culture, de production et de consommation du tabac en France. J'avais en effet projeté un travail analogue lorsque j'étais au ministère des Finances mais les occupations que j'ai eues depuis un an m'ont empêché de le poursuivre. Je vous adresserai dès que je l'aurai récupérée à Paris, la documentation générale (statistique et historique) que j'avais réunie. En ce qui concerne les renseignements locaux que vous souhaiteriez trouver, j'écris au préfet du Lot-et-Garonne en lui demandant de vous introduire auprès des services compétents. Si vous avez une occasion

de passer un jour prochain à Vichy, je serai heureux de vous connaître et de m'entretenir avec vous de cette question[81]... »

Breitbach remercia Jean Jardin... treize ans après en donnant son appartement du Val-de-Grâce à son fils Pascal Jardin à une époque où il était difficile de trouver à se loger à Paris. Ce sera sa manière à lui d'avoir de la mémoire...

Pour Emmanuel Berl aussi, ce sera in extremis. Jardin connaît bien, depuis l'entre-deux-guerres, ce journaliste que l'extrême droite considère comme « un juif bien né » dont la famille est apparentée il est vrai à des hommes tels que Bergson ou Proust. Auteur d'une *Mort de la pensée bourgeoise* (1930) qui fit beaucoup de bruit, directeur de l'hebdomadaire de gauche *Marianne* lancé par Gaston Gallimard, munichois très introduit au Quai d'Orsay, ami de Drieu La Rochelle et de Malraux, c'est aussi l'homme qui, dans les toutes premières semaines de Vichy, prête sa plume à Pétain et invente de fameuses formules qui resteront : « la terre, elle, ne ment pas... Je hais ces mensonges qui vous ont fait tant de mal... » Les lois antijuives ont vite fait de dissiper ses derniers doutes et, en dépit de ses amitiés contradictoires, il ne tarde pas à se mettre au vert. Il se retire en Corrèze pour se faire oublier. Avec sa femme, la chanteuse Mireille, il recueille des hommes qui eux non plus ne veulent pas trop se montrer, André Malraux et Jean Effel par exemple. Mais quand la Gestapo s'inquiète de l'identité de tous les habitants de cette bizarre maison très fréquentée, le secrétariat général du gouvernement demande d'urgence au préfet de convoquer Berl à Tulle pour le prévenir du danger, d'autant que Mireille travaille avec le maquis commandé par le colonel Jacquot. Et c'est Jean Jardin qui, dans sa voiture à cocarde, conduira les Berl dans le Lot, leur nouveau refuge[82]...

Finalement, un des rares écrivains de l'entourage de Jardin qui ne lui demande rien, en ces temps agités, c'est encore Jean Giraudoux. Depuis le début de l'année 1943, il s'est installé à l'hôtel de Castille, rue Cambon à Paris, pour y écrire non pas un roman ou une pièce mais un manuel politique. Dorénavant, c'est sa grande œuvre : un inventaire de tout ce que la France possédait avant l'armistice dans tous les domaines, les pertes en biens et en vies humaines, l'état des ruines provoquées par la guerre, l'occupation allemande et les bombardements anglais... Une ambitieuse entreprise, un peu folle quand on sait le contexte, qu'il tâche de mener à bien avec l'aide d'une équipe de six personnes [83].

Dans l'ordre des interventions, ce sont finalement les « politiques » qui posent le plus de problèmes à Jardin. Que le projet du livre de Giraudoux inquiète un peu les Allemands et qu'ils décident de le faire surveiller, ça s'arrange. Mais le risque est plus grand pour Jardin quand par exemple l'industriel Jacques Lemaigre-Dubreuil, « Algérois » très introduit dans divers milieux, rend régulièrement visite à Laval, à l'hôtel du Parc et que le président demande qu'on fasse réquisitionner « en grande priorité » une place sur l'avion d'Alger. Jardin s'exécute, se débrouille et plusieurs coups de fil plus tard parvient à ses fins. Mais la Gestapo l'apprend, demande des explications à Laval qui fait aussitôt comparaître Jardin dans son bureau. Après tout, c'est lui le signataire de la réquisition. Il l'accable de reproches et Jardin tâche de se défendre. Un duo bien rodé. Georges Hilaire, s'en souvient :

« Il plaida la distraction, l'inattention, l'habitude, que sais-je ? Ah ce Jardin ! On pouvait lui confier à l'improviste les rôles les plus délicats. Il s'en tirait à merveille [84]. »

9 mai 1943. Le général Bridoux note dans son *Journal* :

« Fête de Jeanne d'Arc. Deux ministres seulement son présents à Vichy. Le Maréchal n'a certainement pas manqué de le remarquer mais il s'est abstenu d'y faire allusion [85]. »

Il y a tellement d'autres choses que les gens de Vichy ne « remarquent » pas, en ce mois de mai : la fondation du Conseil National de Résistance, l'entrée des armées alliées à Tunis, l'arrivée de De Gaulle à Alger... Jeanne d'Arc, en regard ... Tout semble aller tellement vite depuis le débarquement. Les événements se bousculent. Jean Jardin a vraiment le sentiment de vivre l'Histoire de plain-pied. Acteur et témoin. C'est une situation privilégiée qui est aussi la plus incommode pour apprécier à chaud la dimension des nouvelles.

25 juillet. A Charmeil, un dîner réunit à la table des Jardin le journaliste Maurice Martin du Gard et deux amis de longue date : Jacques Millerand, fils de l'ancien président de la République, et Fourcade, avocat du ministre de l'Air de la IIIe République, Guy La Chambre. La conversation roule sur le débarquement allié en Sicile. Catane aurait été prise. Les yeux rougis par des nuits de veille, Jardin parle d'abondance. Il est convaincu que les Anglo-Saxons et les Allemands font la même guerre, les premiers contre le Japon, les seconds contre la Russie et qu'ils s'en rendront compte plus vite qu'on ne le croit. Il est interrompu dans sa démonstration par la sonnerie du téléphone. On lui annonce la mise en minorité de Mussolini au Grand Conseil fasciste et sa démission. C'est le maréchal Badoglio qui le remplace. Jardin raccroche. Faut-il prévenir le Président ? Il hésite puis téléphone à Châteldon.

« Ah ! » répond simplement Laval en demandant des précisions pour... plus tard.

Le Maréchal, lui, ne sera pas réveillé. Le docteur

Ménétrel s'y oppose. L'Italie et Mussolini attendront qu'il fasse jour[86].

Septembre 1943. Nuages au-dessus de Vichy. Les ultras parisiens publient le « plan de redressement national français ». Des résistants communistes de la MOI (main-d'œuvre immigrée) abattent l'adjoint de Fritz Sauckel dit « le négrier de l'Europe », l'homme chargé de transférer en Allemagne le maximum d'ouvriers.

A l'hôtel du Parc, l'atmosphère est de plus en plus étouffante. A tous les étages, il n'est question que de complot. La faillite de la Révolution nationale et les revers de l'armée allemande en Europe et en Afrique ne font qu'attiser les haines et raviver les plaies entre Vichyssois de diverses obédiences. A l'étage Pétain, certains de ses proches collaborateurs sont inquiétés, à juste titre. Même eux ! On sent déjà les prémices de la crise qui obligera le Maréchal à se séparer d'une partie de son équipe, en novembre, à la requête expresse des Allemands. Contrairement à Paris où le pouvoir est plus ou moins éclaté, à Vichy, il tient pour l'essentiel dans un immeuble, ce qui ne manque pas de favoriser la concentration de ragots. Et ces jours-ci, l'air du temps et la rumeur font état d'une colère et d'une intransigeance croissantes des Allemands à l'endroit de certains clans « mous » à Vichy, ainsi que les dénonce à longueur de colonnes la presse collaborationniste de Paris. Autant dire que Jean Jardin est dans le collimateur.

Ceux qui ne l'aiment pas ne se privent pas de le lui signifier, Fernand de Brinon, ambassadeur de Vichy à Paris auprès d'Abetz par exemple, ou encore Joseph Darnand. Ce dernier ne cesse de se répandre dans Vichy en disant qu'il veut la peau de Jardin. Il est convaincu de son influence néfaste sur Laval, notamment dans l' « affaire de la Milice ». Le Président l'a créée en juin 1943 dans un but bien précis : obsédé par les complots dirigés contre lui par les ultras parisiens, il entend que cette garde prétorienne personnelle serve aussi d'aspirateur de militants des partis collaborationnistes, de manière à les affaiblir. Il nomme Darnand au poste de secrétaire général de la Milice. Mais même si Laval en est officiellement le chef, Darnand a vite fait de transformer la Milice à son idée : une force d'élite paramilitaire bientôt supplétive de la Wehrmacht dans la répression des maquis. Soldat avant tout, proche de la Cagoule avant la guerre, Darnand est par excellence l' « homo fascista »[87], aux antipodes de la complexité et des contradictions intellectuelles d'un Jardin.

Darnand ne peut admettre que la résidence et le bureau du directeur de cabinet de Laval soient fréquentés par des résistants d'Alger, des juifs et, d'une manière générale, par des hommes auxquels la rumeur attribue des propos hostiles à la Révolution nationale. C'est aussi l'avis de la Gestapo, plus seulement intriguée mais agacée sinon décontenancée par le manège de Charmeil.

Cette montée des périls autour de Jardin sonne le glas de ses interventions. Un de ses proches amis en fera les frais : Jacques Helbronner, président du consistoire israélite, fils du grand rabbin. Il a trop fréquenté son bureau. Ça s'est vu, ça s'est su. Le commissariat aux questions juives a jugé cela scandaleux[88]. Sentant le danger venir, Jardin cherche à le faire fuir. Trop tard. Le piège se referme sur Helbronner et sa femme qui sont arrêtés puis déportés. Jardin ne se le pardonnera jamais. Pour l'heure, c'est surtout un signe : il ne peut plus rien pour les cas extrêmes[89].

Helbronner a été arrêté le 23 octobre. C'est aussi la date à laquelle Ernst Achenbach, l' « ami allemand » de Jardin, conseiller à l'ambassade du Reich à Paris, est rappelé à Berlin : on le juge trop favorable à Laval et trop proche de son entourage[90]... Quelques semaines auparavant, Geissler, chef de la Gestapo de

Vichy, écrit dans un rapport : « Le président des ministres Laval reçoit souvent personnellement des Juifs ou des personnes venues intervenir pour des Juifs. Certains membres de son entourage immédiat sont amis des Juifs. On ne peut donc pas se fier à lui pour soutenir notre action antijuive [91]... »

Désormais, Jean Jardin se sait précisément menacé. Mais qui interviendra en sa faveur, lui qui est tant intervenu pour les autres ? Dans la zone des tempêtes qu'est devenu Vichy, il ne reste guère qu'un homme : Laval. Dans un premier temps, le président lui conseille de profiter de la révolution de palais qu'ils vivent alors. Il a l'opportunité de prendre le large sans s'éloigner. En effet, le maréchal Pétain, qui doit se séparer de plusieurs de ses proches collaborateurs, souhaite nommer Jardin à la direction de son propre cabinet. Il a confiance en lui, a apprécié sa finesse et sa droiture et surtout le rôle de conciliateur qu'il a toujours su jouer entre lui et Laval. Ce dernier n'en prend pas ombrage, bien au contraire :

« Acceptez ce poste. Vous êtes le seul à avoir su éviter des heurts entre le Maréchal et moi... l'idéal serait que vous installiez votre bureau dans l'escalier, entre les deux étages [92]... »

Les Jardin sont invités à dîner à la table du Maréchal en présence de Ménétrel. Mais ils réalisent vite, les jours suivants, qu'il leur faut renoncer. Jardin a beau changer d'étage, les Allemands n'en restent pas moins soupçonneux et Jardin menacé. L'épée de Damoclès est toujours suspendue au-dessus de sa tête. Finalement, ce sont les circonstances et l'accélération du cours des événements qui vont forcer le destin.

Puisqu'il faut le soustraire à la menace de l'occupant, le mieux est encore de l'envoyer à l'étranger. Mais où ? Jardin a déjà fait savoir sur un mode que l'on croit ironique, qu'il aimerait bien être nommé conseiller à l'ambassade de France au Vatican [93]... Puis il est question d'un poste à l'ambassade madrilène[94]. Mais très vite, c'est sur Berne que le choix est définitivement arrêté, par Laval lui-même.

Ah la Suisse! Vue de Vichy c'est le pays de cocagne. Pour certains, c'est devenu, depuis le début de l'occupation, la récompense suprême équivalant au traditionnel « bâton de maréchal » des diplomates, l'ambassade de Washington ou celle de Londres. A plusieurs reprises, le poste d'ambassadeur de France à Berne est même offert en compensation d'un préjudice. En septembre 1941, quand le ministre de l'Intérieur Pierre Pucheu annonce au colonel de La Rocque la prochaine publication d'un décret imposant la dissolution de son Parti Social Français, il lui offre le poste d'ambassadeur à Berne ou celui de résident général au Maroc, également refusés par l'intéressé[95]. En avril 1942, quand Marcel Déat conseille à Laval d'écarter Pucheu, il se demande s'il n'aura pas « une ambassade en compensation »[96]. Effectivement, une démarche officielle est effectuée le 21 avril auprès des autorités helvétiques. Deux jours plus tard, le Conseil Fédéral Suisse donne son agrément à l'accréditation de Pucheu comme ambassadeur mais finalement... C'est Vichy qui se ravise[97]. Et en décembre 1942 on propose une semblable « compensation » à Jacques Guérard, le secrétaire général du gouvernement, dont Laval veut se débarrasser. Témoin cet échange entre deux hauts dirigeants de la Confédération :

« Connaissez-vous un nommé Guérard? Il serait synarchiste et wormsien (...) Il ferait des pieds et des mains pour être nommé au grade supérieur ici (...) J'ai été alerté de bonne source; mais précisément parce que c'est une bonne source, elle pense qu'un recoupage est nécessaire.

— On ne sait rien de lui sauf qu'il est candidat au poste d'ambassadeur à Berne de même que Benoist-Méchin[98]. »

Décidément! Très demandée, la Confédération. Un havre de paix, une terre neutre, un exil tranquille, un refuge sûr... Tout cela à la fois. Mais ce n'est pour aucune de ces raisons que Laval choisit d'y nommer Jardin, même si elles ne les laissent pas indifférents. Dans la solitude de son bureau à l'hôtel du Parc, le chef du gouvernement cogite de grandes idées. Dans l'hypothèse d'une paix blanche, l'ancien ministre des Affaires étrangères de la IIIe République se voit le Talleyrand de l'Europe. Dans l'hypothèse d'une paix de compromis dont il serait le grand négociateur, Jardin est son émissaire tout trouvé. A l' « étage Pétain » de l'hôtel du Parc, il ne fait guère de doute que c'est pour cette raison qu'il veut le dépêcher à Berne, la Suisse étant alors la plaque tournante en Europe de l'espionnage et des relations internationales [99].

C'est aussi là que réside un homme de l'ombre à la réputation et à l'influence déjà établies : Allen Dulles, chef d'antenne de l'OSS (Office of strategic services, l'ancêtre de la CIA). L'ambassade américaine lui sert de couverture pour ses activités de renseignements. Laval et Pétain entendent que Jean Jardin soit véritablement leur « go-between » entre eux et cet homme très recherché. Mais en octobre 1943, vue de Washington, la démarche est plus prosaïque, comme semble le montrer une source américaine à Berne (non identifiée) : « Laval veut envoyer comme consul général à Genève son chef de cabinet Jardin pour préparer le terrain en cas de nécessité et faciliter le transfert de la fortune de la famille Laval. Le conseil fédéral helvétique se montre très peu empressé [100]. »

C'est décidé. Il part pour Berne. A tous les étages c'est la nouvelle du jour. Jardin commence à faire ses valises. Autrement dit, il trie ses papiers, n'en emporte qu'une partie avec lui, en lieu sûr, mais « brûle plus de cinquante dossiers de sauvetage qu'un homme averti aurait gardés » [101]. Ils concernent naturellement d' « innombrables obligés (...) la preuve du sauvetage de M. Massigli, comment j'ai empêché qu'on l'arrête et comment je l'ai fait prévenir de fuir » [102].

Dix jours avant son départ, il reçoit à son bureau un certain Ballière envoyé par l'ancien ministre Louis Marin, qui gagnera Londres dans quelques mois. Il lui demande d'y renoncer :

« Vous rendez trop de services français et Louis Marin répond de vous. Maintenant et dans l'avenir...
— Je ne doute pas de sa parole mais sachez que si je pars, c'est aussi parce que je me sens désormais impuissant devant certains hommes [103]. »

Le cardinal Gerlier, primat des Gaules, s'attire la même réponse, après avoir tenté la même démarche. Le 30 octobre, à la veille de son départ pour Berne, Jardin est reçu longuement par Laval qui lui explique précisément ce qu'il attend de lui : établir des contacts avec les résistants et alliés. Surtout, si possible, avec Allen Dulles, l'homme des Renseignements américains. Le président ajoute :

« C'est moi ou de Gaulle car si c'était qui que ce soit d'autre, je plaindrais mon pays [104]. »

Dans son esprit, il n'est pas question de s'appuyer sur les Américains contre de Gaulle, du moins est-ce ainsi que son émissaire l'entend. Dorénavant pour Jean Jardin, l'avenir de la France se joue en Suisse. Adieu Vichy, les couloirs à rumeurs de l'hôtel du Parc et les dîners de têtes à Charmeil...

L'éminence grise quitte la pénombre pour l'ombre.

6

Berne, nid d'espions

(1943-1944)

« C'est pour vous, monsieur le premier conseiller. De la part du Département politique, comme c'est de règle chez nous : une carte de légitimation rose, 600 coupons de repas, 750 points pour chocolat et confiserie, 960 unités de savon, 4 cartes de sucre, 8 cartes de textile, 8 cartes de chaussures... Pour vous et pour les vôtres [1]. »

Jean Jardin a le sourire aux lèvres. Ils pensent à tout, ces Suisses. Déjà, le mois précédent, ils lui avaient accordé avec une grande célérité des visas ainsi qu'à son épouse, leurs fils Simon, onze ans, et Pascal, neuf ans, et leur gouvernante Berthe Schmidt. Par les différents rapports que le Département des Affaires étrangères a lus à son sujet, ils savent que « c'est un homme tout à fait bien qui, à Vichy, grâce au tact et au sens de la mesure dont il a fait preuve, a rendu des services " à l'autre côté " [2] ».

Pour les Suisses, il est très clair que ce nouveau conseiller a un rôle bien plus important que l'ambassadeur en titre plus « représentatif » qu' « actif ». Les deux premières semaines, c'est à Genève que Jardin les passe. Mystérieux sur son attribution exacte, il paraît avoir été nommé consul. Au bureau genevois de la censure, les services des écoutes téléphoniques captent cette conversation entre deux diplomates français :

« On a l'horticulteur ici maintenant.

— Ah ! il est arrivé ?

— Oui, mais il y a un froid, les autres ne veulent pas le voir.

— Il a pris possession de son poste ?

— Oui, oui, mais on ne le voit jamais. Moi, je le verrai à la fin du mois. C'est le patriotisme de ces gens. C'est dégueulasse [3] ! »

On l'aura compris : depuis son arrivée en Suisse et dès son installation à Berne le 16 novembre, Jean Jardin (doux euphémisme que celui d' « horticulteur »...) est boycotté par le personnel diplomatique français. Pour eux, il est l'homme de Laval. Avant tout. On parle de menaces de démissions. A deux reprises déjà depuis le début de l'Occupation, il y en avait eu, en deux vagues, dans les chancelleries et ambassades de France un peu partout dans le monde : quand Laval était revenu au pouvoir (avril 1942) et quand les Américains avaient débarqué en Afrique du Nord (novembre 1942). S'agissait-il surtout de ces « diplomates que préoccupait déjà leur avancement et dont le " double jeu " ne s'inspira, trop souvent, que du souci de ne pas perdre un rang sur l'annuaire [4] » ? Toujours est-il que le 3 décembre, six membres du personnel diplomatique remettent leur démission. Certains se rallient au Comité Français de Libération Nationale d'Alger. L'un d'entre eux tient à se distinguer. Il s'agit d'Henri Du Moulin de Labarthète, l'ancien chef de cabinet du maréchal Pétain. Attaché financier à l'ambassade, il s'en va mais refuse de s'associer au geste des démissionnaires, par fidélité au Maréchal ainsi qu'il explique dans une lettre étonnante envoyée le jour même à Pétain : « ... je n'ai plus aujourd'hui d'autre souci que de servir même de loin la cause de la résistance française. Puis-je vous demander, Monsieur le Maréchal, de bien vouloir agréer l'assurance de ma respectueuse et constante affection[5] ? »

Qui reste à son poste ? Une dizaine d'attachés commerciaux et financiers, et surtout les militaires : le colonel Rudloff, attaché militaire (un ancien sous-chef du 2e bureau de l'état-major de l'armée, ce qui le désignait tout particulièrement pour l'affectation à Berne), le commandant Pourchot, son adjoint, le capitaine de corvette Ferran, attaché naval et le colonel Thiebaut, attaché de l'Air.

C'est suffisant pour les missions que Jardin compte remplir mais il lui manque quelqu'un sur qui s'appuyer et déléguer quelques tâches subalternes. Vichy le lui fournit dès le mois de décembre en lui envoyant un jeune homme de vingt ans de belle allure. Il vient faire un stage à la demande de son père, président du Conseil municipal de Paris, très lié à Laval. Charles Rochat, le secrétaire général du Quai d'Orsay et son directeur du personnel, ont approuvé ce choix. Il s'appelle Jean Taittinger et il sera trente ans plus tard le ministre de la Justice sous Pompidou...

Très vite, Jardin le considère comme son fils. Il lui donne des missions de confiance : accompagner la valise diplomatique à Vichy, délivrer des messages verbaux, etc... Parfois même c'est Laval, qui le charge de missions personnelles lors de ses nombreux aller et retour Vichy-Berne à travers des maquis jugés dangereux, qui jamais ne l'inquiéteront. Ainsi un jour le Président sort du grand tiroir de son bureau une marque à mouton et, en parfait homme sorti de la glèbe, lui demande de lui en trouver une autre dans le Jura suisse et de la lui ramener par la prochaine valise diplomatique[6]...

L'arrivée du jeune Taittinger à Berne coïncide avec un certain apaisement à l'ambassade. C'est maintenant que les vrais problèmes commencent. Si Vichy et Alger passent pour être des concentrés d'imbroglio, Berne également avec, en prime, la dimension du secret. Ici, tout est vraiment souterrain. Les notes de Jardin au jour le jour montrent ses préoccupations en cette fin d'année 1943 : quel est le jeu d'Alger ? Que veut la résistance française à Genève ? Quel jeu Allen Dulles joue-t-il ? Et pourquoi Dulles est-il l'objet d'une telle cour de la part de tous ?... Jardin est de plus en plus sceptique devant une telle confusion et les télégrammes diplomatiques en provenance des postes roumain ou turc, qui s'amoncellent sur son bureau ne l'éclaircissent guère [7].

Berne, ville de tous les complots.
Du balcon de l'ambassade de France, Simon et Pascal Jardin lancent des gravillons sur les voitures. Quand un conducteur s'insurge, ils crient :
« Extraterritorialité ! Extraterritorialité ! »
Jusqu'au jour où un Suisse perd son calme et se plaint vertement à leur père, immunité diplomatique ou pas. La neutralité helvétique a bon dos mais tout de même... Dans son bureau à l'ambassade ou tard le soir chez lui au 37, Sulgeneckstrasse, Jean Jardin a pour activité première celle de tout diplomate en période de crise : rédaction de dépêches et télégrammes, rapports, notes de synthèses et bulletins concernant différents sujets, de la situation économique de la Suisse après trois ans de guerre à la satisfaction des milieux agricoles après l'abandon de l'heure d'été en passant par des négociations commerciales visant à taxer de 12 % les produits suisses exportés en France [8]...

Ça, c'est pour le Quai d'Orsay. La routine, dirait-on. Parallèlement, Jardin informe Laval « en direct », sans aucun intermédiaire en lui communiquant aussi bien des notes sur la manière dont sa politique est critiquée dans la presse suisse que des informations brutes puisées aux meilleures sources sur l'évolution de la situation militaire en Europe [9].

C'est bien ce que le Président attendait de lui dans

un premier temps. Quant au reste, c'est-à-dire les contacts avec les alliés et les résistants, il lui a laissé toute latitude pour improviser. Livré à lui-même, Jardin s'apprête à jouer la partie la plus délicate de sa jeune carrière. Les chemins de fer, c'était un milieu. Rue de Rivoli, c'était une époque. Vichy, c'était un microcosme. Mais Berne, c'est le monde en miniature. Toutes les nations y ont un pied mais rares sont celles qui portent leur drapeau sur la hanche. Tout y est feutré, non dit, murmuré, caché, dans cette ville, ce pays qui se dresse du haut de ses traditions de non-ingérence dans une Europe en fureur.

Les Américains ? Ils sont à leur ambassade, bien sûr, mais il ne saurait être question, quand on représente le gouvernement de Vichy, de contacter de front, au vu et au su de tous, le fameux Allen Dulles. Surtout lui, qui doit être un des hommes les plus « observés » de Suisse. Alors Jardin s'y prend par la bande et noue des relations en marge de l'ambassade, avec Royal Tyler, chargé de certaines liquidations financières. C'est son ami Paul Devinat, celui qui avait suivi le dossier de nationalisation du chemin de fer en 1937 quand il était directeur de cabinet de Queuille, qui fait les présentations. Après cette étape obligée, Jardin aura en principe accès à Dulles[10]. Pour tous ceux qui ont alors été en contact avec Jardin cela ne fait aucun doute. Mais il est impossible de préciser avec exactitude les dates, les lieux et la teneur de leurs entretiens.

Dulles, orfèvre en la matière, a si bien bétonné ses activités helvétiques que ses *Mémoires*, aussi bien que les archives consultables, laissent soupçonner — sans plus — certaines de ses activités. Cependant, il semble bien qu'avec lui, Jean Jardin ait à jouer très exactement le rôle de messager de confiance, chargé de transmettre, analyser et agir. On en a deux exemples dans les premières semaines de 1944.

Quand Gabriel Jeantet, chargé de mission au cabinet du maréchal Pétain, prend contact avec les officiers du contre-espionnage allemand qui complotent pour éliminer Hitler et sauver l'Allemagne, il demande à Jardin de servir d'intermédiaire, avec Dulles pour le tenir au courant de l'évolution de l'affaire [11]. A la même époque, il joue un rôle semblable auprès d'autres Allemands désespérés par la situation. Au cours de son premier voyage de Berne à Vichy, il fait un petit détour par Paris pour rendre compte de ses activités de vive voix à Laval, à l'hôtel Matignon. A l'issue de leur entretien, le Président lui dit :

« Ne repartez pas cet après-midi. Abetz vous attend demain matin à l'Ambassade rue de Lille. C'est important. Allez-y. »

Il acquiesce, intrigué. C'est la seconde fois qu'il le voit depuis le début de l'occupation, mais la première fois qu'il est reçu par lui. L'ambassadeur du Reich l'interroge de but en blanc :

« Êtes-vous en relation avec les Américains à Berne ?
— Non.
— Avez-vous l'intention de les voir ?
— Non.
— Et si M. Laval vous le demande ?
— Je ne comprends pas très bien votre question. Je suis aux ordres du ministre des Affaires étrangères. Si on me le demande, je les verrai sur l'heure. »

Que cherche exactement Otto Abetz ? Le tester ? Le mettre en accusation ? Non pas. Il apparaît vite que des deux, le plus accablé est l'Allemand. Quand il s'assied enfin, Jardin comprend qu'il ne l'a pas fait venir pour le piéger mais pour lui demander un « service » :

« Nous avons perdu la guerre. Vous allez recevoir une lettre de Ribbentrop par l'intermédiaire de M. Laval pour la remettre à Allen Dulles [12]. »

Le doute n'est plus possible. Le ministre des Affaires étrangères d'Hitler veut entamer les négociations. Il tâte le terrain et lance des ballons-sondes. A moins qu'il ne bluffe ? Comment savoir dans cette curieuse partie où le triple jeu apparaît comme la seconde nature de la plupart des protagonistes ? Jean Jardin n'attend pas la réponse à sa question. Il rend compte à Laval et reprend la route de Berne via Vichy. Il attendra longtemps encore cette fameuse lettre de Joachim von Ribbentrop...

Juste avant son départ, Jean Jardin reçoit un coup de téléphone du Président. Encore une entrevue imprévue ? Ou un message à remettre en main propre ? Ou encore... Rien de tout cela.

« Je vous interdis de repartir par la route, lui ordonne-t-il. Est-ce que vous vous figurez qu'il n'y a pas déjà assez de Français tués en Savoie ? Vous courez un danger certain. Je vous l'interdis [13]. »

Perplexe, le premier conseiller de l'ambassade de France à Berne. Après tout, ces craintes ne sont peut-être pas tout à fait déplacées. Lui qui n'a jamais voulu céder à la paranoïa propre à bon nombre de vichyssois, le voilà qui se pose des questions. Trois de ses amis l'ont mis sur ses gardes, eux aussi, la veille. Paul Marion, le secrétaire général à l'Information, lui a dit :

« Je viens de rencontrer Geissler* qui m'a arrêté pour me dire avec un fort accent tudesque : " Monsieur Jardin, il court à la mort "... »

Et le docteur Ménétrel, confident du maréchal, l'a prévenu :

« Un policier m'a signalé qu'" il se préparait quelque chose et que Jardin prenait un gros risque en reprenant la route " [14]... »

Quant à Gabriel Jeantet, chargé de mission du chef de l'État, il a eu la désagréable prémonition d'un péril imminent pour son ami Jardin. La veille au soir, il a dîné avec des diplomates de l'ambassade d'Allemagne

---

* Chef de la Gestapo de Vichy.

qui lui ont, eux aussi, parlé du risque que courait Jardin en rentrant à Berne. Comme si la police allemande était au courant qu'un coup se prépare et qu'elle voulait par avance dégager sa responsabilité dans un « regrettable incident » qui ne manquerait pas de compliquer leurs rapports avec le Maréchal et le Président.

Jean Jardin est inquiet, en cette matinée du 23 janvier 1944. Il ne renonce pas, bien sûr. On ne cède pas aux intimidations. Mais il est convaincu, par ce faisceau d'informations complémentaires, que ce n'est pas le maquis qui veut sa peau. C'est encore et toujours Joseph Darnand. Quand Jardin était encore directeur du cabinet de Laval, il l'avait déjà menacé haut et fort car il savait l'influence « néfaste » que Jardin avait eue sur Laval en lui déconseillant vivement de créer la Milice ; Jardin subodorait déjà qu'elle serait détournée de son objectif premier : la garde personnelle du Président...

Darnand, nommé secrétaire général de la Milice, ne lui a pas pardonné et lui pardonne d'autant moins que depuis le 1er janvier, il est aussi secrétaire général au maintien de l'ordre. Il se sent plus puissant que jamais et ne peut contenir sa rage quand, apprenant que Jardin est de passage en France pour s'entretenir avec Laval et Pétain, il apprend du même coup par la rumeur vichyssoise que l'éminence est en contact permanent avec la résistance française en Suisse.

Fataliste, résigné mais anxieux, Jean Jardin prend place dans la 15 CV Citroën noire qui doit le mener de Vichy à Berne. Simone, son épouse, est assise devant à côté du chauffeur. Il prend place à l'arrière pour pouvoir mieux bavarder avec Gabriel Jeantet, qui l'accompagne jusqu'à Bellegarde. Jardin a mis une arme de poing sous le coussin, à ses côtés, tandis que Jeantet a empoché sur le conseil d'un ami un pistolet automatique de fort calibre et quelques chargeurs.

La Citroën est une voiture officielle, à cocarde, alors

que le gouvernement suisse lui a proposé des plaques du corps diplomatique. Ce n'est pas un risque insensé car Jardin a son idée derrière la tête : dans son esprit, il a plus à craindre des ultras de la collaboration, miliciens ou autres, que du maquis qui contrôle la route d'Annemasse à Nantua. Avant de quitter la Suisse, il a pris ses précautions et communiqué à ses contacts de la résistance le numéro de ses plaques d'immatriculation pour être sûr ainsi de pouvoir compter sur un informel « visa du maquis ».

Quelle époque ! L'émissaire personnel de Laval qui s'apprête en 1944 à solliciter la protection du maquis pour échapper à la fureur de la Milice... Comment après cela parler encore de catégories historiques ?

L'automobile roule à vive allure. Pas de problème pour l'instant. Au Val d'Enfer, dans un grand virage en épingle à cheveux près de Nantua, des hommes enfoncés dans le fossé jusqu'à la taille pointent leurs armes vers eux. Ils portent des brassards. Ce sont des maquisards. Tout autour d'eux, la route est en partie obstruée par des chicanes et une voiture renversée ; des cadavres de soldats allemands, l'arme au poing, dépassent des portières ouvertes... L'affrontement vient d'avoir lieu. Et ces mitraillettes pointées vers eux... Que faire ?

« Bon Dieu ! Accélérez ! » ordonne Jeantet au chauffeur, immobile.

Jardin, qui croit que sa dernière heure est arrivée, place sa main sous le coussin, près de l'arme chargée et demande au chauffeur, terrifié, de rouler doucement mais sans s'arrêter. Un officier de l'armée secrète, sanglé dans un uniforme impeccable, s'avance, leur adresse un salut militaire et, de sa badine, ordonne la levée du barrage. Ouf...

A Bellegarde, Gabriel Jeantet les laisse continuer leur route vers Berne et, quant à lui, rentre à Vichy. Chemin faisant il apprend, en s'informant à différentes étapes, que le maquis avait bien reçu l'ordre de protéger Jardin, attendu par : la Milice qui voulait l'assassiner, la police française qui voulait l'empêcher de prendre le risque de gagner la Suisse, et des soldats allemands dont nul ne saura jamais quelle était leur mission [15]...

Toujours est-il que depuis cet épisode qui l'a beaucoup marqué, à chaque fois qu'il le rencontrera en public ou en privé, Jardin saluera le général (FFI) Pierre de Bénouville en ces termes :

« Comment va mon sauveur [16] ?... »

C'est que la Résistance française exilée en Suisse n'a pas attendu longtemps pour contacter Jean Jardin, nouveau conseiller de l'ambassade. Les premières rencontres ont lieu dès la fin du mois de décembre 1943, soit quelques semaines après son arrivée. Qui sont-ils, ces représentants de l'armée de l'ombre ? Une poignée mais déterminés.

Le général Davet, délégué des Mouvements unis de résistance (MUR) est chargé plus particulièrement de la liaison avec les Anglais et les Américains. C'est le chef nominal de la Résistance, militaire surtout, mais il n'est pas le plus important du groupe [17]. Son adjoint compte beaucoup plus, tant pour les Français de Londres que pour les services américains en Suisse. Il s'appelle Philippe Monod. C'est un avocat issu d'une vieille famille genevoise qui jouit de la double nationalité suisse et française. Quand il arrive en Suisse en mars 1943, il a déjà des antécédents de résistant derrière lui : très proche d'Henri Frenay, le chef du mouvement *Combat*, il a exercé des responsabilités clandestines pour le département des Alpes-Maritimes. Sa première mission en Suisse se solde par un succès : ayant contacté Allen Dulles, il obtient une aide financière et logistique pour *Combat* en échange d'informations recueillies par les MUR dans les maquis, ce qui déclenche la colère du général de Gaulle, persuadé d'une manœuvre américaine dirigée contre lui. Jusqu'à la fin de la guerre, Monod apparaît vraiment comme l'homme clé de la résistance française en Suisse, centralisant les renseignements, collectant les fonds, diffusant les tracts en métropole et organisant le passage clandestin en Suisse de maquisards ou d'agents français traqués par les polices allemande et française [18].

Pierre de Leusse, trente-huit ans, est, lui, un diplomate de carrière. Consul de France à Lugano, révoqué en octobre 1942 pour avoir protesté contre l'arrestation de Weygand, il se fixe à Fribourg. C'est lui, l'homme de Londres en Suisse. Il représente de Gaulle et assure la liaison avec le QG de la France libre grâce à la valise diplomatique tchèque et les services de transmissions de l'ambassadeur Kopecky [19].

Tout différent encore est le commandant Pourchot, lui aussi un homme clé de la résistance française en Suisse, que nous aurons à évoquer plus longuement tant son activité compte dans la compréhension de l'attitude « souterraine » de Jean Jardin. Officiellement, il est attaché militaire adjoint à l'ambassade de France à Berne. Bien entendu, c'est une couverture car Pourchot est en fait le chef des services spéciaux de l'état-major de l'armée d'Alger.

Enfin, le dernier élément pivot de ce petit groupe de responsables clandestins s'appelle Jean-Marie Soutou, trente et un ans. En Suisse depuis mai 1943, il est délégué du commissariat de l'Information de la France Libre. A Genève, dans le cadre des MUR, il s'occupe notamment de l'image de la Résistance auprès des Suisses mais aussi de tous les pays représentés dans la Confédération. C'est lui qui fin novembre-début décembre 1943 est chargé de prendre contact avec Jean Jardin qui vient d'arriver.

Il ne l'a pas rencontré avant-guerre à Paris, il ne le connaît pas mais il a fort bien pu le côtoyer alors dans les milieux catholiques qu'ils fréquentaient tous deux, dans le sillage de revues telles que *Sept*, *Esprit* ou *Temps présent*. Quand Jardin écrivait dans l'*Ordre*

Nouveau, Soutou était un collaborateur du chef de file du personnalisme chrétien, Emmanuel Mounier. Ils ont des relations et des amis communs, notamment Alexandre Marc. C'est lui et quelques autres qui les rapprochent. La première rencontre secrète entre l'homme de la Résistance et le représentant de Laval a lieu au domicile de catholiques genevois, correspondants de la revue *Esprit* avant-guerre et proches d'hommes tels que Denis de Rougemont et Albert Béguin.

Immédiatement, Jean-Marie Soutou juge son interlocuteur très intelligent, très brillant et estime qu'il est fidèle à la personne de Laval mais pas à sa politique de collaboration [20]. Il sait que Pétain a offert à Jardin de prendre le poste de chef de son cabinet civil et lui demande s'il consent à l'accepter pour y rendre davantage de services. La réponse est bien sûr négative. Inquiet des démissions de certains membres du personnel diplomatique — Broustra, Bernard de Menthon, Maillart, et du Moulin de Labarthète — lors de sa prise de fonction à l'ambassade de Berne, Soutou veut s'assurer que Jardin continuera de couvrir l'activité clandestine de renseignement du commandant Pourchot. Jardin le confirme dans ses espérances et approuve aussitôt ses offres de coopération : maintien d'un contact permanent entre eux, action concertée pour le sauvetage sur place des personnes et des intérêts permanents français, préparation de voyages à Vichy pouvant être utiles à l'action de la résistance française en Suisse [21]...

Mais dans l'idée et dans le discours de Jean Jardin, il est bien clair qu'il ne s'agit là, en ce qui le concerne, en aucun cas de double jeu (une expression, une notion qu'il exècre) mais d' « un seul jeu, celui de la défense française sur tous les fronts », ce qui correspond à l'esprit et à la lettre de la mission que lui a confiée le président Laval [22]. Il est convaincu qu'au-dessus des divisions du moment et au-delà même des gouvernements, il existe une somme d'intérêts et d'idéaux français perpétuellement transmissibles. Pour concilier ces contraires et sauver ce qui peut encore l'être, il se dit prêt à « transcender et Vichy et Alger pour ne m'attacher qu'aux valeurs permanentes ». Concrètement, cela signifie « couvrir tous ceux qui agissaient en ce sens même s'ils étaient déjà rattachés secrètement au pouvoir futur tout en relevant encore officiellement de l'actuel » et « prendre près de ceux qui seraient de toute évidence les chefs de demain, le minimum d'accords qui permettrait d'éviter, devant l'étranger surtout, les erreurs et les failles [23] ».

Puis, très vite, l'entretien entre ces deux hommes de l'ombre tourne autour de préoccupations communes moins ponctuelles, telles que la politique et les intentions réelles de l'Union soviétique. Ayant beaucoup lu Boris Souvarine, Victor Serge et Ciliga, comme leurs amis parisiens « personnalistes », ils craignent le jeu soviétique de l'après-guerre. Le ton devient alors plus grave, plus austère. Mais quand Jardin est pressé d'expliquer Vichy, son atmosphère, ses coulisses, ses mécanismes de fonctionnement, les réflexions de tel ou tel ministre, alors il reprend le ton du conteur qui a fait sa réputation. Il rapporte ainsi la réflexion qu'il s'était attirée de Laval lorsqu'il s'était étonné de son discours fameux sur la victoire de l'Allemagne :

« Mais mon petit Jardin, vous ne comprenez pas. Contre ça, j'ai obtenu la libération de milliers de prisonniers... »

A l'issue de l'anecdote, le mémorialiste conclut que si le sens de l'honneur était une dimension qui faisait cruellement défaut à Laval, il n'en restait pas moins, lui Jardin, indéfectiblement fidèle, fidèle à l'homme, même s'il était persuadé que le président faisait fausse route et que l'Allemagne avait d'ores et déjà perdu la guerre. Le petit cénacle résistant écoute, ébahi, ses récits de l'intérieur, de la rouerie de Laval aux scrupules chrétiens de Paul Marion.

Jean Jardin et Jean-Marie Soutou se rencontreront dès lors au domicile genevois de ce dernier, une fois par mois en moyenne, sans que cela débouche nécessairement sur les actions concrètes[24]. Mais quelques jours après leur première rencontre, Jean-Marie Soutou, Alexandre Marc et Jean Jardin, que bien des points opposent sur le plan politique mais qui se retrouvent naturellement pour analyser des thèmes chers à *Esprit* d'avant-guerre (totalitarisme, libéralisme, pluralisme, personne et pouvoir, travail et capital...) élaborent de concert une manière de programme commun dans le but d' « aplanir les difficultés sous les pas de De Gaulle[25] ». L'ambition de ce texte est « rien moins que de préparer Vichy à remettre et Alger à recevoir, sans destructions ni dégâts l'héritage des administrations et de l'État », ce qui n'est pas sans rappeler les travaux également clandestins des experts du Comité général d'études de la résistance. Pour des raisons de sécurité, le texte est signé de leur nom de guerre ou de code : Jean Augustin pour Soutou, Tocqueville pour Alexandre Marc et... Pinard pour Jardin[26].

De ce petit groupe, Jean-Marie Soutou est celui qui garde le contact avec Jean Jardin, même si ce dernier s'entretient à l'occasion avec d'autres résistants français en Suisse : Neyrac, soupçonné par la police des étrangers de collaborer au journal résistant *Bir-Hakeim* diffusé en France[27] et qui obtient de Jardin une aide matérielle et financière afin de fortifier ses lignes de communications avec les clandestins[28], le diplomate Jean Laloy, consul suppléant à Genève, membre de la délégation des MUR en Suisse, Pierre de Bénouville, également représentant des MUR en Suisse, chargé de la navette entre Lyon et Genève.

Très peu de temps après sa prise de fonction en Suisse, Jean Jardin jouit déjà d'une réputation si favorable que cela en est inquiétant. Les rumeurs vont vite. Différents services étrangers ont tôt fait de s'interroger sur cet émissaire de Laval qui a le front de faire Berne-Vichy et retour en voiture. C'est plus dans le Vichy de Darnand et le Paris de Doriot que sur les rives du Léman qu'il doit craindre les répercussions de cette image de marque. Aussi, d'accord avec la Résistance, il se prête au jeu qui consiste à contrebattre sa trop bonne réputation à Genève. « Après quelques jour, Laloy nous dit que le travail est bien fait et que je passe désormais pour un vichyssois des plus acharnés et des plus nocifs », se souviendra-t-il, non sans quelque amertume en pensant à la manière dont cela sera utilisé après la Libération [29].

De cette parfaite entente souterraine entre deux camps que l'on croirait opposés, Jean Jardin pourra dès fin 1944 dresser une manière de bilan, positif et singulier :

> « Grâce à cela, aucune nomination gênante de Vichy n'a été faite depuis un an (ni à Zurich ni à Bâle, aux colonies fragiles), aucune révocation d'agent même rattaché à Alger, aucune mise à la retraite n'ont été prononcées (pas même Juge, comme on le voulait avec acharnement), aucune démission depuis 1943 ne nous a été lancée dans les jambes par l'un de nos agents, dans aucun poste. Grâce à cela, nos colonies n'ont connu aucun trouble, nos achats stockés pour l'après-guerre ont continué, nos transferts secrets aux émigrés ont été poursuivis et augmentés en nombre et en valeur, des secours ont été attribués (...) Grâce à cela encore, la confiance de chacun s'augmentant et les relations jouant, nos rapports avec les autorités suisses se sont améliorés (meilleurs que sous les deux ambassadeurs précédents, a-t-on tenu à me dire) et celles avec l'armée suisse

précédemment inexistantes ont été excellentes [30]... »

L'afflux régulier de réfugiés français dans la Confédération helvétique est un des premiers « dossiers » qui fournit l'occasion, à la coopération entre Jardin et la Résistance, de s'exercer et de faire ses preuves. Contrairement à ce que l'on croit, ils ne sont pas tous des maquisards ou des agents secrets en fuite. Il s'en faut. Il y a de tout, parmi les candidats à l'exil, dans les premiers mois de 1944. « Mademoiselle » Coco Chanel par exemple, que Jardin voit régulièrement ; Georges Bonnet, l'ancien ministre des Affaires étrangères de Daladier, l'homme qui portera toute sa vie sur ses épaules le poids des accords de Munich, connaît bien la Suisse et entretient des relations avec des notabilités locales. Il y a souvent été reçu comme président du Conseil de la SDN, comme ministre du Commerce ou des Finances. C'est à Saint-Légier qu'il trouve asile et à l'hôtel du Roc qu'il s'installe.

Mais il y a surtout une autre catégorie d'exilés : ce sont les internés, réfugiés, évadés de guerre... Les autorités fédérales suisses sont de plus en plus préoccupées par l'évolution des événements en Italie : entre le début de la bataille de Monte Cassino (15 février) et la prise de Rome (4 juin), les réfugiés ne cessent d'affluer, l'organisation et le contrôle des camps d'internement sont de plus en plus précaires. La place manque, tous les hôtels sont réquisitionnés. 74 662 personnes sont internées, dans 12 778 militaires, originaires d'une vingtaine de pays. En moyenne, un quart des réfugiés qui se présentent à la frontière sont refoulés, même s'ils sont connus : le comte Volpi par exemple, ancien ministre des Finances du royaume d'Italie poursuivi par la police néofasciste, Victor-Emmanuel ayant abdiqué le 12 avril. Pour des hommes de sa notoriété, les Suisses ne veulent justement pas faire d'exception afin de n'avoir pas l'air de privilégier des personnalités de haut rang par rapport au commun des mortels. Officiellement, les autorités fédérales assurent que Volpi n'a vraiment pas l'allure d'un homme persécuté. En fait, il est accepté mais cela doit rester secret. Naturellement, l'affaire est dévoilée par une indiscrétion d'une agence de presse étrangère [31]...

Au 1er mars, il y a 4 321 réfugiés français et 467 évadés de guerre en Suisse, dont une forte majorité d'Alsaciens, la plupart internés dans des camps de travail, des camps d'accueil ou utilisés à des travaux agricoles. Le diplomate dissident Pierre de Leusse, un de ceux qui tiennent les cordons de la bourse pour la Résistance, a de plus en plus de mal à boucler son budget, d'autant que le dépôt de garantie accordé aux gaullistes genevois par la Société de banque suisse et le Crédit suisse n'a pas encore été versé à New York, malgré l'urgence de l'heure. Finalement, la Banque d'Angleterre, encore une fois, y pourvoiera et les réfugiés français ne seront pas démunis, aussi bien l'anonyme prolétaire en rupture de maquis que les parents de Pierre Mendès France qui viennent d'arriver. Certains, dans cette communauté française improvisée, ne perdent pas de temps : industriels ou financiers, ils cherchent déjà à établir des contacts et parfois même à signer des contrats avec des sociétés suisses en vue de la fourniture après-guerre de marchandises ou d'outillages fabriqués en Suisse et livrables en France [32] !

Rien ne se perd, guerre ou pas.

A Vichy et Paris, l'activité mystérieuse de Jean Jardin à l'ambassade de Berne commence à inquiéter les milieux les plus mal intentionnés à son endroit. Que fait-il exactement ? Et qui voit-il ? Même les Suisses, avec lesquels il entretient les meilleures relations, se croient obligés de le mettre en garde indirectement, après que leur neutralité ait été mise en doute par les Allemands. L'ambassade française n'apparaît pas seulement comme un nid d'espions mais aussi comme le point de chute, le lieu de passage et le tremplin des personnalités candidates à l'émigration. Aussi Laval lui envoie-t-il le 24 février ce télégramme :

> « Sur les instructions de son gouvernement, M. Stucki est venu me faire savoir que le gouvernement fédéral ne reconnaîtrait désormais plus la qualité de réfugiés aux fonctionnaires français qui, entrés en Suisse avec une mission auprès de notre ambassade ou de nos consulats, se dégageraient de leurs fonctions officielles et demanderaient aux autorités fédérales d'être considérés comme réfugiés. Dans ce cas, ces ex-fonctionnaires ne seraient pas autorisés à rester en territoire suisse ; ils seraient reconduits à la frontière française et remis aux autorités françaises. Le gouvernement suisse tient à ce que cette décision soit connue des fonctionnaires français avant leur entrée dans le territoire fédéral. Bien que je ne mette pas en doute son loyalisme, je vous prie de bien vouloir porter ces indications à M. Taittinger, dont l'arrivée à Berne est postérieure à la décision des autorités fédérales. Je ne manquerai pas, d'autre part, de les notifier à ceux de nos fonctionnaires qui seraient désormais affectés à un poste en Suisse [33]. »

C'est un coup de semonce amical qui en annonce un autre, plus grave...

A la fin du mois de mars 1944, l'ambassadeur de France à Berne meurt d'une crise cardiaque. Il s'appelait François Bard. On l'avait oublié tant son rôle est mineur, inversement proportionnel à son rang. « Ancien préfet de police timoré [34] », c'est un amiral dont la présence à ce poste d'ambassadeur ne fait que confirmer — après Darlan, Platon et quelques autres — le surnom donné au gouvernement de Vichy : la SPA (société protectrice des amiraux)...

Le remplacer ? Superflu. Alors Laval et Charles Rochat, le secrétaire général du ministère des Affaires étrangères, demandent à Jean Jardin de prendre le titre de chargé d'affaires par intérim. Eux comme lui espèrent que ce qui est intérimaire le restera. Il faudrait être fou ou manquer totalement de sens politique pour devenir ambassadeur de Vichy un 1er avril 1944. Et puis il n'est pas venu à Berne pour jouer à l'ambassadeur. Même si... On ne peut s'empêcher d'imaginer ce qu'à dû être la méditation de Jean Jardin, un ancien de Sciences-po recalé au concours du Quay d'Orsay, qui a toujours rêvé d'embrasser la Carrière, comme Morand et Giraudoux, et qui se retrouve de facto ambassadeur de France en Suisse, après le comte de Commingues-Guitaud (1868), le marquis de Chateaurenard (1870), le comte d'Harcourt (1874), Emmanuel Arago (1880), Bertrand Clauzel (1933), Charles Alphand (1936), Robert Coulondre (1940)...

Mais l'essentiel, quand il reprend ses esprits, c'est de penser que les services de renseignements d'Allen Dulles le considèrent de toute façon comme « the acting head of the Berne embassy[35] ». Dans sa situation, eu égard aux objectifs qu'il s'est fixés et à la mission dont il est investi, cela seul compte.

Le 15 avril, soit deux semaines après sa nomination au poste de chargé d'affaires, Jean Jardin reçoit un télégramme urgent de Pierre Laval : « On me signale qu'un étage du consulat général de Genève serait occupé par un " service de renseignements " ne dépendant pas de mon Département. Cette situation est inadmissible et il convient d'y mettre fin immédiatement[36]... » Le Président exige donc qu'une enquête soit diligentée à Berne, Genève, Lausanne... Pour Jardin, qui connaît bien les us et coutumes de Vichy et le langage du chef du gouvernement, le message est clair, ainsi qu'il en a très vite la confirmation : l'ambassade d'Allemagne à Paris s'est plainte très vivement des activités de renseignements d'un certain Pourchot. Comme de juste, l' « affaire Pourchot » a été creusée par le contre-espionnage allemand. En remontant la filière, ils lui ont trouvé un responsable, celui qui couvre l'opération : Jean Jardin...

Depuis 1939, le commandant Pourchot est en poste à l'ambassade de Berne avec le titre d'attaché militaire adjoint. Une fonction qui ne dupe que les néophytes : en fait, il est l'homme des services de renseignements. Mais son inscription dans l'annuaire diplomatique lui permet de bénéficier d'une carte ad hoc qui lui confère l'immunité et la liberté de circulation dans le pays. Sans elle, il est non seulement bloqué dans ses mouvements, incapable de se renseigner à la source mais aussi il redevient un simple réfugié français, vulnérable et surtout inefficace. Déjà, les précédents ambassadeurs avaient commis l'erreur de lui conserver son titre au lieu de le nommer consul, par exemple, après qu'il eut été mis en congé d'armistice en juillet 1940 et qu'il eut cessé d'être payé par son ministère. Cela l'obligea à vivre une situation délicate et dangereuse : il devait toujours assister en tenue aux cérémonies officielles suisses cependant qu'à Vichy, dans les services du ministère de la Guerre et des Affaires étrangères on répondait que nul ne savait qui était Pourchot au colonel de Blonay, attaché militaire suisse, chaque fois qu'il s'informait.

Absurde ! Et surtout hautement préjudiciable à la Résistance. Car Pourchot est un homme clef. Ce n'est pas tout à fait un hasard si, lors du tout premier entretien que Jardin eut avec ses représentants à Genève en décembre 1943, le premier « service » qu'on lui demanda était de couvrir l'activité de Pourchot et de ses hommes.

Que fait donc le commandant Pourchot ? Qui est-il vraiment ? Il est le chef des services spéciaux de l'état-major de l'armée d'Alger et il fait du renseignement sur la plus grande échelle dans la ville d'Europe qui compte la plus grande concentration d'agents secrets. Tout simplement. Ses services couvrent une partie de la France, l'Allemagne, le Tyrol, l'Autriche et le nord de l'Italie. Leur travail souterrain s'accommode parfois assez mal de la neutralité helvétique. Il arrive que, quand Pourchot et ses hommes font fonctionner leur poste émetteur, les Suisses coupent le courant. Ils ne se découragent pas pour autant et continuent leur transmission avec leurs correspondants algérois grâce à l'obligeance d'Allen Dulles, qui expédie leurs dépêches protégées par leur propre chiffre depuis l'ambassade américaine. Parfois même, l'attaché militaire américain, le général Leigh, l'aide à boucler les fins de mois difficiles...

Pour les services de renseignements de la France combattante, les services du commandant Pourchot, c'est le « poste Bruno ». Et les informations de Bruno sont inestimables. Il dispose de 243 informateurs dont 24 de première valeur, avec notamment cinq jeunes officiers [37].

Ses renseignements jouent un rôle capital à plusieurs reprises. C'est grâce à des informations parties du « poste Bruno » concernant le centre d'essais des V1 et des V2 allemands à Peenemunde, sur la mer Baltique que les Anglais ont pu bombarder cette ville entièrement nouvelle qui ne figurait pas sur les cartes d'avant-guerre et, si l'on en croit les mémoires de Churchill, raccourcir la guerre d'au moins six mois. Lors de l'opération, la station d'essai fut détruite avec la plupart des savants qui s'y trouvaient ainsi que le chef de l'état-major de la Luftwaffe, le général Januschek [38].

Ce n'est pas tout. Comme le rappelle Henri Navarre, ancien chef de la section allemande des SR français, le commandant Pourchot apporta des renseignements capitaux au moment du Jour J et de l'opération d'Avranches puis de la conduite de la guerre sur le front de l'Ouest.

« Dans les semaines qui précédèrent le débarquement de Normandie, il fournit à tout moment un ordre de bataille à peu près exact et complet des forces susceptibles de s'opposer à l'opération « Overlord ». Il en fut de même en ce qui concerne le débarquement de Provence. Ensuite, Bruno porta son effort sur les axes de retraite des forces allemandes sur les deux fronts et sur l'organisation des positions défensives en Lorraine, dans les Vosges, en Franche-Comté et en Alsace. Une liaison étroite fut établie avec le SR opérationnel de la Ire Armée française afin que le général de Lattre pût sans délai bénéficier des renseignements obtenus. (...) L'activité de « Bruno » se poursuivit avec la même efficacité jusqu'à la fin des hostilités, la profondeur du dispositif ennemi restant son objectif principal. Il n'existait par ailleurs à Berne, travaillant en étroite liaison avec le poste du SR guerre, un poste du SR Marine dit « Bruno-Marine » qui eut lui aussi une très grande activité. Il était dirigé par le capitaine de corvette Ferran et il disposait de sources excellentes. Après le débarquement allié en AFN, il avait reçu lui aussi des autorités maritimes d'Alger un message lui demandant de continuer à agir sous sa couverture « vichyste ». Si paradoxal que cela puisse paraître de rechercher en Suisse des renseignements « marine », ce poste en recueillit de très nombreux et précis de novembre 1942 à la fin des hostilités, à la grande satisfaction des états-majors navals alliés. Les sous-marins allemands constituèrent notamment pour lui un objectif permanent. Il parvint à en donner constamment la situation (nombre total, opérations, pertes...). Les activités des bases en Baltique et en Norvège furent constamment suivies ainsi que celles des ports de France, de Nice à Dunkerque. Il en fut de même en ce qui concerne la marine italienne [39]. »

Avec Pourchot comme avec Ferran, Jean Jardin s'entend tout de suite très bien. Ils se comprennent et se disent prêts à assumer de concert les devoirs de leurs charges respectives, même s'ils semblent a priori contradictoires. Ils préfèrent ne retenir que ce qui les rapproche sans pour autant rien trahir de leurs idéaux.

Cette coopération ne va pas sans susciter quelques remous chez certains résistants, Pierre de Leusse par exemple. Beaucoup de choses ne lui plaisent pas dans toute cette affaire. D'abord, Alger ne réussit toujours pas à faire accepter par les Suisses la nomination à Berne d'un représentant de son Comité Français de Libération Nationale (CFLN). A Genève, oui, mais pas à Berne, la capitale de la Confédération, où la France reste représentée exclusivement, officiellement, légalement par le chargé d'affaires du gouvernement de Vichy. Par ailleurs, il se méfie du colonel Rudloff, attaché militaire en titre de l'ambassade. Il trouve son attitude « indéfendable » et sa présence « inutile ». Il voudrait qu'il se contente de toucher tous les mois son traitement de Vichy et de réfléchir sous le portrait du maréchal Pétain aux destinées de l'armée française. Mais ce que Pierre de Leusse ignore (et pour cause!) c'est que Vichy avait demandé à Jardin de renvoyer Rudloff en France. Or, les dirigeants des services de renseignement à Alger lui avaient donné le contrordre de rester à son poste quoi qu'il arrive. Pour rendre des « services », profitant ainsi de la meilleure couverture imaginable : l'ambassade.

Aussi Jean Jardin, avec la complicité du général Caldairou, du cabinet de la Guerre à Vichy, fait-il mettre Rudloff en congé à solde entière à Berne. Cela lui permet de rester actif, dans l'ombre, tandis que dans les registres du ministère à Vichy, son poste est marqué « vacant ». Jardin obtient même de Vichy qu'on ne lui nomme pas un remplaçant, et des Suisses qu'ils laissent Rudloff toujours figurer dans l'annuaire diplomatique [40].

Pour Jean Jardin, c'est de la corde raide, un dangereux exercice d'équilibriste qu'il réussit néanmoins à mener, sans dommage, à son terme. Enfin, le dernier point qui exaspère le représentant de la France Libre, Pierre de Leusse, c'est le cas Pourchot. Son maintien à l'ambassade est jugé équivoque. Il trouve même choquant que la seule personne qui puisse correspondre librement avec Alger soit un fonctionnaire en activité à l'ambassade de Vichy. Il est vrai que le commandant Pourchot est des rares à disposer d'un poste émetteur et à communiquer en permanence avec Alger alors que les agents du CFLN et de la Résistance ont le plus grand mal à envoyer leurs télégrammes au BCRA, les services de renseignements de la Résistance à Londres [41].

Le commandant Pourchot est vraiment l'homme de la situation. C'est la raison pour laquelle il suscite des jalousies tant du côté résistant — la rumeur essaie de le faire passer pour « giraudiste » afin de le discréditer — que du côté allemand où l'on est bien placé pour apprécier la qualité de son travail. Aussi, quand en avril, Jean Jardin reçoit l'ordre « de supprimer son service après l'avoir visité et placé ses archives sous scellés », il commence par déménager l'antenne genevoise de Pourchot et à l'installer dans un appartement en ville, tout en répondant à Vichy qu'il ignorait tout de la question et que si de tels services avaient dû exister avant son arrivée en Suisse, ils avaient disparu [42].

L'homme du double jeu, Jean Jardin ?

Jamais. Un seul jeu, celui de la France qui se bat, assure-t-il. Il n'en démord pas. Il s'obstine de la manière la plus noble, la plus efficace et la plus suicidaire qui soit.

L'homme du double jeu, le commandant Pourchot ?

Jamais. Un seul jeu, celui de la France qui se bat...

Ce qui rapproche ces deux hommes, c'est qu'ils se situent hors catégorie. Officiellement, tout les oppose. Concrètement, tout les rassemble. En tout cas, un même but. Ils ont aussi en commun ce qui fait l'âme de bon nombre de Français déchirés entre l'amère déception de l'avant-guerre, les réalités de l'occupation, et les espoirs de la Libération : une somme de contradictions que seuls les simples et les manichéens jugent inextricable.

« Si les Morand viennent ici, on les fout dans l'Aar[43] ! »

La rivière qui traverse le canton de Berne en a vu d'autres, certes. Mais ce jour-là, Jean Jardin n'est pas d'humeur à supporter ce genre de menaces de la part des diplomates de « son » ambassade. Il a une idée fixe depuis peu : sauver ses amis Paul et Hélène Morand. Ce ne sont certainement pas les persécutés les plus pitoyables de France. Mais ils se savent menacés à court terme.

L'écrivain-diplomate est en effet ambassadeur de France en Roumanie depuis août 1943. Il n'y a pas laissé un très bon souvenir. On peut dire qu'il s'y est surtout fait remarquer, en moins de sept mois, pour avoir opéré des transferts artificiels de fonds au taux de chancellerie, sa femme, la princesse Soutzo, elle-même roumaine, possédant une très grosse fortune ; de plus, il a confisqué le poste émetteur de l'ambassade par lequel des agents communiquaient des informations à leurs services de renseignements à Londres ; enfin quand Bucarest a été de plus en plus exposée aux bombardements, il a pris la tête de la colonne d'évacuation de la communauté française[44] !

Bref, l'exact portrait contraire de son ami Jardin ! Comment deux hommes au caractère aussi dissemblable peuvent-ils être aussi liés ? Pour beaucoup, c'est un mystère. Mais pour l'heure, c'est secondaire. Ce qui importe pour Morand et Jardin, c'est qu'après l'offensive de mars de l'Armée Rouge en Ukraine, il ne fait guère de doute qu'elle sera bientôt « à pied d'œuvre » à Bucarest. Et si les Morand sont encore dans la capitale roumaine le jour de l'entrée des troupes soviétiques, on ne donnera pas cher de leur peau, tant le couple incarne, jusqu'à la caricature, tout ce que les vainqueurs honnissent.

Nous sommes le 10 avril 1944. Les Russes sont entrés dans le pays il y a six jours. Morand s'affole. Il réussira à s'enfuir le 17 mai. Entre-temps, Jean Jardin s'active, d'autant que, on l'oublierait presque, à Berne il y a une place de libre. Jusqu'à présent, d'accord avec les Suisses, il a tout fait pour qu'il n'y ait pas d'ambassadeur en titre. C'était aussi un prétexte pour refuser la nomination d'une délégation officielle du comité d'Alger. Mais puisque Vichy est décidé à pourvoir le poste laissé vacant par le décès de l'amiral Bard, Jean Jardin aime autant sauver un ami par la même occasion et être en mesure de « contrôler » son nouvel ambassadeur.

Dans un premier temps, faute de pouvoir acheminer normalement le courrier, Jean Jardin dépêche à Vichy sa secrétaire, Mme Vinatier, pour lancer la candidature Morand. Il présente tous les atouts pour succéder à l'amiral Bard au poste d'ambassadeur de France à Berne : il est de la Carrière, il est de la race de ces diplomates écrivains qui brillaient au Quai d'Orsay à une époque où l'on y appréciait les dépêches rédigées avec talent ; il a appartenu au cabinet de Pierre Laval, chef du gouvernement à partir d'avril 1942 ; sa fidélité politique ne fait guère de doute ; c'est un homme plein de tact et de modération ; et surtout, il doit quitter Bucarest au plus tôt[45]...

Mieux que tout diplomate chevronné, mieux que tout observateur des plus caustiques des hommes et des événements de ce temps, et peut-être mieux que son propre père, Pascal Jardin a su résumer en quelques lignes, remarquables de finesse, la personnalité de cet homme : « La haute bourgeoisie du début du siècle faisait faire le Quai d'Orsay à ses fils de lettres, tout comme les aristocrates du XVIIIe siècle plaçaient leur fils cadet dans la religion. Pour la génération de Morand, la diplomatie n'est ni un métier, ni un art, mais une carrière. Elle ouvrait la route de grands mariages internationaux et permettait de franchir les frontières avec des valises anglaises bourrées de chocolat et scellées à la cire à cacheter[46]. »

Certes, certes... Mais pour les Suisses, l'argument ne porte pas. Morand, ils n'en veulent pas. Ça ne les intéresse pas. Ils souhaitent que Jean Jardin conserve son poste de chargé d'affaires, son rôle d'éminence grise de Vichy et de contact officieux avec les résistants. Marcel Pilet-Golaz, chef du département politique fédéral, s'entend parfaitement bien avec lui et ne veut pas que ça change. Mais il veut aussi éviter de le vexer. Alors, dans un premier temps, il charge le nonce apostolique de signifier discrètement à Jardin, au détour d'un entretien qui réunit les deux diplomates le 20 avril, que tout le monde veut que lui, Jean Jardin, reste à sa place et n'en bouge pas. Tout le monde, c'est-à-dire aussi bien le Conseil Fédéral que les représentants des pays anglo-saxons qui l'ont affirmé au cours d'une démarche près du Conseil[47].

Alors, que faire ? La situation paraît bloquée.

L'affaire Morand, qui va prendre des proportions inouïes, est finalement significative, à sa manière, de l'atmosphère un peu folle et irréaliste de la période. Le Conseil Fédéral veut en finir. De mauvaise grâce, le

Une éminence grise. 7.

chef de la division des affaires étrangères suisses écrit début mai à son propre ambassadeur à Bucarest M. de Weck : « Il rejoindra son poste lorsqu'il aura obtenu les visas nécessaires, mais il n'est pas question que sa femme l'y suive pour le moment. M. Morand ne peut ignorer que sa position sera fort difficile[48]... » En termes moins diplomatiques et moins helvétiques, cela signifie : on ne veut pas de lui. Mais l'affaire traîne toujours. A la fin du moins de mai, Laval reçoit le ministre de Suisse à Vichy, Walter Stucki, pour l'évoquer à nouveau. Cette fois, il s'emporte et menace de lier la décision de l'agrément de Paul Morand par les autorités fédérales au transit du ravitaillement suisse à travers le territoire français ! En arriver là au moment où l'aviation anglo-saxonne bombarde vingt-cinq grandes agglomérations françaises, alors que un peu partout en Europe le destin du Vieux Continent se joue, cela paraît à peine croyable, hors de propos, déplacé...

Et pourtant, c'est bien l'affaire Morand qui agite le bureau du chef du gouvernement à l'hôtel du Parc. Finalement, M. Pilet-Golaz accepte un compromis : pour atténuer le scandale que ne manquera pas de provoquer la nomination de ce diplomate vraiment pas bienvenu en Suisse, il ne faut pas qu'il vienne avant le 14 juillet[49]. C'est le seul moyen de dépassionner une polémique qui risquerait d'envenimer, stupidement, les relations franco-suisses. Paul Morand ne valait vraiment pas que la Suisse soit menacée d'asphyxie et qu'elle soit momentanément privée de céréales américaines, de fourrages argentins, de bois exotiques et de phosphates, de charbon et de café... La situation alimentaire de la Confédération était déjà suffisamment dégradée sans s'offrir le luxe de boycotter un diplomate indésirable. Triste époque.

6 juin 1944. Le débarquement allié en Normandie, le début de l'opération Overlord, l'appel du général de Gaulle demandant personnellement aux Français de

se mobiliser, le début de la sanglante équipée de la division Das Reich en France « pour exterminer les bandes »... A Vichy, il importe avant tout de conserver les apparences du pouvoir et l'autonomie de la décision, en dépit des « événements ». Il faut être à tout prix un gouvernement digne de ce nom. C'est, aussi, ce qui explique la ténacité avec laquelle Pierre Laval s'est battu pour imposer Paul Morand à la Suisse. C'est encore lui le patron malgré l'imminence de la fin d'un monde.

D'ailleurs, les Suisses en conviennent tout à fait. Le mercredi 28 juin, c'est presque à l'initiative de M. Pilet-Golaz que Jean Jardin organise à l'ambassade un déjeuner de quatorze couverts. Le chef du Département Politique a fixé avec lui la qualité et le nombre des convives, notamment deux ministres étrangers. Le corps diplomatique en poste à Berne est d'autant plus attentif à ce geste de considération et d'estime toutes particulières que Pilet-Golaz ne va plus actuellement chez un chargé d'affaires. Sa présence est donc exceptionnelle. Et pour mieux signifier les égards qu'il porte à la France de Vichy, il assure, en privé, Jean Jardin qu'il espère bien continuer dans l'avenir à éviter, comme il l'a toujours fait « le désagrément d'une représentation dissidente quasi officielle à Berne, à l'image de celle qui existe à Lisbonne, Madrid, Ankara ou Stockholm [50] ».

Si les Suisses voulaient que ce déjeuner soit remarqué et que le message soit transmis à Vichy, ils peuvent être rassurés.

A l'ambassade de France, la tension monte. Au lendemain du débarquement, Jean Jardin convoque, furieux, une partie du personnel :

« Qui a accroché un drapeau français sur le toit ?
— C'est moi, répond un des employés, et c'est comme ça, que ça vous plaise ou pas ! »

Les deux hommes s'invectivent puis en viennent

aux mains. Violemment bousculé, l'audacieux qui a osé défier le chargé d'affaires vacille et dégringole l'escalier sur le dos. Jean Jardin arrange sa cravate, se recoiffe et dit à l'adresse du personnel médusé :

« On ne hissera les couleurs sur le toit de cette ambassade que lorsque la France sera entièrement libérée, et pas seulement la Normandie et Paris [51]... »

Il est ainsi, ce patriote pétri de contradictions, plus attaché aux principes qu'aux idées. Depuis qu'il a choisi l'ombre, son aura s'est renforcée. A Londres comme à Alger, à Vichy comme à Paris, on évoque ses activités avec un air entendu et un sourire de complicité, même si personne ne peut apporter de précisions. Comme lors de son arrivée à Vichy, on se le dispute pour les missions délicates.

En ce mois de juin, alors qu'ils se trouvent en Espagne, Jean Rigault et Jacques Lemaigre-Dubreuil — deux hommes clés du débarquement allié en Afrique du Nord — cherchent un intermédiaire pour transmettre de vive voix « des choses importantes » à Pierre Laval, en provenance de la résistance algéroise. Avec l'ambassadeur de France à Madrid, François Pietri, ils tournent et retournent le problème dans tous les sens et retombent toujours sur le même nom : Jardin. Plusieurs télégrammes « très secrets » sont envoyés à Vichy et Berne pour solliciter l'intervention de l'éminence grise. Mais très vite les Allemands l'apprennent et demandent à Laval de cesser toute relation avec Jean Rigault [52]. De toute façon, Jardin ne peut quitter Berne, ne serait-ce que pour une mission ponctuelle. Il a trop à faire. Et le cas Morand n'est pas encore officiellement réglé...

Les Suisses se sont renseignés plus avant sur le sieur en question. Et les renseignements transmis par leur ambassadeur à Bucarest, René de Weck, sont si négatifs qu'ils seraient susceptibles de les faire revenir sur leur décision de compromis. Témoin ce télégramme :

« J'apprends que Vichy s'apprête à vous proposer comme successeur de l'amiral Bard l'écrivain Paul Morand. Littérature à part, Morand est une créature de Laval. Il a complètement échoué à Bucarest, où il n'a aucun crédit dans milieu gouvernement, ni opposition, ni parmi société roumaine, ni parmi colonie française, ni même dans sa propre légation. Sa femme née Chrissoveloni, Roumaine origine grecque, est plus âgée que lui et a reçu partout un accueil au moins aussi froid. Chez le mari caractère n'est pas à hauteur son succès, épouse germanophile entre autres, le domine complètement. Elle s'intéresse particulièrement aux francs suisses [53]. »

Le 21 juillet, Paul Morand est en Suisse. Jardin a chargé le jeune Jean Taittinger d'une délicate mission : aller chercher Morand à la frontière du Liechtenstein et le ramener sans heurts à l'ambassade. Mais que craignent-ils donc ? Un attentat ? Une paire de gifles ?... Trois jours plus tard, ils rendent une visite protocolaire au chef du département des Affaires étrangères pour lui remettre la copie figurée des lettres de créance. L'entretien est facile mais bref, Paul Morand se montrant « souriant et naturel, mais plutôt réservé [54] ». Il est assez lucide pour réaliser qu'il n'est pas le bienvenu dans ce pays où il restera, ironie du sort, ... une trentaine d'années, jusqu'à sa mort. Avant de gagner la Suisse, il a été reçu à Vichy par Laval qui lui a dit en présence du ministre de Suisse, Walter Stucki :

« Moins vous ferez de zèle à Berne, mieux ça vaudra. Vous n'aurez aucune initiative à prendre, vous n'aurez qu'à m'informer. Votre situation sera très délicate, pensez-y [55]... »

26 juillet, 11 h 45 au Palais Fédéral à Berne. Enfin, le dénouement de l'affaire, la crise évitée de justesse.

Habit et cravate blanche, haut-de-forme et gants beurre frais. Son Excellence l'ambassadeur Paul Morand présente ses lettres de créance. Il est reçu, en haut de l'escalier monumental, par le vice-chancelier, le chancelier étant absent de la capitale. L'homme du jour étant un diplomate de première classe, le Conseil fédéral doit être là in corpore, selon le protocole. En fait ils ne sont que trois : Walter Stampfli, Marcel Pilet-Golaz et Eduard Von Steiger, respectivement, chef du département de l'économie publique, chef du département politique et chef du département de justice et police. Les autres sont en vacances et n'ont pas voulu se déplacer pour si peu. Dans l'assistance, un mot circule, celui qu'avait adressé dix ans auparavant une personnalité suisse à l'écrivain Paul Morand venu donner une conférence :

« Savez-vous, monsieur, que vous avez l'air très intelligent pour un diplomate[56] ! »

La presse est là, aussi :

« De cordiales paroles ont été échangées[57]... »

Sur les marches du Palais Fédéral, un reporter prend une extraordinaire photographie, résumant mieux que tout article la situation. Au premier plan, on voit un officiel de la Confédération, en habit, le sourire crispé, recevant Paul Morand, également en habit, de demi-profil, le sourire légèrement béat, satisfait mais également embarrassé. Et à gauche, en second plan, perdu dans la noria des limousines mais très présent, on distingue Jardin, un petit homme dans la même tenue, la cigarette aux lèvres, l'œil aux aguets ; malgré la distance, il donne l'impression de tout entendre des paroles échangées ; physiquement en retrait, il apparaît comme l'homme qui a tout manigancé dans l'ombre et refuse d'apparaître sur le devant de la scène. C'est tout à fait ça.

Le nouvel ambassadeur remet enfin ses lettres de créance. Ces fameuses « lettres », on en parle tout le temps mais on ne les voit et on ne les lit jamais. Une grande enveloppe blanche à l'adresse de « Son Excellence Monsieur le Président de la confédération suisse ». Au dos, le sceau de l'État français. A l'intérieur, ces quelques lignes pleines de majuscules signées du Maréchal Pétain :

> « Très chers et grands amis alliés et confédérés, désirant ne laisser aucune interruption dans les bonnes relations qui existent si heureusement entre la France et la Suisse, j'ai décidé d'accréditer auprès de Vous en qualité d'Ambassadeur extraordinaire et plénipotentiaire M. Paul-Émile-Charles-Ferdinand Morand, officier de l'ordre national de la Légion d'honneur. Les qualités qui distinguent cet Agent, son activité, son zèle et son dévouement, Me sont un sûr garant du soin qu'il mettra à obtenir votre confiance et à mériter ainsi Mon approbation. C'est dans cette conviction que je vous prie de l'accueillir avec la bienveillance et d'ajouter ma foi et créance entière à tout ce qu'il Vous dira de Ma part, surtout lorsqu'il Vous exprimera, Très chers et grands amis alliés et confédérés, les assurances de Ma haute estime et de Ma constante amitié [58]. »

Voilà, c'est fait. Les relations franco-suisses n'ont rien à y gagner, la diplomatie et la littérature non plus. Mais Jean Jardin, homme fidèle en amitié, ne se sera pas renié. Paul Morand, lui, a échappé à son sort : à Bucarest, une très probable exécution, sans autre forme de procès ; à Paris, les geôles de l'épuration. En Roumanie, l'ambassadeur de Suisse essaie désespérément d'écarter la candidature de Morand, ignorant qu'il est déjà trop tard. Il envoie des dépêches urgentes affirmant que, de bonne source, on est convaincu que Morand ne vient en Suisse que « pour préparer et organiser la fuite de son patron Laval et que l'agrément à sa nomination suscitera le courroux des Résistants à Alger, ce qui ne fera que compliquer les relations de la Suisse avec le futur régime français [59] ».

Las! Quand il apprend que les dés sont jetés, il tire sa dernière cartouche : « Il y aura lieu de suivre de très près non seulement, l'activité politique de Paul Morand mais encore les transactions financières auxquelles son épouse et lui-même pourraient se livrer chez nous [60] ».

Pendant ce temps la guerre fait rage. L'Europe se libère de ses chaînes. A Vichy, Pierre Laval a présidé son dernier conseil des ministres le 12 juillet. C'était un mercredi à 16 heures à l'hôtel du Parc... Une séance tragique et historique.

Tous les ministres sont là sauf Marcel Déat, le secrétaire d'État au Travail, qui n'aime pas quitter Paris. L'atmosphère est lourde, et pas seulement parce qu'il fait chaud. Il y a de la démission dans l'air. C'est pour ça que Laval les a convoqués : alors, désertions de poste ?... Fernand de Brinon révèle qu'un certain nombre de conseillers municipaux parisiens veulent débaptiser l'avenue George-V pour la rebaptiser avenue Philippe-Henriot, en hommage au secrétaire d'État à l'Information et à la Propagande abattu il y a peu chez lui par des résistants, excédés par ses philippiques à la radio. Pierre Laval prend la parole pour apprendre à ses ministres que l'ambassadeur d'Allemagne lui a proposé, quelques jours avant, de lui remettre Blum, Reynaud et Mandel : ils pourraient servir d'otages et être fusillés si le colonel Magnien, chef de la Légion Tricolore (Phalange Africaine), arrêté et condamné à mort à Alger, était exécuté.

« J'ai déclaré avec force à l'ambassadeur Abetz que je refusais absolument..., explique longuement Laval, en exposant ses contre-propositions.

— Je dois vous dire, Monsieur le Président, que M. Abetz n'est pas d'accord avec vous, répond Brinon.

Il dit que vous avez accepté cette livraison, en disant simplement : " ce n'est pas un cadeau à me faire ". »

Soudainement, Pierre Laval se tourne vers son contradicteur et frappe du poing sur la table.

« Je ne peux pas laisser dire une chose pareille ! Je ne permets à personne de mettre ma parole en doute. Rien n'est plus contraire à mon caractère. Je n'ai pas de sang sur les mains et je n'en aurai jamais. J'ai tenu en effet le propos rappelé par M. Brinon. C'est un propos de conversation qui appuyait, dans une forme familière, mon refus... »

Il est temps de changer de sujet. Le Président commente alors l'assassinat de Georges Mandel : quelques jours auparavant, le 7 juillet, des miliciens avaient extrait l'ancien ministre de sa cellule à la prison de la Santé pour l'exécuter froidement en forêt de Fontainebleau.

« Je suis, de tous les ministres, celui qui connaissait le mieux le défunt, nos premiers rapports datant du cabinet Clemenceau. Mais la personne de M. Mandel n'est pas seule en cause. C'est par principe que je suis formellement opposé aux exécutions pour raisons politiques. La peine de mort ne peut être appliquée, comme je l'ai dit et comme je le répète, qu'à l'égard de ceux qui ont tué ou assassiné. Les actes des terroristes en France, le crime odieux dont a été victime Philippe Henriot, provoquent un état d'exaspération qui explique la passion. Mais la passion ne peut être la base de l'action gouvernementale... »

D'un même élan culpabilisateur (car après tout, c'est lui Laval qui a créé la Milice et qui en est virtuellement le chef, au-dessus de Darnand), il commente l'exécution de Jean Zay, également sorti de sa prison par des miliciens qui l'abattirent le 20 juin. Puis il passe à... autre chose qui semble être, si l'on en croit le « procès-verbal », l'ordre du jour principal de ce Conseil surréel : la polémique entre « collaborateurs d'État » et « collaborationnistes » sur l'importance à accorder aux obsèques de Philippe Henriot. Laval veut y mettre une sourdine tandis que Brinon, au contraire, souhaite que l'événement crée des remous et fasse du bruit. La position de Fernand de Brinon, ambassadeur qui fut avant-guerre chef du service étranger au journal financier *L'Information*, lui attire cette réplique cinglante de Laval :

« Il ne convient pas d'avoir la même attitude quand on est un journaliste d'opposition et quand on est membre du gouvernement. Un membre du gouvernement est contraint d'avoir une vue plus réaliste des choses... »

Le Président semble parti pour de longues diatribes, en un monologue qui n'est rien moins que son bilan d'occupation. Il fait les questions et les réponses :

« ... J'ai dit le 28 juin 1942 : " Je souhaite la victoire de l'Allemagne parce que sans elle, le bolchevisme s'installerait partout en Europe ". On supprime généralement la deuxième partie de la phrase. Cela m'est égal. Je reste convaincu que les États-Unis et la Grande-Bretagne seront incapables d'empêcher le triomphe du communisme[61]... »

La dernière séance du conseil des ministres à Vichy s'achève. A Minsk, on se bat. A Caen, on fête la libération de la ville. A Berne, on cherche par tous les moyens à communiquer avec l'extérieur.

Jean Jardin est désespéré. Depuis la fin du mois de juin, la liaison par la valise diplomatique est interrompue. Il n'a pas d'informations importantes sur la situation en France et ne peut pas plus transmettre des renseignements suisses et européens. Il comprend d'autant moins cette carence que le colonel de Blonay, attaché militaire suisse à Vichy, dit avoir fait une très belle route au volant de sa voiture en passant par Annemasse et que le ministre de Suisse à Vichy, Walter Stucki, échange régulièrement, sans problème, deux valises diplomatiques par la route avec son ministère à Berne. De plus, le courrier fonctionne normalement. C'est incompréhensible et d'autant plus préjudiciable que Jardin a quelque trois cents messages en souffrance dans son bureau, provenant de capitales étrangères où la Suisse représente les intérêts français.

Les missions commerciale et financière sont gravement perturbées, les négociations entravées. A quoi bon être à Berne, au cœur des événements diplomatiques, s'il est impossible de communiquer avec Vichy ? Dans un pays neutre, il faut tout le temps démontrer qu'on est nécessaire et efficace. Jardin a de plus en plus de mal[62]...

Début juillet, il a ainsi reçu un message de la plus haute importance par les voies les plus pittoresques. Un émissaire du cabinet du maréchal Pétain est venu le voir à Berne et au moment de délivrer son message, a retiré sa veste et en a arraché la doublure. Sur le crêpe de chine blanc, on avait tapé à la machine ces lignes destinées à être communiquées à Jean Jardin, Allen Dulles et le président Roosevelt :

> « La France a, à l'heure actuelle, les yeux tournés vers l'Amérique dont elle attend beaucoup. L'Amérique peut éviter à la France des désordres et des destructions intérieures, éviter la guerre civile et lui permettre ici de participer dans la paix à l'équilibre européen et dans son union et dans l'ordre. Des négociations pourraient intervenir en ce qui concerne la métropole afin que les territoires occupés par les Anglo-Américains soient soumis à un régime qui ne prépare pas nécessairement les désordres civils. C'est la base de la politique du chef de l'État (...) Il serait même souhaitable que d'ores et déjà, afin d'aller au-devant de toute éventualité, un commissaire secret du Maréchal soit accrédité auprès des autorités américaines. Il serait souhaitable que le point de vue du gouvernement américain en ce qui concerne

les questions soulevées dans cet exposé soient connues assez rapidement [63]. »

L'auteur de ce message non signé, par mesure de prudence, le maréchal Pétain, admet l'avance de l'armée alliée (et pour cause!) mais refuse l'installation d'une administration alliée sur le sol français. Il faut que son autorité de chef de l'État, régulièrement investi des pleins pouvoirs par la Chambre le 10 juillet 1940, soit respectée : pas d'anarchie, pas d'ingérence, pas de dualité de pouvoir, pas de fonctionnaires parallèles. Il faut que les Américains le sachent et pour ce faire la « filière Jardin » est encore la plus sûre, la plus rapide, la plus efficace. D'autant que le jour même où ce message est transmis, le général de Gaulle arrive aux États-Unis en visite officielle. La concomitance des deux événements n'a rien de fortuit...

Août 1944. Le maréchal Pétain et le président Laval emmenés par les Allemands ont quitté Vichy tandis qu'à Paris on se bat. Le 21 au matin, un rapport de la police bernoise les localise entre Belfort et Delle. En route pour la Suisse... Immédiatement, Jardin envoie Taittinger à la frontière afin de délivrer un message verbal à un émissaire de Vichy, précisant la procédure de passage sur le territoire helvétique. L'opération est on ne peut plus secrète tant Pétain et Laval sont « suivis » par la plupart des services spéciaux de tous les pays. Le jeune Taittinger commet alors une faute de néophyte : au lieu d'apprendre son message par cœur et de le détruire, il s'embrouille, le conserve et le remet à l'éminence de Vichy. Exactement le contraire de ce que Jardin lui avait ordonné, ce qui lui attire une sévère engueulade du chargé d'affaires [64].

En tout cas, le message est bien transmis. Aussitôt, c'est l'émoi chez les dirigeants suisses. Ils ne veulent pas de Laval et prennent toutes les mesures policières et administratives pour empêcher son entrée sur le territoire de la Confédération sans autorisation formelle. De toute façon, M. Pilet-Golaz lui-même s'y oppose formellement. Depuis plus d'un an déjà, il sait par l'ambassadeur suisse en Roumanie que Laval s'intéresse aux conditions d'existence en Suisse et à la possibilité éventuelle de s'y réfugier un jour si les événements tournaient mal [65].

Mais en août 1944, dès qu'il en est plus sérieusement question, on assiste à une levée de boucliers. De partout, on conseille de refuser cet indésirable. Paul Ruegger, ministre de Suisse à Londres, assure dans un télégramme que les Britanniques sont très préoccupés par cette éventualité. Anthony Eden, le ministre des Affaires étrangères, lui a même demandé quelle serait l'attitude de la Suisse si Laval devait s'installer en Suisse. Même les Belges s'en inquiètent car la décision serait un précédent qui permettrait au chef rexiste Léon Degrelle de trouver refuge dans la Confédération [66]. Bref, des notes de protestations pleuvent de partout sur le bureau du chef du département des Affaires étrangères, à Berne, alors que pour l'instant, la venue de Laval n'est qu'une hypothèse. L'une d'elles va même plus loin : « La présence de M. Laval pourrait avoir les répercussions politiques les plus graves pour la Suisse et l'entraîner dans la guerre [67] ».

Le 7 septembre, Pierre Laval et Philippe Pétain font partie du premier convoi français parvenu à Sigmaringen, Allemagne. Jardin n'a pas eu trop à se battre avec ses amis helvétiques : l'accélération des événements...

A l'ambassade de Berne aussi tout va très vite. Les 22 et 23 août, alors qu'à Paris on se bat, que la 2ᵉ DB s'ébranle en direction de la capitale, que Grenoble et Aix-en-Provence sont libérés, l'ambassadeur de France Son Excellence M. Paul Morand, représentant personnel du Maréchal, met fin à une fonction qu'il aura exercée quarante et un jours. Il envoie trois lettres.

A Laval, il demande, en dépit de la situation, le remboursement de ses frais de déplacement de Bucarest à Berne, la prise en charge de ses malles, son salaire d'ambassadeur (21 285 francs) pour les vingt-trois premiers jours d'août. Mais comme il entre dans la catégorie des chefs de poste « dont la mission est interrompue par suite des circonstances politiques », il ne réclame que la moitié de son traitement avec 35 % de perte au change [68] ! Le jour de la Libération de Paris ! Comme quoi, on peut être un grand écrivain et un homme petit. La deuxième lettre de Paul Morand, datée du même jour, est adressée au vice-président de la Confédération, M. Pilet-Golaz : « ... des événements récents ayant rendu impossibles toutes communications avec le maréchal Pétain et Pierre Laval, je considère que mes fonctions d'ambassadeur de France près de la Confédération sont terminées. Avant mon départ, je prie les agents de l'ambassade et des consulats de demeurer à leur poste et de continuer à assurer la sauvegarde des intérêts français [69]... » Enfin la troisième lettre est écrite à l'attention de René Massigli, commissaire aux affaires étrangères du Comité Français de Libération Nationale (CFLN) : « ..., je vous serai reconnaissant de bien vouloir m'accorder un congé que je compte prendre sur place [70]... » On ne saurait mieux dire. Vacances forcées pour cause d'épuration probable. Morand quitte Berne pour s'installer près de Territet, à Mont-Fleuri au Maryland, une propriété qu'il a louée.

Le véritable responsable de l'ambassade de France, lui, n'en est pas encore là. Fidèle à sa ligne de conduite, Jean Jardin entend que la transition se passe au mieux, sans heurts, en toute légalité républicaine. Il a liquidé encore des affaires courantes de quelque importance : plaider auprès des autorités suisses la cause de Georges Bonnet, l'ancien ministre des Affaires étrangères, dont l'autorisation de séjour n'est pas renouvelée ; il a reçu en juillet un avis d'expulsion et craint fort d'être fusillé dès son arrivée en France ; grâce à la complaisance de M. Pilet-Golaz et la pression britannique (ah ! la solidarité des chefs de diplomatie de l'avant-guerre...) Jardin l'emporte et Bonnet s'installe à La Tour-de-Peilz, près de Vevey. En juillet également, il a tâché d'accélérer le processus visant à faire verser de fortes sommes d'argent à la Résistance ; Pierre de Leusse s'était inquiété dans une lettre à Henri Frenay des problèmes de financement des réfugiés, évadés et agents en Suisse ; sachant que la Banque de France y possédait d'importantes liquidités immédiatement disponibles, et qu'elle mettait à la disposition de la Résistance un crédit de quinze millions de francs suisses, il avait fait faire « des sondages officieux et confidentiels auprès de l'ambassade de Vichy [71] »...

C'est fin août que tout se précipite.

Pour n'engager aucune discussion devant les Suisses, Jardin décide de ne pas attendre d'ordre du Quai d'Orsay et de transmettre ses pouvoirs à son successeur, en bonne et due forme. Il s'appelle Jean Vergé. Ancien conseiller d'ambassade à Berne, en disponibilité en Suisse depuis quatre ans, il passait pour le représentant du gouvernement d'Alger mais sans aucun agrément diplomatique (carte, télégraphe, plaques, etc.). Le 31 août et le 1er septembre, la transmission de pouvoirs entre Jardin et lui se déroule dans la forme administrative la plus régulière : échange de signatures, etc. Le nouveau chargé d'affaires est notamment assisté de Bernard de Menthon (frère du premier garde des Sceaux de la Libération). Jean Jardin lui remet tout : la comptabilité, les archives (tout en conservant néanmoins un grand nombre de doubles de correspondance Berne-Vichy-Berne), le mobilier, 4 200 francs suisses et son essence [72]... Contrairement à ce qui se passe au même moment dans d'autres ambassades françaises dans le monde, Jardin remet la sienne à la Résistance dans des conditions impeccables, jusqu'aux fonds spéciaux de Vichy[73].

Ce fameux jour de passation des pouvoirs, l'atmosphère est, selon le souvenir même de Jardin, plus que correcte, courtoise. Ses successeurs le louent. Les adieux du chargé d'affaires à ses chefs de service (militaires, conseillers commerciaux, conseillers de presse) sont émouvants. Certains, en liaison avec Alger depuis le début, lui demandent de rester tout en sachant, par avance, qu'il refusera. D'ailleurs, les Suisses ont bien dit à Jardin que rien ne l'obligeait à remettre l'ambassade, surtout à un homme, Jean Vergé, dont « la qualification juridique leur paraît mince ». Mais pour Jean Jardin, dès lors que le gouvernement qui l'a nommé n'existe plus, sa mission n'a plus lieu d'être. Tout simplement. Les Suisses ont finalement toute raison de s'en louer puisque Berne est alors une des capitales où la France continue à être représentée dans une dignité sans accrocs[74].

Le 1er septembre 1944, Jean Jardin n'est plus rien. Rien qu'un Français exilé en Suisse, temporairement. Il ne possède rien, ni fortune personnelle, ni terres, ni portefeuille d'actions... Cela fera sourire les cyniques et les politiciens avisés, mais cet homme qui avait organisé ou couvert tant de transferts de fonds en Suisse pour Vichy et pour la résistance n'en avait pas prévus à son intention.

Que faire pour subvenir aux besoins les plus urgents ? Il vend sa 15 CV Citroën. Le soir même, il reçoit un coup de fil insultant du garagiste genevois :

« Vous m'avez vendu une voiture sabotée ! »

Il va constater sur place que, effectivement, sur la barre de direction, deux boulons sur quatre avaient été sciés. Il reprend son agenda, consulte ses récents emplois du temps et réalise soudain que le sabotage a eu lieu lors de son dernier voyage en France, au moment de son ultime entretien avec Laval, alors que la voiture était au garage de l'hôtel Matignon[75]...

Résistants ? Miliciens ? Ennemis personnels ? Jean Jardin n'essaie même plus de comprendre. A quoi bon démêler un tel écheveau, la guerre est presque finie. Il est temps de tourner la page. Pour lui, cela ne peut se faire que la tête haute. Pas question de se renier. Il aura quarante ans le 30 octobre. A mi-vie, il engage le reste de son existence en fonction de quelques principes — la loyauté, surtout — qu'il ne voudra jamais sacrifier, et certainement pas sur l'autel de l'ambition politique. A quoi bon se définir par quelques valeurs et, certaines convictions si c'est pour les jeter aux orties pour mieux parvenir à ses fins ? Comme tout un chacun, il porte en lui une certaine idée de la France et des Français. En 1944, elle porte un nom maudit : Laval. Tant pis. C'est ça ou un reniement insupportable pour Jardin, qui n'est pas homme aux amitiés successives.

Jean Jardin, personnage ambigu et contradictoire, défie les catégories. Son attitude n'autorise pas les jugements simples ou hâtifs que suscite généralement la présentation manichéenne des événements de l'Occupation. Jean Jardin est « né » véritablement pendant la guerre. Il va lui falloir, maintenant, assumer ses contradictions : comment un homme aussi fin et intelligent, si bien informé car si proche du pouvoir, va-t-il pouvoir expliquer les crimes commis par un gouvernement qui ne s'est pas contenté de « sauver et protéger les intérêts français et les personnes », mais qui a su aussi prêter main forte à l'Occupant pour la plus indigne des besognes : les arrestations et les rafles des futurs déportés... Bien plus tard, en 1967, il écrira à une amie : « ... il est presque impossible de faire comprendre aux gens, bien qu'en un sens tout le monde le sache, qu'on ne peut juger des problèmes d'il y a vingt-cinq ans en fonction de ce que l'on sait maintenant et dont on ne connaissait strictement rien à l'époque... On apprend qu'il y a eu des horreurs — personne ne demande depuis quand le sait-on ? — et l'on juge par rapport à elles l'action, les paroles de ceux qui, sans rien savoir d'autre à ce moment que ce que leur disaient les occupants avaient à lutter pour protéger... » Crédible dans la bouche de l'homme de-la-rue, cet argument l'est-il encore sous la plume de l'ancien bras droit de Laval ?

Le père Joseph est au chômage.
Le choix qui est le sien en septembre 1944, le précipite désormais, totalement dans l'ombre. Éminence grise improvisée par le jeu des circonstances, il va devenir un authentique homme d'influence, par la force des choses.

II

LE PURGATOIRE

7

S'il n'en reste qu'un...

(1944)

« 1944. J'y reviendrai toujours car pour moi, c'est la fin d'un monde[1]. »

Ces mots qui sonnent si juste sont de Pascal Jardin mais ils pourraient avoir été écrits par son père tant leurs sensibilités sont au diapason. Tout bascule. C'est l'heure des grandes remises en question, du doute, de l'introspection permanente. Jean Jardin a encore à peu près trente ans de vie active devant lui. En abandonnant le service de l'État, lui qui se rêvait grand commis parmi les puissants, il se décide à abandonner le pouvoir officiel, celui de la charge et du titre. En s'engageant dans cette voie, par fidélité résignée, il se condamne d'ores et déjà à porter une croix : « ancien directeur de cabinet de Laval » et nul n'a besoin de préciser qu'il ne s'agit pas du ministre de la IIIe République mais du chef du gouvernement de Vichy. Le voilà marqué du sceau de l'infamie, délibérément, à l'heure où Pierre Laval, l'homme à abattre, focalise sur son nom et sa figure toutes les haines d'une France qui en a beaucoup à dégorger.

Plus que jamais, tant par pente naturelle que par nécessité circonstancielle, Jean Jardin choisit la coulisse plutôt que l'avant-scène. C'est durant ces quelques semaines de l'automne-hiver 1944 qu'il scelle à jamais son destin. Il ne veut surtout pas jouer les martyrs, ce serait mal venu. Mais il est bien décidé à se défendre, si nécessaire pied à pied, et à assumer ses convictions, en dépit du préjudice sur sa vie professionnelle. Les seules armes dont il dispose sont un crayon, du papier et du crédit dans certains milieux politiques et intellectuels, hormis ceux contrôlés par les communistes.

37, Sulgeneckstrasse à Berne.

Assis à son bureau, cet homme que nul n'accuse entame son procès en défense. A l'heure où en France, l'épuration sauvage (exécutions sommaires) n'a pas encore passé le relais à l'épuration légale (procès en haute cour), Jean Jardin répond à des juges imaginaires qui ne lui ont rien demandé mais qui hantent sa conscience.

Dès le 1er septembre 1944, on lui signifie sa révocation par le ministère des Affaires étrangères, au moment même où il remet l'ambassade au représentant de la France libre. Le lendemain à Paris, dans son bureau du Quai d'Orsay, le nouveau ministre des Affaires étrangères, Georges Bidault, reçoit, à l'issue du premier Conseil des ministres du gouvernement provisoire, la visite de deux personnalités, le physicien Paul Langevin et Irène Joliot-Curie, prix Nobel de chimie. Nul doute qu'en ces lieux, à un tel moment, ils viennent plaider quelques « dossiers » avant que des erreurs soient commises. Ils veulent prévenir pour éviter toute méprise. Parmi leurs cas, Jean Jardin. Ils disent au ministre, qui sait déjà à quoi s'en tenir, quelle fut son action à Vichy et surtout en Suisse.

La réaction est immédiate puisque dès le 3 septembre, le ministre envoie un homme à Berne pour régler la question. C'est le scientifique et résistant Léon Denivelle qui est chargé de la mission : proposer, à Jean Jardin notamment, sa réintégration. Il essuie un refus, non pas prétentieux ou méprisant, mais poli et argumenté : Jardin ne se voit pas assortir son acceptation de quelques déclarations bien senties contre

Vichy. Il se ferme ainsi, pour longtemps, pour toujours qui sait, les portes de ce service de l'État auquel ses plus hautes aspirations l'ont toujours porté [2].

Neuf jours plus tard, sa révocation sans pension ni indemnité est prononcée et apparaît peu après au *Journal Officiel* [3]. Jardin sera réintégré aux Affaires étrangères comme conseiller d'ambassade en 1955, la même année que sa réintégration à la SNCF.

Le J.O. ne parvient à Berne qu'un mois plus tard. Dès qu'il en prend connaissance, Jean Jardin prend la plume et comme s'il n'attendait que ce signal, jette sur le papier plusieurs lettres passionnées, amères, dignes et riches d'informations. Le premier bénéficiaire de ce coup de tête épistolaire est Georges Bidault. Il lui demande d'intercéder auprès de la commission d'épuration des Affaires étrangères pour faire réviser son cas. Pour que l'on revienne sur sa révocation et qu'il soit réintégré de droit, sans sanctions politiques, à son administration d'origine (la SNCF, qui l'avait placé en 1943-1944 en service détaché aux Affaires étrangères). Jardin fournit un argument au ministre : « Tous les textes qui prévoient des peines à l'encontre des fonctionnaires du Gouvernement précédent prévoient aussi des dérogations à l'égard de ceux qui prouveront l'aide qu'ils ont apportée à l'œuvre de libération du territoire [4] ». En attendant de lui remettre en main propre un mémoire complet sur son action à Berne pendant la guerre, il lui suggère de commencer à s'intéresser aux conditions secrètes de l'arrestation de René Massigli, de son sauvetage et de son passage en Suisse ; à cet effet, l'audition de deux fonctionnaires du Quai d'Orsay, MM. Wapler et de Chalvron, confirmerait le rôle actif — et secret — joué par Jardin dans cette affaire ; cette information serait recoupée par un télégramme envoyé le 20 avril 1944 par le commandant Pourchot à Alger.

Le fameux chef des services spéciaux de l'état-major

de l'armée d'Alger, dissimulé à Berne sous le titre d'attaché militaire adjoint, a d'ailleurs écrit et remis à Jardin une lettre, manière d'attestation, que celui-ci n'avait pas sollicitée. Elle est datée du 30 août 1944, cosignée par le capitaine de corvette Ferran, chef des services spéciaux de la Marine d'Alger, et tapée sur un papier à en-tête de l'ambassade de la République française en Suisse. C'est un bilan qui a les accents de la reconnaissance et de la gratitude :

« Au moment où vous quittez vos fonctions, je considère qu'il est de mon devoir de vous exprimer ma reconnaissance pour l'aide compréhensive et totale que vous avez apportée à mon service depuis le 1er avril 1944, date à laquelle vous avez assumé les fonctions de chargé d'affaires.

Votre premier geste, tout de spontanéité, a été de sauver au début d'avril les services spéciaux de l'état-major de l'armée d'Alger en Suisse, services que Vichy vous avait donné l'ordre écrit de faire disparaître dans les délais les plus courts, et dont vous avez continué à couvrir la présence, sans songer un instant à ménager vos responsabilités.

Grâce à vous, ces services ont pu, jusqu'à ce jour, continuer à fonctionner sans aucune entrave et apporter à la cause de la libération du territoire national une aide que, d'Alger, on a bien voulu à plusieurs reprises considérer comme très appréciable. Vous avez non seulement couvert la présence de ces services en Suisse mais par la suite vous leur avez manifesté, à travers moi qui ai l'honneur d'en être le chef, une sympathie et un intérêt agissants et jamais démentis.

J'ai en son temps et par deux fois (20 avril et 28 juillet) signalé télégraphiquement à mes

> chefs à Alger tout ce que vous faisiez en faveur de mon service.
>
> Au moment où vous quittez votre poste j'estime, dans ma conscience de soldat, vous en devoir également le reconnaissant témoignage ; il m'est agréable de vous le rendre. Veuillez croire [5]... »

Jean Jardin, qui voudra n'avoir jamais à utiliser ce papier, en joint néanmoins une copie à la lettre qu'il envoie à Georges Bidault. L'enjeu est de taille : c'est sa réintégration à la SNCF. Cela pourrait paraître dérisoire mais dans son esprit il ne s'agit nullement de reprendre du service au chemin de fer mais plutôt d'obtenir réparation d'une décision qu'il estime injuste et, de fait, être assuré de sa retraite et surtout, surtout, de pouvoir jouir d'une carte lui donnant comme avant libre accès aux voyages par le rail... Question de principe, on ne se refait pas.

Peu après, le 20 septembre, il écrit à un homme, un ami qu'il respecte et estime infiniment. L'ancien secrétaire général adjoint de la SNCF, en 1938 et sous l'occupation, est devenu secrétaire général du ministère de la Reconstruction et de l'Urbanisme. C'est un homme d'une exceptionnelle discrétion, à qui l'on peut se confier et qui sait être de bon conseil. Il saura l'entendre et l'écouter, ce polytechnicien de quarante et un ans. C'est une lettre réfléchie, dont les termes sont pesés, mais écrite à la hâte, la valise diplomatique roumaine, qui achemine avec bienveillance le courrier de Jardin pour la France, partant dans une heure [6]. Il veut donner ainsi à son ami les moyens de le défendre le cas échéant pour obtenir sa réintégration à la SNCF. Jardin se dit isolé, nerveux, sans nouvelles depuis deux mois et demi de sa famille et de sa belle-famille, et conscient de commettre peut-être des erreurs d'appréciation. Puis il dresse un rapide bilan rétrospectif de son action depuis le début de l'occupation, tâchant d'expliquer à défaut de justifier.

> « J'ai cru et je crois encore qu'il y avait des intérêts français permanents à défendre, même et surtout dans les postes les plus exposés à faire suspecter ceux qui les acceptaient. Et je crois qu'en les tenant, quelques hommes comme moi non seulement sauvaient quelque chose, mais encore empêchaient (au moins jusqu'à fin 1943) l'arrivée à ces postes de quelques forcenés. Je ne renie rien de ces quatre années dont au contraire, j'ai quelques raisons d'être fier.
> (...) Il n'y a pas de commune mesure entre Vichy et le gouvernement provisoire. Il faudrait n'avoir aucun sens politique pour ne pas l'avoir prévu ou m'en indigner aujourd'hui. Vichy était une entreprise de sauvetage et de protection. C'était son honneur et sa seule excuse d'être là. Le gouvernement provisoire était une entreprise de combat. C'est son seul sens possible et sa chance d'efficacité : qu'il persiste dans sa voie et selon sa propre nécessité, c'est logique. J'aurai avec cinquante autres sauvé jusqu'au bout des gaullistes parce que c'était sauver des Français, soutenir ici des Agents rattachés en fait à Alger, parce qu'ils sauvaient eux-mêmes des intérêts français permanents (...)
> J'aurais honte que l'on puisse penser que j'ai joué double jeu (quelques-uns l'ont fait et ceci les regarde) mais je serais heureux que mes amis sachent combien je me suis attaché à transcender et Vichy et Alger pour ne penser qu'au pays. Au surplus, mon dernier poste s'y prêtait... »

Jean Jardin achève sa lettre à un ami en louant le commandant Pourchot (« un homme admirable qui mérite les plus hautes récompenses militaires »), en demandant à ce que l'on contacte René Mayer qui, s'il a de la mémoire, pourrait être d'un secours efficace (« avant son départ à Marseille il m'avait à peu près offert son aide pour le jour où... ») et en s'interrogeant sur son futur statut (« j'ai de quoi vivre ici trois mois en faisant très attention, en étant très modeste. Et plus en m'endettant et en devises suisses »).

L'ami en question comprend parfaitement que Jardin, lui, ne jouera pas les gaullistes de la onzième heure. Il le connaît assez pour savoir qu'il ne sera pas l'homme des contre-assurances prudemment contractées pendant l'occupation et des certificats de dédouanement à l'improbable sincérité. Tout ce qu'il veut, c'est ne pas être traité en citoyen de deuxième zone, en paria. Autrement dit, la réintégration et rien d'autre.

Le 5 octobre, nouvelle lettre, mais à l'adresse cette fois de Jean-Marie Soutou. Là aussi, c'est une manière de bilan de leurs relations depuis décembre 1943, mais dans une autre optique : en effet, dès le lendemain de la Libération, l'ancien représentant de la Résistance en Suisse est critiqué dans certains milieux et parfois même ouvertement attaqué pour avoir entretenu des rapports avec l'ambassade vichyssoise à Berne. Il faut dire que la période est favorable aux règlements de compte de toute sorte, y compris entre gens du même bord. Fin 1944, beaucoup de places sont encore à prendre à des postes de pouvoir et les coups bas sont souvent les meilleures cartes d'accès. De son propre chef, Jardin rend hommage à l'action de Soutou :

> « ... Je ne demande rien. Ou plutôt je demande seulement que les hommes qualifiés comprennent et respectent l'action que j'ai menée ici et que loin de laisser les imbéciles vous faire du tort à propos de l'aide efficace et

décisive que vous m'avez donnée, ils marquent une volonté de vous en rendre hommage. Je défie quiconque de trouver dans les résultats de notre entente un seul fait qui ait été contraire ou à vous-même ou à ceux que vous serviez. Pour les gaullistes abusifs qui se f... bien de l'État, vous êtes un malin qui a " fixé " un vichyssois et l'a empêché d'intriguer avec les Américains. Et moi je suis une dupe. Pour les vrais Français et qui ont le sens du service public, vous êtes quelqu'un qui a aidé un fonctionnaire à maintenir debout — dans la correction, l'harmonie et le rendement — notre Ambassade et nos consulats en Suisse, maintien dont nos nouveaux représentants doivent ou devraient, recueillir les fruits. C'est selon et tout le monde a son content [7]. »

Enfin, la dernière de cette série de lettres est adressée de nouveau à Georges Bidault, le 15 octobre. Après avoir évoqué leurs rencontres brèves d'avant-guerre dans les bureaux des revues *Sept* et *Temps présent*, et leurs amis communs, du père Maydieu à Jean-Marie Soutou, il se livre à une défense et illustration des services du... commandant Pourchot, ce qui est aussi une manière de préciser sa propre action clandestine. Surtout, il livre un peu plus de lui-même et baisse un peu sa garde, avec des accents moins politiques que moraux.

« ... aujourd'hui une révocation à laquelle je l'avoue je ne m'attendais guère, me marque d'une tache infamante qui risque de me faire également révoquer de la SNCF et perdre un statut qui est le mien depuis onze années. Célibataire, peut-être n'aurais-je même pas protesté contre cette injustice insigne ! Mais je suis père de famille et, outre que je dois à mes fils un nom intact, je demande à ne pas perdre, étant sans fortune et presque sans ressources, ma situation, celle même et sans plus que j'avais le 1er septembre 1939 [8]... »

Les principes, encore et toujours. Jean Jardin est prêt à se damner s'il le faut pour être en règle avec ce que sa conscience lui dicte. Six ans plus tard, dans une lettre à son ami l'historien Robert Aron, qui vient de publier un livre sur l'occupation, il reprend la même antienne et s'attache surtout à combattre une idée, une notion qui l'horripilent : le double jeu. Il remarque, lui, ce que ceux qui s'en réclament feignent d'oublier la plupart du temps, que quand on pratique le double jeu, on est forcément à moitié traître... Et quel que soit le camp trahi, vainqueur ou vaincu, une telle position est moralement intenable. « Je suis un fonctionnaire français et rien d'autre, écrit-il à Aron. A partir de janvier 1941, après dix ans de service public, je n'ai sollicité aucun poste nouveau, j'ai accepté tous ceux qu'on m'a demandé d'occuper. Il ne m'est évidemment pas venu à l'idée de cesser de servir parce que mon pays était battu. Je n'étais ni un aventurier ni même un écrivain libre de sa plume, de son verbe, de ses gestes. J'ai obéi, c'est tout. Si cela était à refaire, et sachant ce que je sais aujourd'hui, je le referais. Tout le reste est baliverne et mauvaise littérature. »

Jardin se défend bec et ongles d'avoir aidé des résistants dans le dos de Pétain et Laval. Ce serait ça, le double jeu, la trahison de la confiance. Il ne peut s'empêcher de lui rappeler délicatement que s'il l'a aidé, lui, Robert Aron, de même qu'il a aidé le général Delmotte à faire partir les agents des services secrets pour Alger entre le 8 et 19 novembre 1942, c'est pour sauver des Français, des cadres français. A ses yeux, si l'on s'en tient au droit et à sa stricte interprétation, les seuls hommes coupables de trahison en 1940 étaient de Gaulle et Thorez... En conscience, Jardin assure, quant à lui, avoir répondu « au souhait de Pétain, dans la ligne de Laval », en organisant et couvrant des départs de hauts fonctionnaires pour l'Afrique du Nord après le débarquement et en recevant, surtout en 1943, pratiquement tous les jours des préfets lui rendant compte de leurs entretiens avec les maquisards et les résistants de leurs régions [9].

En d'autres termes, Jardin est formel : Laval savait, Pétain aussi. Avérée ou pas, cette « vérité » est de toute façon, à cette époque durant l'hiver 1944, insupportable, inadmissible, inconcevable. Et à peine un peu moins quarante ans après.

8

De l'épuration à l'abjuration

(1945)

Isolé politiquement, Jean Jardin l'est aussi géographiquement. Il ne sait presque rien de ce qui se passe en France. La censure militaire existe toujours. On aurait tendance à l'oublier : la guerre continue... Paris n'est pas la France. Les troupes de Leclerc n'entrent dans Strasbourg « que » le 23 novembre et de Lattre de Tassigny et ses hommes ne prennent Colmar « que » le 2 février.

Paris, hiver 1944. Les gardiens de prison, à Fresnes ou à la Santé, assistent avec une impassibilité toute fonctionnaire à un chassé-croisé : il y a quelques mois encore, des miliciens à béret leur amenaient des résistants, aujourd'hui des FFI à brassards leur livrent des collabos. Chacun son tour. Les cours spéciales de justice existent depuis le 15 septembre mais jusqu'à Noël, ce sont surtout des intellectuels, écrivains et journalistes qui en font les frais, parmi les hauts responsables présumés de la défaite et de la trahison. Certains sont condamnés à de lourdes peines de travaux forcés, d'autres fusillés. Les lampistes aussi payent souvent pour les autres, sans autre forme de procès qu'une balle dans la tête : on appelle cela la justice au coin du bois.

L'épuration fera près de dix mille victimes : 9 000 exécutions sommaires, et 767 exécutions après verdict des cours de justice[1]. Il faudra attendre une trentaine d'années pour que ce chiffre fasse, à peu près, autorité. Entre-temps, on parlera beaucoup plus souvent de 30 à 40 000 exécutions, une estimation amplifiée par le succès et l'impact des livres de Robert Aron. Il est d'ailleurs significatif de noter que c'est ce qui poussera de Gaulle à lui écrire. Tout en le félicitant pour son *Histoire de la Libération*, il lui fera remarquer que leurs opinions diffèrent parfois : « par exemple, le nombre des exécutions dues à la Résistance est connu, d'après des rapports minutieux et justifié des préfets. Je l'ai donné très exactement dans *Le salut* et il est moindre que celui que vous avancez[2]. »

Un observateur de droite des choses de la Libération, Alfred Fabre-Luce, tient l'épuration pour une inquisition : « passée la première explosion de sauvagerie, le but n'est plus de faire souffrir les hérétiques, mais de les faire abjurer », écrit-il[3]. Or Jean Jardin fait justement partie du dernier carré des fidèles, ceux qui refusent la conversion opportuniste. S'il n'en reste qu'un...

Il ne fait l'objet d'aucune poursuite devant une cour de justice[4]. Comme d'autres membres du cabinet du chef du gouvernement de Vichy, il n'a pas été poursuivi en vertu de l'article 327 du Code pénal qui fait obligation de l'exécution des ordres : « ce qui est ordonné par la loi et commandé par l'autorité légitime »... Mais pour beaucoup, situés du bon côté du manche, une telle impunité n'est pas admissible. L'heure n'est pas à la nuance. Résister à Vichy? Plaisanterie insultante! Les résistants étaient à Londres et à Alger, les collabos à Vichy, on n'en sortira pas. Et la Suisse? Ce n'est pas encore à l'ordre du jour... Et le Quai d'Orsay? Il épure à sa façon : chez les ambassadeurs, les archives révèlent que fin 1945, sur quinze affaires étudiées, il y a neuf radiations et une révocation, et que parmi les conseillers d'ambassade, sur trente-cinq cas, il y a deux radiations et quatre révocations.

L'explosion de la Libération et les cicatrices encore à vif sur la mémoire de bien des Français n'incitent pas à l'indulgence. Impuni à Paris, hors d'atteinte à Berne, c'est ailleurs qu'on va toucher Jean Jardin.

Bernay, hiver 1944. La famille Jardin est connue pour avoir été pétainiste et elle ne s'en cache pas. Pas prosélyte, ni pendant l'Occupation ni après, mais ferme sur ses positions. Elle est aussi réputée pour avoir donné un de ses membres à Vichy. L'épuration à Bernay laisse d'autant plus amer que beaucoup, dans l'Eure, ont su se rappeler opportunément en 1942 et 1943, que le directeur de cabinet de Laval était un « pays »; certains n'ont pas hésité à recourir à lui, avec succès, pour faire revenir des Normands de captivité ou pour leur éviter le STO. Mais à la Libération, cela semble déjà être de l'histoire ancienne. L'ingratitude n'est pas une tare exclusivement parisienne. Très vite, le comité local de libération s'installe chez les Jardin et rebaptise la rue d'Alençon : rue du Général de Gaulle... La famille, elle, s'exile provisoirement à Évreux où elle reste deux ans. C'est l'opprobre. Nul doute qu'on leur fait payer la situation de leur fils. Et la rumeur qui enfle, qui enfle... Au marché, on dit même que le mystérieux Jean Jardin avait choisi sa maison de Bernay pour recevoir dans la plus grande discrétion au plus fort de l'Occupation... Joachim von Ribbentrop, le chef de la diplomatie du Reich[5] !

« Il y en a pour trente ans[6] ! »

C'est Paul Morand qui prophétise, dans le salon des Jardin en Suisse, alors que le nouveau régime s'installe en France. Il est vrai qu'on ne se contente pas d'épurer les journaux, les administrations. On en profite pour renouveler les élites, comme Vichy auparavant. Avec une différence notable : pour la Résistance, elles étaient démocratiques et représentaient en principe toutes les couches de la population, alors que pour les propagandistes de la Révolution nationale, elles ne pouvaient concerner que la classe dirigeante : patronat, leaders paysans, hauts fonctionnaires[7]... Vichy avait révoqué près de 35 000 fonctionnaires et dégradé 15 000 militaires. A la Libération, la Résistance, ou plutôt La Commission Nationale Interprofessionnelle d'Épuration (CNIE) juge des individus (du patron à l'ouvrier) et non des collectivités (entreprises...) puisqu'il s'agit avant tout de punir les personnes physiques pour avoir favorisé les initiatives et les buts de l'ennemi. Cette conception permet une épuration économique sans trop d'excès[8]. Des « têtes d'affiches » sont frappées mais l'outil est préservé, les entreprises continuent de tourner, ce qui correspond bien au souhait profond de De Gaulle : reconstruire, restaurer, relancer la France au plus tôt.

Cette épuration, moins violente et moins radicale que dans le milieu intellectuel, est moins une rupture qu'une continuation. L'idéologie de la Résistance ne naît pas spontanément en septembre 1944, ni même en 1942-1943 à Londres et Alger. Les élites dirigeantes, des plus classiques aux plus modernes, disposent de plus de passerelles qu'on ne l'imagine généralement, du bouillonnement des idées neuves des années trente à leur mise en application après la guerre. Il n'y a ni combat, ni refus, ni lutte fratricide mais amalgame. L'héritage n'est peut-être pas revendiqué, mais il est assumé[9].

Dans le domaine politique, au sens strict du terme, les clivages sont plus nets, les positions plus tranchées. La France se reconstruit aussi sur les acquis de l'occupation. Dans le personnel politique, il y a ceux du sérail résistant et les autres. Mais parmi les premiers, il convient de distinguer des échelons : ceux de Londres, ceux d'Alger, ceux de l'intérieur, ceux du Parti communiste, ceux d'après novembre 1942, ceux d'après... Le label qui fait fonction de sésame — « issu de la Résistance » — est important mais ne suffit pas. Certains en font même profession — les résistantialistes — et bâtissent une carrière sur une activité parfois d'autant plus improbable et invérifiable qu'elle se donne pour clandestine et cloisonnée. Pendant des décennies, le personnel du pouvoir va se recruter notamment dans cet informel et vaste réseau de solidarité qui s'étend bien au-delà du cercle des Compagnons de la Libération. Il y aura des exceptions, bien sûr. Mais ceux qui ne seront pas de cette « amicale », Georges Pompidou par exemple, subiront cette carence, tout au long de leur vie, comme une tache sur leur biographie ; du moins s'arrangera-t-on pour qu'il en soit ainsi...

Dans ce système, il n'y a pas de place pour un Jean Jardin. Pas encore. C'est trop tôt. Son amicale à lui, celle des vichyssois non repentis, est en réserve, au purgatoire mais pas pour longtemps. Nombre de résistants fameux sont d'abord passés par les cabinets ministériels du régime de Vichy. Ils ne l'oublient pas et, le cas échéant, on le leur rappelle. Mais sans même attendre la création du parti de De Gaulle, le RPF, en avril 1947, ou l'arrivée au pouvoir d'Antoine Pinay en 1952, des « individus compromis » (label infamant) sous l'Occupation peuvent, très tôt après la Libération, profiter de la nouvelle donne politique de la Libération. Le paysage de la politique est transformé en effet par l'émergence de différentes catégories : les jeunes, qui se sont affirmés rapidement dans la Résistance et sont passés outre les hiérarchies traditionnelles du pouvoir ; les technocrates, en germe sous la IIIe République, débutants sous Vichy, en plein éclat à la Libération ; les catholiques enfin, qui n'existaient pas vraiment comme force politique indépendante avant-guerre, faisant partie de la droite, même si on en comptait à gauche et qui, à la Libération, se révèlent comme une force politique autonome dès novembre 1944 à travers le MRP (Mouvement Républicain Populaire), le parti de Georges Bidault qui pousse à une redistribution du jeu politique traditionnel [10].

En d'autres termes, les réprouvés qui veulent redémarrer, moyennant quelques concessions, le peuvent déjà. Seulement voilà, Jean Jardin, lui, ne veut pas, pas dans ces conditions.

1945. Pully, dans le canton de Vaud, la banlieue Est de Lausanne. C'est là, dans cette petite ville de vins blancs et d'industrie métallurgique, que Jardin trouve à se loger, 3, chemin de la Métairie. L'exil est d'abord une solitude. C'est ainsi qu'il le ressent. Cet isolement obligé lui fait surtout regretter, pour l'instant, de n'être pas à Paris, à l'église, pour commémorer comme il se doit le premier anniversaire de la mort de son ami Jean Giraudoux. Sans doute un empoisonnement au restaurant, avait-on dit. Jardin n'avait pu en savoir plus, à l'époque, car il était déjà en poste à Berne. Un an déjà que le délicat poète...

Seul dans son bureau, Jardin est face à la feuille blanche. Des lettres, il en a suffisamment écrites. Il a posé la plume. Mais c'est pour la reprendre. Qu'est-ce qui l'y pousse ? Peut-être un petit fait mineur : cette caisse abandonnée là, contenant plusieurs centaines d'insignes FFI, avec une facture, destinée à un résistant qui n'était jamais venu les chercher [11]... En tout cas, c'est décidé, il écrit. Ce projet de livre, il le porte en lui depuis quelque temps déjà. Le titre est déjà trouvé : *De robe et d'épée*. Le sujet ? Le service de l'État, l'administration française, ses traditions, son style et les conditions de son redressement. Le fil conducteur ? De la Monarchie à la fin de la IIIe République, servir l'État est une noblesse, et non un lieu d'honneurs et d'argent. Le livre fera 180 pages. En fait, il ne dépassera pas le stade de simple feuillet synoptique [12].

On le sait un peu paresseux à l'écriture : il adore jeter des notes à la diable mais n'aime pas composer. Ce qui le décide finalement à se lancer dans la rédaction de ses *Mémoires*, c'est un contrat d'édition. Son ami Henri Flammarion a réussi à le lui faire signer, pour le stimuler [13]. Jean Jardin s'est laissé faire avec la double conviction que ce serait un devoir et une mission vis-à-vis de Laval, dont il doute qu'il pourra jamais s'expliquer vraiment, et que de toute façon un tel manuscrit ne sera pas publié avant longtemps.

Il a déjà un titre en tête : *Un seul jeu*.

De sa belle écriture penchée, il ébauche une table des matières :
1) Paris : Chemin de fer — SNCF — Rivoli — Finances 42
2) Vichy : 3 semaines aux Communications — Au cabinet du chef du gouvernement — Vichy à partir de novembre 42
3) Berne : Un conseiller en veilleuse — Chargé d'affaires de France — L'exil.
Conclusion : La résistance sans majuscule.

Puis il rassemble de très nombreuses notes éparses, études et essais politiques, de dix feuillets parfois, sur la France et l'Europe, et surtout sa correspondance. Il prévoit un manuscrit de deux cents pages dactylographiées.

Pour conjurer l'angoisse de la page blanche, il pose en exergue une phrase tirée de *L'Otage* de Claudel : « Je suis l'homme du possible. » Puis il renonce à son premier titre et le remplace plus prosaïquement par : *Au service de l'État français : Paris-Vichy-Berne*.

Après quoi, il rédige un avertissement : « Les pages que l'on va lire ne résultent pas d'un journal ni de notes tenues au jour le jour. Elles sont à proprement parler des souvenirs. Nous n'avons rien gardé, ni dossiers, ni fichiers, pas même la trace de tant de services rendus à beaucoup d'hommes aujourd'hui au pouvoir. Étant donné les postes que nous avons occupés, leur publication nous a cependant paru presque un devoir. Telles qu'elles sont, écrites sans prétention d'auteur mais avec le plus haut souci d'objectivité, nous souhaitons qu'elles puissent servir modestement à la vaste histoire des temps troublés qu'elles évoquent. Jean Jardin. »

Puis le mémorialiste met un peu d'ordre dans son passé et rédige un plan détaillé, canevas de son futur livre :

I) PARIS : Je suis un cheminot — Les chemins de fer à la veille de la guerre ou les succès de Dautry — les services repliés deux fois — L'ordre du 1er juillet 1940 où je suis pour la première fois au service de l'État français. — La déréquisition à Trouville — Je suis appelé chez La Laurencie — Premier voyage à Vichy où j'écris l'histoire des chemins de fer — Une découverte — Filippi m'oblige à venir aux Finances — Difficulté de l'accueil puis adoption — Une grande maison — Finances en 42 — Bouthillier, le cabinet — Les directeurs, la politique du ministre ou la vraie foi dans la Révolution nationale — L'œuvre technique : la main sur tout le secteur économique — La Résistance — De Bouthillier à Cathala — Couve — Trois semaines aux Communications — « Ma » Maison 3e grande maison — Gibrat — Lousteau — Je suis appelé par Pierre Laval — Le débat — Ce qu'il apporte — Les meilleurs doivent y aller (Bouthillier, Galy).

II) VICHY : Au cabinet du chef du gouvernement — Le gouvernement c'est l'homme — L'homme du possible — Je suis présenté au Maréchal — 8 novembre, je partirai — Adieux de Tuck — Je resterai — Décidément je partirai. Madrid ? Berne ?

III) BERNE : 1er voyage — Je « règne » encore —

l'accueil — L'arrivée — Bard — Juge — La veilleuse à Lausanne — Les démissions — Chargé d'affaires — Les militaires — L'ordre contre Pourchot — Le personnel — Les collègues — Pilet-Golaz — La sauvegarde française — Les gaullistes de Genève — L'arrivée de Morand — Nos départs en deux temps — On nomme Vergé.

Conclusion. 20 pages (chaque autre partie, 60 pages).

Jean Jardin a écrit l'intitulé de chaque chapitre sur des feuilles blanches distinctes. Mais il n'y a rien à l'intérieur, rien que les quatre premières pages d'introduction, après l'avertissement, destinées à montrer qu'il y avait une troisième voie pour les résistants, entre Londres et Alger :

« ... Malheureusement, chacun veut être le seul à avoir "résisté" avec héroïsme. Le fonctionnaire des finances qui refusait cent matins de suite les demandes du Majestic sur les avoirs français et sauvait notre portefeuille étranger, celui de la Production Industrielle ou du Travail qui élevait la voix contre Sauckel, celui du Domaine qui faisait des ventes fictives aux industriels pour cacher les camions de l'armée d'armistice qui tous risquaient l'arrestation quotidienne, pensaient : " il doit faire bon à Alger et à Londres ". Le résistant clandestin, caché quelque part en France, sortant la nuit, qui changeait chaque soir de domicile, tous les huits jours de papiers d'identité, disait : " à Vichy, les traîtres mangent tous les jours à l'hôtel du Parc " non sans ajouter souvent : " A Alger, il y a du chocolat américain ". Quant aux gens de Londres (partis 40, revenus 40 millions, comme on eût dit sous la Restauration), ils sont, ce qui est humain, les plus heurtés par l'attitude noble ; pour eux, le doute plane sur

> tout ce qui n'a pas quitté le sol de France — ou de l'Empire jusqu'en 1942 — et ils pensent : " nous avons sauvé l'honneur ".
>
> Pour l'historien qui aura pris quelque recul et qui n'aura personne à venger, qui sera meilleur juge que nous des conditions dans lesquelles auront été sauvés les intérêts permanents de la France, on peut penser qu'il accordera une valeur propre à chaque forme de résistance, et pour finir celle d'un instrument indispensable à l'effet d'ensemble d'un orchestre bien constitué. (...)
>
> Par-dessus tant de divisions, de violences et de condamnations — uniques en Occident — qui assombrissent notre histoire, il y a un monument de notre permanence : c'est le Code civil. Il est consolant d'en ouvrir une édition récente et de constater que presque chaque texte applique, prolonge ou invoque une loi de la République, du Second Empire, de la Restauration, de l'Empire, de la Convention ou une ordonnance royale. Pareillement — et heureusement — Vichy aura appliqué autant de lois et de textes de la IIIe République que le gouvernement du général de Gaulle applique aujourd'hui de décrets du maréchal Pétain (...)[14]. »

Après avoir écrit ces lignes, Jean Jardin pose la plume et ne la reprendra pas, du moins pas dans le but de poursuivre ce projet. Tout au long de sa vie, il refusera de rédiger et publier ses souvenirs. Celui que certains appellent « l'homme qui en savait trop » ne veut blesser personne. Nul parmi ses proches ne le verra jamais travailler à la rédaction de ses *Mémoires*. Ils n'en resteront pas moins, jusqu'à sa mort et après surtout, l'objet mythique de nombreuses conversations entre gens-qui-savent.

Peut-être est-il trop tôt, en ce début de l'année 1945, pour se souvenir. C'est trop proche, trop chaud. Et la guerre n'est pas finie. Son épilogue va donner à Jean Jardin l'occasion de rendre un dernier « service » et, d'une certaine manière, de racheter, aux yeux de certains, quelques-uns de ses errements vichyssois.

Mars 1945. Peu après les accords de Yalta et le bombardement qui réduit Dresde à l'état de ruines, les forces alliées atteignent le Rhin. On sent que la fin est proche. A Paris, on sait que désormais le temps presse pour sauver ce qui peut l'être. Les jours sont comptés pour des centaines de milliers de déportés, toujours enfermés dans leurs camps en Allemagne. Dans leur retraite, les vaincus ont soit tenté d'en exterminer un grand nombre, précipitamment, soit essayé de les faire partir sur les routes dans leur sillage. Nombre de déportés, étourdis par ce lourd portail enfin ouvert, ne réalisent pas qu'ils sont, ainsi, également promis à une mort quasi certaine, leur état physique ne leur permettant pas de survivre à de tels trajets, sans aide ni nourriture. Dans certains cas, Buchenwald, par exemple, tout le travail du « Comité des Intérêts Français », organisation intérieure clandestine des déportés contrôlée par les communistes, consiste justement à les empêcher de partir, à les retenir au camp pour attendre l'arrivée des troupes américaines qui les prendront en charge convenablement.

Mais à Paris, on tâtonne, on ne sait pas exactement quelle est la situation sur place. La Croix-Rouge s'active, en liaison avec son Comité International, basé à Genève. On revient toujours à la Suisse. Le 12 mars, Carl Burckhardt, président du CICR (comité international de la Croix-Rouge) s'entretient à Feldkirch avec le général SS Kaltenbrunner. On ne tarde pas à connaître l'enjeu de leur rencontre : le sort de près de 1 500 Françaises du camp de Ravensbruck. Certes les Allemands, conscients de l'issue imminente et fatale, ont accepté de laisser partir des déportés vers la Suisse et la Suède. Mais il faut absolument accélérer le processus. Il y a urgence. Ce serait trop atroce d'arriver quelques jours trop tard. Aussi, à Paris, décide-t-on d'envoyer un homme en mission en Suisse pour tenter de débloquer la situation. Gaston Palewski, gaulliste déjà historique et directeur du cabinet du Général depuis 1942, choisit le docteur Maurice Mayer pour cette tâche délicate : pallier l'impuissance apparente de la Croix-Rouge et des consulats français. Évidemment, dès qu'il arrive en Suisse, le docteur Mayer ne s'adresse pas à l'ambassade mais plutôt à Jean Jardin, ainsi qu'on le lui a suggéré à Paris.

Jardin comprend immédiatement la situation et fait venir un homme très précieux, avec qui il a conservé d'excellentes relations depuis fin 1943, un homme de l'ombre, très efficace, qui l'a beaucoup aidé jusqu'à présent et en qui il a toute confiance : le colonel-brigadier Roger Masson, chef des services de renseignements de l'armée suisse. Avec Paul Musy, Jardin, Masson et Mayer font du bon travail grâce notamment à l'exceptionnel réseau de correspondants des SR suisses dans l'Europe des décombres. Toute une organisation, une chaîne, est mise en place pour localiser au mieux les femmes de Ravensbruck, repérer les Françaises, se renseigner sur leur nombre, leur état, leur situation. Le 3 avril, un second entretien germano-suisse a lieu, qui réunit le colonel Masson, au nom du « trio », Hans Bachmann, délégué du CICR, et le capitaine Von Eggen, représentant de Walter Schellenberg, l'homme des services de sécurité SS.

Le 9 avril, 300 Françaises à bout de force arrivent de Ravensbruck en Suisse par train, suivies, dans le courant du mois, par 840 autres, Françaises, Belges et Hollandaises [15].

Mission accomplie. La mission de la dernière chance pour un homme compromis ? Vu de Paris, on pourrait l'interpréter ainsi. Mais pas vu de Lausanne. Jean Jardin ne s'en servira ni n'en fera état, sinon dans des relations épistolaires d'ordre privé.

Les excellents rapports qu'il a su nouer, entretenir et conserver avec les dirigeants suisses, il va les utiliser, dès 1945, au profit de réfugiés et de fuyards pour lesquels la Confédération apparaît vraiment comme le seul havre de paix, l'empire de la neutralité, le no man's land le mieux fréquenté d'Europe.

Très curieuse, l'atmosphère, cette année-là sur les rives du Léman. Les exilés de la guerre ne sont pas tous partis, ceux de l'après-guerre pas tous arrivés. Certains se croisent, d'autres coexistent. C'est un singulier brassage de populations qui s'offre à l'observateur attentif de la France à l'étranger.

Voici Mme Borotra, la femme du « Basque bondissant », champion de tennis et commissaire général à l'Éducation et aux Sports du maréchal Pétain, réfugiée à Neuchâtel depuis le mois d'avril. Voici Charles Pomaret, ministre de l'Intérieur en juin-juillet 1940, qui est là depuis 1942, Jean Daladier, le fils du « taureau du Vaucluse », Xavier de Gaulle, frère du général, Mme François de Menthon, épouse du garde des Sceaux de la Libération, qui vit à Montana, Mme Jules Moch, femme du député socialiste, réfugiée à Montreux. Voici Coco Chanel, qui s'est entichée de Jean Jardin : avant la fin de l'Occupation, elle s'est établie dans différents lieux (Lausanne-Palace, Saint-Moritz et Beau-Rivage) et, comme elle ne vit que pour son travail, la couturière, qui a eu des paroles imprudentes au cours de dîners mondains franco-allemands, se considère en chômage technique et se réfugie dans la morphine.

Voici Jean Taittinger, renvoyé de l'ambassade de France sans indemnités ni préavis, qui vit chez les Jardin jusqu'au mois de février, ne souhaitant pas rentrer trop tôt à Paris ; il occupe ses loisirs forcés en tentant d'enseigner la lecture à Pascal, le plus jeune fils Jardin et, hormis ces activités de vain préceptorat, effectue des recherches à la bibliothèque cantonale de Lausanne pour le compte de Paul Morand [16].

Voici Bertrand de Jouvenel, ami d'avant-guerre de Jardin. L'écrivain journaliste s'est installé à Fribourg en septembre 1943 avant de déménager à Saint-Saphorin, en bordure du Léman, dans la région de Lausanne. Il écrit un gros livre de science politique : *Du Pouvoir. Histoire naturelle de sa croissance*. Avant et pendant l'Occupation, c'était un intellectuel très répandu dans les milieux politiques, diplomatiques, journalistiques et littéraires, tant français qu'allemands. Dès les années trente, il entretenait des relations avec des hommes comme Pierre Laval ou Otto Abetz, pour ne citer qu'eux. Entre 1940 et 1943, il a continué, jouant un rôle de médiateur dont l'ambiguïté ne se dissipera pas de sitôt. Il faudra attendre ses *Mémoires* et surtout un procès en diffamation avec un historien, quarante ans après, pour apprendre que Bertrand de Jouvenel était aussi un honorable correspondant des Services de renseignements français de 1938 à 1943 [17]. Mais sur le moment, les écrits, l'attitude, les relations et la réputation de Bertrand de Jouvenel peuvent prêter à confusion. Témoin cette conversation téléphonique entre un consul de France dans une ville suisse et un conseiller de l'ambassade de France à Berne, captée, écoutée et retranscrite par le bureau de Lausanne des écoutes téléphoniques le 27 juin 1945 à 19 h 30 :

> « Je vous téléphone au sujet de Bertrand de Jouvenel. Ce monsieur vient d'écrire un livre qui a eu un assez grand retentissement ici. Il paraît que brusquement on a décidé de lui accorder une chaire d'histoire de doctrine politique à l'université de Lausanne. La chose se décide demain après-midi. Or vous connaissez les idées politiques de M. de Jouvenel...

— Avez-vous une possibilité quelconque d'intervenir dans des décisions de ce genre ?

— Je n'en sais rien. Je désirais simplement vous soumettre le cas. Personnellement, je ne connais rien sur Bertrand de Jouvenel sinon que ses tendances sont assez antidémocratiques...

— A l'époque allemande, il a publié plusieurs livres en France même et notamment à Paris. Or vous savez qu'à ce moment-là, pour publier en zone occupée des livres, il fallait montrer patte blanche. De 1940 à 1944 on ne publiait pas facilement des livres et surtout à Paris, sans l'autorisation de la censure allemande.

— M. de Jouvenel est en Suisse depuis 1943...

— Oui, mais jusqu'en 1943 il était en France !

— Il serait venu en Suisse car sa sécurité n'aurait plus été garantie en France.

— Son cas n'est pas clair par rapport à la position française... En tout cas il nous faudrait signaler le cas à Paris car là-bas, ce cas n'a pas passé inaperçu [18]... »

Finalement, l'ambassade fait officieusement intervenir un membre de la commission universitaire, un Français, qui remarque que ce poste devrait plutôt aller à un Suisse...

A son arrivée en Suisse, Jouvenel s'est engagé, comme d'autres étrangers, à ne pas exercer d'activités politiques, bien entendu, mais aussi professionnelles. Mais cinq mois plus tard, à court d'argent, il demande au directeur de la police l'autorisation de publier des livres de doctrine économique et de philosophie sociale, et de collaborer à la *Gazette de Lausanne*, au *Journal de Genève* et à *Suisse contemporaine*. Malgré les prestigieuses cautions helvétiques de Robert de Traz et de René Payot, le chef de la division des Affaires étrangères s'y oppose pour une question de principe et afin de ne pas créer de précédent qui embarrasserait beaucoup la Confédération [19]. Jouvenel, que sa haine des épurateurs pousse en 1944-1945 à se sentir « retranché de la communion nationale [20] », use de plusieurs pseudonymes pour parvenir à ses fins. Il signe ses articles Daniel Thiroux, Guillaume Champlitte ou encore XXX dans la *Gazette de Lausanne* et ailleurs. C'est justement en lisant un article mystérieusement paraphé XXX dans le journal *Curieux* dirigé par Robert-Cenise, un ancien de *Paris-Soir*, que Jean Jardin, intrigué, retrouve la trace en Suisse de son ami Jouvenel et lui rend le premier service en lui faisant parvenir de l'argent envoyé par les Dusseigneur, sa belle-famille [21].

Voici Xavier de Gaulle, consul général de France. Il pensait rentrer à Paris après la Libération pour exercer une fonction dans l'entourage de son frère « mais ce dernier ne veut aucun membre de sa famille autour de lui, pour éviter tout ce qui pourrait représenter un pouvoir personnel », selon une note des services de police suisses [22]. Signe des temps : le 14 février 1945 il assiste à titre privé, en tant qu'abonné de l'orchestre romand, à un concert donné à Genève par le grand chef allemand Wilhelm Furtwängler. Dans son numéro du 3 mai, le *National Zeitung* l'épingle méchamment et critique sa présence, à l'issue d'un article à la gloire du maréchal Pétain. Petit scandale sur les rives du Léman, émoi au Département politique...

Auprès de tous ces gens, Jean Jardin fait l'apprentissage de l'exil. Il reste, par goût et par habitude, en contact permanent avec les milieux les plus divers de l'émigration. Il voit régulièrement les deux bords,

« gaullistes » et « collabos ». Mais il est aussi le seul à se préoccuper, déjà, des émigrés clandestins, ceux que personne ne rencontre jamais, dont la présence est gardée secrète, et qui, dès la frontière, s'adressent tout naturellement à lui. Pour nombre d'entre eux, le dilemme est simple : c'est la Suisse ou douze balles dans la peau. Quel que soit leur degré de compromission, ces Français traqués ont tous pensé un jour ou l'autre au refuge helvétique.

Dès la fin de l'été 1944, l'écrivain Louis-Ferdinand Céline, qui se savait promis à une exécution immédiate s'il restait à Paris, hésita avant de partir à Sigmaringen, à tenter sa chance en Suisse comme médecin des prisonniers français à Leysin [23].

Peu après, en octobre, Jean Jardin n'est pas vraiment surpris quand il apprend que son ancien supérieur hiérarchique officiel à Vichy, Jacques Guérard, le secrétaire général du gouvernement que d'aucuns surnommaient « casque-à-pointe », cherche à entrer clandestinement en Suisse. Jean Vergé, le nouveau chargé d'affaires français, fait une démarche officielle pour demander qu'on le retrouve. Guérard est arrêté à Neuchâtel, au cours d'un contrôle et incarcéré pendant une dizaine de jours. Les Suisses lui refusent le droit d'asile et le refoulent à la frontière allemande. Là, après avoir vérifié son identité, on le conduit en voiture à Sigmaringen, au château des Hohenzollern où il rejoint Laval [24]. Il trouvera plus tard un refuge durable en Espagne. Mais vue de Berne, son expulsion est logique en dépit de la neutralité dont s'enorgueillit le pays, ainsi que l'écrit le chef du département des Affaires étrangères à son homologue de la police et de la justice : « Nous avons tout intérêt de recevoir cette catégorie d'étrangers sur notre territoire et, étant donné la démarche française, notre préavis dans le cas de M. Guérard ne saurait être que des plus négatifs. En tolérant sa présence en Suisse, nous nous exposerions sans doute à voir le gouvernement français revenir à la charge et à nous trouver devant des questions fort désagréables à trancher[25] ».

On ne saurait mieux dire. D'autant que le cas se reproduit à plusieurs reprises. En juin 1945, deux individus se disant Espagnols se présentent à la frontière. Ils viennent d'Allemagne. Selon leurs papiers d'identité, le premier s'appelle Juan Heraldo y Paquis, et le second Juan Cortez y Garcia. Grâce à l'ambassadeur d'Espagne, M. Calderon, ami personnel du premier, ils se font interner avec quatre cent réfugiés espagnols au Camp de la plaine, près de Genève. L'ambassadeur a reçu l'ordre exprès de ne pas les laisser tomber et de leur procurer d'urgence des visas pour l'Espagne ou de les faire passer en Italie. Il faut dire que le premier des deux Juan avait été, pendant la guerre civile espagnole, speaker à Radio-Sarragosse, un poste de propagande franquiste. Ça ne s'oublie pas. Mais ça ne suffit pas. La police suisse ne tarde pas à réaliser que les papiers sont faux, que ces deux hommes sont français, qu'ils s'appellent en réalité Jean Hérold-Paquis et Jean Loustau et que ce sont deux journalistes collaborationnistes en fuite qui travaillaient pendant l'Occupation à Radio-Paris. La voix et les traits de Hérold-Paquis, l'homme qui commentait la situation militaire en ponctuant son texte de « L'Angleterre comme Carthage sera réduite », ne s'oublient pas facilement. Les reportages du correspondant de guerre Loustau non plus. Le 7 juillet 1945, les autorités helvétiques les remettent à la police française[26]. Hérold-Paquis sera jugé et exécuté.

Jean Jardin ne se pose pas ce genre de problème. Les Suisses ne lui reprochent rien, continuent de le voir régulièrement même s'il ne représente « plus rien ni personne » officiellement et lui demandent parfois conseil sur l'attitude à adopter vis-à-vis de telle ou telle personnalité française. Le climat de confiance entre lui et eux n'a pas disparu avec la fin de la guerre. Mais comme tout étranger, il est tenu à une certaine réserve et à des démarches administratives. En octobre 1945, il reçoit une nouvelle autorisation de séjour valable jusqu'au 11 janvier 1946. Mais son ami Baechtold, le chef de la police fédérale des étrangers, qui lui a rendu déjà tant de services, le menace discrètement d'assortir cette autorisation de conditions : en effet, Jardin n'a pas pu s'empêcher de faire une intervention publique en faveur de Laval[27]...

Le Président... On l'avait presque oublié. Mais pas Jardin, qui reste très attentif à l'évolution de l'attitude suisse à son endroit. Elle épouse en fait la courbe de l'intérêt suscité par Laval en France. Or à Paris, on a fini par se rendre compte qu'il était inepte et scandaleux de prétendre juger des individus qui se défendent en rappelant qu'ils obéissaient aux ordres du gouvernement légal de la France, et de ne pas avoir encore jugé ceux qui en étaient les plus hauts responsables, Pétain et Laval. La déroute allemande et la signature de la capitulation sonnent aussi le glas de leur refuge dans le Bade-Wurtenberg. On n'en prépare que plus hâtivement leur procès.

De Pully, Jardin suit l'instruction avec un vif intérêt, surtout depuis que la rumeur genevoise, alimentée par les correspondants de presse, évoque avec insistance l'affaire des fonds spéciaux de Vichy. Elle tient en deux volets : l'argent lui-même, un « trésor de guerre » (c'est le cas de le dire) quasi mythique qui prend des proportions considérables au fur et à mesure que l'on s'éloigne du palais de justice de Paris ; et le relevé des noms de tous ceux qui ont émargé aux fonds spéciaux du chef du gouvernement entre 1940 et 1944.

Traditionnellement, les fonds secrets ou fonds spéciaux ne sont soumis à aucune comptabilité officielle, hormis les sommes débloquées en paiement de secours versés habituellement. Ce qui est « secret », ce sont moins les fonds eux-mêmes — une ligne budgétaire révèle leur montant à qui sait lire le *Journal Officiel* — que leur attribution. A la Libération, les magistrats instructeurs essaient de retrouver les carnets sur lesquels les ministres ou leurs directeurs de cabinet sont censés inscrire ces dépenses. En vain, le plus souvent, ainsi que le constate le chef de cabinet du ministre des Affaires étrangères dans une lettre à son homologue des Finances le 7 avril 1945[28]. Mais pour ceux qui ont en charge la préparation des procès Pétain et Laval, il est hors de question de s'en tenir là. Il leur faut chercher plus avant. D'autant que ceux qui passent au crible les papiers de Laval veulent absolument prouver que cet homme riche s'est enrichi pendant l'Occupation.

Ainsi le 26 avril, une commission rogatoire constituée d'un commissaire de police et d'un expert-comptable se transporte à l'agence AT de la Société Générale, place Victor-Hugo, pour effectuer l'inventaire du coffre loué au nom de Pierre Laval. Un spécialiste le fracture. A la grande surprise de la commission, il ne renferme que des titres de propriété, des polices d'assurances et des actions de quelques sociétés[29]... Pas plus d'argent secret que de relevés de noms. L'argent, on ne sait pas et on ne saura jamais s'il devait y en avoir vraiment. Quant aux fameux noms, les petites feuilles sur lesquelles le directeur de cabinet de Laval les avait consignées avec la somme correspondante, se trouvent loin de Paris, dans un autre coffre, mais hors d'atteinte de la curiosité française : quelque part dans une banque en Suisse...

Au même moment mais sans qu'il y ait nécessairement un lien de cause à effet entre ces différents événements, le conseil fédéral suisse confirme à l'issue de sa séance la décision du Département politique de refuser l'asile à Laval et aux gens de sa suite[30]. Aucune demande officielle n'a été transmise. Mais nous sommes très exactement le 24 avril 1945. Il y a quelques jours, les troupes françaises ont pris Sigmaringen, le réduit du Tyrol et son entrées victorieuses à Berchtesgaden avant d'atteindre le Danube tandis que les Russes pénétraient dans Berlin avant de rejoindre l'Elbe. Le 26 avril, le maréchal Pétain se livre aux autorités françaises. Mais la plupart des fuyards de Sigmaringen pensent à la Suisse qui, elle, pense à prendre immédiatement les devants.

Pour Laval, il n'est pas question de s'en remettre volontairement à la justice française. Pétain a encore, pour lui, son grand âge et sa qualité de maréchal de France. Ça se plaide. Mais Laval, homme politique, homme d'État, emblème de la trahison... Il n'a aucune chance. Il en a encore moins depuis qu'il a appris les verdicts prononcés contre les deux premiers responsables de Vichy jugés, le 15 mars et le 20 avril, par la Haute cour de Justice : la détention à perpétuité pour l'amiral Jean-Pierre Esteva, ancien résident général en Tunisie, qui avait coopéré avec les forces de l'Axe au moment du débarquement allié en Afrique du Nord ; la peine de mort, commuée par de Gaulle en détention à perpétuité, pour le général Henri Dentz, qui avait collaboré avec les Allemands en Syrie en 1941 et lutté militairement contre les Britanniques et les Français libres. Encore ceux-là ne sont-ils que des seconds couteaux, chevau-légers de l'épuration promise aux hauts responsables, Pétain et Laval.

Fin avril, Laval quitte Sigmaringen avec notamment sa femme et Maurice Gabolde, son dernier ministre de la Justice, en direction de la frontière suisse. Les autorités allemandes, ou du moins ce qui en tient lieu, ce qui en reste, l'y autorisent à une condition : une fois en Suisse, il fera une déclaration dans laquelle il affirmera haut et fort que l'occupant lui avait toujours laissé son entière autonomie, et que la lutte contre le bolchevisme a toujours été le but premier et essentiel de la collaboration. Il refuse mais on le laisse quand même passer[31]. Chimère de pouvoir, tandis que les villes allemandes partent en fumée et que les troupes américaines et soviétiques fraternisent en faisant la jonction sur l'Elbe...

Jardin est la dernière cartouche de Laval aux abois. La cartouche est toujours bonne, mais il n'y a plus de fusil pour la propulser... Pierre Laval le sait, qui ne nourrit pas trop d'illusions. La Suisse lui refuse le droit d'asile, le Liechtenstein aussi. Reste l'Espagne. Grâce à l'entremise de José-Félix de Lecquerica, ancien ambassadeur de Franco à Vichy, il est autorisé à y séjourner. Trois mois pas plus, juste le temps de préparer sa défense ainsi qu'il le réclame. C'est plus qu'une simple escale, moins qu'une résidence temporaire, quelque chose comme un transit que les autorités espagnoles, même elles, souhaiteraient le plus rapide possible. Décidément, Laval embarrasse tout le monde, même ceux de son camp. Un gêneur.

Le 1er août 1945, les Espagnols le livrent à la France. Direction : Fresnes. C'est là, derrière les barreaux, qu'il apprend la condamnation à mort et la commutation de peine de Pétain. Le Maréchal n'a pas voulu parler. Le Président, lui, est bien décidé à ne pas se taire. Il prend trois avocats qu'il ne connaît pas : un Auvergnat, Jacques Baraduc, une vedette du barreau, Albert Naud, et un de leurs jeunes confrères, Yves-Frédéric Jaffré. Au-delà ou plutôt en marge de ces trois hommes qui traitent le dossier, il utilise les nombreuses relations et le savoir-faire de son gendre, Me René de Chambrun. Mais l'instruction est bâclée, abrégée, et l'accusé n'a ni le temps ni les moyens de préparer véritablement sa défense. Le procès s'annonce d'ores et déjà comme une parodie de justice. Les avocats de Laval refusent de se prêter à la mascarade et n'assistent pas aux audiences. C'est donc seul que l'homme à la cravate blanche immaculée lance à l'adresse des magistrats :

« Je vous ai tous nommés, vous qui me jugez ! »

Qu'importe. Son destin est scellé depuis des mois déjà quand débute son procès, le 5 octobre 1945. Les audiences auraient pu être exemplaires en ce qu'elles auraient véritablement jugé Vichy à travers Laval. Au lieu de quoi on assiste à un simulacre de procès, entaché de bout en bout d'illégalités, qui ne fait vraiment pas honneur au nouveau régime issu de la Résistance.

Le 9 octobre, n'y tenant plus, Jean Jardin envoie une longue lettre de dix pages à Me Baraduc, son ami depuis leur jeunesse. Plus qu'un témoignage personnel, c'est une déposition officielle :

> « La tournure prise par le procès du président Laval me conduit à me départir du silence que j'observe depuis quatorze mois pour porter, directement ou indirectement en sa faveur les témoignages que me dicte ma conscience. Vous trouverez ici une déposition que je déclare faire sous la foi du serment. (...) Pour un collaborateur du Président, il ne saurait y avoir de meilleur témoignage que de montrer pourquoi il a accepté en avril 1942 de servir sous ses ordres, pourquoi il a accepté d'y demeurer après novembre 1942, pourquoi il a accepté de le servir encore dans une ambassade jusqu'au jour de la libération. Montrer cela, c'est dire comment j'ai compris à travers dix-huit mois de collaboration quotidienne, le sens de son action et les enseignements de son patriotisme (...)
>
> En 1944, les deux gouvernements de la France, celui de Vichy représenté dans plus de douze pays encore, où il défendait nos intérêts, celui d'Alger qui était la France, non seulement présent mais en action parmi les Alliés, étaient devenus complémentaires. Si à Berne, l'efficacité militaire était dans le service secret de l'armée d'Alger, ce dernier n'était toléré et

admis que parce qu'il fonctionnait à l'intérieur et avec la couverture de l'ambassade du gouvernement reconnu : celui de Vichy. (...)

Il m'aura fallu avoir à défendre mon ancien chef au cours d'un procès dramatique pour vous faire connaître et risquer ainsi de rendre un jour publics des faits sur lesquels j'ai gardé jusqu'ici, et sur lesquels j'aurais voulu continuer à garder personnellement, le plus complet silence [32]... »

Dans sa lettre, Jean Jardin évoque en détail la situation de la France en 1940, le retour de Laval au pouvoir en 1942, son entretien avec le conseiller Rahn à Charmeil au sujet de la présence allemande à Dakar, le débarquement en Afrique du Nord, l'affaire Pourchot...

Cette déposition n'arrive pas trop tard. Elle est simplement hors de propos et sans effet dans un procès qui n'en est pas vraiment un [33]. On ne tient pas compte de la qualité des arguments de Jardin ni de quiconque. Un temps, toutefois, elle crée l'illusion et fait l'événement. La presse s'excite en apprenant que les avocats de Laval ont reçu in extremis des témoignages importants de Suisse. Outre cette lettre de Jean Jardin, *Combat*, le quotidien dirigé par Albert Camus, parle de pièces à conviction, qui auraient été cachées en Suisse et ramenées en France, à l'occasion du procès, par l'entremise de Charles Rochat, l'ancien secrétaire général du Quai d'Orsay. Ces mystérieux papiers attesteraient surtout des démarches effectuées par Laval en août 1944 pour obtenir personnellement la libération d'Édouard Herriot et le réinstaller dans ses fonctions de président de la Chambre [34].

Ces documents venus de Suisse sont le prétexte, que saisit la défense, pour demander une audience à de Gaulle et solliciter un recours en grâce. Mais Laval lui-même refuse la démarche. Ce qu'il veut, ce qu'il réclame, c'est un vrai procès. Combat d'arrière-garde : dans les milieux politiques, on parle déjà de lui au passé. C'est un mort en sursis. Dans sa cellule, il s'empoisonne au cyanure. Il va leur échapper. Alors on le maintient en vie pour le traîner jusqu'au poteau et l'asseoir sur une chaise afin qu'il ne s'écroule pas. Il rassemble ses forces pour se mettre debout et demander qu'on enlève la chaise :

« Un président du Conseil meurt debout... »

Une salve. C'est fini [35].

Ce 15 octobre 1945, le monde s'écroule autour de Jean Jardin. Son pays bascule vers l'avenir, brutalement. Pour lui, une autre vie commence.

III

LE SECOND SOUFFLE

9

Le consul des émigrés

(1945-1947)

La guerre est finie, même si certains la poursuivent à travers l'épuration. La France a besoin de paix civile pour repartir. Oublier ? Pas question. Pardonner ? C'est trop tôt. A l'instar du général de Gaulle, son chef charismatique, le pays semble mettre une sourdine aux querelles de l'Occupation. Deux ans après les premiers châtiments de l'hiver 44, on s'attelle à la tâche de la reconstruction.

Jean Jardin s'est volontairement exclu de cet élan. Il est en Suisse pour y rester. Les premiers temps, il fait subsister sa famille en « assistant » un important homme d'affaires catalan installé dans la Confédération pendant la guerre, Félix Martorell. Ce dernier est notamment un des représentants de Gabriel Le Roy Ladurie et de la banque Worms. Jardin ne se content pas de lui récrire son courrier en bon français, il le conseille dans certaines affaires franco-suisses et l'introduit auprès de personnalités influentes des deux côtés de la frontière. La situation n'est pas très reluisante mais elle lui permet de faire vivre les siens et de quitter Pully pour la région de Vevey.

Cette nouvelle terre d'exil sera la bonne. Il ne la quittera plus jamais. C'est là, sur les rives du Léman, entre Lausanne et Montreux, qu'il trouve une maison tout à fait extraordinaire, digne de ses rêves les plus fous. Son nom est déjà un programme : La Mandragore, ce qui évoque autant une plante jadis utilisée en sorcellerie que le titre d'une comédie amère et ironique de Machiavel.

Cette très vaste maison, située dans un cadre exceptionnel, a été bâtie en 1875. Elle est déjà habitée, par des personnages aussi singuliers qu'elle. Le prince Adalbert de Prusse, fils du Kaiser Guillaume II, occupe le rez-de-chaussée avec sa femme ; on le croirait sorti d'un film ou d'une gravure d'époque tant son maintien, son allure, sa diction semblent datés et caricaturaux quand ils ne sont que naturels chez ce Hohenzollern ; il reproche aux enfants Jardin de canoter sur le lac sans mettre de gants blancs... Au deuxième étage vit un Suisse qui occupe une place importante chez Nestlé. Jean Jardin loue donc le premier étage. Il vivra ainsi en sandwich, entre des représentants des XIXe et XXe siècles, pendant quelques années puis rachètera toute la maison quand l'Allemand mourra et quand le Suisse partira.

Le village s'appelle La Tour-de-Peilz. Il est situé à un kilomètre à peine du centre de Vevey. Cette région d'une intense sérénité est aussi pour Jardin un lieu chargé de réminiscences historiques et littéraires. Écrivains et musiciens y ont trouvé l'inspiration, de Lamartine à Tchaïkovski en passant par Dickens, Renan et le pianiste Paderewski. Edgar Quinet, proscrit, s'y est exilé et y a rédigé ses *Mémoires*. Dostoïevski y a écrit *Les possédés*. Bakounine y a fondé l'Alliance Internationale de la démocratie socialiste...

Début 1946. Signe des temps : un ministre du général de Gaulle demande à un ancien collaborateur de Laval de l'aider dans un travail délicat. Tout ceci dans la plus grande discrétion naturellement. Le ministre, chargé de la Reconstruction et de l'Urbanisme, s'appelle Raoul Dautry. Et le vichyssois qu'il sollicite, c'est Jean Jardin. Le « patron », qu'il vénère comme au premier jour, du temps du chemin de fer de l'État, veut rééditer son livre *Métier d'homme* qui doit beaucoup, on le sait, au talent d'écriture de son ancien secrétaire. Puisqu'il a commencé le travail, qu'il le poursuive, d'autant qu'il en a le loisir. Dautry lui envoie une documentation et des indications pour la compléter de manière à composer, en plus de la réédition, deux volumes de 600 pages sur la nationalisation des chemins de fer avant la guerre, le redressement de l'Aéropostale, et surtout la mécanique administrative des grandes entreprises, qui permettraient d'apporter un éclairage nouveau au moment où l'on nationalise les usines Renault, Gnome-et-Rhône, Air France, la banque de France, les grandes banques de crédit, le gaz, l'électricité, les grandes compagnies d'assurances...

Moins que les livres eux-mêmes, il faut retenir de cette offre de coopération de Dautry à Jardin, la main tendue et acceptée, entre deux hommes liés avant-guerre, que les déchirements de l'Occupation n'ont pas réussi à fâcher[1].

Cela le rassure et l'encourage. Car vu de Paris, il reste un émigré, au sens péjoratif du terme, clin d'œil appuyé aux royalistes qui fuyaient à Coblence la Révolution.

Il n'aura peut-être jamais autant écrit que pendant ces années d'immédiat après-guerre. Des notes et des synthèses à usage privé, semble-t-il, et dont les titres sont assez éloquents : « La monarchie et le gouvernement de la France », « Esquisse d'une politique de redressement monétaire et financier », « L'armée européenne », « Éléments et solution du problème indochinois », « Le pacte Atlantique », « L'Amérique et la reconstruction européenne[2] »... Elles ne sont pas destinées à être publiées (le devoir de réserve de l'étranger...) mais communiquées à un nombre restreint de « décideurs » de l'industrie, de la finance et de la politique, qui sollicitent l'avis de cet homme de bon conseil. Il a pour lui l'expérience, et à la différence de ceux de Genève et Paris, le recul géographique, la tête froide par rapport aux événements. Il est hors du tourbillon, donc bien placé pour en prendre la mesure, toujours en relation permanente avec « les gens qui comptent » en France, mais discrètement, et avec leurs homologues suisses. Il est à un carrefour stratégique.

A la fin de 1946, c'est à lui qu'on s'adresse quand l'Amsterdamsche Bank et la Société Générale de Belgique veulent lancer un « Syndicat de reconstruction européenne ». Le projet est assez simple dans son énoncé : il s'agit de reconstruire l'Europe en s'appuyant sur les prestations de réparations allemandes, prestations de travail dans les pays intéressés et prestations en nature tirées exclusivement de matières premières allemandes. Les autorités helvétiques se disent très intéressées par le projet et délèguent deux représentants (l'un pour la Banque, l'autre pour la Confédération) à la première réunion internationale des concepteurs de ce syndicat, le 21 février 1947 à Zurich.

Chargé de l'organisation du projet et de la création d'un bureau d'études à cet effet, Jean Jardin préconise d'emblée, dans une note de treize pages, une solution passant par l'économie privée et la promotion des entreprises de construction. Selon lui, le Syndicat devrait aménager les prestations et mettre sur pied le financement supplémentaire impossible à réaliser sur le compte des réparations. Il pose les conditions sine qua non de réussite d'une telle entreprise : création d'une société d'études, mise sur pied d'un plan technique, juridique et financier très rigoureux, retour progressif de l'Allemagne dans la communauté politique et économique des peuples de l'Europe ; disponibilité de l'économie allemande au service de l'Europe, nécessité d'imposer la Suisse comme capitale du projet...

Quant aux concours financiers que peut éventuellement s'assurer ce syndicat, Jean Jardin les juge « pratiquement illimités ». Ce sont des capitaux privés qui, selon lui, doivent financer ces réparations et ils seront de préférence français, hollandais, belges, américains et suisses. C'est lui qu'on charge de constituer le groupe français, des observateurs au début, qui comptent moins par la masse des capitaux qu'ils sont susceptibles de drainer que par leur prestige et leur efficacité à obtenir l'appui du ministre des Finances à Paris.

Jardin pense à trois hommes : Jean Terray, président de la Banque de l'Union Européenne qu'il connut pendant la guerre ; Jacques de Fouchier, inspecteur des finances, sous-directeur du Trésor en 1942, écarté de la rue de Rivoli en 1946 par le nouveau ministre — communiste — de l'Économie nationale François Billoux et qui crée alors une Union Financière d'Entreprises Françaises et Étrangères, et à l'industriel Jean de Peyrecave. C'est pour lui le trio idéal en ce qu'il allie prestige, compétence et autorité. Roger Nathan est déjà prêt à les recevoir rue de Rivoli. Encore faut-il qu'ils acceptent [3]...

Mais dans l'itinéraire de Jean Jardin, surtout à ce moment nodal de sa carrière et de son existence, ce qui compte c'est moins l'issue de cette affaire que le simple fait qu'elle ait eu lieu dans ces conditions. Le purgatoire de la Libération et le parfum de discrédit qu'il traîne dans son sillage, ont vécu. On lui fait à nouveau confiance. A nouveau, il compte. On ne l'aura pas oublié longtemps. Bref, sa réputation de négociateur hors pair, de conseiller loyal, est intacte par-delà les vicissitudes de la guerre.

Pour repartir, il a besoin de ça.

Sa blessure personnelle, il est presque le seul à la connaître, hormis un petit cercle de familiers. Le ministre des Travaux publics a été obligé de le révoquer de la SNCF, finalement, comme les autres.

On n'aurait pas compris qu'il y ait deux poids, deux mesures et des exceptions. Mais comme ce ministre s'appelle René Mayer, que c'est un homme d'honneur, c'est-à-dire un homme d'État qui a de la mémoire, il tient à rendre justice de l'immense service que Jardin lui a rendu pendant l'Occupation en facilitant son départ vers l'Afrique du Nord. Aussi, en compensation de sa révocation, il lui procure d'importantes recommandations auprès de personnalités suisses, des milieux d'affaires et des milieux politiques, qui faciliteront son nouveau départ [4]. Un autre homme que Jardin avait pareillement aidé pendant l'Occupation, l'armateur Laurent Schaffino, lui prouve qu'il n'a pas la mémoire ingrate. Très vite, ses amis parisiens font le voyage de Vevey pour déjeuner avec lui, lui parler, l'écouter : Roger Nathan, du ministère des Finances, Jean Guerrand, de la maison Hermès, Pierre Ordioni, secrétaire d'ambassade, sont parmi les premiers à lui remonter le moral.

Au début, son ami Gabriel Le Roy Ladurie lui fait prêter de l'argent par la banque Worms. Un temps, pendant un an, Jean Jardin s'occupe de certains intérêts de Coco Chanel. Le monstre sacré de la mode parisienne, exilée en Suisse, l'invite souvent à ses dîners. Elle a une idée en tête, une parmi des milliers : elle veut lui confier la conception et la réalisation d'un projet qui semble lui tenir à cœur, une usine de parfums. Il y travaille pendant plusieurs mois mais doit l'abandonner quand elle s'en déprend soudainement. En 1947, elle lâche la morphine pour se remettre au travail, stimulée par la conjonction de deux événements : elle a réussi à obtenir des Américains 2 % brut des ventes mondiales de son Chanel N° 5 et un nom autre que le sien brille dorénavant dans la mode parisienne, celui de Christian Dior [5]...

Mais cela a suffi pour donner à Jardin goût aux affaires privées, lui l'indéfectible partisan du service public. Au départ, c'est surtout par nécessité qu'il a mis le pied à l'étrier. Il n'a plus vraiment le choix puisqu'il s'est délibérément écarté du service de l'État. Il recommence à voir beaucoup de monde : des personnalités suisses (l'éditeur Constant Bourquin, le chef de la police Baechtold, Pilet-Golaz), des Français exilés en Suisse (Georges Bonnet, Robert Gibrat, qui vient d'être condamné à dix ans d'indignité nationale pour avoir été secrétaire d'État aux Communications à Vichy, l'homme d'affaires Roger Mouton, l'écrivain Edmond Jaloux) et des Français de passage (l'écrivain Emmanuel Berl et sa femme Mireille)[6].

De sa rencontre avec un ingénieur suisse va naître la première société qu'il monte de sa propre initiative. L'homme s'appelle Albert Kuinche, c'est un inventeur. Son brevet est révolutionnaire : il s'agit de tubes de polyéthylène de différents diamètres que l'on coupe et sur lesquels on injecte une tête conique et un pas de vis, semblables à ceux des dentifrices. Emballé par l'invention, Jean Jardin décide de monter une société anonyme, Tuboplast. Le cabinet d'avocats de son ami René de Chambrun, s'occupe bénévolement de la constitution de la société[7]. Elle fabrique les tubes et les machines-outils, mais ces dernières seront vite sous-traitées. Les principaux actionnaires amenés par Jardin bien sûr sont l'Union des Banques Suisses, les laboratoires Guigoz avec les dirigeants desquels il entretient les meilleures relations, et la Banque Picquet de Genève. Pendant une dizaine d'années, Tuboplast, qui emploiera en moyenne une quarantaine de personnes, fera de très bonnes affaires et déposera des licences dans une trentaine de pays avant d'être rachetée par un groupe américain[8].

Est-ce une nouvelle vocation ? En tout cas, il y prend goût et s'adapte à ce nouveau mode de vie. En fait ça ne le change pas tellement de ses précédentes activités. Sa tâche principale consiste encore et toujours à faire rencontrer des hommes qui, sans lui, ne l'auraient peut-être pas fait, à aplanir les angles, trouver des compromis, modérer les irréductibles et les amener à composer pour conclure, s'informer à la source pour mieux informer les décideurs...

1947, une date dans son nouveau départ dans la vie.

Gabriel Le Roy Ladurie, son ami et son modèle, meurt cette année-là à l'âge de quarante-neuf ans. Alors qu'il est à l'agonie il convoque ses proches, heure par heure, avec une ponctualité et une organisation toutes militaires, pour leur faire ses adieux. La dernière fois que Jean Jardin a été ainsi bouleversé par la disparition d'un homme admiré, c'était dans des circonstances analogues, avec la mort d'Arnaud Dandieu en 1933. Jardin, qui s'apprête à être père pour la troisième fois, avait décidé que si c'était un garçon, il l'appellerait Pierre-Philippe, en l'honneur du Président et du Maréchal. Mais devant les récriminations de son épouse qui juge cette pétainisation et cette lavalisation congénitales trop lourdes et trop injustes à assumer pour un enfant, il l'appelle finalement Gabriel, à la mémoire de Le Roy Ladurie.

Avant de mourir, ce dernier tente de mener à bien un ultime projet : non plus créer une nouvelle société, bien définie, et trouver les hommes ensuite, mais au contraire réunir des hommes de valeur et espérer que les structures d'une nouvelle société découleront de leur rencontre. C'est à l'occasion d'une première réunion chez Gabriel Le Roy Ladurie que Jean Jardin effectue un de ses premiers voyages à Paris depuis la Libération. Assuré, confiant mais discret. Il y retrouve Roger Mouton, un homme d'affaires français qui vit également en Suisse, Henry Dhavernas, un inspecteur des finances qu'il avait connu avant-guerre lors des comités de rédaction de la revue *Les Nouveaux Cahiers*, et quelques autres, préfets déclassés ou ex-patrons de Paribas, qui ne se seraient probablement jamais connus si les circonstances de l'après-guerre n'avaient favorisé leur rencontre. La SARL nouvellement créée s'appelle la STEIC (Société technique d'études industrielles et commerciales[9]). Son siège social est rue Tronchet puis 9, rue La Pérouse (16e) et son objet ainsi défini : « toutes études et réalisations industrielles et commerciales, immobilières, agricoles et minières, soit pour elle-même soit pour le compte de tiers tant en France que dans l'Union française et à l'étranger, à l'exclusion des opérations se rattachant à la profession de banquier... » Jean Jardin n'apparaît pas nommément dans son organigramme mais son rôle est bien précis : il est l'homme du contact, des réseaux et des relations, et, le cas échéant, celui de la négociation.

Cette fonction discrète mais essentielle, il est appelé à la jouer dans une autre société, Transaco — compagnie française de transactions internationales —, que s'apprête à lancer son ami Henry Dhavernas. Deux banquiers étant soucieux d'évaluer les possibilités de reprise des banques françaises en Extrême-Orient, Dhavernas, l'ancien brillant haut fonctionnaire de la rue de Rivoli, qui avait été adjoint au secrétaire aux Finances à Alger en 1942-1943 avant de s'engager dans l'armée britannique et d'y passer cinq ans, fit un voyage d'étude et en revint convaincu que l'avenir y était prometteur à condition d'offrir un engineering financier en plus de la technologie. A l'époque, la France manquant de devises, l'idée apparaît plutôt audacieuse. Elle deviendra un principe fort répandu : « On peut tout vendre à condition de prêter de l'argent à qui nous achète. »

Dans cette perspective, Henry Dhavernas lance Transaco et demande à Jean Jardin de l'y rejoindre pour s'occuper des relations avec les groupes industriels français. Les deux hommes, liés par une réelle amitié et une certaine complicité, formeront un tandem efficace qui sera à son zénith des années plus tard quand le métro français sera l'ambassadeur de la technologie française dans le monde. Transaco mènera de bout en bout l'opération qui consista à

« vendre » le métro français à la ville de Montréal. Dans cette affaire, Dhavernas sera l'auteur du montage financier et Jean Jardin le responsable des relations avec la RATP, le Quai d'Orsay, le ministère du Commerce extérieur... Dans de multiples affaires conduites sur ce schéma, il interviendra à tous les niveaux, du début à la fin du processus : trouver le produit et lancer les études, organiser le conseil, le financement, la négociation et le recouvrement. En plus du métro, vendu dans plusieurs pays, il y aura de grands ensembles tels que des raffineries de pétrole montées à Bangkok pour le compte de l'armée thaïlandaise, des cimenteries, des usines textiles, des contrats de production sidérurgique [10]...

Une intense activité, brassant des capitaux considérables et faisant intervenir des responsables partout dans le monde. On a du mal à imaginer que le petit homme d'influence au centre de cette agitation prend rarement sa voiture, et qu'il voyage en train à l'exclusion de tout autre moyen de transport. Sauf exception...

En tout cas, il acquiert vite une réputation de négociateur avisé dans les milieux d'affaires. Et comme elles semblent d'autant plus importantes qu'elles sont mystérieuses, cette situation favorise bien des rumeurs. A Paris et à Genève, il est de plus en plus de gens pour répondre « Ah ! vous le connaissez ! » quand on leur parle de Jean Jardin, et pour demander :

« Mais que fait-il donc exactement ? »

Exactement la question que se posaient les Bernayens pendant la guerre. Jardin, lui, aimerait éviter ce genre de publicité indirecte. Il ne tient pas à sortir de l'ombre. Quand il dément, c'est à titre personnel, sur le mode confidentiel. Ainsi quand la rumeur prétend qu'il a fait fortune dans le sucre, il ne peut s'empêcher d'écrire à son ami le peintre Dries, à mille lieues de ce genre de préoccupations, pour le rassurer : « J'ai eu en effet connaissance d'une affaire de sucre, très grosse et d'ailleurs montée par le gouvernement français. J'ai procuré sur demande conseils et introductions. Mais il n'y a pas eu de participation de ma part [11]... »

Parallèlement à ces activités de plus en plus lucratives qui lui permettent d'assurer la sécurité matérielle de sa femme et de ses trois enfants — son obsession, sa hantise, dussent-elles freiner ses ambitions — Jean Jardin poursuit une tâche chère à son cœur, plus pour le plaisir que pour l'argent : l'édition.

Les livres, c'est son univers. Pas les livres comptables qu'il a en horreur même s'il est de plus en plus amené à les « lire », mais les livres des romantiques du XIXe siècle et ceux des grands historiens de l'entre-deux-guerres, les beaux papiers et les reliures soignées. A travers cette passion gratuite et dévorante, c'est l'étudiant de Sciences-po, le militant de *L'Ordre Nouveau* et le compagnon des petits déjeuners de Giraudoux aux Deux-Magots qui resurgit. Mais là plus encore que dans les affaires ou même la politique, il ne se soucie pas de paraître ni d'apparaître. Il ne fait partie de rien, ni conseil ni comité, mais ceux qui « doivent savoir » connaissent parfaitement son rôle et cela lui suffit. L'important, encore une fois, c'est que les hommes se rencontrent et que de leur réunion naisse quelque chose de concret et de positif, des livres par exemple.

Jean Jardin est dès le début un conseiller amical des éditions de la Table ronde. L'idée première de l'entreprise était de créer une revue. Son initiateur, Roger Mouton, la lance en 1943 sous les auspices du Centre Communautaire. Puis quand il s'agit de passer au second stade, l'édition proprement dite, l'écrivain Thierry Maulnier trouve un titre — La Table ronde — tandis que Roger Mouton demande à Jardin de lui trouver un directeur responsable. Après avoir cherché en vain, Jardin s'adresse à tout hasard à son ami Pierre Fresnay, qui lui recommande aussitôt son neveu, Roland Laudenbach, vingt-trois ans, scénariste chez Pathé-Cinéma [12]. C'est ainsi que démarrera véritablement sous la houlette du jeune homme, une prestigieuse maison d'éditions, identifiée à son directeur pendant quarante ans, une maison singulière à plusieurs titres : les auteurs (Jacques Laurent, Antoine Blondin, Michel Déon, etc.) sont tous des amis du directeur ou le deviennent ; La Table ronde, éditions et revue mêlées, est des rares à adoper une « ligne » ou du moins une tendance politique (à droite, toute) ; certains des écrivains qu'elle publie (Michel de Saint-Pierre, Jacques Soustelle...) sont membres du Conseil d'administration.

Jean Jardin prodigue également des conseils aux éditions Grimal pour la collection « Bibliothèque d'une âme sensible », dans laquelle il fait publier ses romans préférés de Stendhal et Mérimée, aux éditions des Grands fleuves et aux éditions du Milieu du Monde, en Suisse. Mais c'est probablement de sa rencontre avec Constant Bourquin que va naître sa plus cohérente activité éditoriale.

Dès la fin de l'année 1943, Paul Morand avait écrit de Bucarest à son ami genevois Constant Bourquin, directeur des éditions du Milieu du Monde, pour lui conseiller de se mettre en rapport avec Jean Jardin, à l'ambassade de France [13]. La première rencontre entre les deux hommes ne se produira finalement qu'en juin 1944, l'éditeur venant solliciter du chargé d'affaires l'autorisation de publier *Le Grand Meaulnes* d'Alain-Fournier sans verser de droits aux héritiers, la durée de la protection littéraire en Suisse n'étant que de trente ans, et non cinquante comme en France [14].

Né en 1900 à Presinge, près de Genève, Bourquin est un homme plutôt petit, le cheveu rare, des yeux très vifs derrière des lunettes cerclées de noir, la mise et la silhouette d'un voyageur de commerce rondouillard, doté d'un mauvais caractère qui le fait souvent se fâcher avec nombre de ses amis. Il considère les livres un peu à l'égal du vin, dont il est aussi un spécialiste (il lancera l'Académie suisse du vin) : à ses yeux, la qualité n'est pas un luxe et il s'attache avant tout à trouver le meilleur papier, à surveiller le brochage, à rectifier si nécessaire la typographie des textes publiés. Le livre est aussi un objet de première nécessité et, à ce titre, il a droit à tous les égards [15]. Sur le plan intellectuel et politique, c'est un homme qui affiche une franche détestation de la langue allemande, un désintérêt croissant pour la politique intérieure suisse et une passion grandissante pour la culture française. Il semble suivre avec beaucoup plus d'attention ce qui se passe au-delà de la frontière. Ses sympathies vichyssoises sont très marquées. Bourquin, qui dit s'être mis au service de la liberté et avoir repris le flambeau, plaide volontiers la cause d'une littérature dégagée mais se veut aussi responsable de ses choix de publication. Né près de la frontière, cet homme au tempérament franco-suisse, qui est aussi l'auteur de plusieurs essais, se veut très attaché au point de vue de Sirius : « A mon goût, il est plus équitable de mettre au bénéfice de la liberté les écrivains qui en sont privés et ceux aussi qui par système ne contestent pas à autrui le droit de s'exprimer. La Suisse, incapable de se mesurer avec quiconque dès qu'il s'agit de puissance matérielle, peut braver le monde impunément quand elle défend les principes qui sont à la base de notre civilisation, parmi lesquels figure, imprescriptible, le droit d'asile [16]. »

Ce droit-là, il va en user et en abuser. La nouvelle maison d'édition qu'il a montée pendant la guerre à Genève, « A l'enseigne du cheval ailé » va faire de lui pendant quelques années le plus français et le plus vichyssois des éditeurs de la Confédération. Il faut dire que le véritable directeur littéraire du Cheval ailé n'est autre que Jean Jardin... Son nom n'est nulle part, comme d'habitude, mais son influence est bien présente, partout, derrière les plus importants projets de la maison. On retrouve surtout sa « patte » dans deux catégories d'ouvrages : les classiques et les mémorialistes de l'Occupation. C'est ainsi qu'entre 1944 et 1948 il fait publier à l'enseigne du Cheval ailé : *L'aristarchie ou la recherche d'un gouvernement* de René Gillouin, l'ancien vice-président du Conseil municipal de Paris qui fut le conseiller de Pétain à Vichy ; *Du pouvoir. Histoire naturelle de sa croissance* et *La dernière année*, de Bertrand de Jouvenel, ainsi que *Les Français*, du même mais sous le pseudonyme de Guillaume Champlitte ; *Le mystère du Maréchal*, les tomes I et II du *Journal de la France* et le tome 1946-1947 du *Journal de l'Europe* d'Alfred Fabre-Luce ; *Le temps des illusions*, souvenirs de l'ancien chef de cabinet de Pétain, Du Moulin de Labarthète, très mal reçus par les vichyssois car leur précision (noms, faits, dates...) et le moment de leur publication (1946) servent à alimenter directement les dossiers d'instruction de l'épuration ; *Mission secrète à Londres*, de Louis Rougier, un professeur que Pétain avait envoyé négocier avec Churchill en novembre 1940 ; *L'enfant tué*, de René Benjamin, thuriféraire du Maréchal à l'époque où c'était bien vu ; *Défense de la paix, de Washington au Quai d'Orsay* et *Fin d'une Europe, de Munich à la guerre*, de l'ancien ministre des Affaires étrangères Georges Bonnet ; *Au-delà du nationalisme* et *Cavalier seul. 45 années de socialisme européen*, du théoricien belge Henri de Man ; *Deux dictateurs face à face*, de Dino Alfieri, ainsi que des textes de Ramon Serrano Suner, Pierre Dominique, André Thérive...

Autant dire que ce catalogue ne porte pas la gauche dans son cœur... Mais parallèlement, Jean Jardin y fait publier des textes plus littéraire. Des classiques qui lui sont chers tels *Les Illusions perdues*, de Balzac *La colline inspirée*, de Maurice Barrès, *Du Contrat social*, de Rousseau, le *Traité sur la tolérance* de Voltaire... Jean Jardin en confie la présentation et l'édition critique soit à Bertrand de Jouvenel soit à Emmanuel Berl. Mais il y a aussi des romans ou des souvenirs qui pourraient fort bien constituer sa bibliothèque idéale : *Le disciple*, de Paul Bourget, *En pensée avec Giraudoux*, de Pierre Damec, *Montociel, Rajah aux grandes Indes, Ouvert la nuit, Fermé la nuit*, de Paul Morand, ou encore *La Boniface*, de Jacques de Lacretelle...

Les plus politiques de ces livres sont distribués en France, plus ou moins clandestinement. C'est leur marché naturel. 90 % de la production du Cheval ailé y étant écoulé avec plus ou moins de bonheur, la maison cessera cette activité peu avant 1950, quand la France fermera ses frontières à cette exportation indésirable[17]. La société éditrice ne sera dissoute qu'en 1964.

Il faut dire qu'à Paris, certains n'apprécient pas du tout les livres du Cheval ailé. Il y a ceux qui y voient une concurrence déloyale, à une époque de pénurie de papier. Surtout, il y a ceux qui sont passablement agacés par le fait qu'une littérature en principe proscrite puisse, en fin de compte, voir le jour et être distribuée en France, parfois sous le manteau, parfois publiquement.

En 1947, Raymond Abellio obtient le prix Sainte-Beuve pour son roman *Heureux les pacifiques*, paru aux éditions du Portulan. Ce succès provoque aussi une manière de scandale feutré dans la mesure où l'auteur, de son vrai nom Georges Soulès, a occupé un poste de responsabilité dans un mouvement collaborationniste, le MSR, pendant l'occupation. Dans l'impossibilité de poursuivre son activité d'écrivain, il s'exile en Suisse. Recueilli par Jean Jardin, il signe aussitôt un contrat pour trois livres avec Le Cheval ailé. Le premier, un essai intitulé *Vers un nouveau prophétisme*, paraîtra en 1948. En attendant, Abellio survit grâce aux 1 100 francs suisses que lui assure son contrat pendant dix-huit mois [18]. Une nouvelle qui n'a pas l'heur de plaire dans les milieux littéraires, journalistes et politiques parisiens.

La même année, Mᵉ René de Chambrun cherche à publier *Laval parle*, un manuscrit constitué de notes et mémoires, que son beau-père avait rédigés dans sa cellule à Fresnes alors qu'il préparait sa défense. Deux grands éditeurs avec lesquels il entretient pourtant des rapports d'amitié — Maurice Bourdel, chez Plon, et M. d'Uckermann, chez Flammarion — « refusent de courir le risque d'une saisie pour apologie du crime [19] ». Chambrun prend donc naturellement le chemin de la Suisse et le livre sera imprimé et publié à Genève à l'enseigne du Cheval ailé avant de l'être également par un petit éditeur technique parisien.

Laval parle se vend en France de manière semi-clandestine. Laval a déjà suffisamment parlé au goût de certains. Le coup d'arrêt est donné au Cheval ailé et, par la même occasion, à l'activité éditoriale de Jean Jardin.

« ... l'exil est une suite de services réciproques [20]... » La formule est de Jean Jardin. Il parle en orfèvre. Le service est devenu chez lui une seconde nature. Laval avait raison : cet homme-là incarne à la fois l'Armée du salut et la ligue des droits de l'homme. Vision angélique ? Non pas. Trop de faits l'attestent. Dans la Suisse de l'après-guerre, il va poursuivre la mission qu'il avait faite sienne tant à Vichy qu'à Berne : sauver ce qui peut l'être. Les considérations strictement politiques n'entrent pas dans cette catégorie. Des considérations humaines, intellectuelles et spirituelles plutôt. Quand on a des amis on les garde, on les aide, de quelque bord qu'ils soient. Il faut certainement plus de cynisme et moins de désintéressement pour bâtir une carrière politique mais Jardin n'en a cure. Il n'entend pas contrarier sa nature profonde. De toute façon, il a le sentiment que l'ombre dans laquelle il s'est dorénavant tapi le laisse libre de ses choix, de ses amitiés, de ses relations.

Entre 1945 et 1947, en Suisse et plus particulièrement dans le canton de Vaud, trois hommes représentent la France. L'ambassadeur à Berne est Henri Hoppenot. Diplomate de carrière, il avait rallié de Gaulle dès 1940 alors qu'il était ministre de France à Montevideo, et devint son représentant aux Antilles. Marc Pofilet est le consul de France à Lausanne. Enfin, le troisième homme, Jean Jardin, passe pour être le consul des émigrés. C'est un titre et une fonction tout à fait officieux et informels, bien entendu. Mais il s'en acquitte d'autant plus scrupuleusement qu'il s'en est lui-même investi, au grand soulagement de tous les concernés. Car ce singulier consul n'est pas seulement l'homme qui a fait de sa maison la plaque tournante, la capitale et le lieu de passage obligé de l'émigration française. Il est aussi le discret banquier qui, agissant au relais d'une prestigieuse maison française (Worms, dit-on avec insistance), entretient nombre d'exilés démunis.

L'atmosphère du salon des Jardin n'est pas sans rappeler celle de Charmeil. Il y a toujours du monde, la conversation est mondaine, ou politique. Une différence, toutefois : ici, à l'étranger, ce lieu privilégié est un morceau de France. Une France bourgeoise et non conformiste pour les critères de l'époque. Ce foyer, c'est un peu l'air et la terre du pays pour ces déracinés qui n'avaient peut-être jamais eu une pensée pour leurs compatriotes et prédécesseurs des années noires.

Certains ne se seraient peut-être jamais rencontrés, n'eût été leur lien, leur point commun, hormis une passagère infortune : Jardin. Observateur déjà perspicace, son fils Pascal le voyait alors ainsi :

« Il avait la réputation vraie ou fausse d'avoir un don magique pour arranger la vie des autres, comme d'ailleurs tous les gens qui

> font profession d'être des éminences grises. J'avais le sentiment vrai ou faux, dans mon enfance, que si je commettais un crime, il me sortirait de prison. Il avait un côté " Arsène Lupin " et " Vingt ans après "[21].
>
> Ne pouvant tolérer que les gens qui l'entourent aient des problèmes, et Dieu sait si ces gens ont toujours été nombreux, il se saigne aux quatre veines pour leur éviter ce qui peut ressembler à une fin de mois laborieuse. Contrairement à la plupart de ses contemporains, il supporte bien ses propres ennuis d'argent et très mal ceux des autres. Générosité ? Oui et non. Plutôt le goût d'assumer les autres, afin qu'ils demeurent en son pouvoir et sous sa séduction tyranniques[22]. »

Un autre portraitiste-mémorialiste saisit Jardin avec finesse, à cette époque charnière. C'est Alfred Fabre-Luce. Il a perçu avec une grande exactitude de jugement ce en quoi Jean Jardin était devenu indispensable à ces exilés, outre les qualités déjà mentionnées :

> « Il était le centre de cette petite société de Français en attente. Ancien fonctionnaire de la SNCF, il aimait passer ses journées dans les trains, arrivait à la gare à la dernière seconde, montait nonchalamment dans un wagon déjà en marche et s'arrêtait une demi-heure plus tard pour rencontrer un ami ou aider un malheureux. Il revenait toujours chargé de nouvelles. Quand il n'y en avait pas, il en imaginait qui, d'ailleurs, se vérifiaient ensuite. C'était pour nous aider à triompher de l'ennui[23]. »

L'ennui... Il est vrai que pour un homme comme Paul Morand qui a déjà fait le tour de la terre — « rien que la terre » pour reprendre le titre d'un de ses livres

— se retrouver limité à faire le tour des vingt-deux cantons de la Confédération helvétique est pour le moins inattendu. On se sentirait à l'étroit à moins. Pour lui surtout et pour quelques autres, voyageurs et pressés, ce bonheur et cette neutralité suisses ont quelque chose de désespérant. Ce calme, champêtre et lacustre, est déprimant, quand on a passé sa jeunesse et sa maturité à dîner au Ritz avec Proust, danser avec Cocteau, voyager avec Giraudoux... Cette sérénité rend d'autant plus fou quand on sait que tout près, la France renaît, plus bruyante, plus vivante, plus active que jamais. Pour un écrivain comme Paul Morand, ce châtiment était imprévu : le silence pesant de la région, son immobilisme font que Morand semble s'être « infligé le Léman comme une peine d'exil moral, un retrait de l'époque [24] ».

L'ennui ou comment le tromper...

La vie à Vevey est, en fait, rythmée par une réunion hebdomadaire qui devient vite rituelle : le thé chez les Jardin le samedi après-midi. Ils s'y retrouvent tous, même s'ils se voient déjà en semaine. Et pour les gens de passage, c'est une étape quasi obligatoire. L'atmosphère y est quelque peu surréaliste. On se croirait revenu quelques années en arrière. Le parfum qui s'en dégage est mêlé de différentes réminiscences : les couloirs de l'hôtel du Parc, la salle à manger de Charmeil, les bureaux du ministère des Finances rue de Rivoli, les conversations feutrées dans le grand escalier du Quai d'Orsay...

On n'a pas l'impression que la guerre soit vraiment finie, que la France ait cessé d'être occupée par une puissance étrangère... Cette curieuse société d'individus brillants et intelligents a parfois des accents vindicatifs. Isolée, sous-informée, elle n'est pas sans évoquer la situation de la noblesse d'Ancien régime, exilée en Italie à Turin, puis en Allemagne, après 1789. Mais dans la Suisse de 1945, si certains espèrent bien une revanche, ils l'imaginent politique, uniquement.

Ici, on ne lève pas d'armée contre-révolutionnaire. De toute façon, le cas échéant, elle aurait ceci de commun avec celle des émigrés de Coblence qu'il y aurait trop d'officiers et pas assez de simples soldats...

Sur les rives du Léman, aussi, il y a peu de seconds couteaux.

Un samedi comme les autres, chez les Jardin, à l'heure du thé. Voici l'ancien ministre Georges Bonnet qui raconte les accords de Munich pour la vingtième fois depuis trois mois :

« ... Gamelin m'avait trompé au début de la guerre à propos de la mobilisation... »

Autojustification pour la postérité. En vain. Hochements de tête compréhensifs. Mais qui osera lui dire que le vent de l'Histoire a soufflé et qu'il lui a donné tort... En attendant, installé lui aussi à La Tour de Peilz, il écrit une histoire diplomatique de la IIIe République avec l'aide des grandes bibliothèques cantonales. Voici l'amiral Henri Bléhaut et ses filles. Celui qui fut le ministre des Colonies dans le dernier cabinet Laval n'avait jamais désespéré complètement : en août 1944, croyant probablement à un match nul ou à une paix de compromis, il pouvait commencer une phrase par : « quelle que soit l'issue des combats [25]... » En juin 1948, il sera condamné par contumace à dix ans de détention mais pas pour son manque de perspicacité.

Voici René Belin, le syndicaliste, secrétaire de la CGT dans les années trente, rallié à Pétain en 1940 et qui fut un temps ministre du Travail... Voici Paul Morand, pilier de l'endroit, qui vient en voisin du château de l'Aile « une bâtisse loufoque où la MGM pourrait tourner un remake d'*Ivanhoé* sans débourser un sou de carton-pâte » [26]. En principe, en tant qu'étranger il n'a pas le droit de publier. Mais pour lui et quelques autres, les autorités ferment les yeux, estimant qu'il serait « inconcevable d'interdire à un écrivain de son format de composer et de publier des œuvres littéraires [27] ». L'exil est fructueux et le pousse à se pencher plutôt sur le passé. Il écrit un roman picaresque sur les tribulations d'un matelot français qui devient Rajah aux Indes (*Montociel*) et des nouvelles, l'une ayant la guerre de Vendée pour cadre (*Parfaite de Saligny*), l'autre relatant un interrogatoire serré mené par des jésuites (*Le dernier jour de l'Inquisition*), les deux textes étant naturellement inspirés par des événements plus actuels, ceux de l'épuration. Pour ses recherches historiques dans les bibliothèques du canton de Vaud, il fait appel à un jeune homme désœuvré qui vit chez les Jardin et ne demande pas mieux, Jean Taittinger, qui rentrera en France en février 1945 pour s'engager dans l'armée. Morand publie également un petit livre sur Giraudoux aux éditions Portes de France à Porrentruy et un mince recueil de nouvelles à la Table ronde, la première, celle de Vevey.

Voici René Gillouin, normalien, agrégé de philosophie, vice-président du Conseil municipal de Paris avant-guerre, conseiller du Maréchal à Vichy, un des rares protestants de son entourage avec l'amiral Platon. Dans les sociétés savantes suisses, on se le dispute. Ici, dans ce salon, il brille sans se forcer.

Voici Charles Rochat, secrétaire général du ministère des Affaires étrangères pendant l'Occupation. Il connaît beaucoup de monde en Suisse et les Français en poste — diplomates et autres — ne sont pas les derniers à lui rendre visite. Pour sa défense, on murmure que le « bureau Chauvel* », dont est sorti l'actuel Quai d'Orsay, lui doit beaucoup. Il est vrai qu'il a besoin d'être défendu : en juillet 1946, la Haute cour de justice l'a condamné par contumace à la peine de mort...

---

* Jean Chauvel était directeur du ministère des Affaires étrangères du gouvernement provisoire.

Voici le journaliste Georges Prade, administrateur général de *Paris-Midi* et de *Paris-Soir* et du très collaborationniste *Les Nouveaux temps*, entre 1940 et 1944. Condamné à sept ans de travaux forcés, il est gracié après trois ans et demi de détention préventive puis s'exile en Suisse et se reconvertit dans la critique gastronomique après avoir dirigé l'agence helvétique du champagne Mumm [28].

Voici Georges Hilaire, l'ancien secrétaire d'État aux Beaux-Arts de Vichy qui use d'un pseudonyme, Julien Clermont pour publier en 1949 son témoignage sur le Président (*L'homme qu'il fallait tuer : Laval*) tandis qu'un autre exilé, l'ancien chef du cabinet civil de Pétain, Henry Du Moulin de Labarthète a publié ses souvenirs en pleine épuration, ce qui ne manque pas de lui attirer les foudres de nombre de vichyssois compromis qui le tiennent pour un pourvoyeur d'échafaud et un auxilliaire de magistrat-instructeur. A Vevey, on les considère comme « des maréchalistes, peu nombreux, dont la fidélité n'admet pas les nuances [29] ».

Voici Edmond Jaloux, de l'Académie française, qui possède une maison à Lutry. L'auteur de *Fumées dans la campagne* et de *Essences* jouit d'une certaine réputation dans les milieux littéraires de la Suisse romande. Il est ici un peu chez lui. C'est un faux exilé, en ce sens. Mais c'est un vrai proscrit. A Paris, on lui fait des misères. Rien de très cruel en regard des procès et des exécutions. On lui reproche un article à la gloire du Maréchal (en juin 1940, dans *Le Temps*) mais autant Paul Claudel que Georges Duhamel pour ne pas parler de François Mauriac seraient mal venus de le lui rappeler. On lui reproche aussi ses articles — littéraires certes — dans des journaux suisses pendant la guerre, non pas la *Gazette de Lausanne* ou le *Journal de Genève*, qui sont à mettre au crédit de ses collaborations fort honorables, mais *Le Mois suisse*, organe d'extrême droite. En fait, quand on gratte un peu, on s'aperçoit qu'il est surtout reproché à Jaloux d'avoir été un influent critique, sous la IIIe République, de ne s'être pas fait que des amis et d'avoir occupé alors au vénérable quotidien *Le Temps* une rubrique très convoitée. L'épuration est aussi un règlement de comptes.

Voici la silhouette fine et élégante de Bertrand de Jouvenel, l'auteur heureux de *Du pouvoir* déjà consacré par la critique suisse et française comme digne de figurer aux côtés d'ouvrages de Tocqueville ou Joseph de Maistre. Comme Morand, Jouvenel, voyageur infatigable, reporter au long cours, trouve la Suisse trop petite à son goût et il a vite fait de reprendre ses collaborations à des journaux dans toute l'Europe, tout en mettant la dernière main au livre qu'il s'apprête à publier, *Raisons de craindre et raisons d'espérer*.

Voici Mme Arthème Fayard, la veuve de l'éditeur, qui vit à Lausanne où elle a crée un fonds d'aide aux réfugiés français...

Voici un personnage qui tranche un peu sur cette société. Petit, vif, le regard tout le temps en éveil derrière d'épaisses lunettes, le débit rapide et foisonnant c'est un polytechnicien de quarante ans, ingénieur des ponts et chaussées, qui fut avant-guerre un responsable socialiste avant de devenir, pendant la guerre, un responsable collaborationniste... Air connu. Aujourd'hui, c'est un écrivain. Il s'appelle Raymond Abellio. Quand, au début 1944, la Milice et la Gestapo le prirent dans leur collimateur pour avoir évincé de son groupuscule (le Mouvement Social Révolutionnaire) les éléments les plus louches, nostalgiques de La Cagoule, il s'avéra aussi qu'il renseignait efficacement des résistants clandestins de droite. Le sachant menacé, Jardin lui avait tout arrangé avec l'aide du colonel Masson : autorisation suisse de passer la frontière, permis de séjour, etc[30]. Soulès déclina l'offre. Il vécut clandestinement à Paris, fut deux fois épuré (en tant qu'ingénieur et en tant que responsable politique) et sut produire opportunément les témoignages de grands résistants avec lesquels il entretenait des contacts discrets mais suivis pendant la guerre, tel le général Pierre de Bénouville[31]. Ce n'est qu'en février 1947 qu'il décide de quitter la France pour la Suisse. La publication de son roman *Heureux les Pacifiques* et son couronnement par un prix littéraire avaient (on l'a vu) lancé un coup de projecteur sur ses activités pendant la guerre. Réfugié en Suisse, il ne tarde pas à être convoqué et à être notifié d'un avis d'expulsion, l' « affaire Soulès-Abellio » gênant les autorités helvétiques par la publicité que lui donne la presse parisienne. Aussi, tout naturellement, l'écrivain téléphone-t-il à Jardin, « le recours permanent », qui lui trouve un avocat et l'emmène à deux reprises à Berne pour rencontrer son ami Baechtold, chef de la police des étrangers. Peu après, un officier du 2ᵉ Bureau viendra s'entretenir avec lui :

« Vous avez été trotskiste puis anticommuniste. Moi je m'occupe du Renseignement anticommuniste. Alors bavardons, échangeons des idées... »

Le permis de séjour de Soulès-Abellio est renouvelé. Et comme une bonne nouvelle ne vient jamais seule, Jardin lui fait signer un contrat pour trois livres aux éditions du Cheval ailé puis lui confie le préceptorat de son fils Pascal, treize ans, qui ne sait pour ainsi dire ni lire ni écrire[32].

Tous ces gens — Hilaire, Bonnet, Rochat, etc. — constituent une petite société d'habitués. Ils se retrouvent régulièrement en France, c'est-à-dire à La Tour de Peilz dans le salon des Jardin. Ce sont les permanents du parti des nostalgiques. A l'abri, loin des cours de justice et des commissions d'exclusion, certains d'entre eux font preuve d'une légèreté et d'une insouciance passablement scandaleuses en regard de leur fonction sous l'Occupation, de leurs responsabilités dans les aspects les plus néfastes de la collaboration.

Mais il y a aussi les membres invités, les hôtes de passage.

Voici Alfred Cortot, qui a fui « la révolution en France ». Il n'a pas cessé de jouer en concert parce que les Allemands étaient dans la salle. Maintenant, il joue souvent pour ses amis, chez les Jardin après dîner, dans le recueillement absolu quand, enfoncé dans un canapé, il ne se lance pas dans de longues conversations métaphysiques et musicales avec Edmond Jaloux, sur Nietzsche et sur Wagner. Dans la journée, le maître donne des auditions à quelques élèves privilégiés et fortunés [33].

Voici Yvonne Printemps et Pierre Fresnay, qui semble avoir de moins en moins le masque du héros de *La grande illusion* et de plus en plus les traits de ses films des temps d'occupation, *L'assassin habite au 21* et *Le corbeau*... A la Libération, il a été inquiété pour avoir travaillé à la Continental, firme allemande.

Voici le journaliste Michel Déon, correspondant de la presse étrangère, qui fait connaissance et se lie d'une très forte amitié avec Paul Morand, son modèle d'écrivain.

Voici Sacha Guitry, toujours en représentation, qui fait son numéro et finit la soirée chez Jardin à chaque fois qu'une tournée le mène au théâtre de Lausanne. Égal à lui-même, le « Maître », malgré sa brève incarcération à la Libération qui l'a moralement brisé. Pour lui, ce qui compte, ce n'est pas le pays où il se trouve, mais la qualité du salon qui l'accueille, son aptitude à l'écouter et à savourer ses formules et son goût du paradoxe, cette faculté d'énoncer dans une même phrase une idée et son contraire... Il brille et les autres n'ont qu'à se taire. Il n'y a guère que le piano de Cortot qui puisse le pousser au mutisme.

« C'était extraordinaire, votre pièce ce soir, le compliment Mme Fayard.

— Certes, mais il y avait une seule place vide, une ombre comme pour ne pas l'excuser, celle de Monsieur le consul général de France [34]... »

Quand ce n'est pas Guitry, c'est (encore !) Morand qui règne sur ce salon. Il a la durée et la permanence pour lui. C'est un pilier de l'endroit. Mais la vedette, sans aucun doute, c'est Monseigneur.

Le comte de Paris est discret mais sa présence l'est rarement car il se déplace le plus souvent avec ses nombreux enfants. Pour Jean Jardin, c'est un ami, toute révérence gardée. L'enfant de Bernay, qui a toujours été fasciné par l'apparat de la famille Broglie et d'une manière générale par tout ce qui est titré, anobli, blasonné, est comblé avec Monseigneur. Lui, c'est un réfugié de longue date puisqu'il vit hors de France en vertu de la loi d'exil (1886) depuis qu'il est chef de la Maison de France, c'est-à-dire depuis 1931. S'il fréquente chez Jardin, c'est aussi pour s'y faire des amis politiques, une clientèle et y trouver des conseillers. Le fils du duc de Guise se veut un arbitre au-dessus des partis. Mais il a du mal à s'accommoder du tourbillon de l'histoire. En 1939-1940, l'armée française ne veut pas de l'exilé. A Vichy, Laval ne veut pas de lui dans son premier cabinet. A Alger, il ne parvient pas aux marches du pouvoir malgré une conjuration monarchiste et le fauteuil laissé libre par l'assassinat de Darlan. Après ? Difficile d'imposer un arbitre à la France des partis... Mais il a son idée derrière la tête. Un samedi, à La Tour de Peilz, il entraîne quelques-uns des exilés présents au salon et les réunit dans une autre pièce, en petit comité. Ils sont assis, il est debout. Dans sa main, il tient deux textes, l'un sur l'Europe, l'autre relatif à un projet de Constitution. Il ne veut pas lancer un parti, ni un mouvement mais créer un Conseil de la monarchie. Son ton est faussement politique, volontiers démagogique. Silence et regards gênés alentour. Il est vrai que l'un des textes, épais de seize pages et estampillé « Top secret » s'intitule « Manifeste monarchiste. Pour un arbitre ». C'est son programme. Dans sa conclusion, il est question de lutter « contre l'Amérique » et « pour un Saint-Empire romain germanique »[35]... Pressé de donner son opinion, Raymond Abellio lui dit :

« Monseigneur, je suis un ancien trotskiste devenu monarchiste de droit divin. Alors je vous en prie, n'adoptez pas ce ton électoral... »

A la réunion du lendemain, Monseigneur reprend le ton du monarque[36]...

Vichy-sur-Léman ? Il y a de cela dans ce salon hors du temps où certains semblent avoir arrêté les aiguilles de leur montre en août 1944. C'était hier mais ça paraît déjà si loin... De temps en temps, cette réunion très courue est agitée par la présence de visiteurs parisiens, porteurs de « nouvelles » de première main, une denrée rare et appréciée.

C'est Yves-Frédéric Jaffré, un des avocats de Laval, qui raconte les conditions du non-procès. Plus significative dans le contexte des multiples revanches souterraines de l'après-guerre, est la visite éclair effectuée en septembre 1947 par Louis-Dominique Girard. Chef de cabinet du maréchal Pétain « de janvier 1944 à la fin », il connaît Jardin depuis une dizaine d'années, après l'avoir rencontré dans la mouvance de l'*Ordre Nouveau*. Il vient d'achever la rédaction d'un manuscrit intitulé *Montoire, Verdun diplomatique*. Il y défend l'idée selon laquelle l'entrevue d'octobre 1940 entre le Maréchal et le Führer a été montée par Pétain et non par Hitler ou Laval. Pour prévenir toute lutte fratricide et toute polémique entre pétainistes et lavalistes, il veut se couvrir, et montrer l'ours aux premiers concernés, acteurs ou témoins parfois mis en cause. Pour ce faire, il n'y a qu'une seule adresse : Jean Jardin, Vevey.

Ce dernier l'attend sur le quai, en gare de Lausanne. A peine se sont-ils salués qu'il lui dit :

« Quelqu'un veut vous voir et vous attend comme le messie. C'est le comte de Paris... Il est très inquiet de ce qu'on pourrait écrire sur lui... J'ai tout arrangé. Nous déjeunerons chez moi. Au café, il arrivera... »

Ils se mettent à table. On sonne à la porte. Déjà ? Non c'est un invité inattendu qui les rejoint. Sac au dos, tenue de montagnard, c'est l'ancien directeur des services administratifs et financiers du président Laval qui passe ses vacances dans la région. Il manque de tomber en syncope quand, au dessert, il voit l'héritier-des-quarante-rois-qui-en-mille-ans-ont-fait-la-France s'asseoir parmi eux, comme un habitué. Durant tout l'après-midi, Louis-Dominique Girard lui raconte son livre. Le comte de Paris le quitte pour aller dîner avec sa tante Amélie mais le retrouve vers 23 heures à son hôtel, sur les rives du lac, pour poursuivre la conversation. A 1 heure, Jean Jardin se joint à eux pour parler jusqu'à l'aube. Veni, vidi, Vichy... Monseigneur craignait que l'auteur interprète mal ses séjours à Vichy et il en profite pour lui confier que le président Auriol prépare la restauration monarchique, persuadé, avec Léon Blum, que la République a vécu ! Parallèlement, Girard fait lire son manuscrit aux émigrés. Colloques nocturnes. Mais cela ne suffit pas. Encore faut-il publier ! A Paris, Plon et Flammarion sont d'accord pour signer un contrat mais ne veulent pas l'éditer tout de suite, souhaitant faire d'abord oublier quelques livres malencontreusement publiés sous l'occupation et laisser passer en priorité les auteurs gaullistes atteints de fièvre verte. Le livre paraîtra donc chez un petit éditeur, André Bonne. Le ministre de l'Intérieur Jules Moch, inspiré par la Ligue des droits de l'homme, lui donnera une publicité inespérée en le faisant interdire pendant un mois en vertu d'un texte condamnant la littérature pornographique. L'auteur s'étant rebiffé, le Conseil d'État lui donnera raison [37].

Curieuse atmosphère que celle de ce salon où l'on

s'inquiète encore de ne pas raviver la tension entre « lavalistes » et « pétainistes ». Le vent de l'histoire a soufflé mais pas pour tout le monde semble-t-il. Certains sont persuadés qu'ils reviendront au pouvoir à l'issue d'un conflit généralisé entre le Kremlin et les Alliés[38]. Il y a de tout chez Jardin, des snobs et des revanchards, des mondains et des esthètes, des intellectuels éclairés et des écrivains au travail, des collabos non repentis et de futurs gaullistes. Mais malgré les diverses qualités et origines des personnalités qui y évoluent, il y règne une ambiance à sens unique : à droite, toute... Un communiste, même français, entrerait par inadvertance dans le salon des Jardin un samedi après-midi qu'il serait immédiatement fusillé, du regard en attendant pire.

Ce n'est pas tout à fait un hasard si la presse contrôlée par le PCF a fait de l'émigration française en Suisse un cheval de bataille. Elle y revient souvent, avec l'insistance d'une campagne. En août 1946, le quotidien communiste *Ce Soir* lance la publication d'une grande enquête sur « les traîtres en fuite » sous ce gros titre :

« Les " collabos " mènent en Suisse une vie douillette... et espèrent bien rentrer en France quelque jour... »

Dès le « chapeau » de l'article, l'envoyé spécial Serge Lang donne le ton : « Nulle part en Suisse, la haute bourgeoisie n'est aussi réactionnaire qu'à Lausanne et dans le canton de Vaud. Le Front populaire fut pour ces milieux la " grande peur " qu'ils ne surmontèrent qu'après l'accès au pouvoir de Pétain. » Le journaliste assure qu'aujourd'hui, on y arbore volontiers à la boutonnière la francisque ou la fleur de lys. Pour nombre de personnalités « wanted », la région est un asile confortable et un champ d'activité fertile. Charles Rochat est le premier visé par cette enquête. Selon le reporter, Laval l'avait envoyé en Suisse en juillet 1944 avec l'équivalent en or et devises d'un million de francs suisses pour préparer son refuge. Il a été depuis condamné à mort. Puis vient Marcel Bod, ancien milicien, tortionnaire de maquisards en Savoie, condamné à mort par contumace. Il vit à Neuchâtel et on peut le trouver tous les soirs au café... Avis aux amateurs. Serge Lang affirme enfin que dès 1943 une agence policière privée de Lausanne a préparé l'arrivée des futurs « traîtres en fuite : l'amiral Auphan, Jean Jardin, Charles Rochat, Bonnefoy, Henri de Man... » Il laisse même entendre que certains, dont Jardin naturellement, ne sont tolérés en Suisse que parce qu'ils ont des souvenirs précis, détaillés et inédits des coulisses des relations franco-suisses pendant l'Occupation.

Le lendemain, *Ce Soir* publie la suite de sa grande enquête sous le titre :

« Avoir servi Hitler ne leur ferme pas la porte du grand monde. »

Le journaliste se scandalise (et il n'est pas le seul !) de voir les exilés vivre confortablement dans des appartements et des hôtels élégants mais aussi de publier des livres en toute impunité au Cheval ailé de Constant Bourquin. D'après lui le tirage moyen des livres de Fabre-Luce, Du Moulin de Labarthète ou Gillouin est de 23 à 30 000 exemplaires, dont les trois quarts sont diffusés en France. Par ailleurs, il assure qu'une quinzaine d'inspecteurs de police ont été spécialement chargés de veiller à la sécurité de tous les « collabos », comme c'est le cas pour Léopold de Belgique, exilé près de Genève. Dans ce second volet de l'enquête, Serge Lang s'en prend plus particulièrement à Edmond Jaloux qu'il accuse de faire des conférences sur Hitler « avec un ton de dévotion » et d'utiliser un nègre (sa secrétaire) pour écrire ses livres, au théoricien belge Henri de Man, et à Du Moulin de Labarthète. Évoquant les fameux fonds secrets transférés de Vichy à Berne, il se demande : « Est-ce pour cela que des hommes comme Paul

Morand, Jardin et le condamné à mort Rochat disposent encore à l'heure actuelle de sommes importantes ? »

Dans le troisième et dernier article de ce reportage chez les exilés, le journaliste s'en prend à Bertrand de Jouvenel : « Ce personnage hautain, avec son monocle et son collier de barbe, est la risée du petit village de Chexbres au-dessus de Vevey. (...) Ces vignerons au milieu desquels il habite sont des hommes simples et francs qui ne peuvent comprendre ses manières prétentieuses (...) Quelquefois il essaie de poser en " résistant " en produisant un certificat délivré par un officier FFI de Tulle, limogé d'ailleurs pour avoir délivré à Jouvenel ce certificat de complaisance. Jouvenel est-il recherché par la police française ? Cela ne l'empêche pas de se rendre fréquemment à Paris. »

L'autre exilé dans le collimateur du quotidien communiste ne peut être que Georges Bonnet. L'ancien ministre de Daladier a droit à la « une », au gros titre « Son Excellence Georges Bonnet est tout rasséréné par les verdicts récents », et à une photo, prise dans son chalet en Suisse, le montrant à son bureau devant un portrait de... Roosevelt. Selon le reporter, Bonnet est installé là depuis 1943. Il a des contacts fréquents avec les Américains et rédige régulièrement des rapports destinés à Robert Murphy, le conseiller politique d'Eisenhower. Des Savoyards lui ayant envoyé des petits cercueils par la poste, Georges Bonnet a dû déménager à La Tour de Peilz, avec l'aide d'Edmond Sillig, un syndic et avocat qui avait pareillement aidé le diplomate italien Alfieri. Aujourd'hui, l'ancien ministre écrit son livre sur Munich avec des documents confidentiels du Quai d'Orsay, reçoit des Parisiens et prépare son retour, quand il ne fréquente pas la plage de la Becque. Ultime précision du journaliste (pour les petits cercueils?) le condamné est dans l'annuaire : « Bonnet Georges, avocat, Chalet Gramont, 16, av. de Sully, N° 45 612... »

En conclusion de son enquête, il écrit : « Malgré leurs anciennes divisions, les traîtres et collaborateurs réfugiés en Suisse se sentent solidaires par leur commun désir de créer des difficultés à un régime qui les a éliminés du pouvoir (...) Il ne fait aucun doute que les moyens financiers dont disposent tous ces hommes sont puissants. Déjà, ils ont donné à Constant Bourquin les fonds qui lui ont permis d'imprimer leurs attaques contre la France (...) La moindre victoire de la réaction en France aurait pour conséquence immédiate la rentrée à Paris de tous les traîtres qui préparent en Suisse, non seulement leur retour, mais aussi leur vengeance. Une vengeance qui atteindrait la France elle-même [39]. »

L'intention est claire : elle obéit moins à une attaque en règle contre « les émigrés et les collabos » qu'à des considérations de politique intérieure, au moment où le PCF avec 26 % des suffrages occupe 146 sièges à l'Assemblée, à l'issue d'une campagne électorale marquée par le divorce avec les socialistes.

Bien entendu, les exilés réagissent. *Ce Soir* circule de main en main le samedi dans le salon des Jardin. C'est probablement la première et la dernière fois qu'un tel journal connaît un tel destin en un tel lieu... Bien sûr, c'est Jean Jardin, le « consul des émigrés » qui supervise leur réponse. Il écrit une « Note n° 1 sur les " Vichystes " » de dix pages dans laquelle il reprend point à point la biographie de certaines des personnes visées par l'article et rectifie ce qui doit l'être. En préambule et en conclusion, on peut lire :

> « Bien qu'ils soient communément et globalement appelés " vichystes " par une certaine presse, ou encore " traîtres " ou " collabos ", les Français qui habitent en Suisse et qu'on injurie sous ces divers vocables, ne constituent en aucune façon une catégorie politique. S'ils sont le plus souvent unis par des liens d'amitié, ces hommes ont les idées politiques les plus

diverses. Ils sont venus en Suisse à des dates, dans des conditions et pour des raisons différentes. Le gouvernement de Paris paraît bien d'ailleurs ne pas se préoccuper de ces Français. La plupart d'entre eux sont en relation actuelle avec des hommes au pouvoir, les hauts fonctionnaires qui viennent en Suisse les visitent. Simplement le thème des " vichystes sur les bords du Léman " paraît être périodiquement un argument commode pour les journalistes d'une certaine presse, en mal de tourisme, qui souhaitent obtenir de " l'Information " un ordre de mission et des devises. (...) En résumé, de tous ces " vichystes ", ces fuyards, ces traîtres dénoncés par une certaine presse, pas un qui ne soit inscrit régulièrement sur les registres des Consulats de Lausanne ou de Genève et, le cas extravagant de Rochat mis à part, pas un contre lequel il y ait eu en France condamnation, ni même plus simplement encore information. Sur huit, deux ont déjà fait la preuve du retour en France possible et normal[40]. »

Il est à noter que la notice biographique concernant Jean Jardin, et destinée à rectifier la campagne de presse, nous apprend qu'il a gardé, sur l'invitation de Pilet-Golaz, son statut diplomatique (carte rose, est-il précisé) jusqu'au 1er janvier 1945 : « A cette date, avant de recevoir le livret d'étranger (carnet B) M. Jardin a été immatriculé au Consulat de France à Lausanne, par les soins personnels de M. Pofilet, consul de France. Cette immatriculation lui a été renouvelée en 1945. Des passeports pour lui et sa famille lui ont été délivrés par le même Consulat. Il n'y a en France ni information ni poursuite contre M. Jardin. Récemment, M. Hoppenot (l'ambassadeur de France en Suisse), disait à M. Rochat : « Jardin peut rentrer. On se demande pourquoi il ne rentre pas, on n'a que des compliments à lui faire... »

Pour éviter tout malentendu, Jean Jardin tient à démentir la teneur de l'article en question auprès des autorités suisses en la personne du diplomate Walter Stucki. Dans une note, il dresse la liste des erreurs. Des décorations ? Stupide, les Français n'en portaient pas ni avant ni après la Libération. Fabre-Luce ? Il va à Paris quand il veut et ne s'en prive pas. Edmond Jaloux ? Il vit régulièrement dans la région depuis vingt ans et irait à Paris si d'Astier de la Vigerie ne lui avait pas pris son appartement... Les livres de Constant Bourquin ? On les trouve très difficilement en France. Et puis Jaloux n'a jamais prononcé de conférence sur Hitler, Jouvenel n'a jamais porté le monocle, etc.[41].

Plus que la campagne de presse elle-même, somme toute logique dans le quotidien dirigé par Aragon, il importe de savoir qui l'a lancée et pourquoi. L'inspiration vient du Quai d'Orsay, même si elle est par la suite quelque peu outrée et dénaturée suivant les journaux qui la récupèrent. Il faut dire qu'à Paris, dans les milieux gouvernementaux, à une époque où l'on compte cinq ministres communistes, ils sont nombreux à être agacés par les comptes rendus des activités françaises au-delà de la frontière suisse. Il suffit, déjà, de lire la presse. Pour ceux du Quai, la lecture des dépêches envoyées depuis l'ambassade de Berne est édifiante. On s'y dit scandalisé par la présence de René Benjamin. A la Libération, cet écrivain pétainiste avait été exclu de l'Académie Goncourt où il siégeait depuis près de dix ans. Le voilà maintenant qui donne des conférences privées en Suisse pour y faire l'apologie de Maurras et Pétain et y railler la France de la « libération », avec des guillemets et sans majuscules. Or si René Benjamin a pu passer la frontière c'est qu'on vient de renouveler son passeport ! L'ambassadeur trouve cela tout aussi scandaleux que les aller retour Paris-Lausane de Fabre-Luce : non content d'avoir obtenu un visa de sortie, il se permet de publier des livres favorables à Pétain (*Le mystère du Maréchal* et le *Journal de la France*) chez Bourquin.

Dans une lettre à son ministre, le diplomate fait remarquer : « Si nous ne pouvons pas empêcher les Suisses d'imprimer ce que bon leur semble, peut-être pourrions-nous au moins ne pas faciliter à des auteurs interdits en France de leur apporter leurs manuscrits à domicile. » A la suite de cette requête, Geoffroy de Courcel, le secrétaire général du Quai d'Orsay, demandera des précisions au ministre de l'Intérieur sur les facilités administratives fournies à Fabre-Luce et René Benjamin « pour aller faire en Suisse une propagande contraire à l'intérêt national[42]. »

Alors, des comploteurs du Grand Soir, ces émigrés du samedi après-midi ? De la graine de conjurés ? L'observateur de passage dans le salon de Jardin serait étonné d'entendre ces « individus dangereux pour l'intérêt national » surtout préoccupés de refaire le monde à leur convenance, en dehors de tout réalisme et de se donner du « Monsieur le Ministre », du « Votre Excellence » ou encore du « Monsieur le secrétaire général ». Comme avant...

Mais il n'y a pas que cela. Aux policiers qui cherchent à localiser les réseaux de passage clandestins de « collabos » en Suisse, on propose toujours la même piste : quelques noms, quelques adresses et un salon très couru, bien fréquenté sur les rives du Léman... Il est présenté comme une centrale et un point de chute. Ainsi, on reste persuadé chez les enquêteurs que si Georges Scapini, l'ancien délégué aux prisonniers à Vichy, a réussi à s'évader de France vers la Confédération, c'est grâce à la complicité des douaniers et policiers corses mais pas uniquement... Périodiquement à chaque fois que l'on signalera des miliciens en fuite transitant par la Suisse à la recher-

283

che d'un intermédiaire bâlois qui les mettrait en rapport avec les consulats d'Espagne et d'Argentine, les émigrés les plus connus sont inquiétés ou, tout au moins, activement surveillés.

Vus de Paris, ce sont des comploteurs idéaux. Ils sont compromis par leur activité passée, ils ont mauvaise presse, ils vivent à l'étranger au lieu de participer à la reconstruction de la France, ils se réunissent souvent dans des endroits que la presse qualifie de mystérieux... Une affaire montre à quel point la communauté française récemment émigrée en Suisse est un bouc émissaire rêvé : la conjuration du « Plan bleu ». Ce pourrait être le titre d'un livre d'aventures et d'espionnage, mais plus Hergé que John Le Carré.

Paris, juin 1947. A la fin du mois, le ministre de l'Intérieur Édouard Depreux, que ses adversaires ont surnommé « le ministre de l'Intérieur et de la SFIO », convoque une conférence de presse. A mots couverts, on annonce des révélations fracassantes. Les journalistes sont alléchés. Et que dit le ministre ? La police a mis la main sur des bandes armées, organisées en réseaux clandestins sur tout le territoire français. Leur but est d'empêcher à tout prix un coup de force communiste. Leur stratégie, c'est de contacter les milieux de résistants et de déportés, leur faire prendre conscience de l'imminence du danger stalinien pour la France et leur assurer que le but de l'entreprise est de ramener le général de Gaulle au pouvoir. Le ministre est formel : « il s'agit d'un maquis noir composé de résistants d'extrême droite, de vichyssois et de monarchistes [43]... » Rien de moins.

Tout le monde est très sérieux, le ministre et les journalistes. Il est question de rendez-vous secrets, de perquisitions très fructueuses (« on a trouvé des armes lourdes, des ordres de bataille, des plans de feux, des actes constitutionnels ») et, très vite, d'arrestations. Le comte de Vulpian, dont le château à

Lamballe (Côtes-du-Nord) servait de cache, et le général Maurice Guillaudot, résistant notoire, le général Merson, un homme du Renseignement, et l'inévitable comploteur professionnel, le colonel Loustaunau-Lacau sont mis sous les verrous. Leur « coup » devait avoir lieu fin juillet-début août. Ils sont moins farfelus qu'il n'y paraît, assure-t-on, puisque effectivement un certain nombre de personnalités des milieux militaires et patronaux, des généraux Koenig et Bethouard à la famille Peugeot, sollicités par les « comploteurs » auraient accepté de les aider. Mais quand certains, dans la presse ou à l'Assemblée nationale, commencent à émettre de sérieux doutes sur la crédibilité de toute cette histoire, on évoque aussitôt sa nouvelle dimension : la piste étrangère. Pas seulement les ramifications anglaises et américaines (Londres et Washington ne cachent pas qu'ils sont prêts à aider de Gaulle et les siens à contrecarrer une insurrection communiste) mais surtout la « Léman Connection ». Encore elle...

Au bout de quelques mois pourtant, l'affaire s'essouffle. Or les socialistes, qui n'ont pas fini de l'utiliser pour dénoncer le danger communiste, aimeraient bien la faire durer. La piste suisse est le second souffle idéal pour ce genre d'aventures. C'est ainsi qu'à la fin de l'année *Samedi-Soir* et *Paris-Presse*, aussitôt repris par nombre de confrères, lancent la rumeur d'un « gouvernement des Français libres en Suisse », d'une fantomatique « Armée Française loyale » et autres milices clandestines. Là encore, il est question de faux papiers, de complicité avec des hauts fonctionnaires suisses, de réunions clandestines de personnalités politiques et militaires françaises, dans le salon d'une belle maison sur les rives du lac Léman... Il y en aurait même eu une dans la région de la Chaux-de-Fonds, à laquelle auraient pris part des « collabos » venus d'Italie, d'Autriche et de France. Une Internationale noire, avec francisque à la boutonnière ! De source suisse, on parle même d'observations d'avions militaires français à Kreuzlingen « et on croit savoir que ces machines sont utilisées à des parachutages en France ». De source américaine, on assure que le comte de Paris aurait assisté à ces réunions, ce qui ne manque pas d'attirer l'attention de l'ambassadeur de France, qui rédige un rapport à l'attention de son administration [44].

Qui alimente la presse en information ? Nul ne le sait. Mais ce sont toujours les mêmes noms qui reviennent quand on évoque les ramifications suisses du « plan bleu », ainsi nommé en raison de la couleur du dossier renfermant les rares pièces à conviction : l'amiral Auphan, l'amiral Blehaut, Horace de Carbuccia ancien patron de *Gringoire*, et... Jean Jardin. Un rapport confidentiel [45] remis (par qui ? nous l'ignorons) à Jacques Billiet, rédacteur à *L'Humanité*, lors d'une entreveue discrète à Genève, fait le point sur ce que l'on appelle « le directoire du plan bleu ». Même par extraits, la lecture en est édifiante. Qui manipule qui ? Qui est à la source de l'intoxication et dans quel but ?

> « AUPHAN. Il habite, sous le nom d'Aigrement, Le Locle, gros village frontière, le plus proche de certaines localités de montagne de haut Doubs, en particulier Lac-ou-Villiers désigné récemment comme un centre actif du complot (...) Dans le but de ne pas attirer l'attention de la police française ou plus exactement de certains policiers français et pour ne pas « brûler » son lieu de résidence, centre idéal de liaison avec la France, Auphan a eu jusqu'ici tous ses contacts importants dans d'autres régions de la Suisse et en particulier à Lausanne (à l'hôtel Continental où il fit plusieurs séjours), à Genève et récemment à Lucerne où en décembre dernier il rencontre Carbuccia (lors de l'arrivée de ce dernier au

cours d'une conférence qui les réunit avec d'autres conjurés à l'hôtel Schweiserhof.

JARDIN. Ces messieurs [Jouvenel, Rochat, etc.] se réunissent souvent autour d'une tasse de thé (...) On justifie la politique de collaboration avec l'Allemagne d'aujourd'hui reprise par les Américains. Jean Jardin a déclaré récemment à ce sujet : « Tout cela n'a plus aucune espèce d'importance car si un jour la politique de collaboration occidentale se réalisait entre la France et l'Allemagne, c'est René Mayer et Jules Moch qui la feraient. Il est évident que ce ne serait pas nous. Les rivières ne remontent jamais vers leurs sources. »

Et le même de s'exclamer en parlant du complot des maquis du Doubs : « Cela me fait beaucoup rire. Je pense qu'une belle affaire va être montée par la Sûreté pour pouvoir arrêter plus facilement les communistes. Plan bleu, blanc, rouge : troisième force ! » Actuellement Jean Jardin vit à La Tour de Peilz où il a loué un magnifique appartement dans une villa au bord du lac. Il a renoncé à publier ses mémoires chez l'éditeur Bourquin, qui a publié ceux de Georges Bonnet. Il est entré dans les affaires de Le Roy Ladurie, a abandonné la politique pour se consacrer en Suisse, au Portugal et au Maroc aux affaires. Sa situation pécuniaire difficile est, depuis trois mois, complètement renflouée.

BONNET. Les bruits de remaniements ministériels sont pour lui de perpétuelles sources d'espoir. Il vit des subsides de la banque Lazard envoyés par l'intermédiaire de M. Mayer et a reçu 10 000 francs suisses de son ami Marcel Boussac.

MORAND. Il serait venu plusieurs fois à Londres, débloquer les sterlings de sa femme, la princesse Soutzo, et s'est installé à Vevey. Il a eu la visite d'Horace de Carbuccia, lequel est allé voir aussi Georges Bonnet...

ROCHAT. A quitté Lausanne pour la Tour de Peilz. Reçoit 500 francs suisses par mois pour ses traductions d'allemand de l'éditeur Bourquin et vit à l'écart. C'est, d'après Paul Morand, le plus courtisé des condamnés à mort. Les officiels de Paris ne manquent pas d'aller le saluer à leur passage.

Le séjour de ces résidus de Vichy serait le résultat d'un arrangement passé entre M. Stucki et Pétain lorsque ce dernier revint de Sigmaringen. Cet accord aurait reçu l'approbation du premier gouvernement de Gaulle (plus particulièrement en ce qui concerne Rochat) et il est établi que les différents ministres de l'Intérieur socialistes qui se sont succédé depuis Adrien Tixier ont tous été au courant de ces activités et ont constamment entretenu à leur sujet des contacts avec le gouvernement fédéral par l'intermédiaire des directions des polices politiques et des services secrets des deux pays. C'est ainsi notamment que l'inspecteur des Renseignements généraux de Montbéliard Frantz (membre du RPF) a rempli plusieurs missions de filature en territoire helvétique (...). »

Il y en a cinq pages à l'écriture serrée, de la même encre. Il y est autant question des émigrés français que de personnalités suisses, avocats et conseillers juridiques aux accointances néo-fascistes, d'agents des services de renseignements de l'amiral Canaris, qui depuis la fin de la guerre travaillent pour les Américains, de résistants retournés par les Soviétiques, de complot contre la IVe République et même de synarchie, monstre du Loch Ness de tous les complots. On se contenterait d'en sourire s'il n'y avait autant de précisions : noms, lieux, dates... Visiblement, l'auteur de ce rapport anonyme, qui remonte probablement à fin 1947-début 1948, connaît parfaitement le milieu. Peut-être même en est-il...

Le procès des conjurés du « Plan bleu » est enfin annoncé. Il est ridicule. Le dossier est à peu près vide. La baudruche s'est dégonflée. En fait d'armes lourdes, il s'agissait d'un pistolet et d'un fusil de chasse. Le reste est à l'avenant. Les inculpés crient au scandale et à la diffamation. Les émigrés français en Suisse soupirent de soulagement : ils préfèrent qu'on les oublie...

Finalement, les gagnants sont d'une part les communistes, qui ont saisi le prétexte pour dénoncer les provocations à leur endroit, les fauteurs de guerre civile et la collusion entre activistes gaullistes, gouvernants socialistes et exilés vichyssois ; d'autre part les vainqueurs sont les anticommunistes qui ont réveillé dans une partie de l'opinion publique l'image la plus négative, la plus agressive et la plus belliqueuse du militant du PC : même si la conjuration du « Plan bleu » apparaît comme le symptôme d'une vaste paranoïa, la menace d'un coup de force communiste sur la France est bien entrée dans les esprits.

Communistes et anticommunistes...

Au moment où Jean Jardin se remet à fréquenter la France régulièrement dans le secret espoir de jouer un rôle politique, ce sont vraiment eux les maîtres du terrain.

10

La IVᵉ France

(1947-1950)

La gare de Lausanne, un soir d'hiver en 1947.
Le quai est presque désert. Quand le Constantinople-Paris annonce bruyamment son arrivée, un petit homme à la silhouette ramassée replie son exemplaire du *Figaro* et monte dans un wagon de première classe. Le train est presque vide. C'est à croire qu'il s'est arrêté là pour lui. Cela se pourrait, un peu comme le train attendait M. Bouchon, important industriel sucrier à Bernay quand il était en retard...

Sur les rails, Jean Jardin est en pays conquis, chez lui. C'est un homme de la maison, cuvée Dautry. La SNCF, c'est sa résidence secondaire. Attitude de propriétaire. D'ailleurs, il est des rares voyageurs à appeler les employés par leur prénom et à avoir sa table réservée en permanence. Depuis quelque temps, il vient à nouveau en France. Il n'est pas interdit de séjour et ne fait l'objet d'aucune poursuite. Mais par prudence et par pente naturelle, il préfère la discrétion aux fanfares.

Dans les milieux du pouvoir, au Quai d'Orsay et à l'Élysée, s'il en est pour le louer, il en est aussi d'autres pour le blâmer ou l'éviter. La Libération, c'était hier. L'épuration reste encore une affaire en cours. Et puis Jardin n'est pas homme à garder sa langue dans sa poche si, en sa présence, le régime de Vichy et les hommes qui l'ont incarné étaient par trop foulés aux pieds. En 1947, ce n'est plus tout à fait la haine civile héritée des années sombres, ce n'est pas encore le pardon, mais une période floue, transitoire, où l'on tâche d'oublier. Ainsi, dans l'annuaire du corps diplomatique, on constate que la France n'a officiellement pas été représentée en Suisse entre 1940 et 1944, et dans l'antichambre du Premier ministre à l'hôtel Matignon, la galerie de portraits des présidents du Conseil a curieusement omis Pierre Laval, autant celui de 1931 que celui de 1935 ou de la période cruciale.

La haine civile s'est transposée sur un autre terrain. La France coupée en deux, manichéenne en diable, celle qui a perdu tout sens de la nuance pour ne retenir que les contrastes, c'est celle des communistes et des anticommunistes. La fameuse formule de Malraux — « Entre les communistes et nous, il n'y a rien » — beaucoup s'emploient à la démentir. Les jeunes hommes d'affaires éclairés comme Jean Riboud sont l'exception qui confirme la règle. Résistant, quand on lui parle des communistes, il ne pense pas au goulag mais au stalag. Non pas aux méfaits de Staline mais à ses propres compagnons de déportation. Depuis son retour de Buchenwald il voit en eux « des gens convaincus et intègres. Personne n'aurait pu me faire croire que les communistes français étaient foncièrement des hommes mauvais[1] ». Une voix dissonante dans un concert d'imprécations...

La IVe République naît juridiquement le 23 janvier 1947. Le gouvernement compte cinq ministres communistes. Maurice Thorez, encore dénoncé comme déserteur par la presse de droite, est ministre d'État, Charles Tillon ministre de l'Armement, François Billoux à l'Économie nationale, Marcel Paul à la Production industrielle et Ambroise Croizat au Travail. Le Parti communiste incarne à la fois la force et la puissance, la masse et l'influence. Aux élections législatives de novembre 1946, il a remporté 169 sièges, talonné de peu par les démocrates-chrétiens du MRP. Cinq mois plus tard, le général de Gaulle lance son mouvement, le Rassemblement Populaire Français (RPF).

Le héros français par excellence avait quitté le pouvoir, estimant que son pays n'était plus menacé et qu'il ne pouvait être à la fois « l'homme des grandes tempêtes et celui des bonnes combinaisons », allusion à peine voilée à la vérole de la République naissante : le régime exclusif des partis. Mais le sien, le RPF, va s'employer à ratisser large, opportunément, en pleine hystérie anticommuniste. Son nationalisme, très marqué en politique étrangère, attire une fraction importante de gens de droite. Les plus intransigeants des vichyssois ne franchissent pourtant pas le Rubicon en raison des souvenirs encore frais de l'épuration, des nationalisations et de la présence des communistes au gouvernement.

Dès 1945, un résistant de droite, Henri Frenay, avait donné le ton en publiant une brochure de seize pages intitulée : *Méthodes d'un parti : alerte aux démocrates*. Deux ans après, c'est la fracture. Depuis des mois, le climat est pourri, l'atmosphère sociale viciée, la tension très forte. La presse est pleine de scandales, les fameuses « affaires » : Joanovici, René Hardy et autres séquelles de la guerre, sans oublier le « complot des couvents » (un de plus) mais cette fois il n'y a pas de filière suisse : des capucins sont accusés d'aider des collabos en fuite en leur procurant asile, argent, faux papiers...

Dans le même temps, des grèves à répétition paralysent le pays, qu'il s'agisse des ports, de la presse parisienne, ou des usines Renault. A l'Assemblée nationale il n'est question que du problème indochinois : l'insurrection vietnamienne et le massacre des colons français à Hanoï font l'unanimité contre eux, le gouvernement obtient la confiance, en dépit de l'abstention des communistes. Peu après, c'est à Madagascar que les Français font les frais de la révolte. Sanglant. L'Empire s'effrite. Même à Casablanca on signale des émeutes entre militaires et « indigènes ».

C'est dans ce contexte que le général de Gaulle lance le RPF, peu avant la crise décisive. Le 4 mai 1947, les ministres communistes sont révoqués. Date de rupture et point de non-retour. Pour les communistes bien sûr, mais aussi pour leurs adversaires. La menace communiste devenant moins flagrante, moins évidente, moins « apparente », la décision affecte tous les partis. Le ciment anticommuniste ne leur suffit plus à masquer les insuffisances ou les carences de leurs programmes. Il faut trouver autre chose. Le gouvernement Ramadier dénonce les complots, du Plan bleu aux religieux. En agitant ainsi l'épouvantail « collabo », il fait diversion, ce qui est bien le but recherché. Mais cela ne dure pas. D'autant que le pays est à nouveau secoué par des grèves à la SNCF, à l'EDF, chez Citroën, dans les mines, les banques, les services publics...

Après une relative accalmie, la température est donc remontée. La France n'est pas une île coupée du monde. Dehors, tout près, il y a la guerre froide. Alors dedans aussi. Après le départ du gouvernement des mousquetaires du PC et la mainmise du Parti sur les grèves, l'Assemblée se déchaîne comme jamais. « Salaud » est presque un compliment. Après la démission du gouvernement Ramadier, Robert Schuman obtient largement l'investiture malgré l'opposition des communistes. Jacques Duclos exulte :

« Le président du Conseil est un ancien officier allemand ! C'est un Boche, ce président du Conseil ! »

Quant à Jules Moch, le nouveau ministre de l'Intérieur qui fait charger les CRS puis l'armée contre les grévistes des Houillères du Nord, il est accueilli par les députés communistes à l'Assemblée au son d'un bruyant : « Heil Hitler ! »

Déjà on ne parle plus de grève mais d'insurrection. Comme quoi, dit-on, le coup de force communiste n'était pas un leurre de propagande mais bien une menace à prendre au sérieux. On mobilise de tous côtés. L'Assemblée nationale, elle, joue à guichets fermés. Début décembre, la séance est permanente plusieurs jours durant. Pas de discours, des invectives. Certains tentent simplement d'occuper le terrain. Il faut les jeter hors de l'Assemblée de force, tel le communiste Raoul Calas qui tient le micro pendant toute une nuit et chante même un hymne à la gloire du 17e de ligne mutiné à Béziers il y a quarante ans [2].

La IVe République se forge sa réputation. Elle passera à la postérité pour synonyme de « combinaisons » sinon de « combines » et servira de contre-exemple pendant longtemps pour désigner justement ce qu'un système démocratique doit éviter [3]. Les parlementaires que Jean Jardin découvre à chaque fois qu'il s'aventure dans les couloirs du Palais-Bourbon, n'ont plus, comme les notables de la IIIe République, une certaine idée de leur fonction. Ils n'acceptent plus de payer le prix de leurs privilèges. Comme le fait remarquer le directeur du *Monde*, Hubert Beuve-Méry : « Aujourd'hui, la députation est devenue un métier comme un autre. On ne meurt pas pour 300 000 francs par mois [4]. »

C'est l'Assemblée nationale qui fait la loi. Elle règne. Et avec elle les partis. S'ils n'accordent pas l'investiture au nouveau chef du gouvernement, il peut s'en retourner à ses chères études. Mais si avant 1914 on pouvait encore s'offrir le luxe des « rivalités de partis qui sont jeux de princes [5] », après la Libération, cela paraît irresponsable, inconséquent, eu égard aux urgences de l'heure. La crise ministérielle est devenue une méthode de gouvernement. Les Français n'en comprennent pas les tenants et les aboutissants mais cela importe peu. Pendant les crises, la France continue... Dans cet univers où la rumeur, la médisance, l'intérêt personnel et l'esprit de clan priment souvent sur toute autre considération, le président du Conseil joue le rôle de l' « honnête courtier ». Il est l'homme qui met tout en œuvre pour rapprocher les partis, gommer les aspérités entre les différentes chapelles politiques et enlever les arêtes. Mais il finit par devenir, pour reprendre la formule de Paul Reynaud, « le plomb qui saute chaque fois que la tension monte[6] ». En onze ans de IVe République, il y aura douze courts-circuits...

La faute aux partis ? Bien sûr. Mais aussi aux lobbies, ces groupes de pression qui sont d'autant plus dangereux qu'ils agissent souvent à couvert. Le premier et le plus ancien, qui a fait ses preuves entre les deux guerres, c'est celui des colons. Puis vient le lobby de l'alcool et sa branche la plus puissante et la plus mal vue, les bouilleurs de cru. Enfin il y a les autres : les patrons, les petites et moyennes entreprises, les anciens combattants, les paysans, l'Église, les transporteurs routiers, les pèlerins d'Emmaüs et autres sans-logis de l'abbé Pierre, la Ligue anti-alcoolique, les adversaires de la peine de mort... Ils se veulent tous des « hommes d'influence » et sont bien décidés à tout mettre en œuvre pour que « leurs » députés interviennent en leur faveur au cours des débats.

Cette manière de concevoir et de pratiquer la politique favorise naturellement l'émergence d'une catégorie d'individus très rares et très recherchés : habiles manœuvriers, hommes de contact et de relations, négociateurs avisés et loyaux : Jean Jardin... C'est le moment ou jamais pour effectuer un retour et s'insinuer dans un milieu où ses qualités vont faire de lui un authentique homme de pouvoir. Mais avant de franchir ce cap, une formalité reste à remplir : en finir une fois pour toutes avec l'épuration pour qu'un certain nombre de personnalités « compromises » reviennent tout à fait à la politique.

La guerre froide et la lutte anticommuniste en France vont être les véritables marchepieds de l'amnistie. A ceux qui prêchent le pardon à défaut de l'oubli, un argument de poids est fourni par le contexte, comme le relève le journaliste François Fonvieille-Alquier : « Désormais, ceux qu'on avait poursuivis pour " collaboration " pouvaient se targuer d'avoir été des précurseurs. Ils avaient compris, avant les autres, que la Russie était l'ennemi principal et, l'ayant deviné d'instinct, ils avaient choisi le camp de ceux qui agissaient contre le bolchevisme avec le plus d'efficacité. Et si dans la Milice, la Waffen SS, la LVF ou la division Charlemagne, ils s'étaient battus aux côtés de l'Allemagne les armes à la main, ils pouvaient toujours prétendre que, ce faisant, ils préfiguraient la CED [7]. »

De son cercle d'amis ou de relations compromis à Vichy, Jean Jardin est certainement celui qui traverse le mieux l'épuration. A part sa révocation de la SNCF, il ne lui arrive rien. Pas seulement en raison des services rendus à des résistants, mais encore parce qu'il appartient à cette catégorie dont la fonction pendant cette période trouble est définie comme « neutre » car « technique ».

Dans les grands corps de l'État, la continuité est impressionnante. Les postes vacants depuis la Libération, assez peu nombreux, ont été pourvus, la plupart du temps, par promotion interne. Plus touchés sont les députés et sénateurs à qui on n'a pas pardonné d'avoir voté les pleins pouvoirs à Pétain le 10 juillet 1940 [8]. René Coty en était. Quand il est élu président de la République en décembre 1953, on sent bien qu'une page de l'histoire politique de la France est tournée. Pendant les trois années qui auront précédé ce tournant, il n'aura été question que de l'amnistie. Le débat porté sur la place publique avant d'être confiné à l'hémicycle de l'Assemblée, reflète bien l'air du temps.

Dans certaine presse, quand on parle du parti démocrate-chrétien MRP, on précise souvent : « Machine à Ramasser les Pétainistes » et c'est uniquement par manque d'imagination que le RPF gaulliste ne subit pas le même sort...

Ceux avec lesquels Jean Jardin a le plus travaillé pendant l'occupation ont été diversement épurés : la mort pour Laval, des peines de mort par contumace pour Charles Rochat et Jacques Guérard, dix ans de détention par contumace pour l'amiral Bléhaut, cinq ans de détention par contumace pour Georges Hilaire, trois ans de détention pour Yves Bouthillier, dix ans d'indignité nationale (après un an passé à Fresnes et une ordonnance de non-lieu) pour Robert Gibrat, et l'arrêt des poursuites contre Jacques Le Roy Ladurie et Jacques Barnaud... Dans la plupart des cas, ces peines seront commuées puis amnistiées.

Dès 1947, on voit fleurir dans la presse nationale des attaques contre l'épuration. « Ils » relèvent la tête. Ce n'est pas nouveau. Mais ce qui l'est par contre, c'est que cette campagne ne se développe pas uniquement dans les colonnes des journaux qui servent d'asile aux anciens « collabos » et surtout que des résistants marchent en tête.

Le 11 avril 1950, le colonel Rémy, célèbre agent secret de la France libre, publie un article qui va faire beaucoup de bruit. Le papier, qui n'a pas des allures de brûlot, paraît dans *Carrefour*, un hebdomadaire issu de la Résistance, propriété de son ami Émilien Amaury, également gaulliste et RPF. A priori, on croirait une affaire de famille. Pourtant, elle va déborder bien au-delà. Qu'a donc commis Rémy de si répréhensible ? Un crime de lèse-Général. Il l'a mis en contradiction avec lui-même — pratique et théorie — publiquement en rapportant les propos que de Gaulle lui a tenus un soir de 1947, alors que les deux hommes marchaient avenue Foch, au sortir d'un dîner à l'hôtel La Pérouse.

« (...) Depuis la Libération, cinq années ont passé. Des documents incontestables, des témoignages authentiques venant des camps les plus opposés, y compris celui de l'ennemi, se sont fait jour. Il est aujourd'hui évident pour tout homme qui ne se laisse pas dominer par la passion ou par la rancune, celle-ci fût-elle légitime, que la France de juin 1940 avait à la fois besoin du maréchal Pétain et du général de Gaulle. Comme on l'a écrit, il fallait à cette France provisoirement écrasée et qui risquait d'attendre bien longtemps sa libération si la Grande-Bretagne avait été envahie, un bouclier en même temps qu'une épée. C'est ce que le général de Gaulle a voulu exprimer quand, un certain soir où je lui parlais du maréchal Pétain avec amertume, il m'a répondu :

« Souvenez-vous qu'il faut que la France ait toujours deux cordes à son arc. En juin 1940, il lui fallait la " corde " Pétain aussi bien que la " corde " de Gaulle. »

Soumis à l'étroite pression et au contrôle constant de l'ennemi, le maréchal Pétain ne pouvait faire autrement que laisser les tribunaux de Vichy condamner publiquement le général de Gaulle et ceux qui avaient répondu à son appel. Mais cette condamnation, j'en ai été le témoin ici même, si elle n'a guère abusé les Allemands, ni les fanatiques de la collaboration, n'a trompé personne ou presque chez les bons Français. " Le maréchal Pétain et le général de Gaulle sont sûrement d'accord ! " Voilà ce que j'ai entendu répéter mille fois plutôt qu'une dans une France qui (ceci est un fait contre lequel nul ne pourra jamais rien) avait vu avec un immense soulagement le maréchal Pétain saisir la barre du navire. Voilà ce que j'espérais moi-même voir se réaliser, tandis que je commençais d'accomplir en France la mission qui m'avait été confiée.

Il aurait fallu que cet accord, qui ne pouvait être naturellement qu'ultra-confidentiel, fût passé d'une façon concrète entre ces deux chefs que la France refusait de dissocier l'un de l'autre, comme elle eût crié sa joie de les voir associés l'un à l'autre à l'heure glorieuse de la Libération. Le général de Gaulle ne s'y serait certainement pas refusé. Des hommes dignes de foi qui ont approché de près le maréchal Pétain et dont la loyauté est certaine m'ont affirmé que celui-ci le souhaitait de son côté. L'Histoire nous fera peut-être savoir un jour à la suite de quelles circonstances ou de quelles manœuvres et pour le malheur de la France, cette entente secrète n'a pu être conclue (...)[9]. »

Deux cordes pour le même arc ? Scandale ! Tollé ! Cela reviendrait à taxer de double jeu, sinon de double langage, un certain nombre de gaullistes purs et durs, à commencer par le Général. De toute façon, malgré l'estime dans laquelle il tient l'auteur de l'article, fondateur dès novembre 1940 du réseau de renseignements « Notre-Dame » et membre du comité directeur du RPF, il ne peut que démentir la teneur des propos qui lui sont prêtés et en rejeter la thèse. Dans un communiqué au *Figaro*, le Général affirme : « ... rien ne saurait, dans aucune mesure, justifier ce que fut la politique du régime et des hommes de Vichy, c'est-à-dire en pleine guerre mondiale, la capitulation de l'État devant une puissance ennemie et la collaboration de principe avec l'envahisseur. La nation a condamné cela. Il le fallait pour l'honneur et l'avenir de la France. »

De Gaulle ne lui retire pas son amitié. Il est trop intimement lié à ce monarchiste de cœur et de raison pour se brouiller avec lui à cause de Pétain. Le

Général est pour la clémence, pas pour l'absolution. Dans une lettre personnelle [10], il lui reproche, plus encore que sa position sur le fond, la façon dont il l'a exprimée : Rémy n'aurait jamais dû violer le devoir de réserve des membres de la direction du RPF et surtout il aurait dû en référer d'abord à de Gaulle avant de publier l'article. Le fautif, qui ne retire rien de son papier désormais fameux, « La justice et l'opprobre », refuse obstinément de s'expliquer devant une manière de tribunal RPF. La rupture est inévitable.

L'affaire est symbolique. Avec le recul, Gilbert Renault (colonel Rémy était son nom dans la clandestinité) paraît être un homme d'Action Française engagé dans la parenthèse de la résistance en raison de l'attitude décevante de Maurras, et qui, après la séquelle RPF, retrouve ses affinités d'origine en poursuivant la polémique dans l'hebdomadaire *Aspects de la France*. A une époque charnière où le débat sur l'épuration rejoint celui sur l'amnistie, le cas Rémy a valeur d'exemple. Il s'inscrit dans un contexte ponctué de faits qui ont leur importance : la création de *Rivarol*, « hebdomadaire de l'opposition nationale », dont nombre de collaborateurs (c'est le cas de le dire...) sont des proscrits de la Libération ; les élections législatives de juin 1951, auxquelles participent 80 % des Français, qui voient l'arrivée à l'Assemblée de trois hommes marqués par leur pétainisme : Jacques Isorni (avocat du Maréchal) député de la Seine, Roger de Saivre (ancien chef du cabinet civil de Pétain) député d'Oran, et Jacques Le Roy Ladurie (ancien ministre de l'Agriculture à Vichy) député du Calvados ; la publication à quelques mois d'intervalle de la *Lettre aux directeurs de la résistance*, véhémente critique des irrégularités et excès de l'épuration par le résistant Jean Paulhan, et celle des *Deux étendards*, le gros roman que le collaborationniste Lucien Rebatet écrivit pendant son séjour en prison. Signe des temps : Paulhan, pilier de la maison Gallimard, est obligé de publier son texte aux éditions de Minuit, sa propre maison le jugeant trop violent et trop critique pour certains auteurs maison, tandis que Rebatet, lui, n'a pas de problème pour être publié par... Gallimard.

Mais pour Jean Jardin, qui suit avec la plus grande attention ces événements, le plus significatif est, hormis la mort de Philippe Pétain (et, à titre personnel, celle de Raoul Dautry), la libération de Maurras : emprisonné à Clairvaux, le vieux théoricien d'Action Française a été placé en résidence surveillée dans une clinique par le président Auriol. Gracié, il n'en poursuit pas moins d'une haine inexpugnable ses vieux ennemis. Comme avant. A quatre-vingt-quatre ans, il a encore beaucoup de venin à cracher. Il publie, dans *Aspects de la France*, un article sur l'épuration en ces termes :

> « (...) Il faut au moins un châtiment, le mieux délimité possible. Réel. Sérieux. Il en faut un. Le maximum de la clémence y pourrait même coïncider avec le châtiment d'un seul qui ferait l'exemple abrégé des égarements et des scélératesses de tous (...) Il serait donc injuste de le désigner parmi ces Juifs cruels qui, chez nous, ont cédé à leurs réflexes d'étrangers sinon d'ennemis. La même justice scrupuleuse interdira de le choisir parmi les hommes de gauche : ils peuvent exciper très valablement de leur involontaire ignorance de l'histoire de France et de la politique française. En revanche, cette histoire et cette politique sont bien connues des hommes de droite (...) Le choix expiatoire de M. de Menthon offre ce premier intérêt de ne rien coûter à la France. Sa tête peut rouler dans le panier à son, la communauté n'en sera pas appauvrie d'une parcelle de valeur, force ou lumière. Mais, second avantage, M. de Menthon porte un joli nom, il semble avoir un beau

château, est l'arrière-petit-neveu d'un saint, sa famille est très bien posée ; sa toge de jurisconsulte, sa profession parlementaire le mettent à part et en haut. Son faux nez de super-patriote, son faciès dévot de pharisien fini lui composent le type achevé de l'exemple éloquent, celui qu'on voit et qu'on entend de loin. (...) Aucun jury impartial ne lui refusera la peine capitale. Écoutez ce que lui chante un poète ami qui me ressemble comme un frère :
Ô toi qui maculas, empuantant l'Europe
Nos Sceaux français, le Saint de ta race et ton Dieu,
Professeur de droit qui le Droit salopes
Tartuffe de Menthon, terroriste pieux,
Il faut, il faut payer ! Non sous de nobles balles
Contre un poteau de guerre : au froid petit matin,
François, le couperet peint sur ta nuque pâle
La rainure de Guillotin[11]. »

Pauvre et naïf Léon Blum, lui qui imaginait les épurés amnistiés comme des repentis, conscients de devoir à leur pays « un retrait modeste, silencieux et qui pourrait être digne[12] », Maurras lui inflige un cinglant démenti. Son article retentit comme une gifle assenée aux hommes de bonne volonté. Il met dans l'embarras plus d'un résistant prêt à tendre la main à ceux de l'autre bord. Comment n'être pas découragé quand Maurras et d'autres refusent le pardon (car ce serait se renier) mais exigent la réhabilitation ? Jean Jardin, lui, voit dans cet épisode la confirmation d'une intuition qu'il avait eue avant-guerre déjà, très tôt : Maurras, pour marquant qu'il fut, est bien dépassé. Il est d'un autre siècle. Son empreinte et son influence sur les hommes de la génération de Jardin ne sont pas niables. Elles sont durables par bien des aspects. Mais elles ne sauraient suffire. Le système Maurras a vécu.

Il l'a prouvé à l'issue de son procès à Lyon : « C'est la revanche de Dreyfus ! » s'était-il écrié à l'annonce du verdict. Dreyfus...

Son appel au meurtre de François de Menthon, ancien garde des Sceaux de la Libération devenu député MRP de Haute-Savoie, suscite des remous jusque dans les travées de l'Assemblée. Le président du MRP, Pierre-Henri Teitgen, qui lui succéda au ministère de la Justice, lit l'article « infamant » de Maurras à la tribune puis après avoir marqué son dégoût et sa réprobation, dit :

« ... Les manifestes de cette sorte et tout ce qui pourrait par la suite être publié de la même encre ne modifieront pas notre position au sujet de l'amnistie. Nous sommes résolus à nous montrer pitoyables... »

Par ces derniers mots, le débat est scellé. Tout est là. On pense au Rousseau du *Contrat social :* et ceux qui ne veulent pas être libres, nous les y forcerons... Qu'importe, finalement la lecture, à laquelle se livre Teitgen, des articles de Maurras avant et pendant la guerre, contre les Juifs, les gaullistes, les communistes, les francs-maçons. On sait, on connaît. Déjà, le débat a dégénéré. Me Isorni a demandé la parole. On la lui donne.

« Pétain ! clame-t-on sur des bancs à l'extrême gauche.

— Oui, Pétain ! lance Roger de Saivre, suscitant protestations et " mouvements divers ".

— Vive la France ! crie le socialiste Achille Auban, non sans avoir rappelé à propos de Maurras : " ce journaliste avait déjà contribué à l'assassinat de Jaurès ! "...

— Vive la France ! répond Roger de Saivre sur le même ton.

— Vive la résistance mais non Pétain ! reprend Auban.

— A bas Pétain et les pétainistes ! dit alors un autre député.

— A bas les assassins ! enchaîne un communiste [13]... »

Ainsi va la Chambre. Sept ans après la fin de la guerre.

Après une loi timide, chevau-léger de l'amnistie, qui en janvier 1951 autorisait la libération anticipée de ceux qui avaient écopé de peines moindres que la perpétuité, une autre plus complète, en août 1953, tire un trait. Définitivement.

Cette date marque surtout la fin d'une période clé de la IVe République. Elle permet le retour en force d'un personnel politique écarté à la Libération. Parmi ces revenants, un homme de l'ombre et qui entend bien y demeurer...

11

Le système Jardin

(1950-1952)

« Mais qu'est-ce qu'il fait, au juste, Jean Jardin ? »
L'église Notre-Dame-de-La-Couture à Bernay, à la veille de Noël 1950. En marge de la messe d'enterrement de Georges Jardin, soixante-seize ans, dans les travées, les Bernayens s'interrogent toujours sur le « métier » de son fils, assis au premier rang. Jean-le-mystérieux, l'énigmatique. On chuchote beaucoup à son sujet. On lui prête des relations très haut placées, des contacts avec des gens très importants. Mais vit-on de cela ?

Jardin, lui, n'entend pas. Il pense à son père. « C'était un de ces rares Français modestes et pleins de dons tout à la fois, comme la province en a comptés tant autrefois et si rares aujourd'hui », écrit-il à son ami Dries [1].

Il aura bientôt cinquante ans cet homme qui se tasse de plus en plus. Curieux personnage, difficilement classable. Très français, et plus encore depuis qu'il vit en exil. Le drapeau le fait vibrer. Quand son fils Gabriel sera plus âgé, ils sacrifieront de concert, régulièrement, à une tradition : le lever des couleurs dans le jardin de la Mandragore, bien en vue, quitte à choquer les riverains helvétiques du Léman. La première fois qu'il invitera le comédien François Périer et sa femme à déjeuner chez lui, à La Tour de Peilz, pour apaiser leur crainte de ne pas trouver la maison, il leur dira :

« Je vous attendrai, vous ne pourrez pas me rater ! »

Effectivement. Posté à un virage sur la route de Vevey, il était enveloppé dans un immense drapeau tricolore[2]... Il fait connaissance de François Périer au début des années cinquante, quand celui-ci assure la codirection artistique du théâtre de la Michodière avec Pierre Fresnay et Yvonne Printemps. Quand ils se retrouvent tous les quatre, ils parlent théâtre, bien sûr, l'autre grande passion de Jardin, qui ne manque pas les générales. Il reste un inconditionnel de Giraudoux mais évite de parler de Louis Jouvet pour ne pas donner de l'urticaire à Yvonne Printemps. Gens de théâtre... Mais quand il parle politique, c'est avec détachement, talent, ironie... Il n'étale pas son pouvoir, et François Périer ignorera même pendant longtemps que son ami Jardin fut homme d'affaires[3].

Lui qui a un goût inné du contact, il a peu ou pas d'amis suisses. Ce n'est pas faute d'avoir essayé : invitations, réceptions... Rien n'y fait. Ils sont aussi polis que distants. Mais Jardin, qui n'insulte jamais l'avenir ni les hôtes, reste convaincu que ce manque de réciprocité est plus un trait vaudois que la marque du caractère helvète. Après tout, ils ont prouvé qu'ils savaient être accueillants. A la veille de Noël 1949, la police fédérale des étrangers est d'avis de le libérer du contrôle fédéral et de lui délivrer une autorisation d'établissement. Enfin !... Il était temps. L'incertitude héritée des années sombres le mine. Il a besoin d'être rassuré et ces petites choses administratives l'apaisent : « ... je pars dans une grande fatigue nerveuse, presque à bout : je paie des années d'angoisse, d'inquiétudes, de peines accumulées et souvent tues », écrit-il à Raymond Abellio[4].

Dans son bureau, chez lui à La Mandragore il est entouré de livres, de dossiers, de quelques objets familiers et d'images lourdes de symboles : Pétain sur son cheval blanc, en 1918 au défilé de la victoire; le président Laval en frac; un sous-verre de Sainte-Thérèse de Lisieux, rejoints plus tard par une effigie de Kennedy sur un presse-papier en cristal de Baccarat et la silhouette de De Gaulle perdue dans les brumes de l'exil irlandais, découpée dans *Paris-Match*. Il a besoin de ces présences. C'est un homme d'habitudes. Tous les soirs, il lit deux heures dans son lit, corne les pages, souligne au crayon à mine, consigne parfois ses colères et ses applaudissements dans la marge, glisse des lettres ou des coupures de presse entre les pages. Certains ne sont plus des livres mais des dossiers.

A Deauville, où il passera régulièrement ses vacances, il a toujours la cabine 152 sur les planches, et occupe toujours les mêmes chambres au deuxième étage de l'hôtel Royal. A Lausanne, il n'a pas un mais deux tailleurs, après avoir constaté que l'un était plus doué pour les vestons et l'autre pour les pantalons, ce qui le pousse à faire quelques acrobaties pour ne vexer ni l'un ni l'autre.

Curieux personnage, singulier et attachant. On aimerait qu'il s'ouvre plus. Mais il ne se confie guère, celui auquel on se confie volontiers. Peut-être est-ce la clef de cet homme secret...

Hôtel La Pérouse, rue La Pérouse dans le 16e arrondissement. L'Arc de Triomphe est à deux pas, les Champs-Élysées derrière. Ici, on est dans les terres de la famille Carton-Allégrier, également propriétaire d'un des plus fameux restaurants de la capitale, Lucas-Carton. C'est le grand-père qui a acheté en 1938 cet hôtel construit à la fin du XIXe siècle. Mobilier Louis XVI à tous les étages. Un luxe de bon aloi, pas tapageur, raffiné, discret, à l'image du personnel. Un quatre étoiles bourgeois aux meubles en marqueterie. Une cinquantaine de chambres plus les suites. Hôtel de famille, clientèle de fidèles. C'est étrangement silencieux en dépit de la proximité du quartier des affaires. L'ambiance est feutrée. On n'a vraiment pas l'impression que les murs ont des oreilles, dans cet endroit qui tient plus de l'hôtel particulier que du palace. Depuis la Libération, c'est Mme Allégrier qui veille à tout, aidée par sa fille à partir de 1957.

A la réception, un homme clé : l'homme aux clefs d'or. Il s'appelle Albert Veyrerias. Il a débuté en 1924 comme groom au Plaza-Athénée. Depuis 1948, il est concierge de nuit au La Pérouse. Cinq ans après, il passe de jour. Pour les habitués, c'est « Albert », tout simplement. La loyauté faite homme. Un véritable homme de confiance. Sa fidélité est sans défaut, sa droiture sans accrocs. On sait qu'il n'écrira pas ses Mémoires. Ce serait trop contraire à son sens de l'honneur et de la déontologie. Il voit tout, entend tout, écoute tout, mais ne dit rien. A la longue, il devient le confident des clients mais reste bouche cousue. Albert est un concierge de la vieille école, celle qui va chercher les clients fidèles à la gare avec une voiture de location, celle qui a fait sienne la formule :

« La parole est d'argent, le silence est d'or [5]. »

Albert de La Pérouse a un ami parmi les fidèles de l'hôtel, Jean Jardin. Il lui voue un respect total et une admiration entière.

De 1950 à sa mort, Jardin considérera cet hôtel comme sa résidence secondaire. Il y vit une partie de la semaine, et l'autre à La Tour de Peilz. Il est chez lui au La Pérouse ; cette situation de copropriétaire moral, il la partage avec un autre homme, un peu plus illustre que lui : le général de Gaulle.

De 1948 à 1958, à chaque fois qu'il quittera Colombey-les-deux-Églises pour Paris, c'est au La Pérouse qu'il habitera. Insigne privilège : il est le seul client à pouvoir utiliser une autre entrée que l'entrée principale. La plupart du temps, il utilise la porte de derrière, 41, rue Dumont d'Urville, généralement réservée à la famille Carton-Allégrier. C'est en 1947, au moment de la création de son mouvement, le RPF, que, appelé à séjourner plus souvent à Paris, il s'est mis en quête d'un toit. Le colonel Rémy, qui y vit lui-même, lui a naturellement proposé le La Pérouse. Ainsi pendant dix ans, il y occupe la suite 24-25 (salon, chambre, salle de bains) au 2e étage[6].

Vraiment inattendu, ce voisin de palier pour l'ancien bras droit du président Laval. On imagine les rencontres dans l'ascenseur... Le plus étonnant est encore de constater que certains visiteurs quittent le salon de l'un pour le salon de l'autre, au même étage : Couve de Murville, Henri Frenay, le colonel Rémy, Pierre de Bénouville...

Cette cohabitation permet à Jean Jardin d'observer sur le terrain l'entourage du général en pleine action. L'entourage, que n'en a-t-on dit ! Des amis, des collaborateurs, des proches, des familiers... Jardin, curieux, cherche l'éminence ou le conseiller. Ce serait mal connaître le Général. Il aime que le pouvoir soit représenté en bonne et due forme, du moins quand on s'adresse à lui. Il ne goûte guère les intermédiaires. Ceux dont il s'entoure doivent surtout l'assister dans sa tâche quotidienne. Le Général a deux familles : l'une légitime (ses ministres), l'autre naturelle (ses collaborateurs personnels constituant sa maison). Ses collaborateurs, il les veut discrets, dévoués, efficaces car il voit en eux des relais qui draineront jusqu'à son bureau tous les éléments qui lui permettront de se faire une opinion et d'engager une décision. Mais il les veut surtout transparents : les hommes de l'entourage ne doivent pas briller par leur originalité, du moins à l'extérieur. Si leur forte personnalité leur permet d'exister de manière autonome, il s'en détache pour ne pas courir un risque qui serait un péché d'orgueil : qu'ils s'attribuent ou qu'on leur attribue l'inspiration de sa pensée ou de sa politique. C'est aussi valable pour le chef du gouvernement provisoire, le chef du RPF que le futur chef de l'État[7].

Un réalisateur de cinéma ou un metteur en scène de théâtre pourrait, s'il le voulait, raconter à peu de frais l'histoire officieuse de la IVe République, vue des coulisses. Unité de lieu, unité de temps, unité d'action : l'Histoire à l'enseigne de l'hôtel La Pérouse... Un défilé d'hommes politiques et d'hommes d'affaires, une succession de messes basses et d'entretiens secrets...

Pour Jean Jardin plus encore que pour le général de Gaulle, c'est là que tout se passe. Le processus est immuable. Dès son réveil, il se fait porter la plupart des quotidiens qui comptent. Cerné par cette masse de papier étalée sur son lit, il les parcourt ou les détaille tout en écoutant les bulletins d'information à la radio. A 8 heures, il sait tout sur tout. Déjà nerveux et passablement survolté, il saisit son téléphone et pendant deux heures, ininterrompues, appelle. Tous azimuts mais pas n'importe qui. A 10 heures, il en sait encore plus, qu'il s'agisse de la température au Palais Brongniart ou des dernières rumeurs du Palais Bourbon, des nouveaux projets du CNPF ou des prochaines promotions au Quai d'Orsay...

Sa journée peut véritablement commencer. Après s'être renseigné, il va la passer notamment à renseigner les autres : hommes politiques, ministres, députés, chefs d'entreprise... Un point commun : tous des amis. Son fils Pascal, alors jeune homme, voit ainsi sa suite au La Pérouse : « Elle est toujours remplie de vieux gamins devenus ministres, et puis de financiers qui aiment moins l'argent que le pouvoir qu'il donne. Ils construisent des métros aux Indes comme on joue au Meccano. Du fond de leur vieillesse, ces curieux garnements, ces brillants et mauvais sujets restent étrangement jeunes[8]. »

Vers 13 h 15, il s'en va déjeuner, non pas au restaurant de l'hôtel mais dans une des trois cantines habituelles : Taillevent, Lucas-Carton et Prunier-

Tratkir. Dans le premier, il invite les personnalités, politiques surtout, dans le deuxième les relations d'affaires, dans le troisième des femmes. Inutile de préciser qu'il s'agit de trois des meilleurs restaurants de Paris. Prunier, c'est surtout pour les poissons, l'odeur de la marée, une certaine atmosphère. Lucas-Carton, il ne peut s'empêcher de penser à chaque fois que c'était le préféré de Pierre Laval. Taillevent reste « son » restaurant. Il connaît personnellement le maître des lieux, André Vrinat, depuis 1946. A l'époque il était le directeur de l'établissement jusqu'en 1959, date à laquelle Taillevent est devenu une affaire de famille par rachat d'actions. Jardin connaît bien aussi Simone Tournier, la fondatrice et présidente du conseil d'administration. Pour André Vrinat, il n'est pas seulement un très bon client, c'est aussi un ami de très bon conseil qui lui donne son avis, tant sur l'orientation de la maison que le choix de la clientèle. C'est lui qui le pousse à s'installer rue Lamennais en 1950.

Jardin a toujours sa table au Taillevent. Mais elle varie selon la qualité de ses invités. Quand il déjeune avec des hommes beaucoup plus grands que lui tels que Maurice Couve de Murville ou Olivier Guichard, ce qui lui arrivera très régulièrement, on lui donne un box, face à face, en n'omettant pas de placer des cales sous la banquette car il veut éviter de paraître exagérément plus petit qu'eux. Quand il invite une femme, ils déjeunent côte à côte. Pendant des années, il prend ses repas face à un grand tableau signé de Jeanne Baraduc, mère de ses amis Pierre et Jacques. Mais quand M. Vrinat décida de le changer de place puis de le remplacer, Jean Jardin, furieux, tourna ostensiblement le dos à la nouvelle toile. Le manège durera effectivement pendant de longues années... Mouvement d'humeur qui dure, d'un homme qui est au Taillevent, comme au La Pérouse, comme dans le train Paris-Lausanne chez lui. Pour les Vrinat père et fils, qui voient défiler toute la classe politique de la IVe et bientôt de la Ve République à la table de Jean Jardin, il incarne vraiment l'éminence grise de son temps [9].

En mets comme en vins, Jardin est un gourmet très classique, raffiné, point trop audacieux. Là encore, il a ses habitudes dans lesquelles une certaine exigence dans la rigueur prime sur l'originalité. Son fils Pascal, qu'il emmène souvent déjeuner, en est frappé : « Il renvoyait sans pitié et avec éclat tout bordeaux à demi chambré, tout pain mollement grillé, tout beurre qui ne fût pas charentais, toute coquille Saint-Jacques non bretonne, toute raie au beurre noir soupçonnée d'être ammoniacale, toute volaille non de Bresse, tout agneau non de présalé, tout bœuf non rassis de huit jours. Il se sentait responsable de la cuisine française dans sa totalité et aucun représentant d'aucun guide, aucun donneur d'étoiles n'avait sa férocité joyeuse et irradiante [10]. »

Parmi les hommes qui s'assoiront à sa table, régulièrement dans la salle à manger du Taillevent, il faut tout d'abord distinguer les amis. Maurice Couve de Murville bien sûr, qui avant d'être le ministre des Affaires étrangères du général de Gaulle à partir de 1958, est ambassadeur de France en Égypte, aux États-Unis et enfin en Allemagne de l'Ouest et qui, à chacun de ses séjours à Paris, ne manque pas de déjeuner avec lui. Mais il y a aussi des hommes comme Wilfrid Baumgartner, le gouverneur de la Banque de France, avec qui il lance la Société de géographie économique, des éditeurs tels que Roland Laudenbach et Bernard de Fallois, Edgar Faure parce qu'ils s'amusent réciproquement, l'avocat international René de Chambrun, l'historien Pierre Gaxotte, auquel il voue une durable admiration depuis le lycée d'Évreux, l'avocat Jacques Baraduc, des hommes de banque comme Raymond Meynial (Worms) Pierre Bazy (Sofibanque) Jean Terray (Banque de l'Union Européenne) Marcel Wiriath (Crédit Lyonnais), des diplomates tels que Pierre Francfort et Pierre Ordioni, des capitaines d'industrie de la dimension de Marcel Boussac, des promoteurs immobiliers comme Jean-Claude Aaron, des parlementaires et des directeurs de cabinet en veux-tu en voilà, des industriels comme François Lehideux et des administrateurs de sociétés tels que Ambroise Roux de la CGE, ou Robert Mitterrand, directeur associé d'une entreprise de matériel industriel pour l'étranger, d'anciens ministres de Pétain (Jacques Le Roy Ladurie) et de futurs ministres de De Gaulle (Pinay) des héros de la résistance (colonel Rémy, Pierre de Bénouville) et d'anciens collaborationnistes (Abellio, Benoist-Méchin), des journalistes de *Paris-Presse* (Jean Balensi) et des directeurs de journaux de l'importance d'Hubert Beuve-Méry...

Avec chacun, il a ses souvenirs, ses complicités, ses projets. Le voici avec Georges Raynal, chef du service de presse du président Auriol puis directeur de l'information du président Coty, évoquant le temps où à Vichy, il dirigeait le service photo de la présidence tout en travaillant pour l'ORA (organisation de résistance de l'armée) ce qui lui valut d'être arrêté et déporté en mars 1944[11]. Le voici avec Paul Morand, qui recommence à fréquenter Paris, l'écoutant raconter son dernier rêve : il était en retard à l'Élysée où le général de Gaulle l'avait convié et au moment où il allait s'excuser, l'huissier vint l'interrompre en lui disant : « Il y a M. Jardin qui voudrait vous parler ! » à la grande stupéfaction du général... Le voici bavardant avec le chroniqueur politique d'un grand quotidien et commentant le retour des vichyssois au gouvernement :

« Au point où nous en sommes, cher M. Jardin, Laval pourrait redevenir président du Conseil s'il était vivant. Et qui sait, vous seriez peut-être son ministre...

— Sûrement pas ! répond-il en imitant la voix de l'Auvergnat à la cravate blanche..., un tel, oui... un tel, pourquoi pas... Mais Jardin non... il s'est trop mouillé à Vichy [12] ! »

Vichy, période tragique et souvenir douloureux, il sait aussi en rire. Il est ainsi. Ce qui ne l'empêche pas dans le même temps de témoigner en faveur de Jacques Guérard, en haute cour de justice, quand il fait opposition à sa condamnation à mort par contumace, ou encore de rédiger sous la foi du serment une lettre destinée à un juge d'instruction et attestant que Georges Soulès-Raymond Abellio était menacé de mort par la Gestapo et la Milice après qu'il eut neutralisé les ultras de son mouvement [13].

Il n'oublie rien. L'ingratitude est un sentiment qui le révulse. Sa conception de l'amitié, il ne l'a peut-être jamais exprimée avec autant de sensibilité que dans ces lignes, rédigées à l'attention du peintre Dries juste avant la guerre : « ... Il y a des instants bénis où, par rapport à l'égoïsme des hommes, leur laideur, leur bassesse d'âme, leur mauvais goût, éclate comme une gloire la noblesse irremplaçable de nos amis, de nos fils, de la femme qu'on aime (...) La folie, c'est d'attendre un être parfait quand chacun de nous l'est si peu. Mais le bonheur, c'est d'avoir reconnu parmi tant de médiocres quelques êtres « presque parfaits » et de les aimer. La vraie forme de l'amitié et de l'amour, c'est de préférer et cette préférence est une joie de tous les instants puisque nos déceptions elles-mêmes l'exaltent [14]. »

Jean Jardin est un service de renseignements à lui tout seul. Il passe pour être l'un des hommes les mieux informés de la IVᵉ République. On sait qu'il sait. Il consacre une partie de la journée à se renseigner et l'autre à renseigner. C'est son autre qualité principale avec l'art de la négociation et la discrétion absolue. Ce métier ne s'enseigne dans aucune école. Pour Jardin, homme de contact, c'est une vocation. S'informer est, chez lui, une seconde nature. Quand il déjeune pendant trois heures avec un haut fonctionnaire ou un industriel, celui-ci ne voit que le feu d'artifice, le talent de conteur et la culture de son interlocuteur. La plupart du temps, il ne se rend pas compte que Jardin, en fait, n'a rien dit d'important mais qu'il l'a fait parler, lui, de choses essentielles.

Ses relations correspondent à différents réseaux informels. Dans certains milieux (patronat, ministères des Finances et des Affaires étrangères, etc.) il a directement accès au sommet. Il n'a pas besoin d'intermédiaire pour s'informer à la source. Mais dans d'autres milieux, il lui faut des intercesseurs pour savoir, n'y étant pas introduit naturellement, soit qu'il ne les ait pas encore « travaillés » soit qu'il ne s'y sente pas d'affinités. Deux exemples illustrent bien ces cas d'exception : les pays arabes d'une part et les milieux mendésistes de l'autre.

Ce sont tant ses affaires (vente de matériel ferroviaire, etc.) que les aléas de la politique de l' « Union française » qui le poussent, par nécessité, à entretenir des contacts avec les milieux dirigeants des pays arabes. Or, il n'y met jamais les pieds. Deux hommes, notamment, lui servent d'informateurs et d'intermédiaires.

Le premier s'appelle Jacques Benoist-Méchin. C'est une personnalité très forte, connue et controversée. De trois ans l'aîné de Jardin, ce Tourangeau issu d'une lignée de noblesse d'Empire à laquelle il ne manque pas de faire référence, a eu un itinéraire assez « mouvementé ». Germaniste de formation, il travaille dans les années vingt comme journaliste dans une agence américaine avant de devenir le rédacteur en chef de *L'Europe nouvelle*, organe officieux du Quai d'Orsay. Après un passage éclair à *L'Intransigeant* de Léon Bailby, il se consacre à la traduction d'ouvrages historiques allemands et anglais puis à la rédaction d'une énorme *Histoire de l'armée allemande* en deux tomes publiés en 1937 et 1938. Mobilisé dans un régiment d'infanterie en 1939, fait prisonnier en 1940 (ses souvenirs de stalag paraissent en février 1941 chez Albin Michel sous le titre *La moisson de quarante*) il est libéré en décembre 1940 quand l'ambassadeur français Scapini lui demande d'assurer à Berlin la direction de la délégation diplomatique des prisonniers. Deux mois après, quand le maréchal Pétain remanie son cabinet et que l'amiral Darlan devient le dauphin, Benoist-Méchin est nommé secrétaire général adjoint à la vice-présidence du Conseil puis en juin, secrétaire d'État à la vice-présidence du Conseil. Sa connaissance de la langue et du personnel politique, diplomatique et militaire allemand le désigne naturellement pour accompagner l'amiral Darlan lors de ses entretiens avec Hitler en mai 1941. Très engagé personnellement au-delà de ses fonctions officielles, il assure même la présidence de la Légion tricolore. National-socialiste ? Sans guère de doute. Dans le souvenir de la plupart des vichyssois, il apparaît à la fois comme un intrigant et un ultra. Dans celui de certains officiers allemands en poste à l'ambassade à Paris, il reste comme le Français qui leur reproche leur tiédeur dans la fidélité à Hitler. Et dans ses propres mémoires publiés quarante ans après, il signifie très clairement qu'il ne regrette rien.

Arrêté à la Libération, condamné à mort par la Haute cour de Justice pour trahison en 1947 (un 6 juin !...), Benoist-Méchin est gracié par le président Auriol. Ce ne sera pas le peloton d'exécution mais les travaux forcés à perpétuité. Il est vrai que le général de Gaulle avait commandé 120 exemplaires de son livre sur l'armée allemande, le jugeant indispensable à la formation des officiers d'état-major, en 1945...

C'est en prison que ce germaniste découvre le monde arabe. Le déclic, c'est la lecture de deux livres en anglais : *Lord of Arabia* de Armstrong, une vie de Lawrence abandonnée là par l'ancien ambassadeur de Mussolini, et *Forty years of wilderness* de Saint John B. Philby (père du futur espion) confident et ami de

Ibn Séoud. Pour Benoist-Méchin comme pour d'autres épurés, la prison est aussi une chance, ainsi qu'il l'a lui-même reconnu, à la probable stupéfaction de ceux qui l'y avaient condamné : « Je trouve que c'est un très grand privilège à notre époque d'avoir dix ans devant soi sans soucis de logement, sans impôts, sans problème de sécurité sociale, sans téléphone, sans visites intempestives, sauf qu'on a les parloirs tel jour, on sait à quelle heure les gens viendront... En prison, j'ai écrit *Mustapha Kemal*, j'ai écrit *Ibn Séoud*, j'ai écrit les trois volumes des *Soixante jours qui ébranlèrent l'Occident* et j'ai rédigé un énorme travail de philosophie politique qui avait mille pages... Jamais je n'ai aussi bien travaillé... Si jamais je devenais chef d'État un jour, mes amis qui auraient besoin de travailler et d'avoir du temps pour travailler, je les mettrais en prison par faveur spéciale[15]... » A l'inverse de ceux qui sont brisés par la prison (Sacha Guitry, Jacques Barnaud), il s'en trouve, lui, ragaillardi.

C'est derrière les barreaux qu'il a l'intuition qui allait engager sa vie : le retour de l'Islam, l'émergence du monde arabe... Mis en liberté conditionnelle en 1954, l'ancien condamné à mort part pour un grand périple au Proche-Orient trois ans après. C'est Jean Prouvost, le patron de *Paris-Match* qu'il avait connu à Vichy, qui lui finance ce reportage au long cours. Hervé Mille, le directeur de l'hebdomadaire, lui fournit un guide-interprète, un jeune Kabyle de vingt-quatre ans du nom de Ifrène Hacen qui deviendra son fils adoptif et, à sa mort en 1983, son héritier. Quatre mois durant, Benoist-Méchin est reçu pour des entretiens par trois rois, deux présidents de la République, trois princes héritiers, six chefs de gouvernement, vingt-deux ministres, trente-cinq émirs et une cinquantaine d'ambassadeurs. Le photographe qui l'accompagne, René Vital, ramène des clichés exclusifs mais Benoist-Méchin, lui, a plus de problèmes pour ses articles : l'ancien président du Conseil Paul Reynaud, qui n'a pas du tout apprécié le portrait qu'il a fait de lui dans son livre sur le drame de 1940 qui vient de paraître, exerce une forte pression sur son ami Jean Prouvost pour qu'il ne publie pas du Benoist-Méchin dans ses colonnes [16].

Le reportage devient un livre, *Le printemps arabe*. On dit que c'est notamment en le lisant que de Gaulle aurait eu l'intuition de sa politique arabe. Surtout, Benoist-Méchin, qui ne cessera dès lors de sillonner le monde arabe, noue des liens d'estime et d'amitié avec un grand nombre de dirigeants. Nasser bien sûr, qui se sert de lui pour faire savoir à la France qu'il lui tend la main malgré l'expédition de Suez ; mais il y aura aussi Boumedienne, Saoud, Bourguiba, Hassan II, Ould Daddah, Kadhafi... et un grand nombre de leurs ministres, appelés à jouer un rôle dans l'avenir.

Au début, Benoist-Méchin s'impose car il intercède entre Français et Arabes à une époque où les relations diplomatiques entre le Quai d'Orsay et Le Caire et Riyad sont rompues. Puis il se fait apprécier par ses qualités de négociateur, éprouvées depuis l'Occupation, quand la France est empêtrée dans la guerre d'Algérie. Benoist-Méchin, qui estimait que la droite ne correspondait pas à sa configuration, était favorable à son indépendance. Nasser le sachant lui demande d'intervenir auprès de Maurice Schumann et du général de Gaulle pour accélérer son désengagement. Dès lors, Benoist-Méchin est fréquemment consulté tant sur les questions nord-africaines que proche-orientales par l'Élysée et le Quai d'Orsay, quels que soient leurs occupants. Mais discrètement, bien sûr, qu'il s'agisse de Georges Pompidou ou de Raymond Barre. Car on peut être l'auteur d'une série de biographies tout à fait honorées et honorables (*Le rêve le plus long de l'histoire*), on n'en sent pas moins le soufre si l'on porte un nom trop connoté à la tendance la plus dure et la plus intransigeante de Vichy [17].

C'est cet homme, connu pendant la guerre, qui va être l'informateur privilégié de Jean Jardin sur le monde arabe. Ce ne sont pas des amis mais ils s'estiment mutuellement. Ils se font confiance : en mai 1968, au plus fort de l'« émeute révolutionnaire » à Paris, Jean Jardin verra arriver impromptu, à La Tour de Peilz, une grosse voiture, bourrée de valises et de jerricans d'essence, conduite par un Jacques Benoist-Méchin fuyant provisoirement la « terreur rouge »[18]...

Personnage énigmatique, Benoist-Méchin est tout de même moins mystérieux que l'autre homme de renseignements de Jardin sur les pays arabes : François Genoud. Lui non plus n'est pas un ami, il s'en faut, même s'il excipe souvent de la qualité de ses relations avec Jardin et de l'admiration qu'il lui porte. Il a un point commun avec Benoist-Méchin, la chronologie de sa double passion : l'Allemagne nazie jusqu'à 1945, le monde arabe depuis la fin de la guerre. Pour le reste... Ce Suisse, issu d'une excellente famille bourgeoise de Lausanne proche des milieux bancaires, est né en 1915. Il sera banquier, administrateur délégué de la Banque Commerciale Arabe dans les années cinquante, directeur de la Banque Populaire Arabe à Alger. Mais en dépit de ses excellentes relations avec les têtes du FLN (ou justement à cause d'elles) il est pris en tenaille entre les clans rivaux qui se disputent le pouvoir au lendemain de l'Indépendance. Accusé d'avoir détourné le trésor de guerre du FLN, il est emprisonné à Alger puis libéré en 1965. Une sale affaire dont il se sortira avec, une fois pour toutes, la réputation de « banquier-suisse-nazi et pro-arabe » car s'il fréquente les chefs d'État (Bourguiba et d'autres) il n'en continue pas moins à rendre hommage aux grands Allemands qui l'ont marqué (Goebbels, Borman, Hitler...) et dont il a acquis les droits littéraires afin de mieux diffuser leur pensée.

On comprend que Jean Jardin récuse son amitié

mais on comprend également qu'il utilise cet homme si bien introduit dans certains milieux. Ainsi en 1957 par exemple, quand Jean Jardin engage des négociations avec différents établissements bancaires français pour obtenir leur accord de principe en vue de la création d'une Société Suisse d'investissement pour le compte de la Banque Nationale marocaine, c'est à François Genoud que l'on fait appel pour accélérer le processus en essayant de faire nommer M. T., président de la BNCI, comme ambassadeur de France au Maroc [19].

L' « arab connection » de Jean Jardin n'est citée là qu'à titre indicatif. Ses relations avec l'entourage de Mendès France sont un autre exemple significatif. Il n'a certes aucune affinité, ni de près ni de loin, avec le président du Conseil de 1954, mais ne peut évidemment l'ignorer. Il doit faire avec. C'est donc avec une éminence grise qu'il gardera le contact. Il s'appelle Georges Boris et il est, lui aussi, une personnalité discrète. Un homme à part, dans l'ombre du pouvoir. Quand Jean Jardin le fréquente, il est officiellement chargé de mission à la Présidence du Conseil (avec un homme de trente-trois ans également mendésiste, Michel Jobert). Mais pour les caciques de la politique, ce titre recouvre à peine la fonction véritable de Georges Boris. Car cet homme discret, familier des coulisses, est déjà connu.

Il est « né à gauche », selon sa propre expression, en 1888 dans une famille de la bourgeoisie aisée. Il interrompt des études de physique et d'allemand pour effectuer des stages à l'étranger (Brésil, Ceylan) et, après la Première Guerre mondiale, devenir expert dans les conférences internationales. Après avoir travaillé un temps avec le banquier belge Alfred Loewenstein, il fonde en 1927, en grande partie sur ses fonds personnels, le journal *La Lumière*, qui se définit comme un hebdomadaire d'éducation civique et d'action républicaine laïque. Les articles ont une coloration antifasciste et socialiste non doctrinaire, à l'image de Boris et de ses amis cofondateurs qui ont quitté *Le Quotidien* pour se lancer dans cette aventure. Sa collaboration régulière à un organe qui apparaît comme le creuset de la pensée de gauche dans les années trente, le fait remarquer de nombreux cercles politiques et intellectuels. C'est un homme mince, de belle allure, intelligent, qui a la réputation d'apprendre vite mais qui conserve un abord assez froid. Mélomane et musicien, doté d'une culture fine et d'une certaine ouverture d'esprit, cet homme pudique (on parle à son sujet d' « aristocratie de l'âme » et de « hauteur patricienne ») est habité par la passion du journalisme et de la politique. Il délaisse la première au profit de la deuxième quand il comprend que le pouvoir de l'ombre est un moyen plus sûr d'exercer une influence certaine sur l'opinion publique. En 1938, quand Léon Blum est à la fois président du Conseil et ministre du Trésor, Boris dirige son cabinet rue de Rivoli. Officier de liaison auprès de l'armée britannique pendant la drôle de guerre, il est parmi les premiers à rejoindre de Gaulle à Londres. Là, à Carlton Gardens, c'est lui qui accueille en 1942 son ami Mendès France avec qui il travaillait aux côtés de Blum. Il sert — déjà — de lien entre le Général et l'ancien député. A la Libération, quand ce dernier devient ministre de l'Économie nationale, il prend naturellement Boris dans son cabinet et les deux hommes ne se quitteront guère. La chute du gouvernement Mendès en février 1955 marque la semi-retraite de Georges Boris et la mort de Boris sera également une étape dans la carrière de Mendès.

La relation entre ces deux hommes est significative à plusieurs titres et notamment en ce qu'elle fait étrangement penser à celle qui unira Jardin à Pinay. On n'oserait dire que les deux hommes d'État ont des points communs, alors que leurs conseillers respectifs en ont à revendre.

Georges Boris est quelqu'un qui n'aime pas prendre la parole devant un large public. Il se sent plus à l'aise en comité restreint. Plutôt que d'agir officiellement, il préfère participer véritablement à la décision sans prétendre l'imposer. Il ne goûte guère le premier rang sur la photo. Le retrait lui convient mieux. Comme si la présence en coulisse était nécessairement synonyme d'efficacité. Il n'a pas l'âme d'un manipulateur et veut ignorer chantage et duplicité. Il est convaincu que sans influence, il n'y a pas de vrai pouvoir. Mais elle doit prendre sa source dans des idées et répondre à une opportunité bien précise, à un besoin exprimé par un homme d'État ou un homme politique. Boris a fait de l'amitié son maître mot. Ses réseaux sont multiples, variés, sûrs. Quand on l'évoque, on dit : c'est un brain-trust à lui tout seul. Il aime savoir, être au courant, agir. Mais pas avec n'importe qui. Ce n'est pas un technocrate désincarné mais un homme mû par des affinités électives. Cela lui fera refuser certains postes. L'autre raison est que les fonctions trop officielles lui déplaisent. Quand Mendès devient président du Conseil, il préfère le titre anonyme et vide de sens de chargé de mission à la Présidence que la direction du cabinet.

A force de se faire oublier, Georges Boris offre de lui et de son action une image floue, difficile à saisir. On sait pourquoi il est tant apprécié : sa loyauté, ses réseaux de relations, la fiabilité de ses informations, son sens des perspectives, autant d'éléments au service d'une rare intuition politique. Quand Mendès est au zénith, Boris constitue l'entourage à lui tout seul. C'est lui qui prend les coups destinés au président du Conseil. Léone et Simon Nora, André Pelabon, Pierre Avril et quelques autres sont, en fait, dans l'ombre de son ombre. Pour les journalistes à l'affût, ses déplacements sont des symptômes et des informations en soi car il est l'homme des missions délicates, celui qui arrange les entretiens confidentiels : à Genève en marge de la conférence sur l'Indochine, à Tunis pour le règlement de la question tunisienne, à Washington pour l'amélioration des relations avec les États-Unis [20]...

Le meilleur hommage qui ait été rendu à son action et son influence, c'est finalement celui du principal concerné, celui qui en a récolté les fruits, Pierre Mendès France, même si celui-ci avait la réputation bien établie d'écouter, de prendre des avis, de reconnaître la paternité des idées mais de n'en faire qu'à sa tête et de suivre sa propre pensée :

« [1938]... Georges Boris eut une réelle influence sur moi en me faisant partager la connaissance approfondie qu'il possédait de l'expérience du New Deal de Roosevelt et de John Maynard Keynes...

[1945]... Il eut un rôle considérable encore que discret ; sa timidité et sa modestie lui faisaient préférer jouer les « père Joseph » ainsi qu'il l'avait fait antérieurement auprès de Léon Blum et du général de Gaulle...

(...) Sans doute il faut bien que certains occupent le devant de la scène politique et Boris lui-même encourageait à ce rôle ceux qu'il jugeait aptes. (...) De sa place, en retrait, Georges Boris a exercé sur les orientations fondamentales de la gauche française au cours des trente dernières années, une influence que beaucoup d'hommes politiques notoires pourraient lui envier (...)

(...) Avec lui, grâce à lui, un petit groupe d'hommes d'une qualité exceptionnelle s'était formé pour m'aider à poser les problèmes fondamentaux auxquels la République devait, coûte que coûte, apporter des solutions très rapides, sous peine de périr. Boris tenait dans ce groupe une place hors pair qui venait à la fois de sa contribution propre et du plaisir que chacun prenait à travailler avec lui. Il avait discerné d'abord ce que la soif de grandeur affirmée à la Libération, puis les continuels débats financiers, économiques ou sociaux, avaient dissimulé à l'opinion : le problème majeur que constituaient les rapports de la France avec son ancien empire. Accaparés par d'autres questions, intérieures ou extérieures, les hommes de la IVe République laissaient les guerres coloniales s'installer à demeure dans notre univers politique (...).

(...) Je ne peux pas me rappeler une décision prise directement par Boris. Peut-être y en eut-il mais je ne puis m'en souvenir. Mais son action diffuse a été considérable et sa contribution à la décision finale a été décisive dans certains cas (...).

(...) Je puis dire qu'il a eu une grande influence sur moi : en m'aidant à réfléchir et à décider, en m'apportant des matériaux, plus qu'en influençant une orientation ou en pesant sur une décision [21]. »

L'hommage du Prince au Conseiller est assez rare pour être relevé. A ceci près (qui a jamais « osé » marquer ainsi sa reconnaissance envers Jardin ?), le portrait de Georges Boris pourrait d'une certaine manière, par bien des côtés, être celui de Jean Jardin. Avec une différence de taille, toutefois : Vichy. On y revient toujours. Dans le système Jardin, Boris est l'exception qui confirme la règle. Les autres éminences grises constitutives de sa méthode d'action et de son influence sont toutes passées par Vichy. A commencer par l'homme clé du « premier cercle » du réseau Jardin.

Certains l'appellent Soko.

En vérité, tous l'appellent ainsi. Car il suffit de l'avoir rencontré au moins une fois pour être convaincu, emporté, séduit. Il faut dire que le personnage est hors catégorie. Contradictoire, inquiétant, attachant, volontiers énigmatique, il est sans précédent ni homologue. L'évocation de son nom dans les milieux politiques informés, de quelque tendance qu'ils soient, provoque généralement un sourire complice et :

« Ah !... vous connaissez Soko... »

Vladimir Sokolowsky, dit Soko ou encore Volodia ou même Valo pour ses meilleurs amis, tel Jean Jardin, est né en Russie en 1904. Il aime à dire :

« Je suis né à Saint-Pétersbourg, j'ai grandi à Petrograd et j'ai finalement dû quitter Leningrad[22]... »

Son père, un ingénieur de la Marine du tsar, espérait finir général de l'Amirauté. C'est à l'instigation du grand-duc Alexis, amiralissime, qu'il créa les chantiers franco-russes avec les frères Marrel avant d'être nommé général de division. Le jeune Soko a treize ans au moment de la Révolution. Dans sa mémoire d'adolescent, elle n'apporte guère de changement dans leur vie quotidienne, sinon dans les détails : chez les commerçants du quartier, on détruit les emblèmes en bois ornés des armes impériales indiquant qu'ils étaient des fournisseurs de la Cour...

Au tout début des années vingt, le voici à Paris avec ses parents, dans un appartement du 57, avenue Kléber. Il achève sa scolarité au lycée Janson-de-Sailly puis suit les cours de la faculté de droit et de l'École libre des Sciences politiques jusqu'en 1925. Il sort beaucoup et dans les milieux les plus divers : on le voit aussi bien en compagnie de l'écrivain Raymond Radiguet dans les endroits à la mode de la capitale, qu'avec Simone Téry — la fille de Gustave, directeur du quotidien *L'Œuvre* — une journaliste d'extrême gauche qui lui présente non seulement Maurice Thorez, le secrétaire du Parti, mais également des membres de son entourage et des syndicalistes avec lesquels il se lie d'amitié. Mais cela ne le nourrit pas. Grâce à un puissant ami de son père, Albert Buisson, sénateur de la Drôme et homme fort de Rhône-Poulenc, il entre à la Barclay's Bank et travaille à tous les services jusqu'à saturation. Il en sera renvoyé.

Soko rompt alors avec sa famille et place des assurances-vie. Il n'a pas d'argent mais il est toujours élégant et persiste à faire couper ses costumes par les meilleurs faiseurs, quitte à s'endetter. Doté d'un énorme culot, d'un naturel optimiste, il croit à son étoile et n'hésite pas à forcer le destin si nécessaire. A force de faire du porte à porte, il finit par frapper à la bonne porte, celle du secrétaire d'État au Travail, chez lui, à Aubervilliers. Celui-ci le prend en sympathie et le recommande à Pierre Laval, qui cumule — nous sommes en 1931 — les fonctions de président du Conseil et de ministre de l'Intérieur. Reçu en audience place Beauvau, Soko, qui ne doute de rien, est engagé comme contrôleur de la main-d'œuvre, lui qui a le travail en horreur. Il démissionne au bout de quelques mois pour se faire recommander par Camille Chautemps aux Assurances sociales.

Le voici lancé, ce jeune homme de trente ans dont les caractéristiques ne changeront pas avec l'âge. Petit, mince, sec, il est tout entier dans quelques traits de son visage : les yeux bleus, pétillants d'intelligence et de malice, le nez terriblement aquilin dont il semble user comme d'un périscope pour mieux repérer les gens qui l'intéressent, le sourire enfin, redoutable façade qui lui permet de dissimuler ses sentiments les plus forts. L'homme est cultivé, rapide, désinvolte, nonchalant. Il a un sens inné du contact, des relations humaines et de la conversation brillante, en français, en russe, en allemand et en anglais.

Il n'aime pas les horaires et rêve, déjà, d'exercer un

métier qui le laisserait dormir au moins jusqu'à 9 heures. L'esprit fonctionnaire et petit-bourgeois le révulse, ce qui le pousse même à ne pas prendre un appartement — pour éviter les habitudes — mais à habiter à l'hôtel Montalembert pendant de longues années. Assez snob et affecté, ce Russe qui a demandé la nationalité française en 1925 reste très attaché à la mère patrie. Il n'est pas de ces Russes blancs qui, sitôt arrivés en France, font tout pour s'y assimiler. Au contraire, il veut cultiver sa spécificité, son côté slave dont il s'enorgueillit, qu'il s'agisse de l'humour ou des traditions, de la langue ou de la culture. Personnage déjà éminemment paradoxal, il se dit communiste tout en se reconnaissant fasciné par tout ce qui ressortit à l'aristocratie : nom, titres, privilèges... Une double revendication qui sera confirmée par les faits puisqu'il aura sa carte du Parti des années vingt jusque vers 1947 et que sa sœur épousera le prince de Faucigny-Lucinge.

Surtout, et c'est peut-être la marque la plus frappante de sa personnalité, Soko aime s'entourer de mystère. Il tourne tout en dérision et en dit suffisamment pour intriguer. On ne sait pas exactement ce qu'il fait mais on devine que c'est important. Toute sa vie, il en sera ainsi. Ce qui favorisera bien des légendes, des demi-vérités et peut-être même dissimulera son véritable jeu...

En 1936, le voilà chef du secrétariat particulier du nouveau mais éphémère ministre de l'Air Marcel Déat. Puis l'économiste russe Navachine, qui sera assassiné au bois de Boulogne dans des conditions mal élucidées par les terroristes de la Cagoule, lui présente Charles Spinasse, le ministre de l'Économie nationale, qui l'engage comme chargé de mission à son cabinet. Il le quittera pour celui d'Henri Queuille avant dêtre engagé à un poste non défini à l'ONIC, l'office des céréales. Son extraordinaire entregent, les nombreuses relations politiques et administratives que sa

« bougeotte » chronique lui a procurées, ses facilités d'expression dans plusieurs langues le font remarquer et recruter, en 1938-1939 par le 5ᵉ Bureau. Et ses opinions communistes ? Elles font sourire car il en rit lui-même... Sous-lieutenant aux armées, interprète auxiliaire dans les services de collecte du renseignement, il est appelé à rendre un très discret service au sénateur Pierre Laval : celui-ci le charge de transmettre des messages verbaux, messages de sympathie, à Mussolini, une démarche qu'il ne peut décemment accomplir lui-même, officiellement même s'il n'a plus de responsabilités, eu égard au climat politique de l'année 1939. Un service qui ne sera pas oublié [23]...

Dès l'été 1940, on le remarque dans l'entourage de Pierre Laval, le vice-président du Conseil. La présence d'un homme « de nationalité indécise comme Sokolowsky, Russe rouge qui se prétend toujours fidèle au communisme [24] », étonne plus d'un. Mais il n'en a cure. Il voue une vénération officielle, affichée, à Laval et tâche de ne pas le quitter d'une semelle. Ensemble, ils parlent de tout et de rien, de leurs chiens et de politique. Le 13 décembre 1940, quand les fameux « groupes de protection » du Maréchal arrêtent le dauphin et l'assignent à résidence pour l'éloigner du pouvoir, par la même occasion ils « mettent en cage des gens de l'entourage, des comparses comme le jeune Soko, qui donne au coup une allure de raid cagoulard et d'expédition punitive [25] ». Soumis à un internement administratif, il passe plusieurs mois à Pellevoisin, Aubenas, puis Vals-les-Bains, avec un certain nombre de personnalités de la IIIᵉ République telles que Paul Reynaud, Marx Dormoy, Vincent Auriol, Georges Mandel... qui, elles, ne sont pas là pour les mêmes raisons. Soko reste privé de liberté pendant plusieurs mois, ce qui pour un proche de Laval — remis en liberté, lui, sous la pression allemande notamment — ne laisse pas d'étonner.

Depuis le début de l'Occupation, Soko voit tout

autant Laval que Marcel Déat, son ancien patron quand il était ministre de l'Air. Il vénère également les deux personnages. Il n'a de cesse de renseigner l'un sur l'autre, jouant même plus d'une fois le rôle de messager. Dès juillet 40 et très régulièrement, Déat qui s'apprête à lancer le RNP (rassemblement national populaire), est au courant de l'humeur quotidienne de Laval. Et vice versa. Le *Journal*[26] personnel que tient Déat nous permet de suivre précisément la détention de Sokolowsky :

« 20 décembre 1940 : Je note une réflexion curieuse de L. et du cagoulard à propos de Sokolowsky dont ils me demandent d'abord ce que je pense. Eux sûrement n'en pensent pas de bien. Il paraît que le susdit Soko, quand il a été arrêté, aurait dit : " Mais vous n'aviez qu'à me demander d'arrêter Laval ! " Est-ce une boutade, une ruse slave ou quelque chose encore ?

28 décembre : B. me signale que Soko est toujours en prison et appelle au secours. J'ai l'impression que Laval l'a laissé tomber à cause de ses propos imprudents.

8 janvier 41 : ... Il semble y avoir dans son cas un règlement de compte des " réguliers " contre l' " amateur " imprudent. Il faudra que je voie cela avec Laval et de Brinon.

11 janvier : On insiste auprès de Mallet pour qu'il parle de Soko à Laval et pour que celui-ci le dépanne, même s'il doit ensuite le laisser choir.

14 janvier : Coup de téléphone d'Albert Buisson... qui lui fera parvenir des subsides. Il insistera de son côté pour la libération.

7 avril : Sokolowsky est libéré, C. l'a vu à Vichy. S. essaie de récupérer son emploi dans l'administration.

3 juin : Vu Soko libéré qui me raconte ses conversations avec Paul Reynaud...

7 juin : Visite de Soko qui vient d'avoir une intéres-

sante conversation de deux heures avec Achenbach... »

Alors, humour slave ou, comme dit Déat, « quelque chose encore » ? Il n'y comprend rien. Les situations embrouillées dont il est le seul à connaître les tenants et les aboutissants, c'est aussi une spécialité de Soko. En l'occurrence, il semble que sa désinvolture lui ait joué un tour. En tout cas, après ces quatre mois de retraite forcée, il est vite remis en selle. Mais il ne se contente plus d'informer Laval sur Déat et Déat sur Laval, servant de lien entre eux et organisant leur déjeuner à une époque où les rendez-vous de ce genre défraient la chronique tant du côté de la collaboration vichyssoise que du collaborationnisme parisien. Soko est aussi leur homme chez les Allemands. Quand Laval a quelque chose à leur faire savoir indirectement ou qu'il veut lâcher des ballons d'essai pour tester leur réaction, il s'entretient avec Soko, à une seule fin : qu'il le répète à l'ambassade [27].

Naturellement, quand Pierre Laval revient au pouvoir en avril 1942, Soko est dans son sillage. Le nouveau président du Conseil le fait réintégrer dans son administration et demande à l'office des céréales de le mettre à la disposition de la présidence. Et bien sûr, quand Laval distribue les portefeuilles et que Déat souhaite lui donner son avis, c'est encore Soko qui organise la rencontre dans un petit salon du restaurant « Le Cercle », en avril [28].

Plus que jamais, Soko l'énigmatique, Soko le fantaisiste passe pour un intrigant. Mais autant le jeu et la personnalité de Jardin sont claires pour les gens du sérail, autant ceux de Soko sont troubles.

« On pouvait légitimement se poser des questions sur son activité réelle », reconnaît Michel Junot, qui deviendra son ami et qui est à l'époque chef de cabinet du secrétaire général du ministère de l'Intérieur, puis sous-préfet de Pithiviers [29].

Se poser des questions ?... C'est un euphémisme. Soko à Vichy, on l'aime et on s'en méfie. Avec sa tête de fouine, il est suspect à tous, même ceux qui apprécient son humour, ses blagues, et ses renseignements. C'est à croire qu'il cultive le paradoxe pour le plaisir : sa fidélité à Laval est totale (il le prouvera) mais il n'en présente pas moins un physique, une mine, l'allure d'un traître de cinéma, les traits de Jules Berry, le diable dans *Les Visiteurs du soir* de Marcel Carné. Paradoxal et provocateur car — des témoins l'attestent — il continue à se prétendre communiste, tant devant Laval qu'il voit presque tous les jours pour bavarder, que devant les autres ! Georges Hilaire, un des ministres du Président, rapporte cette scène significative :

« Il y avait, parmi les familiers de Laval, à Vichy, un garçon plein de fantaisie, vivant de l'air du temps, qui avait su se maintenir dans l'entourage du chef du gouvernement, gagner sa confiance, et, par ailleurs, la confiance de certains Allemands. C'était Vladimir Sokolowski, russe d'origine et lavaliste impénitent. Il n'avait jamais caché à Laval ses sentiments communistes.

Le soir du 13 décembre on l'avait arrêté, à l'hôtel du Parc, à Vichy, comme lavaliste, et interné à Vals-les-Bains, où il s'était lié d'amitié avec Mandel et Paul Reynaud. En 1941, il avait rejoint Paris et on le voyait chaque jour dans le bureau de Laval, aux Champs-Élysées. " Soko " montrait au Président la carte des opérations, l'immensité du territoire russe, l'impossibilité de l'envahir complètement. Il évoquait la terrible ténacité de Staline trempée dans l'action révolutionnaire et le courage du peuple russe.

« C'est comme la Chine, mon Président, disait " Soko " qui semblait confondre un Président du Conseil avec un Président de tribunal. C'est l'édredon. Vous verrez! Hitler s'y enfoncera comme Napoléon. Et voici les points d'arrêt », ajoutait-il en désignant Odessa, Moscou, Stalingrad, puis l'Oural...

« Soko » qui est aujourd'hui, je crois bien, membre du parti communiste, adorait le président Laval, qui écoutait volontiers ses avis. Ses prévisions furent en tous points exactes. En hiver 1943, quand l'avance russe s'affirmait irrésistible sur tout le front, « Soko » les rappela au Président.

« Vous aviez raison, dit Laval. Mais moi, n'avais-je pas compris ce que signifiaient les succès de la diplomatie soviétique? Je ne déplore pas le fait qu'elle se soit avérée la première du monde depuis Munich. Je déplore qu'il y ait eu des gens pour ne pas le comprendre. Avoir conclu le pacte à quatre, en 1934, pour exciter la méfiance de Staline, fut une maladresse. Avoir éliminé Staline de Munich et renoncé aux avantages tactiques du pacte franco-soviétique que j'avais signé, fut une absurdité. Avoir fait la guerre à l'Allemagne, après qu'Hitler eut traité avec Staline, fut un crime. C'était tomber dans le piège de la guerre tendu par Staline aux États bourgeois. Puis, avoir armé la Russie contre l'Allemagne comme l'ont fait les Américains, fut plus qu'un crime, une faute. Depuis le moyen âge, les princes d'Europe ont refusé d'armer l'immense masse slave! Les Américains, eux, l'ont fait. Roosevelt est un ignorant ou un fanatique. Il a une psychologie de " colonisé " et de puritain. Il ne connaît pas le réalisme marxiste. Il verra ce qu'il en coûtera à son pays. Ce n'est pas votre avis ?

— Staline gagnera, dit « Soko », par la tactique qui lui a toujours réussi : celle du jeune Horace contre les Curiaces. L'Allemagne détruite, la France et l'Angleterre épuisées, les Balkans bolchevisés, il restera l'Amérique. Elle cédera par fatigue. Staline la vaincra par la patience.

— C'est possible, dit Laval, *parce que les Russes sont les Japonais de l'Europe. Ils produisent à bas prix quand ils ne travaillent pas pour rien. Staline vaincra parce que l'Amérique est une démocratie,* parce qu'elle est astreinte aux décisions lentes, parce que le suffrage universel y est souverain, parce que les libertés démocratiques sont la serre chaude où peut se développer à tout moment le bolchevisme. Staline vaincra parce qu'il dispose non seulement de puissantes ressources, mais d'une puissante religion et d'une implacable doctrine. C'est cela votre raisonnement, n'est-ce pas, et c'est aussi votre espérance.

— C'est la loi de l'Histoire, dit « Soko ».

— Et vous vous en réjouissez ? Parbleu ! vous êtes un bohémien, vous ! Pas moi ! On la regrettera notre vieille civilisation française, imparfaite, mais humaine. *L'Allemagne, nous l'aurions absorbée, civilisée. C'est une femelle. Nous étions le mâle. Mais les Slaves !...* Demandez à Bichelonne quelle puissance industrielle il accorde à l'État soviétique. Dans vingt ans d'ici, une fois ses ruines relevées, la Russie surpassera l'Amérique, surtout si elle continue à pratiquer la technique chère aux constructeurs de pyramides : l'esclavage massif, le travail gratuit. Cette perspective ne vous trouble pas ?

— Je suis bolchevik, dit « Soko ».

— Moi, je suis français, dit Laval, et je me rappelle avoir dit : « *Je souhaite la victoire de*

> *l'Allemagne parce que, sans elle, le bolchevisme s'installerait partout* ». Dans ma bouche, vous le savez, elle avait, cette phrase, une valeur essentiellement tactique. Elle me procurait une sorte de bail avec Hitler. Elle couvrait la France contre un redoutable danger : la désignation d'un gauleiter.
>
> « Je crains qu'un jour elle revête plus de sens que je n'aurais voulu, cette phrase. Pas vous ? Croyez-moi, " Soko ", dans dix ans d'ici, on la comprendra ma phrase. Peut-être même avant...[30] »

Comment s'étonner, après de telles conversations complaisamment rapportées dans Vichy, que Soko ait été soupçonné d'être l'agent de Staline auprès de Laval, l'œil de Moscou à l'hôtel du Parc ?

A la Libération, Soko donne la pleine mesure de sa fidélité à « mon Président ». Au moment du procès de Laval, il remue ciel et terre, harcèle tant les Russes que les Américains, sans oublier les ministres, les députés, Mauriac, qui plaide si volontiers pour le droit à l'erreur, Louis Vallon, alors directeur adjoint du cabinet de De Gaulle et aussi son ami. Il va jusqu'à quérir l'archevêque chez lui en pleine nuit ! En vain. Le destin du Président est scellé. Soko, dont le dévouement pouvait être aussi en d'autres temps compromettant, reçoit une récompense dont il s'honorera toute sa vie. Avant d'être exécuté, Laval écrit trois lettres : l'une pour sa femme, l'une pour sa fille, l'autre pour Soko, qui l'encadrera et la mettra dans son salon :

« Le 10-10-1945,
Soko, Mon cher ami,
Je sais votre dévouement et votre affection dans l'épreuve que je subis. J'en suis profondément touché et je voulais vous le dire simplement. Je n'en suis pas surpris car j'ai appris à vous connaître mais l'amitié

qui m'est prouvée en ce moment est d'une telle qualité, si pure qu'elle m'émeut. Vous êtes un chic type et je vous embrasse.

Pierre Laval. »

Comme on peut s'y attendre, il est inquiété à la Libération. Inquiété, sans plus. Il n'a pas exercé de fonction officielle. Des conseils, des bavardages, des impressions, cela n'a jamais été passible de l'article 75 du Code pénal (trahison). Aussi dès qu'il est interpellé et interrogé, ses amis tant gaullistes que communistes interviennent. Et très vite, on voit Soko fréquenter « L'escalope », le restaurant du boulevard Montparnasse qui sert de cantine à des membres de la DGER tels que le colonel Mermet et le colonel Morvan. A ceux qui s'étonnent de sa présence dans le service après Vichy, Soko répond en partant d'un grand éclat de rire :

« Pourquoi pas ? Après tout je suis un ancien du 5e Bureau, je suis de la maison !... Je viens de toucher mon chèque des Russes, je vais aller chercher celui des Américains [31]... »

On met ça sur son goût du canular et son esprit facétieux. A tort ou à raison ?

En juillet 1945, nommé contrôleur à l'Office national interprofessionnel des céréales (ONIC), il reçoit du ministre de l'Agriculture, François Tanguy-Prigent, un ordre de mission pour recueillir auprès des autorités soviétiques des renseignements sur l'organisation de l'agriculture dans les territoires allemands contrôlés par l'Armée Rouge. Peu après, il y retourne pour négocier avec les Russes un marché de cinq millions de quintaux de céréales.

« Fonctionnaire détaché », selon l'expression consacrée, il devient en 1949 responsable des relations extérieures au cabinet de M. Ricroch, le premier président de la RATP. C'est son ami Paul Devinat, secrétaire d'État auprès du président Queuille, qui l'y recommande. Pendant vingt ans il y organisera les déjeuners, les dîners, les démarches auprès des ministres et des députés, les contacts internationaux... A une condition : qu'on ne lui donne pas de bureau !

« Surtout pas ! Quand il y a bureau, il y a secrétaire, et on s'apercevrait que je ne viens jamais... »

La RATP, c'est pour la façade et assurer le quotidien. En fait, son rôle politique est considérable à la condition expresse de rester souterrain. De temps en temps, mais très rarement, on relève une allusion à son curieux passé et même à ses activités actuelles, dans un journal ou dans un livre mal intentionnés et mal informés [32]. Soko, lui, est remarquablement informé. C'est son métier. Il sait que sa fiche (1952), aux Renseignements Généraux, ne contient, outre les indications purement biographiques, que ces quelques mots : « soupçonné d'être un agent soviétique. Aucune preuve formelle. Son médecin est le même que celui de l'ambassade soviétique [33] ». Cela le fait plutôt rire. Il essaie de se souvenir qui était son médecin... Et conclut en haussant les épaules :

« Ridicule ! »

Extraordinaire personnage, Soko, qui a « bavardé » pendant quatre ans avec Laval sous l'Occupation, mais que les députés voyaient dès la fin 1944 marcher dans la salle des quatre colonnes avec Jacques Duclos et deviser gravement de concert sur la situation de l'Internationale communiste... Dans un roman de cape et d'épée, il n'aurait pas joué un rôle de mousquetaire ni de bretteur mais plutôt de père Joseph.

Soko, c'est un regard, un profil, une rouerie, une habileté, un entregent singuliers et surtout une immense dérision des grands de ce monde. Et pour cause : sous la IVe République, il est des rares à les avoir dans sa poche, au propre et au figuré. Il rend beaucoup de services et sait se rendre indispensable, lui qui a dans son agenda les noms du personnel politique et administratif, petit et grand, et le numéro de téléphone de leur domicile, de leur voiture, de leur maison de campagne. Il sait exactement qui est qui et où. Même si on lui offrait un maroquin (mais qui serait assez fou ?) il le refuserait. Dans l'ombre, il s'amuse beaucoup plus, agit plus efficacement au plus près du vrai pouvoir, et se lève à l'heure qu'il veut, libre de rejoindre quand bon lui semble un « lieu de travail », où nul ne l'attend. Soko-le-discret, c'est le contact, l'écoute, le conseil. Et au bout, un éclat de rire et une pirouette.

Quand on voit Soko c'est que Jean Jardin n'est pas loin.

Ils sont inséparables. Ils se sont connus en 1941 rue de Rivoli quand Jardin travaillait avec Yves Bouthillier. Ils se sont revus l'année suivante à Vichy. Mais ils sont véritablement liés depuis les années cinquante. Leur taille similaire en fait un « couple » très assorti, d'autant qu'ils ont en commun, outre le culte de Laval, un inaltérable sens de l'humour et le goût de l'influence.

Presque tous les matins, quand Jardin est à Paris, Soko est dans sa chambre du La Pérouse à l'heure des croissants :

« Bonjour Soko ! Alors quoi de neuf ce matin ? »

Et Soko, véritable agent de renseignements particulier, lui dit tout des couloirs des ministères et des rumeurs d'antichambres, des complots à l'Assemblée et des projets des cabinets. Il sait tout. Sa vieille théorie est simpliste mais efficace : les huissiers sont les personnages clés des ministères, comme les concierges des hôtels car ils en savent autant que les directeurs de cabinets et eux au moins ils parlent : qui est entré, qui est sorti, combien de temps a duré l'audience...

Soko, un des amis les plus chers de Jean Jardin, est aussi un rouage essentiel de son système. L'âme du premier cercle.

Pour mieux comprendre son entourage, il convient d'abandonner un peu Jean Jardin et de se consacrer à d'autres personnages au rôle occulte.

Au plus fort de la IVe République, quand la France politique se divise entre communistes et anticommunistes, deux hommes occupent une place considérable en coulisses. Deux hommes qui constituent véritablement le second cercle des relations de Jardin. Ce ne sont pas des amis, mais il entretient des rapports suivis avec eux. Eux-mêmes hommes de réseaux et hommes d'influence, ils font partie de la stratégie de Jardin pour savoir et agir. Ils s'appellent André Boutemy et Georges Albertini. L'un fournit l'argent, l'autre les idées.

Grand, corpulent et assez enveloppé dans des costumes croisés plutôt amples, de gros yeux gris-bleu très clairs, le nez plongeant, la bouche renfrognée, les cheveux peignés en arrière, la mise très soignée, le teint brique du grand buveur qui tient le coup, André Boutemy a inconstestablement l'allure d'un personnage important. On dirait un homme d'affaires. Il est vrai qu'à sa manière, c'en est un. Mais contrairement aux distingués représentants du patronat français, il est, lui, unique. Il n'a pas son pareil.

Boutemy est né en 1905 dans une famille modeste à Bécherel (Ille-et-Vilaine). Avec pour seul bagage une licence en droit, il est engagé comme fonctionnaire au ministère des Finances en 1929. C'est à ce moment-là qu'il rencontre un notable de la IIIe République, Jammy Schmidt, député radical-socialiste et rapporteur des budgets des Finances. Détaché à la commission des Finances de la Chambre des députés, Boutemy fait l'apprentissage de la politique politicienne. Il est dans la nasse, au meilleur poste d'observation. Pour un jeune homme ambitieux, qui ne rêve que d'influence et de pouvoir, le Palais Bourbon et les cabinets ministériels sont aussi le creuset probable de beaucoup de grandes carrières. Son intuition est juste puisque, au lendemain de la défaite de 1940, il est nommé sous-préfet de Thonon-les-Bains grâce à l'intervention de Paul Demange, le directeur du personnel du ministère de l'Intérieur avec lequel il s'était lié avant guerre [34]. Thonon sous l'Occupation, ce n'est pas très excitant mais c'est peut-être un tremplin. Le soir, pour tromper l'ennui, il joue au bridge avec des jeunes gens de sa génération, eux aussi parachutés dans la région : il y a là un magistrat, Pierre Pflimlin, un percepteur Robert Lacoste...

Le retour de Laval au pouvoir en avril 1942 le sort de sa pesante léthargie. Toujours grâce à son ami Demange qui a décidément le bras long, il est rappelé à Paris, au ministère de l'Intérieur, pour occuper le poste clé de directeur des renseignements généraux. Il ne considère pas ce poste comme politique mais surtout technique puisque, de son côté, il persiste à se dire radical-socialiste. Il n'empêche : les RG de l'Occupation sont un auxiliaire précieux de la répression contre les nombreux proscrits du régime. Révoqué à la demande des Allemands [35], le voilà préfet de la Loire (1943) puis préfet régional de Lyon (1944). A Saint-Étienne, il se lie d'amitié avec une notabilité locale, maire, conseiller général et directeur des Tanneries Fouletier, Antoine Pinay. Mais c'est à Lyon que la rencontre d'une autre notabilité va engager sa vie. Georges Villiers, qui a succédé depuis le début de l'Occupation dans le fauteuil de maire à Édouard Herriot, est inquiété par la Gestapo en raison de ses contacts avec l'Armée secrète, puis arrêté et promis au peloton d'exécution. Boutemy, qui le connaît depuis peu, remue ciel et terre pour le sauver et obtient finalement sa grâce. Villiers n'est « que » déporté en Allemagne... Il n'oubliera jamais à qui il doit la vie.

A la Libération, André Boutemy est naturellement suspendu comme tous les préfets en exercice. Durant quelques mois, il est incarcéré à Saint-Étienne puis à

Fresnes. Son dossier d'épuration, qui contient de nombreuses pièces à décharge, est classé. Révoqué en avril 1945, il se pourvoit devant le Conseil d'État qui rend un arrêt de rejet.

Le voilà libre et chômeur. Que faire ? Frapper à la porte du grand patron de l'électricité, Ernest Mercier qui, effectivement, le prend sous son aile au titre de conseiller politique de la société « L'énergie industrielle »[36]. Mais il n'y reste pas longtemps.

Georges Villiers est revenu de Dachau et ce n'est pas un ingrat. Il téléphone à Boutemy et lui parle aussitôt de « fière reconnaissance »[37]. Villiers l'assure qu'elle se traduira très bientôt par des propositions concrètes, mais qu'il lui faut juste être patient. C'est que cet ingénieur des Mines, patron d'une moyenne entreprise et, en 1936, président de la chambre syndicale de la métallurgie du Rhône, est un des rares industriels français à avoir une « bonne cote ». Sa biographie récente est sans tache. Certes, c'est Vichy qui l'a fait maire, mais on n'a rien à reprocher à quelqu'un qui rentre de Dachau... Et la Résistance a pu se louer de sa présence à l'Hôtel de Ville. De tels patrons sont rares à la Libération. Les hommes d'affaires sont au piquet[38]. Ils refont surface dès les premiers jours de septembre 1944, à l'instigation du général de Gaulle, à travers une Commission de représentation patronale (CRP). Le jour de l'intronisation, le général leur réserve un accueil plutôt froid. On lui prête un mot aussi célèbre qu'invérifiable :

« Je n'ai vu aucun de vous, messieurs, à Londres... Ma foi, après tout, vous n'êtes pas en prison[39]... »

L'esprit y est, sinon la lettre.

Il faut dire que le patronat a très mauvaise presse au lendemain de la guerre. Il s'est beaucoup compromis, individuellement et collectivement. Et quand il a refusé la soumission à l'occupant, cela n'a guère été « évident » mais le plus souvent ambigu. A la Libération, un de ses buts avoués est de s'accommoder les parlementaires, moins politiquement (dans bien des cas, c'est déjà fait) que moralement. Il faut se racheter à leurs yeux, bien que dans certains cas eux-mêmes... L'occasion leur en est fournie par les élections d'octobre 1945. L'argent patronal, collecté auprès de différentes grandes entreprises, va aider les candidats qui le demandent, exception faite de leur bête noire, les communistes bien sûr. Une telle pratique n'est pas très nouvelle puisque, avant la Première Guerre mondiale, en 1910, les compagnies d'assurances craignant d'être nationalisées avaient lancé une « Union des Intérêts Économiques » par laquelle les frères Louis et Ernest Billiet, les bien nommés, dispensaient de grosses sommes d'argent pour faire pression sur les pouvoirs publics et le parlement et faire élire des députés favorables aux thèses patronales.

En 1946, la Commission de Représentation Patronale a vécu. Elle est remplacée par le CNPF (conseil national du patronat français) créé en vertu de la loi de 1901 sur les associations. Il se donne pour premier président Georges Villiers, l'homme idéal pour ce poste : pas parisien (lyonnais), jeune (quarante-sept ans), moyen patron (700 salariés sous ses ordres), assez inattaquable en ces temps vengeurs (Dachau), compétent (ingénieur), héritier et créateur, éloquent [40]...

Et Villers, lui, se donne un conseiller politique : Boutemy.

Très vite, le nouveau promu est contacté par deux personnalités du CNPF : Maurice Brulfer, directeur général du trust pharmaceutique Progil, et Périlhou, président de Kuhlmann. Avec quelques amis, ils veulent créer « une organisation dont le rôle sera de servir l'évolution politique du pays » mais qui sera nettement séparée du CNPF « tout en maintenant entre nous une liaison étroite [41] ».

En termes moins sibyllins, cela signifie que le patronat vient de monter une discrète annexe pour arroser le personnel politique de la IVᵉ République naissante et que l'homme fort de cette entreprise est, selon le vœu du patron des patrons, son ami André Boutemy.

La raison sociale de cette organisation est tout à fait anodine : « Cabinet d'études administratives et économiques ». Au registre de commerce, il n'est question, à la colonne « objet de la société », que de documentation... abonnements... diffusion..., et Boutemy n'apparaît pas parmi les associés. Il y fait figurer plutôt ses deux collaborateurs principaux : Henri Cado, ancien directeur général adjoint de la police nationale de Vichy et André Sadon, ancien préfet régional de Toulouse sous l'Occupation. Ainsi, on reste en famille. La société a ses bureaux 3, rue de Penthièvre, dans le 8ᵉ arrondissement. Très vite, l'officine est désignée par tous sous le label « rue de Penthièvre », comme on disait « rue de Madrid » avant-guerre pour désigner le Comité des Forges et comme on dit toujours « Quai d'Orsay » pour évoquer le ministère des Affaires étrangères.

Le duc de Penthièvre était le grand veneur de Louis XVI. Mais c'est un autre genre de chasse qu'organise André Boutemy, duc de la « rue de Penthièvre ».

C'est un homme d'argent mais c'est aussi, avant tout, un homme de services. Il passe à juste titre pour être l'éminence grise de Georges Villiers, en ce qu'il ne se contente pas de financer les partis : il organise les rencontres impossibles entre ces hommes dont le régime d'Assemblée a fait les maîtres de la France, réconcilie les irréconciliables, modère les ultras... Il sait aider ceux qui seront susceptibles de l'aider, lui-même, un jour. Car Boutemy est un homme tout aussi intelligent qu'ambitieux, qui ne considère pas son travail comme un sacerdoce mais comme un tremplin pour son propre pouvoir. Il en veut toujours plus. Une fois qu'il est dans la place, installé dans son bureau de la rue de Penthièvre, il comprend vite que l'épuration économique qui s'éternise, la menace des nationalisations, les graves problèmes de trésorerie des partis constituent une opportunité historique, la chance de sa vie.

Des services ? Un exemple. A peine entre-t-il en fonction qu'il reçoit la visite du journaliste Philippe Bœgner. Les deux hommes s'étaient connus pendant la guerre, quand Boutemy était préfet régional de Lyon et que Bœgner y était le secrétaire général du groupe *Paris-Soir*. Ce dernier se bat pour la défense de son patron Jean Prouvost, contre lequel un mandat d'arrêt a été lancé. Il va être jugé par la Haute Cour de justice car il n'était pas seulement un influent patron de presse mais aussi l'éphémère haut-commissaire à la propagande du maréchal Pétain au tout début de Vichy. Bœgner s'active donc en coulisses pour faire campagne auprès des membres de la Haute Cour. Boutemy, sollicité par lui, accepte de le conseiller.

« Dans une affaire comme la vôtre, il faut savoir attendre, agir en souplesse, accepter, endurer et tout d'un coup, le moment venu, frapper au bon endroit. Croyez-moi, je les connais tous, ces nouveaux parvenus de la politique... c'est pas grand-chose. Faites-moi confiance... Quand il faut, je sais employer les arguments qui conviennent et plus personne ne discute... »

Il organise alors chez lui, 56, rue Pergolèse, à deux pas de l'avenue Foch, des dîners auxquels il convie parlementaires et magistrats pour les mobiliser avec doigté sur le cas Prouvost. Son aide sera efficace. La justice rendra une ordonnance de non-lieu et classera le dossier Prouvost après que la défense ait fait état des « services rendus à la Résistance », selon la formule consacrée. L'industriel en sera très reconnaissant à l'homme de la rue de Penthièvre, mais au début, maladroitement. Le sachant amateur de cigares, Prouvost, bien que jouissant d'une réputation établie de pingrerie, lui offrira une boîte à l'issue d'un dîner en son honneur. Mais Boutemy la refusera quand, après l'avoir ouverte, il constatera qu'elle était entamée... Cela dit, en dépit de cet incident, leurs relations resteront bonnes et le puissant industriel et patron de presse aura d'autres occasions de lui prouver sa gratitude [42].

L'anecdote a aussi le mérite de révéler un trait de caractère de Boutemy : il est volontiers cassant, considérant souvent les gens qui viennent le voir avec dédain et une certaine hauteur. Ce sont potentiellement des quémandeurs et des obligés et il ne manque pas de le leur signifier. Il sait que, hormis les fonds secrets du gouvernement, largement insuffisants, il n'y a guère que deux autres caisses noires à part la sienne, capables de subvenir aux besoins financiers des partis : celle du président de la sidérurgie et celle de Marcel Bloch-Dassault sur laquelle veille alors son homme lige, le général Corniglion-Molinier. Cet argent noir sert soit à financer une campagne législative à différents niveaux (ministre, député sortant, candidat député...) soit à assurer une mensualité permanente aux partis, soit à fournir un appui ponctuel à un homme politique qui par exemple souhaiterait lancer un journal.

Pour la plupart des organisations politiques, il ne s'agit pas de corruption. Le mot n'est d'ailleurs jamais prononcé. Simplement, les grosses entreprises françaises, à travers leur centre d'expression privilégié — le CNPF — aident leurs nombreux amis politiques. Seule conviction tacite : un certain consensus des prétendants sur l'économie privée et le capitalisme et surtout un anticommunisme avéré. Ainsi, ils émargent tous, organisations et personnes, au budget de la rue de Penthièvre, qu'ils soient démocrates-chrétiens, radicaux-socialistes, gaullistes... De cette manière, le patronat se rachète aux yeux de la classe politique et surtout contrôle mieux ce Palais Bourbon plus puissant que jamais, où l'on investit des gouvernements et où on les fait chuter.

Cynisme politicien ? Certainement. Mais il est bien typique de la IVe République. Elle est moins hypocrite que celle qui lui succédera. La République est faible, moquée par les chansonniers, tancée par les gazettes. L'argent noir de la politique est certainement un fléau, en termes de morale pure, mais qu'y peut-on ? On s'y résigne. Le scandale est permanent mais somme toute de moins en moins scandaleux parce que permanent. On s'y fait.

André Boutemy, dans ce système, est l'homme qui dispense les fonds, donne des conseils en matière de stratégie électorale, intervient là où c'est nécessaire. Sans être comme on a pu le dire de certaines personnalités de la IIIe République, « un homme d'état d'ébriété », il fait une impressionnante et régulière consommation de whisky, ce qui accentue son côté jovial et rubicond. Mais il garde la tête froide. Ce préfet défroqué a le sens de l'autorité. Il ne se déplace pas, on vient à lui pour prendre un verre, déjeuner ou dîner. Il reçoit, en particulier ou en petit groupe, soit à son bureau de la rue de Penthièvre, soit chez lui rue Pergolèse, soit dans sa villa de Combs-la-Ville. Quand les invités sont trop nombreux, il les reçoit à l'hôtel Bristol[43].

Le radical-socialiste Henri Queuille, recordman du maroquin — seize fois sous-secrétaire d'État ou ministre sous la IIIe, douze fois ministre ou chef de gouvernement sous la IVe — va plus d'une fois manger les œufs au bacon, tôt le matin, au domicile de Boutemy, dont il respecte énormément les avis et conseils. Lui, il s'honore d'être son ami. C'est assez rare pour être souligné. Car si tout le monde fréquente Boutemy, bien peu veulent passer pour un de ses proches. On veut bien partager sa table, on prend volontiers « son » argent, on suit sa stratégie, mais on ne veut pas être vu avec lui en public. Boutemy en ricane : il les tient dans sa main, lui, le modeste petit Breton de Bécherel ; il a le pouvoir, le vrai, celui d'un organisateur chevronné d'une grande envergure, que l'ombre et les circonstances ont poussé au maximum de ses capacités d'influence.

Il ne parle presque jamais à la presse, du moins officiellement. Fin 1947, alors que « l'année terrible » s'achève par un remaniement gouvernemental drastique (douze postes ministériels supprimés), que le PC renonce définitivement à participer au pouvoir et que le RPF en crise enregistre démissions, dissidences et exclusions, André Boutemy accorde exceptionnellement une interview à son ami Jean Balensi, journaliste à *Paris Presse*. Mettons nos pas dans les siens au moment où, écrit-il, Boutemy vient d'éviter par deux fois au gouvernement Ramadier de tomber en déjouant « une manœuvre de division par des arguments qu'il faut bien croire irrésistibles (...) et en ramenant à la discipline de l'équipe certains ministres prêts à abandonner le chef, que les ukases dirigistes de son parti risquaient d'entraîner trop loin à leur gré. »

Nous voici dans les fameux bureaux du 3, rue de Penthièvre, le coffre-fort de la classe politique. Le décor n'a pas réussi à faire oublier le cadre d'un appartement bourgeois. Boutemy reçoit dans une pièce très ensoleillée. Il se tient derrière une grande table vierge de dossiers, en face d'une monumentale bibliothèque Empire développant ses trois caissons d'acajou patiné sur toute la largeur d'un panneau. Il est assis, adossé à un mur tandis que son visiteur est ébloui par la forte lumière dégagée par deux hautes fenêtres. Dans les pièces contiguës, quelques secrétaires et les lieutenants de Boutemy dont certains au moins ont un point commun : leur séjour à Fresnes à la Libération. Outre André Sadon et Henri Cado, il y a M. Weber, ancien directeur de cabinet de René Bousquet (secrétaire général à la police à Vichy). Ce QG (parler de PC en de tels lieux serait inconvenant...) ne connaît pas la fièvre, même s'il est tout le temps en activité. Les moquettes étouffent jusqu'aux sonnettes. Quand il ne reçoit pas un visiteur, Boutemy est pendu au téléphone, diplomate sans accréditation, négociateur sans mandat, représentant officieux qui, pour l'instant, ne demande qu'à le rester :

« Oui mon bon, j'ai vu notre citoyen [jamais de nom propre à l'appareil], oui, c'est entendu : vous n'aurez qu'à vous présenter chez lui entre trois et quatre. Il ne demande plus qu'à parler... »

Probablement un affilié provincial du CNPF qui se désole de voir les modérés de sa ville présenter trois candidats distincts aux élections municipales, un MRP, un indépendant de droite et un paysan. Quelques coups de fil plus tard, Boutemy l'interventionniste, a réglé la question.

« On vous donne pour l'éminence grise du grand patronat, demande le journaliste.

— Il est exact que j'ai accepté le titre et les fonctions de conseiller politique du CNPF, reconnaît prudemment Boutemy, mais seule ma conviction personnelle m'a entraîné et maintenu dans la lutte. Il se trouve que le grand patronat pense comme moi qu'il faut contenir solidement le communisme et que le salut du pays est à ce prix : il est normal que je ne lui marchande pas mon appui.

— Et la caisse noire ?

— (...) un industriel peut être sollicité d'appuyer de ses deniers un mouvement, un candidat, une propagande. Ès qualités je suis tenu de le conseiller sur l'opportunité du geste : c'est tout.

— (...) et vos réceptions, votre train de visites perpétuelles ?

— ... Dire que je n'apprécie d'autres joies que celles de la vie de famille, le dimanche, au coin du feu en pantoufles et robe de chambre !... »

Et son anticommunisme ? Est-il vraiment sans nuances ? Le journaliste explique, au cours de son entretien, que si le petit et le moyen patronat peuvent soutenir le gaullisme, le grand patronat ne le peut pas. Tout régime vigoureux porte à ses yeux de trop redoutables menaces, un violent choc en retour de l'extrême gauche par exemple. C'est pourquoi les grands patrons jouent personnellement les centristes, les mieux placés à veiller au barrage anticommuniste car les premiers visés par le « grignotage des moscoutaires ». Ce sont donc les meilleurs garants du libéralisme absolu. Le journaliste, qui tâche de traduire prudemment la pensée de Boutemy, c'est-à-dire au style indirect et sans trop le compromettre, estime donc que la rue de Penthièvre doit aider en priorité « les amis de Blum, voire leurs alliés MRP et radicaux, le cas échéant contre de Gaulle ». Ce que André Boutemy traduit lui-même en ces termes, en conclusion :

« Je répète que je n'ai d'autre règle que l'anticommunisme mais évidemment l'anticommunisme sous toutes ses formes. Alors pourquoi pas, dans le courant de la conjoncture, sous la forme gaulliste [44]... »

Antigaulliste ? Sans guère de doute. La faute aux nationalisations, à la présence des communistes dans le gouvernement, à son propre radical-socialisme... Les raisons ne manquent pas. Mais ce n'est pas pour autant qu'elle prive le RPF de la manne de la rue de Penthièvre. Car parmi les inspirateurs de la caisse noire du patronat, il y a au moins un gaulliste invétéré — un, sinon plus — Maurice Brulfer, le puissant président de l'Union des industries chimiques. Il fait en sorte que ses amis politiques ne soient jamais oubliés. Le haut patronat est encore fortement pétainiste. Un de ceux qui défendent « l'idée d'un retour inévitable à de Gaulle », n'est autre que le vieux François de Wendel, ancien président du Comité des Forges, ancien régent de la Banque de France, l'homme dont le nom est synonyme de « sidérurgie lorraine » et qui incarne le symbole vivant du mythe des deux cents familles. Signe des temps : le puissant Wendel n'exerce plus, alors, d'influence qu'à travers le centre de la rue de Penthièvre [45].

Boutemy est dur, à l'image de l'époque, parfois sans pitié. En politique, tous les coups sont permis et les coups bas sont recommandés. C'est le Palais Bourbon qui donne l'exemple, si l'on peut dire.

« Vous êtes un grotesque aux mains rouges du sang ouvrier ! » lance Jacques Duclos au ministre de l'Intérieur Jules Moch.

Le député communiste, qui est aussi vice-président de l'Assemblée nationale, est devenu un spécialiste incontesté de la repartie violente, ce qui ne manque jamais de susciter, comme dit le secrétaire aux débats, des « exclamations et rires à l'extrême gauche ».

« Combien êtes-vous payé pour proférer ces injures ? lui demande à la tribune le député indépendant Roland de Moustier.

— Taisez-vous donc, représentant de la noblesse décadente ! Vous glapissez sans cesse ! assène Duclos en réponse.

— Je répète : combien vous paye-t-on ? [46] »

Et ainsi de suite. Le florilège est sans fin. Parfois le débat concerne directement André Boutemy. Ainsi en novembre 1948, l'ancien ouvrier pâtissier des Pyrénées, Jacques Duclos, décide de dénoncer haut et fort l'officine de la rue de Penthièvre. Il n'est pas venu les mains vides. Dans son dossier il a la copie d'une lettre adressée par le député des Deux-Sèvres Clovis Macouin à André Sadon, un des lieutenants de Boutemy. Naturellement il se fait un devoir sinon un plaisir de la lire à ses collègues :

> « (...) J'avais décidé de ne pas me représenter aux élections législatives de novembre 1946 car les charges financières qui m'incombaient du fait de trois élections successives étaient trop lourdes pour moi qui n'ai pour toute fortune

que mes six enfants, comme vous le savez. En dernière heure, j'ai cependant cédé aux instances de mes amis et je me suis présenté aux élections sous la promesse formelle faite à M. Taudière * par les services de la rue de Penthièvre, qu'une somme de deux cents " billets " me serait allouée pour soutenir cette élection, étant entendu cependant que cette somme ne me serait versée qu'après lesdites élections du fait de l'état de la caisse à ce moment-là. J'ai donc contracté des dettes, en pensant les rembourser avec les fonds ainsi promis. Mais, comme Sœur Anne, je ne vois rien venir. Peut-être aurais-je dû me rendre moi-même rue de Penthièvre. Mais par suite d'un sentiment que vous comprendrez il me répugne de " mendier " ainsi. Mais par contre je suis peiné de savoir que d'autres collègues pourtant fortunés ont été royalement servis et que personnellement je n'ai rien obtenu, si ce n'est des dettes que j'aurais beaucoup de mal à régler. C'est ainsi que M. Taudière (...) se propose d'agir auprès des industriels de la machine agricole près desquels il jouit d'une grosse autorité, en vue de les inviter à ne pas répondre à l'appel qui leur sera lancé pour refaire les réserves de la rue de Penthièvre, si je n'obtenais pas satisfaction... »

La lecture du document stupéfie l'hémicycle.

« Voulez-vous me permettre un mot ? demande Clovis Macouin, l'auteur de la lettre.

— Tout à l'heure ! Vous aurez la parole après moi ! tranche Duclos (...) Et vous voulez parler d'honnêteté ! Et vous voulez insulter les communistes ! Allons donc !

---

* Emile Taudière, industriel et député indépendant des Deux-Sèvres de 1928 à 1942.

— Puisque vous parlez d'honnêteté, monsieur Duclos, peut-on vous demander comment vous vous êtes procuré cette lettre ? demande un député.

— Cela est une autre histoire. En tout cas, je l'ai entre les mains.

— Selon l'habitude du parti communiste, on invente des pièces, hasarde Macouin.

— Non », crie Duclos.

Alors Macouin, dix fois moins rusé que son adversaire, s'enfonce inexorablement. Non seulement il nie, mais, pire encore...

« Cette lettre n'a jamais été écrite par moi. J'ajoute que mon ancien collègue M. Émile Taudière ne reçoit en tout cas pas d'argent de l'étranger et que s'il m'avait aidé dans ma politique, ce ne serait pas avec l'argent de Moscou mais avec de l'argent français. »

Ainsi, l'honneur serait sauf dès lors que la corruption serait hexagonale ! Les exclamations et les rires de l'extrême gauche ont tôt fait de couvrir les applaudissements, parfois embarrassés, sur les bancs de la droite. C'est le moment que Jacques Duclos choisit pour porter l'estocade finale.

« Je me doutais que M. Macouin essayerait de dire qu'il n'a pas écrit cette lettre. Mais pour son malheur, j'ai non seulement la copie mais aussi l'original.

— Vous êtes un voleur alors ? demande le député indépendant d'Eure-et-Loir, Pierre July.

— Cela porte un nom devant le tribunal, précise un de ses collègues.

— Il ressort de cela, messieurs, qu'une atmosphère de corruption et de pourriture règne dans ce pays, conclut Duclos. Il faut crever l'abcès. Si vous n'acceptez pas que la lumière soit faite sur les ressources et sur les activités de tous les partis c'est que vous voulez vous vautrer dans cette pourriture. Voilà pourquoi il n'y a pas d'autre façon d'agir pour un honnête homme que de voter notre amendement [47]... »

Il en faut plus pour ébranler la maison Boutemy. L'édifice est solide, la charpente tiendra bien le choc. Une campagne électorale normale revient alors en moyenne à six millions de francs à Paris et à deux millions et demi en province [48]. La rue de Penthièvre est plus que jamais nécessaire. Elle va le prouver lors des élections législatives de 1951, qui marquent aussi la rentrée politique du patronat. L' « investissement » en argent noir, lancé en 1946, porte véritablement ses fruits. André Boutemy, plus que d'autres, pousse à la modification de la loi électorale pour que soit adopté le mode de scrutin par apparentements. D'après lui, les communistes, mais aussi les gaullistes devraient y perdre. Aussi met-il « le paquet ». On parle d'un milliard de francs, à cette seule occasion [49].

Mettons nos pas dans ceux d'un candidat député, jamais élu encore. C'est un avocat de quarante ans, Jacques Isorni, célèbre pour avoir défendu Pétain et Brasillach. Au cours d'un déjeuner, Pierre-Étienne Flandin, l'ancien ministre de la IIIe République, lui dit :

« Vous savez, Boutemy fait du bon travail, mais... chut ! »

Isorni, néophyte en politique, est intrigué par tant de mystères. Peu après, alors qu'il vient d'annoncer sa candidature, il reçoit un coup de fil d'Henri Queuille :

« Adressez-vous de ma part à Boutemy, il peut vous être utile... »

Décidément... Isorni ne peut donc éviter de rencontrer ce personnage qui lui apparaît déjà comme omnipuissant. Il le contacte donc et se rend rue de Penthièvre. Après avoir évoqué le passé, Vichy, sa fidélité au maréchal Pétain... Boutemy prévient le candidat :

« Silence sur tout ce que je vais vous dire... »

Puis André Boutemy s'enquiert de ses besoins et lui remet plusieurs enveloppes, pour lui et pour ceux, candidats ou députés, qui le soutiennent. Pas de chèque mais des liasses de billets. Une scène qui marque Jacques Isorni : « Les intéressés pénétraient rue de Penthièvre avec discrétion, après un coup d'œil circulaire pour s'assurer que personne ne les voyait, un peu comme autrefois on entrait au bordel. Lorsque les adversaires, malgré les précautions et les rendez-vous échelonnés, se rencontraient dans un couloir ou dans l'escalier, ils ne pouvaient s'empêcher de réprimer un sourire. La nécessité les logeait à la même enseigne. »

Mais ce qui frappe le plus le candidat député, qui dans ce registre en a vu d'autres, c'est l'antigaullisme virulent de Boutemy, qui lui confie :

« Vous comprenez, je ne peux pas partager mon aversion pour les gaullistes avec Brulfer parce que justement... c'est lui qui leur donne l'argent ! »

Mis en confiance par cette communauté d'opinion, Isorni le met le premier au courant d'une manœuvre rien moins qu'électorale. Le directeur de cabinet d'Henri Queuille lui transmet un jour un document unique retrouvé dans les archives du ministère de l'Intérieur : la « une » d'un numéro de *Libération* saisi par les soins de De Gaulle juste avant diffusion. Elle reproduit une photo sur laquelle le général serre la main au « déserteur », au « traître » Maurice Thorez, retour de Moscou. Cette « poignée de main d'Ivry » le 28 janvier 1945, est bien sûr aussitôt exploitée par Isorni qui transforme cette « une » en tract et la fait également reproduire à la « une » du quotidien socialiste *Le Populaire de Paris* dans son édition du 16 juin 1951 sous le titre : « Ce n'était qu'un commencement ». En réponse à cette union sacrée de leurs adversaires, les gaullistes conduits par le professeur Vallery-Radot submergent le tract d'Isorni-l'avocat-de-qui-vous-savez par un tract reproduisant la poignée de main Hitler-Pétain à Montoire en octobre 1940.

Boutemy est, bien entendu, emballé par cette idée. Mais...

« Allez-y, mais surtout pas un mot à Brulfer ! [50] »

Ainsi va la politique sous la IVe... Après ces fameuses législatives de 1951 qui atteignent un taux de participation de 80 %, une liste (incomplète) circule dans les couloirs de l'Assemblée nationale : celle des 160 députés qui ont été aidés dans leur campagne par les services de la rue de Penthièvre. Il en ressort que tout le monde a eu droit à ses enveloppes, le RPF comme les autres partis, et que l'on peut établir la moyenne du prix d'un candidat : 500 000 francs pour un député, un million pour un ministre [51]...

Ces élections sont historiques, aussi pour une autre raison, que tout le monde n'aura pas remarquée hors le Palais Bourbon : elles ont décidé André Boutemy à sauter le pas. En 1952, le voilà donc sénateur radical-socialiste de Seine-et-Marne. Edgar Faure, expert en us et coutumes politiciens, note : « Les parlementaires de la majorité lui firent bon visage car il comptait dans leurs rangs nombre d'obligés, mais son ascension suscitait une onde de réticence et de méfiance. Les artistes professionnels n'aiment pas beaucoup qu'un impresario apparaisse soudain sur les planches pour présenter à leur place un numéro à succès [52]. »

Boutemy ne s'en rend pas compte mais il vient de signer son arrêt de mort, politique s'entend. Jean Jardin, qui le rencontre régulièrement, le sait, lui, qui ne veut pas quitter l'ombre. Si Jardin pèche par excès de discrétion, Boutemy, lui pèche par excès d'orgueil, de volonté de puissance mal dissimulée, d'appétit de pouvoir mal maîtrisé. Sur sa lancée, de quoi peut donc bien rêver le sénateur Boutemy ? Du titre de ministre. Cela le perdra.

Georges Albertini pourrait être député s'il le voulait. Des amis socialistes le lui ont proposé. Ils lui ont carrément offert un siège. Mais il a su refuser. Il craint que la publicité faite autour de son nom, en période électorale, ne suscite le scandale et handicape ce qui est essentiel à ses yeux, la lutte anticommuniste. C'est un sage, Georges Albertini, que Jardin voit régulièrement surtout en 1951, époque charnière. Ils ont, tous deux, su garder la tête froide, contrairement à Boutemy auquel ils reprochent son manque de discrétion. Ils savent jusqu'ou aller trop loin en politique. Jardin et Albertini se connaissent bien, s'apprécient mais restent des « concurrents » d'une certaine manière. Ce sont tous deux des hommes d'apaisement, qui évitent d'adopter des positions heurtées et de radicaliser les situations. Ils ont au moins un ami commun, l'acteur Pierre Fresnay, anticommuniste déclaré, qui encouragea dès le premier numéro la revue *Est-Ouest* lancée par Albertini.

Au moment des élections phares de 1951, quand on est candidat et que l'on n'est pas communiste, si on veut de l'argent, on va rue de Penthièvre, mais si on veut des arguments on se rend boulevard Haussmann, dans les bureaux de Georges Albertini. D'une officine l'autre... Le recrutement est très éclectique : ici, on sert tout le monde sans distinction de partis, tendances, religions, société... Un seul dénominateur commun : l'anticommunisme.

Georges Albertini est l'autre homme du second cercle des relations de Jean Jardin. Il joue un rôle considérable dans les coulisses de la IVe République. Lui aussi, c'est une forte personnalité, une intelligence exceptionnelle, un entregent inouï, des réseaux d'amitié aux ramifications insoupçonnées et, de plus, internationales. Albertini c'est aussi, comme Jardin et Boutemy, un « passé ». A cacher ? En tout cas, il y a comme une tache sur la biographie. L'Occupation, bien sûr.

Ce fils d'un comptable corse et d'une Vosgienne est né en 1911 à Chalon-sur-Saône. Après des études à l'École Normale d'Instituteurs de Mâcon, il subit à dix-sept ans le choc d'une double révélation : la découverte simultanée de l'histoire et du socialisme. Boursier, diplômé de l'École Normale de Saint-Cloud qui passe pour être très à gauche, il devient donc tout naturellement professeur d'histoire et militant socialiste. Son ascension rapide à la SFIO lui permet de très tôt en côtoyer les caciques avant de les tutoyer. Il se démène beaucoup, sur le devant de la scène, multipliant ses interventions dans les réunions, meetings, conférences... Il est de toutes les tribunes, qu'il s'agisse de celles du syndicalisme enseignant, du Comité de vigilance des intellectuels antifascistes ou du munichois Parti de la paix. Il est très remarqué et ni lui ni personne n'imagine qu'il sera un jour un homme de l'ombre. Il a la carrure d'un homme d'État. Il sera député puis ministre. Son avenir est tracé. A moins qu'un grain de sable ne vienne gripper la machine. Justement...

La guerre est là qui bouleverse les plans de toute une génération. Le lieutenant Albertini, démobilisé à l'automne 1940, est désormais pétainiste. Comme d'autres socialistes il a franchi le Rubicon et pas seulement parce que des députés SFIO ont, eux aussi, voté les pleins pouvoirs au Maréchal le 10 juillet 1940. Il reste un pacifiste convaincu mais cela n'explique pas son engagement. En fait, dans l'Europe des années quarante, il ne voit guère que l'Allemagne qui puisse efficacement lutter contre le bolchevisme et préserver le vieux continent de sa menace. De la référence au modèle venu d'outre-Rhin, il retient le principe du parti unique, le gouvernement des élites, l'autoritarisme et surtout l'idée d'un socialisme véritablement national.

La création début 1941 par Marcel Déat du RNP (rassemblement national populaire) va véritablement propulser le jeune et brillant Albertini au sommet de la nomenklatura collaborationniste. Après avoir fait ses preuves en dirigeant la fédération de l'Aube du RNP pendant six mois, il monte à Paris et à la demande de Déat devient le secrétaire général, l'épurateur musclé, le doctrinaire intransigeant, le numéro 2 d'un parti subventionné par les Allemands et par Laval et dont le programme expose clairement les principaux points : « collaboration franco-allemande, défense de l'empire, construction économique, politique et spirituelle de l'Europe (...) État fort appuyé sur un mouvement national et populaire, puissant instrument de la Révolution nationale, à l'exclusion de toute influence occulte et de caractère international (...) Épuration et protection de la race, régénération physique et morale de la population (...) Économie dirigée à base corporative... »

Partisan inconditionnel d'une Europe allemande, Albertini apparaît de plus en plus comme le bras droit et l'homme de confiance de Marcel Déat, une distinction rare et qui se mérite en un temps de grande méfiance où tous les potentiels « führer français » craignent l'attentat, la conspiration, le lâchage. Aussi, tout naturellement, quand Déat est nommé ministre du Travail et de la Solidarité nationale en mars 1944, Albertini devient-il son directeur de cabinet. Mais quelques mois plus tard, à la veille de la Libération de la capitale, quand le ministre fait ses paquets pour s'enfuir vers l'Est et propose à son fidèle collaborateur de le suivre dans les décombres du Reich, il essuie un refus net.

« Vous serez fusillé ! lui lance Déat.

— Mais du moins nous ne serons pas déshonorés »... répond Albertini [53].

Avant de partir, le ministre lui remet néanmoins une fausse carte d'identité au nom de Georges Auberty, trente-six certificats de travail et des cartes d'alimentation. Albertini, qui ne doute de rien, entre dans la clandestinité urbaine, à Paris. Un mois après, il est arrêté. Direction : Fresnes. Son procès est fixé au

20 décembre 1944. Le commissaire du gouvernement l'estime « coupable d'intelligence avec l'ennemi » et en vertu de l'article 75 du Code pénal réclame la peine de mort. La défense, elle, plaide que le dossier est parfois constitué de fausses pièces, de petites phrases attribuées indûment à l'accusé, qu'il n'a pas fréquenté les Allemands puisque c'était le domaine réservé de son patron (Déat), que c'est un pacifiste fourvoyé, qu'il a opté pour la collaboration dans l'intérêt de son pays... Pour convaincre le jury, les avocats font appel à des témoins représentatifs : des communistes, des juifs, des socialistes, des syndicalistes, des militants antifascistes espagnols ou italiens, des gaullistes, des résistants, des hauts fonctionnaires qui ont tous été aidés sinon sauvés par lui. Après deux jours d'audience, le jury répond « oui » à la majorité : il a été d'intelligence avec l'ennemi, il a favorisé ses buts...

Jusque-là, c'est un procès comme beaucoup d'autres, au cours du terrible hiver 1944. Une affaire qui ne traîne pas. En principe, douze balles... Au suivant. Seulement voilà : le jury lui reconnaît des circonstances atténuantes en raison du caractère bâclé, hâtif de l'instruction. Ce ne sera donc pas la mort mais... cinq ans de travaux forcés, l'indignité nationale et la confiscation des biens. Les chroniqueurs judiciaires, qui n'ont pas encore eu le temps d'être blasés par l'épuration, n'en reviennent pas. Cinq ans... Au même moment, on fusille des lampistes, on condamne à mort ou aux travaux forcés à perpétuité des écrivains qui ont donné leur nom, leur signature et leur prestige à la Révolution nationale ou européenne. Et Albertini, qui n'a pas l'excuse d'avoir occupé un poste « technique » ou d'avoir été un « intellectuel » pris au piège, Albertini le politique absolu, le prolongement de ce Déat que l'on va condamner à mort par contumace, Albertini n'a « que » cinq ans ! Pour beaucoup, c'est le début d'une énigme, le « mystère Albertini » qui s'explique surtout par la fidélité de ses amis d'avant-guerre, militants de la SFIO et de la CGT qui ont su choisir « le bon camp » pendant l'Occupation, qui se retrouvent maintenant propulsés au sommet, et qui restent solidaires malgré tout.

Paradoxalement, la prison, pour cet homme qui se considère dès lors comme un miraculé, est la chance de sa vie. Un jour, on jette dans sa cellule une personnalité qu'il n'avait jamais rencontrée jusque-là : Hippolyte Worms, armateur et banquier inquiété à la Libération en raison des liens ténus entre son établissement et un certain nombre de ministres et hauts fonctionnaires de Vichy. Worms est accablé, anéanti par son sort. Albertini le soutient dans l'épreuve, lui redonne courage et espoir et le séduit par son intelligence et ses immenses capacités intellectuelles. En quittant son compagnon d'infortune à l'issue d'un non-lieu trois mois plus tard, Worms lui promet de ne pas l'oublier.

Effectivement en 1948, quand Georges Albertini, qui vient de bénéficier d'une remise de peine du président Auriol, se présente à la banque du boulevard Haussmann, le maître des lieux se souvient de lui. Et tient parole : pour commencer il lui confie la réalisation d'un ouvrage commémoratif sur le centenaire de la maison, lui donne de l'argent et le titre de conseiller technique. Il a un bureau, mais auquel on n'accède pas par l'entrée principale. Il n'a de comptes à rendre à personne. En fait il joue un double rôle chez Worms, selon un ancien directeur général de la banque : « La plupart des gens de la maison ignoraient jusqu'à la présence d'Albertini, je dirais même 98 % d'entre eux. Il n'avait pas vraiment un rôle dans la banque mais à la maison mère. C'était le temporisateur, d'une part parce qu'il avait de hautes relations, d'autre part parce que dans une société de personnes où les associés-gérants ont tous des pouvoirs égaux, il faut un diplomate et un tacticien pour les rapprocher et apaiser les conflits. Il renseignait les uns et les autres sur leurs arrière-pensées réciproques. A leur demande, il remplissait le rôle délicat de messager. Il avait la confiance de tous, c'était le facteur humain, le grand conciliateur, même si nos différends n'étaient pas toujours des conflits. Cela dit, c'était là son rôle interne à la maison. Pour le reste [54]... »

Le reste, c'est justement le plus important.

Car si Albertini conseiller politique de M. Worms, reste attaché à la maison jusqu'à sa mort (1983), c'est ailleurs qu'il exerce un rôle considérable et méconnu de conseiller occulte. Tout commence véritablement fin 1948. Il lance discrètement le BEIPI (Bulletin d'études et d'informations politiques et internationales), un organe consacré essentiellement au communisme qui prend le titre de *Est et Ouest* en 1956. Le but de l' « officine du boulevard Haussmann », comme dit *L'Humanité* est clair : informer sur les réalités du communisme national et international, trouver et fournir des arguments aux anticommunistes, dénoncer ceux qui font alliance avec les communistes et les décourager de poursuivre dans cette voie. Trente ans après, la cause est entendue, mais en son temps, un travail approfondi sur de telles questions détonne plutôt. Albertini va chercher à convaincre plutôt la gauche, plus propice à une hypothétique alliance avec les communistes, que la droite, d'ores et déjà acquise aux thèses antibolcheviques. A titre indicatif, il faut rappeler que, à la mort de Staline, quand l'Assemblée nationale lui rend un hommage funèbre, le seul député à ne pas s'y associer est Jean Le Bail, socialiste et directeur politique du *Populaire du Centre*[55]. Rien de plus redoutable que l'anticommunisme de gauche... Mais à la fin de sa vie, dans un accès d'autocritique, Albertini reconnaîtra qu'il s'était partiellement trompé en ne travaillant pas suffisamment la droite, qui était le plus souvent anticommuniste systématiquement, sans discernement, ce qui la « dispensait » d'analyser le phénomène communiste et la rendait aveugle sur la véritable nature du communisme.

Aidé à ses débuts tant par des hommes du patronat (Étienne Villey), de la finance (Maurice Coquet), de la politique (Robert Lacoste, Émile Roche), Albertini s'adjoint progressivement une petite équipe de collaborateurs et d'auteurs, le plus respecté étant certainement Boris Souvarine, dont l'influence sur un homme comme Jean Jardin, parmi d'autres, est telle que ce dernier consigne régulièrement ses articles dans ses archives avec son courrier. On a du mal à imaginer l'ascendant de Souvarine sur plusieurs générations d'anticommunistes de raison.

Dans le contexte de guerre froide et de guerre civile larvée que traverse la France à la fin des années quarante, l'officine d'Albertini est la seule à fournir des arguments de poids, des réparties pour meetings houleux, des brochures inattaquables, des discours solides et percutants, des articles tout prêts, bref un véritable arsenal de propagande idéologique clefs en main qui justement fait défaut face à l'impressionnante organisation communiste. Georges Albertini arrive à point pour le fournir. Non qu'il écrive lui-même. La plume, c'est Claude Harmel, un ancien cadre du RNP connu en janvier 1940 à la CGT, qui la tient. C'est un scribe infatigable, auteur d'un nombre incalculable de textes parus sous autant de pseudonymes. On dit qu'il suffit de l'enfermer dans une pièce avec de quoi écrire et le ravitailler...

Albertini, lui, est plutôt l'homme du contact avec l'extérieur, l'homme de la synthèse et de la réflexion. C'est sur son nom que les fonds américains et les fonds patronaux français alimentent régulièrement les caisses de ses bulletins et surtout du Centre d'archives et de documentation politiques et sociales qu'il lance fin 1951 boulevard Haussmann, tout près de son bureau chez Worms. Le Centre tient un rôle de « conseil » permanent pour les hommes politiques, journalistes, parlementaires et militants. D'autre part, il remplit les fonctions d'agence de presse et de petite unité d'édition, élaborant et diffusant une importante quantité de matériel de propagande. Son Centre devient l'indispensable point de ravitaillement de toutes les formations politiques (sauf le PC) à une époque où les partis sont pleins de bonne volonté anticommuniste mais manquent de munitions.

Qui croirait, en observant cet homme marcher boulevard Haussmann, sur la petite distance qui sépare ses deux bureaux, qu'il est si discrètement puissant ? Il est râblé et soucieux de sa mise. Il n'a plus besoin de prouver ses talents d'orateur, lit beaucoup, attentivement, des comptes rendus plus que des livres. Sa forte personnalité le rend quelquefois envahissant au goût de ceux qui aimeraient aussi « en placer une ». Volontiers coléreux, très corse par son esprit de clan, il est fidèle en amitié. Il aime bien cultiver le mystère aussi, Georges Albertini. Selon ceux qui l'ont fréquenté quotidiennement au cours de sa seconde carrière, il aime s'entourer du halo nécessaire pour qu'on le sache apte à recevoir et conserver les secrets. Il inspire confiance, à juste titre. C'est une agence de renseignements à lui tout seul, un des Français les mieux informés, très au fait des tenants et des aboutissants des hommes et des affaires de la coulisse.

Albertini a des amis partout. Même au PC, dit-on. Il est vrai que dès sa sortie de prison, il a été approché par Georges Cogniot qui lui a demandé au nom du Parti d'y adhérer et d'y travailler. Avec les taches que l'on sait sur sa biographie, cet homme de valeur eût été bien tenu en main par l'organisation... Il est au mieux avec les gaullistes, les démocrates-chrétiens, les radicaux-socialistes, les socialistes... On n'hésite pas à l'appeler pour négocier un désistement ou convaincre un candidat indécis, sonder un futur ministre ou s'accommoder un député récalcitrant. La

IVᵉ République est son âge d'or. Mais c'est vraiment à l'issue des élections législatives de juin 1951 que l'homme et son entreprise décollent. L'énorme effort de propagande fourni à cette occasion, qui se traduit dans les résultats par un glissement à droite et une percée parlementaire des gaullistes, montre l'impact du travail en profondeur d'Albertini et son équipe : dans la presse de province, la moitié de ce qui s'imprime sur le communisme vient de son officine, la plupart des déclarations publiques des dirigeants du syndicat Force Ouvrière sont préparées boulevard Haussmann, quant aux tracts et brochures des radicaux-socialistes...

Georges Albertini ? Un homme d'influence, un vrai [56]. De la race des Boutemy et Jardin. Retrouvons ce dernier. Ce n'est pas un hasard s'ils se connaissent et se voient. Les élections de 1951 en font les véritables maîtres du jeu.

Bientôt, un événement imprévu et qui au début passe inaperçu va consacrer Jean Jardin dans son rôle de conseiller : la prise du pouvoir par le maire de Saint-Chamond.

12

Dans l'ombre de
« Monsieur Tout-le-Monde »

(1952-1967)

Les auditeurs de « Paris-Inter » qui sont à l'écoute le dimanche matin peuvent suivre une émission intitulée « La vie en rouge ». On n'y dit pas de bien des communistes. Son inspirateur n'est autre que le député radical de Seine-et-Oise, Jean-Paul David, également secrétaire général du mouvement « Paix et liberté » dont l'activité principale consiste à couvrir les murs de France d'affiches anticommunistes de manière à contrecarrer l'intense campagne du PCF, sur son propre terrain. Quand ce n'est sur les murs et les palissades, c'est donc sur les ondes. En réponse à sa « Vie en rouge » (la vie quotidienne à l'est sous la botte) qui doit moins à Édith Piaf qu'à Boutemy ou Albertini, le député David est présenté par la presse du Parti comme « le Führer de l'officine *Paix et Liberté* », un « Goebbels au petit pied » et son groupuscule comme nostalgique de la propagande de la collaboration : « la maison Philippe Henriot (Jean-Paul David successeur)[1] »...

On en est encore là, sept ans après la fin de la guerre alors qu'en Allemagne la dénazification est officiellement achevée, qu'un avion soviétique attaque « accidentellement » un appareil d'Air France qui ne lui avait rien fait, que le général américain Ridgway est accueilli en France comme la peste et que le rideau de fer tombe entre les deux Allemagnes.

La France se partage toujours entre pro et anti. L'anticommunisme primaire (mais pourquoi ne parle-t-on jamais de philocommunisme primaire ?) masque un phénomène corrélatif, peut-être plus important, plus profond, et sûrement plus significatif pour l'avenir : le retour au pouvoir des vichyssois, collaborateurs d'État, collaborationnistes, et autres « compromis » de toutes catégories. Le succès de certains d'entre eux aux législatives de 1951 avait déjà donné le signal. L'arrivée au pouvoir de M. Pinay accélère le processus. Car dans son sillage, on voit discrètement réapparaître des hommes comme Jean Jardin.

Antoine Pinay a connu André Boutemy pendant l'Occupation à Saint-Étienne et Georges Albertini à Paris grâce à Jean-Paul David qui le lui avait amené. Mais avec Jardin, auquel le liera dès lors une très forte et durable amitié, la rencontre tient autant du hasard que de la nécessité.

Curieuse association que celle de leurs deux personnalités. Elle n'est pourtant, dès le début, pas seulement complémentaire mais authentique. Mais ce n'était pas « écrit », si l'on en juge par leurs itinéraires respectifs.

Antoine Pinay, qui est né en 1891 à Saint-Symphorien-sur-Coise, est le fils d'un fabricant de chapeaux dont la famille s'enorgueillit d'avoir introduit en France l'industrie des chapeaux de paille d'Italie. Après des études au collège des Maristes de Saint-Chamond, il travaille chez son beau-père aux Tanneries Fouletier pendant la Première Guerre mondiale. Il en devient directeur au lendemain de l'armistice et les dirige jusqu'en 1948. Parallèlement, Pinay devient maire de Saint-Chamond en 1929 (et le restera pendant quarante-huit ans, exemple rarissime de longévité municipale...), conseiller général, député puis sénateur de la Loire avant-guerre, à nouveau député durant toute la IVe République. Sa carrière gouvernementale commence en 1948 quand Henri Queuille lui confie le secrétariat d'État aux Affaires économiques. Deux ans après, il est vraiment dans la place et occupe le fauteuil de ministre des Travaux publics dans trois cabinets successifs, ceux de René Pleven, Henri Queuille et Edgar Faure.

Quand on le voit sur les photos officielles des gouvernements de l'époque, on a la même réaction qu'en regardant la photo du groupe d'officiers égyptiens qui ont renversé le roi Farouk : on remarque bien le général Neguib et le colonel Nasser, du premier coup d'œil, mais on n'accorde guère de crédit et d'avenir à ce falot de Sadate... Pareillement sur les marches de Matignon : le regard est tout de suite accroché par les traits d'Edgar Faure et de François Mitterrand, mais Pinay, lui...

On croirait Monsieur Tout-le-Monde. C'est un homme politique qui s'est fait une tête d'électeur. Autant dire qu'on ne le voit pas. On le reconnaît dans la rue à ce qu'il porte les chapeaux trop petits de son ami le chapelier Max Fléchet. Son visage et sa silhouette désespèrent les caricaturistes des gazettes politiques qui, pour un peu, regretteraient la mine pas nette et la cravate blanche de Laval, le nez trop grand et les longs bras de De Gaulle, le faciès chinois de Paul Reynaud et les lunettes cerclées de Blum... Mais Pinay, pour eux, ce n'est rien. Un homme simple, comme les autres. Décourageant. Rien ne retient chez lui, en général et en particulier. Le Français moyen le trouve sympathique parce qu'il lui ressemble, mais Antoine Pinay n'offre rien au public et aux journalistes qui leur permette de l'aimer ou de le haïr. En fait, il n'existe pas, cet homme de soixante et un ans dont l'absence de caractères est la seule originalité. « Assurément, le succès de ce Poincaré du pauvre repose sur une véritable personnification de l'anonymat », dira un historien [2]. Pourtant, Antoine Pinay est probablement l'homme politique qui réussira à acquérir une véritable audience nationale sous la IVe République : la popularité de Guy Mollet sera plus restreinte et celle de Pierre Mendès France plus éphémère en son temps [3]...

Il se présente comme un homme neuf, absolument pas politicien, au-dessus des partis, bref un Français de bon sens et d'expérience. Il se veut apolitique mais... anticommuniste. La dénonciation du « péril rouge » est un thème permanent de ses campagnes électorales avant et après guerre, à ceci près que depuis la Libération il s'en prend également au MRP, mais pour des raisons de stratégie électorale. En public comme en privé, c'est un homme qui a le sens de la formule. Il dit souvent :

« J'ai horreur de la politique mais j'aime beaucoup l'administration [4]. »

Il dit encore :

« Il n'y a qu'une chose que je crois savoir à peu près bien faire : c'est lire un bilan [5] ! »

Dans sa bouche, ce n'est pas gratuit mais destiné à le poser, face à l'opinion, comme le chef d'une entreprise industrielle moyenne — ce qui manque à la tête de la France... — un homme de dossiers plus qu'un homme de contacts ou de terrain.

Le contact, il y a des gens pour ça.

En juillet 1950, Jean Jardin rend visite pour la première fois à Henri Yrissou qui vient d'être nommé directeur de cabinet du ministre des Travaux publics Antoine Pinay. Jardin et Yrissou se sont connus pendant l'Occupation quand ce dernier était secrétaire général pour les Affaires économiques de la région de Limoges. Depuis ils ne se sont guère revus. La démarche est claire : Jean Jardin veut qu'on lui rétablisse sa retraite d'inspecteur principal au secrétariat général de la SNCF : pour le principe, pour la carte de circulation à laquelle il est tant attaché et...

pour la retraite, sait-on jamais. Le dossier de réintégration de « l'ancien bras droit de Laval » devra être défendu par les amis qu'il a conservés aux Travaux publics et aux Transports, notamment Jacques Eisenmann. Ce n'est que trois ans plus tard, quand ce dernier est conseiller technique du nouveau ministre, Édouard Corniglion-Molinier, que Jean Jardin sera effectivement réintégré à la SNCF. La mesure sera étendue à des centaines d'agents écartés de façon singulière à la Libération, Jardin figurant en tête de liste[6].

Cet épisode permet aussi (et surtout) à Jean Jardin de faire la connaissance d'Antoine Pinay, dans le bureau duquel Henri Yrissou l'introduit pour la première fois. Le contact est bon. A la sortie du ministère, Jardin confie à un ami venu le chercher :

« Il y a en lui une force, une sagesse, une réaction du sol français qui me font penser, aussi étrange que cela puisse paraître, que cet homme-là a son avenir politique devant lui[7]... »

La réaction du ministre est aussi positive. Jardin lui plaît pour les mille et une raisons qui font son charme : la rigueur et la fantaisie, la culture et la connaissance des dossiers, l'entregent et le sens des relations humaines, la loyauté et la fidélité... Surtout, il se sent quelques points communs avec lui, qui se fondent et se cristallisent dans une certaine idée de la France des années noires.

Le sénateur Pinay avait voté les pleins pouvoirs au maréchal Pétain le 10 juillet 1940. Ne fût-ce qu'en souvenir de Verdun, sa médaille militaire, sa croix de guerre 14-18... Il est de ces Français, nombreux, pour lesquels Pétain est tout et de Gaulle n'est rien. Entre un maréchal de France qui se sacrifie pour son pays et un officier rebelle qui se sauve chez les Anglais, son choix est vite fait. Au-delà de cette réaction épidermique, le programme de la Révolution nationale a tout pour le séduire : retour à la terre et aux vraies valeurs, paternalisme de bon aloi, sens de la famille, exaltation de la jeunesse... Mais s'il est membre du Conseil national de Vichy, il n'y participe guère. Antoine Pinay élude généralement la contradiction entre l'appartenance à cette institution et ses sentiments républicains, en dissociant bien la politique nationale et la conduite des affaires locales que l'on ne saurait amalgamer. En fait, il n'est ni résistant ni collabo, mais plutôt Français prudent, c'est-à-dire attentiste avec une implication plus forte que la moyenne eu égard à ses responsabilités politiques et municipales. Si après la guerre, les communistes l'ont attaqué essentiellement sur sa qualité d'homme de droite, c'est qu'il n'y avait vraiment rien d'autre. A peine une condamnation à une amende contre la tannerie dont il était le gérant unique et qui était accusée d'avoir livré du cuir aux Allemands, et un bref placement en résidence surveillée à la Libération à l'initiative de dirigeants MRP, ce qu'il n'oubliera pas[8]...

Ses adversaires disent de Pinay : il y a du Laval en lui, le Laval de la IIIe République, le manœuvrier qui faisait équipe avec Tardieu[9]... Peut-être... C'est en tout cas un des aspects qui séduisent Jardin. Ses « patrons », les deux hommes d'État dans lesquels il avait investi son enthousiasme, son énergie créatrice et, aussi, son avenir, sont morts tous les deux. Laval et Dautry étaient certes des hommes d'État mais l'avenir n'appartient pas aux nostalgiques.

Aussi, dans le cœur de Jardin, c'est Pinay qui prend leur place. Un véritable transfert. Puisque l'émulation est une stimulation et qu'il lui faut un homme à admirer et à suivre, ce sera donc lui.

Janvier 1952. Edgar Faure est investi par l'Assemblée nationale. Il conclut avec elle un « contrat de trois mois » pour résoudre les graves problèmes financiers qui se posent à la France. Puisqu'il est établi que les parlementaires font la loi dans ce pays, au sens propre et au figuré c'est bien à eux qu'il faut demander l'autorisation de gouverner. Le nouveau président du Conseil a juste le temps d'augmenter les tarifs EDF et SNCF, de suspendre provisoirement la libération des échanges avec l'OECE pour accélérer le relèvement des finances et de poser vingt fois la question de confiance sur les projets financiers et de réclamer 120 milliards d'impôts à l'Assemblée que déjà...

Renversé, le sémillant député du Jura ! « Ils » ne lui auront donné que quarante jours.

Aussitôt le cirque des consultations reprend, faisant jouer dans l'ombre la noria des intermédiaires. Ce sont toujours les mêmes noms qui reviennent. Le président Auriol ne sait plus à quel saint se vouer. Ce n'est pas le pays qui est ingouvernable, c'est le système qui est invivable. Mais on change plus facilement de cabinet que de Constitution. Alors il faut bien s'en remettre aux dosages politiciens, aux manœuvres parlementaires, la plaie d'une démocratie qui confond trop volontiers les intérêts des partis avec ceux du pays : celui-ci, non, il m'a attaqué un jour... celui-là, oui, c'est un franc-maçon bien en cour... celui-ci, pourquoi pas, je lui dois quelque chose... Quand Joseph Laniel viendra au pouvoir en 1953-1954, on dira :

« Ce n'est plus un conseil des ministres, c'est un conseil d'administration ! »

Il faut dire que le président du Conseil, lui-même industriel, propriétaire d'usines, ne s'était pas entouré de pauvres. A force de fréquenter des hommes d'affaires, des hommes politiques et des hommes d'État, il ne devait plus faire la différence et pratiquait à son corps défendant la confusion des genres.

Pour l'instant, on n'en est pas encore là. Edgar Faure remercié, il reste à lui trouver un successeur acceptable par le Palais Bourbon. Il y a bien Paul Reynaud, soixante-quatorze ans, très connoté aux couleurs de la IIIe et de la défaite de 40, mais finalement pas si « has been » puisqu'il y a peu encore il était ministre d'État. Pendant quarante-huit heures, il est vrai. Signe des temps : cela ne paraît même pas être un record. Il est néanmoins pressenti mais échoue car les socialistes refusent de participer à un gouvernement d'union nationale.

Qui alors ? C'est l'impasse. Nous sommes au début du mois de mars 1952. Il faut trouver une solution. Un nom sort du chapeau. Antoine Pinay est dans le train pour Saint-Chamond. Il ne se doute de rien. A l'arrêt de Dijon, le préfet monte et vient le trouver dans son compartiment :

« Le Président de la République voudrait vous voir. »

Le ministre des Travaux publics, en chômage technique depuis quelques jours, reprend donc aussitôt le train pour Paris. Direction : l'Élysée.

« Je ne suis pas un politicien », dit-il au Président en déclinant son offre de former un gouvernement.

Avec le bon sens et l'esprit de logique qui le caractérisent, Antoine Pinay se dit que si des stratèges chevronnés ont échoué, ce n'est pas un néophyte qui réussira à accomplir cette mission impossible. Mais le Président a confiance en lui et fonde de grands espoirs. Pour une fois, c'est à son initiative personnelle et non sous la pression d'une organisation politique que son choix a été déterminé. Et il le lui fait savoir : il est temps de renoncer à investir les dirigeants des partis...

« Vous êtes compétent et vous êtes un homme nouveau », lui dit-il en substance, faisant sien le slogan de son interlocuteur : technique d'abord.

Le Président joue sur l'effet de surprise [10]. C'est si bien réussi qu'on peut se demander, le 3 mars, s'il ne confine pas à l'indifférence. Bien sûr *L'Humanité* dénonce le vichyste mais la réaction est molle. M. Pinay, candidat à l'investiture au Palais Bourbon, fait un peu penser au « M. Smith au Sénat » de Frank Capra. Candide au pays des roublards. Mais dans la réalité comme au cinéma, on va vite savoir de quel métal est fait cet homme. Il consulte, comme de juste, et le jour du grand jour obtient 313 voix, soit onze de plus que nécessaire. Le vent de l'histoire a opportunément soufflé dans son sens : le RPF, qui n'en peut plus de se disloquer, de dissidences en exclusions, a perdu vingt-sept députés qui ont lâché de Gaulle et ses consignes pour soutenir cet anodin inconnu, Antoine Pinay. Il est plus rassurant et il a le mérite, lui, de ne pas jouer sur les deux tableaux : l'appel au peuple et la dénonciation des faiblesses de la République[11]. Cette cassure du RPF lui profite sans qu'il en soit l'artisan, de même que l'arrêt du boom inflationniste de la guerre de Corée[12]. Tout autre que lui en aurait fait autant. Seulement voilà : M. Pinay, à la différence des autres, inspire confiance. De plus, il a appris à s'entourer.

L'équipage fait le capitaine, dit-on souvent, en marine comme en politique. Dans les deux cas, il faut savoir naviguer en eaux troubles. Quand Antoine Pinay succède à Edgar Faure à l'hôtel Matignon, son premier soin est de constituer une équipe de collaborateurs et de conseillers. Il se souvient que lorsqu'il était secrétaire d'État aux Affaires économiques, il était souvent le dernier informé des mesures gouvernementales. On lui reprocha d'avoir formé un cabinet avec des amis personnels, journaliste ou avocat, jamais au courant de rien.

« Comment veux-tu ? Tu n'as pas le moindre énarque auprès de toi ! » lui avait dit Maurice Petsche[13].

En mars 1952, il se souvient de la leçon. Le premier cercle, ce sont les trois mousquetaires qui veillent sur le cabinet. Henri Yrissou, un Nîmois de quarante-trois ans, est inspecteur des finances. Quand Pinay lui demande de diriger son cabinet au ministère des Travaux publics en 1950, il est président du conseil d'administration des Houillères du Sud-oranais. C'est tout naturellement qu'il est nommé directeur de cabinet à Matignon. Il est particulièrement chargé de la conception, de l'élaboration et de l'écriture des discours-actes de Pinay, de le suivre à l'Assemblée, de recevoir les ministres, d'assurer la liaison avec les directeurs des ministères, de préparer l'action gouvernementale... Autant dire qu'il dort le plus souvent à l'hôtel Matignon [14].

Raymond Arasse, quarante ans, normalien, professeur agrégé, était commissaire aux prix quand Antoine Pinay était aux Affaires économiques puis son chargé de mission aux Travaux publics. Il est aujourd'hui son chef de cabinet. C'est lui qui apporte les dernières retouches aux discours du Président et lui trouve ses formules les plus brillantes, les plus littéraires, les plus percutantes aussi. Il rédige les motions et prépare les textes lus en public par Pinay, qui ne passe pas pour être un tribun. Il faut lui hacher les phrases par des barres verticales, souligner d'un trait pour marquer les temps d'arrêt, de deux traits pour marteler les mots et appeler les applaudissements [15]... Difficile de transformer un homme tranquille en orateur.

Le troisième homme, Antoine Partrat, quarante-deux ans, n'est pas le moins influent. Ce juriste, qui fut receveur de l'enregistrement à Saint-Étienne, est un « pays » de Pinay, un homme de la Loire lui aussi. Pendant l'Occupation, il a successivement travaillé aux ministères des Finances, de l'Agriculture et de l'Intérieur. Quand Pinay sera aux Affaires économiques il prendra Partrat comme chef de cabinet-adjoint, chargé notamment du contentieux des changes [16].

Au-delà de ce premier cercle des fidèles, inséparable triumvirat de surveillance du cabinet, chargé d'en assurer la bonne marche, il y a les gens de l'entourage. Les officiels sont connus : l'économiste Jacques Rueff, l'inspecteur des finances Henri Libersart, le chef du

secrétariat particulier, sa cousine Germaine Goutte...
Il y a aussi les officieux plus difficiles à localiser : on parle souvent de personnalités de l'ancien régime telles que Pierre-Étienne Flandin et Yves Bouthillier. Mais parmi les conseillers de l'ombre deux noms reviennent sans cesse : Jean Jardin et Vladimir Sokolowski, les inséparables.

Depuis 1950, Pinay voit Jardin très régulièrement, en moyenne une fois par semaine. Mais jamais il ne le considère comme son « collaborateur »[17]. Non que ce soit désobligeant. Mais leurs rapports sont et seront toujours régis par des principes qui échappent aux catégories professionnelles, à la hiérarchie administrative. Quand on lui pose la question, Antoine Pinay répond :

« Nous sommes des amis, voilà tout. Je ne me suis jamais servi de lui. C'est un élément ou plutôt un agent d'information car il connaît tout le monde. On se voit en permanence, on bavarde, on échange des idées... Mais il n'est pas homme à vous tirer les vers du nez. Trop habile et trop cordial pour cela[18]. »

C'est trop en dire ou pas assez. En fait, dès que Pinay est président du Conseil et surtout après, pendant sa « traversée du désert », Jardin va être son ombre et son chevau-léger, négociant pour son compte les dossiers délicats et épineux et l'introduisant dans les milieux parisiens de la politique, de la presse et des affaires où l'homme de Saint-Chamond n'a jamais mis les pieds malgré la longévité de sa carrière.

Soko, c'est autre chose. Son sens de l'humour, son goût de la dérision et ses facéties laisseraient accroire qu'il est plus le bouffon du roi que le conseiller du prince. Funeste erreur. Car derrière cette façade qui lui est naturelle, il travaille à améliorer l'image de Pinay, à la conforter dans les couloirs de l'Assemblée, à sonder les antichambres des ministères, les salles de rédaction, les bureaux politiques des partis et les instances dirigeantes des syndicats pour y déceler les signes avant-coureurs d'une fronde qui pourrait être préjudiciable au patron. Pour Henri Yrissou, qui l'a connu à l'époque de Vichy et l'a présenté par la suite à Pinay, Soko est avant tout un informateur de haut vol, l'homme le plus au fait des coulisses de tous les milieux [19]. Mais pour l'ensemble de l'entourage, Soko constitue une énigme en dépit de ses nombreuses qualités : qui est-il vraiment ? Quel est son jeu ?

Certes il apparaît irremplaçable pour joindre un ministre, un député ou un directeur de cabinet, quelle que soit son appartenance politique, à toute heure du jour ou de la nuit, les week-ends et jours fériés. Il pourrait appartenir à un cabinet mais décline toute proposition, préférant assister aux réunions internes en « auditeur libre » comme on dit en Faculté. Mais encore ? Si l'on en croit une enquête des Renseignements généraux datant de 1948, il aurait servi d'agent de renseignement pour les Soviétiques depuis le début de l'Occupation surtout, s'avérant être, pour l'ambassade d'URSS à Paris, « leur meilleure source sur les dessous de la politique française » [20]. Le conditionnel est de rigueur, d'autant que nombre d'hommes politiques français entretiennent alors des rapports suivis avec des diplomates soviétiques sans que cela prête à conséquence. Et encore sont-ils pour la plupart des anticommunistes avérés. Alors un communiste de cœur qui fréquente Pinay après Laval... Lui, il a pour règle de ne jamais démentir, observant ainsi scrupuleusement l'habitude chère au milieu du renseignement. Ni confirmer, ni infirmer. Les chiens aboient, la caravane passe [21]... Mais l'énigme est toujours là. Le P-DG d'une des plus importantes sociétés nationales françaises, qui deviendra d'ailleurs son ami, la résume excellemment en se remémorant sa première rencontre avec Soko. Notre homme (qui tient à garder l'anonymat) est reçu en audience à Matignon par le président Pinay. Ce dernier parle toujours et ne songe pas à s'interrompre quand Soko, qui n'a même pas frappé à la porte avant d'entrer, se faufile dans la pièce sans mot dire, ouvre un tiroir pour y chercher un papier, traîne un peu puis s'en va comme si de rien n'était. Tout naturellement. A croire qu'il fait partie des meubles.

Fascinant personnage, plus russe que nature, que l'on retrouve dans tous les couloirs du pouvoir, bras dessus bras dessous avec des ministres ou des hauts fonctionnaires tels que Louis Vallon ou Jean-Marie Louvel, Henri Longchambon ou Victor Chapot, défiant les régimes et les positions partisanes. Convaincu qu'il peut tout se permettre avec tous, il se permet tout effectivement. Il assiste à beaucoup de réunions restreintes mais ne participe pas. Il observe, enregistre, note dans sa tête. De temps en temps, il met son grain de sel, même si nul ne songe à le lui demander. Ainsi, entendant des hauts fonctionnaires critiquer l'affairisme et les mauvaises fréquentations du secrétaire d'État Jean de Broglie (dont le chef de cabinet, Louis de Faucigny-Lucinge, est aussi le neveu de Soko), il les interrompt aussitôt sur un ton sentencieux destiné à jeter un froid et à provoquer :

« Quand un Broglie s'encanaille, c'est un vice. Quand un bourgeois s'encanaille, c'est un retour aux sources [22]... »

Soko et Jardin sont très complémentaires. Le premier investit en particulier les milieux politiques et gouvernementaux, le second les milieux d'affaires et les milieux industriels. Ainsi, ils font le tour de l' « influence ». Mais cela n'empêche ni l'un ni l'autre de « frayer » dans une aire qui n'est pas la sienne propre. Soko ne se contente pas de faire accélérer le processus pour que tel quémandeur obtienne plus vite sa Légion d'honneur. Parfois, le président Pinay lui propose des missions d'envergure, beaucoup plus délicates.

Satisfait du résultat, il lui confie en 1955, quand il sera ministre des Affaires étrangères, le soin de régler un dossier délicat de la question sarroise. Cette région d'Allemagne occidentale, formée d'anciens territoires de Prusse-Rhénane et du Palatinat, vit alors sous un statut particulier : la Sarre, occupée en 1945 par la France, devient indépendante de l'Allemagne deux ans après, jouit d'un gouvernement particulier, sa défense et sa politique étrangère étant assurées par la France dont elle dépend économiquement. Ce statut n'étant que provisoire, il y aura de nombreux compromis à l'issue de négociations serrées. Le climat des relations franco-allemandes en souffre d'autant plus que les Sarrois veulent être rattachés à l'Allemagne. Dans le dossier de contentieux, le sort des biens séquestrés de la puissante famille Roechling est le plus difficile à régler. Pour Soko, à qui échoit cette mission, il s'agit de faire lever le séquestre de la plus importante société sidérurgique sarroise, rien de moins, et de pousser la famille à vendre tout en laissant une option à la France. Les Roechling, eux, veulent racheter. La négociation sera délicate et Soko, aussi à l'aise en français qu'en allemand, devra faire preuve de patience au cours des multiples réunions restreintes dans la Sarre, au Quai d'Orsay ou à l'hôtel Crillon. La France obtient la moitié des parts des usines de Voeklingen et touche une provision de quatre milliards. M. Pinay est content. M. Ernst Roechling est satisfait. Et Soko, que l'on remercie avec un siège d'administrateur de la nouvelle société, aussi[23]. Mais une grande partie de la presse et du parlement renâcle, dénonçant les concessions faites à l'Allemagne[24].

Jean Jardin avait raison : le président Antoine Pinay a son avenir devant lui. En 1952, il n'a pas fini de surprendre. On peut dire qu'il est très bien entouré, que la conjoncture le sert, que l'Assemblée nationale ne le harcèle pas trop, il n'en reste pas moins qu'il transforme des essais et marque des points. Les succès qui s'attachent à son nom sont autant le fait du président du Conseil que du ministre des Finances puisqu'il cumule les deux charges, nul ne voulant de la seconde. Dès le 25 mars, il donne le ton dans une allocution radiodiffusée, annonçant son programme de lutte contre la hausse des prix et l'inflation. Il parvient à réduire le déficit du budget de l'État sans création d'impôts nouveaux, première étape du plan de stabilisation financière. Le 26 mai il lance un emprunt qui porte son nom et qui se clôture le 17 juillet. Pour un coup d'essai, c'est un coup de maître, reconnaissent les détracteurs de l'anodin maire de Saint-Chamond. L'emprunt produit un intérêt de 3,5 %, son capital est indexé sur le cours du napoléon, il est exonéré de tout impôt et tout droit de succession. Il apparaît comme le plus solide emprunt du siècle. La souscription se monte à 428 milliards [25]. Son succès à court terme, son triomphe à moyen et long terme associeront pendant longtemps dans la mémoire collective cette ponctuelle mesure d'épargne à la totalité de l'expérience Pinay.

Il doit démissionner lui aussi mais après neuf mois d'exercice du pouvoir, ce qui apparaît comme une manière de record. Ce n'est ni à cause des grèves, ni à cause de la paranoïa anticommuniste, mais en raison des événements et de l'agitation permanente en Afrique du Nord et des débuts de la querelle sur l'armée européenne. Le système doit assumer et coûte que coûte résorber ses contradictions : Antoine Pinay est populaire, il a réussi sur de nombreux points mais il doit néanmoins partir, les députés MRP se sont opposés à la loi de finances... La lune de miel avec l'Assemblée est bien finie. Elle ne le supporte plus et il le sait. Alors autant s'arrêter là. On ne peut pas véritablement juger sa politique économique : l'expérience est trop courte. Mais les Français sont rassurés, il a rétabli la confiance. C'est surtout cela qui passera à la postérité. Un facteur plus, essentiellement psychologique et très ancré dans les mentalités, et qui rejaillira sur ceux qui auront travaillé avec lui, dans l'ombre ou la lumière.

Et l'image se projettera bien au-delà de la IVe République...

Mars 1986. Le nouveau ministre de l'Économie et des Finances, Édouard Balladur, était jusque-là une éminence grise, dans le sillage de Georges Pompidou puis de Jacques Chirac. Le jour de sa première conférence de presse, il chuchote, parle à mots couverts, sur un ton feutré. Celui du conseiller pas celui de l'homme d'État. Il dit qu'il n'a rien à dire car c'est trop tôt. Dépit des journalistes face à une telle carence dans la communication. La première initiative du ministre est de se rendre à... Saint-Chamond, auprès de M. Pinay, quatre-vingt-quinze ans. Pèlerinage aux sources ? Quête d'une caution ? On ignore ce qu'ils se sont dit. A la limite, cela n'a guère d'importance. Une photo est prise des deux hommes bavardant, assis sur un canapé. Elle est reproduite partout. La réussite passée s'adresse à la réussite future. C'est affaire de symbole. Le message est clair. On peut néanmoins se poser la question : à quatorze ans de l'an 2000, est-ce bien raisonnable ?

Le ministère Pinay a vécu, mais ni l'homme politique ni l'homme d'État. Dorénavant, à chaque crise — et elles seront nombreuses — on évoque son nom comme celui de l'ultime recours. Lui, il se tient prêt. Ses collaborateurs et amis aussi, qui ne font pas défection le jour où il quitte Matignon. Officiels ou officieux, ils restent sa garde prétorienne, fidèle et loyale. Parmi eux, Jean Jardin, discrète vigie aux avant-postes d'un océan très agité.

Nous sommes dans les tout premiers jours de 1953. On consulte activement à l'heure de la transition. Cette fois, c'est René Mayer. Il sait ce qu'il doit à Jardin et ce qu'il doit à Boutemy. Le premier a l'intelligence et le tact de ne pas immédiatement profiter de la situation pour exiger une reconnaissance de dettes. Le second, au contraire, commet l'erreur fatale. Le pouvoir occulte lui est monté à la tête. Après huit ans d'activités relativement inavouables, André Boutemy s'apprête à chuter, définitivement, au faîte de sa puissance, parce qu'il n'a pas compris, lui, qu'il est avec Jardin, Sokolowski, Albertini, de la race de ceux qui sont condamnés à l'ombre. A la fois témoin et acteur, Jean Jardin observe cette chute pleine d'enseignements et en tire les leçons. A ses yeux, c'est un épisode à inscrire dans le vademecum de toute éminence.

Pour André Boutemy, la descente aux enfers va durer un mois, dont les heures valent pour des siècles. Si Jean Jardin avait dû tenir le journal de ces semaines terribles avec les informations dont il dispose et les contacts qu'il entretient, ce document passionnant aurait pu probablement avoir cette physionomie.

Décembre 1952. La scène se passe au cinquième étage du 56, rue Pergolèse, dans l'appartement d'André Boutemy. Le président Pinay et René Mayer déjeunent en tête à tête. L'entremetteur a réussi à se faire discret. On parle de choses et d'autres et de l'avenir proche. Nul doute que l'un songe à la succession de l'autre[26]. Boutemy, lui, joue sur du velours. De Pinay, il dit à qui veut l'entendre :

« Il est de ma maison[27] ! »

Autrement dit : il est mon commensal. Boutemy est de ceux qui l'ont poussé à devenir ministre. En retour, il espérait bien qu'une fois parvenu au pouvoir, Pinay le ferait ministre à son tour. Mais le président du Conseil, bien trop prudent, refusa d'y penser, jugeant qu'il traînait derrière lui des casseroles vichyssoises qui résonnaient bien trop fort. De toute façon, son entourage se tenait prêt à l'en dissuader, le cas échéant [28].

Déçu, André Boutemy se tourne vers son successeur pressenti qui se trouve être, tout naturellement, lui aussi, un de ses obligés. L'homme de la rue de Penthièvre apparaît vraiment comme l'artisan de la victoire de René Mayer devant le Parlement, celui qui, par de savants dosages, d'habiles compromissions, quelques rappels de renvois d'ascenseurs et un certain nombre de promesses, lui permet d'obtenir une partie importante des 389 voix qu'il allait réunir.

Au lendemain de la démission du cabinet Pinay, le président Auriol, à l'Élysée, pressent d'abord Guy Mollet puis sonde l'entourage de De Gaulle pour savoir si le grand homme... avant de penser à Georges Bidault. Rien à faire : soit les radicaux refusent, soit les socialistes menacent, soit les indépendants renâclent, soit les démocrates-chrétiens...

A nouveau l'impasse et la crise ministérielle comme méthode de gouvernement. Pendant ce temps, le pouvoir est vacant. Quelques heures avant le nouvel an, le président de la République désigne René Mayer, député radical-socialiste de Constantine, financier habile, associé dans l'esprit public à la banque Rothschild dont il fut un des principaux animateurs entre les deux guerres.

Janvier 1953. Dès les premières lueurs de la nouvelle année, le futur chef du gouvernement prépare et imagine sa composition. Avec un crayon à mine (pour pouvoir gommer, éventuellement) il écrit dans la colonne de gauche la liste des postes à pourvoir et dans celle de droite celle des ministrables. Entre les deux, il trace des lignes, flèches, points de suspension, comme autant de passerelles lancées en tous sens. Pour certains, il n'a guère de doute. Pour d'autres... Un matin, il téléphone à Georges Villiers, le patron des patrons :

« J'ai l'intention de désigner André Boutemy

comme ministre de la Santé dans le gouvernement que je vais présenter à l'Assemblée, qu'en pensez-vous ?

— Monsieur le Président, vous commettez une erreur en le faisant. Boutemy a été élu sénateur de la Seine-et-Marne et je crois que cela est utile pour le rôle qu'il joue ; mais vous allez au-devant de difficultés avec cette désignation...

— Je ne vois pas pourquoi. Il y a eu non-lieu en sa faveur en juillet 45 et, en tant que préfet de la Loire et du Rhône, il a sauvé, par ses interventions, des vies humaines. Vous en savez vous-même, du reste, quelque chose...

— Je ne puis que vous confirmer mon désaccord[29] ».

Et il raccroche. Songeur mais déterminé, René Mayer — une habileté et une intelligence de financier au service du caractère d'un véritable homme d'État — poursuit des consultations dans la salle à manger privée du ministre de l'Intérieur Charles Brune, place Beauvau, et dans celle, plus famillière et trop fréquentée pour être privée, de son ami... Boutemy. Devant lui, il a disposé ses instruments de travail : un crayon, du papier, un téléphone et le trombinoscope, indispensable recueil des « trombines » de tous les parlementaires, suivies de leur notice biographique. Au milieu de la nuit il appelle Roger Duchet, fondateur du Centre National des Indépendants et ministre des PTT, un an avant dans le gouvernement Edgar Faure. Il lui propose avec insistance le portefeuille de la France d'outre-mer. Refus de l'intéressé.

« Mais pourquoi voulez-vous me voir abandonner le ministère des Postes ?

— Vous ne pouvez pas rester facteur toute votre vie, ironise Mayer.

— Pourquoi ajouter à l'instabilité gouvernementale l'instabilité ministérielle ?

« — ... J'ai promis les Postes à Boutemy », reconnaît Mayer[30].

C'est donc ça. Tout est clair : Boutemy veut refaire l'itinéraire de Georges Mandel, commencer aux Postes pour finir à l'Intérieur. Rien de moins. Il ne doute de rien. Jean Jardin, de son observatoire de l'hôtel La Pérouse, voit les nuages s'amonceler et secoue la tête, lui qui a toujours rêvé d'être ministre des Travaux publics mais qui, raisonnablement, refuserait même un strapontin dans un secrétariat d'État. Un père Joseph ne monte pas en chaire.

Boutemy, convaincu par René Mayer, a fini par accepter le ministère de la Santé publique. Il a consenti à renoncer aux Postes. La déception est de courte durée. Au petit matin, il triomphe. Il va être enfin ministre. Son rêve. Les deux hommes imaginent bien un écueil : il est sénateur depuis huit mois et déjà titulaire d'un maroquin. Une telle célérité, tout à fait inhabituelle dans les annales parlementaires, va certainement susciter la grogne, la jalousie sinon la vindicte de certains députés. Tant pis, on fera avec. Mais ni l'un ni l'autre ne semblent imaginer la tempête qui se prépare et pour des raisons tout autres. Pour désamorcer les éventuelles critiques, Mayer confie déjà :

« Il y a des sottises qu'il faut savoir faire... »

Rue de Penthièvre, Boutemy exulte, à sa façon, bien caractéristique :

« J'ai racheté à Alfred Mallet un lot de lettres de Mayer adressées au président Laval[31]... »

Une historienne imaginera et résumera fort bien plus tard la conversation qui a dû se tenir entre les deux hommes, l'un grand bourgeois hautain, l'autre parvenu arrogant :

« Je te ferai duc, tu me feras baron[32] ! »

Tout est dans cette formule, non pas la lettre mais l'esprit. Mayer n'a pas oublié qu'en 1951, alors qu'il avait été désigné à la présidence du Conseil, Boutemy l'avait prévenu qu'il ne serait pas investi par l'Assemblée parce qu'il refusait de lui « obéir » en promettant une hausse des prix. Il n'avait effectivement pas été investi... Ça ne s'oublie pas. C'est avec de tels arguments que Mayer, qui a toujours laissé Boutemy se salir les mains en politique à sa place, le nomme. Il n'en fait qu'à sa tête malgré les préventions de son entourage. Il est d'autant plus persuadé que tout se passera sans heurts, que l'investiture peut encore se faire selon l'ancienne procédure, c'est-à-dire sans que soit divulgué le nom des ministres pressentis. C'est le chef du gouvernement qui est candidat à l'investiture et pas son gouvernement, du moins pas encore.

Le 7 janvier, René Mayer est « accepté » par l'Assemblée, qui n'a pas tout de suite compris quel tour il lui jouait. La veille, elle en était encore aux vieilles querelles. Jacques Duclos lançait à nouveau un tonitruant « Taisez-vous, aristocrate dégénéré ! » à Roland du Moustier qui, il est vrai, avait affirmé que les poubelles du PC étaient pleines à ras bord. Le député communiste, qui avait osé évoquer le caractère « fasciste » du régime Pinay, fut gratifié d'un solennel : « Allez à Prague, Duclosov [33] ! »

Mais dans la solitude de l'Élysée, le président de la République Vincent Auriol perçoit, lui, tout de suite le danger. Dans son *Journal*, il estime que c'est une maladresse et un signe de faiblesse de René Mayer qui ne devrait pas mettre en jeu son ministère pour un homme comme Boutemy : « (...) c'est le corrupteur par excellence ; et cela fait, dans les milieux bien informés, un malaise énorme qui gagnera certainement le pays. C'est vraiment le symbole détestable de la situation présente. Je me suis étonné d'ailleurs très discrètement auprès de René Mayer qui m'a dit : « C'est un homme très énergique, il faut mettre de l'ordre à la Santé publique, il le fera. » Il paraît que ce monsieur aurait financé l'élection de René Mayer. Malaise et mécontentement certain » [34].

C'est le moins qu'on puisse dire. Pour les communistes, c'est une perche qu'ils ne peuvent que saisir, cette nomination. Un prétexte idéal, une opportunité inespérée car enfin ce Boutemy incarne à lui seul les deux maux qu'ils ne cessent de dénoncer : l'argent noir des élections et le retour au pouvoir des « compromis » de l'Occupation.

21 janvier. Ça y est, la campagne est lancée. Le scandale éclate sur plusieurs colonnes dans le quotidien *Ce Soir* dirigé par Aragon. Non pas la nomination même de Boutemy, qui occupe à peine quelques lignes dans la presse, mais les casseroles qu'il traîne à ses basques. Celles-ci sont de taille. Tout est dans le titre : « Vous êtes tous des salauds, votre compte est bon. » Tel fut le langage de M. Boutemy alors préfet de la Loire aujourd'hui ministre de la Santé. La page est décorée d'une dizaine de portraits avec, en surtitre : « le 10 mars 1944, 10 maquisards étaient massacrés à Montchal. » L'affaire est racontée avec force détails et le journal rend Boutemy responsable de la mort des maquisards qui n'étaient que blessés, étendus sur un brancard, lorsque le préfet les rencontra. Dans un encadré consacré à la carrière de Boutemy, il est naturellement question de l'« officine de corruption de la rue de Penthièvre » et de l'irrésistible ascension de cet homme qui, trois semaines après l'investiture d'Antoine Pinay, est réintégré dans le corps préfectoral au titre de préfet honoraire et moins d'un mois plus tard se fait élire sénateur en Seine-et-Marne.

Du côté du P.C., les députés prennent le relais des journalistes.

22 janvier. A l'assemblée, le communiste Jean Pronteau interpelle le gouvernement :

« (...) jusqu'à présent il y avait des vichystes au gouvernement mais non pas encore des gens qui, de notoriété publique, ont directement sur la conscience la mort de nos camarades de la Résistance (...)

M. Boutemy, nous dit-on, doit à ses hautes relations dans le grand patronat — et sans doute aussi au fait qu'il fit disparaître avant la Libération de Lyon les dossiers établissant la collaboration des grands hommes d'affaires lyonnais avec les hitlériens — d'avoir jusqu'à présent échappé aux tribunaux. Mais ce n'était pas une raison pour en faire un ministre ! »

Le député joue sur du velours. Boutemy ne siège pas ce jour-là au banc du gouvernement (les absents ont toujours tort) et *Paris-Presse* a publié la photo de la visite domiciliaire de René Mayer à André Boutemy. On aurait voulu illustrer, en la dénonçant, la collusion entre les deux hommes qu'on ne s'y serait pas pris autrement... Le député a beau jeu alors de viser Mayer à travers Boutemy et d'affirmer haut et fort que les ouvriers français « n'attendent rien de bon du fondé de pouvoir de la banque Rothschild, rapporteur du pacte Atlantique ».

René Mayer prend donc la parole pour défendre son ministre et ami et, par la même occasion, justifier ses choix. Il évoque le non-lieu rendu par la cour de justice, les témoignages favorables d'une association de déportés. Sans cesse interrompu par des voix venues des bancs communistes (« Boutemy, assassin de patriotes ! ») Mayer poursuit avec sang-froid. Mais comme le remarque Edgar Faure, député radical-socialiste du Jura, plus que les paroles, c'est le climat de la séance qui est pesant : « une atmosphère lourde à couper au couteau ; on sentait physiquement l'épaisseur du silence sur les bancs de la majorité pendant la plaidoirie de René Mayer (...) La malchance d'André Boutemy tenait, en dehors de toute considération sur le fond de l'affaire, à sa spécialisation professionnelle : personne ne voulait avoir l'air de soutenir un homme dont la fonction la plus voyante était de distribuer des enveloppes »[35].

La presse contrôlée par le parti communiste — elle est multiple et puissante — se déchaîne. Le scandale

Boutemy devient une rubrique. Il s'agit donc bien d'une campagne. Rappelant que depuis plusieurs mois des responsables du PC et de la CGT sont emprisonnés pour atteinte à la sûreté intérieure de l'État, *Ce soir* titre : « Deux aspects du complot : les résistants à Fresnes, M. Boutemy à la Santé (publique) [36] » ce qui ne manque pas d'humour. Mais jour après jour, le dossier s'épaissit.

Les communistes trouvent de nouveaux témoignages à charge, même s'ils ne concernent Boutemy qu'indirectement et ne l'attaquent que par la bande. En dépit de l'amalgame, le coup est porté et l'estocade s'étale sur plusieurs colonnes tous les jours en gros titre : « En 44 à Lyon les miliciens (placés sous l'autorité de M. Boutemy) faisaient déchirer vivants par leurs chiens les patriotes qu'ils avaient capturés et contraignaient les passants à regarder cet horrible spectacle » [37]. Ou encore, dans le même ordre d'idées, selon un procédé similaire : « Il est épouvantable de voir que l'assassin de mon fils est aujourd'hui ministre », nous dit M. Mulard dont le fils fut fusillé sur ordre de l'actuel ministre de M. Mayer [38].

27 janvier. Il faut qu'André Boutemy s'explique. Il ne peut continuer à s'enfermer dans cette indifférence qui est surtout un mutisme pesant. Il n'y a pas qu'au sein du nouveau gouvernement que l'on grogne. Au patronat aussi, c'est la curée. Boutemy est devenu un gêneur. Il faut qu'il obéisse. Et pour commencer il doit s'expliquer. Mais qui l'amènera à composer ? Mayer s'est déjà montré trop faible avec lui en lui donnant un portefeuille. Alors on pense à Jean Jardin. C'est à lui qu'échoit la mission. Ce jour-là il s'enferme avec Boutemy dans un salon particulier du ministère de la Santé, rue de Tilsitt [39] pendant plusieurs heures, sans témoin. Que se disent-ils ? Nul ne le sait. On peut spéculer sur la nature des arguments échangés, eu égard à la personnalité des deux éminences. Mais on ignore le contenu exact de l'entretien, même s'il apparaît probable que Jardin, très proche de certains membres du patronat, s'est certainement fait l'écho de leur agacement sinon de leur fureur depuis que l' « affaire » a éclaté. Après tout, c'est quand même d'eux que Boutemy tient l'argent qu'il dispense si généreusement. En tout cas, le lendemain André Boutemy se rend enfin à l'Assemblée.

28 janvier 23 h 30. Quand le maître du perchoir lui donne la parole, les bancs communistes lancent, presque d'une seule voix : « Assassin ! Assassin ! » ou encore « A bas les collabos ! » auxquels quelques bancs à droite répondent par un « A Moscou ! A Prague » qui manque un peu de conviction tandis que le président de l'Assemblée croit les calmer en leur rappelant que tout ne sera pas consigné au *Journal officiel*. Boutemy monte à la tribune et prend la parole. René Mayer reste plongé dans la lecture du *Monde*. A peine a-t-il dit « Mesdames, Messieurs » que les insultes fusent et que les pupitres des députés communistes claquent en un vacarme assourdissant. Il en est ainsi durant toute son intervention. L'homme de la rue de Penthièvre garde son calme, mains dans les poches, lunettes sur le front, il dément en bloc les accusations portées contre lui — « mensonges et calomnies » — et cite les conclusions des décisions de justice qui l'ont blanchi. Sa voix étant de plus en plus inaudible, il réagit comme un vieil habitué du Palais Bourbon, se penche vers les sténographes et leur dicte son texte en articulant bien. A la limite, peu lui importe que les députés l'entendent, l'essentiel est que toute sa plaidoirie soit consignée au *Journal officiel*, pour la presse du lendemain et, éventuellement, la postérité. Habile, trop habile, M. Boutemy... A l'issue de son intervention, il commet une erreur psychologique. Après le mot de la fin, lancé à l'endroit des communistes — « Votre haine, c'est ma fierté » — il leur adresse un geste et une moue méprisants, les tournant en dérision :

« Reposez-vous maintenant ! » leur crie-t-il, lui qui, quelques instants auparavant, riait et battait la mesure quand ses adversaires chantaient *La Marseillaise* et *Le Chant des partisans*. Cela fait mauvaise impression. Même chez ses amis politiques, si tant est qu'il en reste depuis le début de l'affaire.

Edgar Faure, en observant le spectacle, ne peut s'empêcher de penser au général Gallifet, l'auteur de la terrible répression contre les communards, qui, accueilli dans l'hémicycle aux cris de « Assassin ! Assassin ! » se moqua de ses contradicteurs en pressant le pas et en répondant : « Voilà, voilà... »[40].

23 h 59. A la faiblesse des applaudissements sur les bancs autres que communistes où, en principe, il y a beaucoup d'obligés de Boutemy, on comprend que c'est le moment de sonner la curée. L'hallali est pour bientôt. Hormis une douzaine de députés indépendants ou paysans, les autres sont très discrets.

Le quotidien *Ce soir*, notamment, poursuit sa campagne. Ils ne le lâcheront pas. Les accusations sont à nouveau martelées à pleines colonnes. Ce qui est nouveau, c'est qu'elles sont maintenant relayées par d'autres journaux de la gauche non-communiste tels que *Franc-Tireur*, *Libération* et *Combat*.

A l'Assemblée, les communistes veulent à nouveau interpeller le gouvernement sur la présence de M. Boutemy en son sein. Tactique de harcèlement. René Mayer demande que la discussion soit repoussée :

« M. Boutemy est malade : je m'en suis assuré personnellement.

— La confiance règne ! » répond aussitôt un député PC.

Maladie diplomatique ? D'aucuns affirment que le ministre de la Santé souffre vraiment d'une grosse grippe.

5 février. Dans son *Journal*, le président Auriol note à propos d'une réunion du bureau politique du PC, dont on lui a fait le compte rendu : « Fajon se félicite de l'affaire Boutemy... Mais il révèle que le secrétariat a empêché que Joinville et Villon ne le fassent enlever, et même ne le fassent abattre. Fajon est très inquiet de cet état d'esprit « aventuriste ». Il faut au contraire poursuivre la campagne à laquelle François Mauriac, Claudius-Petit et Mitterrand seraient favorables[41]. »

André Boutemy aurait-il, comme certains ironisent méchamment, « la fièvre honteuse » ? En tout cas il est au lit et c'est à son chevet que Jean Jardin se rend pour tenter de le persuader. Rien ne filtre de leur rencontre. Alors on spécule sur le caractère de l'intéressé, son habitude de s'accrocher, son arrogance, son cynisme. On lui prête des réponses :

« Si je m'en vais, je ne m'en irai pas seul ! »

La formule connaît une variante :

« Il est vrai que j'ai distribué beaucoup d'argent : je ne me souviens plus très bien de qui je le tenais, mais je sais très bien à qui je l'ai donné ! »

La double rumeur a le mérite de cristalliser les craintes du personnel politique : ceux qui espèrent qu'il ne dira rien sur le financement des campagnes électorales par le patronat et ceux qui prient pour que l'ancien préfet et directeur des renseignements généraux ne raconte pas les visites et les sollicitations pendant l'Occupation de parlementaires aujourd'hui classés comme résistants.

8-9 février. Dans la nuit de dimanche à lundi, vers minuit, René Mayer téléphone à Paul Ribeyre, son ministre du Commerce :

« Je voudrais que vous repreniez le ministère de la Santé...

— Moi ? Quand ?

— Tout de suite. Soyez à l'aube rue de Tilsitt, avant 8 heures, avant que les fonctionnaires arrivent. Boutemy sera là. Il vous remettra les dossiers à la signature[42]. »

Il était temps. Au CNPF on commençait à avoir des

mots à son sujet : Georges Villiers (le président), Maurice Brulfer (Progil-Kuhlmann), Raoul de Vitry d'Avancourt (Péchiney et Paribas), Georges Lafond (Péchiney, Banque de l'Union parisienne) ont eu des échanges qualifiés de « nerveux » avec Pierre Ricard (vice-président du CNPF), Albert Métral (constructions mécaniques) et Henri Davezac (constructions électriques)[43].

André Boutemy a donc démissionné. Il aura été ministre pendant trente-deux jours. La décision n'est pas encore officielle. Mais dans le Landerneau politique et journalistique, tout le monde est vite au courant. La bête a été terrassée. L'homme est lâché de partout. Il peut compter ses amis sur les doigts d'une seule main, alors que deux mois plus tôt, on faisait antichambre — députés, ministres et anciens présidents du Conseil à son bureau de la rue de Penthièvre ou à son domicile de la rue Pergolèse. Dur à avaler : la classe politique a été encore plus cynique que lui.

Le trône de René Mayer vacille un instant, celui de Georges Villiers également. Car la campagne a atteint indirectement le président du Conseil et le président du CNPF, les deux cautions les plus hautes de l'accusé. L'un l'a fait ministre, l'autre duc de la rue de Penthièvre. Dans *Franc-Tireur*, Jean Ferniot n'a pas de mots assez durs pour critiquer les responsables : « M. René Mayer aurait pu sentir beaucoup plus tôt le poids de ses responsabilités, par exemple lorsqu'il constitua son cabinet. Aujourd'hui le chef du gouvernement éprouve sans doute un grand soulagement. Ce doit être aussi le cas de M. Georges Bidault qui fut président du CNR et de M. Maurice Schumann, naguère porte-parole de la France combattante, de M. Pleven rassembleur des territoires d'outre-mer à la France libre, et de quelques autres. Et pourtant ces hommes ont accepté de s'asseoir aux côtés de l'ancien policier de Vichy. En réalité, si l'affaire n'avait pas soulevé trop de vagues on se serait fort bien accommodé au gouvernement de la présence de M. Boutemy. (...) La carrière de celui-ci au Parlement comme au patronat, a sans doute pris fin hier. Il doit certes avoir assez d'histoires sordides à raconter. Mais ceux qui l'ont employé ne goûteraient sans doute pas une telle publicité. »

La presse publie la lettre de démission du ministre et la réponse du président du Conseil. André Boutemy, qui met en avant des raisons de santé, assure qu'il se retire pour ne pas hypothéquer l'avenir du gouvernement et le remercie vivement de son aide et de sa plaidoirie à la tribune. René Mayer prend acte et lui renouvelle ses amitiés, sa confiance, ses regrets sincères [44]...

L'affaire Boutemy est close. Mais pas pour tout le monde. Les communistes continuent à exiger des explications sur « les crimes de l'Occupation », dans leurs journaux et à l'Assemblée. Plus personne ne les écoute. Au patronat, on ramasse la porcelaine cassée. L'activité du centre de la rue de Penthièvre est mise en veilleuse. Elle ne redeviendra jamais ce qu'elle fut. A Matignon, l'ensemble des ministres désapprouvent le choix initial de Mayer mais à mots couverts. Pas de discussion au conseil des ministres, pas d'éclat. L'affaire a déjà fait suffisamment de dégâts [45]. René Mayer, lui, rumine sa défaite personnelle. Il ne peut pas ignorer la rumeur : un alcoolique à la Santé publique, grotesque ! un trésorier-général payeur des partis politiques, un bailleur de fonds en habit de ministre, stupide ! quel manque de sens politique... quelle irresponsabilité pour un homme d'État... quelle légèreté aussi... René Mayer et son cabinet ressortent affaiblis, discrédités, alourdis, déséquilibrés de cette affaire.

Et Boutemy ? Il s'est remis de sa maladie et n'a pas encore lâché prise. Il croit, encore, qu'il peut tout se permettre. Alors l'ancien ministre consulte à nouveau, prend langue avec des parlementaires et essaie de reprendre du poil de la bête. Dans le fol espoir de repartir. Son but premier est d'effacer l'image négative que la presse a donnée de lui au cours de ses semaines terribles. Les journaux communistes, n'en parlons pas. Il préfère les oublier. Mais les autres ? Ceux-là doivent expliquer à leurs lecteurs qui il est vraiment. Alors Boutemy contacte un petit cercle informel et remarquablement informé : le « club des pébroques », réunion de quelques journalistes ainsi surnommés par leurs confrères car la plupart emportent un parapluie-canne avec eux. Il y a là Georges Altschuler (*Combat*), Jean Ferniot et Bernard Lefort (*Franc-Tireur*), Jacques Fauvet (*Le Monde*). Parfois, un cinquième se joint à ces quatre mousquetaires, Pierre Limagne (*La Croix*).

C'est un club très fermé de chroniqueurs de politique intérieure, qui observent une règle d'or : ne pas attendre l'information, aller la chercher. Altschuler, l'aîné du groupe, s'est arrangé avec Albert, le maître d'hôtel du Maxim's, pour mettre à leur disposition un salon et un menu à un prix raisonnable une fois par semaine. Le club des pébroques y invite à déjeuner régulièrement un homme politique, un ministre, un ambassadeur, un député, un préfet mais aussi le cardinal Feltin ou le comte de Paris retour d'exil. A une époque où la politique se fait dans les couloirs de l'Assemblée, ces quatre journalistes recueillent ainsi à la source, avant tout le monde, des informations de première main à la condition expresse de ne pas les attribuer à leur auteur. Cette intimité leur permet notamment d'être reçus par les protagonistes au plus fort des crises ministérielles et les présidents du Conseil à un moment clé, entre leur désignation et leur investiture. Or, les journaux auxquels ils collaborent — *Franc-Tireur* et *Combat* — notamment ont été en première ligne, après les communistes, dans la campagne visant à abattre Boutemy. Alors que l'affaire n'est pas encore terminée, un matin, ce dernier téléphone à Jean Ferniot :

« Vous me traînez dans la boue et vous ne me connaissez pas... Faisons connaissance ! »

Peu après, le directeur de cabinet d'un député appelle Bernard Lefort :

« Venez déjeuner chez moi, Boutemy veut vous connaître et s'expliquer avec vous. »

Habile Boutemy. Il sait d'expérience qu'un journaliste, tout en restant critique, est tout de même moins violent quand il s'en prend à un homme dont il a serré la main et avec qui il a rompu le pain. Entre la poire et le fromage, il justifie son action passée, sa conduite sous l'Occupation, les services rendus à la préfecture aux résistants, l'amitié de Robert Lacoste, Pierre Pflimlin et Georges Villiers,... Il se laisse même aller à parler de la rue de Penthièvre.

« Comment faites-vous pour répartir les fonds ? lui demande Ferniot.

— C'est simple. D'abord je me sers. Je prends ma commission. Ensuite je répartis au prorata des sièges des sortants de l'Assemblée nationale... Tout le monde est concerné, sauf le PC bien entendu. Ainsi, je n'ai jamais de contestation. »

André Boutemy reverra à plusieurs reprises les journalistes de ce club à leur table chez Maxim's avec des préfets de ses amis — Paul Demange et Robert Genebrier notamment — ou même chez lui rue Pergolèse, leur communiquant des informations et plus encore des impressions précieuses pour leurs articles. Lors d'une visite à son domicile, ils comprendront que malgré tout, il continue, plus discret que jamais, ses activités de négociateur et de conseiller. Ce jour-là, il leur ouvre la porte en robe de chambre, les invite à entrer alors que deux personnalités connues attendent déjà dans l'antichambre. Gênés, les journalistes le suivent mais lui disent :

« Vous savez qu'il y a M. Dassault et le général de

Bénouville à l'entrée... Ils étaient là avant... Nous comprendrions très bien que vous vouliez les recevoir avant notre déjeuner...

— Dassault ? Mais non, mais non... Celui-là, il peut attendre. Il vient en demandeur. Quand on paie, on peut attendre ! Il veut être ministre de la Construction [46]. »

Égal à lui-même, André Boutemy, même s'il n'a plus exactement sa puissance d'antan. Il ne la retrouvera pas mais continuera de tirer les ficelles en coulisses, sa passion, son sport favori [47]. Il mourra, à quelques mois près, en même temps que cette IVe République dont il était devenu un des vrais maîtres, après une seconde carrière des plus étonnantes.

1954, année de tous les changements. Le président de la République Vincent Auriol transmet ses pouvoirs à René Coty, le camp retranché de Diên Biên Phu se rend sous les assauts répétés du Viêt minh, le président du Conseil Joseph Laniel passe le relais à Pierre Mendès France... Antoine Pinay est redevenu simple député. Pas pour longtemps. Dès février 1955, quand s'achève l'expérience Mendès, brève dans le temps mais durable dans la mémoire collective, il devient ministre des Affaires étrangères dans le cabinet Edgar Faure. Il rencontre alors Jean Jardin très régulièrement, à déjeuner au Taillevent, chez lui boulevard Suchet ou encore à l'hôtel La Pérouse.

C'est en parlant avec lui et en échafaudant, à voix haute, mille et un projets, qu'il lui fait part d'une idée qui le taraude depuis quelque temps déjà, une réalité qui l'agace un peu plus depuis qu'il est amené à voyager plus souvent, pour le compte du Quai d'Orsay : à l'étranger, *Le Monde* reste le journal français de référence, c'est la véritable voix de la France, officieuse et sans rivale. M. Pinay n'aime pas *Le Monde*, trop démocrate-chrétien, trop neutraliste à son goût. Il regrette que le patronat ne dispose plus, comme entre les deux guerres, de véritables relais dans l'opinion tels que *Le Temps*, *Le Bulletin quotidien* (contrôlé par le comité des forges) le *Journal des Débats*, *L'Information*, *Le Capital*... Aujourd'hui, en 1954-1955, les grands patrons ne peuvent guère compter que sur *Le Figaro* et *L'Aurore* dans la presse quotidienne, mais qui ne sont pas considérés comme des porte-parole inconditionnels, même s'ils défendent l'économie privée.

En d'autres termes, un quotidien manque en France pour contrebalancer l'influence jugée néfaste du *Monde*. Pourquoi ne pas le lancer ? Le projet est là, esquissé dans ses grandes lignes. Il ne reste qu'à effectuer le montage financier de l'opération, solliciter non le CNPF, qui ne semble pas très favorable, mais des membres du haut patronat à titre individuel et, en dernier ressort, à recruter une équipe de journalistes, les meilleurs bien sûr. Simple, non ? Qu'en pensez-vous, Jardin ?

Il est séduit, même s'il perçoit d'emblée les dangers de l'entreprise. Jardin, qui fréquente activement les milieux journalistiques depuis les années trente, connaît bien la mentalité des salles de rédaction, les déficits chroniques des journaux quotidiens et l'organisation que suppose la sortie des rotatives chaque jour à heure fixe. Il sait aussi pour également bien connaître ce milieu, que beaucoup d'hommes d'affaires font une véritable fixation sur la presse, lieu magique et point nodal de leurs ambitions les plus folles, et que certains ont la naïveté de penser qu'elle représente un investissement valable, une bonne affaire commerciale si on sait la mener. Ils sont obnubilés par les chiffres de tirage de *France-Soir* (à une époque où ce journal concurrence alors l'AFP et *Le Monde* sur la rapidité et l'exclusivité de l'information, tant en France qu'à l'étranger), le quotidien de Pierre Lazareff qui en 1955 connaît des pointes allant de 1 223 500 à 1 903 840 exemplaires à plusieurs reprises à l'occasion de différents événements : inondations en

France, chute de Mendès France, démission de Malenkov, accident des 24 heures du Mans, mort de Mme Coty, élections législatives du 2 janvier 1956... Certains industriels ne peuvent imaginer que de tels chiffres de tirage ne génèrent pas un important chiffre d'affaires.

C'est décidé, on fera un quotidien. Mais Antoine Pinay, ministre en exercice ou pas, et président du Conseil en réserve de la République, ne veut pas apparaître, en public, comme l'âme du projet. Aussi charge-t-il Jardin, au tout début, d'un premier montage financier, ébauche d'un plan plus technique à venir, et de la prise de contact avec les futurs actionnaires. Les réunions ont lieu dans le quartier de la Muette chez Jean Delorme, dirigeant de l' « Air liquide » (qui, lui, n'investira pas un sou à titre personnel, dans l'affaire...) ou dans la suite de Jardin au La Pérouse avant de se déplacer dans les appartements de quelques-uns des protagonistes. L'éventail est riche, crédible et prometteur. Il y a là Jacques Dupuy, dont la famille possédait avant-guerre un empire de presse (*Le Petit Parisien*, *l'Excelsior* et différentes publications sportives et scientifiques) dont il ne reste que des bribes; Robert André, président d'honneur d'Esso-Standard, administrateur de la Compagnie Française des pétroles et président de Philips; Roger Mouton, administrateur de la banque Hosquier et président de la STEIC; le duc François d'Harcourt, ancien député du Calvados, administrateur de sociétés agricoles et viticoles au Maroc; Robert Puiseux, gérant de Michelin et président de la société André Citroën; Georges Morisot, fondé de pouvoirs animateur de l'Association pour la Libre entreprise créée par Georges Villiers du CNPF, et quatorze autres personnes.

Ces six-là sont les plus importants actionnaires (de cent à vingt actions, en ordre décroissant) et les plus significatifs de la puissance d'argent mise au service de ce projet. Georges Morisot, homme de Michelin, apparaît d'emblée comme le personnage clé de l'affaire, ainsi que Jean Jardin mais, lui, en coulisse, comme à son habitude [48]. Son nom ne doit apparaître nulle part. Ni dans la liste des actionnaires de la société créée à cet effet, la SPPIP (société parisienne de presse, d'information et de publication, au capital de 400 millions de francs), ni dans l'organigramme du futur journal, ni ailleurs. Ainsi il sera partout et nulle part à la fois.

Pinay, Morisot, Jardin... C'est de cet informel triumvirat que part toute l'affaire. En 1955, elle est déjà sur pied. Le journal sera quotidien et s'appellera *Le Temps de Paris*, clin d'œil appuyé au *Temps*, l'austère et puissant quotidien officieux de la IIIe République, duquel *Le Monde* héritera les locaux, l'image et la clientèle. Les banquiers (Hosquier, Maurice Rueff, Worms) sont prêts, ainsi que les grands patrons. Il ne reste plus qu'à réaliser la dernière étape, tout de même quelque peu essentielle, même aux yeux des hommes d'argent, à qui veut créer un journal : recruter des journalistes.

Il faut trouver une âme, un animateur, un catalyseur, un homme qui suscite l'émulation mais qui ne soit pas uniquement le directeur du journal : il doit aussi avoir fait ses preuves en tant que journaliste, être respecté par la profession et mériter la confiance morale et politique des actionnaires. Cet oiseau rare existe : il s'appelle Philippe Bœgner. Il a alors quarante-cinq ans et une solide réputation de professionnel : très proche de Jean Prouvost, il a été directeur de *Paris-Match*, rédacteur en chef de *Vu* et de *Marie-Claire*, secrétaire général de *Paris-Soir*, directeur de la rédaction de *Science et Vie*... Fils du pasteur Bœgner, président de la fédération protestante de France, il jouit également de la considération attachée à ce nom, synonyme de rigueur et de probité.

C'est ainsi que dans un premier temps, Philippe

Bœgner est invité par un ami commun à rencontrer Antoine Pinay chez lui, boulevard Suchet. Peu après, un déjeuner est organisé à la Maison de l'Amérique latine en présence du ministre, de Robert André et de Georges Morisot. Et là, Antoine Pinay développe sa grande idée :

« ... Il manque un grand journal pour concurrencer *Le Monde*, qui influence tant nos alliés à l'étranger... Ce sera un organe national reposant sur le principe de base de l'Occident chrétien... »

Les trois interlocuteurs de Bœgner insistent sur le fait qu'un tel journal doit surtout viser les cadres et les jeunes :

« Dans quinze ans, dit Morisot, en raison de la courbe démographique, la majorité des employés dans l'industrie française aura moins de trente-cinq ans[49]... »

A son tour, le journaliste développe ses vues sur la qualité des collaborateurs et la nature du quotidien. Déjà, les deux parties ne semblent pas être tout à fait sur la même longueur d'ondes : Bœgner parle d'un quotidien du matin, populaire, tandis que Pinay poursuit son idée d'un quotidien du soir aussi sérieux que *Le Monde*. D'ailleurs, les deux hommes d'affaires ont déjà lancé une offensive directe « par l'intérieur » sur certains des plus importants rédacteurs du *Monde* et n'ont pas rencontré le succès escompté, ne récoltant que des serments d'allégeance et de fidélité à Hubert Beuve-Méry, leur patron.

Quelques semaines plus tard, Georges Morisot téléphone à Philippe Bœgner en lui demandant de passer d'urgence le voir chez lui. Il lui dit alors :

« Je suis chargé par nos amis de vous demander si la position que vous avez prise contre un journal du soir est définitive ou si vous croyez possible de vous rapprocher de notre point de vue. Il ne s'agit pas de faire un anti-*Monde* qui s'installerait dans un déficit permanent, et notre désir subsiste toujours de faire un journal sur des bases commerciales, mais... un journal qui pourrait avoir des lecteurs au *Monde*[50]. »

On n'en sort pas. Il s'agit bien d'abattre le magistère du quotidien vespéral, comme on eût dit sous la IIIe. Ce point fondamental n'est pas clarifié mais ce qui l'est par contre, c'est la tendance politique du futur journal. Outre un soutien intangible aux positions françaises en Afrique du Nord, on s'accorde sur le fait qu'il « s'efforcera de promouvoir une politique d'inspiration " Occident chrétien " et défendra les questions françaises en Europe, dans l'Union Française et dans le monde »[51].

L'équipe constituée à grands frais par Philippe Bœgner correspond bien à l'inspiration d'Antoine Pinay. Le rédacteur en chef André Guérin a occupé cette fonction à *L'Aurore* et avant, à *L'Œuvre*. Son adjoint Dominique Canavaggio a été directeur des services politiques de *Paris-Soir*. Autour d'eux, on trouve une pléiade de journalistes venus de *Paris-Match* (Jean Rigade, René-Jean Ottoni, Roger Bouzinac, René Dupuy, Robert Serrou...) du *Figaro* (J.-B. Jeener, Emmanuel Bromberger) du *Parisien libéré* (Robert Clarke, Jean Sonkin...) mais aussi de *Combat* (Albert Ollivier, Paul Bodin, Jean Chauveau...) du *Monde* (Charles Favrel, Georges Penchenier, Maurice Ferro...) aussi bien que de l'hebdomadaire d'extrême droite *Rivarol* (Pierre Dominique, Bernard de Fallois...).

Certains sont débauchés de leur rédaction à prix d'or. Très vite, on sait dans le milieu journalistique qu'au *Temps de Paris*, on a non seulement les moyens d'offrir de très bons salaires (700 000 francs pour le directeur, 250 000 pour le chef du service littéraire, 200 000 pour un rédacteur) mais aussi ceux d'assurer de confortables indemnités en cas d'échec (8 400 000 francs pour le rédacteur en chef, 1 750 000 francs au chef du service de politique étrangère)[52]. Malgré tout, les gens du *Monde*, premiers visés, ne sont pas sensibles aux sirènes du *Temps de Paris*. Le gain est un attrait, mais la personnalité de M. Beuve-Méry et la légende du journal (déjà) le sont également.

On parle peu du contenu du futur *Temps de Paris* mais beaucoup des fonds colossaux qu'il déplace, pas seulement dans ses propres caisses mais dans la concurrence. Pour faire face à l' « événement » que seront la sortie et la diffusion de ce nouveau confrère, Hubert Beuve-Méry a augmenté certains salaires et relancé des grands reportages internationaux jusque-là en sommeil, tandis que Pierre Lazareff lance un concours national d'un montant de cinquante millions de francs.

Le 3 avril, à quatorze jours du Jour J, le conseil d'administration resserre les derniers boulons au cours de sa réunion : « Désireux de sauvegarder l'indépendance et l'impartialité du journal *Le Temps de Paris* et d'interdire en conséquence que ce quotidien puisse être mis à la disposition d'intérêts particuliers ou de partis, le Conseil précise qu'aucun collaborateur susceptible, soit par sa notoriété personnelle, soit par l'importance de la fonction ou de la rubrique envisagée, de permettre une interprétation de tendance qu'elle qu'elle soit, ne pourra être engagé sans l'examen préalable, par le conseil, de sa candidature et son accord formel sur l'acceptation de celle-ci »[53].

Quelques jours plus tard, au cours d'une autre réunion, le conseil d'administration décide d'attribuer les éditoriaux — articles clés car ils engagent le journal — à André Guérin, Canavaggio, Bertrand de Jouvenel, Pierre Dominique, Jean Chauveau, secondés de trois conseillers agissant en qualité d'experts, parmi lesquels on distingue notamment Boris Souvarine.

On le voit, Jean Jardin est en terrain ami dans cette rédaction : Xavier de Lignac (le vrai nom de Jean Chauveau) était à la revue de *L'Ordre Nouveau* avec lui dans les années trente, Boris Souvarine aux *Nouveaux*

Cahiers quand il les fréquentait lui-même, Pierre Dominique à Vichy quand il y était, Dominique Canavaggio dans l'entourage de Laval en même temps que lui... Très vite, il apparaît que si les journalistes n'aiment pas voir leurs commanditaires traîner dans la salle de rédaction de la rue de Richelieu, ils considèrent Jean Jardin comme des leurs. Ils le « tolèrent », le tiennent informé comme s'il était le représentant officieux du conseil d'administration, en particulier et des bailleurs de fonds du haut patronat en général. C'est à lui qu'échoit le soin de faire la jonction entre ces deux parties qui, paradoxalement, n'aiment pas trop se rencontrer. Jardin a la confiance des deux. C'est un homme également précieux, pour les uns et pour les autres. Mais vu du côté des actionnaires, tout de même un peu inquiets au fur et à mesure que le compte à rebours se réduit, Jardin est aussi le seul à entretenir des relations permanentes avec Hubert Beuve-Méry, l'homme à abattre en quelque sorte.

Le directeur du *Monde* et le conseiller se sont connus par hasard dans les années cinquante. Pour des raisons de santé, Beuve-Méry passe chaque année en février quinze jours dans une clinique de la région de Lausanne et à chaque fois ne manque pas de partager la table de Jardin à La Tour-de-Peilz. Ils prennent l'habitude de déjeuner régulièrement ensemble à Paris, au Taillevent la plupart du temps, toujours en tête-à-tête, sans témoin. Parfois, ils font le voyage Lausanne-Paris ensemble en train et dînent au wagon-restaurant, toujours en tête-à-tête, l'un plus mystérieux, plus discret que l'autre... La seule différence c'est que sur les rails, Jean Jardin est chez lui, prince du chemin de fer, il a ses aises et privilèges acquis, ses amitiés avec le haut et petit personnel, ce qui ne manque pas de toujours étonner l'austère journaliste qui préside aux destinées du *Monde*.

Dommage qu'il n'y ait jamais de témoin : l'un

essayant de confesser l'autre, de lui soutirer des informations ou mieux encore des impressions, des perspectives, des jugements sur les hommes et les événements... Beuve-Méry, au *Monde*, reste celui qui veut se préserver de la faune politique, garder la distance, observer l'agitation de haut, du point de vue de Sirius, loin des combines, laissant le chef du service politique plonger dans le marécage politique, les couloirs de l'Assemblée, les dîners en ville, les informations de première main vérifiées à la source [54]...

Question de tempérament. Aussi, Jean Jardin, qui a appris à connaître Hubert Beuve-Méry, n'est-il pas étonné de constater qu'il observe « du balcon de la rue des Italiens » le lancement du *Temps de Paris*, machine de guerre contre *Le Monde*. Quelques jours avant la sortie du premier numéro, au cours d'un déjeuner, il ne lui cache pas son inquiétude devant l'apparition de ce nouveau concurrent qui menace de mordre sur son public de droite. Mais Jardin devine son sourire quand Beuve-Méry l'appelle le lendemain de la diffusion en kiosque du premier numéro :

« Je ne suis plus du tout inquiet [55]... »

Il faut dire que ce 17 avril 1956, les professionnels écarquillent les yeux en feuilletant ce quotidien hybride et bâtard, mi-*Monde*, mi-*France-Soir* dans ses ambitions. Des articles fouillés de politique étrangère mais de taille réduite voisinent avec d'immenses photos de vedettes du show-business, légendées selon des considérations qui doivent échapper à tout public autre que populaire. L'impression des caractères typographiques, la mise en page, le papier, la qualité de l'illustration, le choix des sujets... : rien n'est satisfaisant. La lecture laisse un arrière-goût de confusion, d'improvisation et, pis même, d'amateurisme, ce qui est un comble quand on sait les talents réunis pour fabriquer *Le Temps de Paris*. On ne voit pas très bien à qui il s'adresse. A tout le monde, c'est-à-dire à personne. Il a quatre éditions : 11 heures , 13 h 30,

16 heures et 18 heures, comme s'il voulait gagner sur tout les tableaux et concurrencer l'ensemble de la presse quotidienne.

Les responsables peuvent à juste titre excuser la médiocrité du contenu en rappelant qu'elle est inhérente à tout premier numéro de tout quotidien. Mais l'erreur de cible ? On a le sentiment que Pinay et ses actionnaires ont fait leur journal de leur côté, que Bœgner et ses journalistes ont fait le leur dans leur coin et que les rotatives ont mélangé les deux en les présentant sous le label unique du *Temps de Paris*.

Le plus déçu, en silence, est peut-être Jean Jardin qui a justement tout fait pour éviter cette disparité et harmoniser un produit qui promettait de partir en tous sens tant l'affaire était mal engagée. Le seul élément qui colle à peu près au projet initial, c'est encore la ligne politique, qui semble cohérente : anticommunisme de choc et défense de l'Algérie française, ce qui vaut au *Temps* dit de Paris d'être très apprécié en Afrique du Nord[56].

Le premier numéro est vendu à 350 000 exemplaires, ce qui est la moindre des choses eu égard à la curiosité quasi automatique du grand public pour tout nouvel organe de dimension nationale. Mais quinze jours plus tard, alors que le tirage ne cesse de dégringoler, la rumeur des milieux de presse répand toujours la même interrogation : passera-t-il l'été ? Le 4 mai, sa vente globale est de 130 000 exemplaires environ, à peu près autant que *Le Monde*. Mais les professionnels relèvent que *Le Temps de Paris* n'a pris de lecteurs à aucun de ses confrères du soir.

Du côté des actionnaires, on fait grise mine et on murmure déjà des arguments qui seront bientôt martelés haut et fort : « ils » font un mauvais journal... « ils » ont un personnel pléthorique... les salaires sont trop élevés, la rédaction est une armée mexicaine, qui compte plus de rédacteurs en chef que de reporters... ils ne nous ont pas écoutés...

Un événement imprévu va précipiter les choses. Le *Journal Officiel* publie un décret du 1er juin concernant la parution des journaux quotidiens de juin à août. Il est signé de Gérard Jaquet, député de la Seine (SFIO) et secrétaire d'État à la Présidence du Conseil, chargé de l'Information. On y apprend que le tonnage de papier livré pendant l'été à chaque journal sera limité au tonnage total qui lui a été livré pendant chacun des mois correspondant de 1955, que le nombre des pages de journaux est désormais limité et que pour obtenir une augmentation, il faudra la calculer au prorata du lignage publicitaire [57]. Traditionnellement, en France, les quotidiens perdent de leur audience et de leur tirage pendant l'été, période de grande migration. Mais cette nouvelle mesure handicape énormément tout nouveau journal — *Le Temps de Paris* par exemple... — qui n'existait pas un an avant et qui n'a pas encore eu le temps de fidéliser les annonceurs publicitaires. Elle est prise en tout cas comme une catastrophe supplémentaire par l'équipe rédactionnelle du *Temps de Paris*, impuissante à améliorer un contenu rédactionnel sur un nombre de pages si réduit au moment où les concurrents sont tellement plus épais, plus consistants.

Jeudi 14 juin, 17 heures. L'atmosphère est très lourde dans le bureau de l'administrateur Georges Morisot quand Philippe Bœgner s'assoit dans le fauteuil.

« Ça va très mal, dit l'homme de Michelin. Je viens de voir le président Pinay. Il ne vous suit pas du tout dans le point de vue que vous lui avez fait transmettre... Je dois vous dire que nous ne sommes pas d'accord du tout, mes amis et moi, avec cette position que vous prenez [58]. »

Bœgner avait fait cette analyse : à court terme on peut tenir à moindres frais pendant l'été ou alors suspendre la parution jusqu'à la rentrée quand le décret Jaquet sera abrogé et se mettre en veilleuse tout en faisant un effort sur la « couverture » du Tour de France, très demandé par les lecteurs. Le directeur général du *Temps de Paris* est « convaincu » que pour percer le soir, il faudra drainer plus de capitaux. Il est « certain » que le capital n'a pas été mobilisé, des promesses d'apport de fonds n'ayant pas été tenues. Il est donc hors de question, selon lui, d'imputer l'éventuel échec du *Temps de Paris* à des motifs journalistiques.

Georges Morisot ne veut pas entendre parler d'un journal du matin et lâche :

« Le président Pinay m'a dit : Ce que vous avez de mieux à faire c'est d'arrêter tout, en " sautant " sur l'occasion que vous offre le décret Jaquet [59]. »

En d'autres termes, il est temps d'arrêter les dégats.

En quittant le bureau de Georges Morisot, Philippe Bœgner a une conviction de plus : *Le Temps de Paris* est mort et rien ni personne ne pourra le sauver.

Jean Jardin est des plus pessimistes mais ne veut pas baisser les bras. Un ami éditeur lui écrit des lettres qui ne l'encouragent guère : « Les rumeurs dans Paris sont désastreuses. Le journal empire d'ailleurs de jour en jour (...) Vous ne m'empêcherez pas de croire que la droite reste aussi légère que toujours. Allez, c'est foutu (...) Que d'argent perdu ! que de temps perdu ! Vous avez tort de vous entourer de jean-foutre [60] ! »

La droite-la-plus-bête-du-monde aurait-elle encore fait ses preuves ? Il serait trop facile de liquider ainsi la question. Jardin, qui croit qu'on peut encore sauver les meubles, tente une négociation de la dernière chance. Il essaie d'intéresser les actionnaires majoritaires de *Paris-Presse* — Hachette et Marcel Dassault — à l'idée d'une fusion entre le grand quotidien populaire et *Le Temps de Paris*. Des contacts sont pris, des rencontres organisées avec des membres du conseil d'administration du *Temps* Robert Meunier du Houssoy et le général Corniglion-Molinier. In extremis,

Jardin se tourne vers son ami Marcel Boussac, l'industriel du coton propriétaire de *L'Aurore*. Il lui fait rencontrer Philippe Bœgner pour évoquer l'avenir du journal.

Démarches vaines. Si Marcel Dassault a bien exprimé « son très vif intérêt pour une fusion véritable », les discussions n'aboutissent pas. Quant à Marcel Boussac, il n'envisagera rien avant octobre. Ce sera trop tard. Il ne reste guère en piste qu'un groupe commercial mais qui n'offre aucune garantie sur la ligne politique et qui laisserait, de plus, un déficit de plus de cent millions à la société fondatrice, pour les trois mois à venir, avec la perte de la majorité en octobre et une responsabilité de 49 % dans le déficit ultérieur ! Le conseil d'administration tranche immédiatement : c'est non[61].

A la mi-juin, *Le Temps de Paris* se vend à peine à plus de 100 000 exemplaires en France, ce qui est très en retrait par rapport aux objectifs annoncés (400 000 !). Le 3 juillet, les rotatives cessent de tourner pour lui. La presse n'est évidemment pas avare de commentaires à l'heure des obsèques du confrère. *L'Humanité* et *Le Populaire* sont d'avis que ce journal s'arrête parce que ses commanditaires se sont rendu compte que ce n'était pas une bonne affaire commerciale et que l'investissement, de plus en plus lourd, était sans commune mesure avec la rentabilité présumée. Tout le monde se jette bien entendu avec avidité sur l'analyse d'Hubert Beuve-Méry dans *Le Monde*. Sous le titre « Ultime mystification », il conteste, comme tout le monde, que le décret Jaquet et la restriction de papier soient à l'origine du fiasco et conclut : « Sept cents ou huit cents millions volatilisés en pure perte, de puissants chefs d'industrie ridiculisés, des mots : vérité, mission, confiance, équipe, un peu plus dévalorisés, un personnel brusquement jeté sur le pavé, une violente poussée d'inflation qui promet d'aggraver encore les difficultés des autres journaux, tel est le vrai bilan. Il fallait un coupable. Comme on ne prête qu'aux riches, ce devait être, de toute évidence, le gouvernement... »

De son côté, une lettre confidentielle, celle de l'Office français d'études et de documentation, estime que l'affaire est exemplaire en ce qu'elle montre bien que les lecteurs « ne s'intéressent plus à la chose publique », que la presse de Pierre Poujade ne réussit pas à s'implanter malgré ses deux millions et demi d'électeurs, que *L'Express* quotidien a été un échec en dépit de la popularité de son héros, Pierre Mendès France, et que « la disparition du *Temps de Paris* prouve que la droite n'est pas aimée pour elle-même »[62].

Entre la rédaction et le conseil d'administration du *Temps de Paris*, la rupture est désormais consommée. Seul, Jean Jardin parvient à jouer les intermédiaires dans un perpétuel va-et-vient. Ils se renvoient l'échec dos à dos. Les gens de la rédaction, par la voix de Philippe Bœgner l'imputent à différents facteurs. Selon lui, Pierre Lazareff a fait précipiter la chute du journal en suggérant le fameux décret à son ami Gérard Jaquet, ce qui a eu pour premier résultat de réduire *Le Temps de Paris* à un journal miteux de seize pages. Lazareff craignait plus que tout que *France-Soir* soit pris en sandwich entre *Le Monde* et un hypothétique *Paris-Presse/Le Temps de Paris*, après fusion des titres, et il a tout fait pour éviter cela.

Par ailleurs, la rédaction est persuadée que tous les fonds promis n'ont pas été versés ni même, dans certains cas, sollicités. Dès que le journal est sorti en kiosque et que les premières rumeurs ont commencé à serpenter dans les milieux d'affaires, les commanditaires n'ont pas voulu demander d'argent pour couvrir une éventuelle faillite. Bœgner cite le cas de l'homme d'affaires Hubert Outhenin-Chalandre (Unilever) qui lui a dit :

« J'avais cent briques dans mon coffre, pour *Le*

Temps de Paris et ils ne sont même pas venus les chercher[63] ! »

Une autre explication au brusque désintérêt d'Antoine Pinay pour l'affaire est à chercher... ailleurs. Il est alors lié d'amitié à une riche Américaine, Mrs. Margaret Biddle, divorcée d'un diplomate. Cette femme au goût artistique très développé, qui collectionne les tableaux de maîtres, est à la tête d'une grosse fortune. Surtout, elle tient salon à Paris, un salon singulier puisqu'il n'est ni littéraire ni artistique mais politique, et plus exactement « atlantique » et « européen ». Pinay, qui y a été amené par Jean Jardin, y bavarde discrètement, à l'abri des oreilles malveillantes, avec des ministres et députés français favorables aux thèses américaines sur la défense du vieux continent, et des personnalités telles que l'ex-roi d'Angleterre ou Paul-Henri Spaak. Son salon est moins l'annexe du Quai d'Orsay que celui du Département d'État américain et du Pentagone. Mrs. Biddle ne fait d'ailleurs pas mystère de son militantisme. Nul n'en apporte la preuve mais il ne fait guère de doute, pour ses familiers, que son argent — en supposant que ce soit le « sien » — a servi, aussi, au *Temps de Paris*. Toujours est-il que Mrs. Biddle meurt brutalement un soir à la sortie du théâtre et que cette disparition, qui affecte Antoine Pinay, correspond aussi à sa volonté de faire cesser le journal.

Ce que Philippe Bœgner et son équipe reprochent aux financiers du journal, c'est de s'être laissé influencer par le mauvais climat et de n'avoir pas mobilisé les capitaux mis à leur disposition, en l'occurrence deux milliards cinq cents millions de francs[64].

Bien entendu, le son de cloche est différent du côté des industriels imprudemment embarqués dans une aventure qui leur était peu familière. Leurs reproches ? Équipe pléthorique, salaires et indemnités trop élevés, frais de démarrage considérables, erreurs dans le plan de financement et de gestion, mauvaise distribution du journal, mauvaise qualité du contenu rédactionnel, insuffisance du « trésor de guerre » réuni au moment du lancement (800 millions), erreurs et flou dans la définition du projet original [65]...

Les milieux d'affaires resteront échaudés par le fiasco. On ne les reprendra pas de sitôt à lancer un grand quotidien national, acquis à leurs idées. Mais bon nombre d'entre eux (François Michelin, Marcel Dassault, Marcel Boussac...) continueront à se rêver patron d'un empire de presse aux côtés de leur empire industriel, comme autant de Jean Prouvost, à défaut de Citizen Kane... Quant aux milieux journalistiques, ils passeront vite l'affaire par pertes et profits et la considéreront comme une péripétie, jugée en dernier recours par le seul dont le verdict soit irrécusable : le lecteur.

Dans l'*Histoire générale de la presse française* en cinq volumes [66], deux pages sont consacrées à l'aventure du *Temps de Paris*...

« Messieurs, le Général ! »

C'est bien la première fois que le concierge d'un hôtel réussit, en quelques mots, à mettre au garde-à-vous comme un seul homme les hauts représentants de la classe politique française. Il est vrai qu'il s'agit d'Albert, clé d'or au La Pérouse et que nous sommes le 31 mai 1958. Il est 11 heures du matin. Les chefs de tous les partis sont là, dans le petit salon du rez-de-chaussée, sauf le secrétaire général du parti communiste [67]. Mais personne n'est surpris car il n'était pas vraiment attendu.

Depuis dix-neuf jours, la France est en crise. On parle de guerre civile. L'expression ne paraît pas, alors, exagérée. A Alger, le général Massu a pris la tête d'un comité de salut public, le général Salan a lancé un appel au général de Gaulle qui s'est déclaré prêt à « assumer les pouvoirs de la République ». L'Assemblée a voté l'état d'urgence et l'on a institué la censure préventive des journaux. Tout va très vite. Le Général, qui consulte et reçoit beaucoup, à Colombey puis au La Pérouse, entame « le processus régulier nécessaire à l'établissement d'un gouvernement républicain ». Plus que jamais, il est l'homme providentiel, celui qui dénouera la crise.

Son retour imprévu au La Pérouse provoque un certain embouteillage autour de la porte tournante, de cuivre et d'acajou. Une fois n'est pas coutume (mais nul n'oubliera cet impair historique), Jean Jardin doit céder sa suite au Général. Il accepte de déroger à ses habitudes (ce n'est pas tous les jours qu'on sauve la France) malgré le problème qui se pose immédiatement en un véritable casse-tête pour les garçons d'étage : le lit de De Gaulle est presque deux fois plus grand que celui de Jardin... Toujours est-il que c'est dans la chambre de l'ancien directeur de cabinet de Laval que le général forme son gouvernement [68].

Les ministres défilent sous l'œil d'Albert, flegmatique maître de cérémonies dont rien ne vient perturber le mutisme, et surtout pas les reporters. Dans son agenda de poche, Jean Jardin a barré d'un trait toute la page du 1er juin — ce qu'il ne fait jamais — se contentant d'écrire : « investiture Gal de Gaulle ». Jour sacré ? En tout cas dès le lendemain, il reprend ses habitudes : « 14 h, R.V. avec Pinay — dîner avec Couve — 23 h Pierre Francfort, Pierre Ordioni... »

A l'issue de cette journée historique qui verra l'Assemblée investir le général de Gaulle par 329 voix contre 224, le vainqueur, encore dans les travées puis dans les couloirs du Palais-Bourbon, serre les mains des députés qui viennent nombreux vers lui, comme s'ils retrouvaient un vieil ami [69]. Puis, sans un mot de satisfaction ou de commentaire, il rejoint l'hôtel La Pérouse pour y dormir. Dans l'ascenseur, il se laisse enfin aller et, se tournant vers le concierge qui l'accompagne à sa chambre, lui dit sur le ton du défi :

« Albert, j'ai gagné ! »

Une parole gaullienne qui ne deviendra historique que par l'entremise de Jean Jardin puisque c'est la seule personne alors à qui Albert l'ait confiée[70]... Jardin, qui n'a cessé de favoriser une entente entre l'homme de Saint-Chamond et l'homme du 18 juin, ne peut que se réjouir, après leur rencontre dans la thébaïde de Colombey le 22 mai, d'apprendre que de Gaulle a choisi Pinay comme ministre des Finances et des Affaires économiques. Il le sera encore quelques mois plus tard dans le gouvernement dirigé par Michel Debré. Mais quand il le quitte en janvier 1960, ce n'est pas uniquement en raison de son opposition aux projets de Jean-Marcel Jeanneney, le ministre de l'Industrie, et à la conception très « domaine réservé » de l'Élysée en matière de politique étrangère, mais aussi pour une question de principe. Antoine Pinay estime que le ministre est le maître dans son département. Autant dire qu'il est de plus en plus irrité par l'impérialisme du chef de l'État sur les ministères clés, la rue de Rivoli notamment. Un jour, en plein conseil des ministres, apprenant qu'une décision a été prise concernant son domaine sans qu'il en ait été prévenu, il rend son maroquin en un geste spectaculaire et claque la porte. De Gaulle fait le demi-geste de le retenir, se lève à moitié et se rassoit. Le secrétaire général de l'Élysée rattrape Pinay dans l'antichambre pour lui demander de revenir sur sa décision. Il retourne à la table en disant :

« Je ne reprends ma démission que par égard pour un homme qui a un an de plus que moi. »

Un mot, certes, une formule que son auteur « confie » aussitôt à Jean Jardin à seule fin qu'il la répercute, comme pour « Albert, j'ai gagné ! » afin que la presse et le milieu politique sachent que le conflit de personnes est peut-être plus important que le différend politique[71]. D'autant qu'il démissionnera pour de bon... Jean Jardin avait prouvé qu'il savait être le porte-voix idéal surtout pour les « mots » destinés à passer à la postérité.

1958. La IVe République est morte. Le Général aimerait bien rester à l'hôtel La Pérouse, y habiter tout en ayant ses bureaux à Matignon. Mais pratiquement, c'est difficile sinon impossible. Jardin respire, il retrouve sa chambre et ses habitudes. Les photographes à l'entrée commençaient à devenir encombrants, et on n'avait jamais autant entendu parler de micros sous les tentures que depuis que le Général était redevenu un héros national.

C'est une date et une rupture, pas seulement parce que les Français ont répondu « oui » à 79,25 % au référendum constitutionnel. L'état d'esprit a changé avec les institutions. On a le sentiment qu'une « certaine époque » est déjà derrière, celle où la gauche donnait publiquement du « Poujadolf » au leader des petits commerçants, où l'extrême droite vilipendait « Mendès-l'anti-France ». Les deux éléments clés qui ont dominé ces douze dernières années — l'affrontement entre communistes et anticommunistes et le RPF comme facteur de blocage à l'Assemblée — semblent bien dépassés. L'arrivée de De Gaulle fait cesser la crainte exacerbée et systématique du communisme et coïncide avec le déclin de la guerre froide. Quant au RPF, qui a rendu l'âme trois ans auparavant après une série d'échecs, de Gaulle lui-même lui a donné le coup de grâce en s'en désintéressant complètement et en le gratifiant en privé de jolies formules assassines que l'on a eu tôt fait de répandre : « Le RPF, c'est un tiers de braves gens, un tiers d'idiots et un tiers de collabos ! » ou encore « Il suffit qu'il y ait un cocu, un pédéraste, un escroc quelque part pour que je les trouve au sein du RPF[72]... » On comprend pourquoi, dans ses *Mémoires*, il ne consacre qu'une trentaine de lignes au Rassemblement...

Quand de Gaulle est investi en juin 1958, c'est la

deuxième fois en moins d'une génération (la première, c'était le 10 juillet 1940) que le Parlement abdique tous ses pouvoirs pour les remettre entre les mains d'un homme avec mission pour celui-ci de refaire les institutions du pays[73]. Il faut dire que la classe politique revient de loin. A l'enterrement de la IVe, on entend les commentaires les plus divers dans le cortège qui accompagne le cercueil de la défunte. L'historien dira :

« La IVe a moins pâti, tout au long de son existence, du grand nombre de ses adversaires que de l'inconstance de ses partisans[74]. »

A chaud, le journaliste — Sirius-Beuve-Méry en l'occurrence — écrit en une formule devenue célèbre :

« La IVe meurt beaucoup moins des coups qui lui sont portés que de son inaptitude à vivre. (...) Incapable de vivre décemment, la IVe République n'aura pas su mourir en beauté. »

Ou encore, pour montrer à quel point dans ce système vicieux et vicié, le gouvernement était prisonnier de l'Assemblée et l'Assemblée de ses électeurs :

« Il [le chef du gouvernement] ne peut... gouverner contre l'Assemblée, mais l'Assemblée, elle, ne tolère aucun gouvernement. L'immobilisme devient alors le fin du fin de l'art de gouverner, ou plus exactement de ne pas gouverner. Bien mieux, la crise elle-même est devenue, si l'on peut dire, un moyen normal de gouvernement puisque l'Assemblée accorde généralement au nouveau cabinet ce qu'elle avait refusé à son prédécesseur[75]. »

Sévère, l'observateur en chef. Son commentaire à chaud, modèle d'analyse en histoire immédiate, donne le ton pour les années à venir sur la plupart des jugements portés sur la IVe. A chaque fois que l'on croira percevoir des rémanences du régime défunt et honni dans les errements de la Ve, on dira pour reprendre le mot de Barrès :

« Le cadavre bafouille... »

La faute au système et aux institutions héritées de la Libération ? La faute aux partis et aux hommes qui les dirigeaient ? La IVe a trop été accablée depuis 1958 pour qu'il soit nécessaire d'en énumérer à nouveau les faiblesses, les scandales, les perversions et les errements. Il conviendrait de rappeler plutôt qu'elle a aussi su se donner des chefs de gouvernement qui gagnèrent la confiance, le respect et l'estime des Français (Pinay, Faure, Mendès France), qu'elle eut à porter à bout de bras un pays qui émergeait de la guerre, qui se déchira autour du communisme, qui eut à régler comme les autres la question tragique et essentielle de la décolonisation en Afrique du Nord et en Indochine, tout en lançant le Plan et participant activement à la nouvelle Europe... Elle est peut-être plus hardie et plus féconde que prévue, cette IVe France.

Un quart de siècle après, l'historien dira aussi :

« Groggy et pourtant attaché à chaque parcelle de sa souveraineté, vivant sans doute au-dessus de ses moyens mais traversé d'élans, ce pays bruissant vaut mieux que la fin sans gloire de son régime politique[76]. »

Le journaliste abondera dans le même sens :

« (...) oubliés le tripartisme et les manches retroussées de 1946 pour relever le pays des ruines de la guerre, effacées les années d'efforts de la IVe République, plus méritante qu'une image faussée n'en a laissé le souvenir[77]... »

Faussée, l'image n'en perdure pas moins, brandie à dessein comme un spectre par les partis politiques. En 1986, à la veille des élections législatives, le RPR achètera des espaces publicitaires dans la presse pour publier des photos de ministres des années 1946-1958 en rangs d'oignons sur le perron de Matignon, avec en légende : « Ils veulent revenir aux combinaisons de la IVe République (...) Donnons une majorité à la France ! Vivement demain avec le RPR ! »[78].

Autres temps...

La République est morte, vive la République ! Mais les hommes sont les mêmes. Pas de révolution du côté du personnel. Les députés s'accrochent à leurs sièges, les ministres à leur portefeuille. Seules les étiquettes changent. Mais la noria des sigles n'a jamais impressionné personne au Palais-Bourbon qui en a vu d'autres.

Antoine Pinay a soixante-sept ans et Charles de Gaulle un de plus. Ils s'opposent sur bien des points mais ils n'en sont pas moins de la même génération, pur produit de la France terrienne et bourgeoise du XIXe siècle. Nous sommes à une époque où, au cours d'une conversation, Pinay propose à de Gaulle de rencontrer officieusement, à leur demande, des dirigeants du GPRA (gouvernement provisoire révolutionnaire de la République algérienne) à Genève pour amorcer une négociation. Le Général refuse pour éviter qu'ils se considèrent comme des interlocuteurs représentatifs. Et puis, on touche à son (vaste) domaine privé.

« Je me suis réservé cette affaire, dit-il.

— Oui mais la guerre continue, reprend Pinay.

— La guerre d'Algérie fait moins de victimes que les accidents de la route » assène le Général comme argument final[79].

Autre temps...

C'est une nouvelle ère qui commence pour la France. Mais chez les hommes politiques et les hommes d'État, seuls les imprudents tournent la page. Antoine Pinay, encouragé dans cette voie par Jean Jardin, est convaincu qu'il a encore son avenir devant lui, quoi qu'en pensent les observateurs. Il reçoit de nombreuses propositions d'éditeurs qui, imaginant sa vie politique terminée, se figurent qu'il couchera enfin ses souvenirs sur le papier. L'un d'eux,

Plon, lui envoie même un chèque de quinze millions d'anciens francs *, à valoir sur ses droits d'auteur, pour le décider à écrire et publier ses Mémoires. Pinay le renvoie aussitôt [80].

La fin de la IVe et le retour de De Gaulle au pouvoir sonnent aussi le glas des intermédiaires d'une certaine manière. Certes, ils restent présents, mais n'agissent plus sur le même mode de fonctionnement et perdent de leur pouvoir. Cela ne concerne pas tant Jean Jardin : son influence sur Pinay, amicale mais bien réelle, est toujours aussi présente et elle se dédouble avec les relations qu'il entretient de longue date avec l'homme qui est peut-être, dans le haut personnel de l'État, son meilleur ami : Maurice Couve de Murville, dorénavant et pour dix ans, le ministre des Affaires étrangères du général de Gaulle.

Mais les autres ? Les Boutemy, Sokolowski, Albertini ? Leur pouvoir n'est plus ce qu'il était. Dorénavant, les parlementaires n'ont plus les mêmes prérogatives. Les nouveaux maîtres qui s'annoncent sont plutôt les technocrates. Dans un régime d'Assemblée, les intermédiaires étaient indispensables pour négocier entre partis, faciliter et équilibrer le dosage politique lors de la formation des nouveaux cabinets. Plus maintenant. Le système n'a presque plus besoin — en tout cas, beaucoup moins — de fin manœuvrier apte à démêler l'écheveau d'une situation où la crise ministérielle était considérée comme un recours classique. L'influence de ces hommes de l'ombre ne se fait plus ressentir de manière structurelle mais conjoncturelle.

Georges Albertini tente un dernier « gros coup » en 1958 en essayant de rendre le Parti communiste anticonstitutionnel de manière à le faire interdire. A l'issue d'un long travail souterrain auprès de Robert

---

* Le nouveau franc date de 1960.

Buron, député MRP et membre du Comité constitutionnel, Guy Mollet et Paul Reynaud, qui tous trois marchandent leur concours à de Gaulle, il réalise son vieux projet en suscitant l'intégration de l'article 4 au moment de la constitution de 1958 : « Les partis et les groupements politiques concourent à l'expression du suffrage. Ils se forment et exercent leur activité librement. Ils doivent respecter les principes de la souveraineté nationale et de la démocratie. » On mesure l'exploit quand on sait que la notion de parti est en principe étrangère à la Constitution. Georges Albertini tâche ainsi de couronner une entreprise qu'il avait lancée en 1952 en tentant de rendre le PC hors la loi. En vain, malgré ses nombreux appuis, dans tous les milieux [81].

Vladimir Sokolowsky, lui, reste toujours aussi à l'aise. Il n'a pas quitté l'entourage de Pinay mais il connaît tellement de monde dans les milieux gaullistes que la DST ouvre une enquête sur son passé. Elle ne trouve rien sinon une vieille enquête des Renseignements Généraux. Elle n'en est pas moins intriguée par ce fascinant personnage, à l'intelligence aiguë et habile, qui tutoie les ministres de la Ve République mais ne renie pas pour autant ses convictions communistes — mais de quel communisme peut-il bien s'agir ? — ni son attachement à la Russie, et qui restera jusqu'à la fin de sa vie un fidèle abonné de la *Pravda* et de *L'Humanité*[82].

En fait, la mort de la IVe marque surtout la fin de la carrière — et de la vie — d'André Boutemy. Cette coïncidence dans le temps est significative à bien des égards. Le maître de la rue de Penthièvre a essayé de faire oublier son humiliation en apportant un concours indéfectible et très précieux aux adversaires de la ratification du traité de la CED[83]. Il continue à distribuer quelque argent patronal — mais de manière moins ostentatoire — à des partis ou des mouvements, malgré sa disgrâce. Mais il ne leur demande rien en échange, se contentant de leur fournir des études quelque peu « orientées » quand certaines lois seront en discussion au Parlement [84]. Il conseille par exemple au CNI (Centre national des indépendants) de se débarrasser de ses éléments d'extrême droite [85]. Il conserve les meilleures relations avec Edgar Faure, Robert Lacoste et René Mayer surtout, l'ami des bons et des mauvais jours qui lui écrit quatre ans après le scandale Boutemy : « Vous savez combien je tiens à nos contacts fréquents et à notre amitié, qui est une des bonnes choses que m'auront values mes années de vie publique » [86]. Un peu plus détaché (par la force des choses) de la « politicaille » au jour le jour, André Boutemy s'adonne volontiers à l'analyse politique. Un jour, en 1957, il confie au journaliste Jean Ferniot :

« Mon candidat à la présidence de la République, c'est François Mitterrand... »

Non que ce dernier ait jamais émargé au budget de la rue de Penthièvre. Boutemy n'a de toute façon plus d'obligés de cette dimension et de cette ambition à cette époque. Simplement, il est convaincu que Mitterrand, ministre d'État, garde des Sceaux de Guy Mollet, est un homme d'avenir [87]...

Le sénateur Boutemy est désormais président de la sous-commission du contrôle de l'emploi des crédits militaires au Conseil de la République. C'est en tant que conseiller de la République qu'il effectue de nombreux voyages à l'étranger, en Union soviétique notamment. Il faut dire que dès 1953, après le scandale et le début du discrédit, un homme vient pour la première fois mais désormais très régulièrement dîner chez lui rue Pergolèse : M. Vinogradov, ambassadeur de Moscou à Paris. Edgar Faure, qui s'y connaît en matière de relations franco-soviétiques, assure que Boutemy devint pour Vinogradov « un incomparable conseiller et son introducteur dans les hautes sphères du grand patronat et auprès des professionnels de la politique. Vinogradov organisa à l'intention du ménage Boutemy un voyage en URSS où les plus agréables égards furent assurés à ces hôtes de choix »[88]. Edgar Faure est persuadé que Boutemy avait un plan : obtenir l'appui des communistes russes pour dissiper la hargne des communistes français... Mais on n'est pas obligé de le suivre dans cette hypothèse.

André Boutemy meurt d'une crise cardiaque, la nuit du 14 au 15 juillet 1959, dans sa propriété de Combs-la-Ville (Seine-et-Marne). Les obsèques ont lieu un vendredi matin à l'église Saint-Honoré-d'Eylau, place Victor-Hugo. On ne sait pas si au même moment le bureau politique du PCF sablait le champagne, mais on sait pour l'avoir vue que la plus belle gerbe de fleurs (et la plus remarquée) sur le cercueil était celle déposée par M. Vinogradov...

Certains crurent y trouver la confirmation d'une vieille idée — périmée, bien sûr... — selon laquelle Moscou avait toujours tenté de susciter et noyauter l'activisme anticommuniste dans le monde afin de mieux le contrôler.

Toujours est-il qu'entre 1953 et 1959, André Boutemy n'avait pas parlé. Il ne s'était pas livré à des confessions publiques, dans la presse ou ailleurs, sur l'identité des obligés de la rue de Penthièvre et le montant des sommes versées. Quelques mois après sa mort, son épouse reçoit la visite successive de deux émissaires des Renseignements Généraux et d'un envoyé du patronat. Leur discours, assorti de menaces chez les gens des RG (« ne parlez pas ou sinon... »), se résume en quelques mots :

« Où sont les documents, les archives d'André Boutemy ?

— Je l'ignore, leur répond-elle en gardant son sang-froid. Voyez à son bureau au Sénat s'il n'y avait pas un coffre... »

Il n'y en avait pas. Les RG reviennent. Cette fois, Mme Boutemy leur dit :

« Il existe des archives mais elles sont en lieu sûr, à l'étranger, dans une banque. Si vous touchez à un seul de mes cheveux, tous les documents sortiront. »

Elle ne sera plus jamais menacée. Plus tard, elle songera à écrire un livre sur les dîners de la IVe dont son appartement fut le temple. Elle trouvera deux titres et s'arrêtera là. Ce sera « La mangeoire » puis « Le râtelier »[89].

La République des éminences est bien finie. Mais Jardin est au faîte de sa capacité d'influence. Il n'a pas l'arrogance, le manque de sang-froid et la volonté de puissance d'un Boutemy. Il n'a pas la désinvolture et l'esprit de provocation d'un Soko. Il n'est pas habité par l'obsession du danger communiste comme un Albertini. Il est lui-même, Jean Jardin. A part.

13

Un homme important

(1968-1970)

« Monsieur le député du Cantal, je bois à votre destin ! »

Nous sommes en juillet 1968. Dans un appartement parisien, un dîner réunit les ministres du dernier gouvernement Pompidou. Après le café, André Malraux, jamais en retard d'un mot à destination historique, se lève et porte ce toast à Georges Pompidou, futur président de la République, qui s'en va tandis que ses ministres se tournent vers lui [1].

Jean Jardin, à qui une personnalité présente raconte aussitôt la scène, comprend qu'une page va être à nouveau tournée, dix ans après la mort de la IVe République. Les événements de mai ne l'inquiètent pas outre mesure. Ils les a vécus depuis le balcon du La Pérouse et les rives du Léman. Ce qu'il en a lu dans les journaux ne lui fait vraiment pas penser à une guerre, fût-elle civile, urbaine ou romantique. La génération de Vichy garde comme référence absolue, dans l'échelle des valeurs du pire en politique, l'occupation étrangère et l'épuration franco-française. Quant au reste, il faut bien que jeunesse se passe...

Qui a-t-il vu pendant ces « terribles » mois de mai et juin ? Soko (quotidiennement, car une journée sans Soko est comme un œuf sans sel), Pierre Fresnay, Ambroise Roux (directeur général de la CGE et surtout vice-président du CNPF), Dries à déjeuner chez Lipp, Roger Mouton, Gilbert de Dietrich au Taillevent, Couve de Murville à plusieurs reprises (il est ministre de l'Économie et des Finances jusqu'au 10 juillet et Premier ministre ensuite), Henry Dhavernas, Robert Mitterrand P-DG de Hydrocarbon engineering et de Danubex, Jean Riboud, P-DG de Schlumberger, Michel Poniatowski, député du Val d'Oise depuis un an...

En mai 68, Jean Jardin n'est pas du côté des révolutionnaires. Il se veut pompidolien. Avant, quand le général est revenu au pouvoir, il a exprimé des sympathies pour les défenseurs de l'Algérie Française. A partir de 1965, il s'est dit gaulliste et les élections ont été pour lui surtout l'occasion de faire entrer la télévision à la maison. Mais il n'a jamais voté et ne vote toujours pas. Il n'est même pas inscrit sur les listes électorales. C'est son anarchisme de droite à lui, un vif intérêt pour le spectacle politique mais une absence totale le jour du scrutin. Pompidolien, gaulliste... c'est une affaire d'idées, non de leader, même s'il a encadré la photo du Général, dans les tourbières de l'exil irlandais. Lui qui a été loyal jusqu'à l'excès et l'aveuglement vis-à-vis de Pierre Laval, il a peut-être enfin compris qu'il convenait d'être fidèle aux idées et moins aux hommes qui les incarnent, temporairement et, souvent de manière décevante quand on les considère avec le recul. Les idées restent, les hommes passent, fussent-ils des « hommes d'État », prestigieux label, lourd de responsabilités, nimbé d'une aura magique sur des Français qui, comme Jardin, ont eu le sens du service public et du bien de la nation.

En 1968, Jean Jardin a soixante-quatre ans. Tout en lui montre qu'il s'agit d'un homme « important » : sa mise soignée, son attitude mystérieuse, sa prestance, sa voix eraillée de gros fumeur, son prestige dans les milieux politiques, le sourire entendu par lequel on évoque son nom dans les milieux d'affaires. Il n'y a pas qu'au La Pérouse et au Taillevent qu'il suscite déjà une manière de légende. Un mythe ? C'est inévitablement le cas de tous ceux qui travaillent dans l'ombre. Discrètement, à l'abri des regards indiscrets. Mais qu'a-t-il fait depuis dix ans ? Qui a-t-il vu ? Car il est tout de même à son zénith, ce petit homme qui ne tient pas en place, fume gauloise sur gauloise et qui a vécu dans le feu de l'action souterraine, au cœur de certains événements, les pages les plus denses et les plus saillantes de la fin de la IIIe, de l'Occupation, de la IVe et de la Ve...

Depuis dix ans, Jean Jardin se situe à l'exact confluent des milieux politiques et des milieux d'affaires. Nul mieux que lui, à cette période charnière de mutations économiques et sociales de la France, n'incarne cette position stratégique de « passeur ».

Quand Roman Schellenberg — un des directeurs de « Rhein Metall » avant-guerre devenu un des techniciens les plus fameux de l'industrie lourde allemande pour les aciers durs et leur emploi dans la fabrication des tanks — vient en France pour prendre des contacts en vue de la constitution d'un arsenal franco-allemand capable de subvenir aux besoins d'une armée occidentale, c'est à Jean Jardin qu'il s'adresse.

Quand la Banque Arabe de Genève prépare le financement de la construction d'un troisième pipeline, des puits sahariens à Oran, c'est par Jean Jardin qu'elle passe.

Quand François Genoud lance le projet de grouper des capitaux allemands, suisses, français et éventuellement arabes pour financer des affaires marocaines (mines, exploitations agricoles...) c'est à Jean Jardin qu'il demande d'organiser la partie française.

Quand la duchesse de Talleyrand veut vendre le Palais rose de l'avenue Foch au ministère des Affaires étrangères afin qu'il y organise des conférences internationales, c'est Jean Jardin qu'elle sollicite afin qu'il propose aux gens du Quai un prix raisonnable à condition que l'on négocie les droits de succession de ses enfants.

Quand l'Allemand de l'Ouest M. Koch, négociateur d'importants marchés européens vers l'Union soviétique, très introduit à Moscou, et M. Patolitcheff, ministre soviétique du Commerce extérieur, veulent acheter en France des usines clés-en-mains pour la fabrication d'engrais composés, mais avec une durée de crédit importante, c'est à Jean Jardin qu'ils demandent de se rendre à Genève pour un entretien de plus de trois heures.

Quand un groupe financier international veut exploiter, en Europe depuis la Suisse, le tabac philippin sous forme de cigarettes, c'est Jardin qu'il charge de lancer une étude sur le sujet.

Quand la Compagnie Grainière de Paris importe en France 40 000 tonnes de blé dur argentin, payé en devises ou compensé par des chars en provenance du Creusot, c'est à Jardin qu'elle demande de faire savoir aux parties concernées que ce blé est en fait destiné (en 1959) à l'Algérie.

Quand la société française Terseram, qui a un département de fabrique d'armement, veut vendre des propulseurs pour roquette et des roquettes d'exercice à la Défense nationale allemande, c'est Jardin qu'elle sollicite pour qu'il contacte son vieil ami de jeunesse Ernst Achenbach, devenu député FDP d'Essen au Bundestag, porte-parole de son parti à la commission des Affaires étrangères, en relation permanente avec d'importants industriels en Ruhr-Westphalie.

Quand Antoine Pinay veut faire aider un petit journal qu'il a en sympathie, le magazine nationaliste *C'est-à-dire* dirigé par Jean Ferré, c'est à Jean Jardin qu'il demande de « suggérer » à l'industriel André Boussac une aide financière.

Quand le mensuel anticommuniste *Exil et liberté*,

organe de l'Union pour la défense des peuples opprimés — qui s'enorgueillit des collaborations d'Henri Bordeaux, Edmond Barrachin, Robert Schumann ou le général Weygand... — veut obtenir lui aussi une mensualité régulière prélevée sur les fonds spéciaux du gouvernement, c'est à Jardin qu'il demande d'intervenir auprès de qui de droit pour que cette discrimination cesse.

Quand l'hebdomadaire royaliste *La Nation Française*, dont le fondateur Pierre Boutang entretient des relations courtoises avec le général de Gaulle, connaît des difficultés financières graves en 1959, c'est Jean Jardin qui s'adresse à la personne ad hoc à Matignon pour que, avec l'accord de l'Élysée, elle débloque « une subvention mensuelle substantielle qui durera une année afin de lui permettre de doubler le nombre de ses abonnés. Il ne s'agit pas de faire prendre par le cabinet 50 abonnements de courtoisie ou de complaisance pour se débarrasser d'un importun. Il s'agit d'un problème à résoudre par votre ami M. Debré en personne avec des moyens non pas extraordinaires mais vigoureux », qui, précise Jardin, seraient de toute façon bien peu de chose en regard des 800 millions donnés par les patrons au *Temps de Paris*[2]...

Quand...

La liste est longue. Officiellement, Jean Jardin exerce la fonction de conseiller — en permanence, détaché ou en mission c'est selon — auprès de différentes grosses entreprises : les Docks rémois, les Établissements Alfred Herlicq et constructions navales et industrielles de la Méditerranée (exportation chantiers navals), la Compagnie industrielle des télécommunications...

Au Diner's club par exemple, au conseil d'administration duquel il est entré par son ami Henry Dhavernas, introducteur de la carte de crédit en Europe et fondateur du Diner's France, il ne vient que tous les trois mois, parle très peu pendant les réunions,

« intervenant » suffisamment ailleurs pour n'avoir pas à intervenir pendant les discussions. On l'a nommé à ce conseil d'administration pour l'étoffer et lui procurer d'indispensables ouvertures et contacts partout où les décisions politiques, financières, commerciales, économiques, se prennent [3].

Mais à l'opposé, il fournit un énorme travail, sur une longue durée et en profondeur, auprès de Transaco (compagnie française de transactions internationales) et surtout de la Société franco-belge de chemins de fer. Lui, l'homme du Dautry des années trente, va se consacrer dans la seconde moitié du siècle à « vendre » le métro français à l'étranger.

Quand il s'agit de marchés avec l'étranger, il est rémunéré à la commission. Quand il s'agit de marchés avec l'État, avec des honoraires. La Transaco présidée par Henry Dhavernas, plus technicien et plus rigoureux que lui en la matière, est notamment liée au groupe Worms. Elle a des accords avec les plus grandes maisons de matériel de chemin de fer. Elle est chargée du financement, du montage et de la négociation de l'opération par les entreprises concernées et les administrations intéressées telles que la RATP, la régie Renault, Michelin, Alsthom, Westinghouse France, Jeumont, Électromécanique...

La Société franco-belge de chemin de fer (SFB) pour laquelle il négocie des contrats au montant nécessairement considérable, fournit par exemple des milliers de wagons couverts à boggies, de grande capacité, à la SNCF. Pour Jean Jardin, c'est un marché plus courant que celui par exemple qui concernera la vente de locomotives et de wagons Alsthom à la Chine, en association avec la SFB et une compagnie suisse.

Enfin, la troisième société avec laquelle il entretient des relations constantes pour ce genre de travail est la SOFRETU (société française d'études et de réalisation de transports urbains) filiale de la RATP, qui fournit des métros clés-en-main, et surtout la Compagnie française pour la diffusion des techniques. Cette dernière, méconnue mais très importante, coiffe toutes les SOFRE (sociétés françaises d'exportation) chargées de la promotion et de la vente de la technologie française à l'étranger. Depuis 1960, la société mère est présidée par un excellent ami de Jean Jardin qui n'est autre que « le Président » : Antoine Pinay. Quand il quitta le ministère des Finances, son successeur Wilfrid Baumgartner lui proposa aussitôt de s'en occuper :

« Vous rendriez un très grand service à l'économie française en acceptant car, lorsque la technique française est adoptée par les pays étrangers, le matériel en général suit et l'économie y trouve son compte [4]... »

Après avoir, dans un premier temps, décliné l'offre, il se laisse convaincre, poussé notamment par Jean Jardin. Il ne le regrettera pas car cette présidence-là ne consistait pas à inaugurer les chrysanthèmes : il fera trois ou quatre fois le tour du monde et visitera soixante-douze capitales au titre d'ambassadeur de la technologie française.

Ce n'est pas le cas de Jean Jardin, indéfectible homme de chemin de fer, qui ne veut pas voyager autrement. Il travaille aux projets de financement et à la négociation relative aux métros de Calcutta, Le Caire, Madrid, Montréal, Lisbonne, Montevideo, Constantinople, Rio de Janeiro... mais en ne s'y rendant pratiquement pas, exception faite, notamment, de l'Espagne. Il s'arrange pour que les autres se déplacent jusqu'à lui, à Paris ou Genève, centres névralgiques il est vrai.

Trois exemples, cités pour leur valeur indicative, montrent bien en quoi son intervention est décisive et à quoi tient finalement la conclusion de marchés aussi importants. Avec le métro de Calcutta dont l'avant-projet remonte au tout début des années cinquante, Jean Jardin savait que sa réussite conditionnerait probablement les choix et les décisions d'autres capitales. A la demande du Premier ministre du West Bengale, B. C. Roy, des ingénieurs s'étaient rendus sur place et avaient étudié la compatibilité du procédé, alors révolutionnaire, du métro sur bandes de roulement et pneus, permettant un angle de roulement interdit aux roues à bandages métalliques, avec la géographie des villes à profil très accidenté. Un montage financier proposait un schéma faisant ressortir les services, travaux et matériels électriques et roulant à l'exclusion des frais de financement. Les paiements étaient échelonnés dans le cadre d'un crédit général de vingt-six milliards (de 1952 !) se divisant en crédits annuels portant sur sept ans à partir de la commande, le montant total du projet étant évalué à 43 milliards de francs environ. Au cours de longues négociations à Paris et à Londres avec les acheteurs, il apprend pour la première fois à raisonner en milliards, à situer une affaire d'envergure sur la longue durée, à imaginer qu'un métro n'est jamais fini car il y a toujours de nouveaux tronçons et, the last but not the least, à faire accepter les conditions aux Affaires économiques, à Paris, après avoir convaincu les acquéreurs du métro [5] !

Une dizaine d'années plus tard, rompu dorénavant à ce mécanisme, il accélère certains processus dans la négociation commerciale et financière, pour le compte de constructeurs, de banques et de la RATP, au nom de Transaco, dans la vente du métro sur pneumatiques à la ville de Rio de Janeiro. Comment ? En ne vendant pas seulement la technologie française aux Brésiliens mais en leur offrant également l'autre partie de notre orgueil national et de notre prestige à l'étranger : nos « honneurs ». Quand il comprend vite que le gouverneur Carlos Lacerda serait flatté d'être fait commandeur de la Légion d'honneur et que le ministre des Travaux publics M. Peixoto serait honoré de recevoir le ruban de chevalier, Jean Jardin se fera fort de convaincre qui de droit au Quai d'Orsay, au plus haut niveau, et il y parvient rapidement[6].

Il joue le rôle, également décisif, de conseiller et de négociateur lors de la vente du métro à la ville de Montréal, inauguré en 1966. Il y a de longues démarches, des études coûteuses, des devis évaluant le marché, pour la France, à cent millions de dollars en devises. Le projet ne peut être monté que grâce à d'importants moyens de crédit à long terme, après que des banques américaines et canadiennes ont été réunies. Le seul problème est la conclusion même du marché. Maurice Duplessis, Premier ministre de la province du Québec, reste quelque peu réticent au moment de la signature décisive. Après un savant sondage dans l'entourage des « décideurs » québécois, Jean Jardin juge opportun de faire attribuer par la France, le titre de commandeur de l'ordre national de la Légion d'honneur à M. Duplessis (que Ottawa refuse finalement en raison de son opposition au gouvernement fédéral de l'époque), une rosette d'officier de la Légion d'honneur à Paul Sauvé, ministre d'État dans le gouvernement provincial, qui soutient à fond la cause du métro français... Et quand M. Drapeau, maire de Montréal, et M. Saunier, président du comité exécutif de la ville, viennent à Paris visiter les installations du métro avant de se prononcer, Jardin, discrètement mais efficacement, met en branle ses relations au Quai d'Orsay, à l'Élysée, à Matignon pour qu'en haut lieu, on songe à tous les tapis rouges imaginables et qu'on les traite comme des invités de marque[7]...

Jean Jardin tâche toujours de faire comprendre aux gouvernants — qu'il s'agisse de ceux de la présidence de la République, du cabinet du Premier ministre ou des Affaires étrangères — que, en dehors de toute idéologie, il faut se débarrasser de certaines idées préconçues et désuètes, teintées de relents scandaleux des « affaires » de la IIIe, sur la prétendue collusion entre l'État et les milieux d'affaires. Le pays a tout à gagner à ce que des sociétés à capitaux privés telles que celle qui s'occupe des métros français à l'étranger, réussissent. Pour les devises et pour le prestige. En ce sens, dans cette perspective, Jardin ne cesse de plaider en faveur d'une aide plus compréhensive de l'État à la conclusion d'importants et délicats marchés négociés avec l'étranger. Encore dispose-t-il, lui, des hautes relations qui lui permettent justement d'accéder directement aux décideurs stratégiques, ce qui est loin d'être le cas d'autres négociateurs. Ils n'ont pas été, eux, à l'école avec le directeur de cabinet du secrétaire d'État au Commerce extérieur (plus important que le ministre, car c'est lui qui « fait » le dossier), à Sciences-po avec le ministre des Affaires étrangères, à *L'Ordre Nouveau* avec le conseiller de presse de la Présidence, à Vichy avec le secrétaire d'État...

Dans l'esprit de Jean Jardin, quand la France a tout à y gagner, l'intérêt public et l'intérêt privé ne font qu'un. Une idée moins facile à propager dans certains cercles qu'il n'y paraît. D'autant que son train de vie — la majestueuse Mandragore, l'hôtel La Pérouse, Taillevent et les autres... — donnent l'illusion de sa richesse, à l'extérieur, ce dont il se défend dans une lettre à un ami : « J'ai souvent été victime dans ma vie d'une espèce de légende que je n'ai jamais rien fait pour créer, à savoir que j'avais beaucoup d'argent ! Hélas... hélas... hélas [8]... »

Singulier personnage, dont on se demande si on pourra jamais le cerner tout à fait. Il rebondit sans cesse et réussit à ne pas se faire oublier tout en n'étant pas un homme public. Une prouesse à l'heure où, pour exister politiquement, il faut d'abord se montrer.

Entre 1960 et 1974, date de sa démission du gouvernement Debré et de l'élection de M. Giscard d'Estaing à la présidence de la République, Antoine Pinay est régulièrement cité comme ministrable ou présidentiable. A chaque fois il dément les rumeurs et décline les propositions, exception faite pour la charge de médiateur en 1973. Naturellement, quand on parle de l'un on s'intéresse aussitôt à l'autre, Jardin excipant toujours de son influence sur ses choix mais sans jamais en mesurer tout à fait l'empire.

Signe des temps. En 1965, quand le patronat agite le spectre d'une candidature Pinay à l'Élysée pour que la politique gouvernementale soit plus favorable à la libre entreprise, l'homme de Saint-Chamond est en contact régulier avec le gouvernement auquel il donne son avis, par l'intermédiaire de Jean Jardin. Sa candidature est d'autant plus prise au sérieux que l'état de santé du général de Gaulle est, selon les rumeurs, alarmant, ce qui pousserait les états-majors à préparer sa succession. Rumeur, ô rumeur... Dans *Le Nouvel Observateur*, le journaliste Sylvain Regard, qui a essayé d'en savoir plus, écrit :

> « ... Ici, l'éminence grise est un important financier, pour lequel M. Pinay vient de parcourir le monde et qui se nomme Jean Jardin. Un homme en vérité fort astucieux : il fut l'un des plus intimes collaborateurs de Pierre Laval, lequel le chargea de négociations tardives lorsque le navire pétainiste était en train de sombrer. Ces négociations n'aboutirent pas mais M. Jardin, qui avait su protéger ses arrières en subventionnant plusieurs mouvements de résistance, rétablit avec maîtrise sa situation. C'est d'ailleurs un homme charmant, dont la conversation est bien sûr riche de souvenirs mais pleine d'urbanité aussi. Il a reporté sur Antoine Pinay l'affection qu'il avait pour Pierre Laval et il fait actuellement profiter plusieurs ministres en exercice des contacts qu'il a un peu partout dans le monde [9]. »

Le portrait est parfois flatteur, réaliste ou exagéré, mais Jean Jardin dément tout en bloc, dans une lettre au directeur de l'hebdomadaire. Par principe et par habitude. Et puis cette manière de présenter le président Pinay comme le représentant de commerce international de Jardin, l'homme du Métro, a quelque chose de désobligeant...

Plus que jamais, la discrétion est la condition de sa fonction, de sa charge. Peu lui chaut qu'on le surnomme dans les couloirs du Palais-Bourbon « l'homme qui en savait trop ». Il sait que nul ne veut l'abattre car chacun connaît sa loyauté, son sens de l'honneur. Cet hôte agréable et brillant, dont la conversation est des plus appréciées, se tait quand on le presse de raconter trop précisément certains épisodes de la guerre ou de l'après-guerre qui risqueraient, une fois colportés à dessein et imprimés, de mettre des personnalités en fâcheuse posture.

Des amis politiques, il en a beaucoup et partout, sauf chez les communistes, Soko étant une exception si exceptionnelle qu'on n'ose la citer. Mais il ne faut pas considérer l'expression « amis politiques » dans son sens le plus galvaudé, tel que l'illustrera l'affaire Boutemy : au moment de sa chute, il pouvait les compter sur ses doigts... Rien de tel chez Jardin. Entre lui et les autres, il n'y a pas d'argent mais des souvenirs, une certaine idée de la France et parfois d'importants services rendus auxquels il préfère ne pas penser tant l'oubli des renvois d'ascenseur le rend amer et désillusionné.

Durant les dix dernières années de sa vie, il voit régulièrement ses amis de toujours et d'autres plus récents de l'après-guerre. De cet ensemble, quelques noms se détachent. Il y a tout d'abord une jeune femme aussi discrète que charmante, une personne en qui il a toute confiance et pas seulement en raison de son efficacité avérée : Thérèse Callot. On l'appelle « Zouzou ». Mais pour elle, Jean Jardin c'est « grand-père ». Originaire de Douai, ce personnage clé de la galaxie Jardin est entré dans la famille en 1962 pour s'occuper des enfants de Pascal. Quand sa mission d'éducation fut achevée, elle rentra dans le Nord. Mais après un grave accident de la route, elle retrouva la famille Jean Jardin en 1966, et devenant de fait sa secrétaire, une charge qui allait vite évoluer pour faire de Zouzou son assistante et sa collaboratrice, toujours présente et dévouée, une tâche pas toujours aisée avec un homme au caractère aussi impérieux. Dès lors Zouzou fait partie de la famille et ne la quittera jamais, « adoptée » sans que cela eût besoin d'être dit.

Zouzou, c'est l'ombre gauche de Jardin. Son ombre droite, c'est Soko, l'homme au chien, comme on dit dans les ministères, car il est toujours précédé d'Ops, son scottish noir. Jardin et Soko, ce n'est pas un couple qui choque. On n'en dirait pas autant de Jean Jardin et son « grand » ami Maurice Couve de Murville. Ce dernier l'appelle lui aussi « grand-père ». Pascal Jardin écrit carrément que ces deux-là lui faisaient penser à un nain et un géant, Zig et Puce, l'expression faite homme et l'inexpression inaltérable [10]. Le trait est à peine forcé. Les deux hommes se voient avec une régularité de métronome depuis... toujours. Entre 1958 et 1968, quand Couve dirige la diplomatie du Général, Jardin le voit tous les jeudis à 11 heures, à son bureau du Quai d'Orsay, pour une conversation d'une heure, sauf exception (visite d'un chef d'État, voyage à l'étranger...). Couve, qui le vouvoie malgré tout, attache grand prix à ses conseils et, mieux, à ses avis. Quand il devient Premier ministre (1968-1969), Jean Jardin continue à le voir et lui envoyer de nombreuses notes, lettres et autres rapports politiques et économiques, à dimension française ou internationale. Lors d'une négociation à Matignon d'un important marché avec l'Arabie séoudite, il n'hésite pas même, depuis la Suisse, à le bombarder de télex et télégrammes urgents pour lui transmettre une information jugée capitale sur les intentions de ses interlocuteurs. Ce sont surtout des impressions qu'il communique à Couve de Murville, telle celle-ci glanée auprès de la Banque Suisse en novembre 1968 : « Sans rien enlever au Général des mérites de sa décision courageuse, celle-ci revient visiblement aussi au Premier ministre. Ce sera pour lui un succès... Le Général a trouvé moyen dans cette péripétie monétaire, sans gêne pour son amour-propre, de rentrer dans le giron atlantique. Le message de Johnson, aussi important dans la journée d'hier que le discours du Général, ne s'explique pas autrement.[11]... »

Du côté du patronat, ses liens se resserrent avec deux hommes bien différents, qu'il apprécie également. Plus significatif encore : c'est Jean Jardin qui est à l'origine de leur rencontre : Jean Riboud et Ambroise Roux.

De quinze ans son cadet, Riboud est le fils d'un banquier lyonnais. Déporté pour faits de résistance à Buchenwald, il est banquier à New York après la guerre puis entre en 1951 chez Schlumberger à la demande de Marcel Schlumberger. Il fait toute sa carrière dans cette multinationale familiale dont il devient le P-DG à partir de 1965. C'est chez « Tante Louise » (Mme Conrad Schlumberger) rue Las Cases qu'ils s'étaient rencontrés pour la première fois au début des années cinquante. Ils n'avaient pas sympathisé, Jean Riboud ne pouvant dissiper ses réticences intérieures à l'endroit de celui qui fut le directeur de cabinet de Laval. Mais il faut croire que leur amitié était écrite puisque dix ans plus tard, à deux reprises, deux hommes les mettent en contact : Hubert Beuve-Méry, le directeur du *Monde*, et l'avocat Georges Dayan, éminence grise de François Mitterrand. Riboud se laisse alors séduire et après quelques déjeuners en tête à tête, lui voue une fidélité entière, tenace et réciproque. Elle est renforcée encore par la présence, entre eux, d'un homme qui est leur ami commun : Jean de Ménil, époux de Dominique Schlumberger, avant-guerre responsable de la gestion financière de l'entreprise et après responsable des activités de la société en Amérique du Sud, devenant ainsi celui qui contribue peut-être le plus à donner à Schlumberger sa dimension internationale.

Ce que Riboud apprécie en Jardin, c'est qu'il n'abandonne jamais un ami, qu'il est prêt à tout pour rendre service, que sa conversation est intelligente, neuve, inattendue et qu'il est ennemi de la flagornerie. Ce que Jardin aime en Riboud, c'est qu'il ne correspond pas au profil habituel du patron, que c'est un chef d'entreprise éclairé, qu'il sait être homme de gauche, de cœur et de raison, avec des arguments d'une rigueur qui convaincrait plus d'un membre de l'entourage de Pinay, qu'il sait parler avec bonheur d'autre chose que d'industrie pétrolière et de banque : par exemple, l'œuvre de Max Ernst, dont il est l'exécuteur testamentaire, l'art d'Henri Cartier-Bresson dont il est l'ami, l'histoire de la *Nouvelle Revue Française* entre les deux guerres qu'il suit passionnément à travers les travaux du professeur Auguste Anglès...

L'amitié qui lie Jean Jardin à Jean Riboud n'est pas une aventure d'adolescents ni une relation éphémère et intéressée comme on en rencontre dans la politique ou les affaires, mais l'amitié vraie de leur maturité. Les deux hommes partagent la même passion : le culte de l'amitié, et un même dédain pour les honneurs et flatteries, qui les conduit inévitablement à toujours refuser de se mettre en avant [12]. Ils préfèrent être en retrait. La vie de Jardin, surtout après la guerre, en est l'illustration. Riboud le prouve lui aussi, plus tard, quand il décline l'offre du président Mitterrand — dont il est l'ami et le proche conseiller officieux — d'être nommé ministre de l'Industrie dans le gouvernement Mauroy.

Pour ceux qui connaissent les trois hommes, ce ne peut être un hasard si c'est Jardin qui présente Riboud à Ambroise Roux. Il incarne le « patron de droite » (pléonasme ?) avec la même intelligence, la même énergie, la même force que l'homme de Schlumberger incarne celui de gauche. Ils partagent également le goût du pouvoir occulte en sus du pouvoir apparent. Roux, de deux ans plus jeune que Riboud, est un ingénieur de formation. Il a connu Jean Jardin à l'âge de huit ans, celui-ci étant un ami de la famille, de son père notamment, André Roux administrateur de sociétés, certaines de celles de Jean Prouvost pendant l'Occupation, par exemple.

Ambroise Roux, qui a toujours eu une passion pour la politique, aimait écouter Jean Jardin raconter la SNCF, Vichy, l'hôtel du Parc... Il le retrouve d'ailleurs sur le terrain, entre 1951 et 1954, quand il exerce la fonction de conseiller technique puis de directeur de cabinet de Jean-Marie Louvel, ministre de l'Industrie et du Commerce, très lié à Jardin et surtout à Vladimir Sokolowski. Nommé à la même époque administrateur d'Électricité de France, il devient en 1955 directeur général-adjoint de la CGE (Compagnie générale d'électricité) et en devient le président à partir de 1970, tout en occupant les plus hauts postes à la direction et au conseil d'administration d'entreprises telles que le CCF (Crédit commercial de France), la Compagnie industrielle des télécommunications, Péchiney, Alsthom-Atlantique, le Crédit national, la Compagnie financière de Paris et des Pays-Bas...

Un homme important, un homme de poids dans le système, d'autant qu'il est aussi vice-président du CNPF. L'estime dont il jouit dans les milieux industriels et politiques est supérieure encore à ses responsabilités. Car l'homme séduit autant qu'il intrigue. Avec Riboud et Jardin, il partage le goût du vrai pouvoir. Comme eux, il sait décliner les plus hautes propositions : par deux fois, il refuse la présidence du CNPF... Dès le début des années soixante, Jean Jardin le voit très régulièrement. Leur amitié est sans faille. Roux le tient pour un homme de conseils, mais fragmentaires. Il lui apporte de précieux concours, par exemple, quand le CGE décide de relancer certaines de ses sociétés en Suisse. Jardin intervient à cette occasion tant dans le montage, des structures, les choix des postes de direction... mais pas sur la stratégie du groupe. Il agit véritablement comme un conseiller de la CGE bien qu'il n'ait pas de titre. Certains à la direction ne connaissent même pas son nom. Il faut dire qu'il ne traite qu'avec Ambroise Roux, avec qui il parle autant de réforme fiscale que de relations internationales et qui lui confie des missions ponctuelles.

C'est surtout par Ambroise Roux que Jardin peut avoir une « influence » diffuse sur certaines orientations du CNPF ; c'est pourquoi il n'emploie jamais le terme de « conseiller », trop organique pour définir ses relations avec le patronat institutionnalisé. Homme de droite convaincu et fier de l'être, Ambroise Roux est un patron de combat, un industriel de choc qui n'a pas les complexes de ces capitalistes qui gagnent trop d'argent. Il a une conception entière et sans faille de l'amitié et voue une reconnaissance totale à l'homme qui a fait sa carrière, tant au CNPF qu'à la CGE : Henry Lafond, polytechnicien, ingénieur des Mines, secrétaire général à l'Énergie sous Vichy, président de la Banque de l'Union parisienne et conseiller du haut patronat de l'après-guerre.

C'est ce qui plaît en cet homme, à Jean Jardin. Ce qui lui plaît, à lui, en Jardin c'est qu'il est le négatif d'André Boutemy : très discret, il n'opère pas comme un mandataire mais comme un authentique père Joseph qui rapproche volontiers partis et industriels[13]. L'intimité de ces deux hommes et les excellentes relations entretenues par Jardin avec les milieux bancaires helvétiques accréditent l'idée selon laquelle une bonne partie de l'argent patronal, destiné à soutenir les partis de droite pendant les élections, transite d'abord par leurs mains. Mais on dit tant de choses...

D'une manière générale, les chefs d'entreprise qui s'adressent à Jean Jardin sollicitent ses conseils économiques et financiers, non pas sur le plan technique mais dans une vaste perspective d'ensemble dans laquelle les vues politiques déterminent les investissements, la recherche de nouveaux marchés étrangers ou l'impulsion à donner à une stratégie. Pour ces hommes de chiffres, qui ne connaissent parfois pour seul horizon que l'entreprise et le secteur d'activité dans lesquels ils sont nés et ont évolué, Jardin est indispensable, une ouverture sur un monde — celui de la politique — qui leur paraît bien mystérieux et inaccessible. Lui, il a été un grand commis de l'État, au plus près du soleil à Vichy sans jamais s'y brûler, un homme de l'après-guerre à l'entregent vaste, évoluant dans l'ombre de Pinay tout en refusant de se montrer trop, dînant avec les ministres, déjeunant avec les plus grands banquiers... Bref, il sait.

A la fin de sa vie, les habitués de l' « espace Jardin » (La Pérouse, Taillevent, Lucas-Carton...) le voient souvent avec des hommes comme Jean-Claude Aaron, qu'il tient pour l'homme le plus remarquable et le plus compétent sur la place de Paris en matière d'immobilier ; Denis Baudoin, organisateur électoral de talent qui fit ses classes au CNI de Roger Duchet avant de mettre son sens de l'efficacité politique et de la discrétion au service de Jacques Chirac ; André Bettancourt, ministre à maintes reprises, de Mendès (1954) à Messmer (1973), gendre d'Eugène Schueller, le fondateur de l'empire l'Oréal, et ami personnel de François Mitterrand ; Olivier Guichard, baron de noblesse d'Empire et baron du gaullisme ; le journaliste Claude Imbert, rédacteur en chef de *L'Express* qui s'apprête alors à lancer avec quelques autres *Le Point*; Robert Mitterrand, ingénieur, qu'il a connu par le président Pinay, et qui est alors directeur de sociétés.

Jean Jardin semble avoir atteint la plénitude de son rôle. Lui qui aime tant, à la maison, régenter son monde et régner furieusement sur une famille qu'il adore, il donne l'impression contraire en politique, suggérant à mi-voix, guidant à pas feutrés. Peut-être est-ce la voie la plus subtile de l'influence...

Que sont devenues, dans le même temps, les autres fameuses éminences grises de la IVe ? On le sait, André Boutemy est mort. Soko, égal à lui-même, est l'ami de tous, singulière et inoubliable incarnation de l'humour, de l'intelligence politique, de la dérision et de l'information dans les coulisses du pouvoir. Un personnage talleyrandesque, dit-on encore de lui. Georges Albertini, lui, a retrouvé peu ou prou de sa puissance occulte de la précédente République en investissant l'entourage de Georges Pompidou, Premier ministre puis président de la République. Le programme commun de la gauche et la coalition socialo-communiste marquent son échec personnel puisque c'est justement ce qu'il a combattu pendant des années, mais il peut se féliciter par ailleurs de la démonétisation et du discrédit du Parti communiste sur le plan intellectuel, un phénomène auquel il n'a pas peu contribué. Surtout on retrouve la marque d'Albertini dans la formation et la carrière de personnalités politiques telles que Marie-France Garaud, éminence grise de Georges Pompidou avant de quitter l'ombre pour la lumière, qui doit notamment à Albertini ses raisonnements à l'échelle planétaire, la dimension géopolitique de ses démonstrations, sans oublier bien sûr l'alpha et l'oméga de son anticommunisme résolu. Georges Albertini ne vivra pas assez longtemps pour assister à la réussite d'un autre de ses poulains, un jeune homme dévoré d'ambitions politiques, qu'il sortit de sa gangue d'activisme nationaliste aux relents fascistes (« Occident », etc.) pour le former intellectuellement et le propulser dans les rangs militants puis les états-majors des partis de majorité afin qu'il devienne député puis... Alain Madelin a réussi au-delà de toute espérance puisqu'il est devenu ministre de l'Industrie dans le gouvernement Chirac (1986).

Jean Jardin, n'ayant jamais été un maître, n'a pas de disciple. La dernière fois qu'il se sent vraiment un « homme d'influence » en politique, c'est à l'occasion des élections de 1974. Un proche de Valéry Giscard d'Estaing, son complice et confident Michel Poniatowski, lui ayant demandé d'accorder une manière de « consultation » au candidat, Jean Jardin se rend à son invitation. Il a un entretien avec le futur président qui sollicite des conseils plus tactiques que stratégiques : quelle attitude adopter en campagne ? où se situe la véritable habileté en telle ou telle circonstance ?...

« Vous croyez ? Vous croyez ? » dit-il en remuant sans cesse sur sa chaise.

En le quittant, Jean Jardin confie, prudent, à l'ami venu le chercher qu'il se garde bien de tout pronostic ; mais cet épisode lui a donné tout de même l'occasion d'observer un homme que l'on sent et qui se sent vraiment tout près du pouvoir [14].

Le pouvoir... Chimère ! Lucide, Jardin ne l'a jamais demandé pour lui. Il savait que, le concernant, « cela ne se faisait pas ». Condamné à l'ombre. Il pouvait tout demander, à condition de ne pas quitter ces coulisses où il excellait. Il le dit bien dans une lettre de 1967 à un ami historien :

« Depuis vingt-trois ans (...) je n'ai pas cessé de recevoir de la part des gens en place un accueil favorable. Non seulement Pinay qui est devenu un ami, Couve de Murville qui l'est resté, mais Pompidou lui-même, l'équipe Giscard, Edgar Faure bien sûr,

René Mayer, etc ; tous les directeurs en place que je ne connaissais pas avant-guerre m'ont apporté leur concours quand cela était nécessaire et quand ils le pouvaient, en vue de faire aboutir des affaires du secteur privé. Il est clair toutefois que tout cela résultait d'un accord tacite et que je pouvais tout demander, sauf un poste. On voulait être aimable avec Jean Jardin, mais on ne pouvait en aucun cas redonner des fonctions au directeur de cabinet de Laval ! »

Jardin, qui décrit depuis longtemps de nombreux rapports sur des sociétés, des produits ou des situations politiques, et possède un grand art de la note de synthèse en dix pages rédige peu après un article très caractéristique de son état d'esprit. On ne sait pas s'il sera publié. Il est signé de son pseudonyme de jeunesse « Hortus » et intitulé « Les Grands, les peuples et les titres ».

« M. Georges Marchais appelle M. Poniatowski Prince, pour le gêner. Il a tort. Et pour une fois, peut-être le secrétaire général méconnaît-il son public.

Bien qu'on ne les porte plus à l'Élysée, les titres ont été donnés aux hommes illustres, ceux qui ont fait honneur à leur pays, à leurs idées, leur art ou la science pour qu'on salue leur mémoire jusque dans leurs descendants. Le président de la République le sait, qui conserve ses titres à Mgr le comte de Paris, descendant de nos rois, et au prince Napoléon, héritier du grand Empereur. Mais il y en a d'autres. La révérence aux ancêtres, glorieux ou célèbres, à travers leurs enfants, reste dans le goût des hommes, même si elle s'est de nos jours déplacée.

J'ai connu un temps où le président de la société Hispano était le prince André Poniatowski, grand-père du ministre. Son secrétaire général s'appelait Robert Blum. Quand on annonçait le prince Poniatowski, cela faisait sensation dans les bureaux. Ceux qui savaient se flattaient d'expliquer aux autres le roi de Pologne. Mais quand on annonçait M. Robert Blum, l'effet n'était pas moins grand. Il y avait toujours une dactylo pour rappeler à un collègue oublieux : c'est le fils de Léon. Alors, selon son âge ou sa culture, chacun revoyait le critique délicat de *La Revue Blanche* ou le fondateur de *L'Humanité*, mais tous, en tout cas, le chef révéré du Parti socialiste. Si Léon Blum avait été fait comte, comme Lord Attlee, personne n'aurait été choqué et, aujourd'hui, on le saluerait encore en nommant son fils, qui aurait hérité le titre de son père.

En d'autres temps ou en d'autrs pays, M. Georges Marchais serait au moins baron, maintenant ou bientôt. Dans l'avenir, ses fils, ses petits-fils, arrière-petits-fils, eux mêmes barons, seraient aussitôt que nommés, distingués de tous les autres Marchais : on saluerait en eux la mémoire de l'illustre, éloquent et bouillant secrétaire général, sous le règne de Valéry Giscard d'Estaing.

Cela s'est toujours fait. Cela se fera encore. Et je crois bien que ce sont les Soviétiques russes qui réinventeront les premiers les titres. Ils sont déjà désignés pour cela, avec leur formidables et minutieux sens de la tradition (voyez l'entretien des palais impériaux où ne manquent ni un objet d'art ni un cendrier), leur culte pour les grands princes, que rien n'entame, Pierre le Grand (malgré 1917), Staline (malgré Khrouchtchev), leur hiérarchie rigoureuse, leur goût pour les beaux uniformes, les décorations, les étendards, les oriflammes, le pas de l'oie...

On pense à cette anecdote de 1945. Le général

de Gaulle avait fait revenir de Moscou Maurice Thorez, non comme le déserteur qu'il était pour l'armée française mais comme le prince aimé et respecté qu'il n'avait jamais cessé d'être pour les militants, afin qu'il désarmât les FFI et qu'il arrêtât d'un mot les grèves aux usines Renault ; ce qu'il fit. « Il faut savoir arrêter une grève. » A ces mots, qui furent aussitôt entendus et obéis, parce que c'est lui qui les prononçait, tout rentra dans l'ordre. Or, en arrivant à Billancourt, Maurice Thorez était accompagné de M. Bogomolov, vers qui un OS s'était avancé en disant : « Bonjour camarade. » A quoi Son Excellence M. Bogomolov, envoyé extraordinaire et plénipotentiaire du maréchal Staline, Père des Peuples, avait répondu : « Appelez-moi Monsieur l'Ambassadeur »...

On imagine que le soir, cet OS — là, en rentrant chez lui, avait dit à sa femme, comme lui à jamais flattée : « J'ai parlé à l'ambassadeur. »

Car ainsi sont les peuples. Et les Grands [15]. »

En lisant ces lignes, on se prend à regretter un peu plus que Jean Jardin soit parti sans laisser de Mémoires.

14

Une consécration inattendue

(1971-1976)

« Quelle folie ! Tu imagines tous les suicides que cela pourrait provoquer[1] ! »

Ses mémoires, bien sûr. Depuis le temps, c'est l'Arlésienne... Depuis la Libération, les éditeurs ne se sont pas fait faute de les lui réclamer avec insistance, à commencer par ses amis Roland Laudenbach (la Table Ronde), Bernard de Fallois (Julliard), Constant Bourquin (Le Cheval ailé), Henri Flammarion, sans oublier les autres. Françoise Verny de la maison Grasset fera même le voyage de Vevey pour essayer de le décider. En vain. Il ne se décide pas.

Jean Jardin est exactement dans la même situation que Gaston Gallimard (pour citer un nom, au hasard). Il n'a qu'un livre à écrire : celui-ci. Mais il ne peut s'y résoudre : s'il dit tout — le récit exact des événements, avec les noms, les dates, les chiffres, en se jurant de ne pas recourir comme la plupart des mémorialistes au procédé fallacieux du mensonge par omission — alors ce sera un tel charivari dans la classe politique et les milieux d'affaires que sa discrétion naturelle en sera mortifiée, et il perdra quelques-uns de ses amis. S'il édulcore l'Histoire pour ne blesser personne et respecter le détail des mythes et légendes de Vichy et des républiques postérieures, son livre sera sans saveur, incolore et inodore et, pis même, mensonger. Alors il repousse l'échéance et promet pour plus tard.

Quand son ami Yves Gautier lui suggère alors d'écrire plutôt un « De Gaulle et Laval », Jardin répond :

« C'est exactement ce que je voulais faire[2] ! »

Mais l'enthousiasme est naturellement sans suite. Gautier lui présente alors le journaliste-historien Raymond Tournoux, spécialiste de la Seconde Guerre mondiale. Il lui fait quelques confidences, par bribes, à demi-mots, sans plus. Peu après il accepte la proposition de Claude Imbert, le directeur de la rédaction du *Point* : un long entretien avec Pierre Desgraupes à paraître en document dans l'hebdomadaire et, sait-on jamais, à utiliser comme point de départ de futurs mémoires... Mais il n'y a pas de suite, malgré son accord[3]. On comprend qu'à sa mort, de nombreux éditeurs aient assuré « attendre » par la poste, par émissaire secret, par satellite ou par tout autre moyen approprié, ses fameux Mémoires qu'il leur avait « promis », ou à défaut, ses mystérieuses, volumineuses et explosives archives. Le seul qui pouvait exciper d'un accord écrit, dès 1945 à ce sujet avec Jean Jardin (une lettre l'atteste) était Henri Flammarion, mais il ne retrouvait pas le contrat...

Peu avant sa mort en 1976, quand il entra en clinique, Jean Jardin confia à son fils Gabriel :

« Quand je sortirai de là, je me retirerai de toute activité professionnelle et j'écrirai enfin[4]... »

Une mort prématurée réduit à néant ce projet tant attendu.

Il est des hommes qui rêvent d'assister à leurs obsèques uniquement pour voir qui est là, qui s'est dérangé, quelle tête il fait et ce qu'il dit. Jean Jardin, lui, a eu l'insigne privilège d'assister, d'une certaine manière, à la publication de ses Mémoires posthumes. Contre son gré. Car ils ne sont pas de sa plume ni de son goût : il s'agit des livres que lui a consacrés son fils.

En 1971, quand il publie chez Grasset *La guerre à neuf ans*, Pascal Jardin a trente-sept ans. Ce dyslexique, qui a peu et mal fréquenté l'école, a eu pour maîtres et néanmoins amis de grands écrivains. Très jeune, il les a non pas lus mais écoutés dire ou lire. Sa difficulté à déchiffrer les signes a stimulé sa mémoire auditive. Ce n'est qu'à l'âge de trente ans qu'il peut écrire tout seul une lettre importante. Plus Jardin que nature, effervescent et sans cesse en mouvement, il est par bien des côtés le double de son père, ce qui ne va pas sans orages. Il dit de Morand que celui-ci, en lui léguant en héritage son passeport, lui a également enseigné ses deux spécialités : le cheval et l'angoisse. Mais c'est à Abellio, son ancien précepteur, qu'il envoie l'unique manuscrit de la première ébauche de son tout premier roman en sollicitant, anxieux, ses conseils : raccourcir, étoffer, éliminer [5] ?...

Tôt happé par le milieu cinématographique, il devient l'assistant du réalisateur Marc Allégret avant de mettre sa vivacité d'esprit, sa rapidité d'écriture, son sens de la formule, ses bonheurs de plume au service d'un genre qui désespère les exigeants depuis l'éclipse de Jacques Prévert et Jean Aurenche : les dialogues et scénarios. Il en écrit plus d'une centaine, du bon, du moins bon et même du franchement mauvais : *Le Train, Le chat, La veuve Couderc, Le vieux fusil, Hécate, Harmonie ou les horreurs de la guerre, Le Tatoué*...

Fêté, loué, acclamé, aimé enfin, il ne pouvait pas ne pas écrire de livres. Non pas seulement parce que son écriture cinématographique recelait à l'évidence un authentique talent d'écrivain. Mais encore parce que le livre qu'il voulait écrire ne pouvait qu'être à ses yeux l'exutoire nécessaire, la thérapie adéquate qui lui permettrait de régler son contentieux personnel, intime, profond avec un père adulé, adoré, révéré et haï.

Du vivant de Jean Jardin, il publie donc *La guerre à neuf ans* (1971) puis *Toupie la rage* (1972), *Guerre après guerre* (1973). Ils seront suivis après sa mort de *Le Nain jaune* (1978) et *La bête à bon Dieu* (1980). Même si le principal intéressé n'a évidemment pu réagir à ces deux derniers (à moins que de là-haut, où, dit-on, on distingue toujours ce qui vient du cœur, il se soit laissé emporter à nouveau...), il nous faut considérer ces cinq livres comme un tout, une suite romanesque et autobiographique qui, réunie en un seul volume, aurait pu s'intituler, à la manière de Pagnol : « La gloire secrète de mon père »...

Tiré volontairement vers l'extravagance, l'excès sinon la caricature, le portrait qui s'y profile a, dans ses épures comme dans ses détails, des accents d'authenticité malgré les invraisemblances. Qu'importe finalement qu'il n'ait jamais été affligé du sobriquet de « nain jaune », qu'il n'ait pas été « bossu », qu'il ne se soit pas distingué par ses sauts à travers les fenêtres... Il est vraiment, comme le montre son fils, complètement aristocratique, toujours au-dessus et en dehors des situations, spectateur de sa vie, ébaubi par les châteaux et le mode de vie supposé de leurs habitants, insupportable d'égocentrisme en famille, autoritaire et tyrannique mais obsédé par le bien-être et l'avenir des siens. Pascal, que Jean Gabin appelait affectueusement « spoutnik Pascalino » tourne son père en ridicule, le montre en pantin parfois grotesque et pitoyable. Pour mieux l'honorer ensuite ? Voire. Tout éloge est à décoder. Il en fait tour à tour un Roi Lear impérieux et fascinant, qui impose crainte et respect, et un Guignol sautillant, moins conseiller du prince que bouffon du roi, petit homme contrefait que ses amis tiennent pour un joker car l'avoir dans son jeu c'est défier le sort.

Dans une lettre à Raymond Abellio au moment de la

sortie du *Nain jaune,* Pascal explique moins ses motivations que sa situation : « ... j'ai voulu faire un livre pour l'enfance. J'ai toujours été fasciné par la « simplicité retrouvée » de Pagnol. Et puis il y a maintenant des années que la vérité des faits me glace. Je vous envie car je sens autour de votre lettre que sur vos hauteurs, vous n'attendez plus la caution de personne. Je ne peux pas en dire autant et je me retrouve dans un monde où ne pas avoir de succès voyant, c'est ne pas exister du tout[6]. »

Ces lignes de l'ami des cinéastes et des acteurs, pris dans le maelström du succès et le cercle vicieux qu'il engendre (produire pour ne pas disparaître), Jean Jardin ne les connaît pas. Il en ignore non seulement la lettre mais l'esprit. Car de son point de vue, les trois premiers livres de son fils sont un mauvais coup qu'il encaisse mal.

« Parce que c'était un personnage envahissant, je ne pouvais agir que contre lui », dit Pascal Jardin[7]. C'est bien ainsi que son père reçoit ces manières de « lettre ouverte ». Elles le blessent d'autant plus qu'elles livrent au grand public une parcelle exacerbée de sa personnalité, une idée de ses activités passées, lui qui a toujours exprimé une prédilection pour la pénombre et l'effacement. Certes, son orgueil s'en trouve également flatté. D'autant que le rappel de son rôle auprès de Laval et Pinay exaspère alors la plupart des membres de leurs entourages respectifs, vexés que Jean Jardin leur porte une telle ombre et les écrase par l'intermédiaire de son fils. Ses livres font des jaloux, notamment chez ceux qui supportent mal que le public identifie désormais le premier cercle de leurs conseillers et amis à Jean Jardin exclusivement.

Cela a dû le ravir, comme a dû lui déplaire, dans le même temps, le coup de projecteur, brutal et sans nuances, braqué sur sa vie. Dans le train entre la France et la Suisse, il rencontre à cette époque le comédien François Périer. Ils sont suffisamment amis pour que ce dernier lui dise, malgré tout, le bien qu'il pense de *La guerre à neuf ans*.

« Oui, oui... d'accord, répond Jardin, mais... il m'emmerde. Quand on écrit un roman comme celui-là, on dit des choses vraies et on change les noms. Lui il met les vrais noms et il raconte n'importe quoi[8] ! »

A un autre, il dit que ce livre est bien écrit et vivant mais qu'il l'ennuie énormément dans la mesure où beaucoup vont croire que les inexactitudes de l'écrivain, réminiscences de l'enfant qui vécut ces événements, lui ont été racontées par son père :

« Vous comprenez, par endroits, ça relève carrément de la faribole ! »

Jean Jardin ne tient plus en place. Ce grand déballage, dont l'aspect littéraire est celui qui lui importe le moins, le met hors de lui. Un matin, il téléphone de La Mandragore à un écrivain et critique qu'il n'a jamais rencontré mais qui possède une maison tout à côté, François Nourissier :

« Vous aimez ça ? Impossible ! C'est le contraire d'un roman dont on dit que tout y est vrai sauf les noms : chez Pascal, seuls les noms sont vrais tout le reste est faux !

— Mais... vous devriez être heureux : c'est un chant d'amour filial, une saga racontée à votre gloire ! »

Sur quoi Jean Jardin grogne, souffle dans l'appareil et raccroche[9]. Il est vrai que s'il avait eu le choix, il aurait préféré les pages que Jean d'Ormesson a écrites sur son père à celles de Pascal... Sur son lit de mort, il dit à son fils que, de tout ce qu'il a écrit sur lui dans *La guerre à neuf ans*, ce qui lui a fait le plus de peine, c'est encore qu'il ait rappelé qu'il était le fils d'un boutiquier de Bernay[10]...

Pourtant, l'extraordinaire accueil réservé à ce livre signé d'un Jardin devrait lui faire plaisir, le flatter, à moins qu'il n'ait justement voulu être ce Jardin-là... Dans *Le Monde*, Pierre Viansson-Ponté loue « ce livre aigu et vif, tendre et terrible à la fois (...) qui n'est ni une autobiographie romancée ni une satire acide, ni un témoignage non conformiste mais un peu de tout cela à la fois quand même, vu avec l'œil d'un homme de cinéma et écrit par quelqu'un qui n'a personne à ménager, ne s'embarrasse guère de circonlocutions et ne sait même pas qu'il dispose de ce don rare et précieux qu'on nomme simplement le talent [11] ». Du côté des historiens, dont Jean Jardin guette la réaction avec quelque appréhension, l'accueil a les mêmes accents favorables. Dans la *Revue d'Histoire de la Deuxième Guerre mondiale*, organe de référence s'il en fut, Claude Lévy juge que *La guerre à neuf ans* est un « document sociologique de premier ordre ». Pour lui, l'auteur, qui a une mémoire de photographe et non d'historien, a sorti de son album de souvenirs « toute une série d'instantanés qui n'ont même pas jauni — et qu'en tout cas nous ne sommes pas près d'oublier [12] ».

Les critiques, nombreuses, évoquent alors Vichy et la tragi-comédie de Charmeil, bien sûr, mais sans acrimonie. Ainsi, une trentaine d'années après l'Occupation, on peut parler de l'ancien directeur de cabinet de Laval et en faire un héros romanesque, positif malgré tout et moralement et intellectuellement séduisant, sans provoquer une levée de boucliers. L'évolution, dans les mentalités, est remarquable. Beaucoup ne s'attachent pas à essayer de démêler le vrai du vraisemblable, dans les récits de Pascal. Rares sont ceux qui, tel Jean Clémentin dans *Le Canard enchaîné*, essaient de préciser les correspondances entre *Le Nain jaune* et Jean Jardin : « (...) Selon qu'on fût ou non de ses amis, on tient Jean Jardin, disparu il y a deux ans, pour le génial père Joseph de maintes éminences ou pour un foutriquet étincelant mais brouillon (...) Il disposait d'une énergie formidable, d'une intelligence à découper n'importe quel métal et d'un stock de connaissances qu'on croyait infini, autant dû à sa rapidité intellectuelle qu'à une incessante absorption de livres et de rapports : il ne dormait pas cinq heures par nuit, voire pas du tout. Avec cela un culot, une assurance inébranlables, du caractère et des plus mauvais, réponse à tout : qu'on juge de la séduction qu'il pouvait exercer sur des politiciens noyés dans leurs petites embrouilles, submergés de papiers pour eux incompréhensibles, d'une culture fruste et d'une vaste méconnaissance du monde. Des années cinquante jusque sous Pompidou, Jean Jardin fut la tête pensante de pas mal de présidents du Conseil, de Premiers ministres et d'excellences et sans que jamais — à l'exception du *Canard enchaîné*, cela dit sans vanité — la presse mentionne seulement son existence (...) [13]. »

Jean Jardin n'a, hélas, pas vécu assez longtemps pour assister au double épilogue de cette aventure littéraire et familiale qui fit tant couler d'encre [14]. Le titre *Le Nain jaune* l'aurait probablement énervé au plus haut point, car l'image est cruelle et le sobriquet n'était pas le sien. Mais il aurait aussi probablement souri car il aurait été un des rares à se souvenir que *Le Nain jaune* était un journal fondé en 1814 et ressuscité dans les années 1860 par deux hommes connus pour avoir fondé deux ordres de chevalerie : l'Ordre de l'éteignoir, décerné aux écrivains réputés « n'avoir d'opinion que celle qui paie » et l'Ordre de la girouette réservé « à ceux qui ont changé au moins trois fois de suite d'opinion et qui ont servi plusieurs gouvernements [15] »...

Jean Jardin ne saura pas qu'à la suite d'un article élogieux sur son livre, Pascal rencontrera son auteur, François Mitterrand, que les deux hommes se plairont et que le futur président acceptera de faire figurer sa critique en postface des rééditions de *La bête à bon Dieu*. Outre les prestigieuses parentés littéraires qu'il découvre à Pascal avec Marcel Aymé et Albert Cohen, il fait de Jean Jardin un très juste portrait : « ... avec ses grâces capricieuses, ses colères et ses mélancolies, son génie de paraître sans s'imposer et s'imposer sans paraître, sa culture à tout va, sa fureur d'être sur fond d'indifférence, cet homme de premier plan installé au second, qui retrouvait par le conseil le pouvoir perdu de la décision, ce père grave et désinvolte qui parlait à son petit garçon des affaires publiques comme s'ils sortaient ensemble du conseil des ministres, créait le merveilleux. »

Jean Jardin aurait été également étonné d'apprendre que l'Académie française, une compagnie qui a tout de même fini par élire en 1968 Paul Morand, a accordé son grand prix du roman 1978 à Pascal Jardin pour *Le Nain jaune*. Mais après mûre réflexion, elle ne le lui a donné qu'à moitié, ex aequo avec un autre roman à caractère autobiographique (*Une mère russe* d'Alain Bosquet). C'est qu'entre la lecture du *Nain jaune* et la remise du prix, l'interview accordée à Philippe Ganier-Raymond, un collaborateur de *L'Express*, par Darquier de Pellepoix, ancien commissaire aux questions juives sous Vichy, fier de l'avoir été, non repenti et prêt à recommencer, fait scandale et que nombre d'immortels se sont quelque peu ravisés, jugeant inopportune la célébration d'un livre à la gloire de l'ancien bras droit de Laval et voulant éviter à tout prix que dans ce contexte chargé, les gens du quai Conti prêtent le flanc à de méchantes accusations. Charles Gombault, l'ancien directeur de *France-Soir*, laisse éclater sa colère dans un « point de vue » publié par *Le Monde* : « (...) alors l'agacement vous prend et l'on voudrait à ces censeurs demander : existe-t-il en vérité un héritage de la honte, des délits, des crimes ou des fautes et un impôt posthume d'infamie ? Ou bien faut-il que Pascal Jardin se repente d'avoir aimé son père et d'avoir du talent [16] ? »

Paris, le premier jour de novembre 1976.
L'hôtel La Pérouse. C'est peu dire que Jean Jardin y

a ses habitudes. Il y est chez lui. On porte ses bagages dans une lourde Cadillac noire de location qui s'apprête à démarrer. Le concierge ouvre la portière au petit homme soucieux, plus voûté qu'à l'accoutumée, les traits tirés, une certaine anxiété dans le ton et le regard.

« Au revoir, Monsieur Jardin.

— Au revoir, Albert... »

On ne quitte pas le quartier. Direction : « Taillevent », sis dans l'ancien hôtel du duc de Morny. Vestiaire, l'escalier monumental, les boiseries caramel, le ballet des garçons qui le saluent, quelques hochements de tête aux personnalités de la salle et toujours la même table.

— « Comme d'habitude, monsieur Jardin ?

— Comme d'habitude... »

Ce pourrait être un jour comme un autre dans la vie de Jean Jardin. A ceci près qu'aujourd'hui il tient particulièrement à goûter le charme de ces endroits privilégiés. Ce mardi-là, sur son agenda, il a inscrit non pas le nom d'un important homme d'affaires ou d'un ancien ministre mais : « Clinique Neuilly, opération Pr Lortat-Jacob. » Une opération qui ne lui dit rien de bon.

« C'est quand même un comble, on va m'opérer le jour des morts ! » lâche-t-il à table.

A la clinique, il n'est pas plus rassuré. Il a une appréhension, un pressentiment même.

« Je suis inquiet, je n'ai pas confiance... J'ai bien envie de foutre le camp », confie-t-il à un ami venu le visiter.

A son fils Pascal, il écrit : « au seuil d'une vie à la fois brillante et ratée... »

Cancer du rectum. Septicémie. Trop tard...

En quittant ce monde, Jean Jardin, le nostalgique des vieux trains de rêve et l'ambassadeur du métro de l'an 2000, aura raté un spectacle qui l'aurait étonné, dépaysé, révolté : les panneaux à quartz indiquant les horaires des trains, l'escalator menant directement au quai où l'on se retrouve, sans étapes magiques ni rituels ferroviaires, nez à nez avec la gueule fuselée du TGV Paris-Lausanne. Adieu Pullman, Orient-Express, fumées romantiques ! Il n'aurait pas aimé ça, lui qui s'obstinait à dire voiture et non wagon, qui avait le privilège de s'installer au restaurant avant le départ et de voyager dans le compartiment du milieu — pas sur les roues ! — réservé aux dirigeants de la SNCF.

Novembre 1976. Le jour de ses obsèques à l'église Sainte-Clotilde, à l'issue d'une messe en latin, dite par le père Louis Fougerousse (aumônier de la 2e D.B. pendant la guerre !) on distinguait à la sortie des ministres et des ambassadeurs, des députés et des conseillers, des hommes d'affaires et des P-DG, des présidents du Conseil et des banquiers, des écrivains et des comédiens. Un certain nombre d'obligés et surtout beaucoup d'amis. Des vrais, ceux de toujours.

Un peu à l'écart, intimidés, il y avait deux hommes en costume du dimanche, gênés dans leurs gestes, impuissants à réprimer leurs larmes et leur chagrin. Au moment des condoléances, ils dirent simplement à la famille : « On l'aimait bien, Monsieur Jardin. » Ils ne voulurent pas se faire connaître ni signer le registre. Ils n'osaient pas. Ce n'étaient pas des grands de ce monde, ni des puissants d'un autre temps mais des gens simples dont Jean Jardin, dit Hortus, dit le Nain jaune, dit l'homme de l'ombre, dit l'éminence grise, Jardin le cheminot aurait goûté la présence plus que toute autre.

C'étaient deux porteurs de la gare de Lyon.

REMERCIEMENTS

Ce livre n'aurait pu être écrit sans l'aide bienveillante de témoins, d'acteurs ou d'observateurs de cette époque qui m'ont reçu à plusieurs reprises. Certains ont accepté de témoigner à condition que je respecte leur anonymat et que je crédite leurs propos du label « sources privées ». D'autres m'ont montré ou confié leurs papiers personnels à condition que je n'en précise pas l'origine, les présentant comme des « archives privées ». Dont acte. Qu'ils en soient remerciés. Propos ou documents, chacun y reconnaîtra les siens...

Je tiens tout d'abord à exprimer ma reconnaissance à la famille Jardin pour l'élégance, la chaleur et l'intérêt avec lesquels elle a accueilli et favorisé mon projet. A Vevey, Mme Jean Jardin tout d'abord, qui a tenté de me communiquer ce qui fait cruellement défaut à beaucoup de livres à caractère historique : l'atmosphère, l'air du temps, la couleur... Simon Jardin et Zouzou m'ont fait utilement profiter de leur mémoire et de leur jugement. A Paris, Stéphane, Alexandre et Frédéric Jardin ainsi que François Hauter m'ont donné une juste et belle idée de ce qu'est et de ce que fut la « famille Jardin ».

Ce livre doit beaucoup à l'amitié et la complicité de

Gabriel Jardin. A celles, également précieuses, de Pierre Boncenne et de Stéphane Khémis.

Je tiens à remercier également :

Mesdames,

J. Becquaert, Suzanne Bidault, Suzanne Boutemy, J. Dries, Hélène Dulac, J. Lucius, Denise Mayer, V. Sokolowski, Marie-France Toinet, Chantal de Tourtier-Bonazzi.

Messieurs,

Raymond Abellio, Remi Baudoui, Jacques Bloch Morhange, Philippe Boegner, Jacques de Bourbon Busset, Daniel Bourgeois, Régis de Courten, Jean-Daniel Candaux, René de Chambrun, Jean-Pierre Chuard, Maurice Couve de Murville, Louis Curchod, Michel Debré, Jean-Noël Delétang, Henry Dhavernas, Jacques Eisenmann, Jacques Fauvet, Jean Favier, Jean Ferniot, Jean Filippi, Pierre Francfort, Yves Gautier, Philippe Gaxotte, Louis-Dominique Girard, André Guénier, Jean Guerrand, Claude Harmel, Jean Hutter, Claude Imbert, Jacques Isorni, Yves-Frédéric Jaffré, Jean-Noël Jeanneney, Michel Jobert, Bertrand de Jouvenel, H.U. Jost, Fred Kupferman, André Lavagne, Bernard Lefort, Paul Leroy-Beaulieu, Jacques Le Roy Ladurie, Jacques Lucius, Pascal Mercier, Wolfgang Mettmann, Roger Mouton, Pierre de Muralt, Pierre Ordioni, François Périer, Antoine Pinay, Pierre Planchet, George Prade, Paul Racine, Philippe Robrieux, Ambroise Roux, Gilbert Salem, Vladimir Sokolowski, Jean-Marie Soutou, Jean Taittinger, Albert Veyrerias, Michel Villot, Henri Yrissou.

Sans les encouragements d'Angela, ma femme, ce livre ne serait pas. Enfin, je tiens à exprimer ma gratitude à nos filles, Meryl (3 ans) pour n'avoir pas colorié la totalité du manuscrit original, et Kate (9 mois) pour avoir finalement renoncé à le disperser aux quatre vents.

NOTES, SOURCES ET BIBLIOGRAPHIE

I. LE MONDE D'AVANT QUATORZE (1904-1918)

1. Ce récit des années bernayennes est basé sur les témoignages de la famille Jardin (Vevey) et de Mme Hélène Dulac, née Jardin (Évreux).

II. A NOUS DEUX PARIS (1919-1928)

1. Pierre Rain, *L'école libre des sciences politiques*, p. 14, PFNSP, 1963.
2. Nathalie Carré de Mahlberg, « Le recrutement des inspecteurs des finances de 1892 à 1946 », *Vingtième siècle*, revue d'histoire, n° 8, décembre 1985.
3. Archives privées.
4. Témoignage de Pierre Francfort à l'auteur.
5. Archives privées.
6. Lettre de Jean Jardin à Pierre Francfort, le 18 février 1932. Archives P. Francfort.
7. Paul Morand, *Mon plaisir en littérature*, Gallimard, 1967.
8. Roger Nimier, *L'élève d'Aristote*, p. 216, Gallimard, 1981.
9. Lettre de Jean Jardin à Dries, juin-juillet 1929. Archives Dries.
10. Témoignage de René de Chambrun à l'auteur.
11. Témoignage Francfort, cit.
12. Lettre de Jean Jardin à Pierre Francfort, cit.

III. L'ENVOL (1929-1940)

1. Lettre de Jean Jardin à Dries, 1930. Archives Mme Dries.
2. Jean Touchard, « L'esprit des années 30 », in *Tendances politiques de la vie française depuis 1789*, Hachette, 1960.

3. Jean-Louis Loubet del Bayle, *Les non-conformistes des années 30*, Seuil, 1969.

4. Henri Dubief, *Le déclin de la IIIe République 1929-1938*, p. 60, Seuil, Points-Histoire, 1976.

5. *Idem*, pp. 64-65.

6. André Siegfried, *Tableau des partis en France*, p. 57, Grasset, 1930.

7. Pierre Ordioni, *Tout commence à Alger 1940-1944*, Stock, 1972.

8. Loubet del Bayle, *op. cit.*, p. 82.

9. Alexandre Marc, *Arts*, 4-10 avril 1956, cité par Loubet del Bayle, *op. cit.*, p. 82.

10. Robert Aron, *Fragments d'une vie*, pp. 104-105, Plon, 1981.

11. *Idem*, p. 108.

12. *Idem*, p. 104.

13. *L'Ordre Nouveau*, n° 8, février 1934.

14. Aron, *op. cit.*, pp. 114-115.

15. Témoignage de Jacques Lucius (gendre de Raoul Dautry) à l'auteur.

16. Lettre de Raoul Dautry de 1942.

17. Ce passage sur Raoul Dautry doit beaucoup aux travaux de Rémi Baudoui : sa thèse de IIIe cycle *Planification territoriale et reconstruction 1940-1946*, Paris XIII, 1984, et sa thèse en cours, *La naissance d'un expert technique, Raoul Dautry*, Institut d'Études politiques.

18. Témoignages de Jacques Eisenmann, Jacques Lucius, Georges Prade.

19. Curriculum vitae de Jean Jardin. Archives privées.

20. Sources et archives privées.

21. Pascal Jardin, *Le Nain jaune*, pp. 114 et 19, Julliard, 1978.

22. *Idem*, pp. 13-14.

23. *Idem*, p. 51.

24. Dubief, *op. cit.*, pp. 67-78.

25. Eugen Weber, *L'Action Française*, p. 375, Fayard, 1985.

26. Jean Jardin, « Capitalisme et propriété », in *La Revue Française*, 25 avril 1933, n° 4, 28e année.

27. Dominique Ardouint, « Guerre civile ou révolution » in *L'Ordre Nouveau*, 1934.

28. Aline Coutrot, *Un courant de la pensée catholique : l'hebdomadaire « Sept »*, Cerf, 1961.

29. Robert Brasillach, *Notre avant-guerre*, p. 225, Plon, 1941.

30. Jean Dasté, *Voyage d'un comédien*, pp. 28, 31, Stock, 1977.

31. Lettre de Jean Jardin à Dries, le 31 décembre 1935. Archives Dries.

32. Philippe Bauchard, *Les technocrates et le pouvoir*, Arthaud, 1966.

33. Lettre de Jean Jardin à Robert Aron, 23 avril 1970. Archives privées.

34. Gérard Brun, *Techniciens et technocrates en France 1914-1945*, Albatros, 1985.

Richard F. Kuisel, *Le capitalisme et l'État en France. Modernisme et dirigisme au XXe siècle*, Gallimard, 1984.

35. Emmanuel Le Roy Ladurie, *Paris-Montpellier PC-PSU 1945-1963*, p. 31, Gallimard, 1982.

36. Philippe Magne in *Curieux* (Journal de Neuchâtel), 25 mai 1944.

37. Pierre Drieu La Rochelle, *Fragments de mémoires*, pp. 77 et sq, Gallimard, 1982.

38. Georges Lefranc, *Les organisations patronales en France*, p. 255, Payot, 1976.

39. Magne, art. cit.

40. Lettre de Jean Jardin à Pierre Dominique, 2 novembre 1967. Archives privées.

41. Auguste Detœuf, *Pages retrouvées*, Éditions du Tambourinaire, 1956.

42. Magne, art. cit.

43. *Le Nain jaune*, op. cit., p. 93.

44. René Mayer, *Études, témoignages, documents*, réunis et présentés par Denise Mayer, pp. 49-61, PUF, 1983.

— Kuisel, *op. cit.*, p. 220.

— Claude Paillat, *Dossiers secrets de la France contemporaine*, t. 3, *La guerre à l'horizon*, pp. 330-333, Laffont, 1981.

45. Témoignage de Jean Filippi à l'auteur.

46. *Nouveaux Cahiers*, 1-15 octobre 1938.

47. Loubet del Bayle, *op. cit.*, pp. 112-113.

48. Alfred Mallet, *Pierre Laval*, t. II, p. 89, Amiot-Dumont, 1954.

49. Témoignage Lucius, cit.

50. Témoignage Francfort, cit.

51. François Fonvieille-Alquier, *Les Français pendant la drôle de guerre*, Robert Laffont.

52. André Beucler, *Les instants de Giraudoux*, Le Milieu du Monde, Genève, 1948.

53. Sources privées.

54. *La guerre à neuf ans*, op. cit., pp. 33 et sq.

55. Idem.

56. Fresnay et Possot, *Pierre Fresnay*, pp. 122-123, La Table ronde, 1975.

— Archives privées.

57. André Beucler, *De Saint-Pétersbourg à Saint-Germain-des-Prés*, Gallimard, 1980.

58. Jean-Pierre Azéma, *De Munich à la Libération 1938-1944*, Points Seuil, 1979, p. 51.

59. François Garçon, *De Blum à Pétain, cinéma et société française*, Le Cerf, 1984.

60. Lettre de Jean Jardin à Dries le 22 juillet 1940. Archives Dries.

61. Pierre Ordioni, *op. cit.*

62. Lettre de Jean Jardin à Pierre Ordioni, 13 août 1967, archives privées.

63. Jacques Benoist-Méchin, *De la défaite au désastre*, *Mémoires*, t. I, p. 135, Albin Michel, 1984.

64. *Idem*, p. 383.

65. Note de Jean Jardin destinée à ses Mémoires, rédigée le 27 septembre 1966. Archives privées.

IV. MONSIEUR LE MINISTRE (1940-1942)

1. Marcel Déat, *Journal*, janvier 1941, microfilm n° 1, p. 226. Archives Nationales F 7 15 342.

2. Distinction établie par Stanley Hoffmann in *Essais sur la France : déclin ou renouveau ?*, pp. 42, 60 et 61, Seuil, 1974.

3. Henry Rousso, *Les élites économiques dans les années quarante*, IHTP École Française de Rome, MEFRM, t. 95, 1983-2.

4. Témoignage de Mme Dulac.

5. Archives nationales.
— Journal Officiel.
— *A selected who's who in Vichy France*, OSS, 1944. Archives IHTP.

6. *Quarante ans de cabinets ministériels de Léon Blum à Georges Pompidou*, pp. 164-165, ouvrage collectif, FNSP, 1982.

7. Témoignage Filippi, cit.

8. Lettre de Jean Jardin à Dries, le 17 octobre 1941. Archives Dries.

9. Note du 24 février 1941. Archives Nationales 74 AP 5 (procès Bouthillier).

10. *Idem*.

11. *Idem*.

12. *Who's who in Vichy France*, op. cit.

13. Alfred Sauvy, *De Reynaud à de Gaulle*, p. 141, Casterman, 1972.

14. Dominique Ardouint et Alexandre Marc, « Libération de la propriété » in *L'Ordre Nouveau*, n° 16, 15 décembre 1934.

15. Notes sur la réforme des sociétés anonymes. Archives nationales, 74 AP 5.

16. *Idem*.

17. *Idem*.

18. Déat, *op. cit.*, p. 293.

19. Témoignage Filippi, cit.
— Témoignage d'André Guénier à l'auteur.

20. Marcel Gauchet, « Le démon du soupçon », entretien sur le complot, in *L'Histoire*, n° 84, décembre 1985.

21. Déat, *op. cit.*, p. 226.

22. Henri Du Moulin de Labarthète, *Le temps des illusions*, p. 347, Le cheval ailé, Genève, 1947.

23. Témoignage de Raymond Abellio à l'auteur.

24. Déat, *op. cit.* Microfilm n° 2, p. 14.
25. Claude Varennes (Georges Albertini), *Le destin de Marcel Déat*, p. 140, Janmaray, 1948.
26. *Idem.*
27. Rapport Chavin. Archives nationales 468 AP 32.
28. *L'Appel*, 21 août 1941.
29. Yves Bouthillier, *Le drame de Vichy*, t. II, p. 276, Plon, 1951.
30. Richard Kuisel, « The legend of Vichy synarchy » in *French Historical studies*, vol. 6, n° 3, Spring, 1970, pp. 230-241.
— Jean-Noël Jeanneney, *L'argent caché. Milieux d'affaires et pouvoirs politiques dans la France du XXe siècle*, pp. 231-241, Points-Histoire, 1984.
— Henry Coston, *Les financiers qui mènent le monde*, pp. 93-105. La Librairie Française, 1955.
— Roger Mennevée, *Documents politiques, diplomatiques et financiers*, (mensuel), 1947.
— Annette Jean-Coutrot, « Autour de la synarchie » in *La France intérieure*, 1945.
— Du Moulin de Labarthète, *op. cit.*, pp. 331-368.
31. Drieu La Rochelle, *op. cit.*, p. 84.
32. Archives nationales 468 AP 33, dossier JC 33 Dr 4 « Notes de la Gestapo ».
33. Archives nationales 3 W 182 dossier 10 (procès Gibrat).
34. Témoignage Filippi, cit.
35. *Journal Officiel*, 27 et 28 avril 1942.
36. Archives nationales 3 W 182 (procès Gubrat).
37. Témoignage de Jacques Le Roy Ladurie à l'auteur.
38. Témoignage Filippi, cit.
39. Aron, *op. cit.*, p. 174.

V. AU PLUS PRÈS DU SOLEIL (1942-1943)

1. Témoignage de René de Chambrun à l'auteur (il était présent pendant la conversation téléphonique).
2. Arrêté du 6 mai 1942, *Journal Officiel* du 13 mai 1942.
3. Déposition de Jean Jardin au procès Guérard, archives cit.
4-5. Déposition Canavaggio, *idem.*
— Témoignage Guénier, cit.
— Témoignage de Jean Jardin à Jean-Raymond Tournoux, in *Pétain et la France*, p. 547, Plon, 1980.
6. Article de Lyonnel in *L'Ordre Nouveau*, 15 décembre 1934, n° 16.
7. Mallet, t. II, pp. 59-60.
— Témoignage Chambrun, cit.
8. Témoignage Chambrun, cit.

9. Témoignage de Paul Racine à l'auteur. M. Racine était chargé de mission au cabinet du maréchal Pétain (1941-1944).

10. Témoignage d'André Lavagne à l'auteur. M. Lavagne était chef de cabinet civil du maréchal Pétain de 1941 à 1943.

11. Mallet, *op. cit.*

12. Déposition Canavaggio, cit.

13. Aldous Huxley, *L'éminence grise*, traduction de Brigitte Veraldi, Folio-Gallimard, 1980.

14-16. *Idem*, pp. 155-156.

17. Procès Guérard. Procès-verbal de l'interrogatoire du 18 octobre 1955. Archives nationales 3 W 187.

18. *Quarante ans de cabinets ministériels*, op. cit., p. 162.

19. *Idem*, p. 163.

20. Mallet, p. 23, *op. cit.*

21. Jacques Guérard, *Schéma de mon emploi du temps comme secrétaire général du gouvernement*. Rédigé le 27 novembre 1956. Dossier d'instruction du procès Guérard, cit.

22. Julien Clermont (Georges Hilaire) *L'homme qu'il fallait tuer : Pierre Laval*, pp. 121-122, Les actes des apôtres, 1949.

23. Témoignage de Mme Jardin à l'auteur.

24. Arrêté du 5 septembre 1942.

25. Témoignage Guérier, cit.

26. Archives privées.

27. Jeanneney, p. 287, *op. cit.*

28. Du Moulin de Labarthète, pp. 297-299, *op. cit.*

29. Simon Arbellot, « La presse française sous la francisque ». Hors série, *Écho de la presse et de la publicité*, 1952.

— *Procès de Maurras et Pujo devant la cour de justice du Rhône*, p. 188, Vérités Françaises, 1945.

30. Du Moulin de Labarthète, p. 178.

31. France-Presses-Action, 24 septembre 1962, cité par Henry Coston in *Dictionnaire de la politique française*, pp. 442-445, chez l'auteur, 1967.

— André Lang, *Pierre Brisson*, Calmann-Lévy, 1967.

32. Témoignage de Raymond Abellio à l'auteur.

33. Déat, *op. cit.*, 4 octobre 1942.

34. Témoignage d'Henri Yrissou à l'auteur.

35. Procès Guérard, cit.

36. Huxley, pp. 218-220, *op. cit.*

37. Clermont, pp. 260 et sq., *op. cit.*

38. *Idem.*

— Mallet, p. 11, *op. cit.*

39. Clermont, p. 261, *op. cit.*

40. *Idem.*

41. Mallet, p. 11, déposition de Charles Rochat.

42. Lettre de Raoul Dautry à Jules Antonini, le 19 novembre 1943. Archives Nationales 307 AP 22.

43. Correspondance de Dautry, recueillie et annotée par Rémi Baudoui, p. 136.
44. *Idem.*
45. Sources privées.
— Ordioni, p. 351, *op. cit.*
46. Lettre de Raoul Dautry à Jean Jardin, le 11 juillet 1942. Archives Nationales 307 AP 22.
47. Lettre de Raoul Dautry à Jean Jardin, le 28 juillet 1942. Archives Nationales 307 AP 22.
48. Ordioni, *op. cit.*, p. 343.
49. Témoignage de Jean Guerrand à l'auteur.
50. *Idem.*
51. Témoignage de Paul Leroy-Beaulieu à l'auteur.
52. Lettre de Jean Jardin à Jacques Baraduc, le 9 octobre 1945. Archives privées.
— Procès Guérard, cit.
53. Emmanuel Berl, *Essais* et biographie de Berl par Bernard Morlino, Julliard, 1985.
54. Robert Aron, *Fragments d'une vie*, Plon, 1981.
55. *Idem*, pp. 161-162.
56. Déposition de Jean Jardin, procès de Jacques Guérard, cit.
57. Lettre de Jean Jardin à Mme de Chambrun, le 22 août 1967, Fondation Hoover, document n° 359.
— Serge Klarsfeld, *Vichy-Auschwitz*, pp. 192, 491, Fayard, 1983.
58. Huxley, p. 163, *op. cit.*
59. Général Bridoux, *Souvenirs de Vichy*. Archives Nationales, entrée AP 3092.
60. Aron, *op. cit.*, pp. 176 et sq.
61. *Idem.*
62. Clermont, pp. 43-45, *op. cit.*
63. *Idem.*
64. Aron, p. 179.
65. *Idem*, p. 180.
66. *Idem.* 181.
67. Mallet, p. 101, *op. cit.*,
68. Lettre de Jean Jardin à Jacques Baraduc, cit.
69. Jacques de Fouchier, *Le goût de l'improbable*, pp. 153, 154, Fayard, 1984.
70. Aron, *op. cit.*, p. 182.
71. Fouchier, *op. cit.*, pp. 126, 127.
72. Témoignage de Jacques de Bourbon Busset à l'auteur.
73. Aron, p. 183, *op. cit.*
74. Témoignage Racine, cit.
75. Rémy, *Dix ans avec de Gaulle 1940-1950*, p. 349, France-Empire, 1971.
76. Déposition Jardin, procès Guérard, cit.
77. *Idem.*

78. Diverses sources privées.

79. Sur cet épisode Carco, lettre de Jean Jardin au directeur de la *Tribune de Lausanne*, le 4 février 1957. Archives privées.

80. Tout ce qui concerne l'épisode Breitbach m'a été fourni par son biographe Wolfgang Mettmann (Munich). Lettre à l'auteur, le 13 janvier 1986.

81. Lettre de Jean Jardin à Jean-François Brion, le 8 mai 1843. Archives Mettmann.

82. Déposition Berl, procès Guérard, cit.

83. Maurice Barthélémy, « La carrière de Jean Giraudoux », in *Cahiers Jean Giraudoux* 13, pp. 35-36, Grasset, 1984.

84. Clermont, p. 291.

85. Bridoux, *op. cit.*

86. Maurice Martin du Gard, *La chronique de Vichy*, p. 259, Flammarion, 1975.

87. Bertram Gordon, « Un soldat du fascisme : l'évolution politique de Joseph Darnand » in *Revue d'histoire de la Deuxième Guerre mondiale*, n° 108, octobre 1977.

88. Klarsfeld, p. 481, *op. cit.*

— Instruction d'intelligences avec l'ennemi, CDJC, direction des R.G., juin 1946.

89. Sources privées.

90. Mallet, p. 89, *op. cit.*

91. Claude Gounelle, *Le dossier Laval*, pp. 472-473, Plon, 1969.

92. Gabriel Jeantet, *Pétain contre Hitler*, pp. 52, 120, 121, La Table ronde, 1966.

93. Martin du Gard, p. 240, *op. cit.*

94. Mallet, *op. cit.*, pp. 59-60.

95. *Pour mémoire...* Brochure éditée par l'Association des amis de La Rocque, p. 17, Paris, avril 1985.

96. Déat, *op. cit.*, le 15 avril 1942.

97. Archives fédérales, Berne 2001(E) 1 carton 34.

98. Note dictée par Pilet-Golaz pour M. Bonna, chef de la division des Affaires étrangères (8 décembre 1942) et réponse (9 décembre 1942). Archives fédérales, Berne 2001 (D) 3 carton 268.

99. Témoignage de Louis-Dominique Girard à l'auteur.

— Jeantet, *op. cit.*, p. 121.

100. Nerin Gun, *Les secrets des archives américaines. Pétain, Laval, de Gaulle*, p. 265, Albin Michel, 1979.

101. Lettre de Jean Jardin à un ami, le 20 septembre 1944. Archives privées.

102. *Idem.*

103. *Idem.*

104. Note-lettre de Jean Jardin, le 27 septembre 1966 destinée à ses Mémoires. Archives privées.

VI. BERNE, NID D'ESPIONS (1943-1944)

1. Archives fédérales, Berne. 2001 (E) 1 carton 34.
2. Archives fédérales, Berne. Entretiens Pilet-Golaz 2809-1 carton 2.
3. Archives fédérales, Berne. 2001 (E) 1 carton 34.
4. .Du Moulin de Labarthète, *op. cit.*, p 179.
5. Lettre de Du Moulin De Labarthète à Pétain, le 3 décembre 1943. Archives fédérales, Berne, carton 34.
6. Sources privées.
7. Notes de Jean Jardin pour des mémoires futurs. Archives privées.
8. Archives du Quai d'Orsay, Vichy-Europe, Vol. 774.
9. Archives privées.
10. Mallet, p. 19.
11. Jeantet, *op. cit.*
— Tournoux *op. cit.*, pp. 498-499.
12. Jeantet, *op. cit.*, pp. 144-145.
— Mallet, *op. cit.*, p. 20.
13. Jeantet, p. 128.
14. *Idem.*
15. Sources privées.
— Jeantet, *op. cit.*, pp. 120-135.
16. Sources privées.
— Lettre de Jean Jardin à Pierre de Bénouville, le 25 mai 1959. Archives privées.
17. Gérard Lévêque, *La Suisse et la France gaulliste 1943-1945*, pp. 54-55, chez l'auteur, Genève, 1979.
18. Lévêque, *op. cit.*, p. 55.
— Henri Michel, « Une page de la résistance française écrite en Suisse », in *Cinq siècles de relations franco-suisses*, pp. 296-297, La Baconnière, Neuchâtel, 1984.
19. Colonel Groussard, *Service secret 1940-1945*, La Table ronde, 1964.
20. Témoignage de Jean-Marie Soutou à l'auteur.
21. Lettre de Jean Jardin à Jean-Marie Soutou, le 5 octobre 1944. Archives privées.
— Témoignage de Jean Jardin sur l'action du 2e Bureau, décembre 1954. Archives privées de la fondation Hoover, Fonds Chambrun. N° 244.
— Lettre de Jean Jardin à un ami, le 20 septembre 1944. Archives privées.
22. Témoignage Jardin, 2e Bureau, cit.
23. Lettre de Jean Jardin à J-M. Soutou, cit.
24. Témoignage Soutou, cit.

25. Lettre d'Alexandre Marc à Jean Jardin, le 10 octobre 1944. Archives privées.

26. Lettre de J. Jardin à J.-M. Soutou, cit.

27. Lévêque, *op. cit.*, pp. 54-55.

28. Lettre de M. Neyrac, à J. Jardin, le 14 avril 1949. Archives privées.

29. Lettre de J. Jardin à J.-M. Soutou, cit.

30. *Idem.*

31. Lettre de Jean Jardin à Laval, le 25 mai 1944. Archives du Quai d'Orsay. Fonds Vichy Zn 294 I.

32. Lettre de Pierre de Leusse à René Massigli, le 20 mars 1944. Archives du Quai d'Orsay. Z Europe 44 149, Vol. 31.

33. Archives du Quai d'Orsay. Vichy-Europe Z 730.

34. Martin du Gard, *op. cit.*

35. *A selected who's who*, op. cit.

36. Archives privées.

37. Henri Navarre, *Le temps des vérités*, p. 218.

38. Lettre de L. S. (ancien diplomate à l'ambassade de Berne et agent du service Pourchot) à Jean Jardin, le 14 mai 1949. Archives privées.

39. Navarre, *op. cit.*, pp. 218-219.

40. Brouillon de lettre « secrète » de Jean Jardin à Georges Bidault, le 15 octobre 1944. Archives privées.

41. Lettre de Pierre de Leusse à un ambassadeur, le 21 février 1944. Archives du Quai d'Orsay, Z Europe 1944-1959, Vol. 31.

42. Lettre de Jean Jardin à Georges Bidault, cit.

43. Sources privées.

44. Ginette Guitard-Auviste, *Paul Morand*, pp. 231-233, Hachette, 1981.

45. Lettre de Jean Jardin à Pierre Laval, le 21 avril 1944. Archives privées.

46. *La guerre à neuf ans*, op. cit., p. 113.

47. Lettre de Jean Jardin à Pierre Laval, le 21 avril 1944, cit.

48. Archives fédérales, Berne, Carton 34.

49. Lettre de Pilet-Golaz à Walter Stucki, le 2 juin 1944. Archives fédérales, Carton 34.

50. Télégramme chiffré de Jean Jardin à Vichy, le 6 juillet 1944. Archives privées. Voir également aux Archives du Quai d'Orsay Vichy-Europe 730 W.

51. Sources privées.

52. Archives Nationales, 3 W 210 Dossier III I A4 Scellé 17.

53. Télégramme 161 du 19 juin 1944, Archives fédérales, Berne, Carton 34.

54. Archives privées.

55. Edgar Bonjour, *Histoire de la neutralité suisse*, Neuchâtel, La Baconnière, six volumes, p. 320.

56. *Le Démocrate*, 27 juillet 1944.

57. *La Revue*, 26 juillet 1944.
58. Lettres de créance, Vichy le 16 juillet 1944, Archives fédérales, Berne.
59. Lettre au Département politique fédéral, le 26 juillet 1944. Archives Berne, Carton 34.
60. Lettre au Département politique fédéral, le 2 août 1944. Archives fédérales de Berne, Carton 34.
61. Archives nationales 3 W 210, dossier III I A3.
62. Note n° 9 de Jean Jardin, le 4 août 1944. Archives privées.
63. Note n°2, 6 juillet 1944, « document » original en un exemplaire consulté dans des archives privées.
64. Sources privées.
65. Lettre du ministre de Suisse en Roumanie à Pilet-Golaz, le 24 septembre 1943. Archives fédérales, Berne 2001 (D) 3 Carton 268.
66. *Idem* (lettre du 25 juillet 1944).
67. Rapport de police du 21 août 1944. Archives fédérales, Berne. Carton 268.
68. Lettre de Paul Morand à Pierre Laval, les 22 et 23 août 1944. Archives privées.
69. Lettre de Paul Morand à Pilet-Golaz. Archives fédérales, Berne, Carton 34.
70. Guitard-Auviste, *op. cit.*
71. Projet de lettre de Leusse à Frenay, le 15 juillet 1944. Archives privées.
72. Lettre de Jean Jardin à Jean-Marie Soutou, cit.
73. Témoignage Soutou, cit.
74. Lettre de Jean Jardin à un ami, le 20 septembre 1944, cit.
75. Sources privées.

VII. S'IL N'EN RESTE QU'UN... (1944)

1. *Guerre après guerre*, op. cit., p. 192.
2. Lettre de Jean Jardin à Robert Aron, le 14 mars 1967. Archives privées.
3. *Journal officiel* du 16 septembre 1944.
4. Lettre de Jean Jardin à Georges Bidault, le 12 août 1944. Archives privées.
5. Lettre du commandant Pourchot à Jean Jardin, le 30 août 1944. Archives privées.
6. Lettre de Jean Jardin à un ami, le 20 septembre 1944. Archives privées.
7. Lettre de Jean Jardin à Jean-Marie Soutou, le 5 octobre 1944. Archives privées.
8. Lettre-brouillon de Jean Jardin à Georges Bidault, le 15 octobre 1944. Archives privées.
9. Lettre de Jean Jardin à Robert Aron, 1950. Archives privées.

VIII. DE L'ÉPURATION À L'ABJURATION (1945)

1. Jean-Pierre Rioux, *La France de la IVe République*, t. I, p. 54, Seuil, 1980.
— Peter Novick, *L'épuration française 1944-1949*, Balland, 1985.
2. Lettre de De Gaulle à Robert Aron, le 3 janvier 1960, in de Gaulle *Lettres, notes et carnets*, p. 311, Plon, 1985.
3. Alfred Fabre-Luce, *Journal de l'Europe 1946-1947*, p. 104, Cheval ailé, Genève, 1947.
4. Déposition de Jean Jardin, procès Guérard, cit.
5. Témoignage Hélène Dulac, cit.
6. Georges Bonnet, *Dans la tourmente*, p. 273, Fayard, 1971.
7. Hoffmann, p. 64, *op. cit.*
8. Rousso, art. cit.
9. *Idem.*
10. Philip Williams, *La vie politique sous la IVe République*, Armand Colin, 1971.
— Hoffmann, p. 53, *op. cit.*
11. Sources privées.
12. Archives privées.
13. Lettre de Jean Jardin à Robert Aron (1950). Archives privées.
14. Projets de mémoires de Jean Jardin, manuscrit, 1945. Archives privées.
15. Lettre de Jean Jardin à Pierre de Bénouville, le 25 mai 1959. Archives privées.
— Lettre du CICR à l'auteur, le 30 août 1985 (après recherches de Françoise Perret dans les archives du comité).
16. Sources privées.
17. Dépositions écrites du colonel Paillole et du général Navarre, 6 et 11 avril 1983. Archives privées.
— « Enquête sur un historien condamné pour diffamation », in *L'Histoire*, n° 68, juin 1984.
18. Archives fédérales de Berne, 2001 (D) 3 carton 268.
19. Lettre le 27 février 1944, *idem.*
20. Bertrand de Jouvenel, *Un voyageur dans le siècle*, pp. 463-464, Robert Laffont, 1979.
21. *Idem.*
— Thèse de John Braun (Canada) sur Bertrand de Jouvenel.
22. Note Knecht, Berne le 25 janvier 1945, Archives fédérales 2001 (D) 3 carton 268.
23. François Gibault, *Céline II*, p. 339, Mercure de France, 1985.
24. Procès Guérard, cit.
25. Lettre de Bonna à Steiger le 26 octobre 1944, Carton 268, cit.
26. Notes de Baechtold les 4 et 13 juin 1945, Carton 268, cit.
27. Archives Berne, carton 34.

28. Archives Nationales 3 W 209. Dossier « reste de procédure Laval ».

29. *Idem.*

30. Archives fédérales, Berne, carton 268.

31. Robert Aron, *Histoire de Vichy*, p. 730, Fayard, 1954.

32. Lettre de Jean Jardin à Jacques Baraduc le 9 octobre 1945. Archives privées.

— Préface de Jean Jardin au livre de Jacques Baraduc, *Pierre Laval devant la mort*, Plon, 1975.

33. Témoignage de Me Yves-Frédéric Jaffré à l'auteur.

34. Article de *Combat* reproduit dans *La Suisse* du 15 octobre 1945.

35. Fred Kupferman, *Le procès de Vichy : Pucheu, Pétain, Laval*, Complexe, Bruxelles, 1980.

IX. LE CONSUL DES ÉMIGRÉS (1945-1947)

1. Lettre de Raoul Dautry à Jean Jardin, le 27 avril 1946, Archives nationales 307 AP 300.

2. Archives privées.

3. Notes personnelles de Jean Jardin, le 7 octobre 1946 et le 8 février 1947. Archives privées.

4. Sources privées.

5. Claude Delay, *Chanel solitaire*, pp. 184, 185, Gallimard, 1983.

6. Archives privées.

7. Témoignage Chambrun, cit.

8. Témoignage de Simon Jardin à l'auteur.

9. Témoignages de Roger Mouton et Henry Dhavernas à l'auteur.

10. Témoignage de Dhavernas, cit.

11. Lettre de Jean Jardin à Dries, le 13 juillet 1948, archives Dries.

12. Témoignage Mouton.

13. Lettre de Paul Morand à Constant Bourquin, le 11 octobre 1943. Archives privées.

14. Lettre de Constant Bourquin à Jean Jardin, le 5 juillet 1944. Archives privées.

15. Article de Constant Bourquin in *Le Cheval ailé* (bulletin périodique d'informations) n° 2, décembre 1947.

16. Article de Constant Bourquin in *Almanach du Cheval ailé*, Genève, 1947.

17. Témoignages de Louis Curchod et Pierre de Muralt, anciens collaborateurs du *Cheval ailé*, et de Constant Bourquin.

18. Témoignage Abellio, cit.

19. *Comment est né « Pierre Laval parle »*, document communiqué à l'auteur par Me René de Chambrun.

20. Lettre de Jean Jardin à Raymond Abellio, le 7 février 1950, fonds Abellio, Bibliothèque nationale.

21. Entretien de Pascal Jardin avec Bernard Pivot in *Lire* n° 39, novembre 1978.

22. *La guerre à neuf ans*, p. 127, *op. cit.*

23. Alfred Fabre-Luce, *Vingt-cinq années de liberté*, t. II, p. 254, Julliard, 1963.

24. Jean-François Fogel, *Morand-Express*, Grasset, 1980.

25. Robert Paxton, *La France de Vichy*, p. 269, Seuil, 1973.

26. Fogel, *op. cit.*, p. 218.

27. Lettre de la police des étrangers au Département de Justice et police le 28 juin 1948, Archives fédérales, Berne, Carton 34.

28. Témoignage de George Prade à l'auteur.

29. *Note n° 1 sur les Vichystes*, Vevey 12 septembre 1946, en réponse à l'article de *Ce soir*. Archives privées.

30. Témoignage écrit de Jean Jardin, le 1er février 1952, fonds Abellio, BN.

31. Procès Abellio, *idem*.

32. Témoignage Abellio, cit.

33. Bonnet, *op. cit.*, p. 273.

34. Témoignage Prade, cit.

35. Texte daté du 8 juillet 1947. Archives privées.

36. Témoignage Abellio, cit.

37. Témoignage Girard, cit.

38. Témoignage Prade, cit.

39. Enquête de Serge Lang in *Ce soir* des 24, 25, 26 et 28 août 1946.

40. *Note n° 1 sur les Vichystes*, cit.

41. Note de Jean Jardin à Walter Stucki, le 12 septembre 1946. Archives privées.

42. Lettre d'Henri Hoppenot le 20 mai 1946, lettre de Geoffroy de Courcel le 11 juin 1946. Archives du Quai d'Orsay, Z-Europe Suisse 1944-1949, Vol. 31.

43. « Les complots dans la République » in *L'Histoire* n° 84, décembre 1985.

— Maurice Guillaudot, *Criminels de paix*, Société des éditions coloniales et métropolitaines, 1948.

44. Lettre et rapport d'Henri Hoppenot le 19 janvier 1948. *A propos d'une ramification en Suisse des conjurés du Plan bleu*. Archives du Quai d'Orsay Z-Europe Suisse, 1944-1949, Vol. 31.

45. Archives privées.

X. LA IVe FRANCE (1947-1950)

1. Ken Auletta, *Une réussite sans frontières : Schlumberger et Jean Riboud*, p. 54, Mazarine, 1984.

2. Georgette Elgey, *La République des illusions 1945-1951*, pp. 365-372, Fayard, 1965.

3. Williams, *op.cit.*

4. Sirius, *Le suicide de la IVe République*, p. 89, Cerf, achevé d'imprimer juin 1958.
5. André Siegfried, *De la IVe à la Ve République*, p. 76, Grasset, 1958.
6. Williams, p. 715, *op. cit.*
7. François Fonvieille-Alquier, *Plaidoyer pour la IVe République*, Robert Laffont, 1976.
8. Paxton, pp. 313, 317, *op. cit.*
9. *Carrefour*, le 11 avril 1950.
10. De Gaulle, *Lettres, notes et carnets*, t. VI, p. 416.
11. *Aspects de la France*, le 28 mars 1952.
12. *Le Populaire*, le 5 juillet 1949.
13. *Journal Officiel* du 12 avril 1952 (séance du 11 avril 1952).

XI. LE SYSTÈME JARDIN (1950-1952)

1. Lettre de Jean Jardin à Dries, le 4 janvier 1951. Archives Dries.
2. Témoignage de François Périer à l'auteur.
3. *Idem.*
4. Lettre de Jean Jardin à Raymond Abellio le 31 mars 1950, fonds Abellio, BN.
5. Témoignage d'Albert Veyrerias à l'auteur.
6. Rémy, *Dix ans avec de Gaulle*, pp. 248, 249.
7. *L'entourage et de Gaulle*, ouvrage collectif présenté par Gilbert Pilleul, Plon 1979. Notamment le témoignage d'Étienne Burin des Roziers (pp. 101 et 359) et les analyses de Samy Cohen (pp. 87 et 92) et René Rémond (p. 35).
8. *Guerre après guerre*, p. 209, *op. cit.*
9. Témoignage de Jean-Claude Vrinat à l'auteur.
10. *Le Nain jaune*, p. 126, *op. cit.*
11. Témoignage Racine, cit.
12. Sources privées.
13. Procès Guérard, cit. Déposition du 18 janvier 1956. Lettre du 1er février 1952, fonds Abellio, BN.
14. Lettre de Jean Jardin à Dries, le 3 juin 1939. Archives Dries.
15. André Harris et Alain Sédouy, *Qui n'est pas de droite ?* Seuil, 1978.
16. Sources privées.
17. Sources privées.
— Biographie de Jacques Benoist-Méchin d'après interview le 13 juin 1941. Archives privées.
— Article nécrologique par Éric Roussel in *Le Monde* du 26 février 1983.
— Jacques Benoist-Méchin, *Un printemps arabe*, Albin Michel, 1959.
18. Sources privées.

19. Lettre de Jean Jardin à François Genoud, le 1ᵉʳ avril 1957. Archives privées.

20. Tous les éléments biographiques relatifs à Georges Boris sont de Marie-France Toinet, *Georges Boris 1888-1960. Un socialiste humaniste*, Thèse de doctorat inédite, FNSP, 1969.

21. Pierre Mendès France, *La vérité guidait leurs pas*, pp. 234, et sq, Gallimard, 1976.

22. Sauf mention contraire, tous les renseignements relatifs à Vladimir Sokolowski ont été recueillis par l'auteur au cours de nombreux entretiens avec lui en 1984-1985.

23. Témoignage Guénier, cit.

24. Aron, *Histoire de Vichy*, op. cit., p. 181.

25. Du Moulin De Labarthète, p. 86, *op. cit.*

26. Déat, *op. cit.*

27. Témoignage Guénier, cit.

28. Déat, *op. cit.*

29. Michel Junot, *L'illusion du bonheur*, p. 200. La Table ronde, 1981.

30. Clermont, pp. 198-200, *op. cit.*

31. Sources privées.

32. *Juvénal* du 1ᵉʳ décembre 1961.

— Pierre de Villemarest, *L'espionnage soviétique en France*, pp. 23 et 24, NEL, 1969.

33. Sources privées.

34. Georgette Elgey, *La République des illusions*, p. 515, Fayard, 1965.

35. *Idem*, p. 516.

36. « Qui est M. Boutemy ? » in *Bilans hebdomadaires*, n° 350, 13 février 1953.

37. Georges Villiers, *Témoignages*, p. 85, France-Empire, 1978.

38. Jean-Noël Jeanneney, « Hommes d'affaires au piquet. Le difficile intérim d'une représentation patronale, septembre 1944-janvier 1946 », in *Revue historique*, janvier-mars 1980.

39. Henry Ehrmann, *La politique du patronat français 1936-1955*, p. 99, Armand Colin, 1959.

40. Georges Lefranc, *Les organisations patronales en France*, Payot, 1976.

41. Villiers, *op. cit.*, pp. 121, 122.

42. Témoignage de Philippe Boegner à l'auteur.

— Philippe Boegner, *Oui, patron*, p. 202, Julliard, 1976.

43. Témoignage de Mme Boutemy à l'auteur.

44. D'après Jean Balensi, « L'ex-préfet Boutemy devenu conseiller du haut patronat a sauvé deux fois le cabinet actuel », in *Paris-Presse*, le 16 novembre 1947.

45. Jean-Noël Jeanneney, *François de Wendel en République*, Seuil, 1976.

46. *Journal officiel*, séance du 24 novembre 1948.

47. *Journal officiel*, du 24 novembre 1948.
48. Williams, p. 641.
49. Bernard Brizay, *Le patronat*, pp. 85, 86, Seuil, 1975.
50. Témoignage de Jacques Isorni à l'auteur.
— Jacques Isorni, *Ainsi passent les Républiques*, p. 10, Flammarion, 1959.
— Jacques Isorni, *Je hais ces impostures*, Robert Laffont, 1977.
51. Ehrmann; p. 196, *op. cit.*
52. Edgar Faure, I, p. 410, *op. cit.*
53. Varennes, *op. cit.*
54. Sources privées.
55. Jean-André Faucher, *L'agonie d'un régime*, p. 42, Atlantic, 1958.
56. Pour une biographie plus précise et plus détaillée voir « Georges Albertini, l'éminence grise de l'anticommunisme », in *L'Histoire*, n° 90, juin 1986.

XII. DANS L'OMBRE DE MONSIEUR TOUT-LE-MONDE (1952-1967)

1. René Sommer, « Paix et liberté. La IVe République contre le Parti communiste » in *L'Histoire*, n° 40, décembre 1981.
2. Jacques Julliard, *La IVe République*, p. 143, Livre de Poche-Pluriel.
3. Williams, p. 255, *op. cit.*
4. Témoignage d'Antoine Pinay à l'auteur.
5. André Stibio, *Antoine Pinay*, p. 23, Éditions du Journal du Parlement, 1956.
6. Témoignage Eisenmann, cit.
7. Témoignage Dhavernas, cit.
8. Sylvie Guillaume, *Antoine Pinay ou la confiance en politique*, pp. 13-15, PFNSP, 1984.
9. Stibio, p. 13, *op. cit.*
10. Guillaume, pp. 48, 49, *op. cit.*
11. Hoffmann, p. 39, *op. cit.*
12. Jacques Fauvet, *La IVe République*, p. 198, Fayard, 1959.
13. Faure, I, *op. cit.*, p. 256.
14. Témoignage Yrissou, cit.
15. Roger Duchet, *La République épinglée*, p. 39, Alain Moreau, 1975.
16. Guillaume, p. 28.
17. Témoignage Pinay, cit.
18. *Idem.*
19. Témoignage Yrissou, cit.
20. Thierry Wolton, *Le KGB en France*, Grasset, 1986. (Soko y est désigné sous un pseudonyme.)
21. Témoignage Soko, cit.
22. *Idem.*

23. *Idem.*
24. Guillaume, p. 130.
25. Rioux, II, *op. cit.*, pp. 13-14.
26. Faucher, p. 22, *op. cit.*
27. Témoignage de Jacques Fauvet à l'auteur.
28. Témoignage Yrissou, cit.
29. Villiers, pp. 176, 177, *op. cit.*
30. Duchet, pp. 50-51, *op. cit.*
31. Témoignage Fauvet, *op. cit.*
32. Elgey, p. 101, *op. cit.*
33. *Journal officiel* du 7 janvier 1953.
34. Vincent Auriol, *Mon septennat 1947-1954*, pp. 505-506, Gallimard, 1978.
— Vincent Auriol, *Journal du septennat*, t. VII, p. 38, Armand Colin, 1971.
35. Faure, pp. 412, *op. cit.*
36. *Ce soir*, 22 janvier 1953.
37. *Ce soir*, 28 janvier 1953.
38. *Ce soir*, 27 janvier 1953.
39. Agenda Jean Jardin. Archives privées.
40. Faure, *op. cit.*, p. 414.
— *Journal officiel.*
— *France-Soir* du 30 janvier 1953.
41. Auriol, *op. cit.*, p. 52.
42. Témoignage de Paul Ribeyre à l'auteur.
— *Journal Officiel*, 9-10 février 1953.
43. *Ce soir*, 10 février 1953.
44. *Le Monde*, 11 février 1953.
45. Témoignage d'Édouard Bonnefous à l'auteur.
46. Témoignage de Jean Ferniot, Bernard Lefort et Jacques Fauvet à l'auteur.
47. Jacques Bloch-Morhange, *Les politiciens*, p. 124, Fayard, 1961.
48. Témoignage de Roger Mouton à l'auteur.
49. Témoignage Boegner, cit.
— *Livre blanc du Temps de Paris*, mémoire manuscrit inédit de Philippe Boegner avec la collaboration d'Amy Bellot, juin 1956. Archives privées.
50. *Livre blanc*, *op. cit.*
51. Lettre de Georges Morisot à Philippe Boegner, le 3 novembre 1955. Archives privées.
52. *Le Temps de Paris.* État des engagements au 20 mars 1956. Archives privées.
53. Archives privées.
54. Sources privées.
55. *Idem.*
56. Jean-Noël Jeanneney, « Le Temps de Paris, Histoire d'un fiasco », in *L'Histoire* n° 4, septembre 1978.

57. *Journal officiel* du 3 juin 1956.
58. *Livre blanc*, op. cit.
59. *Idem.*
60. Archives privées.
61. Réunion du conseil d'administration du 28 juin et du 19 juillet 1956, Archives privées.
62. *L'Humanité*, 4 juillet 1956.
— *Le Populaire*, 4 juillet 1956.
— *Le Monde*, 5 juillet 1956.
— *La lettre de l'OFED*, 4 juillet 1956.
63. Témoignage Boegner, cit.
64. Philippe Boegner, *Presse, argent, liberté*, p. 46, Fayard, 1969.
65. Sources privées.
66. Claude Bellanger, Jacques Godechot, Pierre Guiral et Bernard Terrou, *Histoire générale de la presse française*, t. 4, pp. 429, 430, PUF, 1975.
67. Rémy, p. 249, *op. cit.*
68. Témoignage Veyrerias, cit.
69. Olivier Guichard, *Mon général*, Grasset, 1980.
70. Témoignage Veyrerias, cit.
71. Témoignage Dhavernas, cit.
72. Jean Lacouture, *De Gaulle*, Tome II, p. 335, Seuil, 1985.
73. Julliard, p. 12, *op. cit.*
74. *Idem.*
75. Sirius, p. 88, *op. cit.*
76. Rioux, p. 350, *op. cit.*
77. André Passeron, « Assez ! » in *Le Monde* du 23 mai 1986.
78. *Le Point* du 17 février 1986.
79. Guillaume, p. 196, *op. cit.*
80. Témoignage Pinay, cit.
81. *L'Histoire*, art. cit.
82. Témoignage Sokolowski, cit.
83. Bloch-Morhange, p. 124, *op. cit.*
84. Duchet, p. 267, *op. cit.*
85. *Idem.*, p. 28.
86. Lettre de René Mayer à André Boutemy, le 18 septembre 1957. *Archives nationales 363 AP 37.*
87. Témoignage Ferniot, cit.
88. Faure, I, *op. cit.*, p. 415.
89. Témoignage de Mme Boutemy, cit.

XIII. UN HOMME IMPORTANT (1968-1970)

1. Guichard, *op. cit.*, p. 241.
2. Documents, correspondances et notes personnelles diverses. Archives privées.

3. Témoignages, Dhavernas, Gautier, cit.

4. Antoine Pinay, *Un Français comme les autres*, entretiens avec Antoine Veil, p. 147, Belfond-Godefroy, 1984.

5. Lettre de Jean Jardin au secrétaire d'État aux Affaires économiques, le 5 décembre 1952. Archives privées.

6. Lettre de Jean Jardin à X, le 30 octobre 1962. Archives privées.

7. Diverses correspondances de Jean Jardin avec X, 1958-1961. Archives privées.

8. Lettre de Jean Jardin à Hubert Beuve-Méry, le 8 mai 1962. Archives privées.

9. *Le Nouvel Observateur* 1er septembre 1965.

10. *Le Nain jaune*, p. 58, *op. cit.*

11. Note de Jean Jardin pour le Premier ministre, le 26 novembre 1968. Archives privées.

12. Sources privées. Archives privées.

13. Sources privées.

14. *Idem.*

15. Archives privées.

XIV. UNE CONSÉCRATION INATTENDUE (1971-1976)

1. Sources privées.

2. Témoignage Gautier, cit.

3. Témoignage Imbert, cit.

4. Témoignage de Gabriel Jardin à l'auteur.

5. Lettre de Pascal Jardin à Raymond Abellio le 5 mars 1956, fonds Abellio, BN.

6. *Idem*, le 5 septembre 1978.

7. Entretien Jardin-Pivot, cit.

8. Témoignage Périer, cit.

9. François Nourissier, « Tel père, tel fils », in *Le Figaro-Magazine* du 28 juin 1980.

10. Entretien Jean-Pivot, cit.

11. *Le Monde*, du 10 septembre 1971.

12. *Revue d'histoire de la Deuxième Guerre mondiale*, n° 89, janvier 1973.

13. *Le Canard enchaîné*, 6 septembre 1978.

14. Voir notamment les entretiens de Pascal Jardin avec Pierrette Rosset (*Elle*, le 9 octobre 1978), Jérôme Garcin (*Les Nouvelles littéraires*, le 7 août 1980), et *Paris-Match*, le 13 octobre 1978.

— Articles de Michel Déon (*Le Journal du dimanche*, du 1er octobre 1978), Yves Salgues (*Le Journal du dimanche*, du 8 août 1980) et Gilles Rosset (*Le Quotidien de Paris*, du 1er juillet 1980).

15. Henry Coston, *Dictionnaire, op. cit.*, pp. 739-740.

16. *Le Monde*, 17 novembre 1978.

— *Le Monde*, 11 novembre 1978.

— *Minute*, 15 novembre 1978.

INDEX DES PRINCIPAUX NOMS CITÉS

Aaron (Jean-Claude), 315, 442.
Abellio (Raymond), 124, 152, 263, 271, 275, 308, 315, 316, 450, 452.
Abetz (Otto), 66, 77, 83, 159, 170, 198.
Achenbach (Ernst), 76, 77, 82, 83, 96, 103, 127, 160, 332, 428.
Albertini (Georges), 12, 340, 356-365, 367, 368, 383, 420-421, 424, 443.
Alfieri, 262, 279.
Altschuler (Georges), 396.
Andraos, 29.
André (Robert), 400, 402.
Antonini (Jules), 57, 58, 78, 136.
Arago (Emmanuel), 140.
Aragon (Louis), 282, 388.
Arasse (Raymond), 376.
Aron (Robert), 42, 46-52, 62, 91, 136, 141-149, 219-222.
Astier de la Vigerie (Henri d'), 143, 282.
Auban (Achille), 304.
Auphan (amiral), 278, 286.
Auriol (Vincent), 276, 302, 318, 330, 361, 387, 392, 398.

Baechtold, 239, 255, 272.
Baeyens (Jacques), 37.
Bainville (Jacques), 26, 51, 66.

Balensi (Jean), 315, 348.
Balladur (Édouard), 382.
Baraduc (Jacques), 37, 242, 243, 314.
Bard (amiral), 182, 190, 228.
Barnaud (Jacques), 69, 71, 97, 101, 298, 319.
Barrachin (Edmond), 153, 429.
Barre (Raymond), 320.
Barrès (Maurice), 25, 51, 262.
Barsacq (André), 68.
Baudouin (Denis), 442.
Baudouin (Paul), 97.
Baumgartner (Wilfred), 314, 431.
Bazy (Pierre), 314.
Beauvau-Craon (prince de), 102.
Belin (René), 97, 268.
Benda (Julien), 66.
Benjamin (René), 262, 282, 283.
Benoist-Méchin (Jacques), 83, 97, 102, 125, 162, 315, 317-321.
Bénouville (Pierre de), 174, 178, 272, 311, 315, 398.
Bérard (Léon), 107.
Berdiaev (Nicolas), 45.
Bergeret (général), 118.
Bergery (Gaston), 102.
Berl (Emmanuel), 136, 140, 156, 255, 263.
Bernanos (Georges), 66.

BERTHELOT (Philippe), 32.
BETHOUARD (général), 285.
BETTANCOURT (André), 442.
BEUCLER (André), 78, 81.
BEUVE-MÉRY (Hubert), 295, 315, 402, 404, 405, 406, 410, 417, 438.
BICHELONNE (Jean), 97, 102, 335.
BIDAULT (Georges), 65, 212, 213, 215, 218, 226, 384, 394.
BIDDLE (Margaret), 412.
BILLIET (Jacques), 286.
BLANCHOT (Maurice), 62.
BLÉHAUT (amiral), 268, 286, 298.
BLONAY (Richard de), 184, 200.
BLUM (Léon), 103, 198, 276, 303, 323, 369.
BOD (Marcel), 278.
BOEGNER (Philippe), 345, 401, 408-410, 411, 412.
BOISSON (Pierre), 138, 139.
BONNARD (Abel), 83.
BONNET (Georges), 75, 180, 204, 205, 255, 268, 272, 279, 287, 288.
BORIS (Georges), 322-326.
BOROTRA (Jean), 97.
BOUCHON, 22, 291.
BOURBON-BUSSET (Jacques de), 136, 150.
BOURGET (Paul), 63, 263.
BOURQUIN (Constant), 255, 260-261, 278, 280, 282, 283, 287, 288, 449.
BOUSQUET (René), 115, 348.
BOUSSAC (André), 428.
BOUSSAC (Marcel), 287, 315, 409, 410, 413.
BOUTANG (Pierre), 429.
BOUTEMY (André), 340-356, 357, 367, 368, 382-383, 390-398, 420-424, 436, 441, 443.
BOUTEMY (Mme), 423-424.
BOUTHILLIER (Yves), 87-101, 228, 298, 339, 377.
BOUTMY (Émile), 27.
BRASILLACH (Robert), 66.

BREITBACH (Joseph), 154, 155.
BRÉVIÉ, 138.
BRIDOUX (général), 143, 158.
BRINON (Fernand de), 159, 198, 199, 200, 331.
BRISSON (Pierre), 123.
BROGLIE (Jean de), 23.
BROUSTRA, 176.
BRULFER (Maurice), 343, 350, 355, 356, 394.
BRUNE (Charles), 385.
BURCKHARDT (Carl), 231.
BURON (Robert), 421.

CADO (Henri), 117, 344, 348.
CAIN (Julien), 52.
CAMUS (Albert), 244.
CANAVAGGIO (Dominique), 403, 404, 405.
CARBUCCIA (Horace de), 286, 288.
CARCO (Francis), 153, 154.
CARTON-ALLÉGRIER (famille), 309.
CASTELLANE (Jehan de), 102, 103.
CATHALA (Jean), 102, 146, 228.
CÉLINE (Louis-Ferdinand), 237.
CHALVRON, 213.
CHAMBRUN (René de), 37, 242, 255, 264, 314.
CHANEL (Coco), 56, 136, 180, 233, 254.
CHAPOT (Victor), 379.
CHAUVEAU (Jean, voir Xavier de Lignac).
CHAUVEL (Jean), 269.
CHAVIN, 97, 98.
CHEVALLEY (Claude), 45, 48.
CHOMEREAU (Yves de), 148.
CLÉMENTI (Pierre), 120.
CLÉMENTIN (Jean), 455.
CLERMONT-TONNERRE (Thierry de), 136, 148.
COGNIOT (Georges), 364.
COQUET (Maurice), 363.
CORNIGLION-MOLINIER (Édouard), 346, 371, 409.
CORTOT (Alfred), 273.

Cossé-Brissac (vicomte de), 102.
Costantini (Pierre), 98.
Coty (René), 297, 398.
Courcel (Geoffroy de), 283.
Coutrot (Jean), 101.
Couve de Murville (Maurice), 90, 137, 148, 152, 153, 228, 311, 313, 314, 414, 426, 437-438, 444.
Crouzet (Guy), 93, 96.
Croy (Philippe de), 37.

Daladier (Édouard), 15, 62, 81, 84, 103.
Daladier (Jean), 233.
Dalbon (Jacques), 46.
Dandieu (Arnaud), 42, 46-52, 91, 256.
Daniel-Rops, 34-36, 46-48, 52-53, 58-61, 64.
Darlan (amiral), 95, 99, 100, 103, 145, 153, 274.
Darnand (Joseph), 159, 160, 172, 179, 199.
Darquier de Pellepoix (Louis), 129, 457.
Dassault (Marcel), 346, 397-398, 409, 410, 413.
Dasté (Jean), 67.
Dautry (Raoul), 36, 42, 53-60, 74-76, 77, 78, 79, 130-134, 228, 250, 251, 430.
Davet (général), 174.
Davezac (Henri), 71, 394.
David (Jean-Paul), 367.
Dayan (Georges), 438.
Déat (Marcel), 85, 93, 95, 96, 102, 121, 124, 162, 198, 329, 331, 332, 358, 359, 360.
Debré (Michel), 152, 415, 429, 434.
Delobel, 29.
Deloncle (Eugène), 123, 124.
Delorme (Jean), 400.
Denivelle (Léon), 212.
Dentz (Henri), 241.

Déon (Michel), 260, 273.
Depreux (Édouard), 284.
Desgraupes (Pierre), 450.
Detoeuf (Auguste), 71, 72, 91.
Devinat (Paul), 90, 169, 337.
Dhavernas (Henry), 256, 257, 258, 426, 429, 430.
Dietrich (Gilbert de), 426.
Doriot (Jacques), 70, 121, 179.
Dorpmuller, 56, 76.
Drapeau (Jean), 433.
Driesbach (Jean, dit Dries), 35, 36, 52, 258, 307, 316, 426.
Drieu La Rochelle (Pierre), 70, 93, 100, 156.
Dubonnet (André), 102.
Duchesne (famille), 20.
Duchet (Roger), 385, 442.
Duclos (Jacques), 294, 338, 351-353, 387.
Dulac (famille), 20.
Dulac (Hélène), 19, 21.
Dulles (Allen), 163, 164, 168, 169, 170, 174, 182, 201.
Du Moulin de Labarthète (Henri), 95, 122, 166, 176, 262, 270, 278.
Duplessis (Maurice), 433.
Dupré (François), 102.
Dupuis (René), 45, 48-49, 62.
Dupuy (Jacques), 400.

Eisenmann (Jacques), 371.
Esteva (Jean-Pierre), 241.

Fabre-Luce (Alfred), 222, 262, 266, 278, 282, 283.
Fabrègues (Jean de), 62.
Fain (Gaël), 90.
Fallois (Bertrand de), 314, 449.
Fargue (Léon-Paul), 68, 81.
Faucigny-Lucinge (Louis de), 329, 379.
Faure (Edgar), 314, 356, 369, 372, 389, 392, 398, 418, 422, 444.
Fauvet (Jacques), 396.

FAYARD (Mme Arthème), 271, 273.
FERNIOT (Jean), 394, 396, 397, 422.
FERRAN (capitaine), 167, 187.
FILIPPI (Jean), 74, 87, 104, 106, 228.
FILLIOL (Jean), 124.
FLAMMARION (Henri), 227, 449, 450.
FLANDIN (Pierre-Étienne), 377.
FONVIELLE-ALQUIER (François), 297.
FOUCHIER (Jacques de), 136, 148, 149, 253.
FOURASTIÉ (Jean), 90.
FRANCFORT (Pierre), 29, 37, 77, 88, 315, 414.
FRENAY (Henri), 151, 174, 293, 311.
FRESNAY (Pierre), 80, 205, 260, 273, 308, 357, 425.
FROCOURT (Pierre), 20.
FRUCHARD, 23.
FUMET (Stanislas), 66.

GABOLDE (Maurice), 241.
GALLIMARD (Gaston), 30, 46, 71, 156, 449.
GARAUD (Marie-France), 443.
GAULLE (Charles de), 11, 151, 152, 164, 174, 175, 178, 192, 202, 219, 222, 224, 225, 244, 249, 284, 285, 288, 293, 294, 298-300, 310, 312, 315, 318, 320, 323, 342, 355, 369, 375, 384, 413-420, 421, 429, 435, 446, 450.
GAULLE (Xavier de), 233, 236.
GAUTIER (Yves), 450.
GAXOTTE (Pierre), 28, 66, 92, 132, 314.
GEISSLER, 160, 171.
GEMAEHLING (Jean), 103.
GENOUD (François), 321-322, 427.
GERLIER (cardinal), 164.

GERMAIN (José), 120.
GIBRAT (Robert), 45, 102, 105-107, 228, 255, 298.
GILLOUIN (René), 262, 269, 278.
GIRARD (Louis-Dominique), 275, 276.
GIRAUDOUX (Jean), 31, 32, 33, 36, 66, 76-78, 81, 92, 137, 157, 183, 226, 259, 269, 308.
GISCARD D'ESTAING (Valéry), 434, 444, 446.
GOMBAULT (Charles), 457.
GOUDCHAUX (Michel), 99.
GRASSET (Bernard), 32.
GUÉNIER (André), 120.
GUÉRARD (Jacques), 102, 108, 113, 114, 115, 125, 138, 139, 151, 162, 237, 297, 316.
GERRAND (Jean), 136, 254.
GUÉRIN (André), 403, 404.
GUICHARD (Olivier), 313, 442.
GUILLAUDOT (Maurice), 285.
GUILLOT, 82.
GUINDEY (Guillaume), 148.
GUITRY (Sacha), 67, 273, 274, 319.

HARCOURT (duc François d'), 400.
HARMEL (Claude), 363.
HELBRONNER (Jacques), 160.
HENRIOT (Philippe), 199, 200, 367.
HERLICQ (Alfred), 429.
HÉROLD-PAQUIS (Jean), 238.
HERRIOT (Edouard), 244, 341.
HILAIRE (Georges), 116, 157, 270, 272, 298, 333.
HOPPENOT (Henri), 265, 281.
HUSSON, 95.
HUXLEY (Aldous), 111.

IMBERT (Claude), 443, 450.
ISAMBERT (André), 71.
ISORNI (Jacques), 301, 304, 354, 355.

JACQUEMONT (Maurice), 67.
JAFFRÉ (Yves-Frédéric), 242, 275.

JAQUET (Gérard), 408, 411.
JALOUX (Edmond), 255, 270, 273, 278, 282.
JARDIN (Adrien), 20.
JARDIN (Gabriel), 36, 256, 307, 450.
JARDIN (Georges), 19-24, 307.
JARDIN (Pascal), 12, 36, 61, 136, 156, 165, 168, 211, 233, 265, 272, 312, 314, 451-457, 458.
JARDIN (Simon), 36, 165, 168.
JARDIN (Simone), 36, 135.
JEANNENAY (Jean-Marcel), 415.
JEANTET (Gabriel), 169, 171, 172.
JOBERT (Michel), 322.
JOSEPH (Leclerc du Tremblay, dit Père), 111, 125.
JOUVENEL (Bertrand de), 66, 87, 140, 234-236, 262, 263, 271, 279, 282, 287, 404.
JOUVET (Louis), 66, 81, 308.
JOXE (Louis), 78.
JULLIARD (René), 78.
JUNOT (Michel), 332.

KIEFÉ (Robert), 45.
KOCH, 428.
KOENIG (général), 285.
KUINCHE (Albert), 255.

LACERDA (Carlos), 432.
LACOSTE (Robert), 341, 363, 397, 422.
LAFOND (Georges), 394.
LAFOND (Henri), 441.
LAFONT (Robert), 102.
LALOY (Jean), 178, 179.
LANG (Serge), 277, 278.
LANGEVIN (Paul), 65, 212.
LANIEL (Joseph), 373, 398.
LANQUETOT, 21.
LA ROCQUE (colonel de), 153, 162.
LAUDENBACH (Roland), 260, 314, 449.
LAVAL (Pierre), 48, 83, 84, 93, 95, 96, 104-208, 211, 219, 220, 228, 237, 239, 240-245, 274, 275, 277, 292, 298, 315, 328, 330-337, 359, 369, 386, 426, 435, 444, 450, 453, 455, 457.
LAVALLE (colonel de), 83.
LAZAREFF (Pierre), 399, 404, 411.
LE BESNERAIS, 82.
LECQUERICA (José-Félix de), 242.
LEFORT (Bernard), 396, 397.
LEHIDEUX (François), 315.
LELONG (Lucien), 102.
LEMAIGRE-DUBREUIL (Jacques), 143, 157, 194.
LEROY (Jean), 23.
LEROY-BEAULIEU (Paul), 136, 137, 152, 153.
LE ROY LADURIE (Emmanuel), 69, 70.
LE ROY LADURIE (Gabriel), 69, 70, 73, 95, 96, 97, 98, 101, 105, 249, 254, 256, 287.
LE ROY LADURIE (Jacques), 105, 133, 134, 140, 141, 298, 301, 315.
LEUSSE (Pierre de), 175, 187, 188, 205.
LÉVY (Claude), 455.
LIBERSART (Henri), 376.
LIGNAC (Xavier de, dit Jean Chauveau), 404.
LIMAGNE (Pierre), 396.
LIPIANSKI (Alexandre, voir aussi Alexandre Marc), 29, 36.
LONGCHAMBON (Henri), 379.
LOUSTAU (Jean), 238.
LOUSTAU (Robert), 45, 104, 228.
LOUSTAUNAU-LACAU (Georges), 285.
LOUVEL (Jean-Marie), 379, 440.
LUCIUS (Jacques), 76.

MACOUIN (Clovis), 351-353.
MADELIN (Alain), 444.
MAGENTA (duchesse de), 23.
MAGNIEN (colonel), 198.
MAILLART, 176.
MALLET (Alfred), 386.
MALON, 82.

MALRAUX (André), 140, 156, 292, 425.
MANDEL (Georges), 198, 199, 330, 333, 386.
MARC (Alexandre), 44, 48, 52, 62, 91, 176, 178.
MARCEL (Gabriel), 45, 52.
MARCHAIS (Georges), 445-446.
MARIN (Louis), 164.
MARION (Paul), 121, 147, 171, 178.
MARITAIN (Jacques), 66.
MARTIN DU GARD (Maurice), 158.
MARTORELL (Félix), 249.
MASSIGLI (René), 153, 163, 204, 213.
MASSON (Roger), 232.
MAULNIER (Thierry), 62, 259.
MAURIAC (François), 52, 65, 270, 393.
MAURRAS (Charles), 16, 25, 50, 62, 66, 301, 302-304.
MAXENCE (Jean-Pierre), 61, 62.
MAYER (Maurice), 232.
MAYER (René), 73, 74, 153, 217, 254, 287, 382, 384, 387, 389-395, 422, 444.
MENDÈS FRANCE (Pierre), 181, 322, 323-325, 370, 398, 400, 411, 416, 418.
MÉNÉTREL (Bernard), 110, 118, 122, 159, 161, 171.
MÉNIL (Jean de), 439.
MENTHON (Bernard de), 176, 205.
MENTHON (François de), 302, 304.
MERSON (général), 285.
MÉTRAL (Albert), 394.
MEUNIER DU HOUSSOY (Robert), 409.
MEYNIAL (Raymond), 314.
MICHELIN (François), 413.
MIREILLE, 156, 255.
MITTERRAND (François), 369, 393, 422, 438, 439, 442, 456.
MITTERRAND (Robert), 315, 426, 443.

MOCH (Jules), 276, 287, 294, 351.
MOLLET (Guy), 370, 421, 422.
MOLLET (Lucienne), 83.
MONOD (Philippe), 174.
MORAND (Paul), 29, 33, 37, 59, 92, 102, 108, 136, 153, 183, 189-198, 203, 204. 223, 229, 234, 260, 263, 266, 268-269, 279, 288, 315, 451, 457.
MORISOT (Georges), 400-402, 408-409.
MOUSTIER (Roland de), 351, 387.
MOUTON (Roger), 255, 256, 259, 400, 426.
MURPHY (Robert), 141, 143, 279.
MUSY (Paul), 232.

NASS, 82.
NATHAN (Roger), 253.
NAUD (Albert), 242.
NAVARRE (Henri), 185.
NAVILLE (Jacques), 44.
NEYRAC, 178.
NIMIER (Roger), 33.
NOURISSIER (François), 454.

ORDIONI (Pierre), 82, 135, 254, 315, 414.
ORMESSON (Jean d'), 454.
OUTHENIN-CHALANDRE (Hubert), 411.

PALEWSKI (Gaston), 232.
PARIS (Henri, comte de), 274-276, 396, 445.
PARTRAT (Antoine), 376.
PASQUIER (Pierre du), 102.
PATOLITCHEFF, 428.
PAUL (Marcel), 292.
PAULHAN (Jean), 301-302.
PAYOT (René), 336.
PÉGUY (Charles), 51.
PÉRIER (François), 307, 308, 453.
PÉRILHOU, 343.
PÉTAIN (Philippe), 64, 82, 86, 96, 108, 110, 113, 115, 120, 121, 123, 129, 134, 145, 146, 150,

151, 156, 158, 159, 161, 163, 166, 172, 176, 187, 197, 201, 202, 203, 219, 220, 228, 240-242, 275, 288, 297, 299-300, 302, 304, 330, 371.
PEYRECAVE (Jean de), 253.
PFIMLIN (Pierre), 341, 397.
PIETRI (François), 194.
PILET-GOLAZ (Marcel), 191, 192, 193, 196, 203, 204, 205, 229, 255, 281.
PINAY (Antoine), 136, 225, 315, 323, 341, 368-372, 374-377, 379, 380, 382, 384, 387, 398, 400-403, 408-409, 412, 414-420, 428, 431, 434, 435, 436, 442, 444, 453.
PITOËFF (famille), 67.
PLOQUIN (Raoul), 102.
POFILET (Marc), 265, 281.
POIRSON, 29.
POLIGNAC (marquis de), 102.
POMARET (Charles), 233.
POMPIDOU (Georges), 11, 167, 225, 320, 382, 425, 443, 444.
PONIATOWSKI (Michel), 426, 444, 445.
POURCHOT (commandant), 167, 176-179, 184-189, 213, 217, 218, 228, 244.
PRADE (Georges), 56, 270.
PRINTEMPS (Yvonne), 88, 273, 308.
PRONTEAU (Jean), 388.
PROUVOST (Jean), 319, 345, 401, 413, 440.
PUCHEU (Pierre), 97, 124, 162.
PUISEUX (Robert), 400.

QUEUILLE (Henri), 74, 129, 329, 347, 354, 369.

RACINE (famille), 21.
RACINE (Jean-Baptiste), 20.
RACINE (Paul), 21.
RAHN (Rudolf), 138, 139, 244.
RAMADIER (Paul), 294, 348.

RAYNAL (Georges), 315.
REBATET (Lucien), 102, 301-302.
REGARD (Sylvain), 435.
RÉMY (colonel), 151, 298-301, 311, 315.
REY (Gabriel), 45.
REYNAUD (Paul), 81, 198, 296, 320, 330-333, 369, 373, 421.
RIBBENTROP (Joachim von), 138, 147, 170, 171, 223.
RIBEYRE (Paul), 393.
RIBOUD (Jean), 426, 438-441.
RICARD (Pierre), 394.
RICHBÉ (Roger), 202.
RIGAULT (Jean), 141-143, 194.
ROCHAT (Charles), 115, 167, 183, 244, 269, 272, 277, 278, 279, 281, 287, 288, 298.
ROCHE (Émile), 363.
ROCHEFORT (Nicolas de), 29.
ROECHLING (Ernst), 102, 380.
ROEDERER, 23.
ROMIER (Lucien), 90.
ROTSCHILD (Édouard de), 73, 74.
ROUGEMONT (Denis de), 45, 48, 51, 71, 176.
ROUGIER (Louis), 262.
ROUSSELIER (Hubert), 136, 152.
ROUX (Ambroise), 315, 425, 438-441.
RUDLOFF (colonel), 167, 187, 188.
RUEFF (Jacques), 68, 97, 376.
RUEGGER (Paul), 203.

SADON (André), 344, 348, 351.
SAIVRE (Roger de), 301, 304.
SAUVY (Alfred), 68, 90, 97.
SCAPINI (Georges), 283.
SCHAFFINO (Laurent), 254.
SCHELLENBERG (Roman), 427, 442.
SCHUELLER (Eugène), 123.
SCHLUMBERGER (M. et Mme Conrad), 36, 68, 154, 155, 438.
SCHLUMBERGER (Jean), 154.
SCHUMAN (Robert), 294, 429.

SCHUMANN (Maurice), 65, 320, 394.
SELLIER, 108.
SEYDOUX, 82.
SIEGFRIED (André), 28, 44.
SOKOLOWSKY (Vladimir), 327-339, 377, 378, 379, 383, 420, 421, 424, 425, 436, 437, 440, 443.
SOUTOU (Jean-Marie), 175-178, 217, 218.
SOUVARINE (Boris), 71, 77, 177, 363, 404.
STAMPFLI (Walter), 196.
STEIGER (Édouard von), 196.
STRASSER (Otto), 76.
STUCKI (Walter), 182, 192, 195, 200, 282, 288.

TAITTINGER (Jean), 167, 182, 195, 202, 233, 269.
TALLEYRAND (duchesse de), 427.
TARBÉ DE SAINT-HARDOUIN, 143.
TARDE (Guillaume de), 71, 78.
TAUDIÈRE (Émile), 352, 353.
TEITGEN (Pierre-Henri), 304.
TERRAY (Jean), 253, 314.
THIEBAUT (colonel), 167.
THOREZ (Maurice), 81, 219, 292, 328, 355, 447.
TOURNIER (Gilbert), 29, 39.
TOURNIER (Simone), 313.
TOURNOUX (Jean-Raymond), 450.
TRAZ (Robert de), 236.

TUCK (Pinkney), 142.
TYLER (Royal), 169.

VAILLANT-COUTURIER (Paul), 66.
VALLAT (Xavier), 91, 129.
VALLON (Louis), 336, 379.
VAN HECKE, 143.
VERGÉ (Jean), 205, 237.
VERNIS (Françoise), 449.
VEYRERIAS (Albert), 310, 414, 458.
VIANSSON-PONTÉ (Pierre), 454.
VILLEY (Étienne), 363.
VILLIERS (Georges), 341-344, 384, 394, 397, 400.
VINATIER (Mme), 190.
VINOGRADOV (Serguei), 422.
VITRY D'AVAUCOURT (Raoul de), 103, 394.
VRINAT (André), 313.
VULPIAN (comte de), 284.

WAPLER, 213.
WEBER, 348.
WECK (René de), 192, 194.
WENDEL (François de), 350-351.
WEYGAND (Maxime), 146, 175, 429.
WIRIATH (Marcel), 314.
WORMS (Hippolyte), 99, 361.

YRISSOU (Henri), 124, 370, 371, 375, 378.

ZAY (Jean), 199.
ZOUZOU, 436-437.

| Avant-propos | 11 |

I. L'ÉLAN — 17

1. *Le monde d'avant quatorze (1904-1918)*	19
2. *A nous deux Paris (1919-1928)*	25
3. *L'envol (1929-1940)*	39
4. *Monsieur le ministre (1940-1942)*	85
5. *Au plus près du soleil (1942-1943)*	107
6. *Berne, nid d'espions (1943-1944)*	165

II. LE PURGATOIRE — 209

| 7. *S'il n'en reste qu'un... (1944)* | 211 |
| 8. *De l'épuration à l'abjuration (1945)* | 221 |

III. LE SECOND SOUFFLE — 247

9. *Le consul des émigrés (1945-1947)*	249
10. *La IVe France (1947-1950)*	291
11. *Le système Jardin (1950-1952)*	307
12. *Dans l'ombre de « Monsieur Tout-le-Monde » (1952-1967)*	367
13. *Un homme important (1968-1970)*	425
14. *Une consécration inattendue (1971-1976)*	449

Remerciements	461
Notes, sources et bibliographie	465
Index des principaux noms cités	485

DU MÊME AUTEUR

Chez d'autres éditeurs

DE NOS ENVOYÉS SPÉCIAUX (avec Ph. Dampenon), *J.-C. Simoen*, 1977.
LOURDES HISTOIRES D'EAU, *Alain Moreau* 1980.
LES NOUVEAUX CONVERTIS, *Albin Michel* 1982.
MONSIEUR DASSAULT, *Balland* 1983.
GASTON GALLIMARD, *Balland* 1984. (*Points Seuil* 1985).
L'ÉPURATION DES INTELLECTUELS, *Complexe*, Bruxelles 1985.

COLLECTION FOLIO

Dernières parutions

1585. Bertrand Poirot-Delpech — *Les grands de ce monde.*
1586. Émile Zola — *La Débâcle.*
1587. Angelo Rinaldi — *La dernière fête de l'Empire.*
1588. Jorge Luis Borges — *Le rapport de Brodie.*
1589. Federico García Lorca — *Mariana Pineda. La Savetière prodigieuse. Les amours de don Perlimplin avec Bélise en son jardin.*
1590. John Updike — *Le putsch.*
1591. Alain-René Le Sage — *Le Diable boiteux.*
1592. Panaït Istrati — *Codine. Mikhaïl. Mes départs. Le pêcheur d'éponges.*
1593. Panaït Istrati — *La maison Thüringer. Le bureau de placement. Méditerranée.*
1594. Panaït Istrati — *Nerrantsoula. Tsatsa-Minnka. La famille Perlmutter. Pour avoir aimé la terre.*
1595. Boileau-Narcejac — *Les intouchables.*
1596. Henry Monnier — *Scènes populaires. Les Bas-fonds de la société.*
1597. Thomas Raucat — *L'honorable partie de campagne.*
1599. Pierre Gripari — *La vie, la mort et la résurrection de Socrate-Marie Gripotard.*
1600. Annie Ernaux — *Les armoires vides.*
1601. Juan Carlos Onetti — *Le chantier.*
1602. Louise de Vilmorin — *Les belles amours.*
1603. Thomas Hardy — *Le maire de Casterbridge.*

1604.	George Sand	*Indiana.*
1605.	François-Olivier Rousseau	*L'enfant d'Edouard.*
1606.	Ueda Akinari	*Contes de pluie et de lune.*
1607.	Philip Roth	*Le sein.*
1608.	Henri Pollès	*Toute guerre se fait la nuit.*
1609.	Joris-Karl Huysmans	*En rade.*
1610.	Jean Anouilh	*Le scénario.*
1611.	Colin Higgins	*Harold et Maude.*
1612.	Jorge Semprun	*La deuxième mort de Ramón Mercader.*
1613.	Jacques Perry	*Vie d'un païen.*
1614.	W. R. Burnett	*Le capitaine Lightfoot.*
1615.	Josef Škvorecký	*L'escadron blindé.*
1616.	Muriel Cerf	*Maria Tiefenthaler.*
1617.	Ivy Compton-Burnett	*Des hommes et des femmes.*
1618.	Chester Himes	*S'il braille, lâche-le...*
1619.	Ivan Tourgueniev	*Premier amour, précédé de Nid de gentilhomme.*
1620.	Philippe Sollers	*Femmes.*
1621.	Colin MacInnes	*Les blancs-becs.*
1622.	Réjean Ducharme	*L'hiver de force.*
1623.	Paule Constant	*Ouregano.*
1624.	Miguel Angel Asturias	*Légendes du Guatemala.*
1625.	Françoise Mallet-Joris	*Le clin d'œil de l'ange.*
1626.	Prosper Mérimée	*Théâtre de Clara Gazul.*
1627.	Jack Thieuloy	*L'Inde des grands chemins.*
1628.	Remo Forlani	*Pour l'amour de Finette.*
1629.	Patrick Modiano	*Une jeunesse.*
1630.	John Updike	*Bech voyage.*
1631.	Pierre Gripari	*L'incroyable équipée de Phosphore Noloc et de ses compagnons...*
1632.	Mme de Staël	*Corinne ou l'Italie.*
1634.	Erskine Caldwell	*Bagarre de juillet.*
1635.	Ed McBain	*Les sentinelles.*
1636.	Reiser	*Les copines.*
1637.	Jacqueline Dana	*Tota Rosa.*
1638.	Monique Lange	*Les poissons-chats. Les platanes.*
1639.	Leonardo Sciascia	*Les oncles de Sicile.*

1640.	Gobineau	*Mademoiselle Irnois, Adélaïde et autres nouvelles.*
1641.	Philippe Diolé	*L'okapi.*
1642.	Iris Murdoch	*Sous le filet.*
1643.	Serge Gainsbourg	*Evguénie Sokolov.*
1644.	Paul Scarron	*Le Roman comique.*
1645.	Philippe Labro	*Des bateaux dans la nuit.*
1646.	Marie-Gisèle Landes-Fuss	*Une baraque rouge et moche comme tout, à Venice, Amérique...*
1647.	Charles Dickens	*Temps difficiles.*
1648.	Nicolas Bréhal	*Les étangs de Woodfield.*
1649.	Mario Vargas Llosa	*La tante Julia et le scribouillard.*
1650.	Iris Murdoch	*Les cloches.*
1651.	Hérodote	*L'Enquête, Livres I à IV.*
1652.	Anne Philipe	*Les résonances de l'amour.*
1653.	Boileau-Narcejac	*Les visages de l'ombre.*
1654.	Émile Zola	*La Joie de vivre.*
1655.	Catherine Hermary-Vieille	*La Marquise des Ombres.*
1656.	G. K. Chesterton	*La sagesse du Père Brown.*
1657.	Françoise Sagan	*Avec mon meilleur souvenir.*
1658.	Michel Audiard	*Le petit cheval de retour.*
1659.	Pierre Magnan	*La maison assassinée.*
1660.	Joseph Conrad	*La rescousse.*
1661.	William Faulkner	*Le hameau.*
1662.	Boileau-Narcejac	*Maléfices.*
1663.	Jaroslav Hašek	*Nouvelles aventures du Brave Soldat Chvéïk.*
1664.	Henri Vincenot	*Les voyages du professeur Lorgnon.*
1665.	Yann Queffélec	*Le charme noir.*
1666.	Zoé Oldenbourg	*La Joie-Souffrance,* tome I.
1667.	Zoé Oldenbourg	*La Joie-Souffrance,* tome II.
1668.	Vassilis Vassilikos	*Les photographies.*
1669.	Honoré de Balzac	*Les Employés.*
1670.	J. M. G. Le Clézio	*Désert.*
1671.	Jules Romains	*Lucienne. Le dieu des corps. Quand le navire...*
1672.	Viviane Forrester	*Ainsi des exilés.*
1673.	Claude Mauriac	*Le dîner en ville.*

1674.	Maurice Rheims	*Le Saint-Office.*
1675.	Catherine Rihoit	*La Favorite.*
1676.	William Shakespeare	*Roméo et Juliette. Macbeth.*
1677.	Jean Vautrin	*Billy-ze-Kick.*
1678.	Romain Gary	*Le grand vestiaire.*
1679.	Philip Roth	*Quand elle était gentille.*
1680.	Jean Anouilh	*La culotte.*
1681.	J.-K. Huysmans	*Là-bas.*
1682.	Jean Orieux	*L'aigle de fer.*
1683.	Jean Dutourd	*L'âme sensible.*
1684.	Nathalie Sarraute	*Enfance.*
1685.	Erskine Caldwell	*Un patelin nommé Estherville.*
1686.	Rachid Boudjedra	*L'escargot entêté.*
1687.	John Updike	*Épouse-moi.*
1688.	Molière	*L'École des maris. L'École des femmes. La Critique de l'École des femmes. L'Impromptu de Versailles.*
1689.	Reiser	*Gros dégueulasse.*
1690.	Jack Kerouac	*Les Souterrains.*
1691.	Pierre Mac Orlan	*Chronique des jours désespérés,* suivi de *Les voisins.*
1692.	Louis-Ferdinand Céline	*Mort à crédit.*
1693.	John Dos Passos	*La grosse galette.*
1694.	John Dos Passos	*42ᵉ parallèle.*
1695.	Anna Seghers	*La septième croix.*
1696.	René Barjavel	*La tempête.*
1697.	Daniel Boulanger	*Table d'hôte.*
1698.	Jocelyne François	*Les Amantes.*
1699.	Marguerite Duras	*Dix heures et demie du soir en été.*
1700.	Claude Roy	*Permis de séjour 1977-1982.*
1701.	James M. Cain	*Au-delà du déshonneur.*
1702.	Milan Kundera	*Risibles amours.*
1703.	Voltaire	*Lettres philosophiques.*
1704.	Pierre Bourgeade	*Les Serpents.*
1705.	Bertrand Poirot-Delpech	*L'été 36.*
1706.	André Stil	*Romansonge.*
1707.	Michel Tournier	*Gilles & Jeanne.*
1708.	Anthony West	*Héritage.*

1709.	Claude Brami	*La danse d'amour du vieux corbeau.*
1710.	Reiser	*Vive les vacances.*
1711.	Guy de Maupassant	*Le Horla.*
1712.	Jacques de Bourbon-Busset	*Le Lion bat la campagne.*
1713.	René Depestre	*Alléluia pour une femme-jardin.*
1714.	Henry Miller	*Le cauchemar climatisé.*
1715.	Albert Memmi	*Le Scorpion ou La confession imaginaire.*
1716.	Peter Handke	*La courte lettre pour un long adieu.*
1717.	René Fallet	*Le braconnier de Dieu.*
1718.	Théophile Gautier	*Le Roman de la momie.*
1719.	Henri Vincenot	*L'œuvre de chair.*
1720.	Michel Déon	*« Je vous écris d'Italie... »*
1721.	Artur London	*L'aveu.*
1722.	Annie Ernaux	*La place.*
1723.	Boileau-Narcejac	*L'ingénieur aimait trop les chiffres.*
1724.	Marcel Aymé	*Les tiroirs de l'inconnu.*
1725.	Hervé Guibert	*Des aveugles.*
1726.	Tom Sharpe	*La route sanglante du jardinier Blott.*
1727.	Charles Baudelaire	*Fusées. Mon cœur mis à nu. La Belgique déshabillée.*
1728.	Driss Chraïbi	*Le passé simple.*
1729.	R. Boleslavski et H. Woodward	*Les lanciers.*
1730.	Pascal Lainé	*Jeanne du bon plaisir.*
1731.	Marilène Clément	*La fleur de lotus.*
1733.	Alfred de Vigny	*Stello. Daphné.*
1734.	Dominique Bona	*Argentina.*
1735.	Jean d'Ormesson	*Dieu, sa vie, son œuvre.*
1736.	Elsa Morante	*Aracoeli.*
1737.	Marie Susini	*Je m'appelle Anna Livia.*
1738.	William Kuhns	*Le clan.*
1739.	Rétif de la Bretonne	*Les Nuits de Paris ou le Spectateur-nocturne.*
1740.	Albert Cohen	*Les Valeureux.*
1741.	Paul Morand	*Fin de siècle.*

1742.	Alejo Carpentier	*La harpe et l'ombre.*
1743.	Boileau-Narcejac	*Manigances.*
1744.	Marc Cholodenko	*Histoire de Vivant Lanon.*
1745.	Roald Dahl	*Mon oncle Oswald.*
1746.	Émile Zola	*Le Rêve.*
1747.	Jean Hamburger	*Le Journal d'Harvey.*
1748.	Chester Himes	*La troisième génération.*
1749.	Remo Forlani	*Violette, je t'aime.*
1750.	Louis Aragon	*Aurélien.*
1751.	Saul Bellow	*Herzog.*
1752.	Jean Giono	*Le bonheur fou.*
1753.	Daniel Boulanger	*Connaissez-vous Maronne ?*
1754.	Leonardo Sciascia	*Les paroisses de Regalpetra, suivi de Mort de l'Inquisiteur.*
1755.	Sainte-Beuve	*Volupté.*
1756.	Jean Dutourd	*Le déjeuner du lundi.*
1757.	John Updike	*Trop loin (Les Maple).*
1758.	Paul Thorez	*Une voix, presque mienne.*
1759.	Françoise Sagan	*De guerre lasse.*
1760.	Casanova	*Histoire de ma vie.*
1761.	Didier Martin	*Le prince dénaturé.*
1762.	Félicien Marceau	*Appelez-moi Mademoiselle.*
1763.	James M. Cain	*Dette de cœur.*
1764.	Edmond Rostand	*L'Aiglon.*
1765.	Pierre Drieu la Rochelle	*Journal d'un homme trompé.*
1766.	Rachid Boudjedra	*Topographie idéale pour une agression caractérisée.*
1767.	Jerzy Andrzejewski	*Cendres et diamant.*
1768.	Michel Tournier	*Petites proses.*
1769.	Chateaubriand	*Vie de Rancé.*
1770.	Pierre Mac Orlan	*Les dés pipés ou Les aventures de Miss Fanny Hill.*
1771.	Angelo Rinaldi	*Les jardins du Consulat.*
1772.	François Weyergans	*Le Radeau de la Méduse.*
1773.	Erskine Caldwell	*Terre tragique.*
1774.	Jean Anouilh	*L'Arrestation.*
1775.	Thornton Wilder	*En voiture pour le ciel.*
1776.	XXX	*Le Roman de Renart.*
1777.	Sébastien Japrisot	*Adieu l'ami.*
1778.	Georges Brassens	*La mauvaise réputation.*
1779.	Robert Merle	*Un animal doué de raison.*

1780.	Maurice Pons	*Mademoiselle B.*
1781.	Sébastien Japrisot	*La course du lièvre à travers les champs.*
1782.	Simone de Beauvoir	*La force de l'âge.*
1783.	Paule Constant	*Balta.*
1784.	Jean-Denis Bredin	*Un coupable.*
1785.	Francis Iles	*... quant à la femme.*
1786.	Philippe Sollers	*Portrait du Joueur.*
1787.	Pascal Bruckner	*Monsieur Tac.*
1788.	Yukio Mishima	*Une soif d'amour.*
1789.	Aristophane	*Théâtre complet*, tome I.
1790.	Aristophane	*Théâtre complet*, tome II.
1791.	Thérèse de Saint Phalle	*La chandelle.*
1792.	Françoise Mallet-Joris	*Le rire de Laura.*
1793.	Roger Peyrefitte	*La soutane rouge.*
1794.	Jorge Luis Borges	*Livre de préfaces,* suivi de *Essai d'autobiographie.*
1795.	Claude Roy	*Léone, et les siens.*
1796.	Yachar Kemal	*La légende des Mille Taureaux.*
1797.	Romain Gary	*L'angoisse du roi Salomon.*
1798.	Georges Darien	*Le Voleur.*
1799.	Raymond Chandler	*Fais pas ta rosière !*
1800.	James Eastwood	*La femme à abattre.*
1801.	David Goodis	*La pêche aux avaros.*
1802.	Dashiell Hammett	*Le dixième indice* et autres enquêtes du Continental Op.
1803.	Chester Himes	*Imbroglio negro.*
1804.	William Irish	*J'ai épousé une ombre.*
1805.	Simone de Beauvoir	*La cérémonie des adieux,* suivi de *Entretiens avec Jean-Paul Sartre (août-septembre 1974).*
1806.	Sylvie Germain	*Le Livre des Nuits.*
1807.	Suzanne Prou	*Les amis de Monsieur Paul.*
1808.	John Dos Passos	*Aventures d'un jeune homme.*
1809.	Guy de Maupassant	*La Petite Roque.*
1810.	José Giovanni	*Le musher.*
1811.	Patrick Modiano	*De si braves garçons.*
1812.	Julio Cortázar	*Livre de Manuel.*
1813.	Robert Graves	*Moi, Claude.*
1814.	Chester Himes	*Couché dans le pain.*

1815.	J.-P. Manchette	*Ô dingos, ô châteaux ! (Folle à tuer).*
1816.	Charles Williams	*Vivement dimanche !*
1817.	D. A. F. de Sade	*Les Crimes de l'amour.*
1818.	Annie Ernaux	*La femme gelée.*
1819.	Michel Rio	*Alizés.*
1820.	Mustapha Tlili	*Gloire des sables.*
1821.	Karen Blixen	*Nouveaux contes d'hiver.*
1822.	Pablo Neruda	*J'avoue que j'ai vécu.*
1823.	Mario Vargas Llosa	*La guerre de la fin du monde.*
1824.	Alphonse Daudet	*Aventures prodigieuses de Tartarin de Tarascon.*
1825.	James Eastwood	*Bas les masques.*
1826.	David Goodis	*L'allumette facile.*
1827.	Chester Himes	*Ne nous énervons pas !*
1828.	François-Marie Banier	*Balthazar, fils de famille.*
1829.	Pierre Magnan	*Le secret des Andrônes.*
1830.	Ferdinando Camon	*La maladie humaine.*
1831.	Milan Kundera	*Le livre du rire et de l'oubli.*
1832.	Honoré de Balzac	*Physiologie du mariage.*
1833.	Reiser	*La vie des bêtes.*
1834.	Jean Diwo	*Les Dames du Faubourg.*
1835.	Cesare Pavese	*Le camarade.*
1836.	David Shahar	*L'agent de Sa Majesté.*
1837.	William Irish	*L'heure blafarde.*
1838.	Horace McCoy	*Pertes et fracas.*
1839.	Donald E. Westlake	*L'assassin de papa.*
1840.	Franz Kafka	*Le Procès.*
1841.	René Barjavel	*L'Enchanteur.*
1842.	Catherine Hermary-Vieille	*L'infidèle.*
1843.	Laird Koenig	*La maison au bout de la mer.*
1844.	Tom Wolfe	*L'Étoffe des héros.*
1845.	Stendhal	*Rome, Naples et Florence.*
1846.	Jean Lartéguy	*L'Or de Baal.*
1847.	Hector Bianciotti	*Sans la miséricorde du Christ.*
1848.	Leonardo Sciascia	*Todo modo.*
1849.	Raymond Chandler	*Sur un air de navaja.*
1850.	David Goodis	*Sans espoir de retour.*
1851.	Dashiell Hammett	*Papier tue-mouches.*
1852.	William R. Burnett	*Le petit César.*
1853.	Chester Himes	*La reine des pommes.*

1854.	J.-P. Manchette	*L'affaire N'Gustro.*
1855.	Richard Wright	*Un enfant du pays.*
1856.	Yann Queffélec	*Les noces barbares.*
1857.	René Barjavel	*La peau de César.*
1858.	Frédérick Tristan	*Les tribulations héroïques de Balthasar Kober.*
1859.	Marc Behm	*Mortelle randonnée.*
1860.	Blaise Pascal	*Les Provinciales.*
1861.	Jean Tardieu	*La comédie du langage,* suivi de *La triple mort du Client.*
1862.	Renée Massip	*Douce lumière.*
1863.	René Fallet	*L'Angevine.*
1864.	François Weyergans	*Françaises, Français.*
1865.	Raymond Chandler	*Le grand sommeil.*
1866.	Malaparte	*Le soleil est aveugle.*
1867.	Muriel Spark	*La place du conducteur.*
1868.	Dashiell Hammett	*Sang maudit.*
1869.	Tourgueniev	*Pères et fils.*
1870.	Bruno Gay-Lussac	*L'examen de minuit.*
1871.	Rachid Boudjedra	*L'insolation.*
1872.	Reiser	*Phantasmes.*
1873.	Dashiell Hammett	*Le faucon de Malte.*
1874.	Jean-Jacques Rousseau	*Discours sur les sciences et les arts. Lettre à d'Alembert.*
1875.	Catherine Rihoit	*Triomphe de l'amour.*
1876.	Henri Vincenot	*Les étoiles de Compostelle.*
1877.	Philip Roth	*Zuckerman enchaîné.*
1879.	Jim Thompson	*Deuil dans le coton.*
1880.	Donald E. Westlake	*Festival de crêpe.*
1881.	Arnoul Gréban	*Le Mystère de la Passion.*
1882.	Jules Romains	*Mort de quelqu'un.*
1883.	Emmanuel Carrère	*La moustache.*
1884.	Elsa Morante	*Mensonge et sortilège,* tome I.
1885.	Hans Christian Andersen	*Contes choisis.*
1886.	Michel Déon	*Bagages pour Vancouver.*
1887.	Horace McCoy	*Adieu la vie, adieu l'amour...*
1888.	Donald E. Westlake	*Pris dans la glu.*
1889.	Michel Tauriac	*Jade.*
1890.	Chester Himes	*Tout pour plaire.*
1891.	Daniel Boulanger	*Vessies et lanternes.*
1892.	Henri Pourrat	*Contes.*

1893.	Alain Page	*Tchao pantin.*
1894.	Elsa Morante	*Mensonge et sortilège,* tome II.
1895.	Cesare Pavese	*Le métier de vivre.*
1896.	Georges Conchon	*L'amour en face.*
1897.	Jim Thompson	*Le lien conjugal.*
1898.	Dashiell Hammett	*L'introuvable.*
1899.	Octave Mirbeau	*Le Jardin des supplices.*
1900.	Cervantès	*Don Quichotte,* tome I.
1901.	Cervantès	*Don Quichotte,* tome II.
1902.	Driss Chraïbi	*La Civilisation, ma Mère!...*
1903.	Noëlle Châtelet	*Histoires de bouches.*
1904.	Romain Gary	*Les enchanteurs.*
1905.	Joseph Kessel	*Les cœurs purs.*
1906.	Pierre Magnan	*Les charbonniers de la mort.*
1907.	Gabriel Matzneff	*La diététique de lord Byron.*
1908.	Michel Tournier	*La goutte d'or.*
1909.	H. G. Wells	*Le joueur de croquet.*
1910.	Raymond Chandler	*Un tueur sous la pluie.*
1911.	Donald E. Westlake	*Un loup chasse l'autre.*
1912.	Thierry Ardisson	*Louis XX.*
1914.	Remo Forlani	*Papa est parti maman aussi.*
1915.	Albert Cohen	*Ô vous, frères humains.*
1916.	Zoé Oldenbourg	*Visages d'un autoportrait.*
1917.	Jean Sulivan	*Joie errante.*
1918.	Iris Murdoch	*Les angéliques.*
1919.	Alexandre Jardin	*Bille en tête.*
1920.	Pierre-Jean Remy	*Le sac du Palais d'Été.*
1921.	Pierre Assouline	*Une éminence grise (Jean Jardin, 1904-1976).*
1922.	Horace McCoy	*Un linceul n'a pas de poches.*
1923.	Chester Himes	*Il pleut des coups durs.*
1924.	Marcel Proust	*Du côté de chez Swann.*
1925.	Jeanne Bourin	*Le Grand Feu.*
1926.	William Goyen	*Arcadio.*
1927.	Michel Mohrt	*Mon royaume pour un cheval.*
1928.	Pascal Quignard	*Le salon du Wurtemberg.*
1930.	Jack-Alain Léger	*Pacific Palisades.*
1931.	Tom Sharpe	*La grande poursuite.*
1932.	Dashiell Hammett	*Le sac de Couffignal.*
1933.	J.-P. Manchette	*Morgue pleine.*
1934.	Marie NDiaye	*Comédie classique.*
1936.	Jean Raspail	*Le président.*

1937. Jean-Denis Bredin — *L'absence.*
1938. Peter Handke — *L'heure de la sensation vraie.*
1939. Henry Miller — *Souvenir souvenirs.*
1940. Gerald Hanley — *Le dernier éléphant.*
1941. Christian Giudicelli — *Station balnéaire.*
1942. Patrick Modiano — *Quartier perdu.*
1943. Raymond Chandler — *La dame du lac.*
1944. Donald E. Westlake — *Le paquet.*
1945. Jacques Almira — *La fuite à Constantinople.*
1946. Marcel Proust — *A l'ombre des jeunes filles en fleurs.*
1947. Michel Chaillou — *Le rêve de Saxe.*
1948. Yukio Mishima — *La mort en été.*
1949. Pier Paolo Pasolini — *Théorème.*
1950. Sébastien Japrisot — *La passion des femmes.*
1951. Muriel Spark — *Ne pas déranger.*
1952. Joseph Kessel — *Wagon-lit.*

Impression Bussière à Saint-Amand (Cher),
le 27 mai 1988.
Dépôt légal : mai 1988.
1ᵉʳ dépôt légal dans la collection : janvier 1988.
Numéro d'imprimeur : 4732.

ISBN 2-07-037921-3./Imprimé en France.
(Précédemment publié aux Éditions Balland.
ISBN 2-7158-0607-8.)

43712